OS SENHORES DA GUERRA

José Antônio Severo

OS SENHORES DA GUERRA

4ª edição

L&PM
EDITORES

1ª edição: outubro de 2000
4ª edição: 2013

Capa: Marco Cena
Foto da Capa: Joba Migliorin/Divulgação filme *Os Senhores da Guerra*, da Walper Ruas Produções. Atores Andre Arteche e Rafael Cardoso (respectivamente esquerda e direita).
Preparação do original: Jó Saldanha
Revisão: Delza Menin e Renato Deitos

ISBN 978-85-254-1058-0

S498s	Severo, José Antônio
	Os Senhores da Guerra / José Antônio Severo. – 4 ed. – Porto Alegre: L&PM, 2013.
	504 p.; 23 cm
	1. Ficção brasileira-Romances históricos. I. Título.
	CDD 869.9381
	CDU 869.0(81)-311.3

Catalogação elaborada por Izabel A. Merlo, CRB 10/329.

© José Antônio Severo, 2000

Todos os direitos desta edição reservados a L&PM Editores
Rua Comendador Coruja, 314, loja 9 – Floresta – 90.220-180
Porto Alegre – RS – Brasil / Fone: 51.3225.5777 – Fax: 51.3221.5380

PEDIDOS & DEPTO. COMERCIAL: vendas@lpm.com.br
FALE CONOSCO: info@lpm.com.br
www.lpm.com.br

Impresso no Brasil
2013

A meus pais, Corina e Alberto Severo.

Agradecimentos: a meus primos, Sinval Saldanha Neto (in memoriam) e Iruá Ramos Coelho, companheiro e conselheiro nesta jornada; e ao maragato Zeno Dias Chaves, vaqueano que me levou pelos campos de batalha nas coxilhas e cerros de Caçapava.

Sumário

Prólogo 9
Domingo, 9 de novembro de 1924 – Santa Maria, Estação Ferroviária 11
Segunda-feira, 10 de novembro – Estação Jacuí, Santa Bárbara 18
Terça-feira, 11 de novembro – Ponte do Santa Bárbara 25
Quarta-feira, 12 de novembro – O funeral 32
Quinta-feira, 13 de novembro – Cerrito do Ouro, São Sepé 44
Sexta-feira, 14 de novembro – Matos de João Luiz 56
Sábado, 15 de novembro – Caçapava do Sul 74
Domingo, 16 de novembro – Rumo às Guaritas 95
Segunda-feira, 17, e terça-feira, 18 de novembro – Passo dos Souzas 108
Quarta-feira, 19 de novembro – João Castelhano 121
Quinta-feira, 20 de novembro – Maria Clara 136
Sexta-feira, 21 de novembro – Martins Lemos 152
Sábado, 22 de novembro – Santana do Livramento, QG da Circunscrição do
    Sudoeste 163
Domingo, 23 de novembro – Bojuru 176
Segunda-feira, 24 de novembro – Waldomiro 189
Terça-feira, 25 de novembro – Lavras do Sul 197
Quarta-feira, 26 de novembro – Vaqueano Orfilla 217
Quinta-feira, 27 de novembro – Três Vendas 239
Sexta-feira, 28 de novembro – Campos de Ana Corrêa 262
Sábado, 29 de novembro – Cerro do Malcriado 272
Domingo, 30 de novembro – Fazenda Bolena 276
Segunda-feira, 1º de dezembro – Passo do Velhaco 281
Terça-feira, 2 de dezembro – Cerrito do Ouro 293
Quarta-feira, 3 de dezembro – Rincão do Inferno 307
Quinta-feira, 4 de dezembro – Passo dos Enforcados 324
Sexta-feira, 5 de dezembro – Passo do Cação 343
Sábado, 6 de dezembro – Limpeza 372
Domingo, 7 de dezembro – Irapuá 379

Segunda-feira, 8 de dezembro – Passo das Carretas 384
Terça-feira, 9 de dezembro – Sepultamento 402
Quarta-feira, 10 de dezembro – Piratini 410
Quinta-feira, 11 de dezembro – Estação Santa Rosa 417
Sexta-feira, 12, e sábado, 13 de dezembro – Aceguá, a vitória final 422
Domingo, 14, e segunda-feira, 15, e terça-feira, 16 de dezembro – Bagé 427
Quarta-feira, 17, e quinta-feira, 18 de dezembro – Dilermando de Aguiar .. 441
Sexta-feira, 19, sábado, 20, domingo, 21, e segunda-feira, 22 de dezembro –
  Jaguari 452
Terça-feira, 23, quarta-feira, 24, quinta-feira, 25, sexta-feira, 26, e sábado, 27 de
  dezembro – Cruz Alta e Ijuí 455
Domingo, 28, segunda-feira, 29, e terça-feira, 30 de dezembro – Passo da
  Cruz 467
Quarta-feira, 31 de dezembro, e quinta-feira, 1º de janeiro – Ijuí, Santa Maria
  e Porto Alegre – O enterro 488
Apêndice 495
Bibliografia 499

Prólogo

Brasil, 1921. Os brotos que formaram as primeiras raízes da Revolução de 1930 começaram a germinar nesse ano nas lutas políticas que se travaram no processo de sucessão do presidente da República, Epitácio Pessoa. Atropelado pela candidatura da oligarquia dominante, o então governador gaúcho, Borges de Medeiros, começou a semear fatos políticos que produzissem seu crescente enfraquecimento até levar à ruptura da aliança invencível entre os estados de São Paulo e Minas, que se revezavam no governo da República. Seu objetivo final não era tomar o poder, mas simplesmente manter intactas a autonomia e a pureza do Estado castilhista no Rio Grande do Sul.

A primeira centelha Borges obteve insuflando o seu senador, marechal-de-exército e ex-presidente Hermes da Fonseca, a confrontar-se com os generais da ativa, a liderar um movimento de protestos da jovem oficialidade contra o candidato oficial, o mineiro Arthur Bernardes. Com a adesão de jovens oficiais, principalmente capitães e tenentes das armas de Artilharia e Engenharia, os militares produziram um limitado e desarticulado levante da mais poderosa fortaleza do país, o Forte de Copacabana, no Rio de Janeiro, em julho de 1922. Não conseguiram impedir a posse do novo presidente, mas fertilizaram o campo da sublevação armada.

No ano seguinte, em 1923, veio a resposta: o Rio Grande foi sacudido por um levante da Oposição, que ensangüentou o estado durante 11 meses. No início, a Revolução Libertadora contou com o apoio político e financeiro dos barões do café, temerosos de que o governante gaúcho implodisse uma candidatura paulista à sucessão de Bernardes, com a discreta simpatia dos generais da ativa do Exército. Borges isolou os rebeldes compondo-se com Washington Luís, postulante paulista, mas perdeu politicamente ao ser obrigado pelo Palácio do Catete a aceitar uma reforma da Constituição de 14 de Julho, suprimindo-se o mecanismo da reeleição, que assegurava a continuidade do estado castilhista desde 1893.

Em julho de 1924, reacendeu-se a rebelião dos tenentes contra o poder central, liderada por um velho marechal da reserva, o também gaúcho Isidoro

Dias Lopes. Com o concurso de contingentes da Força Pública de São Paulo (atual PM), uma das tropas mais adestradas do país, levantou-se o Exército, ocupando a capital daquele estado. Isidoro fortificou-se e defendeu-se com armamentos de última geração recém adquiridos na Europa e nos Estados Unidos. Surpreendentemente, Borges de Medeiros aliou-se aos seus adversários e formou ao lado dos governos de São Paulo e federal, enviando uma "Força Expedicionária Gaúcha" composta por um Grupo de Batalhões de Caçadores, tropas de Infantaria, que acabaram por expulsar da cidade os revoltosos. Isidoro não se rendeu. Retirou-se de São Paulo, plantou-se na fronteira paraguaia, em Iguaçu, e ali estabeleceu seu reduto.

Em 29 de outubro, enquanto o governo tentava deter Isidoro na longínqua fronteira paraguaia, a revolta militar estalou no Rio Grande do Sul, com o levante de regimentos de cavalaria na fronteira da Argentina e de dois batalhões de Engenharia, em Santo Ângelo e Cachoeira, reforçados pelos libertadores de Honório Lemes, Zeca Netto e Leonel Rocha. O governo do Estado mobilizou suas tropas regulares da Brigada Militar e as milícias do Partido Republicano Rio-Grandense, os célebres provisórios, ou Corpos Auxiliares, para debelar a rebelião. Em Santa Maria, constituiu-se o 11º Corpo Auxiliar da Brigada Militar, sob o comando do prefeito municipal (na época chamado intendente), Júlio Raphael de Aragão Bozano, recém empossado. Este romance conta esta história. Seu desenvolvimento vale-se de um artifício literário para relatar uma saga real, reproduzindo o diário imaginário de um de seus integrantes, o secretário do 11º Corpo Auxiliar da Brigada Militar, segundo-tenente Gélio Brinckmann. Ele foi, ainda, um jovem típico daquela época: militante republicano, intelectual e guerreiro, um exemplo da geração que pegou o Brasil nos dentes da década de 20 e que terminou por tomar o poder de armas na mão em 1930. Certamente Brinckmann hoje veria com indulgência seus ideais desses tempos, quando seguia a cartilha positivista. Mais tarde converteu-se ao marxismo e integrou os quadros do também revolucionário Partido Comunista Brasileiro.

Capítulo 1

Domingo, 9 de novembro de 1924
Santa Maria, Estação Ferroviária

A locomotiva Mitchell desativa seus freios soltando uma lufada de fumaça dos tambores de ar comprimido, que se espalha pela gare formando uma bruma tenuemente penetrada pela iluminação elétrica. A plataforma de embarque está em polvorosa: ouvem-se o retinir das esporas, os gritos dos sargentos apressando os soldados, os silvos dos apitos transmitindo ordens. Os ponteiros do grande relógio externo da estação marcam 10h43 da noite. Pouco mais de 15 minutos para a partida, às 11 horas em ponto.

A máquina dá mais um tranco, tensionando a composição. Com o movimento, os seus doze vagões se ajustam. É o sinal de que o trem vai entrar em movimento. Seis são limusines de passageiros, com poltronas; cinco são para transporte de animais, carregados com 120 cavalos; mais um cargueiro repleto de bagagens, suprimentos, caixas de munição e um automóvel Ford modelo T. No final, um último vagão, de aço, tipo *pullmann*, que foi ocupado pelos oficiais, uma unidade de luxo equipada com camas e sala de reuniões.

Em frente ao último carro se vê um casal que se despede. Eles estão ali há algum tempo e chamam a atenção por ser ela a única mulher presente. Todos os demais, ao longo dos 200 metros da gare, são militares fardados, ferroviários de uniforme ou civis, mas todos homens. É moça, muito bem vestida. Ela fala:

– Júlio Raphael, pela última vez, te peço: não embarques. Tive um sonho horrível. Queres que te conte?

– Minha querida... – diz Bozano, afagando-lhe o rosto. – Está bem, então me contes que sonho foi este que te deixou tão transtornada.

– Foi esta tarde, na sesta. Um pesadelo. Pior que isso, foi um horror. Só de me lembrar volto a suar frio...

– Maria Clara! O que é isto? Seja o que for, não passou de um sonho. Pareces louca...

– Não queria te contar, juro. Mas, vendo este trem partindo, não pude me conter. Aquela visão não me sai da cabeça. Volta-me, agora que estou acordada, há horas, tudo de novo à cabeça, como se fosse uma ordem para vir aqui e te impedir, por isso te peço.

— Maria Clara...

— Escuta-me, antes de tudo. Tu não precisas ir. Ninguém te chamará de covarde ou do que seja se ficares. Tens outros deveres, és o intendente. Já lutaste uma guerra, cumpriste o teu dever, és o coronel mais jovem do Brasil. Ninguém poderá te criticar se esperares. Manda tua tropa, diz-lhes que depois te irás reunir a eles, mas deixa este trem partir sem ti, pelo amor de Deus, te imploro.

— Maria Clara, estás louca! Como posso fazer isto que me pedes? Só porque sonhaste com sei lá o quê!

— Júlio Raphael — disse, adoçando o jeito autoritário com que até então tentara dobrá-lo —, não se trata de um capricho. Eu vi. Não queria te dizer, te contar, para que não te preocupasses, mas não posso deixar. Foi tão real. No sonho nos vi aqui nesta estação, tal qual estamos. Eu a te contar deste sonho, que foi um pesadelo dentro de um sonho. Em seguida, aparecias na minha frente com um ferimento de bala na cabeça, morto. Um buraco limpo, como se fosse uma pinta vermelha. Não quero que te impressiones, mas foi tão real que estou aqui te pedindo: não partas. Sei do que tenho medo, meu amor.

— Minha querida amada...

— Júlio Raphael, tu sabes que estou fazendo isso porque te amo e sei que se algo te acontecer a minha vida acaba aqui, neste momento de nossa despedida.

— Maria Clara, minha paixão...

— Júlio Raphael, tu sabes que não sou melodramática. Sou até muito durona para uma mocinha, como me chamas. Leva-me, portanto, a sério, seu doutor: foi mais que um pressentimento, foi um aviso. Ainda é tempo. Por favor, esta é a última vez que te peço uma coisa na vida. Prometo que nunca jamais te pedirei nada outra vez. Por favor, atende-me.

— Minha querida — disse enquanto tirava de seu dedo o anel de grau, uma jóia lindíssima que pertencera a seu avô Bernardino —, toma. Isto é um pedaço de mim. Põe no dedo. Fica com ele, que assim estarei sempre a teu lado. Quando eu voltar, casamos imediatamente. Nada de festas, de pompas, será como queres, só nós dois, nossas famílias. Daqui a semanas...

— Julinho...

— Maria Clara, sabes melhor do que ninguém que não desdenho de tuas premonições. Nem deste sonho. Vou me cuidar, prometo. Reza, reza muito. Tua fé é muito poderosa. Assim, Deus vai cuidar de mim.

Beijou-lhe a face, colocou o pé direito no estribo, ganhando a plataforma traseira do vagão que já estava em movimento. De dentro, saiu o major Raul Soveral, que parou a seu lado. Com a partida do trem, todos, civis, militares, como se tivessem sido paralisados, ficaram onde estavam olhando para a composição que ia, lentamente, arrastando-se para fora da gare. A figura feminina de Maria Clara, no entanto, destacava-se das demais. Bozano viu-a, envolvida pelo vapor d'água solto pela locomotiva que se espalhava rasteiro, preso entre a coberta e o piso. Perfilou-se e bateu uma continência, sumindo assim pela noite adentro.

O trem mal andou 100 metros, recém passava a Estação de Carga, que fica logo adiante da plataforma de embarque de passageiros, e Bozano já entrou pelo vagão. Era um carro especial, de luxo, construído para as viagens dos diretores da ferrovia, combinando lugares para os passageiros com um apartamento e um escritório: na parte da frente, poltronas para umas vinte pessoas, quatro camarotes com camas, banheiro, todas as comodidades; a outra metade era uma sala de trabalho, com uma grande mesa e lugares para reuniões. Estávamos ali, de pé, eu, os outros 21 oficiais do 11º e convidados. Nem bem entrou e já foi começando a reunião que estava marcada ainda para antes da partida, mas que foi adiada pela conversa do comandante com Maria Clara.

– Desculpem-me o atraso, mas não pude evitar – foi falando Bozano enquanto entrava, dirigindo-se logo a mim. – Por favor, Alemão, abre o mapa para a gente dar uma repassada na situação.

Como secretário da Força, era minha missão estar com tudo prontinho a tempo e hora. Para isto, passara a tarde inteira do sábado e o dia de domingo preparando mapas, escrevendo o rascunho de um texto, passando tudo à máquina, compondo o material que agora seria distribuído a todos os comandantes de esquadrão e aos oficiais do estado-maior.

O quadro estratégico estava num mapa da Brigada, de dois metros por dois, preso num cavalete e pintado com tinta vermelha. Essa mesma carta, em tamanho reduzido, dobrada em dois, fazia parte do dossiê que eu escrevera, contendo um apanhado geral do quadro político e da situação militar, para ser entregue a cada um daqui a pouco. Antes, nosso chefe revisara tudo, emendara, reclamara de erros e imprecisões nos seus menores detalhes, como era do seu feitio. Eu mesmo tivera que bater tudo a máquina, pessoalmente, porque ele não queria correr o menor risco de um vazamento que pudesse chegar ao inimigo. Assim, fiquei com os dedos duros de tanto datilografar, porque ele queria as cópias bem claras para que todos pudessem ler com facilidade.

Ele foi tomando seu lugar ao lado do mapa, de frente para o grupo que o aguardava silencioso.

– Esta aqui é a nossa situação – começou Bozano descobrindo o mapa do Rio Grande do Sul que abrira do porta-fólio. – Os rebeldes foram cortados ao meio.

No noroeste, os quartéis do Exército que se levantaram ocupam uma frente que vai de Uruguaiana até as Missões. Aí eles estão sendo cercados. Aqui no sul eles estão sendo empurrados para a fronteira uruguaia, como se pode ver. O perigo é que estas duas frentes se juntem numa só. Nós vamos impedir que isto aconteça.

Eu tinha preparado o mapa em detalhes, mostrando o desenvolvimento das operações militares desde o levante dos quartéis do Exército, há 10 dias. Em 29 de outubro, declararam-se em rebelião contra o governo do Rio de Janeiro as unidades federais de Uruguaiana, São Borja, São Luís Gonzaga e Santo Ângelo. Ao mesmo tempo, o Rio Grande fora invadido, em Uruguaiana, pelas tropas libertadoras do general Honório Lemes. Quando Honório Lemes apareceu cavalgando à frente de seus gaúchos nas ruas de Uruguaiana, os tenentes esperavam que sua figura provocasse uma verdadeira explosão popular no estado. O caudilho de Rosário vinha seguido de uma popularidade sem precedentes no cenário político gaúcho. Sua atuação destemida na Revolução de 23 trouxera-lhe uma fama logo aproveitada pelas lideranças libertadoras para empolgar as massas pelo interior do Rio Grande. Logo depois da Paz de Pedras Altas, em dezembro de 23, os libertadores entraram em campanha para as eleições parlamentares marcadas para maio. Seu projeto era eleger a maior bancada possível e levar seu líder, Joaquim Francisco de Assis Brasil, para o Senado da República. Honório e Zeca Netto, embora não fossem, inexplicavelmente, candidatos, foram mandados às ruas como propagandistas da oposição. O "Leão do Caverá" foi a grande estrela: sua chegada a cada cidade era um fenômeno de massa, pois não só os correligionários, mas também os adversários, queriam vê-lo em carne e osso, ouvir sua voz, tocá-lo como se fosse para ter certeza de que era efetivamente um ser humano e não uma divindade. E agora ele voltava com o objetivo de derrubar o governo do estado.

Com este mesmo fim, ao norte, uniram-se aos revoltosos do Exército os libertadores do general Leonel Rocha, caudilho maragato de Palmeira das Missões, misturando, numa só, duas revoluções. Esperava-se uma coordenação política do dr. Joaquim Francisco de Assis Brasil, que se encontrava exilado no Uruguai, mas bem pertinho da fronteira.

Os soldados federais queriam derrubar o presidente Arthur Bernardes, nosso adversário; os libertadores, que apoiavam o chefe da nação, lutavam contra o presidente Borges de Medeiros, que, por sua vez, se não fora aliado aos rebeldes do Exército, pelo menos agora era-lhe indiferente o destino do chefe da nação. Ou seja: nossos potenciais aliados uniram-se a nossos inimigos, obrigando-nos a uma composição com nosso potencial antagonista, o presidente da República, estabelecendo-se o imbróglio. Isso era o que eu pensava.

Recebemos nossas ordens de marcha naquela tarde, quando se levantou, em Cachoeira, o 2º Batalhão de Engenharia de Combate, do Exército, que abandonou seu quartel nas margens do Jacuí e tomou o rumo de Caçapava do Sul. Este era nosso inimigo.

– Esta manhã, as forças do 2º de Cachoeira atravessaram o Jacuí e iniciaram a marcha em direção ao rio Camaquã. Eles querem se juntar com o pessoal do Honório que vem da fronteira. No meio do caminho pretendem receber reforço de gente de São Sepé e Caçapava e abrir uma nova frente ou se reabastecerem para seguir para as Missões. Se isto acontecer, os rebeldes ficarão muito fortes. Nossa missão é cortar o caminho impedindo a junção entre os libertadores e o pessoal do Exército. – Agora, o mais importante: nós seremos a tropa de choque desta campanha.

Isto queria dizer que o presidente do Estado esperava que tomássemos a iniciativa, que nos aproveitássemos da situação para projetarmos o 11º Corpo e o Partido Republicano de Santa Maria para o patamar mais alto de nosso sistema político. Essa campanha seria a nossa grande oportunidade.

– Eles vão ver agora a nossa força – comentou o major Raul Soveral, o sub-comandante.

– Eu quero o Honório. Vou levar o velho amarrado para entregá-lo ao Borges na porta do Palácio Piratini em Porto Alegre – potocou-se o tenente João Cândido do Amaral.

– Está bem, seu João Cândido – interrompeu Bozano. – Mas antes temos de encontrá-lo. Por enquanto, estamos indo de encontro ao 2º Batalhão. Nosso objetivo é impedi-los de se juntar a Honório e Zeca Netto. Eles têm no comando o capitão Fernando Távora, irmão de dois outros rebeldes: Joaquim, que morreu em São Paulo, e Juarez, que estava com Honório em Guaçu-boi. Este pessoal do Exército deve estar desesperado a esta altura – continuou. – Eles foram treinados pela Missão Francesa, que lhes ensinou um tipo de guerra que não serve para as nossas condições de terreno. A guerra como os franceses entendem decide-se em grandes batalhas, entre concentrações maciças de tropas, fortificadas em trincheiras, com emprego simultâneo de todas as armas, cavalaria, artilharia, aviação, infantaria, um choque de colossos como vimos na Grande Guerra na Europa. Nós vamos batê-los do jeito gaúcho, campo afora, com unidades pequenas, velozes, capazes de se auto-sustentar, isto é, sem necessidade de grandes esquemas de reabastecimento. Por isso que eu trouxe este automóvel. Quando começarmos a operar vamos nos dividir. Cada esquadrão marcha em separado, porque assim terá melhores condições de se abastecer de víveres e de cavalos descansados. Menos gente, mais fácil de se municiar. Com o auto eu me desloco em uma hora a mesma distância que levaria um dia a cavalo. Quando tivermos condições de travar um combate, chamo todos e atacamos em bloco. Assim vai ser. Com isto, poderemos nos espalhar. Não se esqueçam de que os inimigos realmente difíceis serão os maragatos do Honório e, se for verdade que se encontra na região, também o Zeca Netto.

José Antônio Netto, mais conhecido como Zeca Netto, trazia a legenda duma linhagem de guerreiros gaúchos: era sobrinho em primeiro grau do grande Antônio de Souza Netto, um dos cinco generais farroupilhas, o irredutível, que não aceitara a paz com o Império por abominar a volta da escravatura, uma mácula que manchara o bom nome dos republicanos de 35 na Paz de Ponche Verde, o tratado que assinaram com o Duque de Caxias para pacificar o estado e reincluí-lo no Brasil. Era tamanha a admiração de seu pai pelo irmão que deu ao filho o nome com os dois tês do Netto, um floreio que o general farroupilha acrescentou e, mais ainda, transformou de epíteto em sobrenome. Na política, Zeca Netto figurava como "Republicano Histórico". Não bastasse seu parentesco com o proclamador do Seival, aderira ao movimento antimonarquia em 1872, filiando-se ao Partido Republicano, quando cursava o 1º ano da Escola Central, atual Escola de Engenharia, no Rio de Janeiro. De volta ao Rio Grande, dedicou-se a cuidar da enorme fortuna da família, que dividia com uma irmã e era constituída de terras que vinham desde o Uruguai até as margens do Camaquã. Sua residência oficial era em Pelotas, mas fazia política em Camaquã, onde levou o Partido Republicano a apoiar a candidatura de Assis Brasil, rompendo com o oficialismo. Seu passado guerreiro, até a revolução libertadora, era positivo, mas discreto. Em 93, foi nomeado tenente-coronel, participando da campanha no comando de um Corpo Provisório que operava com as forças do general João Telles, na fronteira sul. Seu nome não aparece em feitos espetaculares naquela campanha.

– Eles são velozes e sabem manobrar como ninguém. Vamos nos espalhar como uma gauchada rondando o campo, parando rodeio, levando-os por diante e impedir que se juntem – continuou Bozano, e, vendo um movimento no fundo do vagão, perguntou: – O que é?

– É o chefe do trem avisando que faltam três horas para a Estação Jacuí. Lá vamos fazer uma parada.

– Está bem, agradeça ao homem. Então temos que cuidar da nossa tropa. Em Jacuí vamos receber nossas instruções. Cada um cuide que sua unidade esteja pronta para marchar, caso recebamos ordens neste sentido. Antes, porém, quero lembrar. Nenhum erro. De nossa atuação depende o futuro do Partido Republicano de Santa Maria. Obrigado e dispensados – comandou. – Colonna, tu ficas. Vamos dar uma olhada nos suprimentos. Gélio, tu também. Posso precisar de ti.

– Sim, senhor – respondeu o segundo-tenente quartel-mestre Edgard Colonna, abrindo uma pasta cheia de papéis.

– Armamento.

– Trezentos fuzis Mauser modelo 1895, recebidos da Brigada Militar. Todos novos e em bom estado de funcionamento; 300 sabre-punhais com bainha, 198 espadas; 50 mil cartuchos Mauser 7 milímetros. Além disso, temos o armamento da Intendência: 50 carabinas Winchester calibre 44, com 30 caixas de 50 balas cada uma, duas metralhadoras Browning Ponto 30, com 20 fitas e 3 caixas de 2 mil projéteis. Não conto as armas pessoais de nossa gente, revólveres e garruchas de vários calibres. Temos munição de boca e forragem para três dias.

– Daí para frente a gente carneia – acrescentei.

O comandante olhou-me, sem comentar minha intervenção.

– 120 cavalos, 60 arreios completos – acrescentou o quartel-mestre. – Os demais estarão vindo por caminhão. Os seleiros atrasaram a entrega, mas por poucas horas. Já embarcaram no trem em Novo Hamburgo.

– Obrigado, Gringo – respondeu Bozano. – Dispensado.

Estava se iniciando a marcha do 11º Corpo Auxiliar da Brigada Militar do Estado do Rio Grande do Sul, sob o comando do recém-empossado intendente de Santa Maria, tenente-coronel Júlio Raphael Bozano.

Capítulo 2

Segunda-feira, 10 de novembro
Estação Jacuí, Santa Bárbara

— Vai tu também te preparar, Alemão, que daqui a pouco vamos estar nos sacolejando por essas bibocas — comandou Bozano.

— Já estou pronto. Tudo que preciso está naquele saco — respondi-lhe mostrando uma mochila de garupa, militar, em que colocara tudo o que imaginava levar comigo nessa campanha, e a mala do poncho.

O trem rodava acelerado. "É a força do carvão de pedra", pensei, "neste caso literalmente e não no sentido figurado da expressão", pois as locomotivas quando estão puxando uma composição militar são alimentadas com carvão mineral puro, o que lhes dá sua potência total. Por isso a metáfora do gaúcho que se refere à "força do carvão de pedra" como uma energia superior emanando do organismo. Em viagens normais, os foguistas costumam fazer uma mistura com carvão vegetal ou, mesmo, queimam lenha para baratear o custo do combustível.

— Filho de peixe... — comentou Bozano, vendo-me tão desenvolto com os petrechos de guerra.

Pensei: nem tão filho de peixe assim. Meu pai era brigão, mas nunca foi muito de guerra. Só pegou em armas para defender a cidade em março de 1894, quando uma brigada de federalistas tomou Santa Maria. Por isso, Bozano poderia estar se referindo a meu avô, Carlos Fernando Otto Brinckmann, que era oficial do exército alemão e veio para o Rio Grande como mercenário, segundo-tenente de artilharia de uma das mais faladas unidades que combateram por aqui no século passado, o célebre regimento dos "Blummers" (os resmungões, em alemão), assim chamados pelo mau humor de seus integrantes. Mas, decerto, ele estaria lembrando o "filho de peixe" por ser eu mais um jornalista do que soldado. É verdade que meu avô chegou aqui de armas na mão para a campanha contra o ditador argentino Juan Manuel de Rosas e foi condecorado com a medalha de ouro do Império. Entretanto, foi como jornalista que o velho Blummer se projetou em Santa Maria e educou seus quatro filhos na fé republicana. Por ser artilheiro, conhecia a trigonometria e, com seus conhecimentos de topógrafo, ganhava a vida como agrimensor. Era, porém, com a pena que propugnava pelo ideal que trouxera da Prússia, a república, que exprimia suas paixões, o que depois passou para dois de seus filhos, essa "cachaça" da imprensa: meu pai, Adolfo Otto, e meu tio Cândido, que estão até hoje fazendo jornais.

– Gélio, melhor do que ninguém tu sabes que este é um momento decisivo para o nosso projeto. Até parece que fizeram tudo de acordo para nós. Portanto, não podemos perder tempo. Se Deus nos ajudar, vamos pegar o Leão do Caverá e o Zeca Veado numa mesma vaza. Só tu e o doutor Borges sabem o alcance desta possibilidade – em seguida, mudou de assunto. – Não vamos mais seguir até Cachoeira. Se fizermos isto, ficaremos para trás. Aqui em Jacuí vou me comunicar com o presidente e pedir-lhe autorização para cortar caminho e chegar na frente deles no vale do Camaquã. Quando os milicos chegarem já nos encontrarão assando o churrasco.

Era impressionante como Bozano formava imediatamente um quadro tático que lhe favorecesse. Ele tinha o instinto do campeador. Não parecia que jamais estivera numa escola militar, nem mesmo num curso de oficiais da reserva ou, ainda, cumprido seu tempo de serviço como soldado conscrito de alguma unidade do Exército. Aprendera a combater no campo, de ouvido. Saíra um craque na guerra de guerrilhas; tinha a noção perfeita do movimento. O que estava pensando era o melhor a fazer, se quiséssemos tomar a dianteira.

Nossas ordens mandavam-nos seguir até Cachoeira e ali nos incorporarmos a outras forças, compondo uma brigada de Cavalaria, junto com o esquadrão do 1º Regimento de Cavalaria da Brigada Militar e o 12º Corpo Auxiliar, formado às pressas em Cachoeira com veteranos da Revolução de 23, sob o comando do chefe republicano local, o ex-intendente dr. Aníbal Loureiro.

A obedecer a estas ordens, ficaríamos para trás. Se seguíssemos à risca o nosso papel, chegaríamos somente pela manhã a Cachoeira, que era o ponto de reunião das nossas forças. Ali ainda teríamos de arrumar os cavalos que faltavam para mais da metade da tropa, esperarmos o restante dos arreios antes de transpormos o Jacuí no Passo do São Lourenço e seguir para Caçapava pela estrada real. Chegaríamos ao *front* com mais de dois dias de atraso. Numa situação como a que nos encontrávamos, certamente só alcançaríamos o grosso da coluna quando tudo já estivesse terminado. Era preciso tomar a dianteira, custasse o que custasse.

O trem rolava a toda velocidade. Nos vagões, ninguém mais dormia. Todos se aprestavam para a campanha, pois sabíamos que era assim marchar com Bozano: não se dorme, não se come, não se descansa. Nos combates, nada de recuos ou esperas táticas: atacar é a ordem. Um único rumo, a direção do inimigo.

– Tudo pronto, Alemão?

– Estou vendo – respondi, inspecionando minha bagagem. Se fôssemos, de fato, seguir de Jacuí, teríamos que andar rápidos. Olhei minha mochila, tudo enfiado naquela mala de garupa de couro, com um mínimo de roupas e utensílios, além de bolachas, dois queijos e uma rapadura puxa-puxa, mantimentos essenciais a um soldado que marcha sem tempo de parar para comer, que precisa se alimentar enquanto anda. Pronto para a garupa, enrolado, o poncho para enfrentar alguma friagem ou chuva, já acolherado na sela de cavalaria (ocupa menos espaço que o serigote usado pela maioria do pessoal), e demais aperos.

Estava previsto que eu cavalgaria pouco. Pela minha função, iria com ele de automóvel, mas meu cavalo, embuçalado, estaria pronto para ser montado. Também ele assim mandou suas quatro montarias, que seriam distribuídas pelos diversos esquadrões, no caso de se separarem. Se precisasse, teria seu cavalo à mão em qualquer unidade que quisesse, onde estivesse. Eu não, só tinha um animal de minha propriedade, um zaino da raça crioula, que seguia com o esquadrão de comando, no mesmo lote do cavalo de montaria do comandante, um tostado árabe de cinco anos – vejam só – oriundo do haras de Pedras Altas, criação do dr. Assis Brasil.

Uma ordenança juntava as tralhas do comandante, também composta de uma mochila simples e mais uma mala de viagem com seus fardamentos. Elegante como sempre, Bozano mandara confeccionar seus uniformes em Porto Alegre, sob medida. Túnica e culotes de *swaart* inglês, o aba-larga feito sob medida pelo chapeleiro Ramenzoni. Botas de cromo alemão. Agora carregava com um pente a pistola pessoal, presente do pai, seu Giulio, uma Astra 400, espanhola, recém-lançada na Europa, uma máquina perfeita para a nossa situação: não é afetada pela poeira e calça qualquer tipo de munição de 9 milímetros, não importando o comprimento da bala.

– Toma aqui. Usa este – disse-me passando um revólver niquelado, enorme, com uma caixa de munição. – Deixa de ser preguiçoso. Já se viu, ir para a guerra com isso aí – completou, rindo-se de meu revólver pessoal, um HO 32 de cano longo. – Isso não serve para nada se não acertares na testa do maragato. Pega este 44 e não te esqueças: se tiveres que usá-lo, dispara no corpo do cavalo inimigo – recomendou.

O revólver, para o soldado em guerra, é uma arma de uso em última instância. Não serve para a ofensiva, a menos que se esteja entreverado. É salvação nos momentos difíceis, com o inimigo cara a cara. O gaúcho prefere, para esse tipo de luta, o de calibre 44, porque pode derrubar um cavalo a galope. Geralmente, quando se puxa uma arma curta num combate é porque já tens vindo por cima de ti um inimigo carregado de baioneta, lança ou espada.

Peguei o trabuco, um Smith&Wesson 1901, niquelado, cabo de madrepérola. Apreciei o presente. Era um mimo. Botei meu 32 na mochila ("nunca se sabe"!) e fui vestindo o "Schimite".

– Tudo pronto – entrou na sala falando o major Raul Soveral.

– Perfeito. Que ninguém desembarque sem ordens minhas – disse Bozano. – Mas estejam em condições de saltar a qualquer momento.

– Vamos descer aqui? – perguntou o major.

– Pode ser. Vou acordar o presidente e obter autorização para sairmos daqui mesmo. Assim que o trem parar, vamos para o telégrafo e tratar de mudar nosso destino.

– Também acho. Se formos até Cachoeira vamos chegar na hora da sobremesa.

– Alemão, passa tuas coisas para o cabo Chico carregar no auto junto com as minhas e vamos. Veja com o Roberto se o carro está em ordem – referindo-se ao motorista, Roberto Toeniges – e convoca o Eduardo.

Eduardo era um sargento, telegrafista dos Correios, em Santa Maria, republicano dos quatro costados, que levamos junto para operar o telégrafo. Não se podia confiar em qualquer operador de plantão, nem da ferrovia nem do correio.

Mal o vagão de comando emparelhou com a plataforma da estação, Bozano foi saltando. Eu atrás, seguido pelo Soveral e pelo capitão-ajudante Ulisses Coelho. Dirigimo-nos para a sala do telégrafo. O chefe da Estação estava ali, de pé, esperando-nos com um telegrama nas mãos.

– Coronel, chegou para o senhor, faz cinco minutos.

– Obrigado. Deixe-me ver – e foi lendo. – Deus é grande! – exultou –, desembarcar e preparar a marcha. Vamos imediatamente – comandou.

– Olhe aqui, não preciso mais acordar o dr. Borges.

O telegrama nos mandava exatamente para onde queríamos ir. Deveríamos ocupar a ponte sobre o arroio Santa Bárbara, divisa entre Caçapava e São Sepé, e aguardarmos junção com o 12º Corpo Auxiliar de Aníbal Loureiro. Era provavelmente onde os rebeldes pretendiam se incorporar a Honório e Zeca Netto.

– Vamos e vamos – comandava Bozano.

Iniciou-se uma atividade frenética. Oficiais e sargentos davam ordens em altos brados, acelerando o desembarque. Os cavalariços abriam os vagões para baixar os 120 cavalos. Dois motoristas colocavam pranchões para descer o automóvel. Soveral tomava as providências para a marcha.

– Onde encontro carroças? – perguntava aos ferroviários da estação, que indicavam os colonos de quem poderiam requisitar o equipamento para transporte dos trens de guerra.

Em meia hora a tropa estava pronta para a marcha. Sessenta homens com cavalos encilhados, entre eles os oficiais, *por supuesto*. Outros sessenta montariam em pêlo porque não havia arreios para todos. Os demais marchariam a pé. Ali mesmo selecionaram-se dois pelotões para potrear, uma expressão que significa confiscar cavalos nas fazendas.

Esta era uma maneira bem gaúcha de suprir forças de montaria e de alimento. Tomava-se o que se necessitava e oferecia-se ao proprietário espoliado um papel de "requisição". Os dois lados valiam-se desse sistema porque gado, ovelhas, porcos, galinhas e cavalos podem ser encontrados em qualquer chácara. Depois, o dono que se virasse para receber o dinheiro do que perdera. Se fosse tropa do governo, se ele fosse "companheiro", havia uma possibilidade. Se a requisição fosse de forças rebeldes, revolucionárias, como se costuma dizer, então era mais difícil, quase impossível, suas perdas seriam debitadas como contribuição para a causa da "salvação nacional", seja lá o que possa isto significar.

– Capitão Armando, tome a dianteira – comandou Bozano.

– Sim, doutor, já estamos de partida – respondeu Armando Gonçalves Borges, comandante do 1º Esquadrão, responsável pela segurança na unidade. Cachoeirense radicado no interior do município de Santa Maria, parente próximo do velho Borges, era um dos chefes do Partido Republicano, homem de confiança do presidente e do intendente. Na administração pública, era o subintendente de Arroio do Só, 5º Distrito, na divisa com Restinga Seca, vila pertencente a Cachoeira. Homem de posses, era comerciante e industrial, que em 23 serviu como oficial no 3º Corpo Provisório.

Seus homens dividiram-se em potreadores e bombeiros. Espalharam-se em pequenos grupos: os bombeiros ou batedores iriam à frente, descobrindo o inimigo; os potreadores engrossariam nossa cavalaria. Bozano também seguiu a cavalo nessa etapa. Deixou o automóvel comigo para carregar o máximo de equipamento, enquanto a tropa não estivesse devidamente montada.

Na vanguarda, o primeiro-tenente João Cândido do Amaral, um homem velho para aquelas lidas, 50 anos completos. João Cândido também era um esteio do partido. Conferente no Posto Fiscal de Santa Maria, tinha a farda de provisório na gaveta da Exatoria, pronto a marchar "ao primeiro toque do clarim", como dizia. Ele e Soveral eram, naquela força, os únicos veteranos de 93. Ainda rapazote, combatera no posto de sargento do 6º Corpo Auxiliar do tenente-coronel Alfredo Mesquita, unidade integrante da Brigada do general Antônio Adolpho Menna Barreto, da legendária Divisão do Norte. Desde a Revolução de 23 que ganhara suas listras nas dragonas, era oficial. Embora a missão de comandante do piquete de vanguarda fosse habitualmente para um segundo-tenente, mesmo sendo um primeiro-tenente, que deveria estar no miolo da tropa, ele gostava de ser o vanguardeiro porque marchar à frente era um trabalho para profissional. Aos segundos-tenentes Antônio Ferreira Severo e David de Oliveira Domingues foi confiada a missão de requisitar cavalos, para montaria e tração, forragem para os animais e gado para a alimentação da Força. Estes marcharam encilhados. Em pêlo cavalgou o 3º Esquadrão do capitão Cristiano Bohrer. Os 2º e 4º foram a pé. A passo, mas montado, junto com os capitães Bento Ataíde Prado, do 3º Esquadrão, e José Ladeira Lisboa, do 4º, o major Soveral, comandando a retaguarda. Com essa ordem de marcha iniciou-se o deslocamento, ainda noite alta, às 3h da manhã.

Os dois esquadrões a cavalo, liderados pelo próprio Bozano, a trote forte, chegaram à ponte do Santa Bárbara às 10h da manhã. Levaram tanto tempo porque se perderam depois que atravessaram o Passo das Tropas, derivando à direita mais de meia légua. Embora Bozano conhecesse bem aqueles caminhos, dispensando um vaqueano, confundira-se na escuridão e perdera o rumo, mas nada que atrapalhasse o desenvolvimento da marcha. Quando chegaram ao Santa Bárbara, Armando já se preparava para carnear. Ali iriam fazer uma parada, conforme as ordens, para esperar os provisórios do dr. Aníbal Loureiro, que viria se incorporar com sua gente.

Assim que apeou, a tropa teve licença para descansar. Roçando o mato que costeia o arroio, arrumaram um bivaque confortável, com boa sombra e aguada para os cavalos, um lugar ameno para o descanso dos infantes que deveriam chegar assoleados, pois em pleno mês de novembro já fazia um sol de rachar.

Ninguém se queixava do clima: apesar de já fazer um tempinho de verão, agradecia-se aos rebeldes por iniciar aquela guerra no final da primavera, quando tudo favorece uma tropa campeando pelos pampas: as chuvas são poucas e cálidas; a enchente do São Miguel já baixou suas águas, facilitando o vau nos passos; há gado gordo nos campos e já se encontra algum milho e forragens para os cavalos. A tropa fica mais leve, pois não é necessário transportar suprimentos e roupas de inverno para agüentar as geadas e, não raro, nas serras de Caçapava, nevascas, do meio do ano. Basta um poncho para segurar alguma chuva e cobrir o corpo numa noite mais fria que porventura ainda se faça.

Às 3h da tarde chegaram o 2º e 3º, a pé, esgotados mas felizes com o cheiro do churrasco de seis novilhos de sobreano que assavam no fogão, já no ponto para o corte da faca. Numa mangueira improvisada, feita às pressas com madeira cortada dos matos dali mesmo da beira do arroio, uma cavalhada forte e descansada esperava para servir de montaria à soldadesca.

Agora sim: "Somos invencíveis", disse o dr. Mário Muratori, civil sem carta patente, capitão em 23, que acompanhava a tropa como patriota, oficial adido ao estado-maior. Os recém-chegados ainda comiam, os demais sesteavam na sombra quando se ouviu um barulho de motor de automóvel. Dali a pouco avistou-se um carro, desfraldando uma bandeira branca, indicando ser gente do Partido Republicano. Não demorou nem cinco minutos e o passageiro já se apresentava a nosso comandante, trazendo notícias do dr. Loureiro.

– O coronel não pôde vir, mas me mandou lhe trazer notícias – foi dizendo o mensageiro, um próprio de Cachoeira.

Como era de seu feitio, Bozano esperou calado que o mensageiro desse o recado que trouxera. Era um jovem bem falante, possivelmente um acadêmico, devia ser oficial da tropa de Cachoeira. Não pude ouvir seu nome, mas o comandante deu-lhe crédito certamente por saber filho de quem era.

– Foi brabo o combate, coronel – contou.

O coronel Loureiro, reforçado pelo 2º Esquadrão do 1º Regimento de Cavalaria da Brigada Militar, comandado pelo capitão Pedro Vaz, havia perseguido os rebeldes de Cachoeira após o levante e os alcançara no Barro Vermelho. Ali se deu o combate.

– Foi uma luta difícil, no começo, porque esse pessoal do Exército distribui muito bem o seu fogo. Têm boas armas e atiram cadenciado, mas gastam muita munição. Foi aí que se perderam. Mas antes deram muito trabalho. E, a pior desgraça, mataram o dr. Balthazar de Bem. Ele levou um tiro numa carga contra o centro das defesas deles.

Esta notícia foi um choque. Balthazar de Bem, um grande amigo de Bozano, era deputado estadual e o vice-intendente de Cachoeira. Os republicanos dessa cidade e Santa Maria estavam comprometidos a marchar juntos numa aliança para as lutas partidárias que se formavam no processo de sucessão do dr. Borges no Palácio Piratini.

– Não me diga, o companheiro Balthazar de Bem e Canto deixou-se pegar – lamentou Bozano, mostrando-se genuinamente desanimado.

– É, bala não respeita, pega o rico assim como pega o pobre – comentou João Cândido.

Capítulo 3

Terça-feira, 11 de novembro
Ponte do Santa Bárbara

Fez-se silêncio bem cedo. Mesmo a viola, que costuma chorar uma milonga nos acampamentos, ficou calada. Ouviu-se um dedilhar aqui outro ali, e logo o sono baixou sobre aquela gente cansada. Teriam pouco tempo para se recompor.

Foi uma noite linda, estrelada, lua cheia, quente, seria abafada para quem estivesse dentro de casa, mas ali, na beira do arroio, uma aragem refrescava. Bozano não deixou armar barracas, a não ser uma, para o comando, que não serviu como dormitório e sim como um escritório de campanha.

Nove horas, o sol recém se pusera e já estava todo o mundo adormecido, até o comandante. "Vai ser só uma pestana e já seguimos", recomendou. Eu estava no quinto dos apagões quando me sobressaltei ao sentir uma bota cutucando-me a sola dos pés. Era o Soveral me chamando: "Te acorda pra *guspí*, Alemão", foi o que ouvi ainda misturando a realidade com um sonho que já esqueci.

– Vamos, está na hora. Reunião com o comandante – disse-me, já se adiantando para outro arreio, vendo quem dormia, com o lombilho de travesseiro, despertando aqueles que Bozano convocara. Puxei do cebola e vi a hora: meia-noite e cinco. Pulei da cama, fui até a beira do arroio lavar a cara. Já refeito, aproximei-me do fogo que começava ao lado da barraca do comando.

– Bom-dia – cumprimentei o índio Antunes, que já prendera o fogo e encostara uma cambona de lata para esquentar a água do mate.

– B'dia – respondeu o caboclo, concentrado no que fazia. Logo vi o comandante se aproximando, já calçado mas vestindo apenas uma camiseta de meia no tronco, com os culotes soltos na cintura, suspensórios fora dos ombros, caídos.

– Que tal, dormiste bem, Alemão?
– Como uma pedra – respondi.
– Eu também.
– Que coisa o dr. Balthazar, não é? – comentei.
– Uma lástima. Por tudo. Sem ele, a família vai perder a força na região e a cancha estará limpa para o Coriolano Castro e os maragatos tomarem conta de

Caçapava. A família já perdeu a Intendência e, se deixarem assim, o republicanismo some no município. E isto nos enfraquece, no plano estadual. Além do mais, perdi um amigo.

– Irreparável. E dizer que o coronel Coriolano já foi intendente republicano e agora volta pela oposição – acrescentei.

– Tens razão. Mas, voltando à morte do Balthazar, estou arrasado. O gaúcho diz que gringo é fiteiro, mas neste caso estou, mesmo, muito abalado. É verdade que o italiano dramatiza tudo, mas esta noite quase chorei porque não me conformo. Sem contar que, politicamente, é um desastre para nós. O Balthazar seria um esteio aqui no Centro para a gente formar uma frente para escorar a turma da fronteira. Ainda bem que sobrou o dr. João Neves.

– É verdade, Júlio Raphael, foi ele que fez o papel de sinuelo para o dr. Borges impor a tua candidatura. Aliás, se não fosse tua mudança para Santa Maria nós também teríamos caído nos braços dos libertadores. Aqui em São Sepé, mesmo, o Percival Brenner também é outro dos nossos que o dr. Assis levou para a oposição.

Eu ia continuando minha análise quando vi o comandante olhar para o lado observando a aproximação do responsável pela nossa segurança.

– Bom-dia – interrompeu seu Armando. Ele demonstrava estar de pé há tempo. Vinha de uma inspeção às sentinelas, especialmente dos guardas da mangueira da cavalhada. Um comando inimigo poderia se infiltrar, abrir a porteira e nos deixar a pé.

– *Buenas*. Daqui a duas horas encilhamos – informou Bozano.

Um a um foram chegando os oficiais do alto comando, isto é, o estado-maior e os capitães comandantes dos esquadrões. Os demais também já estavam de pé tomando as providências para a marcha. Na campanha é dispensado o clarim para acordar a tropa. Um se mexe, outro acorda e logo estão todos de pé. Um lume acende denunciando que já se faz fogo. Cada grupo de vinte, trinta homens vai formando uma roda.

Primeiro o chimarrão, enquanto se esquenta a carne que sobrou do churrasco da tarde anterior. Este é o desjejum, sem leite, a menos que algum soldado tenha "requisitado" temporariamente uma vaca leiteira nas redondezas. Só em último caso se carneia gado de leite, mesmo que não seja propriedade de companheiro. É por causa das crianças. Quando passa uma força nesses ermos, em geral não fica nada nem na despensa nem no campo. Por isso o leite muitas vezes é o único alimento para as famílias "contribuintes" durante dias, até que se refaçam os estoques domésticos.

– Pelo jeito a coisa foi feia lá no Barro Vermelho – comentou Soveral, abrindo o assunto.

— O coronel Loureiro não vai reconhecer, mas que não foi frouxo, isto lá não foi — acrescentou Ulisses Coelho.

— A nossa gente foi para o sacrifício — contou Bozano. — Na verdade, os republicanos de Cachoeira não estavam inteiramente desprevenidos para a eventualidade de uma rebelião da guarnição federal. Os primeiros sinais da insatisfação militar haviam sido em agosto, quando um motim sacudiu o 2º Batalhão de Engenharia. A soldadesca descontrolada levou o pânico à cidade. Os soldados saíram às ruas provocando saques e depredações, atacaram prédios públicos e entraram em choque com os policiais regulares da Brigada e voluntários republicanos catados às pressas para defender a cidade. Na verdade, esses civis eram veteranos dos corpos provisórios que haviam sido desmobilizados com o recente fim da guerra civil. Por isso conseguiram se organizar, conter os soldados do Exército e tocá-los de volta para seu quartel. Nada aconteceu aos rebeldes, mas os antigos provisórios ficaram em prontidão esperando novas desordens, prontos para reprimir os desordeiros federais. O coronel Loureiro e os deputados João Neves e Balthazar tinham reunido sua gente na Intendência e esperavam pelo ataque do Exército dentro da cidade, pois não tinham forças para tomar o quartel deles. Aguardavam o reforço do nosso pessoal de Santa Maria para fazer alguma coisa. No entanto, o Fernando Távora não esperou por eles. Na noite de 9 de novembro, ao contrário do que esperavam, não atacou a cidade, cruzou o rio e se dirigiu para São Gabriel, onde poderia fazer a junção com outras forças revolucionárias comandadas por Honório Lemes, que vinham da fronteira uruguaio-argentina em direção ao sul do estado, e então subir para noroeste e se unir às tropas do Exército que haviam se rebelado na região das Missões, sob a liderança do capitão de Engenharia Luís Carlos Prestes, que já ocupavam uma vasta área do estado. Se ficasse ali, seria cercado, entre o casario e o Jacuí. Aí, então, babaus. Com o armamento pesado da Brigada e os reforços de gente nossa chegando e se apresentando, pessoal calejado de 23, em poucos dias os milicos seriam reduzidos a cinzas — explicou Bozano.

— Estava certo o capitão Távora — atalhou Armando Borges. — Assim que soube do levante, Loureiro mobilizou o 12º Corpo, e com a chegada da companhia da Brigada, com os seus petrechos de guerra completos, sentiu-se forte, mandou requisitar as viaturas disponíveis na cidade e saiu atrás deles. Deixaram o João Neves com uma pequena guarnição defendendo a cidade de alguma surpresa e marcharam para interceptar a força adversária. Ao mesmo tempo, tão logo soube do levante do 2º BE, o governo estadual deslocou para Cachoeira as tropas da milícia estadual disponíveis em Santa Maria. Na frente seguiu um esquadrão do 1º Regimento de Cavalaria da Brigada, integrado por soldados profissionais habilitados no emprego de armas pesadas. Para enfrentar uma guarnição do Exército era preciso mais do que cavalaria e mosquetões, que eram as armas disponíveis em Cachoeira para equipar o corpo provisório. Loureiro e seu pessoal atravessaram o rio no Seringa, um passo novo que fica bem na saída da cidade, e contornaram a tropa inimiga. Usando a velocidade dos automóveis e caminhões, chegaram no Barro Vermelho às 10 horas da noite de anteontem, a quatro léguas da cidade, na região onde estão as propriedades do clã dos de Bem e Canto. O Balthazar, com os provisórios, comandava o centro, estendeu a linha e atacou, batendo de frente com o dispositivo deles. Foi um choque formidável. E foi ali, nas terras de sua família, que acabou tombando Balthazar. Acontece que o capitão Távora tinha se fortificado, seguindo o manual de combate da Missão Francesa. Além disso, uma grande quantidade de libertadores da cidade se incorporara à sua tropa assim que soube do levante. Eram na maioria veteranos da revolução de 23, mas quase não tinham armamento. No total, uma força estimada em 1.300 homens. Uma unidade do Exército tem sistema. Eles sabem concentrar fogo. Estavam com todo seu material ainda intacto e lutavam de acordo com seu treinamento para defesa de posição. Enquanto puderam se comportar como em manobras, os militares agüentaram bem. O combate terminou mais ou menos empatado, com muitas baixas dos dois lados. Só que, depois do combate, os oficiais do Exército rebelde foram perdendo o controle, não conseguiram impedir as deserções. Enquanto tiveram comando, os conscritos lutaram, mesmo sem saber o que faziam ali. Com o fim da luta, debandaram. Foi isto, em resumo, o que me contou o emissário do coronel Loureiro. Imagino que deve ter havido muita deserção. A maior parte dos soldados deve ter voltado para o quartel, mas o Távora ficou com o que sobrou de armamento e um grupo fiel que segue com ele à procura de incorporação a outra Força. Com certeza juntar-se ao Honório.

– E nós, que faremos, continuamos esperando o pessoal de Cachoeira?

– Não. Eles voltaram para a cidade para se recompor. A morte do Balthazar foi um abalo muito grande. Vão ficar alguns dias fora de combate. Sobrou para nós a missão de acabar com o que resta do capitão Távora. Vamos passar para a barraca, para estudar os nossos movimentos.

Lá dentro, abriu o mapa e mostrou nossa marcha nesse dia. Seguiríamos até a Chácara dos Eucaliptos, no 3º Distrito de São Sepé. Ali almoçaríamos, sestearíamos e aguardaríamos novas ordens. Na vanguarda, como sempre, o veterano tenente João Cândido.

Às 11h30 chegamos ao bivaque. O piquete da ponta já carneara. Com fogo aceso, tinha o churrasco a meio caminho. Debaixo de uma árvore, maneados a tentos, quatro homens, três fardados e um paisano.

– Veja, doutor, o que encontrei, escondidos nos matos, aqui por perto – anunciou o primeiro-tenente João Cândido –, olhe só as armas que portavam – dizia mostrando não haver dúvidas de que fossem soldados do Exército extraviados. Os três fardados levavam fuzis Mauser 1908, a carabina regulamentar das tropas federais de terra. O outro trazia uma velha espingarda Winchester 1876, com dez cartuchos 44.40, e um velho revólver Lefaucheux 11mm, também antigo, todo cheio de folgas, sobra da Guerra do Paraguai. Um perigo, a arma: se disparasse poderia explodir na cara do atirador.

– Armando, pega o serviço dos rapazes e vamos almoçar. Só comem depois de falar, está bem?

– Entendido, coronel.

Os prisioneiros não tinham muito o que dizer. Nem bem viram o rabo-de-tatu que seu Armando batia na palma da mão, como que experimentando o instrumento, e deram o serviço: os três soldados eram recrutas do 2º e o rapaz um libertador de Cachoeira que se juntara à tropa rebelada. Estavam perdidos, cavalgando a esmo para ver se encontravam força amiga para se incorporar. Disseram nada saber sobre seu comandante, o rumo que tomara e o que pretendia. Falavam a verdade. Suavam de tão assustados. Seu Armando mandou cortar um naco de carne para cada um, deu-lhes de beber e os manteve maneados até o comandante decidir seu destino.

– Coronel, teremos convidados para o churrasco. O pessoal de São Sepé foi avistado quando galgou o Repecho – informou Armando Borges.

Este era um outro costume, nas guerras civis. Quando uma força amiga acampava em local próximo, delegações de correligionários da cidade vinham até o acampamento visitar as tropas. Eram visitas bem-vindas, pois além da solidariedade traziam presentes, comida, gulodices, munições, armas e, muitas vezes, dinheiro de doações, o que não só aliviava o Tesouro do Estado de despesas, no caso de tropas legalistas, como dava ao comandante maior margem de manobra para requisições, que poderiam ser pagas à vista, eliminando o mal-estar que causa uma compra fiado com pagamento a perder de vista.

Também o médico da coluna, capitão Antônio Xavier da Rocha, alegrou-se, pois essas comitivas levavam medicamentos e, também interessante, muitas vezes eram compostas pelas enfermeiras da Cruz Vermelha local, geralmente mocinhas da alta sociedade que trabalhavam como voluntárias no tratamento dos feridos. Aos 23 anos de idade, Xavier da Rocha não se incomodava com a presença das moças no *front*, especialmente quando estavam numa escala de calmaria.

Eu já me preparava para o momento que viria: discursos, vivas e festa. A acordeona abriria o fole, o violão bateria as cordas, a soldadesca se aliviaria da tensão quando o acampamento se transformasse numa espécie de quermesse de capela. Mas não foi isto o que vimos. Os carros chegaram, com o líder desfraldando a bandeira branca republicana, mas em vez das senhoras e moças desembarcou um contingente armado, demonstrando alívio de estarem chegando a uma praça forte amiga.

Quatro homens, com jeito de chefes políticos, destacaram-se do grupo, dirigindo-se de imediato ao comandante. Aproximei-me e pude ouvir a conversa. Eles diziam não confiar no intendente de São Sepé: "O Brenner pode nos pegar na volta", disseram, pedindo-nos que lhes déssemos alguma cobertura para o caso de uma ameaça de algum caudilho maragato. Eles diziam esperar um ataque do caudilhete João Castelhano, que andava campeando pela região e mandara recados desaforados a seus desafetos na cidade.

– Já levantamos barricadas na praça, mas temos pouca munição – dizia um deles. – Pelas notícias, os libertadores têm mais de 100 homens, todos facinorosos – acrescentava outro. E, assim por diante, foram narrando o terror que se apossara dos republicanos da cidade desde que Castelhano ameaçara invadir São Sepé.

– Senhores, nós temos uma missão a cumprir: destruir os remanescentes do 2º Batalhão de Engenharia do Exército impedindo sua junção com o pessoal do Honório Lemes, que se desloca de Rosário na direção de Caçapava – respondeu Bozano –, mas vamos ajudá-los a guarnecer São Sepé até que o governo mande efetivos regulares da Brigada para ocupar a cidade. – E logo ordenou: – Por favor, capitão Bento Prado, o senhor vá a São Sepé e aguarde por lá novas ordens. Leve seu esquadrão, mas deixe os cavalos. Vamos precisar das montarias aqui no campo. De cavalaria só um piquete.

O capitão Bento Ataíde Prado, republicano, funcionário da Intendência de Santa Maria, homem de confiança de Bozano, foi dar a ordem de marcha. Sairia com 30 homens montados e 100 a pé para se entrincheirar na cidade e dissuadir os libertadores de atacá-la. Castelhano era um chefete regional. Pequeno fazendeiro, em tempos de paz era um mau peixe de meter medo, que não deixava sem resposta nem mesmo um olhar atravessado numa carreira, num boliche ou numa mesa eleitoral. Em tempo de guerra civil, reunia uma força pequena mas aguerrida e atuava por ali mesmo, entre Caçapava e São Sepé. Em 23, participou do assalto a Santa Maria. Seu comportamento não era aprovado pelos grandes chefes libertadores, que pregavam uma guerra segundo os moldes da civilização, mas não deixava de ser útil, pois cumpria missões de alto risco sem reclamar. Sua fama – mais a fama do que a verdade – era de não fazer prisioneiros. Chimango, como começaram a chamar os seguidores do presidente do Estado, que caísse em suas mãos tinha como destino a faca afiada na garganta. Dizia-se que ele próprio degolava os infelizes. Além disso, protegendo os companheiros sepeenses, Bozano reforçava sua condição de líder regional.

– Prado, leva contigo o paisano e o entrega para as autoridades policiais de São Sepé. Eles que lhe dêem o destino que quiserem. Os milicos ficam conosco.

Acho que vou incorporá-los à nossa Força. Se eles não sabem por que brigam contra o Bernardes, por certo não vão se opor a lutar pelo Borges – disse rindo. – Quem sabe assim aplicam seus conhecimentos militares.

Para reforçar entre os republicanos de São Sepé a sua decisão de se desviar, embora parcialmente, da missão de capturar os rebeldes do Exército, incluiu os maragatos entre seus objetivos imediatos.

– Raul, vamos sair atrás desses bandidos do João Castelhano. Quero cinco piquetes varrendo a região. Se encontrarem inimigos, ataquem. Não vamos nos deixar surpreender por um bando de mazorqueiros. Assuma o comando que eu vou a Cachoeira ver o que está acontecendo, levar meus pêsames à família do Balthazar e conversar pelo telégrafo com o dr. Borges. Gélio, chame o Roberto que vamos de automóvel agora mesmo.

– Coronel, o senhor vai sozinho? – espantou-se um dos delegados do Partido Republicano sepeense, vendo-o preparar-se para viajar sem escolta.

– Não. Vou com minha Astra 400 – disse mostrando a *parabela* que levava no coldre.

Capítulo 4

Quarta-feira, 12 de novembro

O FUNERAL

Rincão dos Aires, 2º Distrito de São Sepé.

O motorista quase deslocou sua espinha dando-lhe bomba para encher bem os pneus até o ponto de aceitar correntes, pois com aquele mormaço o tempo estava fechando e logo começaria a chover. Foi debaixo d'água, pouca, é verdade, mas o bastante para peludear, que iniciamos nossa viagem para o velório do dr. Balthazar. Saímos dos Eucaliptos retrocedendo sobre a estrada real Caçapava–São Sepé, até o nosso acampamento anterior. Dali, da ponte do Santa Bárbara até a cidade, subimos mais 20 quilômetros, vencendo os lançantes do Repecho, amassando lama e galgando a serra.

Caçapava é a cidade em maior altitude de toda aquela fronteira, coisa de 450 metros acima do nível do mar, o que, somado à dificuldade de acesso até a crista da serra que leva seu nome, a faz, do ponto de vista militar, uma posição estratégica. Antigamente foi cognominada "A Sentinela dos Cerros", porque ali ficava a primeira linha de defesa do Brasil contra as invasões (se pensarmos bem, à luz do então ainda em vigor Tratado de Tordesilhas, não posso afirmar quem invadia a quem) vindas do Prata, no tempo das lutas contra os espanhóis, e, mais tarde, nas guerras da Cisplatina, contra os orientais de Artigas, de Rivera, e os bonaerenses de Alvear.

Em 1924, essa posição estava um tanto desativada, pois desde a estabilização do Estado Oriental, o Uruguai, deixara de haver uma ameaça concreta de ataque ao Brasil vindo por essa fronteira. Mas ficaram os sinais daqueles tempos: uma cidade protegida por um sistema defensivo composto pelo Forte Pedro II, rodeado por uma linha avançada de trincheiras de pedra para defesa externa da fortaleza e da cidade, interligadas entre si por uma rede de túneis. Além da topografia tão difícil que lembraria a um exército invasor as mais tenebrosas descrições do caminho do inferno, o reduto tem no seu interior o elemento principal para o defensor resistir a um sítio prolongado, uma brotação de água límpida e potável, a Fonte do Mato, uma vertente inesgotável com uma vazão poderosíssima, o que lhe permite abastecer gente e animais por tempo indeterminado e, assim, agüentar um cerco por anos a fio, se for preciso. Tanto que ali os farrapos de Souza Netto e João Antônio levaram onze dias para tomá-la em 37, para instalar, entre 1838 e 42, a capital da República Rio-Grandense, ou de Piratini, como nós republicanos gostamos de dizer. Nas guerras civis, Caçapava ainda é uma posição disputada, porque sua geografia se presta para a guerra de guerrilhas como poucas na Campanha, só comparável à Serra do Caverá, no quadrilátero entre Rosário, Livramento, Quaraí e Cacequi.

Na Revolução de 23, Caçapava foi tomada e retomada três vezes, um recorde. Nenhuma outra cidade trocou tantas vezes de mãos. E foi aqui que o nosso pessoal de Santa Maria combateu contra Estácio Azambuja e Zeca Netto, integrando a Brigada do Centro do coronel Claudino. Nessa campanha, ainda major, Bozano era o comandante do 3º Corpo Provisório. Outra vez, estávamos de volta.

Paramos em Caçapava para pôr gasolina. Na cidade, enquanto Toeniges reabastecia na bomba dos Miranda, comemos um *à la minuta* antes de seguirmos viagem. No reservado do café onde jantamos, recebemos a visita do intendente do município, tenente-coronel João Vargas, que fora major-fiscal e, depois, o comandante do 2º Corpo Auxiliar, formado por correligionários do município, quando o comandante da praça era o primo-irmão do dr. Balthazar, o tenente-coronel Balthazar Guarany, que por sua vez era filho do patriarca republicano do município, coronel Balthazar de Bem.

João Vargas licenciou-se do cargo civil para assumir seu comando militar na guerra civil de 23, mas reassumiu logo que se decretou a desmobilização dos provisórios. Ele se colocou à nossa disposição, com certas reservas, por causa das ordens que recebera de Porto Alegre: o dr. Borges não queria acirrar os ânimos da oposição em Caçapava, onde as coisas estavam mais ou menos calmas. Por isso os republicanos deveriam apenas vigiar discretamente seus adversários, não se armar ostensivamente, não reprimir nem provocar os libertadores, até passar a crise aguda, pelo menos. O governo não queria atiçar o novo intendente, recém-eleito, no mesmo pleito que Bozano venceu, um antigo republicano que já ocupara o cargo e agora, reconduzido pela oposição, esperava pela posse de seu segundo mandato, em janeiro.

– O máximo que o velho Borges autorizou foi "calçar" um 44, mas até aí é só vestimenta, não é, doutor? – brincou Vargas.

– Sim, senhor, pois se não era querer que os companheiros andassem seminus, não é, coronel? – concordou Bozano.

– O homem tem razão. Por enquanto o coronel Coriolano está respeitando o Tratado de Pedras Altas. Acredito, mesmo, que, se o dr. Assis não apoiar abertamente a revolução, ele ficará de fora. O que ninguém quer ver é o velho Coriolano outra vez nas coxilhas – completou João Vargas.

Deixar o velho caudilho quieto era uma meta do governo. Coriolano Alves de Oliveira Castro tinha uma larga folha de serviços: entrou na Revolução de 93 como soldado raso, voluntário, na Divisão do Norte. Terminou a guerra no posto de major-ajudante do general Pinheiro Machado. Pacificado o Rio Grande, foi nomeado coronel comandante da 62ª Brigada de Infantaria da Guarda Nacional. Ele e o pai do morto, o velho Balthazar de Bem, alternaram-se na Intendência de Caçapava até que, em 1922, Coriolano deixou o Partido Republicano no racha que levou à candidatura de Assis Brasil contra Borges de Medeiros. Quando estourou a Revolução de 23, nos primeiros dois meses foi o comandante de uma divisão, formada por gente do município, do 3º Exército Libertador, comandado pelo general Estácio Azambuja. Mas ainda era muito cedo para que os lenços vermelhos e os lenços brancos de Caçapava dividissem a mesma trincheira. Separaram-se. Os maragatos continuaram com Estácio, enquanto os dissidentes republicanos, do mês de maio em diante, foram juntar-se ao general Zeca Netto. Castro assumiu, então, o comando do 4º Regimento da 3ª Divisão do Exército Libertador. Nessa unidade participou do feito mais sensacional dentre todos dos rebeldes em toda a campanha, a tomada de Pelotas, a segunda maior cidade do estado. Coube ao 4º Regimento a missão mais dura: atacar o quartel do 1º Corpo Provisório, uma verdadeira fortaleza, nas instalações da Sociedade Agrícola.

Depois da revolução, Coriolano assumiu a liderança da frente libertadora em Caçapava, integrada por dissidentes republicanos e pelos federalistas. Eleito intendente de Caçapava nas eleições de agosto, esperava tomar posse em janeiro. Convertido aos princípios democráticos de Assis Brasil, o velho caudilho parecia estar respeitando as regras da política pacífica. Borges queria mantê-lo longe da luta, pois, apesar de seus 61 anos, ainda seria capaz de liderar uma coluna guerrilheira naqueles campos que conhecia como a palma da mão. Ainda mais que os espiões do governo plantados no Uruguai informavam que o general Zeca Netto estava se preparando para invadir o Rio Grande. Se o dr. Borges conseguisse que o intendente eleito de Caçapava não se juntasse a seu antigo chefe, seria meia vitória para as forças do governo que estavam iniciando as operações naquela região.

Por enquanto, havia apenas o sinal do rastilho aceso para a explosão da luta armada, representado pela pequena Força de João Castelhano, que Bozano esperava desmantelar nos próximos dias. Uma coluna de peso, organizada, com potencial para mudar a sorte da guerra, não se constituíra. Este era o temor do governo, pois Coriolano sim poderia convocar gente, recursos bélicos e financeiros para criar uma unidade com poderio para abrir uma nova frente.

– Tem razão, coronel, mas não os perca de vista – disse Bozano.
– Estou com o ouvido colado no chão. Se ouvir o tropel dos cavalos, em dois dias posso ter mais de 200 homens em armas – garantiu João Vargas. – O nosso delegado, major Censúrio, está com sua gente na ponta dos cascos.
– E que me diz da estrada daqui a Cachoeira?
– A chuva foi pouca. Só barro. Talvez algum "peludo", no máximo, n'algum olho-de-boi. O Irapuá está dando passo. Não há problema. Se sair agora chega antes do dia, se o condutor for bom.
– Então está bem. Muito obrigado pela acolhida e até mais ver.
– Até mais ver, doutor. Não vou acompanhar o enterro porque tenho ordens de não me afastar da cidade. Sei apenas que vão sepultá-lo na fazenda da família. As terras deles ficam ali perto de onde ele morreu, no Barro Vermelho, logo adiante do Durasnal, antes de chegar à ponte do Irapuá. Mas estaremos presentes, já seguiu uma delegação do partido. A maior parte são parentes, mas também vão com a delegação de nos representar.
Na primeira hora e meia de viagem Bozano permaneceu em silêncio. Só foi falar quando deram uma parada na Picada do Ricardinho, onde havia um pequeno vilarejo de colonos italianos. O carro venceu bem o terreno de serra que descia de Caçapava até a várzea do Irapuá. Era um Ford novinho, adaptado e reforçado pelo Toeniges para uso militar: baixou a tampa do cilindro para aumentar a potência, reforçou a suspensão, fez uma modificação completa no sistema elétrico, adaptando uma bateria de 12 volts para alimentar um jogo de quatro faróis e um holofote de cabina para viagens noturnas como aquela. Mudou também o aro dos pneus para uma tala mais larga e solado do tipo lameiro, próprio para o barro. O italiano era um mecânico de mão-cheia, além de exímio motorista. Venceu aquela estrada molhada com segurança. Uma derrapada aqui, uma patinada ali, não teve problemas nem precisou botar as correntes nas rodas para aumentar a tração no terreno molhado.
– Temos que estar de volta antes de amanhã à noite – ele me disse.

De madrugada, bem antes de sair do acampamento na Chácara dos Eucaliptos, Bozano aprovara um plano de operações para o dia. A tropa se deslocaria para uma posição entre São Rafael e o Cerrito do Ouro, no 2º Distrito de São Sepé, tomando o rumo do sul. Nessa rota poderia alcançar mais gente extraviada dos rebeldes de Cachoeira. Os prisioneiros haviam dito que os revolucionários achavam-se dispersos em pequenos grupos e dirigiam-se a Caçapava. Desde o dia anterior que a força se espalhara em descobertas (patrulhas) pela região, procurando localizar extraviados e destruir grupos organizados que eventualmente encontrasse pelo caminho.

– Raul, vai te deslocando para esta posição – disse, mostrando o mapa. – De tarde, marcha até o Cerrito do Ouro que eu te encontro lá amanhã. Vai levando assim, o pessoal espalhado, pois não acredito que venham a encontrar forças inimigas organizadas. Ulisses – disse ao capitão-ajudante –, tu vais à vila do Santa Bárbara comprar alimentos. Paga tudo em dinheiro, para não termos confusão aqui em Caçapava. Lá vais encontrar o armazém dos Poglia, que é bem sortido. Não me tragas tudo o que encontrares para não desabastecer demais aquela gente. Deixa uma sobra, de forma que possam resistir até poderem buscar mais mercadoria em Caçapava. Não te esqueças que aqueles gringos fazem um vinho muito bom.

A força foi marchando conforme a ordem. As patrulhas vasculhavam mato por mato, capão por capão. Qualquer lugar que pudesse esconder um homem era revistado. Varredura do terreno, como chamavam os militares esse tipo de operação.

Soveral montou seu dispositivo de acordo com o esquema tático que ele e Bozano haviam desenvolvido. O 11º Corpo era, nesse momento, a única força organizada com capacidade efetiva de combate a operar na região. O choque do Barro Vermelho, pensou, deveria ter sido realmente muito violento. Pelo que se podia observar no campo, os dois lados destruíram-se mutuamente.

Fracionado em pequenos grupos, um pouco maior que o efetivo de um pelotão, o que o gaúcho chama de piquete, o 11º Corpo espalhou-se por mais de uma légua para cada lado da estrada principal para bater os possíveis esconderijos de rebeldes.

Ainda na madrugada do dia 12, logo depois de nossa partida, Soveral, já no comando, reuniu a oficialidade para dar suas ordens para aquela quarta-feira. Caía uma garoa fina, que se seguiu à manga d'água do crepúsculo. Ainda vestidos com seus ponchos, o grupo reuniu-se em torno do major.

– Hoje cedinho marchamos. Vamos contar a cavalhada e reunir as montarias que estiverem em condições para as nossas operações. Os animais estropiados serão poupados para se recuper. Assim, uma parte segue a pé.

Soveral distribuiu seus homens. Os piquetes se deslocariam comandados pelos tenentes. A tropa a pé marcharia pelo eixo da estrada até o lugar da sesta, no 2º Distrito, novo ponto de reunião para avaliar as operações da manhã.

Quando as patrulhas começaram a chegar no ponto do encontro para o almoço, uma surpresa: vinha maneado e com os pulsos algemados nada menos do que "Perna de Pau" Aires, um dos tipos mais perigosos da região do Cerrito. Fora surpreendido e capturado. Embora não estivesse incorporado a nenhuma força, era bom prendê-lo e mantê-lo fora de ação. Perna de Pau era um dos maragatos que sempre estavam metidos nas estripulias políticas. Conhecido como truculento, tinha uma velha conta a acertar com Raul Soveral.

– Então tu és o famoso Perna de Pau – interrogou o major –, aquele mesmo que esteve com os canalhas atrevidos do Clarestino Bento e do João Castelhano no assalto a Santa Maria em novembro passado?

– É o que dizem – respondeu com arrogância. Embora já estivesse com sinais de ter levado alguns pranchaços, mantinha-se de queixo erguido.

– Pois te amansa, se não vais conhecer o fio da minha prateada – revidou, indicando o cabo da faca que poderia servir para degolá-lo.

Mas Perna de Pau não demonstrou temor. Era um "índio maula", como se dizia.

– Para onde ias?

– Estava por aí, procurando companheiros – respondeu secamente.

– Clarestino? – perguntou Soveral, referindo-se ao caudilho Clarestino Bento, coronel libertador, ex-comandante de regimento de Estácio. Era o chefe militar libertador de São Gabriel, perigoso, que liderara o ataque ao quartel do 1º Regimento de Cavalaria de Santa Maria, em novembro de 23, cuja defesa Soveral comandara, nos últimos dias antes do armistício, no ocaso daquela guerra civil.

– Não sei. Qualquer um que esteja disposto a matar chimangos me serve.

– Por onde anda aquele velhaco? – tornou Soveral, ignorando o desaforo.

– Não sei. E se soubesse não diria.

– Tu estás querendo conhecer o meu rabo-de-tatu – ameaçou novamente Soveral.

– Acredito que ele só sabe o que o Clarestino anda fazendo – atalhou o capitão Armando –, portanto, o que é certo é que o velhaco anda campereando por aqui.

– Com certeza – disse o major. – Vamos mandar o homem para a cadeia em São Sepé e avisar o Bento desta novidade. Pode ser que, em vez de um, ele encontre dois desses celerados pelas ventas. Temos de impedir a junção de Clarestino e João Castelhano. É preciso destruí-los antes que se incorporem.

– O Ulisses está chegando com duas carroças de mantimentos. A gente bota três praças com ele atado e mandamos ainda esta tarde para a "Chacrinha" – sugeriu Armando, chamando a cidade pelo seu pejorativo.

– Está bem. Tão logo os homens tenham churrasqueado, partem. Para este excomungado, só um gole d'água. De comida, fica só com o cheiro do assado – sentenciou Soveral, afastando-se, deixando o prisioneiro a cargo de um parente distante, o sargento Manuel Aires Siqueira. Perna de Pau respirou aliviado, na mão do primo. Soube que chegaria vivo à prisão. Não sabia que Soveral tinha ordens estritas de não provocar incidentes desnecessários, mesmo que fosse com uma família do naipe dos Aires do Cerrito, maragatos empedernidos e, em muitos casos, violentos, encrenqueiros e, até, cruéis com os adversários. Em tempos normais não escaparia da faca, pois era jurado de muitos que estavam naquela Força.

Encostamos no hotel, em Cachoeira, por volta de 4h30min da manhã. Bozano queria se assear, trocar de roupa, só chegar no velório quando estivesse com a aparência apresentável, embora possivelmente fizesse melhor figura chegando todo estropiado como quem vem da guerra. Fomos chamando o proprietário, que se mobilizou para nos atender: arrumou banho quente, acordou a camareira para passar nossas fardas, deu-nos de comer um café com leite, bem quente, com pão sovado e lingüiça. Que conforto! Enquanto isto, despachamos um mandalete para avisar o dr. João Neves da Fontoura, chefe político de Cachoeira, deputado estadual, líder do governo na Assembléia dos Representantes, que estaríamos dali a pouco no salão nobre da Intendência, onde estava a câmara-ardente.

Banho tomado, tiramos uma sonequinha de hora e meia, pois já estávamos havia quase 24 horas sem dormir, ora cavalgando, ora nos sacolejando no automóvel. Ambos tínhamos fardamento de reserva, que foram passados a ferro. As botas, limpas e engraxadas. O mesmo fez Toeniges, que também aproveitou a oportunidade para sair da imundície em que nos encontrávamos. Barba feita, cabelo penteado, nos dirigimos para a Intendência, enquanto o motorista cuidava para que nossas roupas sujas fossem lavadas aceleradamente, em tempo de as levar limpas, ainda que malsecadas, na volta.

Nosso plano era sair tão logo conferenciássemos com os chefes republicanos locais e nos inteirássemos com detalhes da situação militar. As informações de que dispúnhamos eram poucas e estávamos certos de que todo o peso da campanha recairia sobre o 11º. De quebra, prestaríamos nossa homenagem ao chefe republicano local que tombara em combate.

Nossa chegada ao velório foi um assombro: entramos no grande salão e Bozano, mal cumprimentando os dirigentes do partido que o aguardavam alertados pelos vivas na porta da Intendência, caminhou em silêncio, dirigindo-se diretamente ao caixão. Perfilou-se e bateu continência. Eu o imitei, surpreso. Ficou um bom meio minuto em posição de sentido, naquela saudação militar. Todos ficaram a olhá-lo, parados em sua figura impressionante. Já era um homem famoso. A seguir, dirigiu-se à família e apresentou seus pêsames. Abraçava os homens e beijava a mão das senhoras. Por fim, saiu a cumprimentar cada um que ali se encontrava. A Intendência estava lotada. Do lado de fora, uma multidão, que nos reconheceu assim que fomos chegando ao local. Foram abrindo alas para entrarmos, até que se ouviu o primeiro viva.

– Viva o doutor Bozano!
– Viva o presidente Borges de Medeiros!
– Viva a briosa Brigada Militar!
– Viva o doutor Balthazar de Bem!

E assim por diante, como era o costume daquela época. Bozano, embora mantivesse o ar solene, como convinha ao momento, não disfarçava seu contentamento com a popularidade. Não havia dúvidas, ele era uma das principais estrelas do mundo político gaúcho. As praças do grupamento do 12º Corpo Provisório faziam a guarda de honra. Quando nos viram chegar entraram em forma para nos prestar a continência de estilo.

– Disciplinados; nem parece que não tem nem uma semana que a unidade foi formada – comentou Bozano.

Quando entramos, logo se aproximaram os dois chefes republicanos locais, os doutores João Neves e Aníbal Loureiro. Assim que Bozano relaxou a continência, cumprimentaram-se, e João Neves acompanhou o coronel apresentando-o aos presentes. Cumprida a formalidade dos pêsames e da saudação aos demais, fomos convidados a passar para o gabinete do intendente, para nossa reunião.

– Eles também perderam um deputado – contou João Neves –, o Antônio Carneiro Monteiro morreu no Guaçu-boi.

– Que desgraça, era um companheiro – respondeu Bozano, referindo-se a Balthazar de Bem.

– É a guerra – comentou Loureiro.

– Como está a situação? – foi perguntando Bozano –, vocês se retraíram?

– Estamos nos recompondo – continuou Loureiro –, foi uma coisa tremenda. A gente estava esperando que os milicos se levantassem, mas nunca que o fizessem do jeito que foi. Quando nos demos por nós, já estavam horas na nossa frente. Não tivemos outra solução senão persegui-los com o que tínhamos.

Loureiro ia contando o que se passara. Ele era o comandante militar das forças republicanas na cidade. Junto com Balthazar e João Neves formava a Comissão Executiva do partido na cidade. Neves e Balthazar eram deputados estaduais. O intendente, Francisco Nogueira da Gama, estava praticamente fora de ação, doente, sem condições de comandar nem política nem militarmente a cidade.

Loureiro já fora intendente. Ele havia chegado a Cachoeira em 1921 como interventor, nomeado pelo governo do Estado para pacificar os republicanos locais que vinham numa luta interna desde 1912, que chegara ao máximo de desgaste. A continuar como estava, era provável que os libertadores tomassem o poder, como acabou acontecendo em Caçapava e São Sepé. Ele era um advogado de Porto Alegre, formado no Rio de Janeiro, que trazia toda a sofisticação da vida na capital da República, que muitos ainda chamavam de Corte. Nomeado intendente provisório, como se chamavam os interventores, acabou por conquistar a confiança dos republicanos cachoeirenses e, candidato nas eleições, ganhou e tornou-se intendente. Em 23, quando estourou a rebelião contra a posse de Borges de Medeiros, como de resto aconteceu com os intendentes republicanos em quase todas as grandes cidades do Rio Grande do Sul, vestiu a farda de tenente-coronel da Brigada e foi para a campanha, à frente do 1º Corpo Provisório, como nós na Brigada do centro. Agora já era um comandante veterano, provado em combate.

– Foi uma coisa feia, Júlio Raphael – comentou Loureiro. – Esse pessoal do Exército tem disciplina e técnica. Falta-lhes a formação política. Mas, quando se abre fogo, a bala não reconhece a cor do lenço. Eles estavam com seu armamento completo. Cavaram trincheiras, valeram-se das condições do terreno para se fortificar; enfim, montaram um dispositivo de defesa de acordo com o figurino. A base da defesa era composta pelos soldados regulares, equipados com o armamento do Exército. Mas essas tropas eram de jovens conscritos. Os civis, mais experientes em combates, estavam mal-armados. Mas em condições de brigar. Assim, ficaram nos esperando. A nossa vantagem era a maior experiência de combate de nossos homens. Com eles fortificados, optamos pelo ataque frontal contra os soldados regulares, na certeza de que, quando chegássemos às trincheiras, os meninos conscritos não teriam como segurar nossos provisórios experimentados e recuariam. Foi o que se deu. Mas como custou... Os brigadianos operando metralhadoras faziam uma linha de fogo concentrada em cima das tropas do Exército. Nossos homens, com baionetas caladas e atirando sem parar, avançavam procurando encurtar a distância e chegar ao corpo a corpo. Os soldadinhos atiravam cadenciado e sem parar. Eles tinham boa e bastante munição. Levamos cinco horas de fogo ininterrupto para desalojá-los. Daí para a frente é o que tu sabes: quando viram os bigodões de nossos provisórios, eles debandaram, e nós, também já sem munição e exauridos pelo esforço, nos retiramos para cidade a fim de nos recompor. Acredito que cumprimos nossa missão, pois, se não os prendemos todos, aniquilamos com o 2º como unidade combatente. O que sobra por aí são meninos extraviados. Um grande número deles já deu de volta aqui em Cachoeira e estão recolhidos ao quartel ali na beira do rio.

– É verdade. Já pegamos alguns deles bem estropiados, escondidos nos matos do Santa Bárbara – completou Bozano.

– A lástima disso tudo foi o Balthazar. Ele comandava o centro. No meio daquele inferno de fogo que eles montaram, com tiros cruzados que imobilizaram nosso avanço, ele caiu numa investida. Pobre Balthazar, não tinha experiência militar, mas era um grande líder. Sua morte desmobilizou a turma – acrescentou Loureiro.

Balthazar de Bem era um político de grande talento que teve sua carreira prejudicada por um incidente na juventude, que o marcou profundamente e o manteve retraído durante a maior parte de sua vida. Quando estudava em Ouro Preto, Minas Gerais, no curso anexo à Escola de Minas, viu-se envolvido numa briga de rua, comum entre os estudantes, enfrentando-se gaúchos e paulistas, que degenerou em tiroteio. Na confusão, um paulista, da importante família Almeida Prado, acabou morto. Entre os envolvidos estavam os irmãos Vargas, de São Borja, Protásio, Viriato e Getúlio. Balthazar teve que fugir para não ser preso, e nunca mais saiu do Rio Grande do Sul, à espera da prescrição do crime, embora o inquérito não o tenha apontado como autor do disparo. Mas queriam lhe atribuir uma co-autoria. Primeiro, recolheu-se à fazenda do pai, em Caçapava. Depois foi para Porto Alegre, onde se formou em medicina. Voltou para Cachoeira e foi se envolvendo na política, até se tornar o chefe local do partido, mas sem nunca exercer cargos na administração pública. Entretanto, concedera em assumir uma cadeira na Assembléia do Estado e fora, também, eleito vice-intendente de sua cidade. Estava no vigor dos dois mandatos (naquele tempo permitia-se acumular) quando foi colhido pelas balas das tropas do capitão Fernando Távora.

– Vais ter que te ver sozinho, por enquanto, Júlio Raphael – disse João Neves –, levará pelo menos um mês até o 12º estar novamente em condições de combate. Um consolo: o que sobrou do 2º BE não é muito para vocês. Acredito que apenas um pequeno núcleo possa ter sobrevivido organizadamente, em torno dos oficiais. O resto está solto pelos campos, é só manear e nos mandar de volta. E ainda têm aqueles tinhosos de Caçapava, gente sem compostura, do tipo do João Castelhano. Mas forças de verdade, não creio. O velho Coriolano está respeitando os termos da Paz de Pedras Altas. Acredito que o grosso dos libertadores, aquela gente que faz a diferença e que poderia constituir uma força combatente de respeito, não será ativado. É só ter cuidado para não dar o pretexto que estão esperando para também se levantar – advertiu.

— Estou ciente — respondeu Bozano.

— Júlio Raphael, toma todos os cuidados. Tens nas tuas mãos a maior oportunidade que um político poderia ter neste momento, no Rio Grande do Sul — continuou João Neves. — Tu sabes o quanto espero de ti. Tu és, entre todos os novos valores, entre os quais eu me incluo, o mais ortodoxo doutrinariamente. E isto é fundamental para nosso chefe, que está vendo o castilhismo desfazer-se como um bolo de merengue. Ser generoso na vitória é o que te falta para te tornares um dos principais líderes do estado. E esta oportunidade caiu-te nas mãos com esta tragédia aqui de Cachoeira.

— Sei disso. Meu pessoal vai seguir à risca as minhas instruções. Salvo algumas dessas coisas que são inevitáveis nas guerras, não há a menor possibilidade de haver algum escorregão. Os oficiais são todos homens meus, foram os companheiros desde que cheguei a Santa Maria, caminhamos juntos e a maior parte deles está comigo na Intendência. Eu até poderia ter uma força mais numerosa, maior, mas preferi qualidade à quantidade. Fique tranqüilo, dr. João Neves, que a missão do 11º será cumprida à risca, tanto no terreno militar como no político.

— Folgo em saber.

— E o enterro, a que horas vai ser? Tenho de voltar para minha unidade. A esta altura estou a mais de 10 horas de viagem de nosso acampamento e preciso chegar lá ainda com o dia.

— A família decidiu enterrá-lo na fazenda, no Barro Vermelho. O féretro deve sair lá pelas 9 horas.

— Está bem, acompanho-os até lá e, em seguida, sigo viagem. Acho que assim fica bem, não?

— Fica perfeito — disse Loureiro.

— E Cachoeira, como fica? — perguntou Bozano.

— Acho que o João Neves terá que tomar conta da cidade. Sem o Balthazar, ele fica sozinho, pois o velho Chico vai de mal a pior. Não passa do próximo inverno. E eu estou voltando para casa — completou Loureiro.

— É verdade — concordou João Neves.

— Pois lhe desejo muita sorte e do que mais precisar — disse Bozano.

— Tu também sabes que podes contar comigo — disse João Neves.

— É verdade. O senhor foi o mentor de minha candidatura. Se não fossem seus conselhos, acredito que o dr. Borges não teria me indicado ainda. Esperaria mais tempo.

— Temos que renovar o partido rapidamente. Isto que estamos vendo, estes tenentes se revoltando, é um sinal dos tempos. Em pouco tempo teremos outros levantes pelo Brasil e o Rio Grande somente poderá manter sua posição se tiver lideranças políticas à altura do que vem por aí — comentou João Neves.

– E o dr. Loureiro? Vai embora mesmo? – perguntou Bozano.

– Acabou minha missão em Cachoeira. Uma coisa foi muito boa, apeguei-me à vida no interior. Quando vim do Rio de Janeiro para cá pensava que estava indo para o desterro. Agora vejo diferentemente. Vou para Alegrete, e lá farei minha vida.

– Uma nova e pesada herança me espera na primeira curva da estrada. Mas não vou fugir – disse João Neves, falando baixinho, quase como se estivesse dizendo aquilo para si mesmo.

Capítulo 5

Quinta-feira, 13 de novembro
Cerrito do Ouro, São Sepé

O nosso acampamento no Cerrito do Ouro amanheceu mais ou menos calmo. O quão calmo pode ser um parador de provisórios em plena guerra civil. O major Soveral, no comando, aguardava informações antes de traçar os planos do dia. É assim na guerra de movimento, principalmente quando se está ainda à procura do inimigo. As decisões táticas são tomadas em cima de notícias frescas que vão chegando ao estado-maior, trazidas pelas patrulhas, pelos estafetas e dadas pelos companheiros da região.

É regra na guerra de guerrilhas as forças dos dois lados se esconderem, porque a surpresa é a melhor arma, sempre. Se não sabíamos onde o inimigo se encontrava, eles também desconheciam a nossa posição. Tínhamos certeza apenas de que estávamos no teatro de operações. Fosse o que fosse acontecer nessa frente, os fatos se passariam nesse quadrilátero em que, grosso modo, poderíamos traçar seus limites pelos cursos dos rios Jacuí, Vacacaí e dois lados na curva do Camaquã.

Nossa posição, naquele momento, era bem no centro da área sob nossa responsabilidade. De onde estávamos, poderíamos acorrer a qualquer ponto em que fosse detectada a presença de forças hostis.

No Rio Grande, os comandantes das tropas em operação tinham uma grande liberdade de ação tática, mas não ficavam inteiramente soltos. Havia uma coordenação operacional feita por um comando central, no caso localizado em Porto Alegre, que se comunicava com as unidades através do telégrafo. O coração desse comando estava localizado no Palácio Piratini. Em tese, estávamos subordinados ao comandante da Terceira Região Militar, general Andrade Neves, mas quem mandava de fato eram o presidente Borges de Medeiros e o comandante-geral da Brigada, coronel Emílio Massot. O dr. Borges é mais conhecido como jurista, filósofo e político, mas não se pode esquecer que ele aprendeu no campo de batalha a arte da guerra. Em 93, foi tenente-coronel e comandou um corpo provisório até ser chamado de volta à capital, pelo patriarca Júlio de Castilhos, para ser integrado ao comando central das operações. Naquela guerra civil o telégrafo já foi largamente utilizado como instrumento rápido de telecomunicações. Do Rio de Janeiro, o marechal Floriano Peixoto dava ordens com os mínimos detalhes a seus comandantes que operavam a dois mil quilômetros de distância. Assim ele controlava tudo, desde o movimento de tropas ao deslocamento de suprimentos, especialmente armas e munições, para que nada faltasse às unidades envolvidas na guerra. As tropas estaduais eram comandadas de Porto Alegre pelo presidente Castilhos e seus auxiliares, entre eles o dr. Borges.

A mim, como secretário da Força, cabia redigir os telegramas que seriam enviados à capital dando conta dos nossos planos, de nossas ações e dos resultados das operações. Do palácio recebíamos informações estratégicas e táticas que o comando, por ter a seu serviço a máquina do partido espalhada por todo o estado, tinha condições de reunir e analisar, apoiando, assim, os comandantes no campo.

Quando a tropa passava por perto de uma estação do telégrafo, do serviço postal ou da estrada de ferro, o comandante sentava à mesa, ao lado de um operador de confiança, e conferenciava diretamente com os seus superiores. Onde não havia telégrafo, as forças eram alcançadas por um serviço de estafetas, os chasques, um correio militar que os gaúchos aprenderam com os índios guaranis, ainda no tempo da guerra das Missões. O chasque era um homem instruído para poder entender e transmitir ordens verbais. Algumas delas de grande complexidade. Embora a maior parte das comunicações do comando central com as tropas se fizesse por ordens escritas transmitidas pelo telégrafo, muitas vezes eram ordens confidenciais que não poderiam em hipótese alguma cair em poder do inimigo. Nesse caso, o chasque lia seu conteúdo e decorava para depois retransmitir de boca para os comandantes no campo. Por isso tinham de ser homens instruídos para entender o texto que recebiam, com conhecimentos militares para compreender do que se tratava, e da mais absoluta confiança para não haver perigo de vazamento ou que fraquejasse durante um interrogatório.

Em geral, os chasques eram oficiais regulares de patentes inferiores (alferes, tenentes, quando muito) da Brigada Militar ou oficiais comissionados, provisórios. Todos eram membros militantes do partido. Isso era essencial. Tanto os civis como os militares geralmente eram pessoas da região em que atuavam, pois uma condição básica era que fossem vaqueanos na sua área de operação. O chasque recebia a mensagem na estação telegráfica mais próxima da zona de operações da tropa em questão. Ele próprio não tinha informações muito precisas sobre onde localizar a força a que deveria se dirigir. Montava seu cavalo e seguia na direção do último paradeiro conhecido de seu objetivo. Pelo caminho ia se informando, tendo sempre o cuidado de chegar em casas de companheiros, para não denunciar sua passagem e ter confiança nas informações que recebia. Mesmo esses correligionários não sabiam muito bem onde andava quem, mas sempre havia uma notícia na campanha: "Sei que há dois dias passou uma força no rumo da Guarda Velha", por exemplo, dizia algum fazendeiro ou seus empregados que estivessem nas fazendas. Amiga ou inimiga, isto eles sabiam. E assim ele ia indo, até encontrar seu destino. "Mensagem a Garcia"; conta-se que Pancho Villa assim chamava esse tipo de operação.

Sua cavalgada era repleta de perigos. Ele tinha que conhecer cada passo de qualquer sanga, saber de sua profundidade conforme o tempo, que chuva dá vau ou qual o melhor ponto para a travessia a nado, saber de todos os caminhos, como andar varando os campos, mesmo nas noites mais escuras com uma chuva de vento guasqueando-lhe o corpo, desviar-se ao menor pressentimento de bombeiros ou descobertas inimigas. Era comum ter que fugir, vendo de longe as patrulhas antagônicas. Por isso, seu cavalo precisava ser um parelheiro, que, além de veloz, fosse muito robusto e forte para agüentar uma galopada de horas a fio. Quando tinha que cruzar um território infestado de adversários, escondia-se durante o dia e cavalgava à noite protegido pela escuridão. Nesse caso, era necessário saber localizar uma tapera para esconder a si e ao cavalo, numa posição que permitisse a fuga até um mato, um vale, enfim, uma rota de fuga segura para o caso de uma patrulha vir furungar no seu esconderijo.

Este sistema era usado pelos dois lados. Até mesmo do telégrafo os rebeldes chegaram a se valer em 23. Isto se explica por que aquela guerra civil não era reconhecida pelo governo federal, que não queria intervir no Rio Grande do Sul, na esperança de que os libertadores botassem o velho Borges para fora do palácio à pata de cavalo. Como não havia guerra, não havia prisão política. Para uma morte ser julgada como crime, só fora do contexto dos combates. Aí, sim, um assassinato poderia ser punido. Então, os rebeldes também usaram o telégrafo para se comunicar, embora sem a assiduidade dos comandos governistas. Quando o governo estadual decidiu interceptar as telecomunicações dos revolucionários, um dos comandantes libertadores, o general Zeca Netto, fez uma ameaça pública, pela imprensa, à firma concessionária dos telégrafos. Dizia que uma empresa privada não poderia favorecer o oficialismo. Se continuasse a boicotar os rebeldes, estes se achariam no direito de atacar instalações e danificar fios e postes, como represália. A advertência foi aceita e os rebeldes tiveram novamente acesso livre e sigiloso às linhas do telégrafo para se comunicar, mesmo que fossem mensagens de teor militar.

Nosso comando tinha, no momento, apenas ordens vagas de manter a região limpa, mas de estarmos prontos para intervir numa operação de grande vulto, mantendo-nos preparados para um assalto dessas três forças que se supunha estarem a ponto de convergir para o vale do Camaquã: os remanescentes do 2º de Engenharia, a coluna de Honório Lemes ou a de Zeca Netto.

Naquele dia o alto comando ainda não estava muito preocupado conosco. O dr. Borges estava ocupado montando pessoalmente o cerco aos rebeldes das Missões, com tropas da Brigada e provisórios, com cada unidade enxertada por um grupo de artilharia do Exército, para aumentar seu poder de fogo.

Foi assim que Soveral, pela madrugada, soltou o 1º Esquadrão para varrer toda a área entre o Passo de São Raphael e a ponte do Santa Bárbara, para caçar os extraviados do Exército que ainda pudessem andar vagando pelos campos. O capitão Armando Borges estaria pessoalmente no comando. O resto da tropa aguardaria novas decisões.

Ainda era madrugada alta. Com o céu estrelado, recém repontava a estrela-dalva. Na barraca de comando iluminada por um lampião a querosene, com os mapas sobre uma mesa de campanha, Soveral discutia as operações com a oficialidade do 11º.

– Não se esqueçam das ordens: muito tato com as famílias, evitem cortar aramados e não deixem a soldadesca fazer "requisições" nas casas. Esta é a ordem do doutor Borges e que vamos cumprir.

– Esta é boa – atalhou o veterano primeiro-tenente João Cândido –, é a primeira vez que guerreio de salto alto.

– Gostei da tirada! – exclamou o segundo-tenente David de Oliveira Domingues, apoiado pelo também segundo-tenente Antônio Ferreira Severo.

– Pois não é brincadeira. Estamos vivendo um momento muito delicado. Não podemos dar pretexto para nossos adversários nos acusarem de estarmos rompendo o Tratado de Pedras Altas. Quem permanecer longe das armas será respeitado – acrescentou Soveral.

– Podes deixar, vamos ficar de olho em um por um. Quem mijar fora do penico a gente fuzila. Podem dizer isto à tropa – atalhou Armando Borges, apoiando seu superior exageradamente, como a mostrar que era a sério o que se falava.

A tropa preparava-se para montar. O cabo Zezinho, José Joaquim da Silva, o ferreiro da coluna, preto e forte que nem um poleango, examinava as patas dos cavalos que uns e outros traziam pedindo-lhe uma opinião sobre o estado dos cascos e, quando era o caso, para corrigir algum defeito nos ferros. Cavalgar naquele terreno empedrado demandava muito cuidado com os animais. Por um quase nada o gaúcho ficava a pé, o que, no verão, podia não ser nada agradável ter de voltar de léguas no onze debaixo de um sol a pino.

Nos fogões, os sargentos do 1º Esquadrão apuravam os atrasados que ainda relutavam em deixar as rodas de chimarrão, onde corriam o mate e o desjejum, para encilhar. A alvorada fora farta, nessa quinta-feira. No dia anterior, o tenente Colonna chegara de Santa Bárbara trazendo duas carroças sortidas de mantimentos adquiridos pelo capitão Ulisses na venda dos Poglia. Entre outras coisas, conseguira um saco de farinha de trigo e pediram a um fazendeiro para usar seu forno para assar pão. Na mesma propriedade, um achado ainda mais precioso, uma ponta de mais de cinqüenta vacas leiteiras vieram como uma bênção do Senhor para aquela tropa. Uma caneca de litro de leite pela manhã é quase um vício para o campeiro, mas eles estavam há dias tomando apenas café preto, quando tinha. Uma chacareira da região (ela disse que o marido estava viajando, mas certamente se escondera nos matos com os filhos mais velhos e os cavalos, para evitar "requisições" e "recrutamento") fora gentil e presenteara o comandante do piquete, que fora à sua casa inspecionar à procura de fugitivos, com uma lata de querosene de vinte litros com mel de favo, que assim, passado no pão recém-assado, junto com café de chaleira e o leite quente, teve aquele sabor caseiro.

O resto do café novo, torrado havia no máximo dois dias, que chegara à loja no dia anterior vindo da cidade, foi passado no coador, virando uma tintura bem forte, que foi para as garrafas, para ser usada ao longo dos dias. Uma boa tintura de café dura de duas a três semanas. Pingado no leite, dá um sabor que nem te conto. Mais parecia uma manhã de campereada na estância do que um dia de guerra este que iria começar.

Tudo aquilo chegara no dia anterior e deveria ser consumido no máximo em dois dias. A ordem era não se atrasar por causa de carregamentos. Nos trens, só a munição de guerra e as bagagens essenciais, como fardamentos e peças de reposição para as armas, medicamentos, roupas e outros itens necessários e que não podiam ser obtidos no comércio.

O objetivo era marchar o máximo possível a cada dia, então se decidiu manter a coluna leve e compacta, suprindo-se de comida para soldados e animais ao longo do caminho. Por isso é que, ao fim de tudo, foi com certo alívio que o povo de Santa Bárbara viu sair a pequena caravana, livrando-se do pavor generalizado de que rapassem tudo o que fosse encontrado na vila que servisse para comer, calçar, vestir ou montar.

Em Santa Bárbara, os provisórios chegaram de surpresa, como era de esperar. Eram soldados especialistas em se deslocar sem serem percebidos. Poucos quilômetros antes da vila os dois oficiais do destacamento dividiram a tropa em duas frações. Ulisses comandava a vanguarda e Colonna ficou com o restante do grupo. A idéia era deixar uma reserva para atuar da melhor maneira no caso de encontrarem alguma resistência. Nada impediria um grupo de rebeldes de estar escondido e entrincheirado nas casas, podendo fazer uma surpresa aos visitantes.

— Vou na frente. Se tu ouvires tiroteio, procura contornar as casas e atacar por um outro lado, de modo a deixá-los entre dois fogos – recomendou Ulisses ao tenente quartel-mestre.

— Duvido que haja alguém escondido nessa colônia. Aí só há companheiros – respondeu Colonna. – Mas está bem, não vamos chegar como quem vai para as pitangas porque sempre podem nos pegar de jeito.

— Como estás tão certo? – perguntou o capitão.

— Sei quem é esta gente. Muitos têm parentes na Quarta Colônia.

— Está bem, mas não vamos facilitar.

Com quinze homens, estendendo duas linhas de sete e mais ele próprio, Ulisses entrou no vilarejo. Na primeira casa, onde havia uma senhora na porta, perguntou:

— Onde mora o fiscal de quarteirão?

Ela respondeu não entender a língua do oficial (*non capisco*). Ulisses logo avistou a venda, inconfundível entre aquele casario. Ao chegar foi recebido por um jovem com cara de desconfiado, silencioso, que mal respondeu ao seu cumprimento.

— *Buenas* – saudou Ulisses.

— Bom-dia – respondeu o moço, em bom português.

— Tu saberias me dizer onde encontro o fiscal de quarteirão?

— É o seu Barbieri, deve estar na roça capinando o milho. Fica aqui perto, posso chamá-lo.

— Não precisa, basta me dizer onde fica que eu vou procurá-lo.

— Ah, lá está vindo. O cercado dele fica logo ali embaixo.

Ulisses viu um cavalo se aproximando, a mais ou menos 500 metros. Seus homens continuavam montados, com as coronhas dos mosquetões apoiadas na cabeça do lombilho, uma atitude de quem está pronto a entrar em ação. As casas pareciam vazias, pois ninguém se mexia, mas ele podia perceber a tensão por trás das janelas de folha, feitas de tábuas e sem vidros. A um sinal, três homens seguiram com ele na direção do homem que se aproximava, enquanto os demais se espalhavam ao longo da única rua, na verdade a própria estrada margeada pelas casas dos colonos.

— Viva os soldados da República – saudou um homem de meia-idade, o representante da autoridade no local –, bem-vindos ao Santa Bárbara. Em que podemos servir?

— Muito prazer, capitão Ulisses Coelho, ajudante do 11º Corpo Provisório de Santa Maria.

— Então são gente do dr. Bozano?

— Sim, senhor. Viemos em paz. Há rebeldes na região?

– Não sei se ainda tem. Passaram por aqui alguns desgarrados. Parece que houve alguma debandada por aí.

– Sim, eles são do 2º Batalhão de Engenharia do Exército, de Cachoeira, que foram batidos lá para os lados do Durasnal. Estamos atrás deles. Na vila não há ninguém escondido?

– Não, não há. Podem ficar descansados. Aqui só tem gente amiga. São todos republicanos. O senhor deve saber o quanto somos agradecidos ao dr Borges. O presidente regularizou as terras de todos por aqui, sem cobrar nada. Aqui são todos alistados e eleitores. Pois bem, em que podemos servi-los?

– Viemos comprar mantimentos. Diga ao moço da venda que não se trata de requisição. Tudo o que comprar vou pagar em dinheiro.

– Que bom. Isso vai deixar o Batista aliviado. Não o estranhe, este rapaz é meio arisco, mas bom moço – disse Barbieri, sem revelar que o caixeiro da loja era libertador, um dos poucos italianos que não votavam com o governo. "Se ele não me perguntou o partido do moço eu não estou mentindo", disse para os seus botões o fiscal de quarteirão.

– Vou precisar também de umas duas carroças puxadas a cavalo para transportar a mercadoria. Vou pagar a viagem – esclareceu logo –, dá quase um dia de viagem daqui até nosso acampamento no Cerrito do Ouro.

– Está bem, acho que é possível. Vou primeiro falar com o Batista para acalmá-lo, pois acredito que deve estar apavorado com medo de uma requisição. Depois vou ver o transporte.

E foi entrando. Chamou o moço para um lado, pediu-lhe calma e que não se revelasse adversário, pois isso seria melhor para todos. Disse também não ter contado que ele dera comida e roupas para um grupo de revoltosos que passara por ali na noite anterior. Mandou que não castigasse no preço, pois o comandante parecia ser um homem bem informado sobre as cotações das mercadorias. Não seria esta a hora de faturar. Não ter prejuízo já seria um grande ganho, se o militar pagasse em dinheiro como prometera. Enquanto isto, Ulisses mandava o segundo-sargento José Figlininte voltar até onde ficara o tenente Colonna e transmitir-lhe a ordem de avançar, pois a vila estava limpa de inimigos.

Em menos de meia hora chegou o restante da escolta. Em grupos de três, Colonna entrava na vila e tomava posição para se garantir contra algum ataque.

– Quero comida para 400 homens por dois dias – foi dizendo o tenente, desmontando. Batista entrou na venda seguido pelos dois oficiais.

Aos poucos foram chegando os homens que estavam nas roças mais próximas, cabreiros com a presença das tropas, criando um alvoroço, logo controlado pelo fiscal de quarteirão.

– Não há perigo, não estão recrutando "voluntários", e as requisições serão apenas na venda dos Poglia. Podem deixar os cavalos e animais de munício nos quintais que eles não vão levar nada das casas.

Ninguém acreditou muito, mas, como não havia outra saída, o melhor era esperar que o seu Barbieri tivesse falado a verdade. A tropa chegara de repente. Quando viram, os provisórios já estavam entrando na vila. Não tiveram tempo de retirar e esconder o que eles mais gostavam de levar: cavalos, jovens fortes e sãos de lombo, pequenos animais, queijo, rapadura e milho para os cavalos.

– Aqui estão os dois condutores – apresentou Barbieri –, Barim e Razzera – disse, mostrando dois mocetões. – Eles conhecem o serviço. Ambos têm jeito para o negócio de transporte.

Cada um dirigia um carroção tracionado por três parelhas de cavalos percherões cruzados. O eqüino tem uma velocidade muito maior do que as carretas puxadas por bois. Mesmo com uma carga com algum peso, pois estavam levando milho e alfafa para alimentar os cavalos, ganhariam várias horas para voltar até o acampamento.

Colonna, discretamente, dera uma batida pelas casas. Ele falava o dialeto local, pois os colonos de Santa Bárbara vieram na mesma leva dos imigrantes que foram destinados a Santa Maria. Originários do Vêneto, tinham chegado ao Rio Grande em 1880, ainda no tempo do Império. A República regularizou suas propriedades, sem cobrar a dívida que haviam assinado ao tomar posse de seus lotes, o que fez da maioria dos pequenos proprietários europeus e seus descendentes, pelo Rio Grande afora, entusiastas apoiadores do governo republicano de Porto Alegre.

Quando as duas carroças carregadas de mantimentos e sua escolta partiram, Batista não acreditava: mesmo tendo que baixar o preço, negociando cada item com Ulisses e Colonna, aquela incursão que se esperava desastrosa acabou da melhor forma, com o dinheiro na mão, numa das maiores transações que fizera em sua vida de comerciante.

Enquanto a tropa se posicionava na região do Cerrito, nós rodávamos em direção ao sul, voltando para nossa área de operações. No Barro Vermelho, divisa de Cachoeira com Caçapava, fizemos uma rápida parada no local do enterro, mas não esperamos pelo sepultamento. Bozano estava inquieto, querendo seguir viagem o quanto antes. Ele estava preocupado com o que pudesse estar acontecendo com a Força. Era mais uma aflição do que propriamente medo de erros que levassem a desastres como o ocorrido com o 12º de Cachoeira. Afinal, quem estava no comando era o velho Soveral. O nosso comandante confiava cegamente no major Raul. Tinha o dobro de sua idade: estava com 49 e iria fazer 50 em maio. Mas pareciam irmãos. Na verdade, muito mais do que isso: às vezes Soveral agia como se fosse seu pai; outras, seu capanga. O major tinha uma adoração cega pelo jovem advogado que o dr. Borges lhe confiara há pouco mais de três anos. E Bozano confiava nesse mentor-guarda-costas-seguidor como se fosse tudo isso ao mesmo tempo. Era uma cumplicidade sem limites. A ânsia do comandante, portanto, era de voltar à ação, e era isso que o deixava inquieto.

Assim mesmo, foi vencido pelo cansaço durante aquela viagem. Sozinho no banco de trás, caiu logo no sono. Eu também estava exausto, mas não conseguia pregar o olho com tantos solavancos. O auto vencia o terreno bufando com o calor que ia crescendo à medida que o sol de novembro fazia valer seu poderio. Dormitando, quase inconsciente, olhei automaticamente para trás quando o carro deu uma derrapada, saindo de través, para ver como ele estava. Qual nada, nem percebeu o deslize da viatura, dormia profundamente, desmaiado, com a cabeça incomodamente encostada no canto entre o encosto do banco e a lateral da carroceria. Parecia um menino. Na convivência com Bozano a gente esquecia como ele era ainda moço. Era um ano mais velho que eu. No ambiente político gaúcho, com nossa idade éramos pouco mais que guris. Foi o que me veio à cabeça vendo-o abandonado ao sono. Foi o mesmo que pensei na primeira vez que o vi, no dia em que chegou a Santa Maria, quando botou o pé na plataforma da gare da Viação Férrea em Santa Maria.

– Está aqui o homem – disse Soveral, apresentando-me ao rapaz que acabava de botar o pé em terra.

Estendi-lhe a mão olhando-o de alto a baixo. Ele parecia divertido com minha surpresa. Éramos da mesma altura, ambos tínhamos olhos azuis e cabelos loiros, os dele com aquele amarelo cor de trigo típico dos italianos, os meus melados, de alemão.

– Muito prazer, Júlio Raphael.
– Prazer, Gélio.
– O dr. Bozano é o advogado de Porto Alegre que veio para defender o nosso companheiro Olyntho Augusto de Farias Pereira contra aquele subintendente de Jaguari, o coronel Bento José do Carmo – completou Soveral, apresentando de imediato a versão que seria dada às gentes para explicar a presença daquele moço na cidade.

Confesso que fiquei decepcionado. Esperava que viesse de Porto Alegre um bamba do partido, um veterano, conhecedor das manhas da política e com experiência e respeitabilidade para mobilizar nossos dirigentes a impulsionar nosso trabalho político no município. E também a imagem daquele moço não me convenceu de que fosse um advogado com conhecimento e traquejo para desempenhar seu papel de cobertura num processo contra Arnaldo Melo. O quanto me enganei. Agora estava eu num veículo militar em plena guerra, enquanto aquele fedelho estava ali, desajeitado, dormindo, a cabeça pendente sobre o ombro com as dragonas de tenente-coronel, comandante de uma unidade de elite da Brigada, marchando para um possível encontro com a maior legenda viva de nossos adversários, o cognominado "Tropeiro da Liberdade". Mais ainda, caso se confirmassem as informações secretas de que dispúnhamos e Zeca Netto invadisse pela fronteira sul, nos bateríamos ainda contra o "Condor dos Tapes". E não só isso: Bozano encarnava o ás que o velho Borges contava, na manga, para bater os demais jogadores que contavam com jogos altíssimos para tumultuar e levar a vaza da sua própria sucessão. Virei-me no banco e puxei-lhe pela túnica, pois naquela posição acordaria com o pescoço endurecido por um torcicolo.

Chegamos a Caçapava, passava de meio-dia. Fomos diretamente à casa do chefe republicano local. O coronel João Vargas nos deu de comer e chamou o telegrafista dos Correios para fazer uma ligação com Porto Alegre para um contato com o alto comando. Embora a cidade tivesse linha de telégrafo, era preciso fazer uma ponte em Cachoeira. Para falar com a capital, era preciso que um outro telegrafista fosse recebendo e retransmitindo, em código Morse, logo atrás, o sinal que captava de nossa máquina, encaminhando-o pelo cabo subaquático que corria pelo leito do Jacuí até emergir nas margens do Guaíba. Assim que terminamos, em poucos minutos virou-se o sinal e começamos a receber a mensagem que nos estava sendo passada diretamente do Palácio Piratini. Na outra ponta da linha estava o comandante-em-chefe, o próprio presidente Borges de Medeiros.

Não pude ficar para acompanhar a conferência porque segui imediatamente para o Cerrito com as ordens do comandante. O coronel João Vargas nos dera notícias do paradeiro do capitão Fernando Távora. Ele, seus oficiais e um reduzido número de remanescentes do 2º estavam acampados na estância de João Luiz Marques, um dos chefes libertadores de Caçapava, nas margens do arroio São Raphael.

– Esses Luiz são da mesma família do general Osório – explicou Vargas –, mas saíram maragatos, quando se sabe que o general sempre foi legalista. Enfim, assim como eu não posso, também ninguém pode responder pelos que vierem depois de nós. Nem mesmo o patrono da Cavalaria.

Bozano decidiu atacá-los o quanto antes. Por isso, mandou-me ao acampamento com a informação e a ordem de buscar a tropa.

– Diz ao Soveral que aproveite a noite para marchar. Com este calor, só devemos usar o dia para combater – recomendou.

Parti assim que o Toeniges deixou o carro em ordem. O sol ainda estava alto quando cheguei ao acampamento, por volta de 5h da tarde.

Quando cheguei ao acampamento as coisas já estavam a meio caminho, pois Soveral intuíra que teria de marchar à noite. Só não sabia para onde e disso dependia a hora da partida. A sabedoria do comandante é dosar sua aproximação à força contrária, de modo a chegar no local do combate com o nascer do dia e pegar o inimigo ainda desmontado. Os oficiais já estavam reunidos, prontos a receber ordens. Ao saber que Bozano não voltaria, o major chamou-me para dentro da barraca, tomou conhecimento das ordens que eu lhe trazia e deu início imediato à reunião operacional.

– O inimigo está a poucas léguas daqui. Será uma marcha acelerada a trote e galope curto. O capitão Lisboa vai fazer a ponta. Ele conhece bem esta região, pois peleou com a gente aqui em 23 com o 3º Corpo. O Colonna fica com uma escolta para guarnecer suas carroças de provisões e segue com o Armando Borges quando ele voltar dos matos de São Raphael. O ruim – disse Soveral dirigindo-se ao quartel-mestre – é que vocês com certeza terão de marchar de dia. Tomem cuidado com o sol, mas tratem de nos alcançar. Vou deixar o dr. Xavier da Rocha com vocês, porque se alguém assolear ele já resolve na hora.

E, assim, foi explicando a cada um sua missão.

– Encilhar à meia-noite; partida à 1h da manhã. Alguma pergunta? Bem, então tu, Alemão, vais para São Sepé e mandas o Bento Prado nos alcançar. Acredito que o perigo passou, porque com estas notícias sabemos que a força inimiga organizada está para outro lado. Como imaginávamos, eles se dirigem para o Seival para daí alcançarem o Camaquã.

– E dali ganhar os campos de Bagé para dar no Uruguai ligeirinho – interferiu com uma gargalhada o capitão Lisboa, mostrando a sua dentadura dourada. Era por isso que tinha o apelido de "Boca de Ouro". Perdera um lote de dentes num combate corpo a corpo com gente do Estácio Azambuja, no Paço dos Enforcados, há mais de ano. O inimigo acertou-lhe uma coronhada de fuzil bem na boca, fazendo saltar cacos de dentes para todos os lados. A solução foi encher a boca de ouro.

Em 24, Lisboa tinha sido incorporado como voluntário civil, mas agora estava no comando do 4º Esquadrão porque seu comandante nomeado, capitão Octacílio Rocha, tinha adoecido feio no dia do embarque e só iria se reunir a nós quando estivesse em forma novamente. Não foi corpo mole, pois ele queria seguir de qualquer jeito, mas foi proibido pelo médico porque, com o ritmo de marcha daquela coluna, ninguém podia estar minimamente debilitado.

– Alemão, diz ao Bento Prado que trate de ir para o acampamento em Caçapava, mas que venha batendo o terreno ao longo do caminho. Se encontrar força inimiga pode atacar, mas que não se demore. É só dar um susto e seguir, porque a Força que nos interessa é a do capitão Távora. Esses caudilhetes daqui estão fazendo barulho só para nos atrasar. O pessoal de São Sepé já deve estar armado e preparado para repelir algum ataque. Então, que peçam reforço para a Brigada, pois nossa missão é aqui na campanha – completou Soveral.

E, assim, segui viagem. Quando voltei a Caçapava já era tarde da noite. Encontrei o comandante aceso, pronto para partir. Nem nos deixou descer do carro.

– Vamos embora. Tu deves estar cansado, deixa que eu guio – disse ao motorista, tomando o volante do Ford; e nos internamos outra vez na noite, à procura do inimigo.

Capítulo 6

Sexta-feira, 14 de novembro
Matos de João Luiz

Uma lua cheia de dar gosto estava bem no meio do céu à uma da manhã, quando o 11º foi se estendendo na estrada. Não havia do que reclamar porque, sem qualquer nuvem para turvar seu brilho, a luz da lua permitia ver até as pedras do caminho. O 4º Esquadrão soltou-se num galope curto para ganhar distância do resto da Força que o seguia sob o comando do major Soveral.

– A trote! – comandou, assumindo ele mesmo a ponta de sua fração da Força. Os últimos vultos do pessoal do Ladeira Lisboa sumiam na escuridão, ganhando terreno.

O ritmo do 4º seria 15 minutos de galope e meia hora de trote; para não sacrificar os cavalos levavam o menor peso possível. As bagagens (ponchos, malas de garupa com mantimentos e pertences, munição) ficaram para trás. Iam leves, levando só o necessário para uma carga, se topassem com o inimigo. Se se desse o choque, em pouco tempo poderiam receber socorro do grosso da tropa que seguia com menos de uma hora de retardo.

Boca de Ouro estava feliz no comando da vanguarda. Já Soveral, tinha-o com reservas, pois se tratava de um guerreiro excessivamente afoito. Preferia o velho João Cândido, que era experiente e precavido. Lisboa poderia arremeter sem muitos cuidados e ter uma surpresa desagradável, o que, no final, acabaria por dificultar as coisas. O nosso projeto era atacarmos sempre em bloco, tirando partido de nosso poder de fazer fogo concentrado e assim nos valermos de nosso poderio bélico contra tropas eventualmente mais numerosas. As forças do governo normalmente são mais bem municiadas e mais bem armadas que os rebeldes, que se constituem juntando as armas que cada um tem em casa ou com material contrabandeado que, geralmente, não dá para montar uma força homogênea, em termos de armamento.

Além disso, Soveral não esperava encontrar uma grande unidade pela frente. Os remanescentes do 2º de Engenharia não deviam ser muitos e boa parte do seu armamento fora abandonada no Barro Vermelho antes de ser levada de volta para Cachoeira. Nesse ponto, Lisboa era adequado para a missão, porque o fundamental era chegar de surpresa, fazer um esparramo e assim evitar uma nova concentração da força desbaratada.

– Dá uma passada pela turma e recomenda silêncio absoluto; que ninguém me invente de acender um cigarro – ordenou Lisboa ao sargento Celso Saldanha, que galopava a seu lado. O graduado diminuiu a marcha e foi passando a ordem em voz baixa a cada um, até o último. Esporeou sua montaria e voltou para sua posição ao lado do comandante. O movimento da tropa seria percebido pelos moradores, mas essa informação de pouco valeria aos adversários, pois ninguém teria velocidade para chegar em lugar algum na frente deles. O importante era garantir a surpresa. E também poderiam ser confundidos. Normalmente as forças do governo eram as mais descuidadas em matéria de ocultação. Por serem melhor armadas e terem coordenação e comando, expunham-se mais. Assim, poderiam confundir os observadores, dando a entender que eles poderiam ser uma força rebelde em deslocamento. Estavam entrando num terreno minado, reduto de libertadores, naquelas paragens os companheiros podiam ser contados nos dedos.

Lisboa conhecia muito bem o chão em que pisava. A gente e o terreno. Já percorrera aqueles rincões muitas vezes, em campanhas políticas nos tempos de paz e como "soldado da República" em 23. José Ladeira Lisboa era natural de Bagé. Militante republicano, fora deslocado para Santa Maria para se integrar no processo de revitalização do partido desenvolvido sob a liderança de Júlio Bozano. Nos últimos anos, o Partido Republicano Rio-Grandense vinha sofrendo um grande desgaste. Em parte isso se devia à inércia de sua supremacia de 30 anos no poder, mas também ao envelhecimento e à acomodação de seus quadros. Aquela geração jovem e brilhante que se impusera no estado com a proclamação da República perdera seu ímpeto e sofria ataques de inimigos implacáveis: por um lado, o esgarçamento da unidade ideológica, pressionada pela crescente difusão da democracia representativa; de outro, a relutância dos velhos em admitir novas lideranças que mantivessem o viço do ideal castilhista. Em muitos municípios se processava uma sucessão natural satisfatória com a participação da nova geração. Mas em Santa Maria isto não estava sendo possível. Os antigos não abriam espaços, o que levou Soveral a pedir socorro ao presidente do Estado, em 1921, e que culminou no processo que eles agora viviam.

Soveral era um republicano da velha cepa. Não era um homem de muitas letras, mas compreendia como ninguém o mecanismo da política. Lera alguma coisa de Auguste Comte, conhecia os mandamentos da Religião da Humanidade. Entendia que poder e autoridade eram irmãos gêmeos. O enfraquecimento de um abalava o outro. E que o poder e a força de seu partido vinham da disciplina, da cega obediência ao chefe. Mais do que isso, da militância extremada de seus membros. Por isso, um dia, por sua conta e risco, pegou um trem e desembarcou em Porto Alegre disposto a ficar o tempo que fosse necessário até falar e expor suas queixas ao presidente Borges de Medeiros.

Esperou mais de um mês no hotel pelo chamado do Palácio. Era bem do dr. Borges deixar os chefes políticos de segunda linha do interior pastando nos gramados da praça da Matriz antes de conceder-lhes a audiência. Sabia como lidar com eles, que geralmente vinham fazer queixa de algum companheiro, pedir por pleitos já vencidos, trazendo problemas de difícil solução. Assim, enquanto esperavam pela audiência, iam conversando aqui e ali, procurando figurões de sua região que vivessem na capital ou, quando se tratava de antigos provisórios, chefes militares que haviam conhecido em alguma campanha. Muitas vezes os problemas se resolviam nessa espera. Quando não, o presidente do Estado acabava por recebê-los, e normalmente com dureza, pois só assim conseguia manter intocados seu comando e a disciplina que caracterizava sua gestão política do partido.

Quando finalmente Soveral foi admitido no gabinete presidencial, já esperava há 38 dias, sua imagem só fazia confirmar sua fama de encrenqueiro. Trajava um uniforme novinho, cortado por alfaiate, com as divisas de capitão de corpo provisório que ganhara no campo de batalha em 93. Borges já o conhecera e sabia de sua fama de homem duro. Era basicamente um soldado. Nascera dentro de um quartel. Seu pai, Júlio Plácido Soveral, era primeiro-tenente de Artilharia do Exército. Veterano do Paraguai, continuou na carreira depois do fim da guerra. Quando ele nasceu, em 1º de maio de 1875, em Santa Maria, os Soveral foram transferidos para São Gabriel. Aí ele se criou e viveu até a Revolução de 93. Com 17 anos, em 1891, sentou praça na unidade de artilharia em que servia seu pai. Quando estourou a guerra civil, deixou o Exército e incorporou-se às milícias republicanas. As forças federais estavam muito divididas por causa da adesão do general Joca Tavares aos seguidores do conselheiro Gaspar Silveira Martins. Além de antimonarquista, Soveral era admirador do presidente Júlio de Castilhos. Com o fim da guerra, estabeleceu-se em Santa Maria e, com a patente de oficial, continuou na militância política.

Em 1904, era subintendente do 5º Distrito, na área rural, quando veio a crise interna do partido, que culminou com a renúncia do intendente Henrique Pedro Scherer, um comerciante de escassa vocação política que, além de tudo, era genro do chefe federalista local, o coronel João Niederauer. A crise começou quando o ex-intendente Abreu Vale Machado recusou permissão para inaugurarem uma fotografia sua na sala de sessões do Conselho Municipal. A seguir, sem explicações, o presidente Borges de Medeiros dissolveu a comissão executiva do Partido Republicano em Santa Maria. Abalado pela intervenção, Scherer teve uma atitude que surpreendeu a todos: enviou uma carta ao Conselho renunciando ao cargo, no que foi acompanhado por todos os demais membros da administração. Fiel ao chefe Borges de Medeiros, Soveral manteve-se no seu posto. Foi nesse episódio que se projetou na burocracia do partido. Com a debandada geral entre os republicanos, assumiu a chefia do município. Ficou pouco mais de 72 horas, entre 27 e 30 de janeiro, como intendente, mas não deixou passar a oportunidade em branco. Além de ocupar espaço vazio, ganhou o direito de ter seu retrato na galeria dos ex-governantes municipais.

Agora estava ali na frente do único chefe que reconhecia como seu, o dr. Antônio Augusto Borges de Medeiros.

– Doutor Medeiros – disse, usando o tratamento que os companheiros davam ao Velho quando se dirigiam pessoalmente a ele. Do lado de fora tratavam-no por dr. Borges ou velho Borges. Mas no gabinete ou no telefone era o dr. Medeiros. – A situação do partido em Santa Maria é lamentável – começou. E foi desfiando suas informações e observações. Relatou como depois do final trágico do mandato do dr. Astrogildo de Azevedo o partido perdera o ímpeto. O comando estava fraco e sem vontade de agir. Não havia mais trabalho político junto às bases, ninguém se interessava em alistar novos eleitores. O jornal do partido, o Diário do Interior, estava se transformando simplesmente num negócio, mais interessado em angariar anúncios do que contra-atacar os adversários. Perdera sua combatividade e queria se portar como se fosse o Correio do Povo, ou seja, um matutino neutro, distante das lutas e das paixões. "Pergunto-me, dr. Medeiros, qual a serventia de um jornal que não ataca os adversários e que serve apenas para encher de dinheiro os bolsos de seus donos."

Enquanto nada se fazia para garantir a hegemonia republicana, em contrapartida os adversários mostravam-se muito ativos. Uma nova liderança despontava entre os libertadores (como agora se chamavam os federalistas e seus aliados da dissidência republicana), ganhava terreno com grande velocidade. Tratava-se de um jovem advogado, Walter Jobim, que chegara à cidade como funcionário da Justiça, fora juiz distrital e promotor, mas deixara o serviço público para se dedicar às causas oposicionistas. "Se deixarem, vai acabar no seu lugar, presidente do Estado", chegou a vaticinar. Mancomunado com um outro ex-promotor, João Bonumá, e um jornalista da aspa torta, Arnaldo Melo, gerente do jornal Correio da Serra, um diário que crescia tanto que já estava atualmente tão forte quanto o Diário do Interior, Jobim estava propagando que os republicanos não eram invencíveis, nem nas armas nem nas urnas, e pregava a insubmissão não só na cidade, mas também nos municípios vizinhos. "A continuar assim, os libertadores, além de Santa Maria, vão ganhar em Caçapava e São Sepé", queixou-se.

Para comprovar a ousadia dos adversários, Soveral relatou um fato sem precedentes. Os dissidentes republicanos, os antigos republicanos democratas e os federalistas estavam se formando numa grande frente para derrotar o candidato borgista nas eleições para presidente da República. Para isso arranjaram uma arapuca para pegar um companheiro – Olyntho Augusto de Farias Pereira –, acusando-o de calúnia, e mandá-lo para a cadeia. Seria o primeiro caso de um republicano preso por um delito político. Seria um grande evento que demonstraria a toda população que o oficialismo não mais podia tudo, como sempre fora desde a vitória castilhista na Revolução de 93, e ninguém no partido tomava providência alguma para defender o nosso companheiro e dar um fim naquela pantomima. Pediu, então, uma providência ao chefe:

– Só há uma solução: uma intervenção e a nomeação imediata de um intendente provisório, é o que penso – disse. Ao que Borges logo atalhou:

– Tu pensas que pensas, mas quem pensa sou eu.

Soveral, como velho soldado, não se abalou com o corte do Velho, pois estava acostumado à linguagem ríspida dos quartéis.

– Mas vou encontrar uma solução. Dentro de um mês eu terei uma resposta a teu problema. Por enquanto, não fale nada a ninguém.

E Soveral voltou para Santa Maria, dando a entender que saíra de Porto Alegre com o rabo entre as pernas. Um mês depois, exatamente, desceu do trem um tenente da Brigada, ajudante-de-ordens do palácio. Ele trazia uma ordem verbal para Soveral apresentar-se no palácio. O dr. Borges tinha a solução que lhe pedira.

Nessa noite, nosso grupo reuniu-se na casa de Soveral. Só então ele contou o que se tinha passado na viagem que fizera a Porto Alegre. Até esse dia, seguindo as ordens do chefe, nada comentara com ninguém. Embora ainda não pudesse adiantar qualquer coisa, estava certo de que algo estava para acontecer, pois o Velho não iria chamá-lo à capital só para dizer que tudo ficaria como estava e que ele tratasse de se acalmar e obedecer ao comando local do partido. Deixou-nos em alerta amarelo e seguiu para a capital.

Uma semana depois, Soveral voltou com Bozano. Mais tarde, quando nos reunimos em sua casa, na rua do Acampamento, para comentar sobre o novo parceiro, ele nos disse que também ficou, como eu, quase decepcionado, quando o dr. Borges apresentou-o ao rapaz no seu gabinete, afirmando que ali estava a solução para todos os nossos problemas. O Velho o recebera, junto com o genro Sinval, por volta de 11 horas da manhã.

– Capitão, tenho aqui a arma de que o senhor precisa para essa contenda – disse-lhe o presidente, mandando entrar no gabinete aquele jovem que mais parecia um artista de cinema do que um agitador político com desenvol-

tura para enfrentar Jobim, Arnaldo Melo e os aguerridos maragatos de Santa Maria.

– Muito prazer, Raul Soveral, seu criado.

– O prazer é todo meu. E com muita honra; já o conhecia de nome. Nos últimos dias temos falado muito no senhor aqui neste palácio – respondeu-lhe Bozano. "Devo dizer que fiquei bem impressionado com a firmeza do rapaz", contou Soveral. "Que nada, véio: tu estavas era todo cheio porque o guri disse que te conhecia", retruquei. "É isso", concordou Armando Borges. "Deixem de besteiras", ralhou antes de continuar a história.

– Como tu deves saber – disse o dr. Borges –, eu sempre contei com a juventude para revivificar o partido. Dizem por aí que eu não dou lugar para os jovens, mas isto não é verdade. Sou leal aos velhos companheiros, mas sempre que necessário faço a renovação. Foi assim quando substituímos o alto comando que vinha da Propaganda pelos novos que estavam chegando; o Getúlio, o João Neves, o Collor, o Oswaldo, o Flores são todos dessa fornada. Acredito que neste momento voltamos a demandar por novos valores. Está chegando a hora de mais uma geração. Confio que o dr. Bozano será um desses jovens que vão manter acesa a chama da República. Tenho conversado muito com ele nestes últimos dias – continuou Borges. – Também estou inteirado da situação em Santa Maria. O Sinval fez um levantamento para mim e já concebeu um plano para agirmos sem que a chegada do nosso jovem provoque melindres entre os velhos companheiros.

– É, vamos testar o potrilho – disse Soveral, logo contornando a gafe. – Desculpe-me, doutor, não quis ofender, é só o nosso jeito de falar.

Bozano demonstrou não se importar. Seu ânimo era mais de curiosidade com relação àquele "esteio da República" do que ficar molestado pela comparação. Borges nada comentou. Apenas continuou a falar como se não tivesse sido interrompido, o que Soveral logo entendeu por saber que, naquele gabinete, só uma pessoa falava. As demais ouviam. Para abrir a boca, só se lhe fosse perguntada alguma coisa.

– Nós vamos agir. Primeiro vamos resolver essa questão do nosso companheiro que eles querem prender. Como é mesmo o nome dele? – perguntou o presidente.

– Olyntho – respondeu Soveral.

– Isso mesmo. Depois vamos pegar os cabecilhas. O dr. Sinval fez um trabalho preliminar para criar uma situação que seja produtiva para este projeto de luta contra nossos adversários. Não queremos que saibam a profundidade da nossa ação, portanto, não devem saber que sou eu quem está mandando o jovem. Ele precisa, portanto de um motivo para chegar, uma missão bem clara. Aos poucos irá ganhando terreno e se imiscuindo nos negócios do partido propriamente dito.

Será assim. Pois, senão, o que irão comentar com a chegada intempestiva desse moço à cidade? Por favor, Sinval, explique ao capitão o seu plano.

– Bozano chegará a Santa Maria na condição de advogado para representar Olyntho – começou o genro do presidente. – Nosso correligionário está sendo acusado de calúnia contra o subintendente de Jaguari, coronel Bento José do Carmo.

Sinval Saldanha era o marido de dona Dejanira, filha adotiva do casal dr. Borges e dona Carlinda. Era filho de uma família de libertadores de Caçapava, mas o casamento aproximou-o do sogro. Transformou-se num fiel escudeiro deste.

– Depois será a vez do Arnaldo Melo – continuou. – Aqui está toda a questão em relação a este último, que vou resumir em poucas palavras para que o senhor a entenda. Depois entraremos nos detalhes: em 1919, um crime abalou a cidade de Rosário do Sul. No final de um baile no Salão Nobre da Intendência, uma festa de gala que reuniu a elite da cidade, um jovem jornalista foi morto na rua, ainda de madrugada, quando voltava para casa. Milo Neto era o nome da vítima. O caso teve uma enorme repercussão porque o jornalista era um ativo propagandista da oposição libertadora. Suspeitou-se de crime político. O governo de Porto Alegre mandou um subchefe de polícia para investigar. Ao final do inquérito, foram apontados dois suspeitos, Mota e Paiva. Levados a julgamento, foram absolvidos por unanimidade do júri. Mas o Correio da Serra *não deu trégua. Arnaldo Melo escreveu um artigo acusando o intendente de Rosário, coronel Sabino Araújo, de ser o mandante. O coronel Sabino nem sequer ficou sabendo da matéria que o incriminava. Mas nós vamos levantar o assunto – explicou Sinval. – O coronel nos atendeu e concordou em processar o Arnaldo. Para isto já deu uma procuração para o dr. Bozano representá-lo numa ação de calúnia contra o diretor do* Correio. *Como o jornal é editado em Santa Maria, é lá o foro adequado para correr o processo.*

Enquanto ouvia o projeto, Soveral mal se continha de felicidade. Não acreditava que seu chefe fosse ser tão bondoso ao atender seu pedido e ainda oferecer-lhe uma oportunidade de dar o troco a um elemento que estava na raiz da decadência republicana em Santa Maria. Serviria também para desforrar-se de seus correligionários que o consideravam o culpado de tudo, acusando-o de incompetente por causa do desastre que foi o empastelamento do jornal de Arnaldo Melo há três anos. Por isso, julgou que Borges lhe estava dando mais do que pedira, ao criar um novo confronto direto com o sacripanta. O jornalista devia-lhe muitas, inclusive dez meses atrás das grades numa prisão militar.

Soveral não conseguia esquecer-se do ano de 1918. Foi aí que aprendeu por que se diz que o poder é uma deusa cadela. Sua carreira vinha num crescendo desde a renúncia de Henrique Pedro Scherer. Sua lealdade ao dr. Borges suplantara sua amizade com os companheiros locais que caíam, o que lhe valera a confiança do intendente provisório, tenente-coronel Claudino Nunes Pereira, nomeado por Borges para ocupar a administração municipal. Essa fidelidade ele depois repassou ao novo chefe local, dr. Astrogildo César de Azevedo. Quando este último chegou a intendente, além de mantê-lo como subintendente, nomeou-o delegado de Polícia, o segundo cargo em importância na administração, pois dependia da aprovação do comitê executivo, da confiança do intendente e de um "de acordo" do próprio presidente do Estado, que era quem nomeava o chefe da polícia nas cidades.

Nesse posto foi colhido pela avalancha de 1918. A cidade estava em polvorosa. A entrada do Brasil na Guerra Mundial produziu uma série de incidentes e perseguições aos chamados "súditos alemães", uma parcela importante da população local. Era um quadro confuso, pois muitos germânicos que detinham a cidadania alemã eram também companheiros republicanos. E também uma situação de desgaste, que o deixava entre a justa ira patriótica dos pêlos-duros e o dever de assegurar direitos a cidadãos cuja pátria de nascimento havia produzido mortes e danos ao Brasil com o afundamento de navios mercantes no Atlântico norte.

Mas o pior momento de sua gestão como responsável pela segurança pública em Santa Maria foi a greve dos funcionários da ferrovia, que durou de julho a outubro de 1917. Embora a polícia municipal nada tivesse a se culpar, os trágicos acontecimentos verificados durante a parede refletiram-se negativamente sobre todo o aparelho policial, contaminando a carreira do capitão Raul Soveral.

A estrada de ferro, que fora o motor do progresso de Santa Maria, estava no auge da decadência e da impopularidade. Os construtores e depois concessionários dos serviços, os belgas da Compagnie Auxiliaire des Chemins de Fer, *enfrentavam grandes dificuldades para manter os trens funcionando. A receita era boa, remunerava satisfatoriamente o capital investido, mas um lançamento de papéis no mercado europeu fracassou e, com isso, a empresa não podia dar continuidade às obras de ampliação previamente combinadas com o governo estadual. O empreendimento marchava aceleradamente para a estatização.*

Como agravante, os belgas estavam distantes dos problemas operacionais, pois desde 1911 que a arrendavam para uma companhia dos Estados Unidos, a Brasil Railway, *que mergulhou os caminhos de ferro no desmando e na incompetência. Isso durou até 1919, já depois da greve, quando os europeus retomaram a administração. A devolução pelos norte-americanos aos concessionários já era* um último ato, antes da compra pelo governo de seus ativos, uma balela, pois o preço estava estimado em 100 contos de réis, quando a receita operacional da ferrovia, então com 2.175km e 85 metros, alcançava uma média de 13 mil contos de réis anuais.

Os grevistas elegeram como seu inimigo número um o gerente-geral da Brazil Railway, o norte-americano W. N. Cartwright. Quando eclodiu o movimento, ele pediu providências à polícia, dizendo que os paredistas ameaçavam a propriedade do Estado. Os operários pediam sua expulsão do país. A repressão às manifestações foi violenta, confundidas pela polícia e pelo Exército, que também se envolveu na repressão, com ações desestabilizadoras da oposição, especialmente pela identificação de agitadores anarquistas. Mortes, incêndios, perseguições. O final da greve foi tão lamentável que o gerente teve de se evadir para o Paraná, mas assim mesmo não escapou da vingança das famílias dos ferroviários mortos e acabou assassinado em Curitiba.

O Correio da Serra *não dava tréguas. Responsabilizava o intendente e seu "sicário" – como dizia – Raul Soveral pelos desmandos e violências que semearam o caos na cidade, ignorando que os incidentes mais graves, que resultaram na morte de grevistas, tiveram como protagonistas as tropas do Exército, e não os policiais de Soveral. Os ataques visavam mais diretamente o dr. Astrogildo. Jobim e Bonumá, secundados pelo redator-chefe do diário, Júlio Ruas, desceram os ataques a um nível nunca visto. Soveral estava arrasado porque o velho intendente não conseguia absorver as palavras duras, as suspeitas indecorosas que se lançavam impunemente contra ele. Mas nada fazia porque o governo de Porto Alegre dava garantias a seus adversários de escrever o que bem quisessem. Foi então que se decidiu adotar uma atitude drástica. Reuniu-se o comitê-executivo do Partido Republicano para deliberar sobre o tema, em sessão secreta. Prudentemente, o intendente sugeriu não ser convidado para o encontro. A decisão foi tomar uma medida rotineira naqueles casos. Considerava-se que, se a liberdade de imprensa era um direito que a ditadura positivista assegurava a todos e podia ser exercido pela oposição, reduzir as instalações de seus jornais a pó também era uma resposta legítima dos governantes. Era uma prática usual, no interior, empastelar jornais dos adversários, o que, muitas vezes, resultava em mortos e feridos, mas nos inquéritos nunca se conseguiam resultados, como identificar os culpados, e tudo terminava como havia começado: a oposição importava novas máquinas do Uruguai e reiniciava suas campanhas até que um novo grupo de republicanos destruísse suas oficinas.*

Soveral recebeu o encargo de executar a sentença. Seu erro foi não perceber que os tempos estavam mudando. Embora não fosse público, muita gente sabia que mais dia menos dia o Correio seria empastelado. Foi reunido um grupo para executar o quebra-quebra. Soveral escolheu os homens para cumprir a missão, todos republicanos de fé, ex-provisórios experimentados, alguns incorporados como soldados regulares da Brigada, mas tomou o cuidado de não envolver gente que servisse diretamente sob suas ordens no 2º Esquadrão do 1º Regimento de Cavalaria, destacado para manter a ordem no município, e que deviam obediência como policiais ao delegado. Mandou buscar gente de confiança em Dom Pedrito. Marcou a noite de 7 para 8 de julho como data para a operação.

De noitinha, chamou o cabo Antônio Vitório da Rosa, de serviço escalado para o comando da patrulha da ronda noturna, e deu ordens para patrulhar outras áreas da cidade, distantes do centro. Passada a meia-noite, iniciou-se a ação. Pouco antes, o intendente fora visto despachando uma encomenda na estação de cargas da Viação Férrea, num lugar bem distante da rua do Comércio, onde ficava o jornal. A casa era um sobrado. No andar inferior ficavam as instalações da redação, administração e gráfica. No andar de cima moravam Arnaldo Melo, a mãe de criação e sua mulher Elvira. Os terroristas entraram por uma janela. Na oficina, dois jovens aprendizes montavam uma página na rama. Um deles correu escada acima e avisou o patrão.

– Estão chegando, doutor – e fugiu pelos fundos.

Melo acordou já levando a mão à mesinha-de-cabeceira à procura dos revólveres. Estava armado com dois .44, um Colt e o outro Smith&Wesson. Mas não deu tempo, porque já avistava um vulto escuro com um cano apontado em sua direção. Com a velocidade de uma gata, Elvira saltou de baixo das cobertas e foi diretamente na mão do atacante. Com destreza e sorte enfiou seu dedo na parte de trás do gatilho impedindo o disparo. Nesse meio tempo, Arnaldo já estava de arma em punho e tocou fogo na cabeça do atacante que se engalfinhara com sua mulher. Foi tiro e queda. Outros subiam as escadas. Abriu fogo novamente e caiu o soldado Martim Vidal. Foi um tiroteio infernal. Arnaldo disparava de contínuo e a mulher recarregava passando-lhe a arma. Com todo aquele alvoroço o comando fugiu apressadamente, mas não sem antes destruir máquinas e tentar pôr fogo na casa.

O escândalo explodiu como uma bomba em Porto Alegre. Já no dia seguinte, com ordens do presidente do Estado, o próprio chefe de Polícia, dr. Ariosto Pinto, desembarcava em Santa Maria para fazer uma devassa no partido e punir os culpados, doesse a quem doesse. O presidente havia proibido aquele tipo de ação e agora era o momento de dar um exemplo. Soveral foi afastado de seus cargos de delegado de Polícia e subintendente e preso. O dr. Astrogildo, mesmo alegando inocência, foi obrigado a renunciar dez dias depois e desligado do diretório estadual republicano. O partido entrou em colapso. Soveral ficou dez meses em prisão preventiva até seu processo ser anulado por falhas técnicas.

Esse tempo foi considerado por seus adversários uma punição justa. Mas ele nunca engoliu. Saiu da prisão militar dizendo que "agüentei no osso do peito e mesmo abandonado pelos companheiros não denunciei ninguém". Por sorte o intendente provisório, mais uma vez, foi o coronel Claudino.

Três anos depois, aparentemente, o presidente decidira que era chegada a hora da desforra. Aquele menino seria o instrumento de sua vingança. Acreditava piamente que venceria, pois, se fora o dr. Borges quem designara Bozano para a missão, não haveria a menor possibilidade de erro, confidenciou a seus companheiros.

As cenas daqueles dias voltaram-lhe à cabeça, enquanto o dr. Sinval falava sobre o processo e a estratégia que deveria ser usada para que nada saísse errado. Com seu estilo distante e cortês, o presidente dispensou-os sugerindo que, nos próximos dias, mergulhassem no estudo da situação e que depois de nova conversa com seu genro viajassem para dar início aos trabalhos.

– Saímos dali, descemos a rua Duque e fomos até a casa de Bozano. Esperavam-nos para o almoço – contou Soveral. – Ele queria que seus pais me conhecessem. Fui muito bem recebido, mas notei que os pais estavam preocupados. Não sei se o que viram em mim deixou-os mais descansados.

O pai era mais velho, tinha 58 anos quando Júlio Raphael levou o "homem de Santa Maria" para conhecer sua família. A mãe, bem mais moça, 40 anos.

– Nunca vi gente tão grã-fina em minha vida. Aqui em Santa Maria não tem nada igual. O velho, um gringão alinhado, é cônsul de três países em Porto Alegre: Itália, Espanha e Argentina. E a mãe é uma senhora danada, de faca na bota, castilhista dos quatro costados. É filha do dr. Bernardino Aragão, que eu conheci num congresso do partido em Porto Alegre.

O avô era um armador italiano especializado na rota Gênova–Porto Alegre. Os Bozano tinham seis navios, dois próprios e os demais arrendados, fazendo a linha o ano inteiro. Foi para inspecionar o escritório de Porto Alegre que o velho mandou o filho Giulio ao Brasil. Aqui, conheceu o advogado que cuidava de seus interesses legais, o dr. Bernardino, como era conhecido, um rábula baiano que fizera carreira no Rio Grande do Sul representando os interesses comerciais de exportadores e importadores gaúchos. Conheceu a filha menina de seu advogado em 1895. Dois anos depois embarcava para a Itália o casal Giulio e Isabel, ela com 17 anos. Não viveu muito tempo na terra do marido, voltou em 1899 com um filho no colo, Paulo, e outro na barriga, Júlio Raphael. Não foi só ela que rejeitou a Europa, mas seu Giulio, que se encantou com a vida ao mesmo tempo *provinciana e cosmopolita daquela cidade à beira de um caudaloso rio, tão grande, que dava calado para seus transatlânticos o ano inteiro.*

– Gosto muito daqui, do clima e, principalmente, das pessoas – foi dizendo o velho, num português quase limpo. Ele é um poliglota, fala seis línguas. – Encantam-me esta cidade e os meus parceiros no comércio. Quando cheguei aqui, o comércio internacional dos empórios de Porto Alegre era feito quase que exclusivamente com a Alemanha. Mas não tive dificuldades de me entender com eles e abri um novo mercado no Mediterrâneo. Mas não levamos só produtos dos alemães, estamos buscando mercadorias também nas colônias. Eu sempre digo ao Júlio Raphael, vendo como se produz aqui boa roupa, artigos de couro, metais – continuou –: o futuro do Rio Grande está na indústria. Este pessoal é muito trabalhador, mas falta-lhe capital. Se a gente trouxer capital para cá, a indústria floresce. Mas não é o que pensam os gaúchos. Eles ainda estão atrelados à produção rural e não dão valor à indústria dos imigrantes.

– E este seu sobrenome, doutor – perguntou Soveral. – Por aqui não conheço nenhum outro Bozano, mas me parece que deveria ser com doble-zê, não?

– É verdade. E era. Mas há muitos anos houve um cisma na família e um ramo passou a se assinar só com um zê; é o nosso, nós somos os rebeldes da família.

– Mas eu saí à minha mãe – retrucou Júlio Raphael –, quem vê parece que meu pai é um rebelde. Que nada, é manso. Mas já esta aqui não leva nada de barato. O que tem de peleadora...

E assim a conversa avançou. Seu Giulio contou que ficou surpreso quando o presidente do Estado ofereceu um trabalho para seu filho em Santa Maria. Sua expectativa, quando ele se formou em direito, era de que seguisse os passos do avô na área de direito comercial internacional, já que além da tradição ele aprendera a falar várias línguas. Mas, uma vez já que ele estava decidido a seguir a carreira política, tudo bem, poderia contar com seu apoio. Foi aí que interveio o irmão mais moço:

– Carlos, se não me engano, chama-se o guri – disse Soveral. – Também estava estudando para advogado. Estava quieto e só abriu a boca para dizer que não entendia como a gente podia acreditar no Borges. E disse mais: o grande homem do Rio Grande é o dr. Assis Brasil. Aquele sim teria visão para colocar o Rio Grande no mundo moderno, como o pai preconizava.

E assim Soveral foi contando seu entrosamento com Bozano. Nos dias que passaram em Porto Alegre ele foi conhecendo seu novo parceiro. Constatou que era um rapaz de ação, do corpo a corpo, o tipo que precisavam em Santa Maria para agitar na cidade e nos distritos. E as idéias eram muito parecidas com as de Soveral.

– Vocês vão ver quando ele começar a falar. Esperem só.

Até aquele momento era eu o único do grupo que vira a figura. Fora esperá-los na estação a pedido de Soveral, que me mandara uma carta contando por alto o que tinha se passado em Porto Alegre. Do homem basicamente dissera que era um advogado e que o combate se daria inicialmente na defesa de Olyntho e depois num processo contra o Arnaldo Melo. "Vamos botar o canalha na cadeia, Gelinho", dizia na mensagem. E mandara que eu reservasse aposentos adequados no Hotel Kröeff. Embora os hotéis não tivessem coloração política, pois muita gente de um e outro partido parava em qualquer dos dois melhores, a maior parte dos republicanos que passavam pela cidade costumava hospedar-se no Kröeff. Os federalistas preferiam o outro, de igual categoria, o Hotel León. Por isso hospedamos Bozano ali; estaria em meio a uma grande massa de companheiros. Era mais seguro.

Quando chegou, ainda era cedo da tarde. Fazia um dia de primavera, limpo e fresco. Apetecia uma caminhada. Foi o que ele quis. Mandamos sua bagagem num automóvel e subimos a rua da Igreja a pé, olhando o movimento. Bozano caminhava alegre, com o chapéu na mão.

Quando eu saía do hotel, encontrei-me com um grupo de moças fazendo o *footing* na praça Saldanha Marinho. Uma delas me chamou. Era Maria Clara Mariano da Rocha, uma moça de 20 anos, filha de um potentado local, médico e fazendeiro, dr. José Mariano da Rocha.

– Quem era, Gélio, aquele moço que estava com vocês?

– É Júlio Bozano, advogado de Porto Alegre que veio a Santa Maria para fazer a defesa de Olyntho Farias num processo.

– Pois sabes o que ela disse quando viu o rapaz? – interveio uma outra. – Que homem lindo, vou me casar com ele! Veja só se pode? – e, rindo-se, deixaram-me ali. Matutei um segundo: "Esse camarada vai dar panos para a manga", e continuei. Estava voltando para casa. Meu pai estava curioso para saber das novidades.

Quando cheguei em casa, o velho Otto não se agüentava nos cascos de tanta curiosidade.

– E que tal é o guri? Já me disseram que é um dândi. Não me digam que trouxeram um pomadista para enfrentar esse protrilho redomão do Arnaldo – embora fosse segredo, a maioria do pessoal republicano já estava sabendo que Bozano havia sido mandado pelo dr. Borges com essa finalidade principal.

– Que nada, o senhor vai ver, pai. Eu também fiquei meio assim, mas já mudei de idéia. O homem é um tigre. O senhor acha que o dr. Borges iria mandar, logo para Santa Maria, um janota?

– Bem, com isto tenho que concordar: o dr. Borges sempre sabe melhor do que os outros. Se foi ele quem mandou, o rapaz deve ser bom.

– Pois melhor é o senhor julgar por si mesmo. Daqui a pouco vai conhecê-lo, vamos fazer uma janta no reservado do hotel para alguns dirigentes. Vão estar o intendente e mais uns poucos. É importante que o senhor vá.

E assim os Brinckmann foram para a primeira reunião do grupo político que iria tocar a próxima campanha em Santa Maria. Dali a alguns meses seria eleito o novo presidente da República e o governo do Estado estava pendendo para uma posição contrária à das grandes forças que dominavam a situação nacional, os partidos republicanos de São Paulo e de Minas Gerais.

Bozano demonstrou logo ao entrar na sala que sabia muito bem qual era seu lugar: estava acima de todos. Mas precisava ter tato, pois ali encontravam-se verdadeiros esteios do situacionismo municipal e regional.

Alguns, como meu pai e o intendente, remontavam às origens do partido e traziam no lombo toda a história do republicanismo naquela região. É bom não esquecer que foi em Santa Maria que Júlio de Castilhos reuniu o primeiro congresso do Partido Republicano Rio-Grandense e iniciou sua caminhada rumo ao poder.

O jantar foi servido logo ao cair do sol, por volta de oito horas. O gaúcho do interior não costuma comer muito à noite. Ao contrário de Porto Alegre, onde se janta à la farta, às vezes até de madrugada, nas rodas boêmias, aqui se toma uma sopa, come-se uma fatia de cuca, pão com mel, chimias e geléias, café ou canjica com leite e se come um docinho qualquer que não atrapalhe o sono. O gaúcho gosta de comer bem pela manhã, principalmente na colônia alemã, onde se serve uma mesa que mais parece um banquete. Almoça ao meio-dia. Mas nessa noite mandamos fazer um jantar, um cardápio caseiro, bem simples. Tomamos uma sopa de capelleti com pão rolão, depois veio arroz, feijão, costela de gado ensopada com batata-inglesa, carne de ovelha na panela, umas chuletinhas de porco, galinha assada no forno, quibebe de abóbora-menina, bolinhos de mostarda, couve, batata-doce e, de sobremesa, ofereceram compotas de pêssego ou maçã, e doces de tacho e canjica com leite no prato fundo.

Na mesa, Bozano ficou entre meu pai e o intendente, Ernesto Marques da Rocha. Fiquei de frente e pude escutar as conversas. Não falaram nada especial. Estavam se estudando. Começaram com o dr. Borges como assunto, elogiando o velho, todos concordando que ainda era a liderança incontestes; comentaram sobre os outros políticos estaduais. Bozano mais ouvia do que falava. O intendente contou histórias do avô, capitão Henrique Marques da Rocha, herói da Revolução Farroupilha e, mais tarde, chefe político do Partido Conservador na região. Contou histórias da queda do Império, de sua juventude como propagandista da

República, esclarecendo que, embora seu pai fosse conservador, o partido do imperador, era também republicano, como farroupilha que fora.

– Estou por dizer que no Rio Grande monarquista mesmo não havia. Tanto que os conservadores acabaram ficando do nosso lado.

Foram momentos inesquecíveis, porque naquele momento decidia-se o sucesso ou o fracasso da missão de Bozano. Uma rejeição poderia fazer o velho Borges mudar seus planos. Por isso Bozano pisava em ovos. Os velhos chefes, mesmo respeitando o enviado do presidente, poderiam criar obstáculos e inviabilizá-lo.

– O nosso partido sempre teve nos moços a sua força. Eu mesmo quando comecei era um frangote – continuou o intendente –, menor que tu.

Ele começara muito cedo na política. Fora o primeiro vice-intendente do município, em 1893. No cargo enfrentou a guerra civil. Mas nunca quisera ser o titular. Fazia sua carreira no partido e no legislativo. Agora estava no executivo porque a crise de 1918 botou o republicanismo em colapso. Sua eleição foi uma saída para a situação insustentável em que se encontrava Santa Maria, governada por um intendente provisório de fora, o coronel Claudino, que só agüentara o tirão porque também era uma pedra dos alicerces da consolidação da República.

Meu pai, do outro lado, contava antigas histórias, também com o objetivo de demonstrar àquele mocinho que os velhos que comandavam a política local tinham origens que remontavam aos primórdios da conquista e da povoação daquelas terras.

– Isto aqui era o extremo-oeste dos domínios portugueses no Brasil Meridional. Logo aqui adiante, em São Martinho, havia um posto de guarda espanhola. Dali para cima era Espanha. Em 1787, chegou aqui um grupo de topógrafos da 1ª Subdivisão da Comissão Demarcadora de Limites da América Meridional chefiados por um oficial de nome José Saldanha para iniciar os trabalhos de implementação do Tratado Preliminar de Restituições Recíprocas, entre Espanha e Portugal. Foi uma espécie de usucapião, porque a finalidade era corrigir as ocupações irregulares feitas ao longo das guerras. Esse José é o tronco de todos esses Saldanhas que hoje se espalham daqui passando por Cachoeira, São Sepé e Caçapava. É por isso que a nossa rua principal se chama *Rua do Acampamento*, porque foi ali que os demarcadores montaram suas barracas e se deu o início da povoação.

– Então o dr. Sinval, o genro do dr. Borges, é descendente desse fundador de Santa Maria? – interrompeu Bozano, procurando animar a conversa naquele sentido. Ele queria ter o controle da hora em que se fosse falar de política.

– Isso mesmo – respondeu o velho Otto, já emendando. – Depois vieram os mercenários italianos em 1817 e, logo em seguida, chegaram os soldados alemães do 28º Batalhão de Estrangeiros. O meu pai veio para cá em 47 como artilheiro dessa unidade.

Bozano ouvia com paciência e genuíno interesse. Os circunstantes também ouviam respeitosamente. Nas pontas da mesa os grupinhos conversavam entre si, falando em voz baixa para não atrapalhar os mais velhos. Quando a turma já estava raspando a sobremesa foi que ele começou a falar. Primeiro baixinho, mas depois foi elevando a voz porque o silêncio se estabeleceu naturalmente. Havia muita curiosidade em relação a ele, e além disso ele fez uma palestra que logo cativou a todos.

– O grande mal do Brasil é o crescimento desmedido dessas idéias liberais, que trazem consigo o câncer da democracia representativa. Este é o mal que vai acabar com nosso país. Nós aqui no Rio Grande somos a trincheira, o forte inexpugnável contra esse regime nefasto. A democracia representativa é uma invenção norte-americana do século XVIII que eles estão querendo trazer para o Brasil do século XX. É um anacronismo. Por que isso? Não é para implantar um regime de maior liberdade para o povo. Não, é que as oligarquias viram nesse sistema de governo uma maneira de pulverizar o poder, de dar mais força à politicalha, e assim atender aos interesses particulares de grupos ou de famílias.

Nós implantamos aqui um regime mais moderno, nascido da sabedoria francesa de Augusto Comte; e agora, se vocês olharem para o mundo, verão que há uma tendência nesse sentido sendo seguida em outros países. Vejam o que está acontecendo na Europa, para termos certeza disso: na Rússia, os bolchevistas organizaram seu Estado em moldes muito parecidos com o nosso da Constituição de 14 de Julho. Observem a Itália: os fascistas estão seguindo um modelo semelhante. Então, por que nós temos que dar um passo atrás e voltarmos ao século XVIII, quando já avançamos e estamos em dia com o século XX? Nesses países o Estado é comandado por um partido e tem um chefe unipessoal, escolhido por suas qualidades para ser o guardião da vontade popular. É o que está acontecendo na Europa, senhores. Temos que defender a modernidade.

Em contrapartida, vejam a anarquia em que se encontra a Alemanha, desde que decidiram implantar a democracia. Para que querem representação? Para que os políticos, abancados nos parlamentos, possam legislar sem ouvir o povo. O Estado existe para promover o bem comum e assegurar a liberdade a todos. Sem privilégios. Entre nós, a cada ano as comunidades propõem as metas para a administração do estado, que se consolidam num orçamento. Ao parlamento cabe aprová-lo ou rejeitá-lo, nunca emendar ou mudar a decisão soberana do povo. Neste ponto somos mais avançados do que os europeus da Rússia e da Itália, *pois para o comunismo e o corporativismo italiano o Estado é tudo, enquanto para nós, positivistas, o Estado tem como finalidade promover o bem comum, servindo às pessoas e não se transformando num fim em si mesmo. Agora, aqui no Brasil, querem imitar os americanos e dar o poder aos parlamentos. Mesmo entre nós, republicanos, essas idéias vêm crescendo perigosamente. Tivemos deserções em 91, depois a cisão de 1907, e agora mais recentemente estamos vendo uma perigosa aproximação entre os federalistas e os dissidentes republicanos. É certo que, enquanto o dr. Borges tiver forças, manteremos a pureza de nosso estado.*

O encontro encerrou-se com os vivas de sempre. Alguém que passasse por ali e escutasse as aclamações pensaria simplesmente que os políticos terminavam mais uma reunião. Ninguém imaginava o que começava realmente a acontecer.

No *front*, em São Raphael, essa sexta-feira do dia 14 novembro de 1924 fora mais um dia exaustivo e sem resultados concretos. As buscas na estância de João Luiz Marques deram em nada. A informação de que o capitão Távora e seus remanescentes estiveram por ali era verdadeira porque encontramos vestígios de acampamentos. Enquanto estiveram naquele bivaque, dividiram-se em grupos pequenos e se espalharam, para evitar de serem pegos em bloco e de surpresa. No caso de um desses grupos ser atacado, impossibilitado de fugir por causa de um cerco, os demais poderiam evadir-se.

Antes do meio-dia, paramos para comer e sestear. Dormir na hora do sol a pino fazia parte do sistema de marcha dos guerrilheiros. Poupava homens e cavalos. A noite é mais segura para andar, pois esconde do inimigo as informações sobre o efetivo da coluna, sua direção, seu armamento. Por isso, quando o dia era claro e, se fosse verão, com o sol a pino, a tropa dormia de dia e marchava à noite. Assim, com todas as bênçãos dos deuses, pude encostar-me num pelego e tirar uma boa soneca como filho de Deus.

Em São Sepé, durante aquela noite, comera bem e tirara um cochilo rápido, enquanto esperava a chegada do capitão Bento Prado, comandante do 2º Esquadrão. Ele não se encontrava na cidade. Para se prevenir de um ataque, espalhara alguns destacamentos em posições avançadas.

– O capitão está com a patrulha aqui nos arredores – disse-me o segundo-tenente Mário Macedo Correia, que comandava o grupamento que guarnecia a cidade.

Até que um carro fosse até lá buscar o comandante, comi e tirei minha pestana. São Sepé e Caçapava eram as únicas dentre as 72 cidades gaúchas que estavam em poder da oposição. Dada a ordem, voltei para Caçapava e em seguida fomos para o São Raphael encontrar a tropa que estava em diligências na área. Quando ficou claro que não havia inimigo por ali, Bozano reuniu-se com os oficiais. Ao médico Xavier da Rocha indagou do estado da tropa.

– O estado geral é bom. É gente bem alimentada. Mas não devemos forçar demais. Acho que está na hora de um restabelecimento para não termos problemas mais para a frente, quando a coisa pegar fogo – respondeu o doutor.

– Está bem. Vamos para Caçapava. Um dia de descanso. Mas quero ficar perto do telégrafo – concordou o comandante.

A tropa chegou às 5h da tarde ao ponto do acampamento, a uma légua da sede do município. Bozano mandou o carro para Caçapava com os dois brigadianos da escolta e uma mensagem para o coronel João Vargas informando sua aproximação e seguiu a cavalo à frente da coluna. Eu também fui a cavalo. Um pouco antes de chegarmos ao destino fomos alcançados pelo 1º Esquadrão.

Chegados e desmontados, os soldados, exaustos, foram se espalhando. Cada qual com seu cavalo, dando de beber, um reforço de milho ou alfafa, limpeza das armas, cada um com suas tarefas antes de relaxar. Nos esquadrões, os churrasqueiros e carneadores preparavam a comida, acendendo o fogo e preparando dois bois para o abate. No dia seguinte teríamos folga. A menos que alguma coisa muito importante acontecesse, teríamos um dia de descanso.

Capítulo 7

Sábado, 15 de novembro
Caçapava do Sul

Dia da República. Para os gaúchos, essa data marca ainda a formação do grande divisor de águas que rachou a população do estado em duas partes irreconciliáveis.

É gozado observar como as coisas acabaram ficando por aqui depois de 1889. Em primeiro lugar, praticamente em nenhum dos dois partidos com representação nas câmaras durante o Império havia monarquista convicto, no Rio Grande. No Partido Conservador, dos dois o mais identificado com o sistema, era muito grande o número dos simpatizantes ou dos declaradamente republicanos. E muitos não o eram abertamente, por dependerem de favores ou cargos do Rio de Janeiro. Ou seja, poucos conservadores morriam de amor por Dom Pedro II e os Bragança. No outro, o Partido Liberal, nem se fala. Estes consideravam-se descendentes diretos dos Farrapos, ou seja, herdeiros de uma República que durou dez anos.

Assim, quando veio o golpe de Estado de 15 de novembro, não houve qualquer reação ideológica no Rio Grande. Entretanto, por aquelas ironias da história, a queda do velho regime, que se caracterizava por uma certa alternância desses dois partidos no poder nacional, pegou os liberais gaúchos na direita, ocupando o governo da Província, e com seu líder, Gaspar da Silveira Martins, em via de assumir a presidência do governo nacional.

Há até quem diga que o marechal Deodoro, monarquista dos quatro costados, apeou os Bragança porque Dom Pedro convidara Silveira Martins para assumir a chefia do gabinete. E o velho marechal não suportava o tribuno bageense porque ele seria meio republicano demais para o gosto do militar. Assim, um monarquista convicto proclamou a República para impedir que um republicano chegasse a primeiro-ministro do Império.

Na política interna rio-grandense a coisa ficou portanto muito confusa, por causa do gesto tresloucado do marechal. Os liberais, que eram os republicanos de longa data, passaram a ser chamados de monarquistas. Essa calúnia, digamos assim (e que me perdoem os companheiros ortodoxos), foi o maior golpe de propaganda não só da história do Rio Grande, mas, quiçá, do Brasil ou da América.

Nunca se conseguiu roubar uma bandeira de lutas e virá-la contra seu antigo detentor como o fez o patriarca Castilhos ao surrupiar dos liberais a bandeira do republicanismo do dia para a noite e botar no colo deles o cadáver da monarquia.

Júlio de Castilhos, como disse Bozano, foi um pioneiro na arte da ação estratégica na política, ao tomar o aparelho de Estado através de um golpe de mão, da ação decidida de um partido pequeno, mas hierarquizadamente organizado, assaltando o poder com um grupo ideologicamente monolítico, atuando com determinação nas águas turvas da crise que paralisou as forças predominantes. Isso constitui uma ação mais profunda e muito diferenciada da prática política até então conhecida no país, algo muito além dos antigos complôs palacianos.

Castilhos inovou. Em Porto Alegre e por todo o Rio Grande, os liberais, que pregavam a República, faliram porque estavam transitoriamente no poder quando o velho regime esfacelou-se. Os conservadores, moderadamente monarquistas, também ficaram na chuva. Quando ruiu a monarquia, produziu-se um vazio de poder nunca visto. Os liberais caíram com o imperador e os conservadores ficaram paralisados porque era um golpe institucional que os alijava definitivamente ao interromper seu regime. Foi aí que tomou o poder aquele grupelho, cuja única vantagem relativa era sua homogeneidade, pois numa província que não tinha nenhuma escola superior eles eram uma elite educada, os doutores: médicos, advogados, engenheiros, pareciam até seres de outro planeta. Aproveitando-se da estreita brecha, meteram-se entre os dois e, quando os velhos políticos se deram conta, Castilhos e seu grupo já estavam no governo.

Foi assim que os herdeiros de Antônio de Souza Netto perderam a bandeira da República, que ficou na mão dos doutorzinhos, que passaram a se autodenominar "republicanos históricos". Quando a Velha-Guarda quis reagir, já estava perdida.

Para sustentar seu poder, Castilhos, tão logo sentou-se na cadeira de governante, montou um dispositivo militar engenhoso que foi, igualmente, original e que tem sido copiado por muita gente pelo mundo afora. Ele criou uma pequena força integrada exclusivamente por quadros partidários ideologicamente fundamentalistas, a Brigada Militar, em cima da estrutura de uma antiga polícia provincial, da qual não aproveitou nada além das instalações físicas dos quartéis, esta é a verdade. Pelo interior do estado, o partido formou milícias também recrutando correligionários. Com isso ele montou uma força armada moderna e disciplinada politicamente.

Os comandos dessas milícias eram exercidos por republicanos históricos, em geral jovens com formação acadêmica e entrosados entre si pelo conhecimento mútuo que desenvolveram durante as campanhas de propaganda republicana. A tropa regular, a Brigada, na capital, tornou-se um núcleo de sustentação do novo governo. Embora exercesse algumas funções policiais, a nova corporação foi preparada para ser um berçário de guerreiros. Quando estourou a Revolução, revelou ser uma verdadeira escola de oficiais para suprir as milícias de especialistas. Cada seção do partido, no interior, organizava uma unidade que variava entre 300 e 500 homens. Administrativamente, chamava-se Corpo Auxiliar, uma reserva da tropa regular, mas o povo deu-lhe o nome de corpo provisório, e assim ficou. Não eram tropas de linha, mas tampouco podiam ser classificadas como irregulares. Da Brigada vinham para os corpos provisórios os soldados especialistas: artilheiros, operadores de armas automáticas, intendentes, homens de telecomunicações, logística e assim por diante.

Com essa força Castilhos enfrentou e venceu uma boa parte do Exército Nacional e da Marinha do Brasil. Quando digo que o Exército estava contra nós não estou mentindo, pois naquele tempo o dispositivo que defendia o país não eram os soldadinhos dos quartéis. Era a gente do general Joca Tavares – o Barão do Triunfo –, comandante da fronteira sul, que se passou inteiramente para os federalistas. É bem verdade que, antes de estourar a revolução, o velho barão, do alto de sua inteligência, entregou seu armamento para o governo. Nunca mais conseguiu repor seu poderio bélico, por mais que Silveira Martins, chefe político da revolução, comprasse armas e munições na Argentina e no Uruguai. Mas ficou com os efetivos.

A Marinha, como se sabe, passou-se inteira para os rebeldes com homens e navios. De quebra, a revolta da Armada coonestou a pecha que Castilhos lançara contra os federalistas, taxando-os de monarquistas. Com isso, até hoje o lenço branco é identificado com República e nós, provisórios, continuamos sendo chamados pelo povo de soldados da República.

Eu pensava nisso porque aquela parada cívica em Caçapava não se resumia a um alto de marcha para descanso da tropa em um desvio de nossa missão precípua de combater os rebeldes que se levantaram contra os governos federal e estadual. Bozano aproveitou a calmaria para reforçar sua posição no município, trabalhar as suas bases, estreitar os laços e amarrar curto o republicanismo da região central. O borgismo havia perdido as eleições para as intendências ali e precisávamos nos recuperar até 1927, antes das eleições estaduais. Ali se revelara concretamente a ameaça da nova força emergente que precisava ser destruída, proveniente da união dos republicanos dissidentes com os federalistas, que redundou na formação do Partido Libertador. Nem é preciso lembrar que esse grupo explodiu alguns pilares básicos do castilhismo com o Tratado de Pedras Altas. Não conseguiram com a Revolução de 23 tirar o Borges do governo, mas o relógio do tempo estava correndo velozmente para o pleito de 1927, quando seria eleito um novo presidente sem direito à reeleição para o atual ocupante do Palácio Piratini.

Os nomes estavam ali, naquele picadeiro, cada qual procurando uma posição de maior visibilidade. Do palácio, o Velho observava a cada um. Na primeira fila, os dois grandes campeões do torneio do ano anterior, os vencedores da Revolução de 23, estavam quase encalhados, sem espaço para manobrar: Flores da Cunha voltara da fronteira, onde tinha acabado de bater Honório Lemes em Guaçuboi, uma boa atuação, mas ficara sem um comando para prosseguir na luta; Paim Filho, no norte, encontrava dificuldades para se mover num cenário repleto de militares profissionais que montavam o que denominaram "Círculo de Ferro" em torno dos rebelados do Exército, que tinham a seu lado as tropas de maragatos do irredutível Leonel Rocha. Na segunda fila cresciam as possibilidades para os líderes políticos do governo: Getúlio Vargas não estava no *front,* mas era o líder da bancada gaúcha na Câmara, no Rio. João Neves da Fontoura, o líder na Câmara dos Representantes, a assembléia legislativa estadual, e chefe político de Cachoeira. Na terceira fila começava a lista dos azarões: Oswaldo Aranha, que já lavrara seu tento ao impedir a tomada de Alegrete, derrotando João Alberto, e Lindolfo Collor, um quadro destacado, redator-chefe de *A Federação*, mas que ainda não tinha conseguido se posicionar na luta sucessória. Ambos poderiam entrar em cena a qualquer momento. Balthazar de Bem poderia ter sido cogitado, porém acabara de ser riscado pela morte. Os outros comandantes importantes eram brigadianos profissionais, que não contavam na disputa política.

Bozano era a nova estrela. Não fora protagonista em 23, como Flores, Oswaldo, Getúlio, Collor e Paim, mas era a estrela ascendente. Uma vitória decisiva no campo de batalha poderia colocá-lo em pé de igualdade política com os mais antigos. Suas possibilidades não eram remotas. Pelo contrário. Se olharmos em retrospecto, vendo como se deu a sucessão de Castilhos, em 96, poder-se-ia ter uma luz-guia a ser seguida no rumo de 27. Castilhos foi aquele chefe visionário, obstinado, poderoso, que concebeu, montou e implantou um modelo de estado. Mal chegando ao Rio para representar seu partido na Assembléia Nacional Constituinte, Castilhos sentiu que sua posição ortodoxa era frágil. Não conseguiu impor ao país a ditadura científica. Quando tocou a vez do Rio Grande fazer sua carta magna, na Comissão de Redação, anulou os outros dois membros, o também advogado Joaquim Francisco de Assis Brasil, mais tarde nosso adversário, e o médico Ramiro Barcelos, depois seu maior detrator, escondido atrás do pseudônimo de Amaro Juvenal, "autor" do pasquim *Antônio Chimango*.

Castilhos impôs o seu modelo, levando o projeto a ser aprovado em bloco. Não houve como rever a decisão porque em seguida começou a guerra civil, o que inviabilizou a seus adversários ideológicos internos contestar a nova carta. A prioridade era vencer a crise. Ele porém sabia que, terminada a luta armada, a questão voltaria. Precisou, então, montar um esquema de resistência. Em primeiro lugar, sabia que ao final do mandato teria de deixar o governo, pois poderiam acusá-lo de criar a ditadura para si próprio. Em segundo, para perenizar seu estado era fundamental que o sucessor fosse o mais fiel e ideologicamente ortodoxo de seus companheiros. Em terceiro, precisava preparar essa transição.

Tudo foi construído metodicamente, como era do feitio de Castilhos. Pinçou um jovem, mais moço que ele, um advogado que fora promotor, juiz e constituinte no Rio de Janeiro, natural aqui mesmo de Caçapava, Antônio Augusto Borges de Medeiros. Quando começou a guerra civil, mandou-o comandar um corpo provisório, como tenente-coronel, para dar-lhe o respaldo do crédito de sangue. A seguir, chamou-o para Porto Alegre e nomeou-o chefe de Polícia. Esta era uma posição-chave para ter o controle de tudo o que acontecia. Este chefe de Polícia não tinha que se preocupar com malfeitores comuns. Sua missão era montar um sistema de informações que permitisse o comando da guerra. Não foi uma tarefa fácil, pois, além de controlar todo o território conflagrado, as áreas que hoje constituem os estados do Rio Grande do Sul, Santa Catarina e Paraná, onde, inclusive, havia uma "capital" rebelde, na vila de Nossa Senhora do Desterro, atual Florianópolis, o serviço secreto tinha que estender seus tentáculos a capitais distantes, como Buenos Aires, Montevidéu e Rio de Janeiro, monitorar o tráfico de armas na fronteira seca do Uruguai e seu transporte pelos rios Uruguai e Paraná, de onde depois de desembarcadas eram transportadas para o Rio Grande, vindas de Salto, no Uruguai, e Corrientes, na Argentina. Foi uma tarefa gigantesca. Depois o dr. Borges foi secretário de Justiça, a pasta política do governo. Só então foi designado sucessor do patriarca, contra todas as possibilidades, por ser muito moço e não ter precedência. A seu favor tinha a lealdade ao chefe e aos princípios. Com a morte deste, em 1903, continuou no poder defendendo a Constituição de 14 de Julho e suas prerrogativas de chefe unipessoal, o que é essencial à configuração do estado castilhista. Seu sucessor deverá ter os mesmos compromissos. Nesse ponto, nenhum outro é tão leal aos princípios quanto Bozano. Falta-lhe a história heróica dos outros, mais velhos. Mas isso estamos construindo aqui nos cerros de Caçapava.

Bozano articulara-se com o coronel João Vargas e com a família de Bem e Canto para fazer um comício em Caçapava na festa do 15 de novembro. Seria a despedida de Vargas do governo municipal. É claro, desde que a situação militar nos permitisse aquela pausa para proselitismo político. Ficaria muito mal se o inimigo nos pegasse ou, ainda, fugisse pelo meio de nossas pernas enquanto a gente churrasqueava e discursava para os companheiros. Mas, se a frente estivesse em calma, ficaríamos por ali aguardando os acontecimentos.

Por isso o pedido do médico da coluna, capitão Xavier da Rocha, para um dia de descanso à tropa, que vinha bombeada de tantas correrias, caiu como a sopa no mel. Bozano não queria sair da região. Havia os que prefeririam marchar na direção de Santana do Livramento para nos incorporarmos às tropas que davam combate a Honório Lemes e Júlio Barrios naquela região. Mas nosso comandante não concordava. Primeiro, porque tinha certeza de que os combates decisivos seriam travados nos passos do Camaquã. Segundo, porque lá, por ser o mais jovem, não seria o primeiro em comando. Ele tinha um incrível instinto estratégico.

– Não adianta argumentar, tudo vai acontecer aqui nesta região – disse, quando o pessoal começou a querer se movimentar para oeste.

Os rebeldes precisavam estabelecer uma base sólida na fronteira do Uruguai, para garantir uma rota de suprimento para as tropas de Luís Carlos Prestes, que estavam sendo cercadas nas Missões. O contrabando através da Argentina era muito dificultoso. As armas tinham que subir o rio Paraná até Corrientes, já quase na fronteira do Paraguai, e dali atravessar um dos terrenos mais difíceis da América do Sul, os esteros corrientinos. Depois atravessar o rio Uruguai, caudaloso e rápido. Não era fácil porque, além de tudo, a polícia argentina não fazia vistas grossas como a uruguaia para esses transportes clandestinos e os lanchões de fuzileiros das marinhas dos dois países (Argentina e Brasil) também não ofereciam facilidades aos traficantes.

Já no Uruguai a situação era completamente diferente. O governo *battlista*, *colorado*, era inimigo dos republicanos rio-grandenses e não perdoava o dr. Borges por dar guarida e facilitar o contrabando de armas para seus adversários *blancos* no outro lado da fronteira. Portanto, o governo nacional uruguaio era aliado dos maragatos. Os lenços brancos daqui e de lá se davam bem, tais como os *colorados* dos dois lados. É bem verdade que a família líder dos *blancos*, os Saravia, havia participado da Revolução de 93 ao lado dos maragatos. Aliás, foram os Saraiva que trouxeram os maragatos para o Brasil. Mas aí foi uma questão de família, não de partido. O irmão mais velho dos Saravia era o brasileiro Gumersindo Saraiva, que ficou com a revolução. Trouxe consigo dois irmãos, Aparício e Sizério. Mas não se pode esquecer que Aparício lutou toda a guerra com seu lenço branco amarrado ao pescoço. Mesmo quando foi comandante-em-chefe das forças revolucionárias, após a morte do irmão, não abandonou sua divisa. Também sempre disse ser uruguaio. Finda a guerra civil, quando começou então sua série de levantes contra o governo de Montevidéu, teve em Borges de Medeiros um aliado que lhe deu, através da fronteira, ajuda em homens, armas e dinheiro. Muita gente ali de Caçapava participou das guerras civis uruguaias ao lado de Aparício. Em 23, em agradecimento ao apoio do velho Borges, o clã dos Saravia mandou um contingente, recrutado, armado e financiado pela família, para lutar ao lado dos republicanos rio-grandenses, comandado pelo sobrinho de Aparício, o tenente-coronel Nepomuceno Saravia.

– Esses rebeldes vão acabar por aqui – garantia Bozano.

Tinha certeza de que mais dia menos dia eles apareceriam, pois, não obstante a cada semana chegasse uma notícia de uma derrota de Honório Lemes, em seguida ele ressurgia com uma tropa bem armada tiroteando com os legalistas. Havia também informações de que Zeca Netto estava concentrando gente em Melo, no Uruguai, para passar a fronteira e abrir uma nova frente ao lado de Honório e do capitão Fernando Távora. Era inevitável, portanto, que uma fase decisiva da guerra seria desenvolvida naquela região. Era só uma questão de tempo. Os rebeldes precisavam da fronteira uruguaia porque, embora tivessem muito armamento, sua munição estava escasseando. E havia um perigo maior: eles teriam que sair da ratoeira em que se encontravam. Uma alternativa seria seguir para o norte e se incorporar às tropas paulistas que estavam entrincheiradas em Foz do Iguaçu. A outra seria marchar para o sul e estabelecer uma posição de força numa região mais próxima do reabastecimento, aguardar novos levantes no Exército e, aí, derrubar os governos, os militares apeando o Bernardes e aqueles libertadores botando o velho Borges e todos nós a correr.

– Aqui se decide o futuro de nosso governo. Depois, o Bernardes que se arranje – afirmou Bozano.

Decidida a comemoração, quando chegamos aos arredores de Caçapava, em nosso acampamento, os companheiros já nos esperavam com tudo de que precisávamos. Ainda era noite quando o chefe republicano de Caçapava mandou retirar todo o fardamento da unidade e organizou um mutirão de lavadeiras para passar água em toda a roupa do 11º. Não faríamos boa figura na festa andrajosos como estávamos. Também, como ainda não havíamos entrado em combate, não havia o perigo de passarmos feio pelo estado dos fundilhos de nossas roupas brancas.

– A coragem do macho é só da cintura para cima – costuma dizer o dr. Xavier da Rocha. – No calor do combate, as formidáveis descargas de adrenalina afrouxam o esfíncter e não há cueca que não fique pataqueada.

Na manhã seguinte haveria um grande desfile, seguido de comício, churrasco e festas. Participariam, além do efetivo completo da tropa de Santa Maria, os provisórios locais do 2º Corpo Auxiliar, que, embora desmobilizado, estaria na parada com seu fardamento e suas armas descarregadas, para caracterizar seu não-envolvimento no conflito. Também estariam na parada os brigadianos dos regulares que integravam o destacamento policial da cidade, republicanos civis a cavalo e alunos das escolas locais.

Os libertadores também comemorariam a data. Mas marcaram seu evento para longe dali. O intendente eleito, Coriolano Castro, avisado da comemoração republicana, deu-se por comprometido com a população de seu distrito de origem e foi participar dos festejos a 70 quilômetros, na vila de Santana da Boa Vista, 2º Distrito de Caçapava, com os antigos federalistas e dissidentes republicanos, agora todos libertadores. Coriolano era um dos heróis da guerra pela consolidação da República, mas naquele momento não considerou de bom-tom juntar-se a seus antigos camaradas para lembrar a efeméride.

Desde manhã cedo que a tropa se preparava para a solenidade em Caçapava. Botas engraxadas, metais brilhando, couros engraxados, armas limpas, coronhas envernizadas e cavalos escovados.

Bozano abriu o desfile. Foi o momento alto do evento. Todos queriam vê-lo. Sua fama de bonitão e valente botava as mulheres em polvorosa. Sua reputação de bom atirador, brigador e, principalmente, as histórias sobre seus lances de coragem pessoal estimulavam os homens. Ele já se transformara num mito para aquela população belicosa, um arquétipo para a juventude. Quando irrompeu na Rua 15, vindo dos lados de Lavras, baixou um *frisson* entre o público. Era uma figura impressionante, bem montado, encilhado, vestido com seu fardamento de gala; as dragonas douradas, a espada desembainhada, colada no ombro, davam-lhe o ar marcial e provocavam o efeito que ele sabia tirar tão bem de sua presença física e da legenda que começava a se formar a seu redor. Foi aplaudido entusiasticamente, vivado freneticamente, uma consagração. "Viva Bozano presidente", ouviu-se muitas vezes, com o coro apoiando: "Vi-va". O próprio Vargas havia destacado alguns companheiros para puxar essa manifestação, que logo foi seguida por outros sem que fosse necessário qualquer estímulo. Com o Tratado de Pedras Altas, Bozano poderia ser uma opção para o partido.

O comandante era seguido por um piquete composto pelos oficiais de seu estado-maior. Seguia-lhe o 1º Esquadrão, também a cavalo. A seguir, marchavam a pé as tropas dos 3º e 4º Esquadrões. Eu espero não ter desfilado muito desajeitadamente, pois ordem unida nunca foi o meu forte e minha missão naquela Força era escrever. Mas eu sabia montar bem, apenas não tinha aquele traquejo dos militares de se postarem eretamente em cima da sela. Como gaúcho de campereada, cavalgava meio atirado para trás, com o corpo em cima da bunda e a coluna vertebral reta, para agüentar as longas e fatigantes trotadas sem lastimar a espinha. Depois de nossa tropa fardada, seguiram-se os companheiros voluntários de Santa Maria e São Sepé que estavam agregados ao nosso corpo, com os melhores trajes que puderam vestir, muitos deles com roupas presenteadas pelos companheiros de Caçapava. A essa altura já deslocávamos uma Força de para lá de 500 homens, entre militares e civis. Eles também, apesar de não estarem uniformizados, desfilavam como se estivessem numa parada militar. Todos a cavalo, em filas cerradas, num galope curto e cadenciado.

O desfile continuou com o pequeno núcleo de tropas de linha, com disciplina de quartel. Seguiram-se os provisórios do 2º desmobilizado, civis locais e, por fim, os alunos das escolas da cidade, meninos e meninas com seus professores. Cada grupamento com uma bandeira do Brasil, outra do Rio Grande, seus estandartes e flâmulas. Foi lindo.

A população aplaudia. Não se via um só lenço encarnado. Para enfeitar as janelas das casas da Rua 15, as famílias colocaram seus melhores panos, vasos de prata e cristal, suas preciosidades, como se fosse numa procissão de Corpus Christi, uma maneira de homenagear a República e seus defensores. Nas calçadas, o povo em trajes de domingo, homens e mulheres indiferentes ao pó que levantava das patas dos cavalos e das botas dos infantes batendo no chão seco da artéria principal da cidade.

Durante o desfile, Bozano comentou com João Vargas sobre o momento cívico.

– Boa idéia, coronel, esta recepção está fazendo muito bem para o moral de nossa tropa. Eles são soldados, mas acima de tudo são homens do nosso partido. Assim, sentindo-se queridos, eles entendem o significado de nossa campanha. Faz-lhes bem ver que são reconhecidos pelo seu sacrifício. Dá um sentido para o risco que correm.

– É verdade. Só espero que os lenços vermelhos não pensem a mesma coisa lá em Santaninha e decidam se meter na luta para nos correr do governo – respondeu o coronel. – O velho Coriolano vai respeitar Pedras Altas. Pelo menos enquanto o dr. Assis estiver de fora. Depois, não sei – emendou o intendente.

Enquanto isso, em Santana, também estava havendo desfile e churrascada. Apenas não havia lenços brancos naquela festa. Segundo se soube depois, o capitão Távora apareceu no encontro e fez um discurso atacando o presidente Arthur Bernardes, o que não produziu nenhuma emoção no público, que ouviu em silêncio, como se não estivesse entendendo o porquê dos ataques apaixonados que aquele militar dirigia ao chefe da nação. Pelos santanenses, o Bernardes poderia ficar o tempo que quisesse no Palácio do Catete. Mas, se alguém desse um grito "derruba o Chimango", garanto que teríamos um bom combate na manhã seguinte. Contudo, não houve nada além de festa, carne gorda e muita discurseira.

Encerrado o desfile, as autoridades dirigiram-se, a pé, seguindo a banda que cadenciou a parada, até o forte, 200 metros adiante. Lá as tropas já se encontravam formadas à espera do final da cerimônia.

João Vargas estava exultante. A tropa de Santa Maria não só abrilhantara o desfile como lhe dera um conteúdo épico, pois se tratava de gente que estava em missão de combate. Não foram apenas seus pacíficos homens fardados de Caçapava. Estavam na rua soldados em pé de guerra. O que não queria dizer que aquela tropa da cidade anfitriã não pudesse entrar em ação a qualquer chamado. Em 24 horas, poderia estar marchando para onde fosse mandada. Mas todos sabiam que os provisórios de Caçapava estavam, até segunda ordem, fora do conflito, embora dias depois essa ordem fosse mudada.

Os moradores da cidade foram chegando no forte e tomaram lugar num espaço reservado, próximo a um outro palanque. Ali estariam os oradores, pois uma festa dessas sem discurso não teria graça. A certa altura, a "furiosa" interrompeu com um dobrado e atacou com o rufo dos tambores. Era o sinal de que os líderes começariam a falar. Ali estava a nata do republicanismo. O primeiro a usar da palavra foi Balthazar Guarany de Bem e Canto, tenente-coronel, ex-comandante do Corpo Provisório de Caçapava em 23, contemporâneo de Bozano na 5ª Brigada Provisória do Centro do coronel Claudino.

O orador relembrou os feitos gloriosos das unidades ali presentes. Evocou os heróis de 93. Depois, entrou na parte consistente de seu discurso, atacando duramente os adversários que os haviam derrotado nas últimas eleições. No final, fez um elogio a seu primo Balthazar, que acabara de ser enterrado no Barro Vermelho, pediu que os bravos de Santa Maria vingassem sua morte e encerrou com um apelo patético, como era do estilo dos discursos daquele tempo.

– É ainda com o peito dilacerado pela dor da morte irreparável do dr. Balthazar que imploro aos bravos companheiros de Santa Maria o reparo que o Rio Grande exige pela morte dos bravos patriotas de Cachoeira. Temos de extirpar de nosso meio o covarde e infame cearense que veio à nossa terra derramar o sangue generoso daquele bravo que se imolou na defesa dos sagrados princípios de nosso partido – disse, referindo-se ao capitão Távora.

Outros oradores vieram, igualmente inflamados e clamando por sangue. Mais tarde falou o chefe do executivo, coronel João Vargas, também saudando o visitante e dando as boas-vindas oficiais:

– Devo dizer-lhe, dr. Bozano, que Caçapava deposita em Vossa Excelência as esperanças do resgate dos valores eternos de nosso partido, que se encontram ameaçados por idéias esdrúxulas que não mais podem prosperar entre nós. Conte conosco, com os republicanos e com o povo desta cidade para marchar consigo para o grande destino que a história lhe reserva.

Por fim, falou Bozano, encerrando a cerimônia. Saudou o povo de Caçapava, elogiou suas mulheres, previu um portentoso futuro para sua economia e, como não podia deixar de ser, ressaltou a coragem de seus homens e relembrou momentos épicos, os bons combates de 23, ao lado daqueles companheiros que o recebiam com tanta fidalguia. Na parte substantiva do discurso falou da guerra presente e comprometeu-se a derrotar o inimigo e respeitar os bens e as famílias da população civil, entrando a seguir na política estadual. Mais uma vez saudou

Caçapava, "o berço de nosso líder, o chefe unipessoal de nosso partido e do estado, o ditador do Rio Grande, Antônio Augusto Borges de Medeiros, filho desta terra abençoada, que tantos homens eminentes tem dado ao Rio Grande do Sul", citando ali nominalmente o patriarca da família de Bem e Canto, coronel Balthazar, ex-intendente, e o atual, coronel João Vargas. Depois desembestou pelas questões teóricas da ditadura científica, entrou na experiência republicana da Revolução Farroupilha ("que esta terra embalou como capital de nossa República durante seu quadriênio mais profícuo") e concluiu lembrando que o destino institucional do Rio Grande está expresso na Constituição de 14 de Julho, "que cabe a nós defender e restaurar seus princípios conspurcados pelo Tratado de Pedras Altas. Se a reeleição está proibida, nosso partido deve lutar para que a vitória nas urnas seja de um fiel seguidor dos princípios básicos de nosso sistema político. E que o sucessor do dr. Borges seja um republicano leal como o foi Carlos Barbosa, para devolver o governo a nosso chefe unipessoal no período seguinte, assegurando a continuidade de nosso regime". Encerrou lembrando que o parlamento foi a causa da derrocada da República de Piratini:

– Quando os chefes republicanos de 35 cederam às pressões dos políticos e concordaram com a Constituinte de Alegrete, aquela pérola do republicanismo sul-americano começou a desmoronar e soçobrou sob as ambições pessoais e os interesses dos membros do parlamento.

Terminados os discursos, começou a festa. Carne *à la farta*, vinho da colônia, cerveja da Ritter, de Pelotas, refrescos para as damas. Soveral chamou seus oficiais, um a um, e, discretamente, passou a ordem.

– Fiquem de olho nos seus homens. Não quero nenhum incidente. Assim que comerem, retirem para o acampamento.

Essas confraternizações da gauchada são um perigo. Assim que o vinho começa a correr, as vozes a se alterar, as gaitadas a balançar o papo dos homens, é sinal de perigo. Dali a pouco começam os desafios. Primeiro com a palma da mão à guisa de espada. Dali a pouco, um tapa estala numa orelha como se fosse um estouro de prancha. A ponta dos dedos roça no beiço de um outro. Não falta nada para a adaga saltar da bainha ou um "trinta" começar a cuspir fogo. Daí para a frente, ninguém controla mais nada. Os grupos engalfinham-se e a festa que deveria ser de confraternização entre os correligionários termina em tragédia com mortos e feridos.

Às 3h da tarde, a tropa de Santa Maria se retirou. O major Soveral foi junto, pois os demais oficiais ficaram. Eles eram os homenageados. Eram adulados, obsequiados, e os solteiros acossados pelas mocinhas da cidade. Uma pedia uma prenda, outra que preenchesse um questionário com perguntas sugestivas, era um momento mágico. Muitos casamentos começavam nessas reuniões de tropas amigas com as famílias dos companheiros.

Assim que o 11º deixou o Forte, iniciaram a segunda parte da festa, uma corrida de cavalhada. É a representação da guerra entre mouros e cristãos. A princesa era uma mocinha, pouco mais que menina, loirinha de cabelos cacheados, neta de Balthazar de Bem. Que cavaleira. Parecia parte do cavalo, um tordilho bem branquinho que era um portento. Os mouros e os cristãos era moços das famílias ilustres da cidade. É uma beleza vê-los manobrar. Que cavalos! Que animais bem domados! Na hora do torneio, um espetáculo à parte. A roda das caveiras demonstra a destreza do grupo com todas as armas. Na primeira volta, levanta-se a caveira do chão com a lança. Na segunda, o cavaleiro tem que vir rente ao gramado para "decapitar" a caveira com a espada. Na terceira volta, tem que derrubá-la com um tiro de revólver em galope acelerado. Por fim, chega o momento final do torneio, a lança com os anéis. Um momento de habilidade e também de romantismo. Ali se revelam os namoricos.

Nessa hora o número de cavaleiros ampliou-se. Aos mouros e cristãos que integravam o elenco da representação somaram-se outros rapazes para a prova da lança. Inclusive alguns oficiais do 11º se apresentaram, pois aquele era o momento culminante da festa. Nessa hora é que os moços lançam seus dardos de Cupido. Quantas surpresas não se revelam nesse momento. Nessa rodada, coloca-se uma argola do tamanho de uma pulseira de menina atada por um barbante no travessão de uma trave com altura que dê para passar com folga um homem a cavalo. A argola balança no fio e o ginete ataca a todo galope, a lança em riste, com o objetivo de tirá-la com a ponta. Os lanceiros formam uma fila, cada um esperando sua vez. A espera é um momento de concentração. Não é fácil tirar uma argolinha daquelas na ponta de uma lança montado num cavalo a todo galope. Tem que ser lanceiro e dos bons. Quando toca a vez de algum rapaz casado, noivo ou namorado firme, não há muita novidade, ele vem a cavalo, passa em frente ao público e a moça oferece-lhe o seu lenço. O perigo em geral não é tão grande para uma esposa ou noiva que já é conhecida do cavalo, porque para atar o lenço como flâmula a mulher tem de praticamente abraçar a ponta da lança. Mas quando é um flerte novo, revela-se toda a grandiosidade romântica e eqüestre dessa festa. O moço vem a galopito até defronte o lugar em que se senta a moça em questão e lhe oferece a ponta da lança. Normalmente esse é um primeiro gesto público de um cortejo. Quantas surpresas não se revelaram nesse momento!

– Olha só, o fulaninho pediu a flâmula à fulaninha! – é o comentário das comadres. As mulheres que estão longe quase têm um colapso quando o rapaz detém o cavalo e vai se aproximando das cadeiras da assistência naqueles segundos que antecedem o descobrimento da dama-madrinha da investida da vez. Fica-se adivinhando qual moça das que estão no raio de ação do cavaleiro será a indigitada.

Quanta confusão já não se deu nessa hora. Inimizades de família que duram gerações e que se perdem no tempo muitas vezes tiveram seu estopim numa tarde de cavalhada. Basta uma dama dar um carão por qualquer motivo – teria outro amor secreto, quer desencorajar um pretendente inesperado ou, simplesmente, vergonha ou perplexidade, e já aflora o bugre selvagem que está logo abaixo da epiderme daquele jovem, ele também tenso por ter que vencer uma timidez desmesurada. A reação vem de um irmão, de um pai; uma resposta sempre vem, embora não ali no local, mas em qualquer outra oportunidade. Quando a corte é bem aceita, aí quase sempre temos um começo de romance. Nesse caso, o cavaleiro se arrisca a uma vergonha se a montaria se espantar ou estiver montando uma égua ou cavalo mal domado. Um movimento mais brusco do animal pode acabar espetando a moça, jogando-a em cima dos outros, enfim, um vexame e um provável ferimento. Aí, são anos de chacota, além do desconforto e, também, da grande possibilidade do desprezo eterno. Mas se dá certo, ele pára, estende a lança, a moça amarra seu lenço no cabo e, com a flâmula ao vento, ele faz sua investida. Se tiver êxito, devolve a cortesia. Galopa até a dama e oferece-lhe a argola lanceada, que ela colhe e devolve para ser recolocada na trave. Esse é um começo, porque depois vêm os agradecimentos, as conversas e o espaço para algo que pode acabar no altar da igreja.

Em tempos de paz essa era uma festa que reunia toda a comunidade. Geralmente, os maragatos e republicanos representavam as facções contrárias, um era mouro e outro, cristão. Mas este não era o caso dessa vez, pois, com os ânimos do jeito em que estavam, a representação da batalha poderia degenerar num combate a fio de espada.

Sentado entre o patriarca Balthazar e o coronel Vargas, os filhos daquele e outros dirigentes do partido em Caçapava, Bozano assistia ao torneio. A certa altura todos se viraram para o portão do forte porque chegava um carro. Um automóvel sempre chama a atenção, especialmente se não pertence a ninguém da cidade.

– Não é daqui – informou o coronel Guarany.

O carro parou e logo desceu um provisório. Era o segundo-tenente Orvalino José Bernardes, do 2º Esquadrão. Vinha amassado, suado, não estava limpo e barbeado como os que estiveram no desfile. Bozano não escondia sua ansiedade, mas continuou impassível enquanto o oficial se aproximava.

– Que notícia estará trazendo? – foi seu comentário.

Orvalino trazia o relatório do capitão Bento Prado. Bateu continência, cumprimentou os presentes e teve permissão para relatar, porque ali, disse o nosso comandante, estava em presença de companheiros graduados.

– Saímos da cidade de São Sepé em marcha forçada para Caçapava e fomos alcançados por um automóvel com uma mensagem do delegado de Polícia informando que havia uma força inimiga acampada na altura do rio São Sepé...

Os 150 homens do capitão Bento estavam todos a cavalo e com montaria de reserva. Havia dias que as contribuições de companheiros sepeenses tinham libertado o grupo das duras marchas a escoteiro. Acompanhados por três caminhões requisitados na cidade para carregar os trens de guerra, foram alcançados por um automóvel que chegou veloz, embandeirado com o pano branco.

– Capitão, o delegado mandou dizer que chegou um próprio de um companheiro aqui da região avisando que o coronel Laurindo Costa está acampado na margem do São Sepé com perto de 100 homens. Ele teme que esse grupo possa armar-lhe uma emboscada ou vir atacar a cidade depois que o senhor passar.

– O senhor pode estar certo de que isto é uma manobra para nos atrasar – sentenciou Bento Prado. – Mas vamos pegá-los antes de seguirmos para Caçapava. Diga ao delegado que o povo de São Sepé pode dormir tranqüilo que nós vamos liquidar esses desordeiros antes que eles possam fazer qualquer coisa.

– Tenente Macedo – disse, dirigindo-se ao segundo-tenente Mário Macedo Correia –, pegue um piquete e saia em descoberta para localizar esses rebeldes. Vá com toda a cautela, não se deixe ver e assinale sua posição. Vamos tentar fazer-lhes uma surpresa.

Macedo destacou um grupo de 10 homens e mandou esporear os cavalos, tomando a dianteira da tropa que marchava a trotezito. Menos de uma hora depois aproximou-se, voltando, um chasque com a mensagem do oficial. Dizia a informação que um grupo numeroso estava acampado à margem direita do rio. Bento acelerou a marcha, tomando o cuidado de deixar um grupamento de 20 homens para proteção dos caminhões. Em caso de ataque deveriam cobrir a retirada das viaturas e não deixar a carga cair em poder do inimigo. O restante da Força seguiu em direção ao rio e se aproximou do acampamento adversário pela margem esquerda.

– Eles já nos viram e estão se entrincheirando – disse o tenente Macedo quando Bento se aproximou à frente de seus soldados. O capitão adiantara-se uma meia légua do grosso da Força. De trás de um caponete, numa elevação, com seu binóculo, observou a força inimiga. Podia concluir sem a menor dúvida que se tratava de uma tropa mal-armada, com a missão exclusiva de retardar seu avanço: a maior parte dos inimigos encontrava-se protegida a uns 100 metros da barranca do rio, junto com a cavalhada. Eram semicombatentes. Podia saber que eram homens desarmados, que acompanhavam a tropa só fazendo número, a maior parte à espera de tomar equipamento dos soldados do governo ou o que sobrasse de companheiros mortos. Também havia aqueles que se alistavam na Força de olho na churrasqueada, na farra e no companheirismo de uma campanha militar ou, pois uma pequena parte de maus-elementos sempre os há, no saque a alguma fazenda de adversário. Apenas uns 30 ou 40 deles se colocavam para o combate, posicionando-se na barranca do rio, esperando que os provisórios se atirassem no meio da água para tomar de frente sua posição.

– Vamos flanqueá-los com as metralhadoras. Uma em cada ponta da linha – ordenou Bento Prado.

Macedo voltou com as ordens enquanto ele estudava o terreno com mais calma. Quando observou o inimigo e não viu sinal de armas pesadas, tranqüilizou-se. Estava certo de que seria um simples tiroteio, com retirada imediata dos rebeldes com objetivo de levá-lo à perseguição e desviá-lo do seu objetivo principal. Uma manobra tática de diversão, diziam os militares profissionais quando lhes deram aulas teóricas no cursinho rápido que todo o oficial republicano tinha de fazer, na Brigada, antes de receber a carta-patente.

Não era perseguir o inimigo seu propósito. A determinação dada por Bozano era agir estrategicamente, isto é, contra a coluna vertebral do inimigo. Assim, de nada valeria seguir aquele grupelho pelas coxilhas do Rio Grande afora. Mas Laurindo não sabia. Seu plano, deduziu Bento Prado, era levá-los para longe do teatro principal de operações, mantê-los numa perseguição feroz, uma maratona para homens e cavalos, por dias a fio, um jogo de esconde-esconde por canhadas, matagais, marchas noturnas, um desafio para os vaqueanos. Essas guerrilhas se reduzem a uma correria pelos campos com raras interrupções para emboscadas e recontros que terminam com um virtual aniquilamento mútuo. A tropa revolucionária vai até o limite de seus parcos recursos e se dissolve como se fosse tragada pelo terreno ou, em caso de má sorte, pela debandada pura e simples ou aprisionamento. A Força do governo não acabaria em melhor situação, pois, embora com grande superioridade bélica sobre os rebeldes, é levada à exaustão absoluta de suas forças, ao esgotamento completo de seus homens, da cavalhada e de seus suprimentos, obrigando-se a uma parada para reabastecer e descansar.

Bento resolveu passar um trote nos adversários. Faria valer o alcance de suas armas, novas e bem calibradas, alimentadas por munição fresca, contra o arsenal rebelde pobre e antiquado. Deduziu que aquele destacamento não teria equipamento para atingi-lo a mais de 500 metros. Uns poucos libertadores poderiam ter fuzis Mauser remanescentes de 23. Entretanto, a maior parte seriam armas pouco confiáveis, certamente descalibradas e com sua munição vencida. Seria razoável esperar que aquela gente fosse reunida ali mesmo na região, cada qual armado com o que tivesse em casa. Laurindo poderia, no máximo, ter um piquete homogêneo com atiradores adestrados, um pelotão de choque em condições de agüentar um confronto de curta duração, mas sempre estariam armados de armas longas que o caudilho guardou em pequenos lotes, que ficaram meses escondidas em poços, tocas ou enterradas no campo. Mesmo limpas e recuperadas por armeiros competentes, com elas não poderiam se opor à sua unidade novinha em folha, com seus mosquetões ainda melados pelo óleo de fábrica e a munição cheirando a pólvora nova.

– Vamos dar uma sumanta de chumbo nesses vagabundos, obrigá-los a se retirar no cair da noite, de forma a pensarem que vamos no seu encalço. Só amanhã saberão que foram logrados – explicou Bento a seus oficiais. Faria valer suas grandes reservas de munição, pois sabia que em Caçapava poderia se reabastecer sem problemas.

Na coluna, os homens se aprontavam para o combate. Mesmo os veteranos que conheciam a tensão do combate, além do gosto da boca seca e azedada pelo perigo, pois já tinham vivido sobressaltos de derrotas e retiradas, permaneciam calados e circunspectos. Um ou outro, talvez mais nervoso do que animado, dava uma gargalhada, contava uma bravata. Os novatos, que até então clamavam pela ação, desejosos de se igualar e conquistar um espaço para contar suas histórias nos fogões dos acampamentos, mostravam-se mais dispostos.

Agora chegava aquele friozinho na raiz dos cabelos. Um nó no peito. O medo, como uma nuvem invisível, espalha-se, contagia. Nessa hora, só a disciplina mantém a pessoa caminhando em direção à morte.

– Vamos formar, coluna por um. Sargentos, estender a linha – gritavam os tenentes.

A aproximação do combate vai tirando o soldado do torpor. As ordens para formação, a movimentação dos oficiais e sargentos, tudo isso, aos poucos, vai dando uma idéia do que está por vir.

– Oficiais e sargentos, reunião com o comandante na canhada ali – gritava Macedo, correndo a galope ao lado da fila indiana, mostrando com a mão um lugar atrás da coxilha onde seriam dadas as últimas ordens. – O resto da tropa siga em frente, pelo trilho – dizia, indicando que deveriam continuar pela estrada de carretas que corria ao longo do rio.

Os cavalos de oficiais e graduados destacavam-se da tropa e se dirigiam a galope para o local indicado. Aquela movimentação acendia os ânimos. De longe, viram o gateado do capitão Bento num galope curto descendo a coxilha para o local da reunião.

A distância, os rebeldes entrincheirados podiam ver aquele movimento. O sol da tarde começava a cair. Era o horário ideal para Laurindo. Dali a pouco a noite protegeria sua retirada. Como ele, todo seu grupo era de vaqueanos da região. Ao amanhecer já estariam a léguas de distância. Seu conhecimento do terreno lhe daria a vantagem. Seu plano era segurar pelo maior tempo o avanço dos provisórios antes de se retirar. Em caso de ser surpreendido por alguma manobra de flanco que levasse ao entrevero, poderia usar sua reserva. Seus homens da retaguarda não tinham armas para um combate em linha, mas se a luta chegasse ao corpo a corpo poderiam atuar com seus revólveres, espadas, lanças e facões. Mas essa era uma possibilidade remota, porque sua posição, em campo aberto, dava-lhe visibilidade para recuar a tempo, antes de ser envolvido. O único obstáculo entre ele e os provisórios era o rio São Sepé, mas ele esperava retirar antes que os borgistas atravessassem a correnteza.

– Vamos formar a linha ali no alto da coxilha, bem à vista deles. Calculei uns mil metros entre nossa linha e a deles. Vamos nos valer do alcance de nossas armas. Quero os atiradores bem à vista, para que eles sintam o nosso poderio. O tenente Orvalino avança com 50 homens até aquela valeta. Dali vai atrair o fogo deles, pois temos de fazê-los queimar sua munição. Quando se descobrirem, vamos queimá-los a fogo de metralhadora e da linha de fogo – explicou o comandante a seus graduados. – Cada homem vai levar cinco cunhetes. Vamos atirar em salvas concentradas. As metralhadoras estarão varrendo toda a extensão da linha deles – completou. – Muito bem, às suas posições e que a sorte nos proteja – disse. – Macedo, tu vais ficar no comando da linha. Eu vou experimentar este fuzil que o Exército me presenteou – completou Bento.

Sua intenção era integrar a linha de fogo com o fuzil Mauser 1908 tomado dos soldados do 2º BE que Bozano distribuíra entre seus capitães. Era uma arma e tanto, que equiparara a infantaria alemã na Grande Guerra e que agora era a arma padrão do Exército Brasileiro. Aquele estava praticamente sem uso. Seu dono deveria ter disparado no máximo um cunhete de cinco tiros no combate do Barro Vermelho, pois o cano estava quase limpo e perfeitamente calibrado quando ele o examinou. Agora iria experimentá-lo.

Cada homem dispararia 25 tiros. Eles ficariam dispostos em duas linhas. A primeira, com o tenente Orvalino José Bernardes a mais ou menos 500 metros do alvo. A outra, com 70 atiradores, a mil metros. Bento ficaria nessa última. Caso tivessem uma surpresa, reassumiria o comando.

– Orvalino, tu avanças descendo a coxilha com a linha estendida em paralelo ao rio. Eles só vão disparar quando estiveres no alcance deles. Com isso nós vamos poder delimitar a posição inimiga antes de começarmos a varrê-los. Mantém essa linha até eles relentarem sua linha de fogo. Isto significará que já queimaram boa parte da munição. Aí, recuas uns 100 metros e tiroteias de lá. Vamos – comandou Bento.

O 2º Esquadrão postou-se em duas carreiras, montado, no alto da coxilha, em sua posição de tiro. Quando a tropa chegou, Macedo mandou estender a linha e ordenou aos atiradores de armas automáticas que se colocassem nas posições que indicou. Em minutos se daria o batismo de fogo do 11º Corpo. A glória seria do 2º Esquadrão, bem no dia da República. Mais bem medido do que isso, nem mandando fazer no alfaiate.

A soldadesca estava tensa. A primeira linha desmontou e foi avançando em direção à margem do rio. Só se ouviam os gritos dos quero-queros, nervosos com a presença de tanta gente nas proximidades de seus ninhos. Os poucos animais que pastavam no campo haviam se afastado. Gado meio chucro não espera pelo rodeio, ganha o mato. Bento também desmontou, mas acompanhava o progresso do tenente Orvalino pelo binóculo. Macedo também, com seu binóculo, olhava para o mato ribeirinho onde se escondia o inimigo.

A uns 700 metros do objetivo, Orvalino mandou calar baionetas. Embora não pretendesse fazer uma carga, sabia-se observado e fazia a encenação para iludir o inimigo. Aquele era o momento crucial. Bento ordenou que o restante da tropa desmontasse e ficasse em posição de tiro com os cavalos seguros pelo cabresto. Era preciso manter a aparência de que iria se lançar sobre a defesa libertadora. E também ficar prevenido, pois, se Laurindo em vez de esperá-los na passagem do rio decidisse mandar uma carga de cavalaria, estaria a postos para revidar. No entanto, não acreditava nessa hipótese, pois, antes que a cavalaria rebelde chegasse à linha de infantes que avançava, poderia ser varrida pelas metralhadoras e a fuzilaria.

Os fatos aconteceram conforme a previsão do capitão Bento. Quando a tropa chegou à posição estimada ouviram-se os tiros da primeira descarga inimiga. A tropa de Orvalino deitou-se. Não dava ainda para saber se alguém fora atingido. A linha de fogo inimiga fez mais duas séries de disparos. Pelo pipocar dava para ver que efetivamente se tratava de uma tropa improvisada, armada com o que se encontrasse, tal a variedade de sons dos estampidos. O 11º fez sua primeira descarga. Ao comando do tenente, dispararam quase em uníssono. Do matagal começou a emergir a nuvem de fumaça expelida pelo cano das armas. Aquilo também revelava a qualidade da munição empregada pelos maragatos. Macedo ordenou o começo do fogo da segunda linha.

Bento empunhou seu fuzil e disparou junto com a tropa. Deliciou-se com sua arma. Atirava por cima do mato, procurando atingir a reserva que estava uns 500 metros além da barranca do rio. Seu fuzil tinha um alcance de 2 mil metros, superior aos 1.450 metros da carabina 1895. Além disso, era uma arma muito mais confortável para o atirador. A carabina 95 é muito prática para um soldado de cavalaria porque a alavanca do ferrolho voltada para baixo evita que apareça demais, facilitando seu transporte nos arreios, e tem o cano mais curto.

Isso, porém, provoca, ao disparar, um ruído ensurdecedor e incômodo para o atirador, além de um retrocesso forte e desagradável. Talvez esse incômodo tenha sido o motivo desse mosquetão ter sido retirado de serviço pelo Exército alemão.

– Esta joça escoiceia mais forte que um jumento – gritou o soldado Aristides Alves tão logo recebeu no ombro o impacto do primeiro tiro. Macedo mandou corrigir a mira.

– Está muito alto, vamos levantar um ponto na alça de mira para o tiro acertar mais baixo, no pé do mato – gritava.

Pelo binóculo observava o efeito das descargas. Saltava galho para todo o lado. Quando as metralhadoras começaram a cuspir fogo, então, foi um esparramo. Mas os maragatos não cediam. Foram, no entanto, diminuindo seu fogo. Aquilo revelava que já estavam chegando às suas reservas de segurança de munição para enfrentar o assalto dos provisórios. Macedo intensificou a barragem.

– Fogo! – gritava.

À frente, Orvalino cadenciava seus disparos com as salvas da retaguarda. Os tiros de Macedo passavam zunindo acima de suas cabeças, indo se rebentar nas trincheiras além do rio. Bento atirava a todo alcance e saiu dali com certeza de que atingiu alguém, pois o grupo que observava o combate como se estivesse de camarote foi procurar proteção para os cavalos e para si.

Estabilizada a situação, Bento mandou chamar Orvalino e o despachou de automóvel para Caçapava com a notícia do combate. Àquela altura, já tinha certeza de seu resultado. Não perdeu um só homem. Do inimigo, não poderia saber, pois se tiveram mortos e feridos levaram consigo na retirada. Ao anoitecer, depois de inspecionar as posições inimigas e recolher alguns cavalos e petrechos que abandonaram na fuga, Bento ordenou a continuação da marcha. Laurindo se retirou com a certeza de que estaria sendo perseguido.

Assim Orvalino contou a Bozano o combate do São Sepé. Relatou que o capitão Bento mandou-lhe dizer ter percebido que se tratava de uma manobra para nos retardar, mas que o 2º estaria em Caçapava a tempo de marchar com a unidade ainda essa noite.

– E as baixas? – perguntou Bozano.

– Até onde acompanhei, zero. Parece que eles só queriam mesmo nos atrasar. Retiraram-se a galope. Não os perseguimos porque seria difícil alcançá-los antes da noite e nossas ordens eram de nos incorporarmos.

– Está bem. A que horas o Bento deve estar por aqui?

– Tarde da noite, acredito. Perdemos um bom tempo com aquela gente.

– Está bem. Obrigado. Tu podes ir ao hotel, tomar um banho, botar uma farda limpa e te juntar a nós e aos companheiros caçapavanos.

O coronel João Vargas não esperou para anunciar o resultado do encontro no São Sepé. A vitória do 2º foi exaltada com vivas gerais a Bozano, a Bento Prado, ao 2º Esquadrão, ao 11º Corpo Provisório, ao dr. Borges e à República. Ninguém se lembrou de pedir um viva ao presidente Arthur Bernardes. A questão federal era muito distante. O torneio recomeçou.

No finalzinho da tarde o padre Jacques Terrü, pároco da Igreja Matriz, rezou e benzeu as armas do 11º, com a oficialidade montada assistindo à cerimônia. Bozano, eu e muitos outros éramos ateus. Em outras circunstâncias, o comandante dispensaria a bênção, mas nessas circunstâncias, de olho nas eleições, julgou oportuno estar presente, embora demonstrando claramente que ali estava apenas em sinal de respeito. Rindo-se consigo mesmo, Bozano não pôde deixar de lembrar os versos de Amaro Juvenal, no poemeto "Antônio Chimango". Na estrofe que lhe ocorreu, diz o poema como um velho campeiro, espécie de Maquiavel, ensinava o Chimango a ser governante, recomendando que apesar de ateu deveria lamber a batina dos padres:

Dizem que não crer é bom,
Pra quem ser forte deseja;
Mas tu deves ir à igreja
Bater nos peitos também;
E te fará muito bem
Pedir que ela te proteja.

Enquanto assistia ao ato e relembrava o poema proibido, não pude deixar de pensar: "Este padre aqui a nos lamber as botas e a benzer nossas armas... será que ele pensa que não sabemos que fez o mesmo no ano passado, quando o Estácio Azambuja tomou a cidade? Esse canalha trancou as portas da igreja para que os provisórios acossados pelo inimigo não pudessem ali se refugiar. E depois benzeu as armas da 3ª Divisão do Exército Libertador. E agora está aqui a nos dar as mesmas bênçãos? Essa turma deveria ser toda enforcada..." Lembrei-me ainda de outra pior, fresquinha. Pois não é que o tenente João Alberto, no ataque a Alegrete, destruiu a canhonaços a torre da igreja metodista, porque lá havia uma metralhadora fazendo um estrago nas tropas rebeldes. Pois o padre não veio cumprimentá-lo e dizer que por isso pediria aos católicos de Alegrete que apoiassem aquela revolução que destruíra a igreja dos protestantes...

Encerrados os festejos no Forte, começaram a festa no Clube União, o mais chique da cidade. Seria oferecido um banquete e um concerto de piano e violino. Foi um sucesso. Todos aplaudiram ao casal Paulo e Jandira Velasquez, que se apresentaram num pequeno concerto antes de servirem a janta. O tenente

Paulo era um provisório que, com a desmobilização, foi empregado como zelador do Cemitério Municipal. Sua mulher era a professora de piano da cidade. Eram artistas formidáveis. Como pensar que numa cidadezinha daquelas se pudesse assistir ao que ouvimos. O programa dá os detalhes da audição:

1. *Quatro Peças do Livro de Madalena Bach* – Johann Sebastian Bach – por Jandira Velasquez ao piano.

2. *Meditação de Taïs* – da ópera *Taïs* – Jules Massenet – por Paulo Velasquez ao serrote humano.

3. *Sonho de Amor* – Franz List – por Jandira Velasquez ao piano.

4. *Minueto* – Luigi Boccherini – por Jandira Velasquez ao piano e Paulo Velasquez ao violino.

INTERVALO

5. *Fantasia para Piano a Quatro Mãos em Fá Menor D.940* – Franz Schubert – por Jandira e Paulo Velasquez ao piano.

6. *Duas Valsas* – Frédéric Chopin – por Jandira Velasquez ao piano.

7. *Dois Tangos* – Ernesto Nazareth – por Paulo Velasquez ao piano

8. *Duas Danças Húngaras para Quatro Mãos* – Johanes Brams – por Jandira e Paulo Velasquez ao piano.

Foi uma verdadeira ovação. O casal ainda ofereceu um número extra, com "*O Cisne*", da ópera *Carnaval dos Animais*, de Camille Saëns-Sans, ele ao violino, ela ao piano. O conserto só não continuou porque já se fazia tarde. Uma frota de automóveis ainda iria nos levar até o acampamento. Éramos 35, entre os oficiais do 11º e voluntários civis, que tinham patente de oficial, ex-provisórios desmobilizados, que acompanhavam a Força. Também se incorporou como vaqueano o capitão da reserva Mino de Bem e Canto.

Foi um dia memorável. Bozano saiu triunfante. Desceu as escadas do primeiro andar aplaudido por todos os presentes. Na porta do clube, do lado de fora, uma multidão que não pôde entrar aguardava para ver nosso chefe. É verdade que as mulheres também queriam ver as roupas das moças e senhoras da alta sociedade que se vestiram na melhor estica para o evento de gala. Quando deixávamos a cidade, fomos saudados por um espetáculo de fogos, com foguetes e varetas explodindo no ar.

Fomos dormir porque a partida estava marcada para as 5h da manhã. Ainda durante o recital recebemos a notícia de que os remanescentes do 2º Batalhão de Engenharia estavam acampados no Passo das Pitangueiras. Um próprio que chegara de automóvel trouxera mais notícias do 2º Esquadrão: por volta de 1 ou 2 da manhã estariam chegando a nosso pouso. Estaríamos novamente com a Força completa. Somos invencíveis, pensei. Já havia cheiro de pólvora no ar.

Capítulo 8

Domingo, 16 de novembro
Rumo às Guaritas

Às 2 horas da manhã, o 2º Esquadrão alcançou o acampamento em Caçapava. O grosso da tropa, terminado o desfile, descansava dormindo, tanto que mal ouviram o rumor dos cascos da cavalhada estropiada pela marcha e as correrias do combate chegando. A ordem era para que as sentinelas que os esperavam lhes indicassem um lugar para desencilhar em silêncio e repousar um pouco antes da alvorada. Mal daria tempo para um cochilo e já estariam de novo em movimento. Soveral recebeu Bento Prado.

– Dorme um pouco para te recuperar, que temos reunião de oficiais às 5 horas da manhã – recomendou o major, logo voltando para sua barraca.

Não adiantou muito o cuidado. Tão logo o 2º desmontou, já chegavam os curiosos querendo saber das novidades da luta. Desde que correra a notícia do combate contra o pessoal do Laurindo, não havia outro assunto entre os provisórios. O batismo de fogo é um momento crucial para uma unidade. É mau presságio começar uma campanha participando de um insucesso. Amargar uma derrota é o pior que pode acontecer a um soldado. A vitória é a vocação do guerreiro. Por isso, a urgência de saber dos detalhes. A expectativa era tamanha que os que contavam seus feitos eram quase obrigados a exagerar um pouco. Não mentiam, no sentido pejorativo do termo. O que davam era uma pintada no quadro com lápis de cor.

– Pois, *buenos*, quando vi tinha uns cinco maragatos bem de frente. No fuzil, só três balas no cofre. Digo, ah... esses não perco. Os três primeiros abati de mosquetão. Foi aí que chamei o seu "Schimite" e deitei os outros dois. Pena é que quando estava recarregando o Mauser vieram uns outros por trás e levaram os defuntos na debandada para não nos acusar as baixas.

– Que noite tu sonhaste essa? – atalha um outro puxando a gargalhada geral com o exagero da lorota.

E assim, apesar da recomendação dos oficiais, da vigilância dos sargentos, o acampamento acordou-se para comemorar a primeira vitória do grupo. Mais do que tudo, verbalizar a história era um momento mágico, uma espécie de mandinga que representava um passe de bom agouro.

Bozano, eu e mais alguns oficiais ficáramos na cidade. Ah! Que delícia dormir numa cama... Que prazer nos deu aquele sábado festivo em que fomos fidalgamente recebidos pelo povo de Caçapava! Que gente hospitaleira! Povo lindo, mulheres bonitas, uma pausa deliciosa em nossos sofrimentos!

Ainda era madrugada alta quando embarcamos no Ford para nos dirigirmos ao acampamento. No carro, conosco, seguia o capitão Mino de Bem, filho do coronel Balthazar, veterano que há pouco dera baixa do Corpo Provisório de Caçapava. Ele estava desmobilizado, mas foi incorporado como batedor civil. Seria o vaqueano para a jornada que iniciaríamos naquele dia.

Nosso destino era uma região chamada de Guaritas ou Guritas, na margem caçapavana do rio Camaquã, na divisa com Bagé. É uma região impressionante, única no Brasil, o paraíso dos geólogos. Naquele tempo, o jardim do guerrilheiro. É uma região de serranias, mas, principalmente, de pedras com mais de uma centena de metros de altura, entremeadas por capoeiras e matas que escondem cavernas gigantescas, grandes para ocultar um esquadrão sem dificuldades. Um regimento inteiro pode ser aniquilado em minutos se for pego numa emboscada em um de seus desfiladeiros. Havia notícias de que os rebeldes estariam escondidos nesse lugar.

A parada deixou nossa força inteiramente recomposta, especialmente a cavalhada. Além disso, os companheiros de Caçapava nos cederam quase dois mil animais para substituir os nossos. Dava três montarias para cada homem, uma boa reserva. Com essa remonta, a capacidade de marcha do 11º era ilimitada, tanto em distância como em velocidade. Se os homens agüentassem, poderíamos nos deslocar dia e noite sem parar. Como se sabe, o cavalo solto, desmontado, é capaz de galopar um dia inteiro sem se estropiar. Com tal reserva, trocando de montaria a cada tanto, sempre se tem um pingo em condições.

Além das provisões, Caçapava reforçou-nos de novos combatentes. A nossa Força já ia para mais de 500 homens, com a incorporação de voluntários civis de São Sepé e, agora, em maior número, de Caçapava. Esses companheiros se ofereciam com tanta boa vontade que se não podia recusar a oportunidade de uma campanha. Ficavam poucos dias entre nós e depois voltavam para seus afazeres. Isso era comum não só entre as tropas do governo, mas também nas forças revolucionárias. Havia um núcleo permanente de tropas regulares e um contingente flutuante que, não raro, era mais numeroso que o efetivo. Assim como uns voltavam, outros chegavam. Eram todos campeiros, vaqueanos naquela geografia, adestrados nas armas e disciplinados, só lhes faltava a farda para serem soldados completos. A maior parte eram veteranos de corpos provisórios de 23. Traziam suas armas, sua munição, suas montarias e se agrupavam em torno de seus chefes locais. Não havia nenhuma dificuldade em comandá-los, mesmo numa campanha dura como a que estávamos realizando.

Às 7 horas partimos. Bozano decidira fazer a marcha mesmo durante o dia, com aquele sol de novembro, porque havia notícias de concentrações inimigas no 4º Subdistrito, a região para a qual nos dirigíamos. Quando chegamos no Passo das Pitangueiras, na estrada que vai a Pelotas, um chasque alcançou-nos com uma nova informação de que os remanescentes do exército de Cachoeira estavam se concentrando na fazenda do coronel Coriolano Castro.

Bozano destacou uma fração do 4º Esquadrão, comandado pelo tenente Ulisses Penna, para bater aquela fazenda e descobrir os rebeldes.

– Ulisses, muito jeito nessa missão. Toma cuidado para não confundir a peonada da estância com tropa inimiga. Não queremos cutucar o velho e com isso provocar um levante.

Mino de Bem seguiu junto. Os republicanos locais tinham um espia muito bem plantado na estância do chefe adversário. Não há o que não se consiga com dinheiro e ameaças bem feitas.

Nossa patrulha encontrou vestígios frescos da presença da tropa inimiga naquela propriedade. A tropa de Santa Maria chegou devagar, mas preparada. A casa ficava num alto, uma posição boa para ser defendida, mas também não muito difícil de cercar. Assim, alguns homens espalharam-se para cobrir alguma tentativa de fuga. O grosso aproximou-se da sede da estância.

– Não vou dizer que não esteve ninguém aqui porque vocês estão vendo. Mas já se foram. Demos-lhes comida e não perguntamos para onde estavam indo – disse o capataz.

– Acredito, mas se o senhor nos der licença queremos fazer uma revista e interrogar o pessoal da estância. É nossa obrigação – disse Penna.

De um a um foram trazendo os peões e profissionais especializados que ali se encontravam. Nessa época do ano havia muito trabalho rural, as estâncias ficavam cheias de gente de fora: a esquila dos ovinos, o aparte dos gados vacuns para cria e engorda, os remendos nos arames, a recuperação nas benfeitorias em geral. Não dava para selecionar muito o pessoal. Ajustava-se quem aparecia. Aliás, gaúcho era esse vaqueiro errante, dono de seu cavalo e de si. Findo o inverno, a primavera era o tempo das vacas gordas para o trabalhador rural.

Falando duro, com ar ameaçador, Penna foi ouvindo de um a um. Mino de Bem ficou de longe, mas estava ali no galpão para ser reconhecido pelo seu informante. Cada qual contou um pouco do que viu, mas era quase nada, porque ninguém sabia direito o que se passara. Segundo o capataz, na noite anterior chegara um grupo de estropiados, com os cavalos na miséria, sem roupas e famintos. Não passavam de 50.

Conversando com os visitantes, ficaram sabendo que era gente de Cachoeira, oficiais, sargentos, soldados do Exército e civis libertadores. Isso não era segredo, mas não sabiam para onde tinham ido. Em seguida, chegou à estância o coronel Coriolano. Ele mandou passar alguns, que eram os oficiais. Estes ficaram dentro de casa e foram tratados com consideração. O coronel mandou abrir uns fardos que trouxera consigo, cheio de roupas e calçados. Alimentou o grupo com carne de gado e ovelha, comida de panela (feijão e arroz). A certa altura chegou um auto trazendo um jovem louro que tinha a boca torta, arrebentada por um tiro, disseram. Aí eles se reuniram na sala e conversaram.

– O coronel me chamou, mandando trocar a cavalhada abombada por animais frescos. Os deles estão no campo; se quiserem, podem ver e contar, pois estão tão arrebentados que nem caminham mais. Mais tarde, o coronel chamou o Chiquito, um tropeiro lá das bandas de Rosário, que estava aqui ajustado como peão de lida, e mandou-o guiá-los como vaqueano. Dois daqueles oficiais seguiram com o moço no auto. Mais não sei – contou o capataz – ,e só tenho a dizer o que o coronel me recomendou falar se os senhores chegassem por aqui: "Diga-lhes que estamos em paz e que nosso propósito é só o trabalho da estância".

Os outros peães pouco tiveram a acrescentar. Mas teve um que tinha tudo na ponta da língua. Não deu para distinguir quem falou, mas os provisórios ficaram sabendo tintim por tintim de tudo o que ali tinha acontecido.

– O tal de Chiquito já devia estar ali de propósito. Alguém o mandou ao coronel Coriolano para uma necessidade como essa – relatou Mino de Bem, quando reencontraram Bozano na Pitangueira. – Aquilo é tudo gente de confiança do velho. Não foi fácil colocar meu homem no meio deles.

– O nosso perdigueiro levantou mais uma lebre: pelo jeito o coronel não se acertou com eles, pois tão logo acabou a conversa tomou aquelas providências para despachar a tropa e voltou para Santaninha – contou Penna. – Até aí tudo normal, porque não seria direito abandonar os companheiros em dificuldades. – E pôde saber também que o vaqueano iria conduzi-los até a Cerca de Pedra, na divisa de São Sepé e São Gabriel, onde eles se reuniriam com gente do João Castelhano, que estava campeando por ali à espera de um contato com o general Honório.

– E deu para saber quem era o homem da boca torta? – perguntou Bozano, com gravidade.

– Coronel – relatou Ulisses Penna –, quando cheguei lá fazia mais ou menos três horas que haviam partido. Segundo disseram, o auto tinha placa uruguaia. Levou dois oficiais do Exército, um deles o capitão Fernando Távora. Quanto ao moço louro, não há dúvida de que era o Carlos Bernardino, seu irmão.

– A esta hora já devem ter passado Aceguá – emendou Mino.

Bozano recebeu a notícia em silêncio, procurando demonstrar-se imperturbável.

— É sim — limitou-se a dizer, logo emendando —, isto é grave, porque se Zeca Netto mandou seu secretário até aqui significa que ele também estará vindo. Como eu previa, será inevitável uma invasão vinda do Uruguai.

Aquilo confirmava que estávamos no centro de um território para o qual convergiam as forças inimigas. Mas ninguém pensou muito nisso naquele momento. Ficamos todos observando nosso comandante, ainda visivelmente contrariado com a presença de seu irmão no teatro de operações, numa missão arriscada, penetrando profundamente entre nossas linhas. Carlos não estava livre de ser preso numa curva da estrada. Dava para ver a preocupação de Bozano, vendo que isso poderia significar um interrogatório muito duro. Ou ainda acabar na frente do cano de uma arma de algum dos nossos.

Irmão contra irmão. Parece acaciano, mas é uma verdade das guerras civis. Criei-me ouvindo histórias e mais histórias destas. Felizmente, até hoje os Brinckmann estiveram sempre do mesmo lado. Mas ao ver o impacto dessa notícia em nosso comandante não posso deixar de lembrar um caso que conheço de perto, de uma família amiga que se desfez, abalada pela violência incontrolável.

Santa Maria ainda hoje guarda o trauma provocado pela tragédia dos irmãos Beck, em 1894. Embora sua tragédia não fosse nada diferente do que aconteceu pelo Rio Grande afora, pela projeção dos envolvidos a morte de Arthur Beck é um marco da estupidez das paixões.

A Revolução de 93 entrava em seu segundo ano. No dia 7 de março de 94, a cidade foi sacudida pela notícia de que uma poderosa força federalista se aproximava para atacar Santa Maria. À tarde, confirma-se a notícia: uma coluna rebelde comandada pelo coronel Marcelino Pina de Alencar batera uma unidade legalista no Passo do Verde e estava com o caminho livre para atacar a cidade.

Nas ruas começam os preparativos para a resistência. Os republicanos apressam-se em concentrar na área urbana todo o pessoal de que dispunham para a defesa. À noite, a população viu os reforços desfilarem pelas ruas, o corpo provisório do interior do município, vindo de Umbu, comandado pelo coronel Juca de Oliveira. A guarnição local era composta por duas unidades: 600 homens do 3º Batalhão de Infantaria da Brigada Militar, comandado pelo tenente-coronel do Exército Tito Pedro Escobar, e por um contingente de civis republicanos a mando de Ernesto Beck. Os rebeldes traziam entre 800 e mil homens. Havia efetivos suficientes para defender a cidade. No entanto, ao clarear do dia 8, quando o coronel Pina entra na zona urbana, não encontra resistência: durante a noite, as tropas regulares haviam se retirado, deixando a defesa a cargo unicamente dos voluntários civis.

Estes se dividem em dois grupos. O mais poderoso, sob o comando do próprio Ernesto Beck, entrincheira-se pelo centro da cidade e fortifica-se no Hotel Ramos. O outro contingente, de mais ou menos 60 homens da Guarda Municipal, comandado pelos majores Felisbino Beck e Fidêncio de Oliveira e Silva, ocupa uma coxilha nos arredores, atrás dos muros do quartel do Batalhão Gomes Carneiro. Esse grupo pouco interveio nos combates. Foi logo desbaratado depois de expulso de seu reduto por um formidável ataque de infantaria, retirando-se para o Passo do Raimundo, no interior do município.

Sozinhos, Ernesto Beck e seus homens decidem resistir, ficando completamente sitiados. É célebre seu bilhete enviado ao comandante federalista, que lhe escrevera um longo e rebuscado ofício intimando-o a desistir da luta com honras e garantias: "Os soldados da República morrem, mas não se rendem", foi a curta resposta escrita num papelucho.

A força federalista, por sua vez, recebeu em Santa Maria duas adesões significativas, dos irmãos do chefe da resistência, Eugênio e Arthur Beck. A luta foi renhida, casa a casa, até que Ernesto, depois de dois dias de combates desesperados, contra-atacou, rompeu o cerco e abandonou a cidade.

Nesses combates, havia dois Becks de cada lado. Ernesto e Felisbino de lenço branco. Eugênio e Arthur de lenço encarnado. Quando os rebeldes abandonaram a cidade, os dois Beck de lenço vermelho seguiram com Pina de Oliveira. Menos de um mês depois, Arthur já se havia transferido para a brigada do coronel Ubaldino Machado. A 5 de abril ele estava entre os 370 homens que se encontravam acampados no Capão do Boi Preto, a três léguas de Palmeira das Missões. Ali eles foram cercados e presos por seu primo-irmão, general Firmino de Paula, comandante da 5ª Brigada da Divisão do Norte da Brigada Militar. Assim que se viram presos, os maragatos entraram em pânico porque correu a notícia de que todos seriam degolados. Arthur mandou então um recado a seu primo dizendo que estava entre os prisioneiros. Firmino tinha uma dívida de sangue com Arthur. Na tomada de Santa Maria, um filho do general foi capturado ferido pelos federalistas. Beck levou-o pessoalmente ao hospital que os rebeldes haviam instalado na Farmácia e Drogaria Fischer e cuidou do rapaz como enfermeiro até a retirada dos atacantes, impedindo seu justiçamento, salvando-lhe a vida. Mas Firmino não se comoveu. Ao receber o recado, não titubeou: "É inimigo? Degola".

A tragédia que se abateu sobre os irmãos Beck parecia repetir-se entre nós. Um Bozano de cada lado. Eu já conhecia essa história. Os irmãos já haviam estado em bandos opostos, mas somente em contendas políticas. Agora eles estariam frente a frente de armas na mão.

Eu pouco conheci Carlos Bozano. Na verdade, só o tinha visto uma vez, há dois anos, de longe, no dia do comício do Assis Brasil em Santa Maria. Mas sabia muito de ouvir falar. Como se fosse uma imagem no espelho, vinha repetindo, do outro lado, a carreira do irmão mais velho. De todos nós, Soveral fora o único que estivera com ele, pessoalmente, ainda naqueles dias em que fora a Porto Alegre buscar o Júlio Raphael. Nessa época, os irmãos ainda eram companheiros de partido, mas já estava claro para quem os observasse que iriam divergir logo ali adiante.

Volta e meia Soveral contava um pedaço do que vira naqueles dias. Primeiro a mãe, que revelava seu orgulho da união entre os dois irmãos, e a clara admiração do mais moço pelo outro desde pequenino.

– Quando eles eram guris, o Julinho, com cinco para seis anos, tirava os marrecos do açude e os botava a marchar, gritando ordens, como se fosse um general. O Carlinhos, com dois anos, não se cansava de admirar o irmão mais velho levando aquela marrecada por diante como se fosse um batalhão – *contava, rindo, dona Isabel.*

Os irmãos gostavam de tomar uma taça de vinho branco na Confeitaria Rocco, na Praça do Portão. Naquela ocasião, os dois Bozanos se encontraram, e levaram Soveral para uma volta pela vida mundana de Porto Alegre.

– Vamos ver as modas, capitão – *convidou Júlio Raphael. Embora não revelasse tudo sobre sua missão a Santa Maria, havia contado ao mais moço que aquele cidadão viera contratá-lo para um serviço de advogado.*

Mesmo aos pais não revelava inteiramente o que estava por fazer. Seu futuro imediato se parecia muito com o de outros advogados recém-formados que procuravam no interior a oportunidade profissional. Carlinhos, já no primeiro ano da faculdade, parecia querer seguir os mesmos passos do irmão que ali estava com o cliente, pronto a dar o primeiro passo em sua carreira. O assunto da mesa, porém, não era de processos e de tribunais.

– Concordo contigo que o velho Borges foi um esteio para sustentar a unidade do partido. Mas seu tempo já passou. É preciso modernizar, respirar novos ares – *dizia Carlos.*

– Estás enganado. O projeto rio-grandense ainda precisa andar muito até se consolidar – *rebatia Júlio Raphael.*

– Não quero dizer que o Rio Grande esteja pronto e acabado, mas estamos ficando para trás. O dr. Borges já foi um homem avançado, mas o mundo mudou. Temos que renovar nossos costumes políticos, abrir espaço para as novas lideranças, não podemos continuar isolados do resto do país.

– Tu estás a dar ouvidos a uma turma que não sabe bem o que quer. No frigir dos ovos, essa gente só pensa em si. Eles não querem mudar nada. Estão *apenas de olho na cadeira do Velho. Dizem-se cosmopolitas, mas tampouco saíram daqui. São tão ou mais provincianos que nós. Falam esse francezinho macarrônico que aprenderam com as putas do Clube dos Caçadores – rebateu Júlio Raphael. – Qual deles pensas botar no lugar do Borges?*

– Nenhum deles, é claro. Quando falo de uma nova opção refiro-me ao dr. Assis. Esse sim tem credenciais para dar o passo adiante.

Aí começava a divergência entre os dois irmãos. Carlos estava sendo cooptado por uma corrente que crescia dentre os republicanos. Esse grupo procurava realinhar-se com uma liderança histórica que submergira no final do século e que, agora, reaparecera a brilhar no cenário estadual. Tratava-se de Joaquim Francisco de Assis Brasil, o dr. Assis.

– Esse é o grande homem para o Rio Grande. Tem estatura, tem história, tem mundo.

Júlio Raphael estava alinhado com o presidente do Estado e via com desconfiança o movimento de lideranças intermediárias do partido no sentido de criar uma candidatura alternativa para as eleições estaduais de 1922. Na verdade, imaginava-se que o velho Borges estava sendo empurrado para um beco sem saída ao se afastar da candidatura do ex-presidente de Minas Gerais, Arthur Bernardes, para a chefia da Nação. Incompatibilizando-se com o novo mandatário, caso ele fosse eleito, nada restaria ao dirigente gaúcho senão abrir espaços, afastar-se do governo. O desdobramento natural dessa derrota seria eleger presidente um líder com trânsito nos estados hegemônicos, o que criaria uma nova situação no Rio Grande do Sul. Assis Brasil era esse nome.

– Como vocês se deixam enganar – rebatia Júlio Raphael –, não acredites nos que estão te entupindo a cabeça com essas bobagens. Especialmente esses Getúlios, Flores, Aranhas. Verás que na hora do pega-para-capar ficarão com o velho Borges, porque nenhum deles é bocó.

– Puxa, Julinho, tu achas que eu estou procurando posições? Estou pensando é em um novo Rio Grande.

– Deixa de bobagem, guri. Sei o que estou dizendo. Por certo que ainda és muito moço para estar pensando em cargos no governo, mas não te deixes enganar.

– Queres dizer que o dr. Assis é um farsante? Sem querer desmerecer o velho Borges, tenho a dizer que o Assis Brasil tem melhores credenciais que ele para representar o republicanismo rio-grandense – insistiu Carlos.

De fato, até aquele momento Assis Brasil era uma reserva do republicanismo histórico. Estava fora do cenário estadual desde que sua carreira fora cortada por seu cunhado co-fundador do partido, o patriarca Júlio de Castilhos. Assis divergira da linha ortodoxa do partido e fora afastado para um doce exílio, como prêmio de consolação. Antes de voltar definitivamente para o Rio Grande e instalar-se em seu castelo nas Pedras Altas, servira ao barão do Rio Branco na delimitação das fronteiras, fora embaixador nos Estados Unidos e Portugal. Viajara o mundo inteiro. Convertera-se num dos brasileiros de maior trânsito internacional. Àquela altura, era mesmo difícil imaginá-lo, um homem tão refinado, num comando político provinciano, conversando com os velhos coronéis republicanos que compunham o quadro dirigente da maioria dos municípios. Esses velhos que ainda hoje são o sustentáculo do situacionismo eram os mesmos jovens que, em 1893, haviam imposto a Constituição de 14 de Julho, à força das patas de seus cavalos. Agora, provectos senhores de terras, estavam muito longe do que foram, dos moços que fizeram aquela epopéia e impuseram seu regime esmagando seus adversários. Um nova geração, seus filhos, ocupava seus lugares no cenário gaúcho. Bozano não lhes dava crédito.

– Não te iludas, Carlito, esse projeto não vai longe. Quando essa gente quiser botar a cabeça para fora, bastará um olhar firme do Velho para eles se enquadrarem. Eles não são ninguém, ainda. Não passam de promessas, de herdeiros de um futuro que ainda não lhes pertence. Quem são eles? O Getúlio não passa de um delfim, filho do velho general Vargas; o João Neves nada mais é do que o filho do coronel Isidoro Neves da Fontoura.

Nessa época Soveral ainda não sabia, mas Bozano estava a par de um pedaço do plano do dr. Borges para a sucessão presidencial no estado. Intuía, porém, que a ida desse moço para Santa Maria tinha a ver com os projetos do seu chefe nessa área. A Bozano, a posição de seu irmão mais moço ainda não irritava. Apenas dava-lhe uma noção da profundidade com que se trabalhava para derrubar Borges de Medeiros de sua posição de chefe unipessoal do partido e do governo estadual.

Essa campanha para desmontar o castilhismo no Rio Grande começara, pode-se dizer, com a morte de Pinheiro Machado. Até então o caudilho rio-grandense era aceito como uma instância histórica do republicanismo. Seu afastamento do cenário político deveria significar, além de outras coisas, o enquadramento do Rio Grande do Sul no seu verdadeiro lugar, ou seja, um estado de destaque dentre as unidades de segunda classe da federação brasileira. Mas não foi isso o que ocorreu.

Na eleição presidencial anterior a esta de que estamos falando, em 1917, Borges interviera diretamente, pela primeira vez, no cenário político nacional. Até essa data o Velho mantivera a discrição castilhista de não se imiscuir nos assuntos do Rio de Janeiro, desde que o poder central não se metesse no Rio Grande. Sua participação se dava através de seu líder parlamentar, o senador Pinheiro Machado, que falava em nome do Estado, mas cuja ação era restrita à sua capacidade de articulação no âmbito partidário. O senador não tinha, como os demais chefes nacionais, o poder executivo na mão. Com o assassinato de Pinheiro em 1915, Borges ficou sem um porta-voz e teve de operar pessoalmente. Sua intervenção nesse episódio foi fulminante e surpreendeu seus adversários.

O candidato da vez era o governador de Minas Gerais, Arthur Bernardes, um homem impetuoso, determinado e inconveniente para os interesses do Rio Grande. O objetivo dos republicanos gaúchos era quebrar o revezamento entre paulistas e mineiros. Esses dois estados pretendiam estabelecer uma hegemonia sobre as demais unidades da federação, que se subdividiam em duas classes: havia uma segunda linha de estados razoavelmente organizados, como Pernambuco, Bahia, Rio Grande do Sul e alguns pequenos do Nordeste; e uma terceira com os demais, os pequenos estados nordestinos e as unidades semi-selvagens do hinterland, *uma verdadeira ficção política, sem a menor condição de subsistir, que se constituíam, na verdade, em burgos podres que gravitavam em torno do poder central.*

A ação de Borges de Medeiros foi desconcertante. Mesmo sem botar o pé fora do seu palácio, conseguiu desqualificar o candidato mineiro. Seu argumento era de ser Bernardes um nome ainda desconhecido, portanto verde para o cargo. Com isso, acabou obtendo o apoio do situacionismo para o ex-governador da Paraíba, Epitácio Pessoa, que se apresentava como figura ímpar respaldada por sua atuação na Europa como chefe da delegação brasileira à Conferência de Paz de Paris, de que o Brasil participara como país vencedor da Grande Guerra. Bernardes ficou na fila. A verdade é que, quando os barões do café e os marqueses do leite deram por si, a xícara estava entornada e o tribuno nordestino sentou-se na cadeira do Palácio do Catete.

Três anos mais tarde as nuvens negras tornaram a toldar o horizonte e a tempestade a se recompor. Mais uma vez Borges de Medeiros era o alvo. É preciso explicar por que uma unidade pequena, distante, isolada e de escassa presença econômica ameaçava a hegemonia dos estados centrais. O Rio Grande, com sua Constituição de 14 de Julho, conferia a seu governante uma soma de poderes sem par no país. Nem mesmo o presidente da República tinha tamanha autonomia. Com seu feixe de poderes, o chefe do governo gaúcho comandava o executivo e tinha plenos poderes legislativos. Controlava a Justiça com mão de ferro, mandava sem contestação no partido e subjugava a oposição sem qualquer condescendência, impedindo sua expansão. Para respaldar todos esses poderes civis, dispunha de uma força armada que ocupava literalmente todo o território do estado. A Brigada não era uma simples força policial ou uma malta de jagunços a serviço dos poderosos, como nos demais estados. Era uma verdadeira força armada pronta para a guerra. Desmontar essa máquina não era uma tarefa fácil. No campo jurídico era difícil destituir o presidente gaúcho de seus poderes, pois, embora a

Constituição de 14 de Julho se chocasse em alguns dispositivos com a Constituição Federal, era um diploma consagrado desde o alvorecer da República. Nenhum político se arriscaria a trilhar esse caminho para anular o poder do Palácio Piratini. Usar as Forças Armadas para desarmar os republicanos gaúchos, nem pensar. Os militares até se sentiam confortáveis com aquele povo armado na fronteira sul. O Exército temia ser impotente para defender o Brasil diante do formidável crescimento da Argentina, que em poucas décadas transformara-se num país moderno, a quarta economia do mundo, com um poderio bélico que refletia sua hegemonia econômica. Os vizinhos do Prata, valendo-se de seu inesgotável caixa de moedas fortes, contratara, ao final da guerra, a fina flor da oficialidade alemã para treinar e equipar um exército condizente com seu poderio econômico, provocando um desequilíbrio nunca visto na correlação de forças na América do Sul. Àquela altura, nas Américas, somente os norte-americanos teriam poderio para enfrentar a Argentina. Por isso, antes de desarmar a Brigada e dispersar seus corpos auxiliares, os provisórios, era preciso completar a reorganização e o reequipamento da Força terrestre nacional, um trabalho que recém começava com a vinda da Missão Francesa.

Mas naqueles dias, em 1921, a dupla café-com-leite imaginava ter encontrado o caminho para subtrair Borges de Medeiros pelo caminho da derrota política. Daí à sua extinção como protagonista na cena política brasileira seria um passo. Borges fazia-se de morto mas não perdia um lance, estava atento vendo as nuvens da tempestade se formarem sobre sua cabeça. Via o dispositivo São Paulo–Minas Gerais apertar o seu cerco.

Forças poderosas articulavam-se para defenestrá-lo. A começar pelo capital estrangeiro, que crescia sua participação na economia brasileira, mas tinha no Rio Grande do Sul um baluarte contra sua expansão. Ninguém esquecia dos embates da encampação dos portos rio-grandenses, realizada pelo autocrata do sul em 1913. Naquela época, com o apoio de um presidente militar, mas gaúcho de nascimento, o marechal Hermes da Fonseca, o governo estadual botou para fora os concessionários das docas de Rio Grande e Pelotas e restituiu para a administração estatal o porto da capital. Os franceses, que detinham a concessão dos portos, berraram, foram para a Justiça retomar seu negócio, alegando quebra de contrato. Borges foi para os tribunais para anular os contratos de serviços e ganhou. Ele próprio, o presidente do Estado, foi o advogado do governo. Enfrentou a maior equipe de consultores e advogados que se pôde reunir no Rio de Janeiro, naquela época, e venceu a causa, confirmando, com isso, sua fama de jurista. Ele tomou a frente da causa porque conhecia os tribunais brasileiros, lembrava-se do que acontecera ao barão de Mauá quando confiou na Justiça para fazer valer seus direitos ameaçados pelos ingleses e perdeu. Nosso chefe unipessoal pagou para ver, como se diz nas mesas de pô-

quer, e foi ele mesmo para a arena. Os juízes não tiveram coragem de passar-lhe a perna, como fizeram com nosso conterrâneo no ocaso do Segundo Império.

Mais para a frente, em 1921, foi a vez das estradas de ferro. O pior de tudo dessa expropriação foi o motivo alegado: maus serviços prestados. A União retomou as estradas de ferro, arrendou-as para o governo estadual e logo em seguida os trens começaram a correr religiosamente no horário. O Estado passou a investir pesado em equipamentos e a melhorar o traçado das linhas. Esse êxito era um mau exemplo a ser destruído.

No plano interno do Estado, o sistema café-com-leite ofereceu todo seu poderio econômico e político para apoiar uma oposição ao situacionismo borgista. As forças antagônicas infiltraram-se perigosamente no cenário rio-grandense. Enquanto montava sua candidatura no âmbito federal, Bernardes estimulava a unidade das oposições no Rio Grande, juntando num mesmo bloco os republicanos dissidentes, os democratas de João Abbott e os indefectíveis federalistas. Para capitanear as legiões democráticas foi pinçado em seu retiro de Pedras Altas um nome de respeitabilidade internacional, um cidadão acima de qualquer suspeita, homem de notável saber, um paladino da modernidade, um visionário e um inovador mais profundo e de visão mais ampla que o barão de Mauá, o cofundador da República Joaquim Francisco de Assis Brasil.

Borges via com clareza a armadilha que lhe preparavam. Sua primeira reação foi buscar aliados e lançar uma candidatura alternativa à presidência que, mesmo não vencendo a eleição, enfraqueceria seus inimigos no seu próprio território. Para isso seria preciso que seu candidato obtivesse uma retumbante vitória no estado, mesmo perdendo a eleição no resto do país, demonstrando que poderia garantir a sua sobrevivência ante um governo federal hostil. Patrocinou a "Reação Republicana" e lançou Nilo Peçanha, com apoio dos outros estados de segunda: Pernambuco, Bahia, Rio de Janeiro e alguns gatos pingados mais. Essa tática revelou-se eficaz, pois tão logo venceu o pleito, ainda antes de tomar posse, Bernardes interveio em todos os estados adversários, menos no Rio Grande, destituindo seus governos eleitos. Outra manobra de desgaste a seus inimigos seria operar no sentido do aprofundamento da oposição militar a Bernardes. Para isso, precisava de uma ação subversiva na mais importante base militar do estado, Santa Maria, o centro do dispositivo de defesa do território brasileiro e sede das mais poderosas unidades sediadas no estado. Ali estavam as armas terrestres mais modernas de que o Brasil dispunha e ainda a única base aérea militar do país, equipada com quatro aviões de bombardeio Breguet e quatro caças Spad, além de outras aeronaves, as Neuport, de treinamento e observação.

Por isso tudo, não posso, agora que escrevo, deixar de achar muito engraçado que eu pensava nessas coisas no exato momento em que cavalgávamos no meio daquele capoeiral para defender o mesmo governo Bernardes que tentou nos apear há menos de um ano. Como são os caminhos da política, pois são os nossos provisórios que estão salvando a carcaça do mineiro.

Nesse quadro, o dr. Borges tinha por certo que o pior de tudo para o Rio Grande seria uma ditadura militar. Esses tenentes que desde 1922 tentavam botar abaixo o regime do Bernardes não tinham nenhum projeto. Sua proposta era transformar o Brasil num quartel, com um regime sem ideologia, apenas baseado no conceito de ordem das casernas, um surto tardio na América portuguesa da mesma praga que infelicitou as demais nações americanas no século passado.

– Vamos, Gélio, o auto está esperando – acordou-me Bozano de meus devaneios. Estávamos partindo para Caçapava. Na cidade, iríamos até o telégrafo para ele conferenciar com o comando no Palácio Piratini. No caminho ele me fez uma breve referência ao caso do irmão.

– Nos damos muito bem. Depois que a política nos dividiu, nunca mais tocamos neste assunto. É a única forma de não brigarmos. Acho que essa maneira de divergir em paz vem do meu pai. Deve ser coisa de italiano. A Itália sempre foi um país instável, com suas fronteiras mudando a toda hora, obrigando as famílias a encontrar uma forma de convivência para uma situação daquelas. Nunca ouvi falar de italiano brigar por política. Na nossa família houve um grande cisma, um rompimento tão grande que o nosso ramo capou um zê do nome. Mas foi uma desavença por dinheiro. Esta, então, eu acho que é a mais vil das brigas que possam separar irmãos.

Parou um pouco de falar. Parecia estar olhando para o fundo dele mesmo. Então acrescentou:

– Não, eu e meu irmão não somos inimigos. Se ele aparecesse aqui iríamos nos abraçar. Depois mandaria prendê-lo, claro.

Nos Correios, em Caçapava, Bozano passou um longo telegrama para o dr. Borges, relatando os fatos novos, a certeza de uma invasão vinda do Uruguai e o deslocamento dos remanescentes da tropa do 2º BE para oeste, prevendo que Honório atacaria por ali. Enquanto esperava a resposta de Porto Alegre, mandou mais duas mensagens: uma para o pai, revelando que seu irmão fora avistado na região conflagrada e sugerindo que lhe fizesse um apelo para que se retirasse de volta para o Uruguai; e a outra para a noiva, Maria Clara, com uma declaração de afeto e avisando que seguiam cartas. A seguir tirou da mala uma pilha de quatro ou cinco cartas e as entregou ao agente postal, mandando selar e remeter. Não sei a que hora arrumou tempo para escrever.

– Prometi à Maria Clara escrever-lhe uma carta por dia. Até agora estou cumprindo – disse-me, mostrando os envelopes.

Capítulo 9

Segunda-feira, 17, e terça-feira, 18 de novembro
Passo dos Souzas

Segunda-feira, marcha para trás. O inimigo voltara para São Sepé, esquivando-se pelas nossas costas. Assim, pôde abandonar a região do rio Camaquã. Iria começar o jogo do gato e do rato. Essa era a vida do guerrilheiro: correr de um lado para outro, esconder-se, emboscar, atacar, fugir, nunca dar descanso ao antagonista. Em nosso caso, em que se batiam duas tropas guerrilheiras, vencia quem melhor conhecesse o terreno, aquele que tivesse o maior apoio da população local, a tropa mais bem preparada, física, técnica e, o principal, moralmente. Era preciso muita determinação para combater numa guerra com essas características.

Bozano e eu pernoitamos em Caçapava. Nosso motorista foi ao encontro da tropa que se deslocava no rumo norte para levar um novo vaqueano, pois o capitão Mino de Bem estava nos deixando. Também os voluntários civis que se haviam incorporado no dia 15 estavam voltando às suas casas. Essa gente saíra de casa nos acompanhando na expectativa de um combate iminente que, afinal, não houve. Receberíamos novos reforços de caçapavanos nos próximos dois dias. O delegado de Polícia do município, major Censúrio Corrêa, estava aprontando uma tropa para reunir-se a nós.

Perto de meio-dia, chegamos ao Passo Grande, o lugar escolhido para a sesta. A tropa tinha marchado sobre nossos próprios passos. Deixamos Caçapava duas léguas à direita, seguindo em direção ao 2º Distrito de São Sepé. Ali, João Castelhano fora avistado, acampado, esperando pelos homens de Cachoeira que haviam passado entre nossos dedos quando fugiram da estância do coronel Coriolano Castro.

Na hora do almoço, Bozano reuniu os oficiais para colocá-los a par das últimas notícias que recebera pelo telégrafo em Caçapava.

– Falei com o dr. Borges. Mandou-nos ficar operando por aqui. Eu bem que estava querendo seguir para Livramento, mas ele acha melhor esperarmos porque as coisas se encaminham de um jeito que tudo confluirá para cá – começou o comandante.

Do noroeste do estado não havia grandes fatos a relatar. Ali, o grupo de regimentos rebelados do Exército e os libertadores do general Leonel Rocha estavam sendo comprimidos contra o rio Uruguai. Era uma situação instável, porque as forças legalistas do Exército não eram confiáveis, poderiam passar para o outro bando a qualquer momento. O dispositivo militar repressivo estava sendo montado com as forças estaduais, basicamente. Parece que o propósito dos comandantes federais era empurrar os revoltosos para o exílio na Argentina, demonstrando uma grande falta de vontade de aniquilar seus colegas de farda. O dr. Borges nada comentava sobre essa tendência.

– Aqui no sul do estado é que estão rebrotando novos focos. O Honório, que o dr. Flores dera como definitivamente liquidado, ressurgiu das cinzas – continuou Bozano.

O comando central estava preocupado com três possíveis frentes. Uma era essa do Honório Lemes: o velho caudilho recuara de Uruguaiana para Quaraí com um grupo reduzido de remanescentes do Guaçu-boi e retomara a ofensiva. Há dois dias, segundo o telegrama de Porto Alegre, tomara a Coudelaria Nacional, do Exército, em Saicã. Outra inquietação: em Montevidéu desembarcaram mais de 200 marinheiros rebeldes do Encouraçado São Paulo, que poderiam invadir o Rio Grande. E ainda havia a esperada investida do general Zeca Netto, vindo do departamento de Cerro Largo.

A Marinha estava na revolução. A guarnição do São Paulo tinha se levantado na baía da Guanabara e se fizera ao mar, perseguido de perto por uma força-tarefa capitaneada por seu irmão gêmeo, o encouraçado Minas Gerais, comandado pelo próprio ministro da Marinha, o almirante Alexandrino Alencar, que apesar de seus mais de 80 anos continuava ainda vagando pelos mares a canhonear.

– O Honório tem mais de 60; o Zeca Netto vai para lá dos 70. Agora me reaparece o velho Alexandrino, octogenário. Nunca vi tanto velho numa guerra – comentou Soveral.

– Pois é, e o velho Lobo do Mar venceu mais uma batalha, pois se o São Paulo foi parar em Montevidéu é porque se entregou – comentou Ulisses Penna.

– Sei que ele é natural aqui do Rio Pardo – acrescentou Soveral.

– Vocês estão falando desse homem e me fazem pensar sobre qual a verdadeira lealdade dos militares – atalhou Bozano. – O velho Alexandrino foi um dos principais atores da proclamação da República, pois foi ele que botou a pá de cal no Império quando desembarcou com os marinheiros para apoiar o Deodoro no dia 15 de novembro. Depois, escoltou o navio que levava o imperador para o exílio até passar a linha do Equador, para ter certeza de que Dom Pedro não iria desembarcar em algum porto do Norte. E aí, esse mesmo homem, que demonstrou ser republicano dos quatro costados, foi lutar contra nós ao lado do Saldanha da Gama, que queria restaurar a monarquia. Não dá para entender, pois ele é mais leal à farda que veste do que à República. Este é o perigo que temos agora: esses milicos do Exército que dizem estar do nosso lado podem virar a casaca a qualquer momento.

– Temos de ficar de olho neles. Ainda bem que os que ficaram do nosso lado foram dispersados em pequenos grupamentos no meio das nossas forças. Se eu estivesse no lugar do coronel Claudino mantinha essa gente maneada a tento. Só soltava na hora do combate – disse Soveral.

– Júlio Raphael, como é mesmo essa história do Honório lá no Saicã? – perguntou Ulisses Coelho.

– Não sei muitos detalhes. O relatório que me passaram dizia que a guarnição do Exército quase não resistiu. O Honório recolheu a cavalhada e internou-se no Caverá. A Brigada do coronel Januário Corrêa está no encalço deles, com o 2º Regimento de Cavalaria da Brigada e o 15º Corpo Auxiliar. Aí mora o perigo, não é por nada que chamam o velho de "Leão do Caverá".

– Rosário está logo ali depois da serra – desfiou o médico Antônio Xavier da Rocha.

– É verdade – concordou Bozano –, mas nossas ordens são para permanecermos por aqui. Não se iludam, o ápice desta campanha será neste espaço onde estamos. Por enquanto, vamos varrer este território para evitar a brotação de pequenas forças. Essa gente que está a fazer tropelias por aí, feito João Castelhano, Clarestino, Laurindo, está à espera do Honório ou do Zeca Netto. Isto pode crescer que nem praga e quando nos dermos conta eles podem estar com uma força poderosa outra vez. Não foi assim agora em Quaraí? O Honório chegou lá com pouco mais de 100 homens e já se fala que entrou no Caverá à frente de 1.200. Aqui, então, nem se fala. Como dizia o dr. Flores sobre Alegrete, aqui em Caçapava até as pedras são vermelhas.

Bozano, de fato, não queria abandonar aquela posição. Ali estávamos sozinhos. Se nos deslocássemos seríamos fatalmente incorporados a essas brigadas mistas que se estavam formando, compostas por militares do Exército, regulares da Brigada e os corpos provisórios, restando a nosso comandante algum papel menor de simples comandante de um corpo integrante de uma unidade maior. Além disso, sua poderosa intuição dizia-lhe que, por mais batidos que fossem os caudilhos libertadores, sempre teriam apoio para se recompor e continuar à procura dessa região em que nos encontrávamos. Somente quando fossem derrotados aqui é que poderiam desistir da luta. Esse pedaço do Rio Grande, ali onde o povo chama de as quatro fronteiras, no Cerro do Ouro, onde se juntam os limites dos municípios de Lavras, Caçapava, São Gabriel e São Sepé, é o coração estratégico do estado. Nessa imediações travaram-se as maiores batalhas desde os tempos da colônia, quando Portugal e Espanha disputavam os territórios meridionais da América do Sul. É um ponto geograficamente central. Ali fica o divisor de águas do Rio Grande do Sul, pois aí estão as nascentes do Ibicuí, que vai formar a bacia do Uruguai e desaguar no rio da Prata, do Vacacaí, que leva todas as águas desta região e engrossa o Jacuí e o transforma, dali para baixo, no grande rio que é, e, por fim, o Camaquã, que é o outro grande alimentador da Lagoa dos Patos. O controle dessa região garante a comunicação com todo o restante da banda oriental do rio Uruguai, que é como se chamavam estas terras situadas entre o oceano Atlântico e o rio Uruguai e que hoje constituem o estado do Rio Grande e a vizinha República do Uruguai.

Para os rebeldes do Exército, que estavam embretados nas Missões, a abertura de uma nova frente na fronteira uruguaia poderia ser sua salvação. De lá eles poderiam se deslocar com sua artilharia e seu arsenal de armas automáticas e se estabelecer por aqui, com uma fronteira seca e aberta à sua retaguarda, por onde poderiam receber suprimentos à vontade. Se não, sua alternativa seria cruzar o rio Uruguai e internar-se nos esteros de Corrientes, na Argentina. Ou seguir no rumo norte pelas matas para tentar uma improvável junção com os remanescentes paulistas que estavam fortificados em Foz do Iguaçu.

Este foi o quadro estratégico que Bozano apresentou a seus oficiais.

– A ordem, portanto, é marcharmos sem parar por aqui, esquadrinhando este território, batendo os grupelhos revoltosos para impedir que se juntem e formem uma unidade maior. Quando os generais libertadores chegarem por aqui, nos encontrarão prontos para liquidá-los – enfatizou.

Por volta de 3h da tarde a tropa montou e seguiu pensando chegar ao Passo dos Souzas ao anoitecer. No entanto, não contávamos com um erro do vaqueano, que nos levou por um caminho errado, o que aumentou em mais de duas léguas a distância que nos separava do objetivo. Só fomos chegar ao local do pouso por volta de meia-noite.

Na terça-feira, às 6h da manhã, foi dada a ordem de marcha. Cruzamos o Passo dos Souzas e rumamos para o Cerrito do Ouro. Tinha sido uma falsa informação, pois ali só encontramos vestígios antigos, de muitos dias, de um acampamento revolucionário. A informação que colhemos na fazenda de Coriolano era falsa. Não havia dúvidas, eles estavam esperando que Honório chegasse pela região. Nosso deslocamento, contudo, não os deixaria fixos no local. Teriam de se movimentar.

Este era Bozano, um jogador de apostas altas. Se de fato os caudilhos maragatos furassem o cerco, iriam cair no seu colo, enfraquecidos e sem possibilidades de obter na região os reforços que esperariam como certos. E nós, ao contrário do inimigo, estávamos ali a diminuir, a cada dia, o tamanho da malha de nossa rede. Estava respaldado pelas ordens do comando central para permanecer na Depressão Central, mas pusera na mesa todas suas fichas, contando com as cartas do baralho. Foi assim que ele conquistou Santa Maria. Foi chegar, ver e vencer. Nesse dia 18 de novembro, fazia três anos e cinco meses que o vira na estação descendo do trem e agora ali estávamos. Ele era o incontestável número um do município, seu flamante intendente e chefe militar das forças que representavam a secção local do partido numa guerra contra o Exército nacional. Não era pouco.

A chegada de Bozano a Santa Maria não deixou de chamar a atenção, tampouco foi uma coisa retumbante. Era bastante comum naquele tempo a vinda para a cidade de profissionais recém-formados à procura de espaço para iniciar suas vidas. Bozano foi confundido com um deles, mas não passou despercebido porque desembarcava no bojo de uma questão que estava inflamando a cidade, tendo como pano de fundo a sucessão presidencial no país. A oposição ao borgismo, que tinha à frente dois jovens combativos e brilhantes, os advogados Walter Jobim e João Bonumá, avançava sobre o combalido Partido Republicano Rio-Grandense, botando seus velhos líderes na defensiva. A questão era o processo judicial contra Olyntho de Farias Pereira. O plano da oposição era botá-lo na cadeia e assim calar os polemistas do oficialismo. Como já se disse, a Bozano coube a missão de reequilibrar a luta.

A verdade é que nossos adversários não deram muito pelo nosso galo. Eles procuraram saber quem era aquele moço que Soveral trouxera de Porto Alegre, mas as informações não bastaram para amedrontar nossos adversários. Da capital veio uma ficha dando conta que se tratava de um moço rico, mimado, voluntarioso e arruaceiro. Na faculdade fora um excelente aluno, o melhor na verdade, o primeiro lugar de sua turma, xodó de muitos professores e que tinha a admiração do velho Borges, que nele via um brilhante futuro jurídico. Mas era um recém-formado sem experiência nos tribunais. Ainda não tivera sequer uma ação relevante em seu minguado currículo de advogado. Isso tudo eles espalhavam de boca cheia pela cidade. Não é preciso dizer que eu tremia de medo do que pudesse ocorrer. Se eles conseguissem condenar Olyntho, ninguém mais se arriscaria a bater polêmica com eles no nível em que se travavam as batalhas jornalísticas naquele momento. O próprio Soveral, que era o fiador do moço, respondia com monossílabos aos questionamentos dos demais. Bozano nada comentava, mas demonstrava uma segurança irritante. Só faltava dizer que tinha na manga uma carta que nem aos mais íntimos revelava.

Era de assustar, mesmo. A acusação estava a cargo de um experiente advogado, o dr. Vieira do Amaral. O conselho de sentença, formado por homens probos: Arthur Carlos Mergener, João Manuel Machado, Júlio Beck, Antenor

Moraes e Justino Couto. Isso significava que a questão seria julgada com as tábuas da lei na mão. Nada de chicanas nem influências políticas desabridas.

No dia do julgamento, desde cedo a cidade estava agitada. Grupos reunidos nos cafés, na praça: era o assunto da cidade. Bozano passou toda a manhã no seu quarto, no Hotel Kröeff. Ao meio-dia, almoçou com uma taça de vinho e se recolheu novamente. Às 2h da tarde apareceu na porta principal do hotel, na rua do Comércio, e se dirigiu para o tribunal. Sua caminhada até o Fórum, a pouco mais de 100 metros, é uma cena que ficou nas minhas retinas: aquele jovem atlético, vestido com uma fatiota cor de cinza, uma elegância esmerada, carregando numa mão a pasta de documentos, na outra o chapéu. Seguia-o um mandalete vergado pelo peso de uma pilha de livros. O olhar firme, indiferente à multidão, o cabelo louro amarelado pelo sol do inverno. À sua chegada frente ao prédio os policiais abriram-lhe as portas, que tornaram a fechar tão logo ele entrou. Ficamos todos do lado de fora, nos acotovelando, à espera da abertura do auditório do tribunal para assistirmos ao julgamento.

Uma hora depois começou a sessão. Sorteado aquele conselho de sentença, o juiz deu início aos trabalhos lendo o libelo. A seguir, tomou a palavra o advogado da acusação. Fez um longo e detalhado discurso, revolvendo o passado do queixoso como um homem de bem que não merecia as injúrias que lhe lançara o réu. Três horas durou a peroração do acusador. Chegada a sua vez, Bozano atacou seu adversário. Iniciou dando uma aula sobre direito público e privado. Nessa parte ele se impôs. Aos poucos, falando com voz firme e com argumentos claros, foi desfazendo a impressão inicial que sua juventude provocara. A seguir, entrou nos fatos. Leu com detalhes o texto ofensivo, reconheceu a dureza de certas passagens, valorizou o caráter e a cultura de seu cliente e, principalmente, rebateu com precisão os constantes apartes da promotoria, que, já nervosa, via desabar sua tese. Sim, pois ao final Bozano derrubou sua argumentação, fazendo ver que o processo estava errado. No dia seguinte, o Diário do Interior estampou a notícia do julgamento. A certa altura, diz o jornal: "Ocupou em seguida a cadeira de defesa o jovem advogado dr. Júlio Bozano, que fez sua estréia na tribuna judiciária desta comarca. O dr. Bozano empolgou logo o auditório, produzindo extraordinária peça oratória, discutindo e analisando com grande proficiência a prova dos autos e a matéria jurídica em torno da qual se enquadrava o crime imputado a seu constituinte". Ao final, diz a reportagem do Diário: "Finalizou pedindo a absolvição de seu constituinte, afirmando não ter ele injuriado o querelante em razão do cargo público que ele exercia, deixando, por isso, o crime, de ser de ação pública e, como ação privada, estar peremota". Só um jurado, Justino Couto, votou pela condenação. O jornal conclui: "O dr. Júlio Bozano foi muito felicitado pela brilhante defesa que produziu. Os trabalhos prolongaram-se até as 21h30. A sala do tribunal esteve sempre repleta de assistentes".

Ele vencera como se fosse uma velha raposa de tribunais. O ofendido, tenente-coronel Bento José do Carmo, era subintendente de Jaguari quando saiu o artigo. Seu advogado perdeu a questão neste detalhe. Bozano saiu consagrado do tribunal e sua vitória garantia a nossos escribas a liberdade que se ameaçava.

Terminado o julgamento, fomos todos para o restaurante do Hotel Kröeff para um jantar e também para comemorar a vitória. Foi servida uma galinhada com vinho da colônia. Enquanto esperávamos pela cozinheira, discursos e mais discursos. Falei eu, falou Soveral, falou o Olyntho, aliviado, pois entrara naquela sala de audiências certo de que dali sairia direto para a cadeia pública ou, quando muito, por ser tenente-coronel provisório, para uma cela do 1º Regimento de Cavalaria da Brigada. Por fim, falou Bozano, numa oração meio sem sentido, elogiando a justiça e conclamando os companheiros a não esmorecer no trabalho de qualificação e aliciamento do eleitorado para votar em Nilo Peçanha e Seabra Fagundes. Mas no meio do jantar, depois de algumas taças de vinho, confidenciou para Soveral e eu ouvi:.

– Agora será a vez do Arnaldo Melo. Vamos pegá-lo naquele processo que o dr. Sinval nos preparou, metê-lo na cana dura e ainda fechar esse pasquim deles.

Terminada a janta, saíram para a esticada de lei. O lugar escolhido não poderia ser outro senão o Club Carioca, na descida da continuação da rua do Comércio, do outro lado da praça. Essa casa noturna disputava com o Clube dos Caçadores, de Porto Alegre, a fama de ser o maior cabaré do Rio Grande do Sul. Na porta de entrada, os grandes cartazes anunciavam a programação da noite: "Sumptuoso salão – feérica iluminação" prometiam, e alinhavam com fotos provocantes as atrações artísticas: Katty Jackson, cantante norte-americana; Gardênia, cantante italiana; La Piva, cantante uruguaia. Orquestra sob a direção do maestro Emílio Flor. Em grandes letras, o nome da chefona: Cabaretière, Lila Martinez. Um outro letreiro anunciava: "Sabado estrea Coralina, cantante uruguaia, y Rosita Blanca".

O grupo entrou em direção à chapelaria, retirando as luvas, desvestindo os sobretudos, tirando os chapéus, e os que estavam calçados depositaram os revólveres e pistolas, como era o costume. Não era de bom-tom entrar armado nos salões. O tempo que o grupo de republicanos gastou para se desvencilhar dos abrigos bastou para que o dono da casa fosse avisado e viesse recebê-los ainda no hall.

– Bem-vindos. Bem-vindo, dr. Bozano, quanta honra recebê-lo em minha casa. Espero que se divirta, vamos passando, reservei umas mesas especiais para os senhores. Por favor, acompanhem-me – foi falando Mário Valdez –, só estávamos esperando pelos senhores para começarmos nosso espetáculo.

Era a primeira vez que Bozano pisava naquele local. Até então mantivera-se monasticamente em seu hotel estudando o processo, saindo apenas para passeios a pé pela praça ou ruas da cidade. À noite, só deixava o hotel para ir à casa de companheiros, normalmente ali perto, na rua do Acampamento, na casa de Soveral, onde seu grupo se reunia. Mas, também, o tempo que estava em Santa Maria era pouco e, mais ainda, só agora começava realmente a chamar a atenção, depois da vitória no tribunal.

– Permita-me mostrar-lhe nossa humilde casa – convidou Valdez.

Bozano quase não fala, mas acompanha seu anfitrião. Sua passagem chama a atenção, ele pressente que está sendo comentado. O grande salão de dança é cercado de mesinhas, quase todas ocupadas por casais ou só por homens. No palco, a orquestra toca animadamente uma polca. Essa é a música mais dançante, a preferida do público, o ritmo que domina os kerbs, que são os bailes coloniais que duram, em geral, três dias. O grupo segue atrás, silencioso, enquanto ele acompanha Valdez pelas instalações: vê o bar, brilhante e sortido, o restaurante, com suas mesas a essa hora completamente tomadas. Sobem a escada para o segundo andar. Ali há um cassino movimentado, com mesas de roleta e bacará. No grande salão de jogos, Valdez apresenta-lhe uma mulher de meia-idade, como ele, vestida a rigor, com vestido comprido, cabelos feitos e jóias.

– Minha mulher, Liane – apresenta.

Bozano inclina-se para beijar-lhe a mão e balbucia um cumprimento. Responde a uma coqueteria da senhora, ela nota seu desconforto e pede licença. Ele assente. Tudo muito educado, mas já se notava que aquele cliente pedia distância, nada de intimidade. Bom profissional, Valdez percebeu e encaminhou o grupo para o camarote reservado. Dali poderiam assistir ao show, no palco, lá embaixo, e ter privacidade.

– Aqui ficam os cidadãos de alto respeito – informou o dono da casa. – Por favor, senhores, fiquem à vontade e, uma vez mais, bem-vindos – e retirou-se, deixando-os aos cuidados de um maître e de um garçom.

Soveral estava radiante, mas contido. O dever de escolher para oferecer a um forasteiro a proverbial hospitalidade santa-mariense dera-lhe o alvará para poder transitar livremente, sem o receio de ver correr o comentário à boca pequena "sabem quem ontem foi ao Carioca? O velho Soveral!", diriam as más-línguas. Os demais se divertiam, mas perceberam que Bozano estava ali a serviço. Sabia muito bem que estava sendo observado. O Carioca era um lugar ecumênico, freqüentado por todas as correntes políticas, um território neutro onde desapareciam as diferenças que tinham cavado um profundo fosso naquela sociedade, *como de resto em todo o estado, separando os adversários em guetos diferentes. Cada qual tinha seu café, seu clube, seus lugares. Apenas nesse alegre tablado tudo era confraternização. Raras vezes o clima turvava-se e se estabelecia o corre-corre costumeiro de quando o tempo fechava. Essas desavenças, contudo, raramente vinham de fora, mas se davam provocadas pelo álcool, por disputas entre os fregueses, cenas de ciúmes ou de desagravo por alguma rata.*

Apesar de ser um dia de semana, todos estavam endomingados. A maior parte do público era de forasteiros, gente de posses que passava por Santa Maria em trânsito. Saímos Bozano e eu a dar uma volta pelo cassino. Aí pude ver como ele tinha ficado famoso do meio da tarde para a noite. Era um abraço atrás do outro, muitos dos que o cumprimentavam eu nunca tinha visto, era gente de fora, mas que já sabia dos acontecimentos do dia. Chegou-se um homem que o cumprimentou, disse que conhecia seu pai, que trabalhava com exportação.

– Um negócio que está bom é mandar arroz para Buenos Aires. Hoje zarpou de Porto Alegre o Zelândia, *com 13.500 toneladas. Na semana que vem solto o* São Miguel, *com outras 10 mil – disse.*

– Conheço os barcos – confirmou Bozano.

– Estou indo para Uruguaiana. Ali já tem muita gente plantando arroz irrigado com água do rio Uruguai. Por trem eu trago o arroz bruto, descasco em Porto Alegre e embarco. Mesmo com toda essa volta, com o produto beneficiado eu consigo um preço para compensar a viagem e concorro com as barcaças que descem o Uruguai, pois por dentro, pelo rio, eles têm ou que baldear no Salto Grande ou mandar até Rosário.

Um outro disse ser criador em Itaqui. Queixou-se da crise internacional, que jogara no chão o preço do gado, que obrigou os fazendeiros a fechar negócios a longo prazo.

– Todo o mundo vendeu, mas ninguém tem dinheiro, porque os charqueadores ainda não pagaram. Com isso, faltou para os impostos. Na semana que vem vamos nos reunir com o pessoal de São Borja para mandarmos uma comissão a Porto Alegre falar com o dr. Getúlio e ver se ele intercede junto ao presidente para nos darem uma prorrogação do prazo para pagamento do imposto territorial.

E assim Bozano falava com um e com outro. Perto de uma mesa de bacará, um outro advogado da cidade cumprimentou-o e apresentou-lhe a moça que o acompanhava. A coitada lutava para se explicar ao acompanhante, usando mímica e fragmentos de espanhol e português. Ao ser apresentada soltou um enchantée, *a que Bozano logo emendou e saiu tramando um francês com ela. Foi breve para não assustar o colega, mas falou o suficiente para que se percebesse sua fluência nessa língua. Depois do show, ele fez questão de conhecer as cantoras e aproveitou para gastar seu italiano com a Gardênia, seu inglês com a Jackson e um castelhano pampeano com a uruguaia. Essa revoada pelas línguas fazia parte de seu plano, pois sabia que tudo o que estivesse ocorrendo ali seria o assunto da cidade no dia seguinte. E nada melhor que firmar sua reputação de poliglota. O gaúcho tem uma grande admiração por quem domina uma língua estrangeira. Embora aqui no estado não seja incomum alguém falar alguma coisa, o normal é saber algum alemão ou italiano, no dialeto de seus avós, uma língua já toda contaminada pelo português. Getúlio, Oswaldo, João Neves e até o caboclo Flores não perdiam oportunidade de se vangloriar de seu francês, exibindo livros que liam no original ou dando demonstrações de fluência com as polacas do Caçadores.*

Aquela afluência de gente era o resultado da posição estratégica que Santa Maria adquirira ao se transformar no centro das comunicações do estado.

Até a chegada da ferrovia, Santa Maria nada mais era do que um posto militar avançado que sediara os serviços portugueses de demarcação. Sua localização não tinha grande valor para os negócios. Estava longe dos cursos dos rios por onde transitavam as poucas mercadorias que circulavam no Rio Grande. Situada no pé da serra, tampouco era caminho para as tropas que demandavam às charqueadas de Pelotas nem caminho para lugar algum. Desde a destruição das Missões jesuíticas e a remoção dos índios para a outra banda do Uruguai, dali para cima só havia mato e bichos alçados.

Com a estrada de ferro, tudo começou a mudar rapidamente. Sua localização inverteu sua posição, pois por estar bem no centro geográfico do estado dali se ramificavam os trilhos que, saindo das proximidades da capital, iam para o sul, para o oeste, para o norte. Santa Maria converteu-se no centro dos transportes terrestres do estado.

Primeiro vieram os trilhos da Porto Alegre–Uruguaiana. Esse trecho definiu o desenvolvimento das estradas de ferro no Rio Grande do Sul, porque foi implantado com uma bitola única no mundo. Naquela época, no fim do século passado, o Exército morria de medo do crescente, vertiginoso desequilíbrio que se fazia entre Argentina, Uruguai e Brasil. Nossos vizinhos avançavam e se transformavam em países modernos, ganhando fábulas de dinheiro com a venda de carne congelada na Europa, enquanto a economia brasileira permanecia atolada numa depressão sem fim, e o Rio Grande, em particular, também ficava para trás peludiando com seu parque industrial ainda formado por charqueadas, perdendo seus mercados para os frigoríficos de seus antigos concorrentes do rio da Prata.

Esse desequilíbrio econômico refletiu-se no poderio militar. Embora não houvesse uma tensão iminente, Argentina e Brasil tinham um contencioso a re-

solver, pois os territórios que hoje compõem o oeste dos estados de Santa Catarina e Paraná eram uma gigantesca floresta de araucárias sem dono. Não havia fronteira demarcada nem antecedentes históricos para fundamentar a reivindicação de posse daquelas terras. O Exército não queria que um eventual invasor se valesse de nossa infra-estrutura para transitar com suas tropas em direção aos centros vitais do país. Assim, a ferrovia corria de Uruguaiana até a margem do rio Jacuí, em Santo Amaro, município de Taquari. Dali até Porto Alegre havia baldeação dos trens para navios, uns grandes e confortáveis gaiolões importados de Nova Orleães, nos Estados Unidos. O ramal juntando a estrada de ferro do interior com o ramal Novo Hamburgo–Porto Alegre só foi construído depois que a questão de limites com a Argentina ficou definitivamente selada. O presidente Júlio de Castilhos concordava com esse hiato, não por recear uma guerra com a Argentina, mas por achar que era melhor assim, porque isso evitava o perigo de um dia acordar com a capital cheia de maragatos que tivessem vindo da Campanha numa caravana de trens. E assim essa primeira linha, além dessa bitola esdrúxula, tinha um traçado igualmente excêntrico, porque os trilhos não chegavam até Porto Alegre.

Depois a viação férrea foi se ramificando para atingir o sul do estado e, por fim, a ligação com São Paulo converteu a cidade num verdadeiro centro do cone sul-americano. Estabeleceu-se uma rota de comunicação entre Buenos Aires e Montevidéu com São Paulo, em composições tracionadas por poderosas locomotivas alemãs e confortáveis vagões **pullmann** *norte-americanos, por onde transitava todo o tipo de gente, inclusive as belíssimas prostitutas judias importadas da Europa, que abasteciam os bordéis de luxo das cinco grandes cidades, incluindo aquelas três mais Rio de Janeiro e Porto Alegre. Nessa escala santa-mariense elas ficavam entre 8 e 12 dias prestando serviços no Club Carioca.*

Essas moças, já havia conversado com muitas delas, principalmente com as alemãs, que eu entendo a língua, vinham de quase toda a Europa, mas principalmente da Polônia e da Rússia, trazidas para a América do Sul por uma máfia de cafetões que tinha sede em Buenos Aires. Recrutadas nos guetos judeus miseráveis do leste europeu, com promessas enganosas feitas a seus pais, por aqui ficavam, chamadas de francesas ou polacas pela clientela ávida de luxúria. Muitas conseguiam escapar dessa teia diabólica, alçadas por algum fazendeiro que lhe montava casa e, inclusive, com ela se casava e tinham filhos, constituindo família.

Santa Maria, no entanto, não se transformou em um grande centro por causa de seu submundo. Eu diria que este era uma conseqüência dessas grandes transformações trazidas pela ferrovia, que, ao fazer da cidade uma escala para todas as pessoas que viajavam pelo interior, um público de homens e mulheres de maiores posses do estado, trouxe consigo uma concentração de serviços. Não era um centro industrial como Pelotas e outros mais recentes como Bagé, São Leopoldo e, ainda muito incipientes, Novo Hamburgo e Caxias, além de Porto Alegre, naturalmente. Pela facilidade de acesso, começou a atrair médicos, advogados, engenheiros civis, artesãos de várias especialidades; juntava assalariados de todo o tipo, como os empregados da estrada de ferro, os militares e os funcionários civis. Havia dois regimentos e a base aérea do Exército, um regimento da Brigada, com seus oficiais, sargentos e soldados profissionais com suas famílias, que recebiam o soldo em dinheiro, uma mercadoria rara no interior, movimentando um comércio de varejo, alimentado por uma rede de atacadistas, que supria o comércio das cidades servidas pela ferrovia. Enfim, criou-se um pólo economicamente dinâmico. Em poucos anos, aquele vilarejo dos confins da Boca do Monte transformou-se num centro exuberante, uma pérola do Rio Grande.

Assim como o trem levava e trazia os homens de negócios, as composições facilitavam o envio dos jovens endinheirados do interior para estudar, gerando o desenvolvimento de um pólo educacional. Num estado que implantou, com a República, um regime explicitamente ateu, não tardou em provocar uma reação das religiões, que contra-atacaram criando escolas. Pelas razões expostas, Santa Maria foi das primeiras escolhidas: vieram os maristas, católicos, com o Colégio Santa Maria para meninos, as freiras alemãs e francesas com o Santana para moças, os metodistas norte-americanos com o Colégio Centenário, enquanto o governo construiu o seu Colégio Elementar Olavo Bilac para os pobres que não podiam manter seus filhos nos internatos particulares. E também o Colégio Fontoura Ilha, leigo, que tinha entre seus cursos a Escola de Comércio, que formava guarda-livros para as empresas, o embrião dos cursos de economia. Com tantos profissionais de nível superior, professores e estudantes, floresceu a vida cultural, também ajudada pela estrada de ferro. Transitando do Prata para São Paulo, as companhias de teatro, dança e canto européias ou mesmo aqui da América sempre faziam uma escala no Teatro 13 de Maio, que desde 1895 até 1912 foi um dos principais palcos de artes cênicas e de música do estado, agora substituído pelo Coliseu, irmão gêmeo de seu homônimo de Porto Alegre. A rota para o Rio de Janeiro ainda era por mar, e por aí chegavam a Porto Alegre e Pelotas as companhias que viajavam de volta para a Europa ou América do Norte pelo litoral. Depois vieram os cinemas, os recitais de poesia e declamação.

Com seus 20 mil habitantes, fora a população flutuante que mantinha permanentemente com alta taxa de ocupação os seus 11 hotéis, sem contar os dois de alto luxo, o Leon e o Kröeff, e uma infinidade de pensões e pousadas, Santa Maria já era uma das principais cidade do estado, rivalizando com Santana do Livramento, Uruguaiana, Bagé, Passo Fundo, São Leopoldo, Rio Grande e a emergente Caxias. Perdia de longe somente para as duas maiores, que disputavam a liderança política, cultural e econômica: Pelotas e Porto Alegre.

Bozano retirou-se pouco depois das 3h da manhã. Enquanto esteve no Club Carioca mostrou-se alegre e sociável. Conversou com todos os que o abordaram, com os que lhe foram apresentados e esquivou-se com amabilidade do assédio das mulheres. Serviu de intérprete aos amigos que tinham dificuldades de se comunicar, mas não passou muito disso. Ele me disse:

– Não estou para nada. Só vim para que não digam por aí que sou um maricas, porque não vou às casas de mulheres; mas também não quero que amanhã saiam falando que sou um dissoluto que se atirou na farra tão logo me mostrei na cidade.

Dali por diante, nas poucas vezes que foi visto no cabaré, sempre estava ciceroneando algum forasteiro que lhe pedia para o acompanhar. Se tinha algum rabicho com china, em Santa Maria é que não era. Com certeza guardava suas energias para gastar em Porto Alegre, aonde ia seguidamente.

No dia seguinte, Bozano me procurou.

– Veja aqui, Brinckmann, recebi este convite. O que você acha disto?

Era para uma festa na "Mansão dos Leões", como era conhecida a casa do líder da oposição, o advogado Walter Jobim.

– Tu estás entrando na alta sociedade santa-mariense.

– E que tu achas que eles querem?

– Acredito que é uma gentileza, estão recebendo o colega que estreou tão brilhantemente. Afinal, o Walter é um advogado, e nada mais natural que vocês tenham boas relações pessoais. Acho que deves ir.

– E outra coisa: tu achas que a moça aqui, a vizinha, estará lá?

– Com certeza.

CAPÍTULO 10

QUARTA-FEIRA, 19 DE NOVEMBRO
JOÃO CASTELHANO

Nessa quarta-feira acordamos com o sol, depois de termos acampado às 5h na tarde anterior. Estávamos tomando o café da manhã quando as sentinelas vieram avisar que se aproximava uma tropa amiga. As nossas avançadas já haviam feito contato com um esquadrão de caçapavanos que estava chegando para nos reforçar. No comando, um oficial veterano do 2º Corpo Auxiliar da Brigada, o major Censúrio Corrêa, o delegado de Polícia de Caçapava. Eram exatamente 6 horas quando os "papa-laranjas" entraram no acampamento e tiveram autorização para apear e reunir-se aos nossos para tomar o desjejum. Eles vinham desde o dia anterior à nossa procura, pernoitaram a menos de uma légua de nosso pouso e chegavam a tempo de marchar com nossa tropa.

A chegada dos caçapavanos foi uma grande farra. Uma boa parte do pessoal já se conhecia de 23. E não há nada que emocione tanto o coração de um gaúcho do que rever um velho companheiro de armas. Não dá para descrever a alaúza que se forma tão logo o comandante grita fora de forma. É "dá cá um quebra-costelas" entre os mais íntimos, o cerimonioso "buriti" de três toques (palma da mão, antebraço e ombro) entre os mais formais, as apresentações entre os desconhecidos, mas quase sempre nutrido por uma história : "Pois este guasca é o Inácio Cardoso de que te falei, não vale nada, mas é um companheiraço... No Passo dos Enforcados, virge", e assim por diante, os veteranos introduzindo os novatos, cada qual com sua crônica de valentias, de situações-limite no perigo, nas marchas forçadas, nos invernos gelados, transpondo passos arriscados, uma coleção de aventuras e sofrimentos que produzem solidariedade e companheirismo indestrutíveis.

O mesmo se dá entre os oficiais, com histórias muito semelhantes às dos inferiores para lembrar e regozijar-se com a sobrevivência. Assim foi a chegada de Censúrio e seu esquadrão: aproximaram-se dispostos em coluna por quatro, postaram-se à frente da barraca do comandante em formação de parada. Bozano e seus oficiais também se alinharam de frente para o grupo que chegava. Ouviu-se a voz forte do líder dos cavalarianos ainda montados.

– Major Censúrio Corrêa com o esquadrão-destacamento de Caçapava apresentando-se.

O comandante respondeu à continência e logo ordenou:

– Desmonte, major.

Aí começou a confraternização. Censúrio apresentou ao comandante suas credenciais. Seu esquadrão, embora reforçado por um grupo de voluntários civis, vinha fardado, regularmente constituído. Isto queria dizer que todos estavam na folha de pagamento da Brigada Militar. Os provisórios, embora em princípio devessem pertencer ao partido ou serem gente de algum chefe republicano, tinham soldo como funcionários do estado. Nas revoluções as tropas do governo tinham salário. Também os revolucionários pagavam seus soldados. Nem todos, é verdade, mas muitos ganhavam. Era caso de especialistas, como os operadores de armas automáticas, técnicos em demolição, sempre úteis para inutilizar pontes, ferrovias e telégrafos, artilheiros, contratados no exterior ou reservistas e desertores do Exército ou da Marinha, que vagavam pelos pampas à procura de emprego, que tanto poderia ser entre os provisórios como nas forças rebeldes. No caso dessas tropas de 24, a bolsa era boa: praças e oficiais recebiam um soldo um terço superior a seus equivalentes do Exército, pelo tempo em que estivessem engajados, pagos pelo Tesouro do Estado com verbas do governo federal. Em caso de morte ou incapacidade, teriam uma pensão para si ou para a família. Era muito bom para fazer o que mais gostavam, combater e comer carne todos os dias.

O destacamento de Caçapava foi incorporado ao esquadrão do estado-maior. Essa subunidade geralmente tinha uma característica especial. Nela serviam os chefes políticos e seus agregados que seguiam a Força como voluntários civis. Esses homens eram úteis não só por reforçarem o poder de fogo da tropa, mas também porque normalmente eram naturais da área de operações, servindo como vaqueanos; identificavam as pessoas, selecionavam as informações e também sabiam quem era quem. Esses voluntários eram absorvidos na Força com sua patente de origem, formando uma multidão de coronéis, majores e capitães, cada qual comandando, geralmente, seus ordenanças e filhos que os acompanhavam na guerra. Nos combates iam para a linha de frente, por isso nos relatórios de baixas não era incomum anotar-se mortos e feridos com patente em número superior ao de soldados rasos e graduados. Armavam-se e vestiam-se por sua conta. Muitos com suas roupas de trabalho, mas também havia aqueles que vinham fardados com uniformes iguais aos da Brigada ou, mesmo, com fardamentos espalhafatosos, mandados copiar de alguma revista. Esses oficiais soltos também funcionam como uma reserva, pois a maior parte deles tem experiência de combate e capacidade de comando, podendo preencher um claro a qualquer momento, como o capitão Lisboa, o Boca de Ouro, que estava à frente do 4º Esquadrão, mas que havia se incorporado como voluntário civil.

– Que prazer reencontrá-lo, major. Estávamos só esperando pelo senhor para fazermos a reunião dos comandantes – disse Bozano, convidando Censúrio a entrar em sua barraca.

Nisto avista um oficial, reconhecendo-o:

– Ué, tu não és o concertista? – perguntou o comandante.

– Sim, senhor, tenente Paulo Velasquez.

– Pois bem-vindo. É uma honra para nossa unidade contar com um artista tão talentoso e erudito.

– Obrigado.

– Boa sorte, tenente. Cuide-se porque o futuro do Rio Grande precisa mais de seus artistas que de seus guerreiros. Vamos passar – reforçou o convite, dirigindo-se ao major Censúrio.

No interior da barraca, sobre uma mesinha de armar, o indefectível mapa do coronel Bozano. Grossos traços vermelhos, pintados com um lápis de desenho de ponta grossa, determinavam a rota de cada unidade.

– Nossa missão é patrulhar esta área e perseguir duramente os grupelhos armados que vagam pelos campos – começou o comandante. – Não podemos deixá-los agrupar-se. Maragato é pior que praga do campo, surge um inço aqui, outro ali, quando se vê transformou-se num matagal. Vejam o Honório: escapou de Guaçu-boi com pouco mais de 100 homens. Saiu de Quaraí com 600 e, pelas notícias que temos, atacou Saicã com 800. A esta altura já deve estar com mais de mil – repetiu o que já dissera a seus homens.

– Não será fácil encontrar esses grupelhos, coronel. O senhor não acha que é gastar muita pata de cavalo por tão pouca coisa? – perguntou Censúrio.

– É verdade, mas em parte, major – respondeu Bozano. Os demais ficaram quietos porque já conhecíamos a estratégia de nosso comandante, antecipando o que iria responder ao major de Caçapava que estava se juntando a nós. – Reconheço que é difícil encontrar uma guerrilha pequena e leve. Mas temos de mantê-los acuados, pois isso não só dificulta como desencoraja novas adesões. Com isto estamos limpando o terreno para nós mesmos quando tivermos de enfrentar unidades mais pesadas. Assim, vamos botar os cachorros nessa gente e tirá-los do mato. Eis aqui a nossa formação. Vamos ocupar toda esta frente – disse, mostrando no mapa uma enorme área. – O major Soveral segue com o 3º Esquadrão cobrindo o flanco esquerdo, baixando por aqui pelo Cambaí em direção a São Sepé. O 2º e o 4º deslocam-se até o Passo da Juliana e ali se separam. O 4º cobre o flanco direito e o 2º Esquadrão vai retardando a marcha para ficar na meia direita. O centro fica conosco, do 1º Esquadrão, mais o pessoal do major Censúrio e o estado-maior. Nós vamos até o Bossoroca. Lá sestearemos e de tarde seguimos até termos notícias do inimigo.

Às 7h da manhã a tropa partiu. Com essa disposição no terreno, pretendíamos cercar João Castelhano entre o Cambaí e o Mato Grande. Ao meio-dia, mal tínhamos começado a cortar o assado, chega um chasque mandado pelo capitão Bento Ataíde do Prado do 2º Esquadrão. A notícia era de que João Castelhano tomara São Sepé e estava ocupando a cidade.

– Cabrão! – vociferou Bozano, mas logo reagiu. – Desta vez ele não escapa. Vai cair em nossa armadilha – comentou, ao mesmo tempo que distribuía novas ordens.

O capitão Lisboa, com o 4º, deveria desviar para a estrada de Cachoeira, contornar São Sepé, e posicionar-se na estrada do Formigueiro, no meio do caminho entre São Sepé e Restinga Seca, para cortar a retirada dos rebeldes nessa direção. O major Censúrio, com seus "papa-laranjas", seguiria na direção de Caçapava, para fechar a saída pelo sul. O 1º Esquadrão e o estado-maior marchariam a trote em direção à cidade para contra-atacar.

Às 5h da tarde entramos em São Sepé e já encontramos a ordem restabelecida. Só ficaram os resquícios do susto entre os companheiros sepeenses. João Castelhano tomara a cidade antes do amanhecer, pegando a guarnição do destacamento policial de surpresa. Os defensores haviam colocado algumas sentinelas, nos subúrbios, que foram capturadas sem luta pelos maragatos. Com o caminho livre, entraram despercebidos, mesmo porque os voluntários civis, que estiveram em posição nas barricadas durante o dia, com o cair da noite tinham se recolhido às suas casas para dormir, ficando a cargo dos brigadianos do destacamento dar o alarme.

Não houve tempo para nada. Quando os policiais se deram pela coisa, os rebeldes já estavam dentro da cidade, restando-lhes tirotear e encontrar uma saída para retirar. Os republicanos civis mais nada puderam, permanecendo quietos em suas casas, porque não haveria nada mais a fazer. Conseguiram apenas mandar uma pequena patrulha pedir socorro a Bozano, que sabiam estar para os lados da Cerca de Pedra. Esses mensageiros toparam com o grupamento dos capitães Prado e Lisboa no Passo da Juliana.

Os dois capitães mandaram avisar o comando e tomaram suas providências, pois a tropa de Castelhano, segundo os sepeenses, teria no máximo 40 homens. O piquete do tenente Ulisses Penna, do 4º, foi mandado marchar sobre a cidade e contra-atacar. Eles tinham certeza de que só a presença de tropas do governo já seria o bastante para os rebeldes baterem em retirada. Não teria sentido uma resistência na área urbana, onde seriam facilmente cercados e exterminados, até porque eles deveriam saber que tão logo se iniciasse um combate os republicanos locais sairiam de suas casas e eles acabariam ficando entre dois fogos. Penna transpôs o Passo da Juliana e marchou pela estrada do Passo do Fraga, aproximando-se da cidade pela estrada real que liga São Sepé a São Gabriel. Um outro piquete do 4º, comandado pelo tenente Assis Ferraz Machado, também rumou para São Sepé, pela estrada do Posto. Um terceiro piquete do mesmo esquadrão, comandado pelo tenente Waldomiro Soares, dirigiu-se para a estrada do Formigueiro, conforme as ordens de Bozano, para cortar a retirada maragata.

Uma hora depois, o capitão Prado, que seguia com a tropa e carretas de suprimentos pela estrada do Posto, alcançou o tenente Assis, que fizera prisioneiro um batedor de Castelhano. Interrogado, o maragato revelou que seu chefe já havia abandonado a cidade e se retirava pela estrada do Formigueiro. Prado exultou, os inimigos estavam marchando diretamente para a armadilha. Mudou as ordens de Assis, mandando-o desviar para a estrada real e acelerar para reforçar o piquete de Ulisses.

O encontro foi fatal para a pequena força libertadora. Os dois piquetes do 4º Esquadrão do 11º o surpreenderam na altura da estância de Feliciano Corrêa. João Castelhano não esperava encontrar tropas legais naquela região. Quando deu por si, os provisórios já estavam de linha estendida, com suas metralhadoras Colt vomitando fogo. Só teve tempo de organizar uma tíbia linha de fogo para proteger sua gente, que era caçada como marrecões do banhado pelas armas automáticas e pela fuzilaria dos santa-marienses. Assim mesmo conseguiu evadir-se, mas deixou para trás 12 cavalos encilhados e dois mortos e dois feridos que não teve como recolher, que foram capturados pelos soldados. Ao anoitecer estava liquidada essa guerrilha.

Bozano deixou São Sepé e acampou meia légua adiante, na fazenda de João Pedroso. Mandou apartar um lote de terneiras e deu de comer à sua tropa, mandando para a cidade uma partida de carne para alimentar os voluntários que passariam a noite guarnecendo o núcleo urbano para o caso de algum contra-ataque.

À noite, voltamos à sede do município para restabelecer contato telegráfico com o comando-geral em Porto Alegre. Na cidade ficara o 3º Esquadrão do capitão Cristiano Bohrer, junto com os voluntários civis e a guarnição policial, que já retornara, para evitar alguma surpresa, embora soubéssemos que durante muitos dias João Castelhano não teria condições de ameaçar seriamente nenhuma de nossas posições.

As notícias que recebemos pelo telégrafo não eram muitas. A guerra ainda estava longe de nós. Ficamos sabendo que no noroeste do estado os militares do Exército concentravam-se em São Luiz Gonzaga, aparentemente à espera de fatos novos. No sul, formara-se uma brigada constituída pela 2º Regimento de Cavalaria da Brigada Militar de Livramento, pelo 15º Corpo Auxiliar e dois esquadrões do 1º Corpo Auxiliar para perseguir o caudilho Honório Lemes que, como previra Bozano, já tinha mais de 1.200 homens em armas e se internava na serra do Caverá, perseguido de perto pelo coronel Januário. Essa brigada, porém, não deveria penetrar na área guarnecida pelo 11º, pois sua missão era bem clara: "Perseguir todas as colunas revolucionárias que surgissem na Circunscrição Sudoeste da Zona Oeste", situada na fronteira com o Uruguai.

A esta altura, no Palácio Piratini já se formava um zunzum de que nossa unidade tinha um objetivo que extrapolaria sua missão militar. Uma primeira tentativa de barrar nosso desenvolvimento político foi a ordem temerária dada ao coronel Januário para penetrar no Caverá e atacar e destruir de qualquer maneira a coluna de Honório Lemes. Parecia que alguém desejava que não sobrasse nada do assado para nós. Começavam a compreender que o velho Borges teria planos maiores para o jovem intendente de Santa Maria.

Essa predileção do presidente pelo nosso comandante custou a ser percebida tanto no Partido Republicano como nas demais correntes políticas que se opunham ao governo de Porto Alegre. Logo no início de sua carreira, Bozano foi tentado a se juntar aos dissidentes, exatamente com o argumento de que Borges cortaria suas asas tão logo ele começasse a criar dificuldades ou a provocar ciúmes entre a Velha-Guarda que dominava o partido em Santa Maria.

Uma tentativa para afastá-lo do dr. Borges pode ser, para alguns, a explicação para, logo depois do seu julgamento de estréia como advogado, ele ter sido convidado para a tal festa na casa de Walter Jobim. Desconfiado, antes de aceitar o convite consultou a mim e ao Soveral. Como já disse antes, opinei que aquele advogado queria apenas uma aproximação social, natural entre colegas. Já o velho Soveral, sabido como só ele, viu mais longe:

– Acho que pretendem te envolver com eles, te (como é que dizes?) te "copitar"? é assim?

– Cooptar – corrigiu Bozano.

– Isso mesmo. Viram que tens cancha e te querem correndo a carreira deles.

– Pois que esperem. Mas estou pensando em ir. Primeiro, porque seria deselegante não aceitar sem um motivo muito forte. E segundo, porque talvez ali possa ser apresentado à moça da janela.

A moça a que ele se referia era Maria Clara Mariano da Rocha. Os dois já tinham um flerte de janela. O palacete do pai dela, dr. José Mariano da Rocha, um ex-médico, porque já não mais clinicava, e fazendeiro forte em São Borja, dava de frente para os fundos do Hotel Kröeff. O apartamento de Bozano abria as janelas para a rua Venâncio Aires. Aí eles se observavam. Desde que ele chegara a Santa Maria, há mais de um mês, que ela ia para sua janela na hora de ele voltar para casa, numa demonstração clara de seu interesse. Ele, entretanto, mostrava-se evasivo e discreto. Não que a moça da frente lhe fosse indiferente, mas não queria rolo com um potentado como o dr. José Mariano. No interior, as confusões se iniciam com qüiproquós de política, cavalos e mulheres. Bozano esperava limitar-se a um só tema, mas não podia deixar de olhar aquela jovem que o encarava acintosamente quando ele aparecia. Sua atitude era fechar as venezianas ou puxar uma cortina, evitando olhá-la ostensivamente.

O interesse dela pelo vizinho já era conhecido das outras moças da cidade. Até a mim ela já havia perguntado por ele. Essa festa seria uma oportunidade para Bozano quebrar o gelo e ver Maria Clara de perto. Eu particularmente entendi que o convite tivesse vindo mais por iniciativa de dona Ana do que do dr. Walter. Mesmo sendo um homem muito educado, no Rio Grande não é comum fazer rapapés para adversários. A menos que Soveral tivesse razão e eles estivessem querendo apartar nosso comandante para o plantel deles. Mas não disse a ele que isso poderia ser um arranjo das mulheres. Maria Clara estava com 19 anos para 20, que iria completar em 23 de abril do ano seguinte. Era um pouco mais nova que Ana Niederauer, mais tarde Jobim, descendente do patriarca federalista da cidade, que foi, sem dúvida, uma porta aberta ao advogado porto-alegrense que chegara à cidade e já se colocava frontalmente contra os poderosos. Esse Jobim, assim como Bozano, parecia querer livrar os porto-alegrenses da fama de almofadinhas que têm no interior. Em Santa Maria, antes de casar com uma Niederauer, ele parou rodeio com os touros mais brabos do potreiro. Como promotor contrariou frontalmente interesses da Igreja Católica numa ação contra o bispo e o pároco. Não bastasse, enfrentou a maçonaria e o dr. Astrogildo, naquela época o grande chefão republicano e intendente da cidade. E para completar deu uma banana para o dr. Borges, renunciando ao serviço público sem mandar uma linha para formalizar seu ato. Jobim simplesmente ignorou uma transferência punitiva para São Gabriel e nunca mais apareceu na repartição, nem para dar até logo.

– Esse Walter Jobim é "cuiúdo" – preveniu-lhe Soveral, quando falávamos sobre a festa.

– Ele não sei, mas conheço a família de Porto Alegre. Conheço seus pais, seu Labiano e dona Alzira. A mãe dele é de uma família de navegadores, como a minha, pois constroem barcos e têm um estaleiro de futuro ali no Cristal – comentou Bozano.

– Também estarão lá o canalha do Bonumá e o piolho do Arnaldo Melo. Fede muito para o meu nariz – tornou Soveral.

— Mas já está decidido que vou. Até mandei confirmar a presença. Mas veja bem, Soveral, por que vou: primeiro, por educação, mas em segundo para mostrar-lhes que não tenho medo deles.

— Acho que em primeiro está aquele rabo-de-saia — disse eu, indicando a janela com o queixo, na direção da vizinha.

— Não nego que estou osco de curiosidade para conhecer a moça — confirmou.

Nesse meio tempo, Bozano foi a Porto Alegre. Ele fazia viagens-relâmpago à capital, num ritmo que ninguém chegava a notar sua ausência da cidade. Num tempo em que para a gente do interior fazer uma viagem era uma verdadeira peripécia, que a imprensa noticiava, que se demoravam nas escalas, ele ia à capital como quem vai na esquina: pegava o Noturno às 19 horas, amanhecia em Santo Amaro, tomava o barco e ali já se aprontava para os compromissos do dia, que marcava anteriormente pelo telégrafo. À noite estava outra vez no trem e na manhã seguinte andava por Santa Maria como se nada tivesse acontecido. O único cuidado que tomava era de reservar no trem um camarote só para ele, pagando as duas passagens; em parte por segurança, mas também por conforto, pois chegava descansado com a noite bem-dormida. E fez uma dessa vez, acredito que mais para trazer de casa uma roupa adequada à festa do que por necessidade, pelo que vi estar ele interessado em impressionar bem a Maria Clara, pois para os federalistas é que não se iria enfatiotar.

Na noite da recepção acompanhei-o até sair do hotel no auto de praça que ajustamos para levá-lo e trazê-lo do evento. Embora não temêssemos por nada de maior (afinal, o anfitrião não deixaria que o surrassem em sua própria casa), mandamos um motorista de confiança, o Roberto Toeniges. O nosso galo estava prontinho para uma rinha: sua fatiota escura, de corte italiano, diferia das casemiras inglesas com que vestiam os elegantes de Santa Maria, com cortes mandados trazer do Uruguai. Na mão, um buquê de rosas para a dona da casa.

Eu mal conseguia conter minha curiosidade de saber o que estaria acontecendo na festa. Por isso fiquei esperando até que voltasse e me contasse tintim por tintim, meia-noite passada, como foi sua incursão naquele território.

— Fui muito bem recebido, tanto pelo dono como pela dona da casa — contou.

Teve as apresentações de praxe, uma rápida passada pelo grande salão e foi logo conduzido para a biblioteca onde se encontravam os homens. Nessas festas não chega a haver uma segregação entre os sexos, mas é normal que os casais se separem, pois raramente as mulheres participam das conversas masculinas, que giram em torno de política, cavalos, negócios e, ao pé do ouvido, mulheres. Os solteiros, namorados e noivos ficam mais misturados, enquanto as senhoras casadas comadrean *lá com seus assuntos de casa, criadagem e filhos. O que não quer dizer que as mulheres sejam indiferentes à política. Pelo contrário, são tão ou mais apaixonadas que os homens, mas raramente se metem nas discussões a não ser no círculo íntimo, o que não era o caso.*

Bozano percebeu que seus interlocutores procuravam um caminho para se aproximar dele, sondar suas idéias e atraí-lo. Os que mais falavam eram Jobim e Bonumá. Tiveram o cuidado de afastar Arnaldo Melo da roda, pois certamente o inflamado jornalista armaria logo uma polêmica que, inevitavelmente, subiria de tom perigosamente.

– Mal cumprimentei o pústula – disse Bozano, contando que frente a frente não passaram dos segundos normais para um fraco aperto de mão e a isto se limitara seu contato com o inimigo figadal do nosso grupo.

A conversa começou com uma ampla revoada sobre a nova ordem internacional que se formara com o fim da Grande Guerra. O Brasil, diziam, teria um lugar no quadro mundial. Emergiam novas forças, como o Japão, na Ásia, e os Estados Unidos na América. O Brasil estaria bem colocado, pois a omissão da Argentina durante o conflito deixara nossos vizinhos de fora da aliança vitoriosa.

– É verdade que chegamos à Conferência de Paz na garupa dos norte-americanos, mas nossa diplomacia vem explorando muito bem esse trilho que se abre para nós passarmos – comentou Bonumá.

– É verdade – atalhou Jobim –, e para isto contribuiu muito o fato de o nosso presidente da República ter participado da Conferência de Paz. Que não me ouçam os republicanos aqui presentes, digo que desde Dom Pedro II que o Brasil não tinha um governante com tamanha inserção internacional.

E assim nossos adversários foram chegando aonde queriam. O Brasil com seu tradicional aliado, os Estados Unidos ("afinal, são eles nossos mais antigos aliados, foram dos primeiros a reconhecer nossa independência" – comentou Bonumá), já ocupa um lugar no cenário internacional. Com a modernização de suas forças armadas, sua presença no mundo tende a aumentar. "Temos uma Marinha de respeito, com encouraçados, destróieres e submarinos, nosso Exército está sendo treinado pelos melhores profissionais do mundo, os franceses, e já temos uma aviação militar considerável, haja vista a base instalada no Parque de Aviação aqui mesmo de Santa Maria", concordou Jobim.

– Como bem lembrou o doutor, o presidente Epitácio, que foi colocado lá pelo Rio Grande, é um estadista de renome mundial. Já o que pensa entrar, o Bernardes... – duvidou Bozano.

Os interlocutores fizeram que não ouviram a observação de Bozano. A tese dos discursos era de que o Brasil deveria alinhar-se institucionalmente com as potências vencedoras, que tinham em comum o regime democrático representativo.

— *Nossa constituição é antiga e a do Rio Grande, então, completamente ultrapassada.*

Com todo o cuidado, Bozano discordou de seus interlocutores. Dizia que a democracia representativa era um regime do século XVIII, inventado nos Estados Unidos, já amplamente superado pelo regime dos partidos, organizados e disciplinados para a gestão do estado, como se via na Rússia que acabara de fazer a primeira grande revolução deste século. O parlamentarismo, então, era mais anacrônico ainda, pois era uma invenção anglo-saxã desgastada, com séculos de uso, adotado atabalhoadamente pela França, e que, agora, estava gerando um caos sem precedentes na Alemanha.

Jobim, muito cortesmente, refletiu que o curso do Brasil, e do Rio Grande mais ainda, tendia ao isolacionismo dentro do mundo ocidental, pois havia uma necessidade de simetria institucional entre os países que negociavam entre si, pois só assim seria possível a plena compreensão de seus mecanismos pelos parceiros estrangeiros. E, tanto como os brasileiros precisavam saber como funcionavam Estados Unidos, França e Inglaterra, eles também necessitavam entender como as coisas aqui ocorriam, principalmente na hora de investir.

— *Os Estados Unidos ganharam muito dinheiro com a guerra e andam à procura de oportunidades para aplicar seus capitais* — disse Jobim. — *Nós seríamos uma ótima alternativa para eles. Veja as indústrias Ford e General Motors, que já estão implantando linhas de montagem em nosso país. Isto é um exemplo do que acabo de dizer.*

Bozano percebia a armadilha em que queriam fazê-lo cair, colocá-lo em posição de aceitar a reforma da Constituição de 14 de Julho para dar maior poder ao legislativo e ao judiciário, distribuindo poderes, numa negação frontal da ditadura republicana. Ele se defendia. Dizia que o sistema castilhista era mais aberto à participação popular direta que o regime representativo. "O nosso regime assegura amplamente todas as liberdades. Por exemplo, a liberdade de credo: aqui mesmo em Santa Maria, a comunidade alemã construiu sua igreja, mas não podia tocar seu sino, que só pôde soar no dia que se soube da proclamação da República, quando, com o Império, caiu a religião oficial."

— *É, mas não vamos a tanto, pois no Brasil, afora um surto de Inquisição no século XVII, ninguém mais foi preso por seguir um ou outro credo* — comentou Bonumá.

— *Nem tanto, Bonumá* — atalhou Jobim —, *pois a polícia do Borges reprime os batuques, que é uma religião mais honesta que a dos padres e não tem um clero sanguessuga como o romano* — completou, revelando seu profundo anticlericalismo.

Bozano concordou, prosseguindo: "Os senhores vão criticar, eu sei, a concepção castilhista do livre exercício das profissões, que aboliu os privilégios de *qualquer natureza, inclusive os decorrentes de títulos e diplomas acadêmicos, mas isto tem sido uma bênção para o Rio Grande. Até hoje somos um dos únicos lugares do mundo para onde podem correr aqueles profissionais europeus que estão fugindo dos horrores da guerra e aqui chegam sem nenhum tipo de documentação", argumentou, embora lembrasse que a ideologia oficial rio-grandense considera a universidade uma instituição medieval obsoleta que não está de acordo com o progresso científico da atualidade.*

Assim ia, quando dona Ana interrompeu a tertúlia, chamando Bozano para o salão. Ela estava iniciando uma manobra para juntar os pombinhos e desatar aquele namoro e desencalhar a renitente Maria Clara, que até agora nunca dera mostras de se entusiasmar por qualquer rapaz, até surgir esse aí na plataforma da estação ferroviária de Santa Maria. Não que ela fosse uma mulher esquisita, muito alta, muito gorda, muito feia. Pelo contrário, ela era belíssima, com seu metro e sessenta, cabelos longos e pretos que costumava enrolar num moderníssimo coque, no rigor da moda. Vestia-se com a melhor grife de Porto Alegre, na butique de Madame Solita, na Galeria Chaves, costureira e importadora de prêt-a-porter *da Europa e da Argentina. Certamente ela não conjuminou com nenhum jovem de sua geração, até encontrar Bozano, porque sua expectativa era muito acima do que se via em Santa Maria, mesmo entre os profissionais de curso superior e oficiais do Exército ou da Brigada, que é de onde se extraem moços bons partidos aqui nesta região. Bozano rompeu essa trava.*

– Vem, Maria Clara, vou te apresentar para o rapaz – disse Ana, convidando-a a passar com ela até o lugar onde seu convidado se encontrava com os homens.

– Não – respondeu. – Se ele quiser, que venha até onde estou – recusando o convite e criando um problema para a anfitriã, que estava excitada com o iminente encontro dos dois.

Dizer que a cidade inteira esperava por esse momento não é um modo de dizer, mas a expressão certa para o encontro anunciado. Embora Maria Clara não fosse uma moça rueira ou dada a fofocas ou exibicionista ou tudo o mais que as moças assanhadas podem ser, muita gente, e quase todos estavam ali, sabia o quanto ela estava impactada pelo rapaz e aquela era a primeira oportunidade social. Que aconteceria? Este era o suspense da festa dos Jobim.

Mas a coisa foi se complicando porque se de um lado os homens levaram o convidado para a biblioteca e se trancaram a discutir política, Maria Clara também se posicionou numa roda feminina, e lá ficou, com aquela determinação de só aceitar ser apresentada a Bozano se este o pedisse explicitamente. A questão ficou grave quando Ana Niederauer, passando pela cozinha, foi abordada por Corinta.

– E aí, dona Ana? – perguntou a governanta dos Mariano da Rocha, que fora à festa como acompanhante de Maria Clara, pois seu irmão José Mariano, que normalmente a escoltava, não pudera ir porque era ainda muito novo para uma festa só para adultos.

Quando Ana percebeu que o tema já era o assunto até na criadagem, decidiu tomar uma providência para desatar o nó e se encaminhou para a biblioteca onde os homens formavam aquele rodeio e apartar o novilho para a amiga. Aproximando-se da sala viu os homens na prosa animada, indiferentes à presença das mulheres, com Bozano no centro da roda de discussão. Foi aí que interveio levando o convidado para o centro da sala, enquanto pensava numa maneira de aproximá-lo de Maria Clara.

– Doutor, deve agradecer-me por salvá-lo daqueles chatos. Parece-me que não há outro assunto nesta cidade que não seja política e mais política.

– Os homens estão sempre querendo salvar o mundo. Aprecio mais as mulheres, que, embora não sejam indiferentes ao que se passa na sociedade, têm seus assuntos mais humanos, falam de gente, mesmo que, em alguns casos, as pessoas de que conversam são os filhos e empregados.

– Tenho certeza de que o dia em que as mulheres mandarem no mundo teremos mais paz e concórdia.

– Disso também tenho certeza – respondeu Bozano, querendo ser agradável.

(Lembrando esta conversa, entre nós, disse que o ser humano investido de poder é sempre igual, lembrando que, embora poucas mulheres tenham mandado, também foram tão cruéis quanto os homens: "Veja a Isabel da Inglaterra, a Rainha Vitória ou a nossa Dona Maria I, que mandou enforcar, decapitar, esquartejar e, pior, esquecer para todo o sempre o nosso pobre Tiradentes. Não fossemos nós, os republicanos, reabilitar-lhe a memória, estaria riscado da história.")

– O doutor bebe alguma coisa?

– Uma taça de champanha. Mas gostaria de cometer uma inconfidência e fazer-lhe um pedido – atalhou.

Ana gelou: "Será?", pensou.

– Se não for, por qualquer motivo, inconveniente, gostaria de ser apresentado a Maria Clara Mariano da Rocha, que já vi estar aqui.

Ana exultou. Estava feita a carreira. Iria aproximar os dois, de qualquer maneira, mas com esta ela estaria cumprindo a promessa que fizera à amiga de não criar ela própria a situação de apresentação.

– Maria Clara, este é o novo colega do Walter que estamos recebendo esta noite. É um moço muito distinto de Porto Alegre que me pediu, agorinha, para te apresentar. Então aqui está.

– Muito prazer, Júlio Raphael – disse abaixando-se no gesto de beijar a mão.

– Muito prazer, Maria Clara.

A conversa engrenou. Bozano pediu licença, sentou-se ao lado da moça e entraram pelos assuntos inevitáveis daquele tipo de encontro. Falaram de Porto Alegre, de Santa Maria, das programações dos teatros São Pedro, da capital, e do Coliseu, que tomara o lugar do Teatro 13 de Maio, das novidades das revistas, especialmente das francesas, pois o mínimo que se esperava de uma pessoa cultivada era que lesse na língua de Voltaire. A esta altura, já se tuteavam, como era de esperar de dois jovens aggiornatti, como eles.

– Então, estás te dando bem em Santa Maria?

– A cidade é muito bonita, tenho sido bem recebido, não tenho do que me queixar. Espero conhecer melhor os distritos, as colônias, Silveira Martins, Phillipson.

– Será uma jornada. Tu és bom cavaleiro?

– Sei montar. Não sei é se isso se pode chamar de andar a cavalo. Já pratiquei salto, na pista de equitação do Country Club, em Porto Alegre, o que é muito diferente de uma viagem a cavalo. Dá para o gasto. Acredito que vou me acostumar. Espero não fazer feio no meio da gauchada.

– Posso saber o que o atrai tanto a essas bibocas? Certamente não vais te largar por aí a cavalo só para ver a paisagem...

– Clientes, sempre os há.

– Só isso? Não creio que precises ir de casa em casa a oferecer teus serviços. O povo daqui já sabe que quando tem alguma coisa a reclamar é na cidade que se encontram os advogados.

– Está bem, vou por política. Gosto muito de conversar sobre política, do trabalho de arregimentação, de ensinar um eleitor a se qualificar. É isso que pretendo fazer. Acho que o Partido Republicano vai me agradecer no futuro pelas minhas andanças pelo interior do município.

– Não te gabo do gosto. Mas também devo dizer que me entusiasmaria fazer uma coisa assim. Infelizmente, no entanto, as mulheres estão fora dessa pantomima. Mas espero que um dia seja dado às mulheres o direito de votar. Isso sim.

– Tenho à minha frente uma encantadora sufragette?

– Não chego a tanto. Tu deverias um dia ver mais de perto como as mulheres aqui de Santa Maria estão se movimentando para conquistar direitos. Conheces o Nova Aurora?

– Já me falaram. É um clube de mulheres, não é?
– Mais do que isso. É um centro cívico. Gostarias de conhecê-lo?
– Claro. Mas não é proibida a entrada de homens?
– Não, desde que vá acompanhado por uma sócia.
– Pois então, como irei?
– És meu convidado.

E assim Bozano saiu dali com um encontro marcado com a arisca Maria Clara. Na primeira oportunidade, seria apresentado às senhoras e senhoritas do Nova Aurora.

Mais do que isso, no entanto, Bozano gostou do entusiasmo com que ela absorveu suas idéias. O apartidarismo visceral dos Mariano da Rocha combinava com o fundamentalismo republicano na desconfiança generalizada em toda a classe política. Pois na concepção castilhista o mundo não está livre dos males dos ladrões públicos, mas o importante é que o chefe político combata com rigor todo e qualquer deslize. Nesse ponto, ninguém no Rio Grande, nem mesmo os mais ferozes adversários do chefe unipessoal, punha em dúvida sua probidade e o rigor com que punia os deslizes que chegavam a seu conhecimento. Nesses vinte e poucos anos de seu governo, produziu mais de 200 intervenções em municípios, nem todas por ladroagem, é verdade, mas quando um caso chegava ao seu gabinete o prevaricador estava frito. Bozano lembrou que a oposição trabalhava para cassar esse poder do presidente do Estado.

– Vitória para os ladrões – disse Maria Clara.

– Isso mesmo. Isso é um processo que nos levará à democracia representativa. Por que eles querem esta tal democracia representativa? Para dar poder aos políticos a fim de que eles possam se apropriar do estado. Esses políticos aqui do Rio Grande viram isso, pois foi o que aconteceu no Brasil. Hoje a República é um loteamento dos interesses de grupos ou de regiões. Mas aqui nunca puderam botar a mão, porque o velho Borges não deixa. E isso só tem sido possível porque a nossa constituição nos protege.

E assim foram levando a conversa. O pessoal da festa estava perplexo, pois o que se via não era o esperado. Normalmente um casal como esses dois, evoluindo da situação de flerte para namoro, o normal é que os dois ficassem, nesse primeiro encontro, com a moça fazendo rodeios e coquetismos e o rapaz galanteios e rapapés. Danças e contradanças. Mas o que ali se via era um casal sentado em uma marquesa a conversar animadamente e, mais ainda, os que passaram por perto ouviram os dois falar isto que estou contando, como política e eleições. Ninguém entendia nada.

Ana comentou com o marido, que rebateu:

— *Eu quero ver o dia em que esse frangote levar um tombo do velho Borges! Na hora em que ele pisar no calo de algum matusalém ele verá o que é bom para a tosse.*

Esta reação eu só soube depois, quando dona Ana me contou sua versão dos fatos daquela noite. De Bozano soube o que acabei de contar e também de seu súbito entusiasmo pelo papel da mulher na sociedade.

— *Estou a discordar do mestre. Acho que Comte não avaliou inteiramente o potencial da mulher para a política. Fico com Stuart Mill, que atribui a dependência social da mulher ao atraso de seu desenvolvimento. Uma mulher educada, como Maria Clara, por exemplo, desmente essa inferioridade essencial que o filósofo lhes atribui* – teorizou nosso jovem líder. – *Além do mais, acredito que as mulheres poderão dar militantes mais disciplinados que os homens.*

Daí para frente Maria Clara entrou na vida de nosso grupo. Discretamente, é verdade, pois nunca participou das reuniões nem dos eventos, mas podíamos perceber sua influência sobre Bozano. Uma coisa devo assegurar: ele não perdeu nada com isso, continuou tão ou mais radical do que sempre foi.

Capítulo 11

Quinta-feira, 20 de novembro
Maria Clara

Neste dia a tropa ficou acampada na Fazenda do Inferninho, de João Pedrosa. Não que eu apóie o costume de folgar o rancho quando se está em propriedade de adversário, mas é inegável o quanto faz bem ao nosso gaúcho retemperar-se num ambiente de fartura. Carne *à la farta*. Isso quer dizer que o churrasco corria do alvorecer à noite. Só carne de primeira. Como o major Soveral é um homem generoso e preocupado com os pobres, saiu uma carroça levando carne para alimentar a fração da tropa que ficara na zona urbana e o resto das carcaças para distribuir entre os pobres de São Sepé, que ficava a meia légua dali.

Quem fazia a distribuição das sobras era o capitão Bento Prado. Naquele dia eu me preparava para seguir na frente, quando ele chegou com os presentes: havia umas 50 pessoas, visivelmente pobres, na Intendência, esperando por ele.

– Carneamos umas rezinhas. São do Joca Pedroso. Vou mandar dizer que ele processe o dr. Bozano para cobrar a conta – riu-se Prado. Com fama de advogado invencível que conquistara, este era um bom chiste.

– O comandante não vai gostar de saber disso. Logo com este que vocês foram se meter. Então não lhes disseram que o João Pedroso é genro do coronel Manuel Veríssimo? Eu conheço o homem, tu vais ver... – adverti ao capitão. A ordem era pagar em dinheiro por tudo que a tropa requisitasse. Obviamente, aquela festa de caridade não estava saindo do orçamento do 11º.

– Parente do conselheiro Leonel Veríssimo?

– Por certo – confirmei. Leonel acabara de ser eleito vereador na mesma chapa do Bozano. Não creio que esse parentesco adiantasse alguma coisa, mas a verdade é que eu não gostava de ver a maneira como os provisórios confiscavam os bens dos adversários sem a menor cerimônia. Uma coisa é requisitar os suprimentos necessários para a guerra; outra era isto de abater o gado de um adversário para fazer farol.

De fato, essa forma de dar uma revanche aos companheiros derrotados nas últimas eleições contribuía para enfraquecer o partido no médio prazo. Fora os mais exaltados, nenhum companheiro republicano aprovava tais atitudes, que somente serviam para confirmar a grande mentira de que Castilhos certa vez recomendara que "adversários não se poupa nem na vida nem nos bens".

Decidi não contar nada, pois àquela altura já estava feito e, como diz o ditado, o que não tem remédio remediado está. Bozano e eu permanecemos na cidade e depois fomos a Caçapava para conferenciar com nossos correligionários e manter bem azeitada a máquina de reação à esperada invasão dos maragatos. Foi um descanso merecido depois da marcha forçada para cercar João Castelhano e destruir sua força.

De Porto Alegre não se tinham notícias novas. Os contatos com o comando geral da Brigada davam conta de que Honório estava inteiramente refeito do desastre de Guaçu-boi e que se internara no Caverá perseguido pela brigada do coronel Januário. Mas nessa tarde nos chega um próprio de Santa Maria trazendo um pacote de correspondência, do qual Bozano separou um envelope que, por ser muito diferente da papelada oficial que lhe chegava normalmente, dava para ver que era uma carta de Maria Clara. Como eu já disse, eles se escreviam todos os dias, porém após lida, toda essa correspondência tinha que ser queimada, para evitar que as confissões de amor acabassem caindo nas mãos dos inimigos e servissem de chacota contra ele, além de evitar o vazamento de possíveis informações, já que a gente podia ver pelas reações de Bozano que as cartas de Maria Clara não continham apenas as queixas de saudades de uma mocinha solitária. Era comum que ele viesse com um assunto completamente fora de nosso campo de observação que só podia ser tirado de alguma coisa que ela lhe escrevera. Essa correspondência vinha por uma mala direta do Corpo, e era administrada numa sala que fora destinada à nossa administração, na Intendência, pelo tenente Orvalino José Bernardes. Esse oficial deveria se incorporar, mas ainda aguardava ordens e, enquanto isso, cuidava de nossos assuntos. Entretanto, a correspondência pessoal do comandante não passava por qualquer censura antes de chegar às suas mãos, como acontecia com cartas e envios pessoais para os demais oficiais e praças da unidade. Destes, tudo era aberto pelo nosso oficial, para ver se não haveria algum vazamento que pusesse em perigo a nossa segurança. Por exemplo, nessa quinta-feira, depois de ler a carta, Bozano comentou comigo.

– Acho que o Flores está pulando a cerca. Desentendeu-se com o Esteves em Livramento e abandonou a campanha. Foi o que disse a seus amigos quando passou em Santa Maria indo de volta para Porto Alegre.

– Tu achas mesmo que ele está se passando de lado? – perguntei.

– Não posso garantir, mas que não confio nele... Quando o dr. Borges chamou-o do Rio de Janeiro e lhe ofereceu o comando aqui no Rio Grande, a ele e também ao Paim, podes estar certo de que o Velho o queria longe daquele ninho de cobras, pois ele estaria a um passo de se juntar ao Luzardo e aos demais para atacar o presidente – disse Bozano.

– Alguma razão o Borges teria para desconfiar; o Bernardes, cá para nós, não merece confiança, haja vista o que nos fez ainda no ano passado. Acho que o mineiro quer ver a caveira do nosso presidente – respondi.

– Esta é uma boa desculpa. Mas revela que o Flores pode andar costeando o alambrado – continuou. – Ninguém abandona um comando assim no menos. Mas veja o que lhe estou dizendo: se ele fizer isso, o Velho o frita em banha de porco.

– Não sei, Júlio Raphael. Acho que tu podes estar enganado. O Flores arrepiou a carreira, no meu entender, porque era muita areia para a sua carrocinha comandar esta guerra. Veja que lá nas Missões está se montando uma guerra entre militares profissionais. Quando eles viram o Flores chegar para assumir o comando, não lhe deram espaço. Mas também não disseram não. Para assumir o comando, ele teria de passar por cima do coronel Claudino. E aí te pergunto: tu darias uma carona no Claudino?

– Nunca. Mas não sei se foi só isso – comentou, volvendo-se pensativo. Na minha opinião, ele também tirou essa ilação do gesto do nosso deputado a partir da carta de Maria Clara.

Além do dr. Borges, era ela possivelmente a única pessoa a influir nas suas opiniões sobre as coisas (não posso dizer com certeza, pois não sei o quanto ele ouviria seus pais, irmãos ou outras pessoas íntimas de fora de nossa roda). Pelo menos eram essas as duas pessoas que eu via mudarem sua opinião: quando voltava de Porto Alegre, depois de ouvir o dr. Borges, ou dizendo e fazendo o contrário do que vinha dizendo ou confessando ao pé do ouvido: "A danada da Maria Clara pegou direitinho o que eles estão querendo com isto...", referindo-se a alguma coisa que estivesse em nossa agenda e cuja solução ele teria encontrado depois de abordar o tema com ela.

Com isso quero dizer que nunca tinha visto um casal tão feito um para o outro. Entretanto, à primeira vista seriam os contrários. Ela religiosa, católica praticante de comungar todos os dias, quase uma carola; ele ateu militante e anticlerical. Ela apartidária de pai e mãe, pois era proverbial a capacidade de equilíbrio dos Mariano da Rocha para não tomar partido e ficar bem com os dois lados num Rio Grande maniqueísta; ele um militante partidário de nascença, republicano de mãe, avô e irmãos (bem, até o Carlito virar assisista, mas ainda assim da ala dos dissidentes republicanos). Em comum tinham o fervor com que se entregavam às causas que abraçavam e uma insuspeita flexibilidade que só se manifestava nesse estreito espaço do amor que um sentia pelo outro.

Eu vi isso naquele mesmo sábado em que se deu o primeiro encontro dos dois. Acho que passava um pouco de meia-noite quando Bozano me apareceu na sala de jogos do Carioca. Estava ali com alguns amigos, ele nos cumprimentou e me puxou para uma mesa completamente alterado.

– Alemão, nem te conto nada – começou Bozano.

Foi uma noite de surpresa para mim. Ele só estava um pouco alto. Entretanto, fora de controle. Completamente humano, um moço como qualquer outro. Falava da beleza da vida. Romântico, diria eu. Como de hábito, tomou uma taça de champanha e nada mais. Nem jogou, nem dançou, nem pegou nenhuma mulher. Estava porém diferente. Decidira oficializar o namoro.

No dia seguinte, mandou para Maria Clara um buquê de flores com uma dedicatória. Não durou muito essa fase epistolar e ele escreveu uma carta ao dr. Mariano pedindo uma entrevista. Como soía ser, seguia as regras do cavalheirismo. Numa comunidade como a nossa, a corte a uma sinhazinha como Maria Clara demandava a licença do pai. Nesse caso mais ainda, pois já corria à boca pequena que o velho José não fazia gosto do pretendente: "politiqueiro", teria comentado quando lhe referiram do encontro na festa da Mansão dos Leões. A mãe, dona Jahn, neta do conde de Porto Alegre, também apusera alguns reparos: "Sei que é de boa família, mas não me agrada muito, é filho de imigrante". Por isso, ele resolveu fazer as coisas à sua maneira, indo diretamente à raiz do problema.

Maria Clara ficou braba como uma fera ao saber do movimento de Bozano. Assim que o pai lhe falou, perguntando-lhe o que seria, indagando sobre suas intenções, questionando a escolha desse rapaz, preparando-se para o que estava por vir, Maria Clara enviou uma carta ao pretendente protestando: "Afinal, por quem me tomas?", perguntava-lhe, dizendo-se ofendida. Bozano não titubeou. Mandou-lhe uma resposta conclusiva: "Não discordo do que te incomoda, mas não é a mim que te deves dirigir, e sim a teu pai". Explicou que assim agia para aclarar tudo de imediato e que tinha certeza de que ela agiria no sentido de que seu pai não pusesse nenhum obstáculo ao relacionamento dos dois.

– Reconheço seu gesto, mas a minha filha resolve tudo por ela mesma. De que adiantaria se eu tivesse alguma restrição a sua pessoa? – respondeu o dr. Mariano.

– Espero que o senhor não tenha nenhuma reserva, mas, se a tiver, isto somente me fará esforçar-me para que o senhor, conhecendo-me melhor, mude sua opinião.

Daí para a frente o namoro evoluiu como era de esperar entre pessoas da categoria de Bozano e Maria Clara. Uns meses depois, quando subiu para o nível de namoro firme, os pais dele vieram a Santa Maria e visitaram os Mariano da Rocha, que mais tarde foram recebidos pelos Bozano em Porto Alegre. Mas o dr. José nunca declarou fazer gosto da escolha da filha nem dona Jahn confidenciou às amigas que a filha tinha eleito o genro de seus sonhos.

Acredito que a parte mais importante da entrada de Maria Clara na vida de Bozano, olhando pelo lado de sua atuação política, foi que ele passou a ter um *retorno mais embasado para operar naquele ambiente. Ela conhecia a cidade, criara-se entre as pessoas, seus referenciais eram mais amplos do que mesmo os nossos, que estávamos excessivamente radicalizados, o que obnubilava a visão do cenário. Para usar uma linguagem que aprendi depois que nosso chefe entrou para o futebol, ela fazia o* half, *a ligação entre a defesa e a linha da ataque, um meio de campo entre ele, um atacante, e o resto da cidade. Isso, portanto, passou a ser uma vantagem relativa para a liderança sobre nosso grupo, que ele fortalecia dia a dia. Chegou um momento em que o obedecíamos cegamente, a ponto de o seguirmos para essa guerra em que nos encontrávamos.*

Acho que uma das idéias que vieram de Maria Clara foi a de abrirmos nosso próprio jornal. E essa foi a primeira ação importante de Bozano para ocupar seu espaço em Santa Maria. Como já contei, estava entre nossos projetos enfrentar o Arnaldo Melo, se possível pô-lo fora de ação, mas essa de botar um jornal só nosso foi uma surpresa para todos nós quando ele se propôs a fazer. Quem gostou muito foi Soveral:

– Excelente, botamos o pústula na cadeia e pegamos o jornal dele para nós.

– Também não vamos a tanto, Raul – cortou Bozano –, até porque essa maquinaria dele não serve. Estou pensando numa coisa melhor, que possa até mesmo virar um negócio depois que acabar esta campanha. Porque após esta vem a outra, a da reeleição do dr. Borges.

– Tu acreditas que ele vai ser candidato à quinta reeleição? – intervim.

– Não acredito, tenho certeza. Imprensados do jeito que estamos, uma vitória do Bernardes é o mesmo que uma ameaça de intervenção aqui no estado. Para mantê-los em respeito, não creio que tenhamos outro nome que não o do Velho – confirmou Bozano.

– Um jornal custa dinheiro... – atalhou meio descrente o Soveral –, mas sempre poderemos contar com seu Alfredo.

Foi aí que eu vi que poderia ter um dedo da namorada nessa novidade que ele botou na roda.

– Não creio que ele queira fazer negócio conosco. Vamos ter que bater muito forte e isso pode atingir os brios de alguns companheiros da Velha-Guarda. Para termos as mãos livres, precisamos de liberdade para nos exprimir. A Maria Clara acredita que alguns dos nossos chefes locais poderão não apoiar nossa ação, o que nos cria dificuldades junto a seu Alfredo. Ele não pode pechar de frente com aqueles que, de uma forma ou de outra, são o sustentáculo do seu jornal. Isso é bem possível, não achas, Raul?

– De acordo, mas e de onde tirar o dinheiro se vamos trabalhar independentes da direção do partido? – continuou Soveral. – Acho que este é o maior obstáculo.

– *É verdade, mas um bom projeto sempre encontra sócios* – *retalhou Bozano.*

O primeiro possível sócio a ser procurado, alguns dias depois, foi nada menos do que aquele que seria o nosso principal concorrente, o Diário do Interior. *Alfredo Rodrigues da Costa era o dono do jornal, mas morava e trabalhava em Porto Alegre. Bozano, logo em seguida a nossa decisão de caminharmos no sentido de botar um jornal na rua, fez mais uma de suas viagens-relâmpago à capital para tratar de seu plano com o presidente do Estado, e conversou com o dono do jornal, que desde 1913 tinha se afastado de Santa Maria com a desculpa de que iria escrever uma história do Rio Grande do Sul. Depois fiquei sabendo que o dr. Borges mandou que Bozano assim o fizesse, pois não queria criar embaraços com esse matutino, que era um dos principais veículos do partido no estado, logo depois de seu órgão oficial,* A Federação.

Na verdade, seu Alfredo fora colhido pelos redemoinhos inesperados da política. Vivera em Santa Maria desde 1905, fazendo jornais para o partido. Em 1909, fundou A Tribuna, *para apoiar o governo do presidente Carlos Barbosa. Em 1911, fundou o* Diário, *que foi o primeiro jornal diário do município. Mas, com o fim daquele governo, preferiu afastar-se, pois seu posicionamento desagradara o chefe unipessoal. Assim, foi para Porto Alegre, mas continuou titular da propriedade do jornal. No entanto, não participava da sua administração. Quando Bozano foi falar com ele, limitou-se a dizer que tudo deveria ser tratado com Ney Osório, dizendo que ele "tem a seu encargo a administração da empresa dando cabal desempenho a seu encargo".*

Alfredo Costa fundou o Diário do Interior *para aproveitar a vantagem estratégica da localização de Santa Maria. Aproveitando os trens que partiam todas as madrugadas em direção, literalmente, aos quatro pontos cardeais, o jornal chegava a todo o interior com um dia de vantagem sobre os periódicos da capital. De fato, era o único que chegava às mãos dos leitores no mesmo dia em que era impresso. Com isso, transformou-se na primeira leitura de todos os chefes republicanos e também do público em geral em lugares como Uruguaiana, Santana do Livramento e Alegrete, atingindo também Passo Fundo, Bagé, Rio Grande e Pelotas. Os jornais da capital enfrentavam, naquela época, as dificuldades do isolamento ferroviário de Porto Alegre. Tinham que sair da cidade de vapor, subir o Jacuí até Santo Amaro, ali serem transbordados para o trem e chegar a Santa Maria, de onde eram redespachados para seus destinos.*

O novo jornal foi uma revolução na imprensa gaúcha. Era composto em duas máquinas compositoras automáticas Linotype e impresso em rotativa. Tinha correspondentes em Porto Alegre, Rio de Janeiro, Montevidéu e Buenos Aires, além de, logicamente, nas principais cidades do interior. Ele funcionava como uma espécie de apoio à imprensa republicana, pois os pequenos jornais que apoiavam o partido nas demais cidades valiam-se dos excedentes técnicos do Diário do Interior *para suprir suas deficiências. Ele funcionava como a Brigada em relação aos corpos provisórios.*

Uma operação desse porte demandava a presença constante de técnicos para manutenção de seu parque industrial. Assim, cada vez que algum jornal "coirmão" tinha problemas em suas máquinas, o Diário *mandava um de seus mecânicos ou impressores para lhes dar suporte.*

O Diário do Interior *não era o maior diário do estado, perdia em tiragem e capacidade econômica para os da capital e de Pelotas, mas era um dos que tinham maior circulação capilar. Essa era uma posição que não podia ser ameaçada, segundo entendia o governo estadual. Por isso, após a viagem para Porto Alegre, Bozano teve que negociar com o diretor do* Diário do Interior, *Ney Luiz Osório, antes de pôr em ação o seu projeto.*

– Já recebi instruções de seu Alfredo – disse Osório, assim que se encontraram. – Tu não podes esquecer que o Arnaldo, dono do Diário da Serra, *tem acesso às mesmas facilidades de distribuição que nós.*

O Correio da Serra *era o jornal concorrente. Era um jornal abertamente federalista. Não procurava disfarçar nem um pouquinho, como o* Diário, *que mantinha ares de isenção na redação de seu noticiário. Nascera a partir do semanário* Federalista, *fundado pelo mesmo Arnaldo Melo em 1912. Cinco anos depois, sabe-se lá com que recursos, Arnaldo fundou um diário e exigiu as mesmas regalias que eram dadas ao* Diário *nos trens da Viação Férrea. Com isso, o* Correio da Serra; *acabou por se tornar, se não o mais importante jornal diário da oposição rio-grandense em todo o estado, com certeza o de maior circulação. Era quase o oposto, como se fosse o* Diário *no espelho em tudo: em vez de compositoras Linotype, as tinha Intertype. Os agentes de distribuição eram os mesmos para os dois jornais, pois eles dividiam os leitores. Um lenço vermelho não lia jornal de lenço branco e vice-versa, então a concorrência não se dava na disputa pelo leitor na ponta do processo. A estrutura de um completava a do outro. E assim os custos acabavam saindo pela metade, para ambos. Até a publicidade era dividida, pois o comerciante e o profissional liberal, em grande parte estrangeiros vindos há pouco para o Brasil, muitos deles refugiados da Grande Guerra, que compravam espaço para seus reclames em jornais, tudo o que botavam num mandavam também para o outro. Só faltava os dois dividirem o mesmo corretor para buscar os anúncios.*

Neste particular, é bom lembrar como os dois jornais, independentemente de linha editorial, contribuíram para o sucesso de profissionais e lojas de Santa Maria. Os reclames inseridos nos jornais, anunciando as últimas novidades do comércio, especialmente no pós-guerra, quando América do Norte, Europa e Japão retomaram o suprimento de bugigangas para o Brasil, transformaram Santa Maria num centro de compras. As senhoras de todas as cidades ao longo da linha férrea valiam-se da facilidade de transporte e da nossa excelente estrutura de hotéis para vir à cidade fazer suas compras ao final das estações do ano, consultar seus médicos, seus dentistas e se tratar nos institutos de beleza que começaram a proliferar e que anunciavam seus milagres através desses jornais. Até os enxovais de noivas, que sempre eram comprados em Melo ou Montevidéu, passaram a ser adquiridos em Santa Maria.

Estavam, portanto, os dois, Ney Osório e Arnaldo Melo, sentados nessa doce e tácita divisão do mercado quando me entra o Bozano na sala do diretor do Diário *com essas duas bombas na mão: a primeira, que vai acabar com seu concorrente,* Correio da Serra; *e a segunda, que iria botar um jornal no lugar dele.*

– Pelo que entendi do que me escreveu o seu Alfredo, tu irias botar um jornal de campanha, efêmero, para servir durante os meses de acirramento da luta eleitoral, como tantos outros, que nascem e morrem – questionou –, mas pelo que vejo estás pretendendo entrar para ficar?

– Pois se vamos acabar com o Correio, *nada melhor do que um jornal nosso no seu lugar – disse Bozano.*

– Meu amigo, isto não é assim como estás pensando, que tiras um vermelho e podes colocar um branco no mesmo lugar – e começou a explicar o mecanismo do mercado em que ambos atuavam. Nenhum dos dois se valia exclusivamente dos aportes de dinheiro dos companheiros ricos para se manter, como no passado. De muitos anos para cá uma boa parte da receita vinha dos anúncios, que alimentavam tanto um quanto o outro.

Nesse ponto, quando falo dos dirigentes dos dois jornais, um era a antítese do outro. Ney Osório era um tipo de jornalista bem diferente de Arnaldo Melo. Ney aproximava-se do conceito platino do jornalista, onde as publicações já se transformaram num negócio. Em Buenos Aires e Montevidéu os jornais e revistas perderam suas conotações puramente partidárias, constituem-se em uma entidade pública, baseados unicamente em sua credibilidade. Isso gerou um novo tipo de jornalista, que produz sua editoria em cima de informações, muito distantes do velho jornalista partidário, que era mais um panfletário do que um difusor de notícias objetivas. Assim, o Diário *foi um dos responsáveis por transformar Santa Maria num dos grandes centros formadores de opinião do Rio Grande do Sul. Arnaldo Melo, sua antítese, era um tipo apaixonado, sempre espetando seus adversários com uma espada pontiaguda. Seu estilo era contundente, não atacava as idéias, mas as pessoas. Um tipo de jornalismo, entretanto, que agradava seus leitores, porque o* Correio da Serra, *é preciso reconhecer, era um sucesso.*

Ney fez muitas perguntas. Seu patrão deixara bem claro ser do interesse do governo que o projeto de Bozano vingasse, mas não havia entrado em detalhes sobre o seu alcance. Também suas informações eram limitadas, mas entendeu, pelo que lhe contou Bozano, que os sismógrafos estavam a indicar a iminência de um terremoto ou algo assim. Bozano também não contou tudo, apenas revelou que a campanha presidencial que se preparava seria muito intensa e de grande relevância. Isso era uma novidade, pois desde a República que a sucessão federal passava ao largo da política interna rio-grandense.

– Tu achas que o dr. Borges pode patrocinar uma candidatura de oposição? – arriscou Osório.

– Não sei de nada, mas basta olhar o quadro nacional para ver que estamos sendo embretados.

– É verdade que o dr. Borges derrubou a candidatura do Bernardes em 1917, mas não creio que ele, a esta altura, tenha vontade de criar uma situação de rompimento com o resto do Brasil – opinou Osório.

– De fato, acho que o nosso chefe poderia chegar a uma composição com o mineiro, mas vejo maior ameaça no Partido Republicano paulista. Até a proclamação da República, os paulistas sempre mandaram aqui no Rio Grande.

– Não deixas de ter razão: durante o Império a maior parte dos nossos governadores veio da esfera paulista. Com a República, o dr. Júlio de Castilhos fechou a porteira, que o Borges mantém a cadeado.

– Pois então. Eles querem derrubar a primeira paliçada, que é a Constituição de 14 de Julho. Depois investirão contra a Brigada Militar e suas milícias. Sem força militar estaremos de joelhos. Isto o velho Borges quer evitar a qualquer custo.

Ney Osório não perdeu tempo. Percebeu que algo muito grave estaria por acontecer. Tinha certeza de que Bozano não lhe contara tudo o que sabia, porém o que mais o preocupava era a possibilidade de surgir um novo jornal na esfera republicana com apoio do Palácio Piratini. Por isso, assim que soube dos detalhes da proposta tomou o trem para Porto Alegre e foi buscar em seu patrão o apoio para mudar nosso plano e evitar ameaças. Mas isso veio depois. Naquele momento ele procurou apenas desiludir Bozano de seus projetos para tomar o lugar do Correio da Serra, *e se ofereceu para ajudar na montagem da gráfica, da redação e do departamento comercial do futuro diário. Tudo conforme as instruções que recebera de Alfredo Costa.*

– E o jornal já tem nome? – perguntou, por fim.
– Estou pensando em Jornal de Debates, *para repetir o nome do grande jornal da Revolução Francesa* – disse orgulhoso o nosso chefe, antes de se despedir.

O projeto passou a ocupar cem por cento do nosso tempo, com duas frentes: uma delas eram as providências para a montagem do jornal; a outra era abrir o processo contra Arnaldo Melo.

Acho que não haverá problemas, pensei. Bozano certamente teria os meios de financiar a publicação, não sei se com dinheiro da sua família ou se com algum tipo de ajuda do Palácio Piratini. A verdade é que ele não se assustava com dificuldades. Quando se lhe colocava um obstáculo, não ficava a se lamentar, a pôr a culpa em quem quer que fosse, nada disso. Procurava uma saída e punha mãos à obra.

A essa altura, Bozano teve que alugar uma sala na avenida Rio Branco, nas imediações da Vila Belga, próxima à estação ferroviária, pois o dono do hotel em que morava veio reclamar-lhe da má impressão que estaria causando entre os demais hóspedes a quantidade de gente que o vinha procurar, malvestidos, pobres, pois já corria a notícia de que um jovem advogado não recusava causa nem apertava seus clientes para receber honorários. Assim, Bozano ia ganhando espaço entre a população, especialmente os pequenos proprietários de terras das colônias que tinham questões de divisa para acertar, contas a cobrar, direitos a reclamar.

Essa postura populista provocava duas reações distintas. Entre os mandachuvas da cidade, um certo temor do que estaria por vir, uma vez que muitas dessas causas eram contra aliados e amigos lindeiros da parte de colonos que reclamavam do avanço de uma cerca, da retenção da água de uma sanga para irrigar o arroz de um plantador acolá, começava a criar problemas e a desestabilizar situações estabelecidas. De outro lado, uma grande popularidade chamava a atenção cada vez que Bozano, lá pelas 5h da tarde, aparecia na Primeira Quadra, o ponto do footing, *dos cafés, lojas de comércio e livrarias da rua do Comércio, o ponto mais central da cidade.*

Sua presença chamava a atenção. Muito bem vestido, o chapéu na mão, cercado pelo nosso grupo – sempre andávamos em três, quatro, no mínimo, com ele –, caminhava com ar impávido, sem dar atenção às mocinhas que, já sabendo a hora de sua passagem, esperavam para vê-lo.

Conto isso porque o footing *do entardecer era um espaço muito importante em nossa estratégia de abrir relacionamento com os oficiais do Exército que se opunham à candidatura de Arthur Bernardes. A maior parte dos militares exaltados se alinhavam com o marechal Hermes da Fonseca, ex-presidente e nosso senador no Rio de Janeiro, regulavam de idade conosco e costumavam aparecer nos cafés para olhar as modas (que na nossa gíria significava ver as moças) e se integravam com facilidade nas rodas de conversa que se formavam na Primeira Quadra. Uma das missões que o velho Borges atribuíra a Bozano era justamente estabelecer contato com os descontentes do Exército e trabalhar no sentido de fraturar um possível consenso sobre o desarmamento da Brigada Militar, que seria o primeiro passo para uma intervenção no Rio Grande do Sul.*

Numa dessas rodas de café, depois de sua conversa com Ney Osório, Bozano fez um relato de sua conversa com o jornalista e anunciou que iria botar o Arnaldo Melo na cadeia.

– O Ney procurou me convencer de que não devemos ter um plano muito ambicioso, senão iremos bater cabeça com eles. É possível que esteja certo. Vamos reavaliar nosso projeto. Quanto ao Arnaldo Melo, Soveral e eu vamos viajar a Rosário para conversar com o coronel Sabino e iniciar a ação contra esse pelego de fazendeiro.

Dois dias depois eles tomaram o trem para Rosário do Sul. Uma semana mais tarde já dava entrada no fórum de Santa Maria com uma queixa-crime contra o diretor do Correio da Serra, *num processo de ação pública, por ter caluniado o intendente municipal de Rosário, acusando-o de mandante do crime em que morreu o jornalista Milo Neto.*

Daí para a frente, à medida que o ano de 1921 avançava para seu final, os acontecimentos começaram a se precipitar e nós passamos a viver dentro de um vendaval. Foi então que conhecemos e estabelecemos uma sólida amizade com este que hoje é o chefe da revolta nas Missões, o capitão Luís Carlos Prestes, e outros oficiais que participaram com destaque do grupo que se rebelou nas Missões. Naquela época, Prestes era da arma de Engenharia e estava em Santa Maria numa missão considerada subalterna, que era de acompanhar, como fiscal de obras, as construções dos novos quartéis da Força terrestre, que se realizavam por todo o Brasil, de acordo com as plantas trazidas para o país pela missão militar francesa do general Gamelin. Ele tinha sido o primeiro aluno de sua turma na Escola Militar, um sujeito destacado e muito respeitado pelos colegas. E estava inteiramente possuído pelo espírito de corpo que ressurgira vigorosamente nos últimos anos nas Forças Armadas. Revoltava aos jovens oficiais, especialmente, o fato de o ministro da Guerra, Pandiá Calógeras, ser um civil. Consideravam um desprestígio aos militares profissionais, uma afronta ao Exército (também na Marinha havia algo semelhante, pois o ministro na época era um civil, o ex-presidente de Minas Raul Soares). Essa irritação evoluía e alimen-

tava a formação de um caldo de cultura virulenta que os jogava contra o governo como um todo. Isso iria nos servir, como vou explicar.

Operar dentro do quadro político-eleitoral nacional era para nós uma novidade. Para o gaúcho, mesmo aqueles que como nós acordavam, comiam e dormiam política, os seus fatos e desdobramentos começavam e acabavam em nossos limites estaduais. Tanto para republicanos como para federalistas, nossa luta era entre nós. Os brasileiros viviam uma realidade incompreensível, que não nos interessava e, pensávamos até então, não nos afetava. Até aí as eleições nacionais eram mera formalidade. Seguíamos nossas ordens partidárias, disciplinadamente, e pronto.

A dificuldade de Bozano para entender e assimilar esses detalhes de um quadro político longínquo era a mesma nossa. O que ele e nós compreendemos desde logo é que tínhamos que agir porque uma nuvem obscurecia todo o horizonte. Havia uma situação essencial a preservar a qualquer custo, a autonomia do Rio Grande. Aos poucos, porém, esse cenário foi ficando mais nítido, emergindo das sombras um propósito límpido de destruir nosso sistema de poder no Rio Grande do Sul porque isso embaraçava as hegemonias nacionais.

Nesse final do ano de 21, portanto, fomos mergulhados nessa crise. Estávamos ameaçados porque os dois estados hegemônicos, São Paulo e Minas, tinham percebido na ação do dr. Borges uma indicação clara de que a política de nosso chefe unipessoal poderia romper o domínio do café-com-leite. Temiam que o presidente do Rio Grande pudesse aglutinar forças que o levassem à própria presidência da República.

A inserção do Rio Grande do Sul como pivô na política nacional foi se dando aos poucos, ao longo de 11 anos. O patriarca Júlio de Castilhos desenvolvera e consolidara o isolamento, que foi aceito pelos brasileiros como uma boa situação. Os gaúchos lá, nós cá, diziam os postulantes pelo poder nacional. Assim foi até que em 1910 os gaúchos, naquela época capitaneados no cenário nacional pelo senador Pinheiro Machado, botaram uma cunha nas linhas mineiro-paulistas ao eleger presidente o marechal Hermes da Fonseca. Embora nascido em São Gabriel, o marechal entrou na balança do poder na quota do Exército. Esta não foi considerada uma ação de efeito sistêmico, porque se tinha por dado e escrito que o senador não era de fato um representante do governo gaúcho, mas um parlamentar de prestígio que tinha sua ação limitada ao Congresso Nacional e, no âmbito partidário, também restrita a essa esfera. Ao marechal sucedeu o mineiro Venceslau Braz, restabelecendo, em 1914, o binômio café-com-leite. Na sucessão de 1917 estabeleceu-se um novo confronto, dessa feita envolvendo diretamente a ação do dr. Borges.

O governo de Venceslau Braz tinha sido tranqüilo no plano doméstico. A guerra na Europa criara um consenso interno de que o país deveria mover-se o mínimo possível naquela conjuntura internacional. Faltava de tudo para o consumo, mas o país acumulava reservas em dinheiro exportando para os beligerantes. Já quase no final do conflito, o Brasil acabou envolvido na guerra, mas sua participação direta foi mínima, limitada a operações de escolta de navios mercantes pela nossa Marinha, depois que alguns desses cargueiros foram afundados pelos alemães no oceano Atlântico.

Finda a guerra, o país estava às portas de nova sucessão. Tocava a vez a São Paulo. O padrão era de que o governante do estado saísse de seu palácio dos Campos Elíseos para o Catete, no Rio. Entretanto, o presidente de São Paulo, Altino Arantes, não tinha ambições políticas. Isso criou um embaraço porque, se não fosse ele o chefe do governo, quem seria? A decisão tomada foi a pior possível. Para evitar uma luta interna que já se abria perigosamente, o Partido Republicano paulista decidiu-se pelo nome de um ex-presidente da República, Rodrigues Alves, que estava velho e doente. Eleito, nem chegou a esquentar a cadeira. Dois meses depois morreu e, como manda a constituição, foi convocada nova eleição para completar o período truncado.

Vaga a presidência, Arantes não teve outra saída senão declarar que São Paulo não tinha candidato. Foi então que os mineiros reivindicaram sua vez para o cargo, apresentando seu jovem governante, Arthur Bernardes. Ele ainda estava muito verde e vinha de uma luta interna terrível dentro de seu estado, pois durante seu mandato promovera uma devastação de quadros, congelando os nomes mais expressivos da política mineira. Com isso, não tinha a confiança das demais lideranças nacionais, que o temiam por recear também serem esterilizadas. Apareceu então, outra vez, o nome do baiano Rui Barbosa, alegando-se que o Brasil subira de nível no panorama internacional como país vencedor da guerra e que se precisava de um presidente de renome mundial. Quem melhor do que o "Águia de Haia"?

Foi aí que o dr. Borges agiu com presteza: valendo-se da indiferença paulista, isolou os mineiros, pegando a bandeira de um nome de expressão internacional, e apresentou o ex-presidente da Paraíba, Epitácio Pessoa, que acabava de voltar da Europa consagrado como estadista por ter chefiado a missão brasileira que participara da Conferência de Paz de Paris. A verdade é que deu certo, e quando deram pela coisa o Epitácio estava no poder.

Seu governo foi exitoso, mas abriu uma linha de contestação dentro das Forças Armadas. O simples surgimento da candidatura de Rui Barbosa agitara os militares, que ainda tinham na memória a furiosa campanha que o tribuno fizera contra o marechal Hermes, com quem concorrera à presidência e fora derrotado em 1909. Ressabiado e amuado com os principais chefes militares,

Epitácio fez uma coisa sem precedentes, nomeou dois civis para os ministérios militares: Raul Soares, ex-presidente de Minas, para a Marinha; Pandiá Calógeras, ex-ministro da Fazenda e ex-chanceler, um intelectual, teórico de geopolítica e autor da obra mais importante sobre a política externa brasileira que até hoje já se publicou, para o ministério da Guerra.

A verdade é que os dois ministros, aproveitando-se de uma situação favorável, investiram pesadamente na modernização das Forças Armadas. O país tinha divisas e havia sobra de material de guerra novinho em folha para ser vendido. Calógeras inclusive contratou uma missão militar na França, o grande vencedor da guerra, para dar instrução e atualizar o Exército brasileiro. Entretanto, quanto mais o benfeitor dava, mais a jovem oficialidade o combatia. O dr. Borges logo sentiu que tinha mexido em casa de marimbondo. Estabelecido o governo Epitácio, os mineiros deram por jogada a mão dos paulistas e se preparavam para ocupar o próximo quatriênio. A situação foi se acirrando, a ponto de o Partido Republicano rio-grandense nem sequer participar da convenção nacional que homologou o nome de Arthur Bernardes, em maio de 1921. Conhecendo Bernardes, Borges sabia que estaria na alça de mira do futuro presidente. Aproximou-se, então, do marechal Hermes, que fora por ele feito senador pelo Rio Grande, e decidiu explorar o descontentamento militar. Com o velho marechal à frente, não foi difícil que logo em seguida os militares começassem a hostilizar o candidato da Convenção Oficial, como era chamada a chapa do situacionismo.

Não demorou muito e estabeleceu-se um sério atrito entre o candidato oficial e o Exército. O clima chegou a níveis de tensão insuportáveis. Para nós isso era bom, pois sem um apoio muito firme das Forças Armadas seria difícil desalojar o velho Borges do Piratini. Assim, recebemos instruções de nos aproximar dos dissidentes militares, que apregoavam contra Bernardes abertamente. Luís Carlos Prestes era o interlocutor que procurávamos, e atraí-lo para nosso grupo passou a ser um objetivo. Mas não só ele, nossos contatos abrangiam um grupo de jovens oficiais de capitão para baixo, oriundos das armas de Engenharia e Artilharia, de onde saíam os militares que estavam sendo jogados contra o ministro da Guerra, Pandiá Calógeras, e, por tabela, contra o governo como um todo.

Havia uma pinguela entre eles e nós, que era uma antiga amizade do nosso chefe com um dos mais exaltados opositores de Bernardes, o general da reserva Joaquim Inácio Cardoso, que participara como major da Revolução de 93 e que estava insuflando a oficialidade jovem do Exército. Cardoso fora um oficial de ligação entre Castilhos e Floriano e entre as forças federais e estaduais que operavam no Rio Grande do Sul naquela guerra civil. Nesse trabalho, tivera contato estreito com o chefe de Polícia do Estado, que na época era o dr Borges.

Guardadas as distâncias que eles tinham, porque não era pequena a rivalidade entre os nossos brigadianos e os militares do Exército, mais as conhecidas diferenças e, principalmente, as reservas do vice-presidente em exercício Floriano Peixoto ao nosso patriarca Júlio de Castilhos, no dia-a-dia da guerra, havia necessidade de entendimento. E, nessa parte, Cardoso recorria a Borges para se atualizar sobre as informações secretas que tinha de nossos inimigos vindas de Buenos Aires e Montevidéu. De sua parte, ele passava ao dr. Borges as últimas do Rio de Janeiro, especialmente, em certo momento, da evolução do levante da Marinha de Guerra, um fato que revivificou a guerra civil e teve profunda repercussão no Rio Grande do Sul, acabando na tragicômica morte do almirante Saldanha da Gama na ponta de uma lança dos provisórios de João Francisco em Campo Osório.

No começo de novembro, dia 9, para ser exato, estourou a grande crise entre os militares e a candidatura Bernardes, quando o jornal Correio da Manhã, *do Rio de Janeiro, publicou uma carta do candidato oficial ridicularizando o marechal Hermes e chamando os oficiais do Exército de "tacanhos". Em Santa Maria, o* Correio da Serra *abriu-se em desmentidos e notas de apoio ao candidato mineiro. Não é preciso dizer que, tão logo viram para que lado ia o nosso chefe unipessoal, os federalistas já aderiram à candidatura oficial. Por essa altura o Rio Grande definiu-se: em vez de lançar seu nome, como os mineiros esperavam, o dr. Borges apontou o de um ex-presidente da República, o fluminense Nilo Peçanha, que subira como vice-presidente mas assumira o governo com a morte de Afonso Pena. Nesse momento foi dado a Bozano o sinal de que poderia desencadear o processo contra Arnaldo Melo.*

Quando ele entrou com a inicial do coronel Sabino contra o diretor do Correio da Serra, *o dr. Borges estava no final das articulações para enfrentar o vendaval mineiro. O nome de Nilo Peçanha era forte e trazia consigo o apoio de estados importantes na federação: o estado do Rio, terra natal do candidato, Pernambuco, Bahia, que indicara seu presidente, J. J. Seabra, para vice, o Rio Grande e uma formidável legião de oposições republicanas de quase todos os demais estados. Aqui no Rio Grande, a candidatura Bernardes quase não teve apoio além dos maragatos. Mas houve um balançar geral nas almas republicanas, sondadas pelos antecipadamente vitoriosos mineiros, que buscavam usar as mesmas armas que os gaúchos esgrimiam contra eles, assediando as dissidências republicanas. Convidaram para ser o chefe do bernardismo o líder republicano Fernando Abbott. Entretanto, ninguém se iludia sobre qual seria o resultado do pleito.*

– O dr. Borges me disse que teremos que nos preparar para resistir ao Bernardes – disse Bozano, ao regressar de uma de suas viagens à capital. – O primeiro passo, a primeira linha de defesa será obtermos uma vitória estrondosa no Rio Grande. Vamos trabalhar, minha gente.

Na semana seguinte, Bozano fez uma conferência no Clube Caixeiral. Essa sociedade da elite santa-mariense era tradicionalmente republicana. Foi nela que surgiu em 1887 o primeiro jornal simpático à causa republicana na cidade, O Combatente, que em 1889 foi transferido para meu pai e transformado em órgão oficial do partido na cidade. Ali, pela primeira vez, ele tocou num tema que iria marcar seu discurso nos próximos meses, implicando-o numa interpretação equivocada das autoridades militares que o prenderiam um ano depois em Porto Alegre, o separativismo. Lembro-me bem dele explicando sua tese:

– Nossos adversários se dizem federalistas. Pode ser, federalismo é o governo central forte, cercado por províncias dependentes. Seria a continuidade republicana do sistema do Império. Nós pregamos o federativismo, que é um governo nacional que represente uma federação de estados autônomos, dentro dos princípios de Augusto Comte, que vislumbra grandes nações com estados federados. Ele os chama de pequenas pátrias aos estados confederados na grande pátria. Esse é um princípio da filosofia que informa nosso sistema político que devemos ter em conta. Respeitá-lo é honrar os fundadores de nossa República brasileira. Defender essa premissa é um dever de todo o verdadeiro republicano rio-grandense.

Capítulo 12

Sexta-feira, 21 de novembro
Martins Lemos

Às 5h da manhã foi dada a ordem de marchar ao piquete de 20 homens que partia em direção ao Rincão dos Aires à procura de um dos mais perigosos guerrilheiros libertadores daquela região: Martins Lemos, um dos capitães de João Castelhano. Conhecido por sua ferocidade, costumava combater à frente de um grupo escolhido de maus elementos que não deixava pedra sobre pedra por onde passava. Consideravam-se invencíveis. Muito velozes, invariavelmente bem montados, conheciam em profundidade o terreno e o meio em que operavam. Ninguém ousava denunciar-lhes os passos, muitos por medo de retaliações, embora também bastante gente os considerasse heróis de suas causas. Deles não se via nem o rastro. Pareciam sombras. Encontrá-los, destruí-los ou capturá-los era um desafio.

Essa era uma microunidade rebelde especializada em golpes certeiros que desbaratavam nossas patrulhas, em ações audazes contra nossos comboios de suprimentos, destruição de pontes e facilidades de comunicação, como as linhas de telégrafo, captura e eliminação de chasques e informantes. Pode-se dizer que era uma tropa de choque para operações especiais, treinada para missões a distância da coluna principal a que estivesse ligada, penetrando fundo em nossas linhas, ora atacando as vanguarda e retaguarda, produzindo um grande desgaste entre nossa gente, ora vigiando-nos como se fossem invisíveis, observando nossos movimentos para informar seu comando. Ficamos sabendo de sua posição aproximada por um companheiro morador daquela região que descobrira seu acampamento e viajara à noite para nos dar a notícia, voltando ainda protegido pela escuridão por temer que, se fosse visto, sua família e sua propriedade pudessem ser o alvo das represálias dos celerados libertadores.

Bozano tomou a medida adequada para aquela situação. Constituiu um piquete de 20 homens selecionados, fortemente armados, cada qual com dois cavalos para muda, e mandou partir para o Rincão dos Aires. Antes do amanhecer nossos soldados galopavam para surpreender o inimigo. Em seguida seguiria para aquela mesma região o 3º Esquadrão, para reforçar a tropa de choque e fazer a limpeza da área depois do recontro.

– Temos de nos arriscar. Uma tropa numerosa não adiantará neste caso. Seremos vistos e eles se dispersarão, evadindo-se. Nossa única chance é fazer como eles, usar da surpresa – sentenciou Bozano.

O próprio Raul Soveral assumiu o comando de nossa força de assalto, constituída por 10 sargentos e 9 praças, todos veteranos, homens escolhidos a dedo, tal qual Castelhano formara sua tropa de comandos. Três fuzis-metralhadoras, dois Colt e um Mauser. Um poder de fogo invejável. Mas também uma missão perigosa, como advertiu nosso comandante.

– Temos de usar nossa superioridade técnica, pois com certeza o grupamento inimigo é mais numeroso do que o nosso. Estarão, porém, em inferioridade de meios. Outra vantagem é que eles com certeza ainda não sabem que foram descobertos; portanto, desta vez a surpresa será a nosso favor.

– Não tem perigo. Entendi bem onde eles estão. Já tenho na cabeça como me aproximar. Lembras-te que pela direita, a uns dois quilômetros da estrada, corre uma sanga. Ela é rasa e com pouca pedra. Por ali podemos chegar sem sermos pressentidos até uns quinhentos metros do capão em que se encontram acampados. Parece que estou vendo, pois passamos lá há poucos dias e eu prestei bem atenção porque imaginei que ali João Castelhano poderia nos emboscar – dissertou Soveral.

– Lembro-me – retrucou Bozano –, não será muito difícil. Tens que deixar a estrada real antes da curva da coxilha e entrar pelos campos. Mas se ele tiver bombeiros por ali poderá avistar tua poeira. Portanto, tenta chegar antes que o sereno se evapore e o pó te denuncie.

– Acho que vai dar. Daqui até a curva da coxilha teremos uma hora e meia de marcha. Daí em frente vamos protegidos pelo mato da sanga.

– Não os deixe escapar. Eles agora valem pouco, mas quando o Honório chegar representarão um perigo descomunal para nós.

Soveral era um soldado matreiro. "Velho de guerra", dizia-se para qualificar gente que nem ele, que desde que pegara em armas em 1893 nunca mais deixara o revólver descansar. Quando não eram os maragatos, corria atrás de bandidos, contrabandistas e todo o tipo de delinquente que infestava a Campanha naqueles tempos em que fora delegado de Polícia. Martins Lemos corria perigo, disso eu tinha certeza.

A tropa de assalto era um primor. Todos homens muito sadios, com cara de dispostos, encilhavam seus cavalos com todo o capricho, verificando cada peça para certificar-se de que não iria escorregar ou se afrouxar, obrigando o cavaleiro a desmontar para um reaperto antes da carga. O plano era galopar ininterruptamente. Quando notasse o animal se cansando, pularia no galope para um dos reservas para seguir em frente.

A aproximação deu-se como planejado: seguiram pela estrada a toda a velocidade até o ponto de entrar pelos campos. Aí começou uma espécie de corrida de revezamento. Um deles, com uma torquês de alambrador, acelerava em disparada, ganhando a frente do grupo, até chegar num arame. Cortava os fios dando passagem para um outro com outra torquês que já seguia adiante, enquanto este afastava o arame para o resto da tropa passar sem parar. E já retomava a dianteira para ir assim abrindo caminho. Entraram na sanga e foram descendo a corrente, pelo meio da água, o mais ligeiro possível. Aqui um lajeado, ali um poço mais fundo, algum dando nado, progrediram rapidamente, aproximando-se do alvo sem serem notados.

O ponteiro chegou ao lugar do assalto e parou. Os demais foram se posicionando em silêncio. Só se ouvia um que outro claque de um casco numa pedra.

Soveral afastou-se, foi até a beira do mato para observar com o binóculo. Se não fosse a informação segura que tinha, nunca suspeitaria que naquele capão lá adiante haveria uma tropa. Nem sinal de fumaça, nada de gente. Só uns cavalos pastando nas proximidades, que poderiam, facilmente, ser confundidos com animais da fazenda. Com as lentes pôde ver que estavam com buçal. Podia ver, também, as cordas dos laços que os prendiam com um cravo pregado no chão. Na segunda varrida, mais devagar, percebeu lá no alto um homem semi-encoberto pelas moitas. Era uma sentinela. Deveria haver outras que ele não pôde vislumbrar. Voltou para dentro do mato e começou a dar ordens:

– Vamos fazer uma carga. Se eles fugirem, perseguimos. Se se entrincheirarem, galopamos até o capão e vamos tirá-los a baioneta lá de dentro. Não sabemos quantos são nem de que armas dispõem. Por isso, vamos todos juntos, formando uma linha compacta. Dentro do mato, temos de nos manter nessa posição para não nos deixarmos envolver.

Não havia subcomandante. Cada qual saberia o que fazer. Depois deu outras ordens:

– Manoel, tu vais com a Mauser e toma aquele coxilhote. Cuidado, que eles lá têm uma sentinela. Pode ser que o homem recue quando nos veja, mas também pode que se entrincheire e resista. Dali tu podes cobrir o outro lado do capão e atingi-los se tentarem nos escapar antes de nós os cercarmos no matinho. As outras duas metralhadoras vão pelos flancos e abrem fogo daquela dobra, a mais ou menos 200 metros do alvo. Cuidado para não se pegarem por trás. Só o que me faltava seria perder alguém por fogo amigo.

A tropa ouvia com atenção. Cada qual dando uma última verificada na arma e na munição de reserva. Os cunhetes já preparados nas cartucheiras. Revólveres na cintura. Espadas no serigote, baioneta na bainha, pois não seria aconselhável rodar com um espeto daqueles no cano da arma.

– A cavalhada de reserva fica aqui, amarrada. Se eles contra-atacarem, este é nosso recuo. O soldado que ficar com os cavalos nos cobre no caso de sermos forçados a voltar. Entretanto, fica de olho para evitar que eles nos envolvam por aqui e acabem nos tomando a cavalhada, cortando-nos a retirada. Muito bem, vamos e viva o dr. Borges de Medeiros e o Partido Republicano rio-grandense.

Ao sinal do comandante, a tropa investiu conforme o combinado. Soveral percebeu que tinha conseguido a surpresa, mas não contava com nenhuma outra vantagem: um grupo aguerrido como era a fama do de Martins Lemos estaria recomposto do susto para combate em minutos. Foi o que se viu. Antes de descerem a primeira canhada puderam ver os gaúchos saindo do capão para recolher os cavalos que, se ficassem onde estavam, logo estariam pastando entre os dois fogos. Quando venceu a segunda elevação, o major ordenou que abrissem fogo.

– Metam bala – gritou, incentivando a investida. – Vamos, tasquem as puas nesse matungos.

Ouviu-se o espocar dos primeiros tiros da força atacante. Não é uma operação fácil disparar um mosquetão a pleno galope, na carga. Embora o Mauser 95 seja uma carabina própria para cavalaria, demanda as duas mãos para disparar. A galope, mesmo com as rédeas atadas na cabeça do lombilho, tem-se que estar bem equilibrado para dar o tiro, porque o seu coice não é brincadeira. Os cavalos também precisam ser domados para isso, pois senão podem se assustar com o extraordinário ribombo do Mauser.

Seis homens estavam destacados para as metralhadoras. Dois para cada arma, o atirador e seu remuniciador. O sargento Manoel Aires da Siqueira desprendeu-se logo do grupo, escoltado por um cabo, dirigindo-se para a posição que deveria ocupar. Lá no alto se viu a fumaça da arma da sentinela que, como previra Soveral, não se moveu de sua posição. Entretanto, não temia, pois pelo fumo que desprendia dava para ver que sua munição não era de boa qualidade. Não teria alcance para atingir o sargento, esperava. De dentro do mato saiu um grupo de cavaleiros, em linha. Isso quer dizer que aquele grupo não brincava em serviço, teriam uma metade da cavalhada à soga, no pasto, e outra enfrenada dentro do capão pronta para ser montada a qualquer momento.

Bem antes das duas linhas de cavaleiros se encontrarem, as duas metralhadoras dos flancos começaram sua costura, vomitando balas de aço na sua cadência frenética. O fogo das automáticas obrigou Martins Lemos a ordenar meia-volta e recuar para dentro do mato. Veio a fuzilaria de resposta maragata. Vários de nossos cavalos caíram atingidos. Soveral aproveitou a estacada natural de quando a tropa se vê ante uma barreira de chumbo e mandou desmontar, abrir fogo em salvas, mirando para o meio do matagal, visando no lugar de onde saíam os disparos inimigos, avançando após cada descarga. Sete de cada vez, com a cobertura dos que estavam em posição de tiro. Passo a passo foram entrando no capão. Ao longe escutaram o matraquear da metralhadora do sargento Manoel, que iniciava seu fogo. Isso significava que havia avistado gente do outro lado do capão. Estava tudo como Soveral queria, pois seu objetivo era cortar a retirada por aquele lado.

Mais um lance de avanço e o piquete do 11º entrou no mato. Estabeleceu-se um fogo mútuo que, para quem apreciasse de fora, parecia que ali se fazia uma churrasqueada de muitos fogões, tal a nuvem que emergia da copa das árvores. Martins Lemos ordenou a retirada pelo caminho menos impregnado de chumbo, atirando-se de frente sobre a metralhadora do sargento Manoel. Coitado, foi literalmente pisoteado pela cavalhada maragata, mas vendeu caro sua vida. Seu remuniciador levou um tiro no peito mas sobreviveu. Na passagem os libertadores ainda tiveram tempo de apear e capturar nossa arma, fugindo em desabalada carreira. Segundo Soveral, deveriam ser para mais de 50 homens. Poderiam ter resistido, mas esta não seria sua missão. Com certeza estavam naquela área à espera das colunas de Honório e Zeca Netto, não devendo perder-se num combate secundário como o que estava acabando. Durou menos de uma hora. A ordem de fogo foi dada às oito em ponto e antes das nove nossa gente já atendia os feridos. Não deu para destruí-los, mas a sova que levaram os havia abatido por vários dias antes que pudessem se refazer. Ainda deu para ver, a distância, o grupo se espalhando, entrando em debandada.

– Qu'é d'ele o Martins Lemos! – berrou Soveral.

Eu uso essa palavra "debandada", tão do gosto dos vencedores, mas ela nem sempre quer dizer o que realmente é. O leitor sempre a toma pelo seu significado vernáculo, que eu chamaria de situação extrema. Para ser mais correto, diria que há vários graus de debandada, começando um ponto acima de uma retirada desastrosa e acaba, realmente, naquele salve-se quem puder que diz a palavra. Essa debandada mais branda se dá comumente entre os nossos inimigos maragatos que, por terem suas colunas formadas com bastante gente natural da própria região em que opera, aceita-se, entre eles, que após levar uma surra dessas proporções o guerreiro tenha o direito de passar na própria casa ou na de parentes, para refazer-se antes de voltar à luta, procurando reincorporar-se. Não se pode negar que isso é o pesadelo dos comandantes, que volta e meia se vêem sem tropas no meio do campo, como ficou o Honório, depois de Guaçu-boi, que dos 1.200 que tinha restaram pouco mais de 100 homens. O resto saiu campo afora. Mas depois voltam.

Quando chegamos de automóvel ao Rincão dos Aires, pelo meio-dia, seguidos pelo restante do 3º Esquadrão, que vinha em reforço à tropa de choque de Soveral, Bozano coçou-se com uma pulga atrás da orelha pela fraca resistência do inimigo. Mesmo em desvantagem técnica, como nosso comandante chamou a diferença de armamento entre nós e o Martins Lemos, poderia ter resistido para manter Soveral na defensiva. Por isso chegávamos com os reforços, certos de que entraríamos em combate. A retirada de Lemos indicava que ele tinha ordens claras para evitar o inimigo. Assim, tivemos certeza de que nosso maior problema era rastear da melhor maneira possível o que poderia estar se passando longe dali, no Caverá. Bozano começou a desconfiar que de alguma forma lhe estava sendo camuflada a verdade, que alguém no alto comando estaria filtrando as informações que lhe chegavam sobre o andamento da guerra na fronteira oeste.

Nesse dia ele resolveu tentar uma conferência telegráfica com o comandante da Circunscrição do Sudoeste, como ficou chamada a região da divisa com o Uruguai, defendida por uma brigada integrada pelo 2º Regimento de Cavalaria da Brigada Militar, 15º Corpo Auxiliar e dois esquadrões do 1º Corpo Auxiliar. Não que desconfiasse do dr. Borges, mas duvidava das informações rotineiras que lhe eram enviadas pelo telégrafo, preparadas pela 3ª Região Militar, organismo do Exército que tinha o comando formal de todas as operações.

O quartel-general da Circunscrição do Sudoeste ficava em Santana do Livramento. Seu comandante-em-chefe era um capitão do Exército comissionado tenente-coronel da Brigada Militar, Emílio Lúcio Esteves, integrante da Missão Instrutora da Brigada Militar. As operações, no campo, estavam sob o comando de um oficial de carreira da corporação estadual, o tenente-coronel Januário Corrêa. Esteves estabelecera seu QG na cidade, ao alcance dos meios de telecomunicação, enquanto a Brigada operava no interior.

Esteves acabara de voltar de São Paulo, onde estivera como comandante da Força Expedicionária do Rio Grande do Sul, formada por um Grupo de Batalhões de Caçadores, constituído por tropas regulares dos 1º e 2º BCs de Porto Alegre reforçados, cada um, de uma companhia do Batalhão de Infantaria, de um esquadrão do 2º Regimento de Cavalaria e da Companhia de Metralhadoras Pesadas de Montenegro. Era uma força de mil homens que, na segunda semana de julho, participara da repressão ao levante do Exército iniciado em 5 de julho em São Paulo, sob o comando do general gaúcho Isidoro Dias Lopes.

A tropa regular da Brigada desde sua criação mantinha um intercâmbio com o Exército. Eles sempre podiam nos ensinar alguma coisa, especialmente sobre novas armas que fossem inventadas, pois os militares federais mandavam comissões ao Exterior para assistir a demonstrações de equipamentos de guerra, participar de seminários sobre programas de treinamento operacional e preparação física (estava havendo muito progresso nessa área) e nos manter em dia com as doutrinas de defesa do país que estavam sendo gestadas no Rio de Janeiro. No plano tático eram eles que aprendiam conosco, pois duvido que alguma tropa na

América do Sul, tenha sido tão adestrada taticamente para a guerra de movimento como nós aqui no Rio Grande.

Só depois da Missão Francesa foi que o Exército começou a desenvolver uma nova doutrina de defesa para seus territórios meridionais, excluindo a Brigada de seu dispositivo principal de resistência a uma invasão do território brasileiro. Mas só daí para a frente, porque até então o Ministério da Guerra pensava como os portugueses do tempo da colônia: os caudilhos com seus provisórios defendiam o Rio Grande e os centros vitais do país ficavam a salvo, garantidos por obstáculos naturais representados pela grande distância num terreno coberto de selvas e serras intransponíveis que separavam as fronteiras dos centros povoados. Nós aqui do sul, com nossas forças estaduais, ficávamos com a missão de não nos render e mantermos acesa uma guerrilha para perturbar a retaguarda do exército invasor, desorganizarmos seus suprimentos, tornando impossível um avanço até São Paulo, Rio e Minas, os centros vitais do país. Para isso, bastava manter a Brigada com seus corpos auxiliares razoavelmente adestrados e, porque não dizer, também os maragatos, pois, num caso de invasão do Brasil, com certeza todos os gaúchos cerrariam fileiras contra o inimigo externo. Cá para nós, arrisco dizer que, se alguém lograsse essa unidade entre chimangos e maragatos, aí eles veriam quem mandaria no Brasil, pois duvido que esse milicos tivessem força para nos deter se o Rio Grande em peso marchasse no rumo do poder central. Outra coisa: isso é uma pena, pois, com aquela conversa de que o Rio Grande deveria ser o "celeiro do Brasil", eles nos limitavam à produção primária, sem podermos nos desenvolver para sermos também um centro vital.

Em função dessa integração, o Exército mantinha seus instrutores na Brigada e nós mandávamos nossos oficiais fazer seus cursos de aperfeiçoamento nos institutos militares do Rio de Janeiro. Agora, quando deu o levante de São Paulo, o Bernardes pediu penico para o dr. Borges. Não confiava no Exército, na lealdade de sua oficialidade para enfrentar os rebeldes do Isidoro.

Sei que muita gente criticava na época o dr. Borges por essa atitude, de atender ao apelo do presidente para debelar a revolta em São Paulo. Quem acompanhou o desenrolar dos combates sabe que se deve ao Grupo de Batalhões de Caçadores da Brigada o sucesso da retomada daquela cidade. Foi nosso pessoal que atacou o coração do dispositivo rebelde, o complexo de quartéis da Luz e os submeteu. Esperava-se o contrário, que o Rio Grande participasse da revolução e ajudasse os militares a derrubar um presidente que nos hostilizava abertamente e que tinha entre seus planos a intervenção federal no estado, a deposição de nosso governo e a entrega do poder a nossos adversários. O que aconteceu foi justamente o oposto: as forças estaduais gaúchas sustentaram o Bernardes.

Quem não se lembra do que ocorreu quando estourou o levante de São

Paulo? O Luzardo subiu à tribuna da Câmara dos Deputados e hipotecou solidariedade ao governo constituído. A seguir, foi ao palácio e ofereceu ao presidente da República os exércitos libertadores para reprimir a revolta. Seu plano era armar e organizar os antigos combatentes de 23 em corpos provisórios, iguais aos da Brigada. O Bernardes chegou a considerar essa hipótese. Acredito que, se o dr. Borges não tivesse se manifestado prontamente com seu célebre manifesto "Pela Ordem", isso teria acontecido. Nosso chefe não pensou duas vezes, um exército libertador armado e financiado pelo governo central seria o nosso fim. Antes de subir para São Paulo fariam uma escala na praça da Matriz. Esse pressentimento do dr. Borges se confirmou, pois em seguida o Isidoro convidou o Assis Brasil para ser o chefe civil da revolução. O que queria dizer que, se os tenentes derrubassem o Bernardes, quem iria sentar na cadeira do Catete seria o tribuno das Pedras Altas. Ora, não havia o que pensar, nosso lado era onde estávamos.

Até aquela altura, em julho, o presidente brasileiro só tinha como certo o apoio da Polícia Militar de Minas Gerais, uma força bem equipada e disciplinada, mas sem experiência de guerra. Seus efetivos seriam insuficientes para enfrentar sozinhos uma operação daquele porte. Enfim, precisava de aliados. Sua alternativa natural, mandar o Exército, seria suicida, pois o mais provável era que cada unidade que chegasse ao teatro de operações sairia dando vivas ao inimigo, tal o prestígio dos militares que chefiavam o levante. Deslocar tropas federais para São Paulo seria o mesmo que chamar adesões.

O presidente da República concluiu que a melhor forma para estancar a sangria seria tentar uma estabilização do quadro com forças indubitavelmente leais. Àquela altura, só podia confiar nas polícias dos estados de sua base de sustentação. Essas, contudo, eram tropas sem preparo para entrar em combate nas ruas de uma grande cidade contra uma coalizão do Exército e da Força Pública de São Paulo, constituindo, juntos, um grupamento de algumas das melhores unidades armadas do país, que tinham tomado a cidade e se fortificado para resistir até que as adesões fossem se explicitando pelo Brasil afora e o chefe da nação dar-se por batido, retirando-se do poder.

Essa reviravolta em relação ao governo central garantia ao dr. Borges o fim dos planos de intervenção no Rio Grande, além de servir para testarmos nossos soldados em combate frente ao novo Exército reorganizado e treinado pelos franceses. Não podemos esquecer que o governo tinha comprado o que havia de melhor na Europa para reequipar as Forças Armadas e que esse material estava nos arsenais de São Paulo, agora nas mãos do inimigo.

Dali mesmo onde nos encontrávamos seguimos para São Gabriel. Bozano decidira ir a Livramento conferenciar com o coronel Esteves e saber o que estaria acontecendo.

– Vamos, Alemão. Seguimos de carro até São Gabriel e lá eu consigo com o dr. Borges um trem especial que nos leve a Santana. Domingo estaremos de volta.

Ao anoitecer chegamos à "Terra dos Marechais", São Gabriel. Fomos diretamente ao posto telegráfico para nosso comandante conectar-se com o gabinete do presidente. Nunca se sabe o que pode um chefe dizer dos movimentos de seus subordinados, especialmente se ele for meter o bedelho aonde não foi chamado. Contudo, segundo pude depreender da resposta que chegou de Porto Alegre, o dr. Borges concordou com a visita ao QG da Circunscrição Sudoeste. Nós estávamos operando na área de Esteves, embora não estivéssemos sob seu comando. Passamos um telegrama para Santana e fomos para a estação ferroviária. Não foi necessário requisitar uma composição especial, pois estava passando uma de passageiros que poderia nos levar ao nosso destino.

Não havia nada mais agradável do que uma viagem de trem. A elegância das pessoas nos carros de primeira classe, o sabor da comida, a urbanidade dos funcionários da ferrovia, tudo me encantava depois de tantos dias convivendo com a soldadesca, sempre sob a tensão do combate iminente, da emboscada traiçoeira, do desconforto das estradas de péssima qualidade que tínhamos em nossa região. Mesmo a carne gorda e farta dos acampamentos não se comparava ao cardápio variado do carro-restaurante da Viação Férrea.

Banho tomado, fardamento limpinho, uma poltrona estofada e apenas o sacolejar do carro. Era como estar no céu. Com aquele treque-treque monótono, ritmado, quando dei por mim estava acordando de uma pestana. A meu lado o comandante também parecia estar no quarto estágio do sono.

Uma leve espreguiçada e a vontade de ir ao banheiro tirar a água do joelho. Ao me levantar e me recompor deu-me vontade de dar uma volta pelo trem, ver gente, pessoas pacíficas que estavam ali simplesmente viajando, indo e vindo, por qualquer motivo. Alisei a túnica, verifiquei os couros do cinturão e do boldrié, arrumei confortavelmente o coldre e me fui. Primeiro uma passada no W.C. e depois aquela caminhada pelo corredor entre as poltronas, semidesequilibrado pelo sacolejar dos vagões.

Tempos de guerra, pensei. Fracamente iluminado pela luz de penumbra dos carros, ia observando meus companheiros de jornada. Havia muitos militares, fardados, oficiais, dormitando, exceto um grupo de quatro que jogava um carteado sobre a mesinha retrátil alumiada por uma lanterna de campanha a gás. Havia famílias, casais bem vestidos, crianças, amas, recostados uns nos outros, balançando com o andar da carruagem. Homens sozinhos, parecendo negociantes, com certeza muitos deles indo para a baldeação para retomar o trem uruguaio para Montevidéu ou, também, para as cidades do interior da Banda Oriental. Um grupo de mulheres jovens e bonitas ostensivamente guardadas por acompanhantes masculinos, com certeza prostitutas de luxo, as polacas, escoltadas por proxenetas ou simples capangas das cafetinas que controlavam o tráfico das chamadas escravas brancas no Cone Sul. Toda a fauna de tipos que naqueles dias perigosos eram ameaçados de ser colhidos por um assalto de tropas rebeldes e deixados ao relento no meio do campo, ou ainda detidos no caminho por trilhos arrancados, pontilhões destruídos ou estações inutilizadas que obrigavam as composições a permanecer por dias num vilarejo até que o tráfego fosse restabelecido com segurança para trens civis.

Depois passei para a segunda classe, com seus bancos de ripa, o forte cheiro de suor emanando por todos os vagões superlotados. Também encontrei muitos uniformes, sem os bordados dos galões, mas as divisas de sargentos, cabos e aquele povo: boiadeiros, famílias inteiras dividindo os fiambres de viagem, mascates com suas malas enormes, a tez levantina, discutindo acaloradamente em sua língua incompreensível. Éramos famosos, pois muitos prestaram a atenção em mim quando estava ao lado do meu chefe. E agora pediam confirmação: "É o Bozano?", e eu confirmava, seguindo em frente, deixando-os admirados, regozijados por terem visto o homem.

No caminho de volta, encontrei-me com o chefe do trem. E me lembrei de meu projeto infantil para o futuro: "Quero ser chefe de trem quando for grande". Uma resposta não muito original, pois metade dos guris de Santa Maria ambicionava vestir o elegante uniforme azul-marinho com suas platinas douradas. A máquina resfolegava na velocidade máxima para as circunstâncias, cortando as planícies pampeanas: "Toca-fogo-seu-foguista-que-o-safado-é-o-maquinista" me veio à cabeça; quanto mais rápido se diz, mais difícil de repetir, até se converter em um quebra-língua para o escárnio da gurizada. Às vezes a gente jogava por bolita, um ganho fácil dos coloninhos que não tinham a mesma destreza que a gente com o português.

– Como estamos indo, chefe? – perguntei ao chefe do trem.

– Estamos no horário. Se o Honório não dinamitou nenhuma ponte, lá pelas nove estaremos em Santana – respondeu.

Nas regiões conflagradas, as composições viajavam em velocidade reduzida com medo de sabotagem nas linhas. À frente da locomotiva ia um trole com um observador para verificar o estado da linha e das pontes, para evitar alguma surpresa, embora os revolucionários costumassem assinalar suas depredações, para evitar vítimas não-beligerantes. Não fosse isso, o trem estaria em Livramento às 5h da manhã, em tempo para a conexão com o comboio para Montevidéu. Com isso, quem fosse seguir para o Uruguai teria que esperar até a 1h da tarde, quando partia outra composição de passageiros para a capital do país vizinho.

    Voltei a meu lugar e encontrei Bozano ainda ferrado no sono. Fui me acomodando e ele acordou-se, só por um breve instante, para me recomendar.

– Dorme um pouquinho, Alemão, que vamos ter um dia cheio. Vais precisar estar descansado – e voltou a encostar a cabeça no poncho que dobrara como travesseiro.

Capítulo 13

Sábado, 22 de novembro
Santana do Livramento, QG da Circunscrição do Sudoeste

O sol já estava alto quando avistei pela janela do *pullman* o monte Palomas com seu feitio de chapéu-coco, elevando-se solitário em meio à planície. Era o sinal para as mulheres se mexerem. Estava na hora de dar um jeito nos cabelos, retocar a maquilagem, arrumar as crianças e mandar seus homens se endireitarem, pensando na figura que fariam na plataforma de desembarque quando se encontrassem com quem os fosse esperar, ou, simplesmente, para fazer figura. Como me prometera o chefe do trem, às 9h em ponto estacamos na gare da estação de Santana do Livramento. Desde 1920, quando o dr. Borges encampou a *Compagnie Auxilière des Chemins de Fer* e criou a Viação Férrea do Rio Grande do Sul, controlada e administrada pelo governo, que passou a haver vergonha e o serviço começou a ter a mesma qualidade do Uruguai, da Argentina e, dizem, pois não conheço pessoalmente, para afirmar com certeza absoluta, da América do Norte e da Europa. Trens limpos e novos, boa comida e horário rigoroso, mesmo em tempo de guerra.

O trem foi chegando daquele seu jeito de penetrar nas cidades, reduzindo a velocidade, andando devagar enquanto serpenteava pelos subúrbios de Livramento, silvando seu apito para avisar de sua passagem. Finalmente chegava ao fim da linha, enfiando-se naquela teia-de-aranha de ferro que compunha o pátio de manobras. Embora não tão grande como o de Santa Maria, o terminal de Santana é impressionante, diferente dos demais por causa de seus trilhos com bitolas duplas, uma brasileira, de um metro, e a uruguaia, vinte centímetros mais larga.

Num desses desvios estavam fazendo a reconversão de um trem de carga que seguiria de um país para o outro. Pude assistir da janela e não acreditaria se não estivesse vendo com meus próprios olhos. Eles não transbordaram a carga de uma comboio para outro. Eles trocaram a composição inteirinha, menos a locomotiva. Um guindaste gigantesco agarrou o vagão e o levantou com carga e tudo, tirando do rodado de uma bitola e o depositando suavemente, como se fosse de papel crepom, em cima do truque da outra bitola, e um novo trem estava pronto para seguir. Um colosso. Dali os vagões cargueiros seguem até o porto de Montevidéu, ou sobem Brasil adentro, levando mercadorias para todas as regiões servidas pela rede ferroviária brasileira, alcançando não só o Rio Grande, mas também Santa Catarina, Paraná, indo, na maior parte das vezes, daqui até São Paulo.

– Doutor Bozano, doutor Bozano – ouvimos assim que botamos o pé no chão.

Alguém nos reconheceu. Logo vimos apontar a cabeça do velho Teóphilo, um distribuidor de jornais republicano que nos representara em Livramento quando editávamos o *Jornal de Debates*.

– Theo, seu velho safado – fui logo dizendo. – Dá cá um quebra-costela – e me atraquei com ele em plena plataforma. Nossa amizade nem era para tanto, mas na guerra um encontro como esse multiplica sua dimensão.

– Seu Teóphilo, como vamos – cumprimentou Bozano, bem menos enfático do que eu. Parecia ser ele o alemão e eu o italiano.

– Então, doutor, quando vai botar outro jornal para a gente ganhar uns cobres? – questionou.

– Qualquer dia. Não te basta o *Diário do Interior*?

– Não me queixo, mas aquele *Jornal de Debates* era bem bom. Se continuasse seria um sucesso.

– Pois é. Mas uma coisa de cada vez. Aquilo foi só para aqueles momentos. E quanta dor de cabeça me deu, hein?

– É verdade – concordou Teóphilo.

– Como estão as coisas por aqui? – mudou de assunto Bozano.

– Isto aqui está um barril de pólvora, doutor. Vai explodir e não vai sobrar nada – disse o velho jornalista. – O Barros Cassal anda dizendo aí em Rivera que os rebeldes vão abrir uma nova frente aqui em Livramento e depois fazer a junção com o pessoal do Prestes e do Leonel Rocha, para dominar toda a fronteira sul. O senhor sabe que está cheio de boatos que o 7º Regimento de Cavalaria do Exército vai aderir ao levante?

– Pois é, como foi a história aqui em Los Galpones? Dizem que o pessoal do Sinhô Cunha passou a faca nos maragatos? – perguntei, referindo-me ao comandante do 1º Corpo Auxiliar, tenente-coronel Miguel Luiz da Cunha Sobrinho.

– É o que se conta. Eles pegaram os marinheiros. Os provisórios dizem que não mataram ninguém a faca, o que aconteceu foi que os marinheiros caíram dos cavalos quando levavam a carga e foram pisoteados. Já os maragatos dizem que foram degolados. Os mortos da Marinha foram enterrados no cemitério São João Batista no mausoléu do almirante Saldanha da Gama. Eu acho que, se aqui por Livramento continuarem a matar marinheiro que se deixa pegar por não saber andar a cavalo, vamos ter um cemitério só deles.

– O senhor está sabendo de movimentações de arregimentação de gente deles aí do outro lado? – perguntou Bozano.

– Ouvi falar que o castelhano Júlio Barrios está se refazendo e juntando gente, reunindo o que sobrou dos marinheiros para um novo ataque à cidade, e que o velho Zeca Netto está se deslocando de Cerro Largo para se juntar a eles. O ataque principal deve ser do Honório, que está pelo Caverá com o coronel Januário na cola dele. Me parece, entretanto, que o destino de Santana está nas mãos do 7º. Para onde pender o Exército vai o resto. Também ouvi falar que chegou a Rivera um dos homens do Isidoro, um tal de Juarez Távora, capitão de Engenharia, que foi um dos chefes do levante de São Paulo e que estava servindo como chefe do estado-maior do Honório até há pouco. Ele estaria ali procurando levantar o 7º – respondeu, indicando a cidade gêmea de Rivera, onde estaria o militar foragido.

– E o governo, o que faz? – voltei a perguntar.

– Olha, Alemão, o Esteves está com um corpo provisório e um esquadrão do 1º Regimento de Cavalaria que não tiram o olho do quartel do Exército. Acredito que a qualquer sinal de rebelião os brigadianos avançam em cima deles. E também o embaixador, dr. Nabuco, que veio de Montevidéu e se instalou em Rivera. Está lá acompanhando tudo e pressionando as autoridades uruguaias a impedir a ação dos rebeldes aí do lado deles. Os libertadores daqui dizem que ele está com as burras cheias de dinheiro para "gratificar" os castelhanos se eles dificultarem os movimentos do Júlio Barrios.

– Ah!, o dr. Nabuco está aí? Seu Teóphilo, preciso de um grande favor: o senhor poderia procurar o embaixador e dizer-lhe que estou aqui, que fui para uma conferência no quartel-general, mas que vai me sobrar um tempinho, embora tenha de voltar hoje mesmo para Caçapava, e não posso deixar de falar com ele, que me desculpe, mas que me arranje uma horinha. Só não tenho como saber em que horário poderei ir ter com ele. Explique-lhe minha situação e depois me avise ou ao Alemão aqui. Explique-lhe que tenho de tomar o Noturno para Cacequi, fazer baldeação para São Gabriel e de lá seguir para o interior e reassumir o comando do meu corpo provisório – pediu Bozano com todos esses detalhes.

– Pode deixar, doutor, vou fazer o possível. E, por falar em soldados, como está o velho Soveral. Anda por lá com o senhor?

– Está bem, firme e forte. Ficou no comando. Deve estar tomando um bom vinho entre Caçapava e São Sepé. Espero que sobre algum maragato vivo até eu voltar.

– Grande homem. Foi um gerente e tanto que o senhor teve. Aquele jornal funcionava melhor que um quartel.

– É verdade, muitas vezes pensava que o Soveral não tinha muito jeito para as coisas de jornalismo. Mas cumpriu seu papel. Hoje é meu subcomandante.

– Dê-lhe um abraço que lhe mando.
– Pode deixar que dou.
– Assim que tiver uma notícia do embaixador eu lhe dou. Pode ir bem descansado.

O embaixador, deputado José Tomaz Nabuco de Gouveia, era um dos membros da bancada do Partido Republicano Rio-Grandense no Congresso Nacional no Rio de Janeiro. Quando estourou a revolução em São Paulo, o dr. Borges fez um negócio com o Bernardes: mandava tropas para lutar contra os rebeldes fora do estado, e assegurava o Rio Grande limpinho, mas queria ter o controle de todas as operações na margem oriental do rio Uruguai. E assim Nabuco foi nomeado ministro plenipotenciário do Brasil em Montevidéu. Esse era um posto fundamental para os gaúchos. A Embaixada do Brasil em Montevidéu seria convertida num centro de informações de todos os movimentos dos rebeldes, dos apoios que pudessem amealhar no Uruguai e, ainda, serviria como um torniquete de pressão em cima do governo *battlista*. Como todo mundo estava cansado de saber, o governo deles era nosso inimigo figadal. Desde 1904 que os revolucionários *blancos* tinham na fronteira do Rio Grande um abrigo seguro para fugir da perseguição da polícia nacional e das forças armadas uruguaias. Do lado de cá, eles tinham campo limpo para se organizar, sempre conseguiam uma ajudinha em dinheiro, armas, munição, de tudo o que precisassem para hostilizar os colorados. Quem com ferro fere... diz o ditado, pois em compensação os colorados *battlistas* dariam tudo o que os nossos lenços vermelhos quisessem para nos incomodar aqui no Rio Grande.

Já para a Argentina, nosso estado não era tão importante, isoladamente. O governo de Buenos Aires fazia vistas grossas às atividades dos dissidentes brasileiros em geral, com o objetivo de enfraquecer o Brasil como um todo, e não a facções, de forma que não era tão essencial para o dr. Borges controlar a embaixada nesse país. Podia ficar na mão do Itamaraty.

Desde a Revolução de 93 que a Brigada mantinha nos países do Prata um serviço de informações políticas e militares muito bem montado. Ora, num momento como aquele, esses serviços, em primeiro lugar, são preciosos, mas, em segundo, não podem ficar na mão de burocratas profissionais do serviço exterior ou de adidos militares das Forças Armadas, que tanto podem estar a nosso favor como contra. Abrir isso para eles era como entregar o ouro aos bandidos, por isso a Embaixada no Uruguai teria de ficar na mão de uma pessoa da mais alta confiança de nosso partido. Foi aí que o dr. Borges conseguiu que o deputado Nabuco fosse tirado da Câmara e mandado para Montevidéu.

A prova de que nosso presidente estava certo é que o embaixador transferiu-se para Rivera, para poder supervisionar a observação estrita das regras internacionais que o Uruguai era obrigado a cumprir. De perto, pressionava as autoridades nacionais na fronteira a não darem moleza e cooperarem com as autoridades departamentais *blancas*, nossas aliadas, fazendo observar tanto quanto fosse possível os termos dos tratados que, se respeitavam o exílio de perseguidos políticos, diziam que o país anfitrião não podia deixá-los livres, internando os beligerantes, impedindo o tráfico descarado de armamentos e o trânsito livre de pessoas procuradas pela polícia no Brasil e que andavam por lá com documentos falsos como se estivessem na casa deles.

Esse serviço de informações reservadas era bastante completo. Ele esteve muito ativo durante a Revolução Federalista, quando foi criado, depois diminuiu muito e novamente ampliou-se em 23, porque os maragatos tinham suas bases de retaguarda no Uruguai. Com o fim da revolução, não foi desativado, porque a paz de Pedras Altas, como se vê, era muito precária. Quando começou o levante do Isidoro, nossos agentes imediatamente detectaram a ação dos rebeldes no país vizinho. Apesar de os libertadores terem oferecido ajuda a Bernardes, seu aliado em 23, logo se viu que estariam com Isidoro, que, afinal, era companheiro deles desde a Revolução de 93. E quando, no começo de agosto, o Assis Brasil e os demais chefes libertadores emigraram, ficou mais do que claro para nós que eles estariam com os rebeldes. E aí se ampliou a espionagem no Uruguai.

Uma boa parte das nossas informações vinha dos companheiros *blancos*, num intercâmbio que nunca se interrompeu desde o acordo do dr. Borges com o Aparício Saravia em 1901, que consolidava o acerto anterior do chefe *blanco* com o próprio Patriarca, em 1897. Mas desde 23 que se investia muito nesse aparato, introduzindo novas técnicas de controle, como a interceptação de telecomunicações, a vigilância estreita dos movimentos pessoais dos libertadores e, ainda, a infiltração de agentes no meio deles. Nada acontecia no Uruguai que não ficássemos sabendo imediatamente. Entretanto, não podíamos abrir esse aparelho para o Rio de Janeiro, em hipótese alguma. Ainda mais que o Isidoro queria transformar o Assis Brasil em presidente da República quando os milicos apeassem o Bernardes.

Ainda não eram 10 horas da manhã. Pegamos um auto de aluguel e tocamos para a praça General Osório, onde o quartel-general foi instalado, no Palácio da Intendência, um prédio majestoso construído segundo os ditames da arquitetura positivista (acredito que a partir de um projeto orientado por Víctor Silva ou Décio Vilares). O quartel dos provisórios ficou quase ao lado, no Teatro Sete de Setembro.

Uma coisa devo dizer: os militares do Exército sabiam montar uma repartição pública como ninguém. Estava bonita a Intendência na mão deles, cheia de oficiais e burocratas, todos na estica, fardamentos novos e engomados, funcionários civis vestindo fatiotas de casemira, aqueles rituais de continência para cá, "à vontade" para lá, era uma maravilha de se ver.

Não digo que nossa figura fizesse feio, mas não tínhamos o mesmo garbo daqueles militares profissionais. Chegamos com nossos fardamentos de provisórios, zuarte, limpos e bem cortados, eu levando no ombro uma mala de garupa de couro trabalhado, muito bem-feita, em que guardávamos todos nossos pertences pessoais. Era diminuta a bagagem, pois não pretendíamos nos demorar em Santana. Só camisas, roupas de baixo, produtos de higiene pessoal e os felpudos. Entre guardas e secretários, tivemos que nos apresentar umas cinco vezes antes de chegarmos à ante-sala do comandante-em-chefe da Circunscrição do Sudoeste. Aquilo é que era segurança!

Devo dizer que não esperamos muito até o coronel Lúcio Esteves nos mandar passar. Nem eu nem Bozano o conhecíamos pessoalmente. Envergava um flamante uniforme de tenente-coronel da Brigada. Sua escrivaninha era a bela mesa trabalhada que, em tempos de paz, servia para despachos ao intendente municipal, Francisco Flores da Cunha, o Chico, irmão do deputado.

– Prazer em tê-lo aqui conosco, coronel. Quando recebi o telegrama de Porto Alegre informando de sua vinda fiquei ansioso para conhecer pessoalmente o famoso intendente de Santa Maria. Como vai a campanha lá nos seus pagos? – começou o comandante da Circunscrição Sudoeste, indicando-nos uma cadeira, com o sinal de que poderíamos abandonar a posição de sentido e ficar à vontade.

– O prazer é meu, coronel. Este é o tenente Gélio Brinckmann, secretário do 11º Corpo Auxiliar – disse, apresentando-nos.

– Como está a situação lá para os seus lados? – tornou Esteves.

– Vendo de uma maneira ampla, ainda não acredito num levante generalizado, pois o chefe político de Caçapava, o coronel Coriolano Castro, está respeitando os termos do Acordo de Pedras Altas. Mas há rebrotes aqui e ali de pequenas forças, que temos procurado dizimar. Acho que eles estão esperando que o centro dos acontecimentos se desloque para aquela área – respondeu Bozano.

– Não creia, coronel, vamos liquidá-los aqui mesmo.

– Espero que sim, coronel – concordou Bozano.

– Mas a que devo tão honrosa visita? – disse-nos, oferecendo uma xícara de chá que fervia em um samovar.

– Pedi uma autorização para meu comandante-em-chefe para ter uma informação de primeira mão dos acontecimentos nesta região.

– O senhor falou com o general Andrade Neves? – perguntou Esteves, referindo-se ao comandante da 3ª Região Militar, o comandante formal de todas as operações no Rio Grande do Sul.

– Não, senhor. Falei com o presidente Borges de Medeiros.

– Perdão, doutor, mas devo lembrá-lo que o comando das operações militares é do comandante da 3ª Região – corrigiu Esteves.

– Pois não, capitão, mas eu respondo diretamente ao dr. Borges – retorquiu Bozano, devolvendo o "doutor" com um "capitão". Como que dizendo: "Se eu não sou coronel, o senhor também não passa de um capitão do Exército comissionado coronel pelo mesmo Borges de Medeiros".

– Bem, isso não vem ao caso. Estou à sua disposição para informá-lo sobre o que quiser. Estou às suas ordens – voltou Esteves, percebendo que não poderia elevar demasiadamente a temperatura daquela conversa que já começava a ficar áspera, pois, se Bozano podia não ser um militar de carreira nem deter um comando que lhe permitisse enfrentá-lo, era porém um chefe político de peso. Como funcionário público profissional, o militar sabia não ser conveniente criar um incidente com esse moço tão íntimo do poder.

– Coronel, eu gostaria de saber como o senhor avalia os acontecimentos. Digo porque: estou guarnecendo um território importante que pode se transformar num caldeirão conforme for a evolução desta frente. Quais são suas perspectivas em relação a Honório Lemes?

– O Burro Branco está encalacrado ali no Caverá. A qualquer momento espero vê-lo chegar preso aqui neste QG. O coronel Januário com sua Brigada estadual deve pegá-lo hoje ou amanhã e dar-lhe outra surra pior do que a que ele levou do Claudino e do Flores lá na estação de Guaçu-boi. Temos informações de que o Bode Velho e o Castelhano estão pensando em se juntar a ele, fazendo um ataque em pinça sobre Livramento – disse referindo-se a Zeca Netto, assim chamado por suas longas barbas brancas, e a Júlio Barrios, uruguaio de nascimento. – Não creio nessa ação combinada, não sobrará nada deles. Portanto, espero que em mais dois ou três dias acabe a revolução na área sob minha responsabilidade – concluiu Esteves.

– E o 7º Regimento de Cavalaria? Ouvi dizer que uma boa parte da oficialidade poderia se levantar.

– Não há esta hipótese. O Exército não está sendo necessário, mas, se for, cumprirá com seu dever.

– Voltando ao general Honório – contornou Bozano –, ele aparentemente se refez do desastre de Guaçu-boi. Há dois dias atacou forças do Exército em Saicã e venceu. Saiu de lá bem montado e com todo o armamento que havia no arsenal.

— Nada disso, doutor. Aquilo lá não é um quartel, mas um campo para treinamento e ali funciona a Estação de Remonta do Exército. O capitão Pires Coelho tinha pouco mais de 100 homens para defender a coudelaria. Além disso, um dos oficiais, o tenente Ari Salgado Freire, praticamente abriu os portões para a gente do Honório e depois desertou unindo-se aos rebeldes. A esta altura está no Caverá.

— Pois então, se havia traidores em Saicã, também os pode haver aqui no 7º — atalhou Bozano.

— O tenente Ari não é um traidor da pátria. Não há traidores no Exército brasileiro. Ele é um oficial de nossas Forças Armadas – disse Esteves energicamente.

— Perdoe-me, coronel, mas para mim alguém que age como ele agiu não passa de um traidor.

— Ele será preso e julgado por um tribunal militar, como todos os demais que se rebelaram contra o poder constituído.

— O senhor acredita mesmo que o general Honório se deixará prender lá no Caverá? Lembre-se de que no ano passado ele deu um baile nessa mesma região. Por que seria diferente agora?

— Porque hoje a Brigada não é mais a mesma de 23. Evoluímos muito, coronel. Modéstia à parte, o treinamento que lhe demos nestes meses fez da Brigada Militar uma outra coisa. Acabo de chegar de São Paulo onde combatemos de uma forma que nem se sonhava aqui no Rio Grande um ano atrás. Esses soldados do 2º Regimento que estão com o Januário lá no Caverá participaram de operações de guerra como jamais se viu na América do Sul, quanto mais aqui no Rio Grande. Estou muito orgulhoso. O senhor precisava ver o que foram aqueles combates. Não dá nem para comparar com estas correrias a que estamos acostumados. Para encurtar a história, só digo que o armamento do Isidoro era o mais moderno do mundo, recém-comprado na Europa e nos Estados Unidos. Seu treinamento já é o da Missão Francesa, que vem do melhor exército do mundo, vencedor da Grande Guerra. E não se esqueça de que a Força Pública de São Paulo também é treinada pelos franceses desde 1906. Do nosso lado, a mesma coisa, pois empregamos o armamento pesado, artilharia, aviação, os carros de combate Renault, tudo igual ao que se usou no último ano da guerra européia. Esse inimigo poderosíssimo estava entrincheirado numa grande cidade, protegido por seus prédios gigantescos, era muito difícil desalojá-los de suas posições. E nós os vencemos com a nossa Brigada, com esses soldados que estão aqui, os mesmos homens, os mesmos comandantes. Você acha que esses tropeiros, ladrões de cavalos e desordeiros terão alguma chance contra eles? Não alimente seus temores, coronel, nós vamos reduzi-los a pó e acabar com esta revolução, como já lhe disse.

– Folgo em ver que o senhor está bastante otimista, não é, coronel? Vou lhe dizer o que penso, o senhor me desculpe. Também não sou um novato nessas guerras e por esta experiência ainda tenho muito respeito por esses inimigos. Eu não facilitaria entrando no Caverá. Mas o senhor certamente sabe mais do que eu... – ironizou Bozano.

– Não tenha receio, coronel. Pode voltar para o seu posto e ir enfardando as mochilas para voltar para casa, que as operações por aqui podem acabar ainda antes de o senhor se encontrar com sua unidade, esteja onde estiver.

– Muito obrigado pela atenção, coronel. Vou fazer o que o senhor me diz. Agora uma outra pergunta: o senhor sabe se o embaixador Nabuco de Gouveia encontra-se aqui do outro lado, como me disseram?

– Sim, está em Rivera pressionando os uruguaios para que não dêem facilidades aos rebeldes que ainda se encontram do outro lado. O senhor pretende vê-lo?

– Sim, é um grande amigo, o deputado. Se o localizar, farei uma visitinha.

– Não será difícil, ele montou uma espécie de escritório no Hotel Internacional. Um conselho, coronel, se o senhor for cruzar a linha vista-se com trajes civis, pois não podemos sair fardados do país. Eu que sou funcionário só posso ir lá com uma licença por escrito, mas o senhor, como civil, não terá problemas, certamente.

– Obrigado pela lembrança, coronel. Se de fato for, tomarei este cuidado. Tenho algum tempinho até a saída do meu trem. Muito obrigado, mais uma vez, e até a vista.

Levantou-se, bateu continência, deu meia-volta e se retirou. Eu fiz exatamente a mesma coisa.

– Que sujeitinho pretensioso... – sussurrou-me Bozano, tão logo cruzamos a porta do gabinete.

– Coronel, seu Teóphilo deixou uma mensagem para o senhor – disse um sargento, entregando-lhe um envelope.

No texto, o recado de que o embaixador o aguardaria, bastaria dar-lhe um telefonema ou enviar-lhe um mandalete avisando.

– Júlio Raphael, como vais, menino, que prazer te ver. Vamos passando. Quem é este moço? – foi falando e perguntando o embaixador, levando-nos para dentro de uma suíte do hotel, onde tinha instalado seu gabinete.

– Muito bem, estou muito bem, deputado. Este é Gélio Brinckmann, nosso companheiro, filho do seu Otto, fundador do partido. É o secretário do meu corpo provisório. E o senhor, como vai?

– Muito trabalho, meu caro. Isto aqui está pegando fogo. Parece que toda a guerra está convergindo para cá. Tenho medo de que amanhã ou depois eles estejam de donos da cidade e se juntem todos contra nós: os maragatos, os milicos e também os do Exército uruguaio. Mas vamos vivendo. Que me contas? Que te traz a estas bandas? E tu? Como está o teu pai? – disse dirigindo-se a mim.

– Muito bem, embaixador. Continua lá em Santa Maria fazendo seus jornaizinhos de doutrinação republicana. O velho não tem cura.

– Confesso, deputado, que estou muito preocupado com a situação. Vim até aqui ver com meus próprios olhos o que está ocorrendo e não gostei do que vi – atalhou Bozano.

– Pois eu também não estou tão tranqüilo quanto teu coronel. Estou tendo um trabalho danado para fazer esses uruguaios se mexerem. Estou antevendo esta cidade cercada. Temos a oeste o Honório com mais de mil homens e bem armado. E o pior: ele agora está com a gente dele, não mais com tropas do Exército e civis desorganizados como combateu em Uruguaiana, antes de Guaçu-boi. Do leste, pode vir o Júlio Barrios com outros tantos que anda arregimentando, entre eles o que sobrou dos fuzileiros da Marinha. Do sul, o Zeca Netto, que estava em Berachy, até a última vez que foi visto, na casa do dr. Assis, preparando-se para invadir. Tanto pode se juntar ao Honório como ao Júlio Barrios ou à milicada do 7º, como, ainda, pode entrar por lá mesmo. Aí vai cair no teu colo. Se essa gente não for detida, daqui a uns dias a situação aqui ficará pior do que nas Missões.

– O senhor tem informações seguras do general Netto?

– Claro. Nós temo-los acompanhado passo a passo. É impressionante as facilidades que lhes dão aqui no Uruguai. Andam soltos como se estivessem em casa. Nosso pessoal não tira os olhos de cima deles. Temos gente infiltrada, conseguimos interceptar as telecomunicações, tanto telegráficas como os telefones.

– E o governo uruguaio não faz nada para detê-los?

– Qual nada. Esses nossos vizinhos querem ver o nosso circo pegar fogo. Para a Argentina, se o Exército brasileiro se esfarelar e queimar toda a munição, destruir todo o equipamento que importamos da Europa e dos Estados Unidos, melhor. Já o governo *colorado* de Montevidéu quer ver o dr. Borges pelas costas, dizem que o velho está mancomunado com os *blancos*, com os Saravia, e que a qualquer momento podem saltar na goela deles. Por certo os companheiros *blancos* dominam esta fronteira e estão me dando uma baita de uma ajuda. Mas não basta, pois só quem pode desarmar os libertadores, impedir que invadam o Brasil são as autoridades nacionais uruguaias, e estas estão se lixando para nós.

– Eu queria lhe fazer mais uma pergunta: essa derrota do Júlio Barrios aqui em Los Galpones foi tão acachapante quanto dizem os relatórios do Esteves?

– Olha, dá para desconfiar. Esse Júlio Barrios é um homem perigoso. Ele foi oficial do Exército aqui do Uruguai, feito em academia e não a machado, como os demais caudilhos. Conhece o assunto. O Esteves, na verdade o Miguel Cunha com seu 1º Corpo Auxiliar, pegou-o de jeito bem em cima da linha, no marco Lopes. Muitos ainda nem tinham passado, tanto que atiravam do lado de lá. Foi aí que se diz que os provisórios entraram Uruguai adentro. Isto está me dando muita dor de cabeça, porque o governo deles não pára de protestar. Morreu um uruguaio importante, o Horácio Gonzálvez. E ainda nos acusam de exterminar os prisioneiros. A imprensa de Montevidéu, controlada pelos *battlistas*, está fazendo um escarcéu. Eu não digo nem sim nem não, se houve ou não houve degola. O Esteves diz que os marinheiros caíram dos cavalos e foram pisoteados. Não sei se é ou não verdade. O que é certo é que os provisórios não iriam ficar ali parados levando chumbo só porque uma linha imaginária divide aquele campo. São homens brutos, foram entrando até que seus oficiais os retiraram do território estrangeiro. Simples, não? Mas o governo deles não quer entender isso e pede reparações. Bem, vou passar tudo para o Rio de Janeiro. Os diplomatas profissionais que resolvam o caso.

– E no mais, o que me diz, deputado?

– Bem, o Barros Cassal está aqui, é meu vizinho, eu o vejo na rua – indignou-se Nabuco –, está fazendo a coordenação política, insuflando os oficiais da guarnição. Agora mesmo fiquei sabendo que o Juarez Távora chegou a Rivera. Está na cara que vão tentar revoltar o 7º. O Assis Brasil está logo ali, com aquela sua cara preparada, esperando para ver no que vai dar. De certo está sonhando com o Palácio do Catete, como se os militares fossem aplicar o que ele fala no governo. Nada disso, vão botar uma ditadura militar e aí é que esses maragatos vão ver o que é bom para a tosse.

– E as eleições?

– Está aí o problema. O Tratado de Pedras Altas vale só para nós. O dr. Borges não pode mais ser candidato. Quem vai para o lugar dele? Getúlio? Flores? Oswaldo? João Neves? Paim? Sabe-se lá. O Velho não fala nada, mas eles já estão se estapeando nas ante-salas do Piratini. Cada um querendo aparecer mais do que o outro. O Flores anda às turras com os militares, porque ele quer o comando só para ele. Mas os oficiais do Exército não estão deixando, dizem – veja só – que o Flores não entende de guerra. No entanto, a única grande vitória nesta confusão toda foi ele que obteve, lá no Inhanduí, no Guaçu-boi. Os milicos só manobram, marcham para cá, marcham para lá. Mas atacar que é bom, neca. E assim está, Júlio Raphael. Outros dizem que o velho quererá um homem mais disciplinado, que lhe obedeça e que defenda com unhas e dentes os princípios da Constituição de 14 de Julho, que para ele é a pedra fundamental da autonomia rio-grandense. Esse nome poderia ser o do homem de Uruguaiana, o Sérgio Ulrich de Oliveira. Ou de um intendente mais novo. Quem sabe o teu nome não entraria nessa lista?

— Pare com isto, deputado — cortou Bozano, visivelmente alarmado com esse lançamento prematuro, logo mudando de assunto. — E o Honório, pelo que o senhor sabe, o senhor acredita que vão desentocá-lo do Caverá?

— Não sei. Ou melhor, não garanto. O que sei é que o Honório está completamente refeito. Ele foi pego meio no contrapé para este comando. Antes de estourar a revolução, ele andava em campanha política aqui pelo interior. Eu acho até que pensava em ser candidato a presidente do Estado ou a outro cargo, como o de senador, por exemplo, quando se deu a imigração dos chefes libertadores. Retirou-se para a fazenda Catalan, ao norte daqui, na vila de Bella Unión, em Artigas. Estava tomando mate na tarde de 29 de outubro, quando chegou o capitão Juarez e lhe ofereceu o comando de Uruguaiana. Dia 2 ele estava manobrando no Inhanduí e dia 7 já estava enfrentando as forças combinadas do Claudino e do Flores. Dá para ver que foi tudo muito improvisado. Mas de lá ele veio para o Caverá onde o esperava o seu pessoal. Aí sim, essa é a gente dele. Se o Esteves está pensando que o Honório do Caverá é o mesmo de Guaçu-boi, está muito enganado. Aliás, o pessoal de Uruguaiana que debandou em Guaçu-boi foi reunido de novo pelo engenheiro Rafael Bandeira Teixeira e trazido para Quaraí e entregue ao Júlio Barrios, que os está reforçando com os remanescentes dos marinheiros — continuou Nabuco, completando. — Acho que essa gente já está se cansando de revolução...

— Os nossos secretas acompanharam todo esse movimento de recomposição do Honório. Em Quaraí, incorporaram-se 400 homens levados pelos coronéis Catinho Pinto, Chiquinote Pereira e Alfredo Canabarro; em Porteirinhas e no Caverá, outros 100 conduzidos pelo velho Teodoro de Menezes. Com o tenente Freire, da coudelaria, seguiram outros 100 do Exército. A esta altura, Honório deve estar com mais de mil combatentes, só que desta vez a maior parte gente de primeira. Em matéria de armamento, eles conseguiram comprar uma boa partida de carabinas Winchester com munição norte-americana em bom estado de conservação. No Caverá, eles incorporaram um pessoal armado com os fuzis Chassepot que sobraram de 23.

— Têm ainda os fuzis do Exército capturados em Saicã — continuou Nabuco. — O grosso do armamento são as espingardas americanas, que se não são armas boas para um combate em campo aberto, a curta distância podem até ser melhores que os Mauzer da Brigada, pois a Winchester é muito rápida e a menos de 400 metros, com sua carga de 15 tiros, é quase uma metralhadora. Em matéria de automáticas, pelo que me disse o Esteves, eles estão com metralhadoras Madsen. O pessoal que veio de Uruguaiana, pelo que sei, está com fuzis Remington. É uma salada, dificulta o suprimento e, na hora do combate, o remuniciamento, mas não se pode dizer que o velho Leão esteja a pé.

– É verdade. O Esteves está por demais confiante. Mas também não se pode dizer que esteja errado ao querer evitar a todo o custo que Honório ataque a cidade. Certamente, se ele obrigar o velho a um combate, já os deixará outra vez sem munições para uma segunda volta. Mesmo que tenha êxito, vai pagar caro, não acha, deputado? – perguntou Bozano.

– Com certeza. E tem uma outra história. O general Setembrino mandou uma carta através de Esteves para o Honório protestando contra o rompimento de sua palavra de que respeitaria o Tratado de Pedras Altas. Sabes o que o Esteves fez? – perguntou.

– Não imagino o que possa ter feito.

– Pois não é que mandou um oficial entregá-la? O homem saiu campo afora à procura dos rebeldes. Por sorte que o Honório recebeu-a e irá responder. Quero ver.

– Eu também. Essa guerra epistolar pode ser mais movimentada que a das balas. Mais uma vez o Honório ficará sem "munição", pois é semi-analfabeto, como irá se corresponder com nosso ministro da Guerra?

Daí em frente demos boas risadas, o embaixador contou algumas histórias, falou mal do Luzardo, disse que o Getúlio estava juntando material para responder, na tribuna da Câmara, aos ataques da oposição.

Almoçamos uma *parrillada* uruguaia e lá pelas 4h da tarde começamos a nos movimentar para o trem. Saímos do hotel e passamos na casa do Teóphilo para trocar mais uma vez de roupa, nos fardamos e partimos de volta, certos de que uma aposta muito alta estava em jogo nas operações da Circunscrição do Sudoeste.

Na volta, a estação regurgitava de tanta gente. Santana era também um centro ferroviário, embora fosse o oposto de Santa Maria. Ali era um ponto final para onde convergiam as linhas que movimentavam a economia do Rio Grande e de boa parte do Sul brasileiro. Daqui, como eu já havia dito, partiam – e chegavam – composições vindas do litoral sul, do Planalto, das Missões e da fronteira oeste gaúchos que, conectadas com o sistema uruguaio, se ramificavam até o rio da Prata e os portos do rio Uruguai em Salto e Colônia do Sacramento. Era o porto seco de Livramento, um dos principais portões de saída de mercadorias e produtos brasileiros para o mundo inteiro, inclusive o café, que viajava do interior paulista e norte paranaense até aqui para ser transbordado para os trens uruguaios e embarcado de Montevidéu para o resto do mundo.

Capítulo 14

Domingo, 23 de novembro
Bojuru

Viajamos outra vez uma noite inteira e todo o domingo até chegarmos de volta ao acampamento no município de Caçapava. Durante o percurso, Bozano demonstrou estar apreensivo, talvez angustiado. Ele não conseguia administrar uma luta interior que se travava entre sua intuição e seu raciocínio positivo. Numa análise objetiva, concluía que Esteves tinha razão: as tropas sob o comando dele eram, neste momento, compostas pelos melhores soldados do Brasil, imbatíveis, que vinham de arrasar unidades de elite do Exército e da Força Pública de São Paulo juntas; voltaram ao Rio Grande e chamaram a Marinha para o pau, enfrentando os fuzileiros da tripulação do encouraçado *São Paulo* e lhes deram uma surra que nem em boi ladrão em Los Galpones. Um retrospecto invejável. Como, então, pensar que Honório Lemes, um bruto, no entender daquele militar, armado maiormente com velhos fuzis da guerra Franco Prussiana de 1870 e carabinas Winchester para defesa pessoal, poderia vencê-los num combate? Ainda mais com uma tropa formada por um amontoado de homens que nem ao menos soldados eram, que mal passavam de gaúchos toscos, dizendo o mínimo, para não concordar com o que lhe disse Esteves, que os tachou de "bando de ladrões e facínoras"? Já a intuição lhe contradizia: "Desconfie desse parelheiro luzidio, que pode levar um banho do matunguinho encardido".

Os dados objetivos, porém, reforçavam a conclusão de que, a esta altura, enquanto nosso trem cortava aquelas mesmas coxilhas, ali pertinho estaria o Honório já submetido pelos legionários da Brigada. Entretanto, Bozano, a contragosto, não conseguia banir da cabeça aquela teimosia de achar que ocorreria exatamente o contrário a esse resultado lógico. Não seria uma certa prevenção contra o engomado Esteves? (Como se ele próprio igualmente não parecesse, a quem não o conhecesse, também um almofadinha!)

Ele me falava de seu dilema, que passou a ser o meu, pois identificava na dúvida menos uma conclusão lógica e mais uma reação epidérmica à arrogância e ao desprezo que essa gente do Exército devotava não apenas aos maragatos, mas também a nós, provisórios, apenas porque, feitos a machado, não passáramos pelas academias militares nem mesmo éramos regulares de uma força de linha. Porém, se a razão estivesse errada, a soberba poderia estar conduzindo Esteves a uma armadilha mortal.

– Tirar o velho Honório do Caverá é uma proeza que ele quer esfregar na cara dos brigadianos e de nós todos, do Flores, e até de mim, que não sou nada, pois ele sabe que no ano passado andei rodeando o covil do velho com o 3º Corpo Auxiliar. Mas não entramos na toca do Leão – disse Bozano, comentando o resultado da viagem –; vamos ver o que ele consegue nessa operação. Está apostando alto o nosso capitãozinho travestido de coronel.

Esta dúvida o fazia pensar: "Não estarei, Alemão, frustrado porque eles vão acabar com o Honório e nada sobrará para mim melhor do que essas correrias atrás de um caudilhete da qualidade do João Castelhano?" Embora tivesse dúvidas sobre o que se passava realmente em sua cabeça, eu não podia desconsiderar a sua intuição assombrosa, não apenas nos assuntos militares, mas também na ação política em Santa Maria, que aprendemos a respeitar, o que, por sinal, foi o que lhe gerou esse comando. Por isso tendia a pensar que suas reservas ao otimismo do militar seriam uma premonição. Honório passaria por cima dos supersoldados do Esteves e acabaria caindo no nosso colo, como vaticinou o embaixador?

Enquanto o trem rodava, talvez para se esquecer do melancólico fim de festa que lhe antevira o comandante da Circunscrição do Sudoeste, Bozano falava muito sobre a nossa viagem em si, dizia o que pensava da vida e do Rio Grande. Eu o escutava embasbacado, tal a sua fluência em assuntos que a gente nunca tinha pensado.

– Alemão, foi muito instrutivo ver o que vi – dizia, comentando nossa estada em Livramento. – Que cidade! Mesmo com essa crise, tudo aquilo ali fervilha, o dinheiro corre, eles passam por cima das dificuldades, atropelando qualquer obstáculo. Quem vê Santana como nós vimos nunca irá dizer que se trata de uma cidade sitiada, que a qualquer momento pode ser invadida por uma horda de bárbaros vindos desses grotões do Caverá, do Uruguai.

Ele tinha uma base para suas teorias, que o distinguiam do gaúcho comum. Essas idéias trazia de seu berço, de ser filho de quem era. "Tu sabes que eu sou de uma família de mercadores", dizia para justificar-se de certas concepções do mundo, para reforçar suas visões do futuro do Rio Grande, que nunca tinham passado pelas nossas cabeças de jovens interioranos educados pelos padres maristas e pastores metodistas. Sua concepção estratégica era completamente diferente dos discursos que costumávamos escutar em Santa Maria.

– Meu pai sempre diz: "O transporte é a chave do progresso, porque sem comércio só há estagnação" – e continuou sua apreciação influenciada pelo que vira em Livramento pela primeira vez. – Foi muito bom ter vindo aqui. O pessoal de Porto Alegre não tem noção do que seja este interior, muito menos do por que as coisas estão assim. Meu pai foi amigo do Castilhos. Do Borges, então, nem se fala. O presidente gosta de ouvi-lo, principalmente quando ele fica a lhe falar sobre o mundo. Ele conhece tudo, a América, a Europa – disse, como se fosse um nariz-de-cera para abrir seu discurso.

Preparei-me para ouvir. Eu não conhecia seu Giulio pessoalmente, mas sim de muito ouvir Bozano falar dele. Tinha-o como um homem do mundo e de nosso tempo, que tão logo chegou ao Rio Grande entendeu onde estava o nó que ainda amarrava o estado adelgaçando num moirão bem forte.

– Meu velho logo viu que a causa da grande disparidade entre as regiões do Brasil é a concentração de sua infra-estrutura de transporte numa só região do país. O Brasil só tem dois portos que mereçam este nome, o do Rio de Janeiro, que serve também a Minas, e o de Santos, que atende a São Paulo. Ele diz que nosso terceiro porto fica em Montevidéu.

Sua tese era de que o Rio Grande do Sul, apesar de ser um estado litorâneo, não tinha um sistema de docas com capacidade para impulsionar um comércio nos volumes de seu potencial de produção. Isso já saltava aos olhos de seu Giulio, que era um navegador, ao chegar aqui, no fim do século passado. Era óbvio que havia alguma coisa errada, obscura, no isolamento marítimo do Rio Grande. A sazonalidade da navegação da entrada da barra da lagoa dos Patos, em Rio Grande, o único ancoradouro de nosso litoral marítimo capaz de receber embarcações de grande calado, era a causa desse isolamento. Sua regularização era uma prioridade tão evidente que não dava para entender por que aquela cidade não tinha um porto que merecesse este nome. Mais tarde, na medida em que foi conhecendo o Brasil, seu pai compreendeu que, na verdade, essa aparente aberração não era simples incúria: devia-se a uma doutrina pronta e acabada. Esta mandava criar obstáculos às rotas de penetração, numa concepção de defesa nacional em que se destinava ao Rio Grande do Sul um papel de contenção de invasores estrangeiros e que, por isso, o estado não podia deter, em seu território, aquelas facilidades e elementos vitais para o país que, se caíssem nas mãos de prováveis inimigos, viriam a fortalecê-los e poderiam ser usados contra nós mesmos.

Outra explicação, esta até aceitável, seria a do elevado custo, para os cofres do estado, das obras necessárias para viabilização da barra para navegação o ano inteiro. Seria plausível dizer que, por causa do gigantismo da obra e das limitações tecnológicas da engenharia disponível no país, a forma mais inteligente de se investir recursos escassos em transporte era adotar uma outra alternativa, na forma como estávamos: deitarmos trilhos ao longo das incomensuráveis planícies e planaltos do *hinterland*, fazendo-os desembocar em duas ou três saídas. Com um mesmo volume de recursos financeiros e tecnologia mais simples, em vez de uma obra ciclópica para conter um oceano de correntes instáveis e águas bravias, o mais razoável seria fazer como foi feito, introduzir um sistema capilar que desembocasse no seu desaguadouro natural, o rio da Prata, como era já a visão primitiva dos portugueses que se instalaram na Colônia do Sacramento. Na outra ponta, ficava o próprio Rio Grande do Sul, mais Santa Catarina e Paraná, ligando-se, por aí, a São Paulo.

Essa disposição da infra-estrutura logística atendia a vários requisitos políticos e econômicos, encaixando-se nessa doutrina de defesa nacional, que vinha do tempo da Colônia, perpassara o Império e, agora, se mantinha na República. Na visão estratégica dos militares, bastava explodir uma grande ponte e se cortava o acesso aos centros vitais. Um alcance geopolítico desta teoria era que se mantinha o Uruguai num alto grau de dependência do Brasil, uma maneira, embora parcial, de assegurar uma presença brasileira no estuário do Prata. Uma das maiores riquezas da Banda Oriental era seu porto, que tinha três quartas partes de sua renda tirada do embarque e desembarque de mercadorias e produtos brasileiros.

– Com a vantagem de não precisarmos estar com os provisórios lá dentro para acalmar os castelhanos, não é, Alemão?

Tive que concordar, embora especulando o quanto o dr. Borges não estaria gastando para manter os *blancos* acesos e o tanto que o Rio de Janeiro empregaria para ajudar os *colorados* a ficar no poder, repassando uma parte desses cobres para os maragatos, que assim, na volta, nos deram tanto trabalho aqui dentro do Rio Grande.

– Veja de onde vem todo esse progresso de Santana: a maior parte do nosso charque sai de Pelotas, de trem, passa por lá para embarcar em Montevidéu e ser vendido no Ceará, em Pernambuco, no Nordeste inteiro e também na Europa, Cuba e sul dos Estados Unidos. Esse fator político é tão importante que acabou contribuindo de um modo decisivo para o progresso de Montevidéu e nos transformou em simples território de passagem, pois veja que por ali sai uma boa parte da produção de café de São Paulo, descongestionando o porto de Santos, as madeiras do Paraná e de Santa Catarina, além da própria produção gaúcha. Isso está mudando. Mas muito devagar. Meu pai diz que o mais certo seria nos aliarmos com os castelhanos, desmilitarizar esta fronteira e atuarmos em conjunto nos mercados mundiais. Com isso, em vez de território de passagem seríamos um pólo produtor – completava. – Entretanto, há muitos interesses de manter a situação como está. De um lado, os belicistas e comerciantes de armas que vêem Brasil e Argentina como bons mercados para seus produtos; de outro, as companhias investidoras em infra-estrutura que captam recursos na Europa e nos Estados Unidos para aplicar no Brasil e que, depois, concluídas as obras, desinteressam-se pelos serviços, pois, afinal, à nação cabe garantir aos acionistas o retorno de seu capital. Cansei, desde guri, de ver o dr. Borges e meu pai falando dessa coisa – continuou Bozano. – Agora, finalmente, parece que o presidente conseguiu resolver. Teve que brigar com o governo federal, foi para a justiça contra a *Compagnie Française du Port du Rio Grande do Sul*, contra o engenheiro E. L. Corthell, retomou os portos e está acabando a regularização da barra. Aí, sim, vamos ter navios saindo e entrando o ano inteiro. Com isso vamos agregar à nossa economia uma região que está fora dos mercados nacional e internacional, que são as colônias. O Rio Grande está de costas para o mar e um enorme pedaço, o mais populoso e dinâmico do Estado, está fora dos mercados. Tudo por causa da defesa nacional. Atenta para o que concluí em Santana: os automóveis, lá e também por este nosso interior afora, mesmo o nosso Ford Modelo T, têm a direção do lado esquerdo. Por que isso? Porque eles entram por Montevidéu e lá eles usam a direção inglesa. Entretanto, em Porto Alegre e no resto do Brasil não é assim, pois aqui no Brasil usamos a mão americana. Mas como essa indústria é um setor vital, não pode vir para o Rio Grande. A Ford e a Chevrolet estão com suas linhas para montagem no Rio e em São Paulo, perto dos portos. Os carros vêm desmontados e eles os armam lá para depois nos vender com seu preço e mais o frete. Quando deu a guerra, que nos obrigou a fabricar no país muitas peças que faltavam porque não podiam ser importadas, foi lá que se montaram as fábricas de sobressalentes. Aqui não temos nada. Nada de elementos vitais em nosso território. Isso é o que meu pai pensa. E está certo. Acredito que ele pegou qual a verdadeira causa de nosso atraso. Tenho certeza de que com a remodelação dos portos e a regularização da barra vai surgir um outro Rio Grande. Quem sabe, com isso, a gente consiga botar aqui uma indústria de verdade. Talvez até montar aqui os autos que nos vêm do Sudeste.

Em Rosário tivemos as primeiras notícias do *front*. Na estação embarcou o capitão Octacílio Pacheco, do 15º Corpo Auxiliar daquela cidade, que estava seguindo para Santa Maria. Iria receber um armamento destinado à sua unidade que estava vindo de Porto Alegre e tratar de um ferimento. Ele nos pôs a par dos últimos movimentos de Honório Lemes. Tinha acabado de enfrentar o Leão e estava chocado com a violência dos homens do Caverá.
– O Honório tomou Cacequi, marchou sobre São Gabriel, contornou a cidade e ocupou Rosário. Daqui ele voltou para o Caverá e diz-se que investe sobre Livramento. Todas essas cidades têm guarnição federal e ninguém fez nada para impedi-lo. Bom, pelo menos não se incorporaram, como fez o pessoal de Saicã, o que para nós já é lucro – disse o capitão, contando como havia sido seu recontro com Honório em Rosário: "Recebemos um aviso do capitão Pires Coelho de que

uma poderosa força rebelde se aproximava da coudelaria e pedia-nos que fôssemos reforçá-lo. Quando o nosso comandante, o coronel Garibaldi Tomasi, preparava-se para marchar, chegou outro próprio do Exército, um sargento, com um bilhete do tenente Ari Salgado Freire dizendo que não havia perigo, mas que mandasse um esquadrão com munição e que guarnecêssemos a cidade, porque o ataque deveria ser a Rosário. E assim foi. Quando eu estava chegando à fazenda, tapados por um cerrito, lá estavam eles. Foi um esparramo, seu coronel. Peleamos até de espada. Depois do combate foi um deus-nos-acuda. Aqueles celerados botaram a gravata colorada em todos os prisioneiros que puderam capturar.

O capitão contou, horrorizado, uma cena da qual não pude deixar de rir. Dois de seus graduados, o sargento Alencastro Oliveira e o cabo Miguel Maria, já estavam rendidos, prontos para a degola, quando foram soltos pelo coronel Alfredo, filho do Honório, que era amigo do Alencastro. Os dois já estavam atados e pelados quando chegou o rapaz gritando: "Estes dois me pertencem. Deixem que eu mesmo vou degolá-los". Pegou os dois, conduziu-os para a margem do rio Santa Maria e ali cortou-lhes os tentos e mandou-os fugir a nado. Antes, porém, deu-lhes uns cortezinhos, na polpa das mãos, para mostrar aos demais a faca ensangüentada e não levantar suspeitas. Se não o fizesse, a turma sairia atrás deles. Os dois ficaram o dia pelos matos e foram dados como mortos. As famílias chegaram a ir rezar na vala comum em que foram enterrados os degolados. Assim que os rebeldes se afastaram, eles procuraram o caminho de casa, em Capela Saicã. Chegaram de madrugada. A mulher do cabo Miguel, ouvindo sua voz e as fortes batidas na porta, quase morre de susto: "Jesus, Maria, José, livrai-me", implorou aterrorizada, pensando ser a alma do marido que tinha vindo buscá-la, a fim de levá-la com ele e seguirem juntos para o outro mundo.

– O coronel Garibaldi foi incorporado ao destacamento do coronel Augusto Januário e marcha na vanguarda, no rastro do homem – continuou o capitão Octacílio –; eu fiquei para trás porque estou ferido. Vou me tratar em Santa Maria.

Ele contou que, quando Honório ameaçou Rosário, o 15º retirou-se, pois o clima de revolta contra o Bernardes entre os oficiais do Exército era tanto que os provisórios temeram ficar entre dois fogos se a guarnição federal aderisse quando a cidade estivesse sendo atacada pelos libertadores. No caminho, encontraram-se com a força de Livramento e se incorporaram, reforçando aquela unidade e livrando-se das patas dos cavalos dos maragatos.

Excitados com essas notícias, chegamos a Cacequi e trocamos de trem, seguindo para São Gabriel, enquanto o capitão Pacheco seguia para a nossa cidade. Mesmo no pequeno tempo que ficamos esperando a conexão deu para sentir o clima de apreensão que ainda não se desvanecera desde a recente ocupação da cidade pelas tropas de Honório Lemes. Os rebeldes haviam danificado as linhas telegráficas e cometido outras depredações antes de se afastarem em direção a Rosário. O resto da história vocês já sabem, pelo relato do provisório que acabo de reproduzir.

Logo que a nossa composição partiu, voltamos a falar do embate de Saicã. Concordamos ser justo que o capitão estivesse furioso com a eliminação de seus homens capturados pelo inimigo, mas a gente tem que compreender que isso era assim mesmo, pois nem sempre a degola decorria da simples maldade. Esse era um caso típico de vingança de velhas rixas. Octacílio era um dos próceres do clã dos Pacheco, chefes políticos ali daquela região, que viviam em tropelias com a gente do Honório Lemes. De longa data que naqueles cafundós lenços brancos e vermelhos cometiam as maiores violências entre si. Que mais se podia esperar quando um grupo submetia o outro como nesse caso? Era um ajuste de velhas contas, que não se podia caracterizar como um massacre puro e simples. Aquela era a hora das revanches, pois morte em revolução não é crime.

– Estamos com sorte, pegamos uma locomotiva Mikado. É nova e veloz – comentei, assim que o trem adquiriu velocidade.

– Vocês santa-marienses sabem mais de trens do que de pêlo de cavalo – comentou Bozano.

A composição atingiu a "Terra dos Marechais" ao entardecer. Mal descemos do trem, avistamos Toeniges, que ali estava, aflito para nos dar conta do que se ouvira na estação sobre um combate no interior de Livramento.

– Coronel, dizem que o Honório brigou com o 2º de Cavalaria no Caverá e que foi um esparramo. Parece que o comandante do nosso lado saiu ferido e que morreu gente que não foi brincadeira.

Corremos à estação telegráfica. O chefe de telecomunicações confirmou-nos que a partir de meio-dia começaram a chegar relatos sobre um desastre no Passo da Conceição naquela madrugada. Os despachos tinham sido enviados para a Intendência, onde estava o comando legalista. Pulamos para nosso automóvel. Toeniges tocou para o centro a tudo o que dava. Enquanto guiava, comentava a boataria. Quando lá chegamos, a notícia foi confirmada. Sem muitos detalhes, mas com toda a certeza: nessa madrugada, no Passo da Conceição, Januário e Honório se encontraram e o Destacamento de Santana retirou-se do teatro de operações com seu comandante gravemente ferido. Mais não se soube, mas já bastou para termos certeza de que a intuição de Bozano era procedente. Honório continuava na guerra. Entramos no carro e voltamos acelerando para Caçapava. Antes de deixarmos a cidade ele parou na agência postal e selou uma carta para Maria Clara. Continuava escrevendo-lhe quase todos os dias. Esta redigira no trem. Em Rivera, postou uma com selo uruguaio. Mandava sua correspondência de onde estivesse, pela mala da Brigada ou pelos correios, não importava se ela recebesse uma com data depois da outra.

– Contei para Maria Clara do encontro com o Theo. Não sei se ela se lembra dele, mas certamente vai recordar que ele estava junto quando ela me deu a idéia de tomarmos as máquinas do *Correio da Serra* – disse.

– Onde andará o Arnaldo? – perguntei por perguntar.

– Acho que no Rio. O sacripanta está grudado no Luzardo, que o tirou da cadeia. Deve estar bem quietinho, porque se botar a cabeça de fora pegam-no de volta.

Essa lembrança de Bozano me trouxe de novo à memória aquela cena. Confesso que nunca esperaria da boca de Maria Clara o que ouvi e que, para Soveral, representaria um quilo a mais de açúcar na vingança.

Naquele dia discutíamos a nossa dificuldade para obtermos o equipamento para o Jornal de Debates, *depois que o Ney, do* Diário do Interior, *tirara o corpo fora, retirando a oferta da impressora, certamente temendo nossa concorrência no mercado. Bozano estava pensando em importar uma Marinoni, que seu pai poderia mandar trazer por um de seus navios, ou comprar alguma máquina usada no Brasil ou no Uruguai, quando ela interveio na tal conversa, em que o seu Teóphilo estava presente. A gente consultava o velho que, por ser de Livramento, poderia saber de algum meio mais fácil de trazer o equipamento da Banda Oriental.*

– Por que vocês não tomam a máquina dele na justiça? – disse Maria Clara, como se isto fosse a coisa mais natural do mundo.

– Como tomar na justiça? – perguntei.

– Claro – cortou prontamente Bozano –, ela tem razão. Nós vamos pedir uma indenização que eles não terão como pagar. Nada mais natural do que seqüestrarmos o patrimônio do jornal.

– Tu estás louco, Júlio Raphael, nenhum juiz vai dar uma sentença dessas – contestei.

– Claro que dará. Vou trabalhar neste sentido.

– Êta, mocinha de faca na bota... – foi o comentário admirado do Theo.

A sugestão da namorada inflamou Bozano e ele começou a agir imediatamente. Fez desse processo contra Arnaldo Melo o acontecimento mais explosivo de toda a campanha eleitoral em andamento, que não se limitou à região de Santa Maria, pois sua repercussão acabou atingindo o estado inteiro. O final, inesperado para o padrão da época, com a condenação do réu e o arresto do jornal, produziu uma jurisprudência que desencadeou uma avalancha de processos contra autores de artigos ofensivos aos chefes republicanos pelo Rio Grande afora.

Esse comportamento de calar o adversário não era o normal de nosso partido, pois a doutrina positivista assegura amplíssima liberdade de imprensa. Até então, desde antes da República, as ações contra jornalistas resumiam-se à coação física, à depredação de instalações ou à apreensão pura e simples dos exemplares das publicações inconvenientes depois que chegassem à rua. O emprego da lei seria uma novidade.

É preciso também lembrar que na época, 1921, uma campanha para a presidência do país não despertava o menor interesse no Rio Grande do Sul, além de um pequeno círculo palaciano, onde transitavam as questões de poder nacional. Para um chefe político comum, nos municípios ou mesmo na Assembléia dos Representantes, nenhum dos dois candidatos ao Catete dizia coisa alguma. A sucessão e os negócios brasileiros eram preocupação de paulistas, mineiros e, até, de nordestinos. Nós aqui no Rio Grande vivíamos a nossa vida: eles lá, nós cá. Assim era desde a proclamação da República. Os mais velhos diziam que durante a Monarquia era muita a interferência do sistema paulista aqui no estado. Depois de 89, virou 180 graus. Hoje até parece que somos uma província autônoma, tal a distância entre o Catete e o Piratini, tamanha a indiferença mútua entre o Rio de Janeiro e Porto Alegre.

Por isso eu achava exagerada a preocupação de Bozano com a sucessão presidencial em 1921. Só lhe dava importância por saber que o dr. Borges dera-lhe instruções para vencer o pleito em Santa Maria. Como tudo o que vinha de nosso chefe unipessoal era assunto sério, levamos à ponta de faca o trabalho de qualificação de novos eleitores e outras providências necessárias a uma vitória esmagadora.

Os fatos políticos que alimentavam aquela campanha, iniciada ainda antes da chegada de Bozano, vinham se desenrolando pachorrentamente, pois também nossos adversários não davam a mínima para seu candidato. Quando o dr. Borges anunciou a formação da Reação Republicana, em maio, apoiando a chapa Nilo-Seabra, os federalistas, quase que por dever de ofício, anunciaram seu apoio à outra dobradinha, Bernardes-Urbano Santos. Afinal, o mineiro também não era companheiro deles. Eu só fui entender o porquê da preocupação com a situação federal depois que o Bernardes mandou distribuir armas e dinheiro para os assisistas derrubarem o dr. Borges, dois anos depois, em 23.

O circo pegou fogo ainda em em outubro com dois acontecimentos. Um deles de cunho político, que foi a divulgação das cartas falsas atribuídas a Bernardes atacando o Exército e o marechal Hermes. O outro foi a reação do Correio da Serra *e dos aliados de Arnaldo Melo à inicial da ação proposta pelo* coronel Sabino. As cartas provocaram uma reação desmedida, no meu entender, entre os oficiais do Exército, que resultaram em nos aproximar de uma parte deles. E o processo judicial levou os federalistas e os demais oficiais situacionistas a explicitar o conluio que vinham desenvolvendo. Tudo isso acabou desembocando na sucessão estadual do ano seguinte, esta sim o estopim da maior convulsão social e política do estado desde a Revolução de 93.

Quando Bozano entrou com o processo, nossos adversários imaginaram que aquilo iria terminar como sempre, em nada, ou em uma pequena indenização ao ofendido. A acusação apresentou uma testemunha que deixou os advogados de Arnaldo Melo paralisados: o deputado e coronel Rafael Cabeda afirmou que na hora do crime estava na casa de Sabino Araújo tomando mate com o suspeito. Cabeda era uma figura inatacável, alto prócer do grupo a que pertencia Arnaldo Melo. Engenheiro formado na Alemanha, trabalhara na Inglaterra e na França, voltando ao Brasil para se transformar num dos mais importantes caudilhos da fronteira, liderando uma coluna revolucionária em 93. Desmenti-lo seria um sacrilégio. (Ele morreu logo em seguida ao processo, abrindo vaga na Câmara Federal para o deputado Getúlio Vargas, que assumiu como líder de nossa bancada.)

A defesa rebateu, então, incluindo, como prova da inocência dos editores do jornal, um telegrama enviado de São Gabriel, assinado por um tal Victório Portela, a quem se atribuiu a autoria da reportagem. Segundo os padrões da época, essa manobra bastaria para livrar Arnaldo Melo da autoria do crime de injúria, reduzindo-se a culpa apenas a uma difusa co-responsabilidade institucional do Correio da Serra, por ter dado crédito a uma matéria infundada. Bozano viu uma brecha nessa prova. Decidiu investigar a fundo a alegada autoria.

– Soveral, tu que és gabrielense, vai até lá e me descobre de onde saiu esse telegrama. Não tenho dúvidas de que é forjado.

– Em primeiro lugar, não sou gabrielense, pois nasci aqui mesmo em Santa Maria. Mas vou lá tirar isso a limpo – concordou o capitão.

De fato, Soveral nascera em Santa Maria, mas fora criança de colo para São Gabriel, porque seu pai, que era oficial de Artilharia, ia servir no famoso regimento "Boi de Botas", assim chamado porque seus canhões, na Guerra do Paraguai, eram puxados por juntas de bois e não por cavalos, como seria o normal.

Ainda de São Gabriel, passou um telegrama: AGENTE TELEGRAFO SGABRIEL GARANTE MENSAGEM FALSA PT LEVO DOCUMENTO PT PUSTULA MENTIU PT SAUDACOES SOVERAL. Voltou exultante.

– Está aqui, está aqui! Tenho uma declaração por escrito do agente dos telégrafos de que tal mensagem jamais foi passada de São Gabriel. Se for necessário, ele vem a Santa Maria depor – assegurou Soveral.

Na repartição dos telégrafos de São Gabriel trabalhava um antigo colega de escola de Soveral, amigo dos tempos em que eram piás. Os dois vasculharam toda a documentação da agência e nada encontraram. Era definitivo, aquele telegrama não fora expedido daquela cidade, caracterizando-se, portanto, a falsificação de um documento público. O que o deixou mais satisfeito foi que o telegrama realmente não existia, nada foi preciso apagar nem chamar qualquer funcionário ao dever. A verdade estava do nosso lado. Assim mesmo, Bozano viajou com ele outra vez a São Gabriel para repassar tudo direitinho. Instruíram a testemunha e só então essa prova material e testemunhal foi acrescentada ao processo.

Porém, nem Arnaldo Melo nem seus advogados pareciam preocupados, tanto que nem sequer contestaram essa nova prova. Na verdade, eles acreditavam que o processo não seria julgado a tempo e que tudo sumiria na vala comum da lama eleitoral que habitualmente rolava durante a campanha eleitoral. Como eu disse, ninguém, nem mesmo eles, àquela altura, dava maior importância à sucessão presidencial, considerada um acontecimento menor. O que faziam era juntar munição para a grande batalha política que deveria se travar no final do ano seguinte, a sucessão estadual marcada para novembro de 1922.

Também é preciso explicar uma outra coisa antes de se concluir que eles se deixaram pegar porque Arnaldo Melo e seus advogados santa-marienses seriam simplesmente burros. Nessa época, começou a se bandear para a candidatura oficial o líder da bancada gaúcha na Câmara dos Deputados, o santa-mariense e deputado pelo 2º Distrito Carlos Maximiliano. Ele era um jurista de grande renome, de origem federalista e parlamentarista juvenil, que fora convidado pelo dr. Borges a disputar uma cadeira na Câmara pelo Partido Republicano, mais porque o Rio Grande precisava de um parlamentar de sólida e respeitada base jurídica do que pela força que sua adesão pudesse somar às nossas hostes. Carlos Maximiliano havia dado pareceres favoráveis a Arnaldo Melo no processo, o que dava à equipe deste a certeza de que os magistrados que respondiam pela Justiça em Santa Maria não se atreveriam a desqualificá-lo, proferindo uma sentença contrária. Entretanto, foi o que ocorreu, e Bozano ganhou a causa de ponta a ponta.

Nossa vitória – digo nossa porque Soveral tinha contas a acertar com Arnaldo Melo e além disso todos participamos das ações que se deram durante o processo – foi uma surpresa. A sentença foi igualmente acachapante: seis meses de prisão para Arnaldo Melo e pagamento das custas do processo. Nem bem souberam da decisão do dr. Álvaro Leal, juiz de Comarca de Santa Maria, os advogados do réu tomaram suas providências: mandaram seu cliente colocar-se sob a proteção do coronel Tito Villalobos, comandante do 7º Regimento de Infantaria, que o recolheu ao quartel do Exército.

Não dá para descrever a sede de Soveral de dar um troco a Arnaldo Melo pelos dez meses que passara em galera acusado de ser o autor da invasão do Correio da Serra *em 1918. Ele tinha aquelas ofensas atravessadas na garganta como se fosse uma espinha de peixe. Ao saber que a sentença seria condenatória, articulara-se com os brigadianos da cadeia pública e se preparara para recolher o desafeto. Entretanto, como expliquei antes, não pôde cumprir o mandado. Foi desconcertante para ele, mas útil a longo prazo para o partido, pois o apoio decidido do coronel abriu um divisor de águas entre a oficialidade, que acabou revertendo a nosso favor um ano mais tarde, quando se iniciou o levante contra a quinta reeleição. O Arnaldo escapou de boa, pois Soveral dizia a quem quisesse ouvir que estava preparando o "mingau" que daria de comer ao prisioneiro tão logo ele fosse preso por seus antigos subordinados, do tempo em que foi delegado de Polícia.*

– Olha aqui o material que estou preparando para o pústula – dizia, enchendo seu prato de comida de cebolas, feijão, alho e outras matérias-primas que dariam a massa para o latão de estrume que estaria em fase de fermentação.

Garanto que o sacripanta não dormia à noite temendo que uma ordem qualquer obrigasse Villalobos a botá-lo para fora do quartel e ele caísse nas mãos dos brigadianos, que não tiravam o olho do 7º, esperando que ele saísse para um passeio.

Sua autoprisão no quartel do Exército foi imediatamente contestada por Bozano. O juiz oficiou o Comando, argumentando que um réu condenado pela justiça estadual deveria cumprir pena em estabelecimento do Estado, devendo este, portanto, ser devolvido às autoridades competentes.

No Regimento, o assunto passou a criar, igualmente, instabilidades. Um bom número dos oficiais jovens da guarnição estavam possessos com os situacionistas por causa da suposta carta do Bernardes chamando os militares de santos. A proteção a um defensor exaltado da candidatura do ex-governador de Minas gerava contestações e já evoluía para divisões e até ameaças de rebeliões. O comandante precisava de um suporte legal para mantê-lo ali. Apelou, então, para o ministro da Guerra, sugerindo a transferência do prisioneiro para uma unidade federal em outra cidade. Calógeras encontrou outra solução, completamente estapafúrdia, para manter Arnaldo naquele quartel, à custa de Villalobos, porque certamente nenhum outro comandante aceitaria um hóspede tão incômodo, que poderia colocá-lo numa situação esquerda, entre a legalidade e a desobediência. O ministro determinou ao serviço de recrutamento do Quartel-General da 3ª Região Militar que expedisse uma carta patente de primeiro-tenente da Guarda Nacional em favor de Arnaldo Melo. Como oficial da reserva ele teria direito à prisão em próprio federal. Ocorre que tal carta patente teria seu valor contestado, pois desde a extinção da Guarda Nacional, em 1910, que estavam proibidas as concessões de patentes daquela instituição.

Enquanto se discutia na justiça se a patente de Arnaldo Melo valia ou não, veio o segundo golpe. Condenado a pagar as custas do processo, foi-lhe apresentada a conta dos honorários advocatícios pelo trabalho do dr. Júlio Raphael de Aragão Bozano, no valor de 36 contos de réis. Os advogados de defesa caíram de pau em cima dessa conta, argüindo sua exorbitância. Diziam que esse valor seria muitas vezes superior ao que poderia cobrar Rui Barbosa, que era reconhecidamente, pelo menos por nós brasileiros, o maior advogado do mundo. Que dizer de um jovem recém-formado? Enquanto procuravam convencer o juiz do absurdo, Bozano entrou com uma ação executiva de cobrança, aceita pelo juiz distrital Coriolano Albuquerque, que determinou o arresto dos bens do devedor como garantia da dívida. No dia 13 de outubro de 1921, as propriedades de Arnaldo Melo, a redação, as oficinas e tudo o mais do Correio da Serra, *mais a loja, os depósitos e as mercadorias da Livraria Vitória foram entregues aos fiéis depositários, coronel Anthero Silveira e capitão Raul Soveral. Dois dias depois, Bozano tinha, por conta de seu crédito, o usufruto temporário do equipamento de que necessitava para botar na rua o seu jornal.*

Bozano não quis usar a sala da redação, pois ficara à família Melo o direito de permanecer na ala residencial do prédio. Soveral mandou trancar as portas dos fundos, impedindo que a mulher e a mãe tivessem sequer acesso ao pátio, cuja área fazia parte dos bens arrestados. Só podiam sair para a rua pela porta da frente. Por isso não achou conveniente apossar-se de tudo, pelo menos por enquanto. Rapidamente começamos os trabalhos para fazer sair o Jornal de Debates.

Eu estava com isso na cabeça quando chegamos ao acampamento. Já passava de meia-noite. Encontramos Soveral ansioso por notícias nossas e do contingente que estava em operações: tinha despachado nessa tarde, por volta de 5h, um piquete do 4º Esquadrão, comandado pelo segundo-tenente Waldomiro Soares, à procura de um grupo de rebeldes que estariam escondidos nos matos do Bojuru.

– A coisa está chegando, Raul. Daqui a uns dias estarão por aqui. Vamos limpar bem o terreno para que eles não encontrem nem uma só touceira para pastar – disse Bozano, aprovando o envio do contingente ao Bojuru, mesmo que fosse para bater um só homem.

Nem bem tínhamos regressado, entrou no acampamento a tropa do 3º Esquadrão, do capitão Cristiano Bohrer, que vinha da Cerca de Pedra. Sem novidades. Descanso.

Capítulo 15

Segunda-feira, 24 de novembro
Waldomiro

– Tenente, encontramos o acampamento deles. Estão muito bem localizados, protegidos pela mata e entocados atrás da barranca. Não dá para saber quantos são, mas acredito que vão para mais de 50, pois havia uns cinco fogos acesos – disse o cabo Manoel Ferraz, que fora em descoberta com um vaqueano, companheiro daquela região, e levava ao acampamento a informação de um bivaque dos rebeldes.

– Não deu para ter uma idéia de nada mais? – perguntou Waldomiro, insatisfeito com o relato de seu batedor, que havia seguido com mais cinco soldados para descobrir o inimigo.

– Não deu, tenente. Eles estão com sentinelas muito bem postadas. Tivemos que ir só o vaqueano e eu, rastejando no meio da vegetação. Deu para ver muito pouco. Estão bem escondidos.

– Sargento, vamos nos preparar para marchar enquanto eu penso qual a melhor maneira de surpreendê-los – ordenou ao sargento Miguel de Souza.

O cabo Manoel era um bom batedor. Sabia observar o terreno, guardava os detalhes da topografia e da cobertura, tinha bom senso tático para dar sugestões. Por isso Waldomiro o mandara comandando a patrulha, pois sabia que seria capaz de fazer de cabeça um mapa preciso da área vistoriada.

– Eu digo que o único jeito de chegar neles é se mostrando – opinou o cabo. A esta altura o sargento Souza já estava ali ao lado, junto com o outro cabo do piquete, pronto a partir.

Às 4h da manhã foi dada ordem de marcha. O piquete, que corresponde a um pelotão no Exército, era composto de 25 homens, dos quais dois especialistas em metralhadoras. O inimigo certamente era mais numeroso, porém teria inferioridade de armamento. O essencial de qualquer plano para um ataque em inferioridade numérica seria ter a retirada assegurada, para evitar algum desastre. Vá que os maragatos estivessem com um equipamento melhor do que se imaginava; o jeito de sair fora de um revés é montar a cavalo e dar às de vila-diogo.

Waldomiro foi dosando a marcha para chegar ao local do recontro ao clarear do sol. Um combate noturno seria desvantajoso para eles, pois os inimigos poderiam se aproximar escondidos pela escuridão e com isso compensar a provável inferioridade de armamento. Num combate a curta distância seria possível a eles empregar armas de pouca serventia, como as jurássicas carabinas Comblain, Mannlicher ou Chassepot. Numa briga dessas seria possível lutar de revólver ou pistola, que são equipamentos com alcance útil de não mais de 50 metros. Se o tenente os pegasse como planejara, somente poderiam participar do embate homens armados com fuzis modernos. Esperava com isso reduzir o número dos efetivos da oposição.

– Manoel, tens certeza de que eles não te viram ontem de noite? – perguntou o tenente.

– Tenho, sim, senhor.

– Pois começa a rezar para eles estarem lá ainda. Tu já pensastes no fiasco que vai ser se nós tomarmos posição e só encontrarmos vassoura vermelha para combater? – tornou Waldomiro.

– *Bueno*, tenente, se saíram devem estar por perto, pois, descansados do jeito que pareciam, não teriam muito tempo desde que fui-m'embora.

O embuste era para dar a impressão de que passariam em marcha batida com algum outro destino. Para isto, formaram como em deslocamento, em coluna de três, mosquetões à meia espalda, cavalos a trote, simulando muita pressa de chegar a algum destino. Sem cuidado aparente, levantando poeira, o piquete foi se aproximando pelo corredor, como se estivesse indo em direção à estrada real.

Quando chegaram perto, vencendo um tope, Manoel mostrou os lugares em que assinalara as sentinelas. Não sabia se eram só as que viu, nem quantos homens havia em cada posto. Waldomiro avaliou as posições e indicou ao sargento o lugar da manobra de ataque, o ponto mais favorável para evitar de caírem em um fogo cruzado. Sem olhar para os lados ostensivamente, sem usar binóculo ou fazer qualquer movimento que denunciasse seu conhecimento de onde o inimigo se encontrava, o piquete seguiu, disfarçando sua intenção.

Chegando ao ponto escolhido, Waldomiro esporeou o pingo e a tropa compreendeu que estava na hora de a onça beber água. Velozmente foram se estendendo em linha e se colocando no terreno antes de investir contra a posição inimiga. Imediatamente viram que havia maragato no pedaço, pois começaram a espocar os tiros vindos do mato do Bojuru. A linha foi avançando a galope, soldados tirando as armas, escabeceando-se para se desenlear das correias, abrindo fogo ainda montados e no galope.

Do mato levantava-se o fumo expelido pelo cano das armas. Ouvia-se o zunir das balas, e um e logo outro homem caíram atingidos. O grupo continuou no galope até o tenente dar a ordem de desmontar para um grupo de 10 homens. Os demais espalharam-se para a esquerda e para a direita, para flanquear o inimigo. As metralhadoras começaram a cuspir fogo. Estava estabelecido o combate.

Da posição das sentinelas iniciou-se um fogo contra os flancos do piquete provisório. Waldomiro disparava quase que de contínuo, pois cada soldado trazia cinco cunhetes prontos para recarregar. Sua intenção era saturar antes de ordenar uma carga contra os entrincheiramentos. Mais uma vez via-se a inferioridade bélica dos rebeldes. O som de seus tiros indicava uma variedade de equipamento, o que dificultava sobremaneira o remuniciamento, obrigando cada combatente a ressuprir sua arma, baixando o índice de eficiência dos melhores atiradores. Menos de meia hora depois de iniciado o tiroteio, era rarefeita a resposta à fuzilaria legalista.

Estava na hora de avançar. Waldomiro jogou-se contra a linha inimiga, correndo e se ajoelhando para disparar. O mesmo fazia o restante da tropa. Do outro lado, começava a retirada. Estava ganha a parada, mas ainda haveria muita bala voando antes de se darem por vencidos.

Quando o piquete do tenente Waldomiro regressou ao acampamento, ficamos sabendo que entre os rebeldes encontrava-se nada menos do que João Castelhano, que fugira tão logo se iniciara o tiroteio, rumando na direção do Cambaí. Por que os rebeldes insistiam em continuar operando uma pequena força nessa região? O que nos deixou mais assustados foi que, entre os prisioneiros, havia dois reservistas do 7º Regimento de Infantaria de Santa Maria. O que estariam fazendo essas pessoas aqui, se elas nada têm a ver com essa gente? Certamente, estavam a mando de algum oficial daquela unidade. Isso estaria a indicar um levante no quartel do Exército de nossa cidade? A adesão da guarnição federal de Santa Maria, por seu poderio de fogo, por sua posição estratégica, poderia desmontar nosso dispositivo de repressão. Era um fato muito grave. Bozano decidiu mandar os prisioneiros, mesmo feridos, para o quartel-general para que fossem interrogados e ficassem esclarecidas as razões de suas presenças numa tropa irregular tão longe de suas bases. Outro problema: não puderam capturar um sargento do 3º Batalhão de Engenharia, conhecido por Negrão, que era um dos mais aguerridos dentre os que continuaram na revolução depois do desastre do Barro Vermelho. Negrão certamente estaria em algum esconderijo preparando um outro bote.

A operação no Bojuru levantou novas dúvidas sobre a extensão do movimento. Não teríamos respostas imediatas. Bozano decidiu entrar em contato com o alto comando para ver se descobria alguma coisa. Seguimos de carro para Caçapava em busca de nosso canal confiável de telecomunicação, o telegrafista da agência local, para uma nova conferência e pedir instruções sobre como agir daqui para a frente.

Àquela altura estávamos certos de que a revolução encontrava-se no seu ponto de inflexão. Dependendo do que ocorresse nos próximos dias a balança penderia para um ou outro lado. Quem obtivesse uma grande vitória no campo militar venceria no político. Estaríamos, portanto, às vésperas de grandes acontecimentos bélicos. Mais uma vez me vem à cabeça a formulação de Clauzevitz, "a guerra é a política por outros meios". Os rebeldes tinham a seu favor alguns pontos: seu alvo, o governo central, estava politicamente abalado, em processo de crescente isolamento. No Rio de Janeiro, sua base de sustentação, um número crescente de grandes nomes, pulava para cima do muro à espera de um resultado, prontos a aderir a quem quer que fosse o vencedor. No campo militar, Bernardes também estava fraco. Apoio armado, para valer, só tinha em Minas e no Rio Grande. A crise chegava a seu auge.

Em Porto Alegre, embora contando com a lealdade canina da Brigada e de seus corpos auxiliares, também para o dr. Borges a situação começava a se complicar. Nosso presidente perdera muito de sua força como decorrência do Tratado de Pedras Altas, que proibia nova reeleição. Rei morto, rei posto. Sucessão aberta é perda constante de poder pelo governante. Com isso, em nossas hostes, muita gente boa começava a botar as manguinhas de fora.

O quadro, então, configurava-se assim: de um lado, dois chefes impermeáveis, Bernardes e Borges; de outro, um movimento rebelde que, diga-se a bem da verdade, principalmente fora do Rio Grande, mas também aqui, encontrava simpatias num espectro bem amplo da opinião pública. Teria espaço para crescer. Eu mesmo digo que, se tivessem tirado os maragatos da parada, deixando a disputa só entre os tenentes e o governo central, para nós republicanos rio-grandenses teria sido esse um movimento muito tragável, porque a sua proposta de acabar com a ladroeira e o jogo político de cartas marcadas já bastaria para reduzir os vícios que eram a desgraça do Brasil. Mas o nosso chefe unipessoal sabia o que fazia e sabia qual era seu lado, pois a presença dos lenços vermelhos na composição de forças adversárias nada tinha a ver com essa visão dos problemas brasileiros. Os assisistas queriam, simplesmente, pegar uma carona nos milicos para nos alijar do poder e derrogar a Constituição de 14 de Julho. Então, não havia o que discutir. Amigos de nossos inimigos inimigos nossos eram. Paciência.

Mas, voltando à situação daqueles dias, na hora em que chegamos a Caçapava para nos sentarmos ao lado do telegrafista, eram grandes a tensão e a incerteza. Isso até eu, que não sou nenhum luminar, entendia. O governo federal estava muito fraco e com seu poder de retaliação quase em zero, tanto que não conseguia atacar Iguaçu, onde tinham seu reduto os remanescentes da Revolução Paulista. A pouca força que lhe restava mandara para cá, que eram tropas do Exército da guarnição de Minas Gerais, comandadas por oficiais supostamente leais, um regimento da Polícia da Bahia, que, de fato, constituía a totalidade da força combatente que aquele estado poderia oferecer, e mais alguns gatos-pingados das polícias militares do Nordeste. Para enfrentar Isidoro, no Paraná, Bernardes teve que mobilizar um oficial de sua confiança, reconhecidamente pacifista e sem nenhuma experiência de guerra, o general Cândido Rondon, famoso humanista e positivista ortodoxo, que estava tendo o seu batismo de fogo no final de uma carreira militar dedicada às telecomunicações e salvamento dos últimos remanescentes indígenas do país.

O quadro político era grave. O governo central estava realmente acuado, isolando-se cada vez mais por causa da caturrice do presidente Bernardes. O mineiro não queria conversa com ninguém, enquanto pequenos levantes espocavam aqui e ali. Em Manaus, o tenente Ribeiro Júnior instalara-se no Palácio Rio Negro e assumira o governo junto a um grupo de oficiais do Exército. Dominava a cidade desde julho. Só faltava proclamarem a independência e reconstituírem um país no território do antigo Vice-Reinado do Grão-Pará. Aqui no Rio Grande era isso que estou contando: combatemos em duas frentes – nas Missões, fronteira com a Argentina, enfrentamos uma rebelião do Exército acrescido do apoio de um dos mais hábeis guerrilheiros maragatos, o general Leonel Rocha, especialista em guerrilhas naqueles territórios. No sudoeste, o general Honório Lemes galopava pelas coxilhas procurando levantar outra vez os libertadores de 23, percorrendo a região sob o olhar complacente, para dizer o mínimo, das forças federais.

Uma grande vitória dos rebeldes nos deixaria de joelhos. Acredito que todo o Brasil esperava, nesse momento, o que viesse a acontecer no Rio Grande do Sul para se posicionar. Se Prestes impusesse uma derrota significativa às forças que o cercavam no noroeste do estado, veríamos adesões em cadeia das unidades do Exército sediadas aqui e a rápida propagação do levante civil, com Honório. Um a um os estados iriam abandonando Bernardes. Os paulistas liberariam dinheiro para os revoltosos se reabastecer pela fronteira uruguaia. Rolaria muita *plata* em Montevidéu. Nós teríamos de retrair nossas linhas, refluindo para trás do Jacuí, entrando na defensiva, em crescente isolamento, sem rotas para nos ressuprirmos. Seria inevitável o fim do dr. Borges. Em pouco tempo os rebeldes teriam reunido um exército poderoso para assaltar o centro do país.

– O presidente está inquieto, perguntou-me várias vezes sobre o que eu sugeriria para conter o avanço libertador – contou-me Bozano, logo que terminou a conferência telegráfica.

Ele ficou horas no telégrafo. Primeiro recebeu um longo relatório com os detalhes dos acontecimentos no Passo da Conceição. Fora o maior combate até aqui, com mais de 100 mortos e 120 feridos recolhidos pela Cruz Vermelha. Foi muito grande a perda entre os rebeldes, pois Honório empregou pelo menos 1.200 homens. Entre os mortos rebeldes estavam verdadeiras legendas das armas libertadoras, os coronéis Catinho Pinto, Euclides Dornelles e o veteraníssimo Teodoro Menezes. Estrategicamente, foi um desastre, pois o general libertador gastou toda a sua munição para conter os legalistas e assim ficou sem oxigênio para atacar Livramento e obter a adesão do 7º de Cavalaria do Exército. Entre os nossos destacou-se um ferimento gravíssimo no comandante do destacamento, coronel Augusto Januário Corrêa, que teve uma perna amputada. O relatório diz que tivemos 11 mortos entre os militares e perdemos um homem entre os voluntários civis. Acredito que o número exato deva ser muito maior, pois havia uma ordem não escrita de reduzir o número das baixas nos relatórios, para não prejudicar o moral das tropas.

Esses combates sempre geravam controvérsias, pois, como ao final um saía para um lado, cada qual cantava vitória. O resultado efetivo só podia ser medido pelos dividendos políticos que cada um perfazia. Desse ponto de vista, não havia dúvida que foi um grande ganho para os revoltosos. Ao mandar o que Emílio Lúcio Esteves garantia ser a melhor tropa do Brasil mancando de volta para o seu quartel, recuperou-se a imagem de Honório Lemes, que vinha grandemente abalada desde o desastre de Guaçu-boi. No aspecto militar, devia ser creditado aos rebeldes um grande desempenho por terem superado a inferioridade técnica de seu armamento e também a seu general a capacidade que teve de aproveitar cada milímetro de terreno favorável. Com suas armas de uma quarta parte do alcance do equipamento adversário, Honório só podia combater com eficiência a curta distância. Para isso, precisava contar com dois fatores: o primeiro, aproveitar ao máximo as dobras do terreno e erupções rochosas como trincheiras; e, o segundo, contar com uma bravura desmedida de seus homens para atropelarem os inimigos sob fogo até que estivessem ao alcance de suas carabinas. Não foi uma tarefa fácil essa que os maragatos desempenharam em Passo da Conceição.

O momento mais dramático do combate foi no alvorecer de 23, para conter a entrada da Companhia de Metralhadoras do capitão Aristides Krauzer no desfiladeiro. Essa missão coube à unidade mais famosa do Leão do Caverá, uma fração da chamada "Brigada Velha", comandada pelo veteraníssimo Teodoro Menezes e que tinha como subcomandante o caudilho de Quaraí, coronel Catinho Pinto. Foi um ataque a peito aberto com as Winchester .44 de 15 tiros, armas rápidas e de fácil remuniciamento, contra metralhadoras Browning .30. Os dois coronéis tombaram à frente de seus homens, mas ali decidiram a sorte do combate.

Maior valentia do que esta só a do próprio Honório em Guaçu-boi. Lá o velho general, com seus 60 anos no lombo, não recuou quando viu a debandada de sua gente debaixo das rajadas das metralhadoras de Flores da Cunha, tomando uma lança e se atirando em cima dos legalistas, abrindo um claro nos inimigos que o atacavam. Só foi salvo de ser trucidado por uma malta de provisórios que o cercavam de baionetas caladas porque seu chefe do estado-maior, Juarez Távora, mandou um pelotão de lei do 5º Regimento de Cavalaria Independente do Exército, de Uruguaiana, comandado pelo tenente Hamilton Rey, investir com dois fuzis-metralhadoras para varrer os brigadianos e assegurar a retirada do comandante que lutava sozinho a cavalo, cercado de inimigos por todos os lados. Acredito que Honório pensava morrer no campo de honra ante o fiasco da tropa que comandava. Dessa vez, já acompanhado por seus seguidores fiéis da epopéia de 23, com seus homens do Caverá, sua imbatível Brigada Velha, recuperou com um banho de sangue a sua legenda. Ninguém poderia mais deixar de tirar o chapéu cada vez que pronunciasse seu nome.

Ao deixar o telégrafo, Bozano passou-me o texto do relatório que enviara ao comandante da 3ª Região Militar, sobre o recontro de Bojuru. Anotei o texto no Diário do 11º Corpo: "Piquete comandado alferes Waldomiro Silveira nos matos do Bojuru deu nova batida diversos grupos João Castelhano tomando 46 cavalos e todo material haviam sediciosos levado desta vila. Foi morto um rebelde cuja identidade não pôde ser verificada e levemente feridos os reservistas do 7º Regimento de Infantaria, classe 1900, Francisco Figueira da Silva e Júlio Martins Vianna. João Castelhano fugiu direção Cambaí acompanhado um homem, estando diversos piquetes empenhados sua prisão. Dizem presos que sargento 3º Batalhão conhecido alcunha Negrão desde tiroteio dia 19 não mais voltou unir-se João Castelhano não sabendo dele é feito. Atenciosas saudações. Aragão Bozano, Tte. Cel.". Dois pequenos enganos que decidi não corrigir, por irrelevantes: tenente e não alferes, como grafado; o material apreendido havia sido tomado em São Sepé e não aqui em Caçapava.

– Além disso tudo, parece que o Zeca Netto vai sair. O Serviço Secreto diz que ele esteve em Berachy para se despedir de Assis Brasil e que meu irmão ganhou uma divisa da filha do homem, a Maria Cecília – disse Bozano.

Nada comentei sobre o que falou de seu irmão. Seria desagradável dizer qualquer coisa, pois derrotá-lo era nosso dever. Segundo as informações, Zeca Netto estava esperando o momento para entrar em ação. Segundo o despacho recebido pelo nosso comandante, o caudilho aguardava o desfecho das operações contra Santana para decidir o seu destino. Se Honório tivesse tomado a cidade, ele iria para lá, pois ali seria uma base de operações para a tomada do Rio Grande do Sul. Como não deu certo, deveria vir para cá mesmo. Isso foi o que me disse Bozano.

– Alemão, as coisas estão esquentando. O dr. Borges me pediu para mandar um esquadrão reforçar o pessoal do dr. Chrispim Souza, de Lavras. Está havendo grande movimentação de libertadores no Rincão do Inferno, na junção dos três municípios, Bagé, Caçapava e Lavras. Vamos mandar o Armando Borges para lá.

– E do Honório, há notícias?

– Está vindo para cá. O caudilhete que se levantou em Lavras não é um João Castelhano. Julião Barcellos é de outra qualidade. É um chefe político. Agora começa a guerra, Alemão.

Capítulo 16

Terça-feira, 25 de novembro
Lavras do Sul

À 1h da madrugada, com seus 100 homens em forma, o capitão Bento Prado dá a ordem:

– 2º Esquadrão... Em frente: Marche! – um leve toque de espora na barriga e seu cavalo baio moveu-se, pegando o trote.

Bozano decidira manter a tropa em grande atividade. Não há coisa pior do que soldado debalde. Pensa bobagem com saudade da família, faz besteira, comete arruaça, vira criança de novo, é um tal de problemas logo seguidos pelo rosário de queixas que nos chegam através de companheiros da região que se fazem porta-vozes das gentes amedrontadas. A quebra da disciplina é o pior de tudo, o resultado final disto que estou falando, pois seu relaxamento é pago com ágio e juros no campo de batalha.

Vi o 2º mergulhando na noite. Tenho um carinho especial por essa unidade, pois faço parte dela. No Decreto que criou o 11º Corpo Auxiliar eu sou designado como segundo-tenente do 2º Esquadrão, uma função que de fato não exerço porque fui requisitado pelo comando para secretariar a sua campanha. Um dia desses vou marchar com os meus soldados. Por enquanto, o comandante me quer perto dele, pois o secretário é um ajudante-de-ordens nessa fase em que as operações ainda não se desenvolveram plenamente e o comando de operações de guerra mistura-se com uma intensa atividade política em nossa área de ocupação.

Bento Prado saíra em perseguição a João Castelhano, que estaria escondido na região dos Três Passos, no 5º Distrito de São Sepé. Ninguém acreditava encontrar nada, pois, pelo relato dos prisioneiros do Waldomiro, tão logo começara a fuzilaria no Bojuru, o bandoleiro maragato pulara no lombo do cavalo e se fora a galope acompanhado por um único guarda-costas. Bozano, porém, não facilitava.

– Que nada! Isso é que nem lagarto, solta a cola para a cachorrada e depois reaparece inteirinho de novo lá adiante – disse, com razão. Naquela manhã mesmo o 2º tiroteou com outra pequena força comandada por João Castelhano.

– Isso brota que nem inço. Se tu não arrancares com raiz e tudo volta, só com o sereno – completou o velho João Cândido, testando o fio de sua "prateada de 93" no calo do dedão da mão.

Em seguida, saímos nós – Bozano, Armando e eu – em direção a Lavras do Sul, uma bela e acolhedora cidade, que já foi uma das maiores do Rio Grande nos tempos em que era a grande produtora de ouro de aluvião no estado. Chegou-se a contar 17 mil habitantes, entre moradores e garimpeiros avulsos, mas com o esgotamento do metal reduziu-se a um pequeno mas aprazível burgo, porém infestado de libertadores.

O tenente João Cândido marcharia à frente da tropa que estava iniciando seu deslocamento para Lavras a fim de reforçar a guarnição local e o destacamento de provisórios civis do dr. Chrispim. Levava uma carroça com munições, pois a guarnição da cidade dispunha só daqueles estoques velhos, sem serventia numa guerra, para serem usados nas ações de policiamento, em disparos de curta distância, com efeito mais de assustar e ferir do que matar o alvo.

Quando entramos em Lavras a tropa local nos aguardava em forma para as saudações de estilo, apresentando armas. Bozano estava alegre, muito bem-disposto, fez um discurso folgazão em que proferiu uma bravata.

– A quem me trouxer as orelhas de João Cavalheiro dou quarenta contos de réis – disse entre uma cascata de chacotas procurando ridicularizar o inimigo, com objetivo nada mais que levantar o moral da tropa amiga.

Depois fomos almoçar com o dr. Chrispim, que tinha acabado de chegar de Bagé, e mais outros companheiros republicanos lavrenses. Ele tinha notícias frescas da fronteira.

– O Netto está acampado às margens do rio Jaguarão, pronto a pular para o lado de cá. Seu efetivo é pequeno, quase só de oficiais. A gente dele está aí pelos campos, esperando a invasão para se juntar à sua coluna – contou Chrispim.

– O Zeca Netto é o comandante-em-chefe das forças rebeldes. O Honório é o segundo, apenas comandante da Divisão do Sul. Sua vinda para o Brasil deve significar o recrudescimento da ofensiva, não? – perguntou Bozano.

– Deve ser. Nossos bombeiros estão de olho neles. Seu acampamento fica na Lagoa Grande. Eles estão escondidos no meio de um espinilhal, do outro lado do rio. Sei que a força é pequena, mas ele traz um grande carregamento de munições, sob o olhar complacente das autoridades uruguaias. Está como se estivesse em casa.

– O tempo vai fechar – previu Bozano. – Acho que tudo se decide nos próximos dias. Estão se aprontando para jogar agora a sua grande cartada. Mais uma vez a definição se dará aqui no vale do Camaquã. Quem controlar a fronteira uruguaia vence a guerra; quem controlar o Camaquã controla a fronteira uruguaia. Estou certo disso. Se Zeca Netto e Honório conseguirem um êxito aqui, podes estar certo de que o Prestes desce e vem se juntar a eles.

— Tu acreditas que o Prestes terá forças para romper o cerco do Círculo de Ferro? – questionou Chrispim.

— Não vejo muitas dificuldades. Ele não está tão mal quanto dizem. Se sair de São Luís Gonzaga, vai encontrar muita tropa amiga pelo caminho. Basta ver o quão bem se comportaram as guarnições federais quando Honório ocupou Cacequi e Rosário. Em São Gabriel, nem se fala. Basta os milicos darem um grito que sai todo o mundo atrás – opinou nosso comandante.

— Se Honório e Zeca Netto fizerem a junção, se Honório se remuniciar, ficaremos só nós que aqui estamos para impedi-los de dominar a fronteira antes do Prestes chegar? – perguntou Armando Borges.

— É verdade. Tropa solta, só a nossa. Os companheiros de Bagé, Dom Pedrito, Jaguarão, Livramento estão imobilizados em roda dos quartéis do Exército, para intervir a qualquer sinal de levante. Eles estão ali segurando-os, como uma taipa à enchente – arrisquei.

— Boa imagem, Alemão. É isso mesmo. No primeiro quartel federal que se der um grito, solta-se a boiada campo afora – aduziu Bozano.

— O Prestes, lá em São Luís Gonzaga, ainda tem muito fôlego para prosseguir com a revolução. Sua situação é melhor que a da coluna móvel de Honório Lemes, que ficou isolada aqui no sudoeste – analisou Armando Borges –, mas que tem problemas para manter-se, os tem, e grandes. Desalojá-lo, nem estou dizendo vencê-lo!, só para desentocar esses tenentes das suas posições, é trabalho para um grande exército. Em compensação, Prestes está como num caíque flutuando num açude com o sangradouro aberto: tem bom e suficiente armamento, um razoável estoque de munições, mas não o bastante para sustentar uma campanha prolongada. Seus suprimentos chegam para uma série de combates. E só. O coronel Massot tem certa razão de usar o tempo a seu favor. Tirar os rebeldes das posições que ocupam, fortificados dentro de uma cidade, demanda um emprego de força e de meios que não podem ser reunidos de uma hora para outra.

— Que nada, Armando. Esses milicos do alto comando do Exército é que estão fazendo cera, procurando ganhar tempo só por isso que ainda não atacaram o Prestes – discordou Bozano.

— Eu concordo com o Júlio Raphael – entrei na conversa. – É o Andrade Neves e não o Massot que está postergando um ataque frontal. Esses militares são, antes de tudo, funcionários. Até tudo ficar ajeitadinho eles não se dão por satisfeitos. Já os provisórios estão ali para o que der e vier, sem escolha de lado para montar. Nós somos a bucha para canhão.

— Tens razão em parte, Brinckmann – interferiu o dr. Chrispim –, nós somos os verdadeiros combatentes políticos. Somos voluntários. O pouco que ganhamos é uma paga apenas simbólica. Mas eles são empregados do governo, vivem daquilo, é um serviço para a vida toda.

— Nem tão simbólica essa paga. Para o senhor, para o Júlio Raphael, que são ricos, isto não é nada, mas para as praças é um dinheiro bom que vai servir e muito — discordei.

Os provisórios estavam sendo remunerados pelo governo federal com o salário equivalente a seu posto no Exército acrescido de um terço. Não era pouco dinheiro numa sociedade em que todo o mundo trabalhava pela subsistência, especialmente no campo.

— Está bem; tens que ver, porém, que essa gente deixou afazeres. Agora mesmo poderiam estar ganhando um bom dinheiro na esquila ou na ceifa do trigo, mas vieram conosco porque são seguidores do partido. Isso precisa ser entendido: eles são broncos mas gostam de política e de revolução — acrescentou Chrispim.

— Pois eu continuo com a minha opinião, acho que estão remanchando — tornou Bozano —, ou então aí tem coisa!

— Tu não acreditas nos tenentes? — questionou Chrispim. — Achas que eles acabarão se rendendo ou buscando algum tipo de composição?

— Não é isso que estou dizendo — respondeu Bozano, concentrando-se para se fazer entender. — Veja bem, há dois pontos a considerar quando vamos a fundo no esquema dos tenentes: primeiro, suas tropas não constituem um grupo politicamente homogêneo, pois a grande maioria de seus homens são conscritos que estão ali por obrigação. Estão na revolução porque estavam servindo ao Exército quando seus oficiais lhes deram as ordens que estão cumprindo; segundo, eles são funcionários do Estado que se levantaram contra o governo porque o Bernardes os estava massacrando. Eu me baseio no que aconteceu em Itaqui.

— O que houve em Itaqui? — perguntou Chrispim.

— Pois vou te contar como o dr. Borges abortou o levante do Grupo de Artilharia. Parece anedota. Quando invadiu Uruguaiana, no último 29 de outubro, o capitão Juarez Távora mandou prender todos os chefes republicanos e funcionários graduados do Estado, inclusive o intendente Sérgio Ulrich. Um dos presos era o diretor da Mesa de Rendas. Logo vieram as pressões para soltar o homem, considerado um burocrata inofensivo. Juarez atendeu e mandou deixá-lo livre, sob palavra. Acontece que o homem tinha tutano. Pegou uma mala com o dinheiro dos impostos e passou para o outro lado. De Los Libres foi para Alvear e de lá voltou ao Brasil. Chegando em Itaqui fez contato com Porto Alegre e recebeu a ordem de entregar todo o dinheiro para o comandante da guarnição. Os soldos do Exército estavam quatro meses atrasados. Com dinheiro no bolso da milicada, acabou-se a revolução e, pior que tudo,

Itaqui virou uma cunha hostil que liquidou com o dispositivo deles. Isso é o que eu quero dizer.

– Tu achas que isso pode estar acontecendo nas demais guarnições?

– Exatamente. Essa gente do Exército não é revolucionária. Tenho certeza de que, se houvesse uma invasão estrangeira, eles brigariam. Mas assim, só porque seus oficiais são contra o governo, é muito difícil. Garanto que o pessoal mais firme que está com o Prestes é a gente do Leonel Rocha, que são maragatos.

– Então os brigadianos estão certos. É só esperar que eles se desmontam. Mandem as burras que acaba a guerra. O Alexandre Magno não dizia que nenhuma cidade resiste a uma tropa de mulas carregadas de ouro? – folgou Chrispim.

– Não rias de mim. Posso estar exagerando um pouco, mas não estou muito longe da verdade – disse Bozano.

– Pois eu acho que essas guarnições não se levantaram porque estão cercadas em seus quartéis. Se um deles botar a cara para fora do portão leva chumbo. Isso é que está represando a revolução – disse Armando Borges.

– Pode ser. Veja o caso de Santana. O Juarez Távora separou-se do Honório e foi para Rivera tentar levantar o 7º RC. Até agora não conseguiu nada porque o Emílio Lúcio Esteves está com os milicos na alça de mira – opinei.

– Na verdade, eles só têm uma saída, que é mudar seu *status* jurídico e serem reconhecidos internacionalmente como beligerantes – disse Bozano.

Na opinião do nosso comandante, os rebeldes não poderiam continuar por muito tempo mais nas posições que ocupavam. A fronteira argentina revelara-se imprópria para a sustentação do território em seu poder. O rio Uruguai, naquele ponto, é muito difícil de ser transposto. E do outro lado encontra-se uma das regiões mais inóspitas da Argentina, os esteros de Corrientes. Esses fatores negativos quase anulavam a vantagem de ter uma fronteira à retaguarda. Operar com a fronteira norte-americana às costas foi um grande ponto a favor de Pancho Villa, no México. Isto valeu em 23, aqui no Rio Grande, onde as forças revolucionárias mais efetivas foram as que agiram junto à fronteira seca, as divisões de Zeca Netto, Estácio Azambuja e Honório Lemes. Leonel Rocha, que operava no noroeste, junto à fronteira argentina, enfrentou dificuldades imensamente maiores.

Estrategicamente, os rebeldes jogariam tudo para ocupar esta região. Não podemos esquecer que o governo de Montevidéu, se não apoiava abertamente, pelo menos era simpático à causa dos revolucionários enquanto tivessem em seu programa derrubar o regime do dr. Borges. Essa simpatia do governo vizinho também foi decisiva para Pancho Villa, que tinha a leniência do governo do Texas, que lhe facilitou usar a divisa como refúgio e reabastecimento de armas e munições.

Esse quadro não se repetia na fronteira argentina, tanto que o navio com armas e munições que Isidoro mandou para Prestes de Foz do Iguaçu foi capturado no rio Paraná pela patrulha fluvial da Armada da República Argentina, que depois transbordou a carga para um navio brasileiro no porto de Buenos Aires para mandá-la de volta ao Rio de Janeiro.

Então, voltando ao ponto central da tese que defendia Bozano, os rebeldes precisavam tomar a fronteira com o Uruguai para serem reconhecidos internacionalmente como beligerantes. Esse era um status jurídico essencial porque a base do poderio rebelde eram os grupos de artilharia, com seus canhões e morteiros, que demandavam um tipo de munição que não era disponível no mercado negro do Prata. Em 23, os libertadores combatiam com fuzis e metralhadoras, armas leves. Estes não, os militares faziam uma guerra de posições, com armas pesadas. Aí vem o ponto central do quadro estratégico: para mover suas tropas das Missões para a fronteira sudoeste, Prestes teria de tomar a estrada de ferro, pois não era viável transportar seus canhões e centenas de toneladas de munições e equipamentos pelas estradas de rodagem quase intransitáveis da campanha.

– Por isso eles terão que vir para cá, estabelecer-se, constituir um governo reconhecido – foi o parecer de Bozano.

– Então está para ti, Júlio Raphael, que estiveste em cana por separatismo – riu-se Chrispim.

– Nem me fales de separatismo, doutor. Nunca fui separatista. Era e continuo sendo separativista – esclareceu nosso comandante.

Essa questão do separativismo foi um dos temas mais candentes da campanha da Reação Republicana em 1921/22. Quando o dr. Borges se insurgiu contra a candidatura oficial, criando a Reação, uma de suas bandeiras de resistência era a defesa da autonomia dos estados como princípio republicano, em contraposição à tendência de volta ao centralismo imperial, que seria a tônica da candidatura café-com-leite. A questão do direito à autonomia do Rio Grande foi colocada inicialmente pelo próprio chefe unipessoal no discurso que fez definindo-se e protestando contra a prepotência dos dois grandes estados ao impor ao país a candidatura de Arthur Bernardes, passando uma patrola por cima do Partido Republicano rio-grandense, que não foi sequer consultado sobre o nome proposto para a chefia da nação.

Os dois estados hegemônicos, Minas e São Paulo, se arvoraram em donos do Brasil. Juntos, teriam mais de um terço da população nacional. Num país com 30,6 milhões de habitantes, Minas era o maior, com 5,8 milhões, e São Paulo o segundo, com 4,5 milhões. O Rio Grande tinha apenas 2,1 milhões, mas era a segunda potência econômica devido à sua produção pecuária, numa época em que carnes, lã e banha eram commodities *de alto valor no mercado internacio-*

nal, produtos que faziam a riqueza de algumas das nações mais ricas do planeta, como a Argentina, a quarta economia mundial, Austrália, África do Sul e o meio-oeste norte-americano. O Rio Grande tinha os maiores rebanhos do país, 8,4 milhões de bovinos, 4,4 milhões de ovinos e 3,3 milhões de suínos. O dr. Borges achou que o estado tinha que ser considerado e saiu à frente da candidatura de oposição.

Não tardou para a imprensa do centro do país, especialmente o Jornal do Brasil, *do Rio de Janeiro, abrir baterias contra o chefe gaúcho, distorcendo as suas palavras a favor de uma autonomia garantida pelo sistema federativo, como se isso fosse um grito separatista. Essa interpretação da rebeldia rio-grandense saiu de uma leitura torta do editorial estampado em nosso órgão oficial, o diário* A Federação, *assinado pelo ideólogo do partido, o deputado Lindolfo Collor, que verberava apaixonadamente:* "O predomínio de São Paulo e Minas sobre os demais estados do Brasil, predomínio que encontra sua única justificativa no peso bruto do número, é a causa original do emperramento econômico do país e, mais ainda, de sua precaríssima situação financeira". *Num outro editorial, sem assinatura, identificando, portanto, uma posição oficial do partido, Collor reforçava o dissídio entre os estados:* "De um lado a Nação, com seus interesses defendidos pelo Rio Grande; do outro, os interesses restritos de Minas e São Paulo".

Se o vetusto Borges de Medeiros estava insurreto, se o meia-idade Collor estava inflamado, como não ficaria o jovem Bozano? Não deixou barato. Já começou sua campanha batendo o facão de talho. Escreveu no Jornal de Debates: "De todos os incidentes, choques, disputas que no cenário de nossa tumultuosa política interna hoje se verificam, um só generalizado e ameaçador conflito notará a história evolutiva de nossas idéias político-econômicas: a luta vivaz dos estados com a União".

De imediato, atacava as idéias de democracia no modelo anglo-saxão que estavam ficando na moda, para ocupar o lugar da ideologia oficial: "A moeda corrente entre a quase-totalidade dos constitucionalistas tacanhos, que prosperam no Congresso, e cujo único mérito consiste numa minguada e fofa dialética (quando eles a têm) e numa biblioteca de autores norte-americanos – que se manda comprar aos livreiros de Tio Sam com a receita – dose para deputado brasileiro –, é que a organização dos estados deve ser estritamente fundida nos mesmos moldes da constituição da União". *Sua tese era de que o processo histórico brasileiro foi diferente do dos Estados Unidos, e que o centralismo feria a multiculturalidade do país:* "E a Pátria Rio-Grandense, a Pátria Baiana, a Pernambucana em que os homens da monarquia falavam, que se encontram nomeadas em todo o documento popular de alguma importância do último quartel do *século passado, desapareceram da linguagem vulgar, substituídas pela Pátria Brasileira".*

Ele discordava dos que defendiam um modelo legal único para o país, citando que: "Já em 1840 Saint-Hilaire notou a dessemelhança entre o rio-grandense e o mineiro, maior que entre o francês e o inglês". Concluiu defendendo a manutenção das diferenças entre as constituições estaduais: "Heterogêneos os povos, desigual é a atividade dos homens que os compõem; como sujeitá-los ao império de leis iguais? A federação, que veio como remédio ao desmembramento a que, fatalmente, o regime centralizador da monarquia arrastaria o Brasil, não teria real existência se as mesmas leis vigorassem em todos os estados. Em que consistiria a autonomia dos estados? Sendo as leis o natural produto da alma do povo, encontrando sempre nas necessidades econômicas ou culturais dele a sua explicação, a variedade das leis que os estados adotam dentro de sua esfera de ação revela a existência de povos distintos, que não podem viver chumbados a uma norma comum, que não podem viver sob leis outras que as que têm adotado".

"Em face dessa irrecusável verdade – continuava o artigo –, apregoada pela ciência contemporânea, é que a constitucionalidade ou inconstitucionalidade das leis estaduais deve ser verificada. Só quando elas forem inconciliáveis com as leis da União, estiverem em conflito com elas, não puderem subsistir harmonicamente, deve sua adoção ser fulminada. Acaso perturbará à constituição federal a estadual que, na divisão das competências entre os três ramos do poder público, não seguir o critério dela, conferindo mais poderes facultados ao executivo que ao legislativo, ou vice-versa? A adoção do parlamentarismo, mesmo por um estado, seria inconciliável com o presidencialismo da União?" E concluía: "A federação pode, por muito tempo ainda, reunir as pátrias que constituem a federação brasileira. É necessário não fazer depender o surto daquelas da eliminação desta, por seguir-se a política reacionária e odiosa da absorção e da centralização". Justamente na época em que esse texto foi publicado, logo que lançamos o Jornal de Debates, *no fim de 1921, começaram a chegar a Santa Maria os oficiais aviadores do Exército, oriundos da arma de Artilharia, de onde se extrairiam grande parte dos quadros que se iriam transformar no núcleo da maior rebelião militar da história política do Brasil.*

Santa Maria tinha sido escolhida pelos estrategistas franceses que orientavam a reestruturação do Exército brasileiro para sediar a primeira base aérea do país. Havia no Rio uma escola de aviação do Exército e uma base aeronaval da Marinha, mas uma base aérea destinada exclusivamente a aeronaves de combate seria essa a primeira. Sua dotação seria exclusivamente de aviões de ataque, sem qualquer função de treinamento básico para formação de pilotos.

Esses oficiais chegavam até nós com a cabeça feita, mandados pelo general da reserva Joaquim Inácio Cardoso, republicano histórico, que era um dos operadores políticos do ex-presidente Hermes da Fonseca. Sua autoridade moral ante a jovem oficialidade vinha, em parte, de ter ele sido um dos pilares da proclamação e consolidação da República. Fizera parte de um seleto grupo de oficiais que servira diretamente sob as ordens do vice-presidente em exercício durante a Revolução de 93, os chamados "Espadas de Floriano", porque receberam em 1906 um sabre que ratificava sua fidelidade ao "Marechal de Ferro".

O primeiro a chegar foi um dos que, no ano seguinte, participaram, no Rio, do levante do Forte de Copacabana, em julho de 1922, o tenente Eduardo Gomes, artilheiro e aviador. Teve uma curta passagem pela cidade, com a missão de ajudar a escolher o lugar em que seria construída a pista de aterrissagem, e nunca mais voltou. Outro, que ficou grande amigo de Bozano, foi o tenente Oswaldo Cordeiro de Farias, aviador e observador aéreo. O oficial mais interessante dentre todos não era da Aviação, mas da Engenharia, outra arma que deu boa safra de insurretos, o capitão Luís Carlos Prestes, que também chegou nessa época e fazia parte do grupo de conspiradores. Prestes não estava na tropa. Servia como fiscal das obras de construção dos quartéis. Era o mais radical de todos, procurando encontrar defeito em tudo para criar complicações ao governo federal e ao ministro Pandiá Calógeras. Vinha com fama de liderança entre os colegas, uma posição que adquiriu não só por suas qualidades intelectuais, mas também porque foi o primeiro aluno de sua turma, um fator muito importante entre os militares de carreira, que cursaram a Academia Militar, para destacar um oficial entre os demais.

Enquanto o pequeno capitão esteve em Santa Maria não houve paz para engenheiros e administradores da Companhia Construtora de Santos, uma empresa controlada pelo magnata paulista Roberto Simonsen. Prestes transformou num inferno a vida do diretor local da empreiteira da obra, o velho coronel Barcellos, pai da menina Ivani, que era a namorada do também muito jovem segundo-tenente Cordeiro de Farias. Ele implicava com tudo, desconfiava de negociatas, dizia que o material de construção era de segunda categoria, reclamava que a firma não trabalhava direito. Quando ele vinha com suas histórias, eu concordava, mas não tinha certeza se ele estava certo; embora eu não entendesse muito de engenharia civil, meu pai, que além de jornalista era agrimensor, dizia que as obras eram muito bem-feitas e que aqueles quartéis iriam durar mais de 100 anos.

Bozano não tinha dúvidas e dava razão total ao capitão, pois para ele tudo o que vinha do governo central era suspeito. Logo em seguida Prestes foi embora, dizendo que iria ao Rio de Janeiro expressar suas denúncias de viva voz para o ministro da Guerra. Acredito que não deu em nada, pois aqui em Santa Maria a firma continuou trabalhando normalmente, sem mudanças, sem inquéritos. Só fui rever o capitão quando ele passou por aqui indo para Santo Ângelo, onde foi assumir um posto no 1º Batalhão Ferroviário, o "Ferrinho", onde ficou até 1924. Nessa sua passagem ele conversou muito com o nosso comandante e o tema era sempre a guerra. Prestes era um entusiasta do sistema gaúcho de combater, acreditava ser a guerra de movimento mais adequada às condições brasileiras do que a guerra de trincheiras, que os franceses ministravam para o Exército brasileiro.

Esse grupo de oficiais era a sensação da cidade. Os aviadores eram vistos como semideuses, os homens alados, seres de outro planeta. As gurias babavam diante deles. O Prestes, apesar de não ser aviador, era o xodó.

– Que homem lindo – comentava Maria Clara –, só o meu é mais bonito que ele – emendava. De fato, a dupla Bozano-Prestes, quando caminhava na Primeira Quadra, era o pandemônio entre as mocinhas de Santa Maria.

Os aviadores faziam bruzuras. Quando as esquadrilhas passavam em formação, a baixa altura, os aviões asa a asa, roncando seus motores, parecia que o céu viria abaixo. Às vezes reunia-se toda a Força Aérea brasileira nessas revoadas, quando vinham de Alegrete os quatro aparelhos da 1ª Esquadrilha de Bombardeio, que a cada 50 horas de vôo tinham de descer em Santa Maria para manutenção. Era um estardalhaço, os nove Breguet, juntando aqueles com os cinco da 3ª Esquadrilha de Observação, também baseada em Santa Maria, mais os nove Spad-7, da 2ª Esquadrilha da Caça, com seus motores Hispano Suiza de 200 HP, e os pequenos Nieuport de ligação e observação, com motores Onome Rhône, de 80 HP.

As façanhas sucediam-se: o capitão Vieira de Melo elevou-se a 2 mil metros sobre a cidade. O avião ficou pequenininho, parecia um corvo lá em cima. Depois passou pelo campo, para uma escala de reabastecimento, o avião Mitre, da Argentina, pilotado pelo veterano da travessia da Cordilheira dos Andes, o ás Teodoro Fels, fazendo o raide *Buenos Aires–Rio de Janeiro.*

O grande delírio foi quando o primeiro-tenente aviador Ivan Carpenter Ferreira provocou emoções nunca vistas com suas acrobacias aéreas, feitas em conjunto com outras duas aeronaves, sobre o centro de Santa Maria. O jovem e arrojadíssimo oficial pilotava um elétrico Nieuport e dois sargentos-aviadores, Pereira e Aleixo, cada um num Breguet, tiravam rasantes em formação cerrada sobre a população, que assistia às evoluções entre aterrada e maravilhada. Enquanto os dois bombardeiros faziam suas passagens quase tocando o pico dos postes, a 7 ou 8 metros de altura sobre a avenida Rio Branco, Carpenter, a uns 150 metros de altura, fazia evoluções indescritíveis: tonneuaux, loopings, chutava parafusos, soltava-se em perdas como uma folha seca. Em certos momentos os três aviões se compunham numa figura e mergulhavam juntos para arremeter em cima da multidão, quase raspando na cabeça da população, que olhava as máquinas ensurdecida e paralisada pelo ronco rascante dos motores a toda a rotação, no seu esforço para vencer a força da gravidade. Numa outra demonstração, na inauguração da Herma do herói santa-mariense da Guerra do Paraguai, coronel João Niederauer Sobrinho, o capitão-aviador Alzir Mendes Rodrigues de Lima passou tão baixo com seu Breguet que uma das rodas do trem de pouso colheu e arrancou a haste da lâmpada de um poste de iluminação, produzindo um Ah! que não sei se era de pânico ou admiração. Essa cena foi imortalizada numa fotografia que o Jornal de Debates estampou na primeira página.

Discretamente, os pilotos deram algumas aulas de pilotagem e manutenção a oficiais da Brigada, criando um substrato cultural que muito serviu à nossa milícia, tanto que, no ano seguinte, aviões Breguet desse mesmo modelo, comprados de segunda mão, na Argentina, pelo governo do Estado, vieram para equipar a Brigada Militar na campanha contra os rebeldes libertadores na Revolução de 23. Quando chegou a necessidade, nossos oficiais já falavam a mesma língua dos aviadores. Um deles foi abatido no município de Caçapava, quando dava cobertura aérea à tropa do 3º Corpo Auxiliar comandada pelo então major Bozano.

Naquele tempo, nós e os descontentes do Exército éramos como unha e carne, não nos desgrudávamos. Eles previam qual papelão que o Ministério da Guerra teria em caso de guerra civil no Rio Grande. Bozano não se cansava de inflamá-los.

Não era só a política que nos aproximava dos oficiais da base aérea, também o entusiasmo que a aviação despertou em nosso comandante, não só pelo motivo que acabei de expor, mas também pelo seu gosto pela aventura e atração pelos progressos do mundo moderno, ambos os elementos reunidos numa aeronave. Ele não se acanhava quando tinha um convite para um vôo, vibrava quando o piloto fazia manobras arriscadas. Chegou mesmo a aprender os rudimentos da aviação, tomou algumas aulas, mas não pôde prosseguir seu treinamento porque a presença de um civil em aeronaves militares foi denunciada e proibida pelo nosso desafeto número um, o comandante do 7º Regimento de Infantaria, coronel Tito Villalobos, que estava acumulando o comando da 5ª Brigada de Infantaria desde o afastamento do comandante dessa grande unidade, general Clodoaldo Fonseca, suspeito de simpatizar com a causa dos tenentes.

As relações entre Bozano e o comandante da principal unidade federal em Santa Maria azedaram definitivamente quando Villalobos acolheu como seu prisioneiro Arnaldo Melo. Com a chegada dos aviadores, a cisão militar entrou em *cheio na nossa roda.* O Jornal de Debates *entrou com tudo na desabrida polêmica que se instalou.*

Assinando com o pseudônimo de Cláudio Cantelmo, Bozano era uma pena certeira. A administração militar e a luta eleitoral estavam completamente misturadas. Um simples ato de desqualificação de um fornecedor do Exército ia parar na campanha sucessória. Assim foi quando o comandante da guarnição de Cruz Alta, coronel Vieira da Rosa, acabou preso por excluir de uma concorrência o nome de um partidário de Arthur Bernardes. O próprio comandante interino da 5ª Brigada foi até a cidade vizinha anular o ato e o ministro da Guerra puniu toda a oficialidade. Bozano saltou em defesa dos oficiais atingidos pela medida. Escreveu no Jornal de Debates*: "Foi ele, ali, fazer valer na contenda a sua autoridade de comandante da Brigada e ordenar, quiçá, a fim de desmoralizar os oficiais que haviam emprestado solidariedade à chapa da dissidência, uma retratação ou a negação da autoria do escrito". No mesmo texto ele aproveita para dar uma agulhada na questão do arquiinimigo Arnaldo Melo. "Agora o ministro da Guerra – que é o mesmo larápio que dilapidou o Tesouro quando ministro da Fazenda e o mesmo falsário que assinou uma patente fazendo o precito Arnaldo Melo oficial da Guarda Nacional extinta em 1910 –, sempre pronto a perseguir os que estão no índex de sua facção partidária, puniu com oito dias de prisão os oficiais da guarnição de Cruz Alta." E como tudo o que ele escrevia e falava, sempre puxava uma brasa para o assado do separativismo, que era como chamava o direito da autonomia estadual: "A prisão injusta com que foi punida a oficialidade, como resultado só poderá ter, porém, o atrair a atenção do estado sobre sua situação aflitiva, defendendo a sua honra, sua dignidade e seu decoro".*

Quando o ex-presidente de Minas e senador por aquele estado, Raul Soares, atacou, num discurso político, a posição do governo gaúcho, Bozano escreveu ameaçando os mineiros com a bainha do facão. Dizia o Jornal de Debates*: "Mostra o dr. Raul Soares uma lamentável ignorância de nossa história, em querendo gabar os serviços de Minas e desconhecendo os do Rio Grande. Desde os primeiros anos do século XVIII, quando pelas coxilhas pereceram os primeiros gaúchos, até hoje, o protetor desinteressado e sempre vigilante do 'grande' Brasil tem sido o Rio Grande. Sacrificado sempre nas guerras, sempre humilhado nas épocas de paz, os seus filhos, em todos os momentos, sempre foram chamados como elemento de ordem e sempre resolutos acorreram. E Minas, o que fez? Bernardo de Vasconcellos, em 1825, reclamava contra o fato de no Exército brasileiro não haver um só soldado mineiro!*

"Os rio-grandenses sabem, dr. Raul Soares, que Minas dá mais votos, tem maior população, sabem que seus pais e irmãos mortos nas guerras cisplatinas,

em 35, no Paraguai, em 93, em Canudos, no Acre, no Contestado, não votam nem são levados em conta para a fixação do número de seus representantes na Câmara. Exigem, porém, que o Brasil inteiro reconheça que as suas espadas e as suas lanças têm ainda a impressão dos dedos fortes de seus heróis, que nas suas veias corre ainda o sangue deles, que nos seus peitos têm ainda abrigo seu antigo valor e que, na liça, no campo de honra, o deus da vitória, com eles, fá-los-á vencedores."

O debate sobre a autonomia dos estados inflamou Santa Maria. Os oficiais do Exército, preocupados com a questão nacional, pouca atenção davam a essa temática, mas ela estava se transformando no centro da campanha eleitoral, pois no final iria bater na reforma da Carta de 14 de Julho. Os federalistas negavam legitimidade a nosso grupo para pugnar pelo separativismo, alegando serem eles os descendentes diretos e herdeiros dos Farrapos. Afinal, não eram eles que envergavam o lenço colorado? Um de seus intelectuais procurou embaralhar as cartas. Bozano saltou-lhe na jugular, mas bebeu seu sangue devagar, saboreando cada sorvo. Abandonou o estilo candente das polêmicas desaforadas e redigiu uma resposta à altura, num estilo elegante e escorreito, que mais parecia de um jornalista inglês. "Tiroteios" intitulava-se a nota:

"À delicadeza de um amigo devo a leitura de um folheto publicado pelo dr. José Júlio Silveira Martins, sob o título 'Tiroteios'. Reunião de discursos de um impulsivo apaixonado, feitos no ardor da luta presidencial, em que o autor colocou-se ao lado do dr. Arthur Bernardes, o folheto ressente-se de defeitos bem graves e está bojado de falsidades e inverdades históricas que merecem pronto reparo.

"Uma proposição insustentável, na qual o autor insiste, de contínuo, é esta: '... continuadores da corrente histórica que entronca na geração homérica que fez a Revolução de 35, o glorioso Partido Federalista...' Não há um federalista, no estado, que conscientemente seja capaz de afirmar tal coisa. A diversidade de idéias entre os revolucionários de 35 e os federalistas de hoje e de ontem é tão marcada, tão pronunciada que a qualquer mente medianamente culta se mostra nitidamente. O federalismo rio-grandense quer duas coisas: uma mais forte submissão do governo dos estados ao governo da União, e o parlamentarismo como forma de organização política. É sabido que no Partido Liberal rio-grandense, na última reunião da Assembléia Provincial, anteriormente a 20 de setembro, duas fortes correntes se definiam: a dos monárquicos federalistas, que se batiam pelo governo federativo sob o cetro dos Bragança, e a dos 'republicanos liberais', assim chamados porque, com a República, queriam a independência do continente.

"O Partido Liberal, Bento Gonçalves à frente, levou os rio-grandenses a depor Fernando Braga. Com a vinda de Araújo Ribeiro definiram-se, perfeitamente, as duas correntes: os monárquicos inclinaram-se à submissão, os republicanos à continuação da campanha. A atitude de Araújo Ribeiro fez com que os revolucionários norteassem a ação no rumo desejado pelos republicanos: a luta continuou. Os monárquicos, que contavam com o apoio de Bento Gonçalves, dirigiram o movimento até o acordo da ilha do Fanfa; os republicanos fizeram triunfar seu ideal em Seival. Daí por diante a campanha foi claramente separatista. Os vereadores de Cerrito e Piratini provocaram a adesão de toda a Província à República, proclamada pelos heróicos vencedores de Seival.

"Desde logo, nos primeiros passos feitos para dar à nova República uma constituição política, o sistema presidencial foi o único que o povo ambicionou. Tão cimentado estava o ideal presidencialista na alma popular, que outra forma de governo não se pensou, por outra não se lutou. Povo de guerreiros, forte, acostumado nas guerras intérminas a prestigiar e obedecer ao chefe cegamente, que sentia ser a subordinação, a disciplina a condição indispensável ao progresso, que outra forma de governo poder-se-ia amoldar ao caráter, harmonizar-se com seu modo de vida? Por isso a forma presidencialista alcançou a unanimidade de sufrágios. E a homogeneidade no sentir e no pensar, o reconhecimento e o respeito à autoridade dos chefes civis e militares é que deram ao novo Estado a robustez precisa para, durante dez anos, lutar vantajosamente contra o Império brasileiro e as dificuldades de toda a ordem, que para ele resultaram do acordo do trono com uruguaios e argentinos.

"E se algum ato dos farroupilhas compromete seriamente a causa que defendiam, foi a harmonia que imperou na Constituinte. Verifica-se, sempre, em todas as assembléias populares esse fato estranho: o divórcio dos representantes com as aspirações do representado. O povo, encarando, antes de tudo, para seu bem-estar, para proteção de sua atividade pacífica, quer um governo forte, cuja ação seja rápida e enérgica. Os representantes, saídos da classe burguesa, procuram tornar fraco o governo, cercear-lhe a ação, conservando para si próprio uma parcela da autoridade soberana, que lhes permita, à revelia do pronunciamento do representado, nortear no sentido de seus interesses próprios, de suas ambições onde suas idéias a ação governativa (sic). E o que resulta? Dependendo a atividade do governo de aprovação de um outro poder, cuja decisão, por ser uma decisão coletiva, é demorada e fraca, fica entorpecida, diminuída e desprestigiada.

"Ao que queríamos chegar é ao seguinte: 'a geração homérica de 35' quis a separação do Rio Grande, fê-la e sustentou-a durante dez anos; 'a geração homérica de 35' perseguiu como ideal e constituiu-se politicamente sob a forma republicana presidencial.

"As aspirações dos farroupilhas não foram, pois, bem diversas, absolutamente opostas às do Partido Federalista rio-grandense?

"Entronca-se na gente farroupilha o Partido Republicano Conservador, tão glorioso ou mais que o Federalista, porque soube traduzir com fidelidade numa Constituição política avançadíssima os ideais e as tradições de um povo guerreiro. Ele, sim, é a continuidade do Partido Liberal rio-grandense, possuidor de um ideal forte até 45, sem lei, sem fé e sem ideais, mentindo ao seu nome e ao seu passado, daí até a República. A Constituição de 14 de Julho é a aspiração dos farroupilhas consolidada por um homem superior. Só falta no programa político do Partido Republicano Conservador, para harmonizar-se perfeitamente à finalidade da grande revolução, a idéia da independência do Rio Grande.

"Essa é uma das inverdades contidas no livro do dr. José Júlio Silveira Martins, que para seu partido reserva toda parcela de caráter e de dignidade que ainda existe no Rio Grande, e no partido adverso só vê lama, podridão e torpeza.

"Não é de estranhar tais palavras do dr. José Júlio: ele não tem a noção exata das coisas, pois chega a substituir o lema da obediência partidária do Partido Conservador – que a subordinação 'consciente' é a base do aperfeiçoamento – por est'outro, que em suas conseqüências é diametralmente contrário ao sentido daquele, tão prejudicial quanto a anarquia infrene – a subordinação 'incondicional' é a base do aperfeiçoamento. Dirá o dr. José Júlio que uma expressão e outra significam o mesmo..."

Transcrevi na íntegra este artigo de Bozano porque ele sintetiza toda a questão vital rio-grandense, que era a inserção de nosso estado na federação brasileira. Não era só o Rio Grande que tinha especificidades, também os estados do Norte, que fizeram parte do Vice-Reinado do Grão-Pará, tinham suas peculiaridades que não eram consideradas pelos defensores do unionismo. Bastava ver o que estava acontecendo naquele momento no Amazonas para concluir que o Brasil só era viável, a longo prazo, como nação única da língua portuguesa nas Américas, se acomodasse as individualidades de suas unidades federadas. Isto era o que nós, republicanos, defendíamos. Da solução desse impasse sairia o futuro do Rio Grande do Sul.

Como ele observou no artigo, o problema não era entender a Guerra dos Farrapos na sua origem, ater-se ao detonador das hostilidades, mas sim à grande questão ideológica que desde então dividia os gaúchos. A raiz dessa cisão ainda estava ali, como um vírus persistente que aflora sua febre cada vez que o organismo entra em depressão. O pacto federativo era a questão essencial. As populações que viviam no continente, as populações que para cá vieram tiveram sua divisão fundamental mascarada pela ameaça constante do inimigo externo, que só acabou em 1830, com a desmobilização do Exército, que convocara para as Forças Armadas praticamente toda a população masculina, livre e escrava.

Mas não podemos esquecer que no processo de Independência, em 1822, houve no Rio Grande um primeiro racha entre monarquistas e republicanos, logo abafado pela continuidade da guerra externa, contra Buenos Aires, que ficou como um fogo de acampamento, escondido debaixo das cinzas.

O que realmente acabou com a Revolução Farroupilha e pacificou os republicanos gaúchos foi o recrudescimento da ameaça externa, que durou até o final da Guerra do Paraguai, quase 30 anos depois, se contarmos o longo período de desmobilização das tropas. O fim do novo período bélico encontrou as lideranças gaúchas em outras posições, pois a maior parte dos comandantes farroupilhas voltou ao Exército imperial e as forças se rearrumaram outra vez. Foi aí que os novos republicanos, liderados por Castilhos, Assis Brasil, Pinheiro Machado e os demais, ocuparam o lugar dos antigos liberais republicanos, refazendo a dicotomia rio-grandense, como muito bem explica Bozano neste artigo. Entretanto, nossos adversários não descansavam em querer nos tomar a bandeira tricolor.

Na noite da publicação deste artigo houve um debate no Clube Caixeiral. Participaram muitos jovens, profissionais, professores e militares, entre eles Luís Carlos Prestes, Carpentier, Cordeiro de Faria, oficiais da Brigada e alguns velhos chefes republicanos. O que se notou foi que a única convergência entre os militares do Exército, de um lado, e os civis e brigadianos, de outro, era a frente comum contra o Poder Central, que se consubstanciava na candidatura de Arthur Bernardes. Os militares queriam derrotar o governo para passar um esfregão no país, que acreditavam submerso num mar de lama. Não tinham uma proposta programática, como nós, com nossa doutrina, pois simplesmente estavam irritados com o descaso com que as autoridades tratavam o Exército. Os civis batiam-se pela continuidade da Constituição de 14 de Julho, por seu conteúdo autonomista. Ao final, nos reunimos na copa, continuando o assunto enquanto o ecônomo nos servia um jantar, com pastéis de entrada, depois um belo bife com batatas cozidas e arroz, que comíamos acompanhado por vinho do Santa Bárbara, água gaseificada por um sifão, a que as mulheres adicionavam uma colherinha de açúcar.

– Este país não é igual, de ponta a ponta – argumentava Bozano. – Sua população é formada de gente que emigrou do mundo inteiro: da Europa, da África, da Ásia Menor, e até do Extremo-Oriente, pois em São Paulo já há uma colônia de japoneses. Mas não é isso o principal, e sim a história. O Rio Grande, desde que se formou, há uns 120 anos, esteve mais tempo em guerra do que em paz. Ora, isso é muito diferente de uma população que tem uma trajetória de vida pacífica dentro do seu território. Uma coisa é tu lutares dentro de tua própria terra, outra é seres mandado para a guerra numa força expedicionária.

— Tens razão, Júlio Raphael, somos uma sociedade ainda em formação — atalhou Maria Clara.

— É claro, temos a característica de muitas nações formadas por várias etnias, como Itália, Espanha, França — tornou Bozano. — Vejamos nós aqui. Tu, Alemão: teu avô veio para cá como soldado e nunca mais voltou para sua terra. Aqui te juntaste com outras raças que chegaram pelos motivos mais diversos. Os italianos, por exemplo, vieram para ser agricultores, mas hoje estão plenamente integrados na nossa cultura guerreira. Se o Brasil não levar isso em consideração, jamais poderá integrar o Rio Grande.

— Chegaremos ao paradoxo, ou o Brasil integra o Rio Grande ou o Rio Grande integra o Brasil — troçou Maria Clara.

— Não brinques, querida. O que digo é sério, não achas, capitão?

— Não se esqueça de que eu também sou gaúcho — entrou Prestes na conversa —, mas sou formado para ter uma visão mais ampla. Assim como o Brinckmann, venho de uma família de militares e continuo na profissão.

— O que Júlio Raphael quer dizer é que vocês concordam conosco na necessidade de mudar o regime oligárquico que domina o país, mas a questão regional para vocês é apenas decorrente — atalhei.

— Eu concordo que cada região tem que se preocupar consigo mesma, que cada município é uma célula de nossa organização política — tornou o militar —, o que precisamos é fazer essas instituições funcionarem dentro de princípios éticos. A sobrevivência do Brasil só será possível se mudarmos seus homens de comando, pois são eles que vilipendiam a coisa pública e com isso enfraquecem o todo. Pelo amor de Deus, vejam o mundo em que vivemos, atentem para a nossa realidade: temos aqui ao lado a ameaça de um vizinho poderoso, rico, moderno, enquanto nós nem sequer temos um Exército que mereça esse nome para defender-nos de uma agressão. Recuperar o Exército é a prioridade nacional, pois sem ele não existirá país.

— Neste ponto discordamos, meu capitão. Para mim o cerne dessa coluna de sustentação é um partido forte, hierarquizado, com um chefe ético, isto sim. Veja a Rússia, já que tu falaste do caos mundial: perderam a guerra, em seguida o que sobrou de suas instituições foi pulverizado pela revolução, mas eles estão resistindo a uma invasão estrangeira. A quem se deve a resistência? A um partido forte, não é?

— Desculpe-me, doutor, mas não sei nada de Rússia. Sei, isto sim, é que precisamos quebrar esta aliança maldita que sustenta o poder no Brasil — tornou Prestes —, e o Exército é, talvez, a única instituição verdadeiramente nacional.

— Concordo que o corpo de oficiais do Exército é uma reserva de recursos humanos neste país. Não sei se estou de acordo é com a ameaça que tu vês. Acho que nossos vizinhos estão mais para aliados do que para inimigos. Essa hipótese de guerra contra a Argentina é invenção desses franceses que estão aqui querendo nos vender armas.

– Não acredite nisto. Precisamos estar preparados, técnica, material e, principalmente, moralmente – completou Prestes.

Ao final da reunião, Bozano disse que voltaria à redação do jornal. Queria ver como andavam os trabalhos e disse que tivera a idéia para um artigo muito importante. Deixou Maria Clara em casa, junto com sua indefectível guardiã Corinta, e seguimos para o Jornal de Debates, duas quadras além.

– Esses militares estão confundindo as coisas. Estão lendo os pasquins federalistas. Vou responder – disse Bozano. – Temos de defender o Rio Grande dessa avalancha de idéias absurdas.

A base de sua tese era de que o Rio Grande era um estado em formação, vivendo sua fase nacionalista, uma palavra distorcida na boca dos adversários: "Fizeram-no sinônimo de patriotismo, sinônimo de xenofobia, fizeram-no, até, entre nós, sinônimo de unificação intelectual dos habitantes do Brasil", escreveu. Ele contradiz essa tese de forma peremptória, ao afirmar: "Nada disso, no entanto, é ele. Resultante das mais apuradas conclusões da sociologia, reunido em corpo de rija doutrina por Scillieres, levado ao campo das agitações políticas por Barres, Daudet, Maurras, ele é patriotismo, sim, mas patriotismo imperialista; é xenofobia, porque a xenofobia caracteriza a civilização guerreira – a época imortal, gloriosa da vida de um povo; e a unificação intelectual dos habitantes do Brasil – agregado de povos diversos a ele se opõe como se opõe a aritmética à soma de quantidades de natureza diversa.

"A história evolutiva de todo povo cinde-se em dois períodos distintos: o da formação da nacionalidade e o da formação da internacionalidade".

A seguir Bozano chega ao Rio Grande do Sul, dizendo que nosso estado multiétnico e multicultural ainda vive sua fase épica, de puro nacionalismo, segundo essa concepção do termo. Conforme ele, aqui se encontram "reunidos povos de raças diversas sobre um mesmo trato de terreno, a panmíscia, sob as influências das mesmas necessidades, do clima, vão aos poucos tirando a cada um deles as arestas próprias, fundindo-as, para ao fim de algumas dezenas de anos fazer exsurgir um povo outro, com caracteres próprios e inconfundíveis. As crenças, as idéias que haviam feito a grandeza dos povos que se encontraram sobre aquele pedaço de terra, oriundas de outro ambiente, ao contato das novas necessidades, do novo gênero de vida. Já fracas, envelhecidas porque requintadas de boa dose de lógica, cedem o lugar a novas crenças, a novas idéias. Um povo surge por entre a ruína daqueles povos gastos, as novas crenças florescem porque, rudes e agrestes, harmonizam-se com o meio". Seu alerta é para não sucumbirmos ao *"desaparecimento das crenças, produzido pelo rebaixamento do caráter"*, que seria a pregação dos federalistas, que estão puxando para seu lado os descontentes das diversas dissidências republicanas. *"É o fenômeno que Greef denominou de internacionalização das civilizações – e é originado, de um lado, pelo enervamento de caráter nacional e, de outro, pelo comércio internacional." "É, então, o momento áureo dos democratas, dos velhacos exploradores da multidão e do delírio do egoísmo individual. Momento em que, diz o profundo Duvny, o cidadão perde-se no seio do Estado onipotente e colocado muito ao alto, onde ele não pode atingir, e o homem recontra-se com o sentimento da dignidade humana superior a toda a lei positiva."*

Bozano estava possesso. Precisava convencer os militares de que o nacionalismo gaúcho era um processo legítimo. Por isso tanta fundamentação. Com isso ele colocaria o estado, conduzido por seu partido, como um aliado natural da redenção nacional, mas não abria mão de que esta fosse levada a cabo por um processo expansionista do Rio Grande, e não integrar o estado como mais um elemento do organismo brasileiro em decomposição. Daí sua defesa da pureza da fase guerreira da nacionalidade rio-grandense: *"Eis aí os dois períodos da civilização de um povo: o nacional e o internacional, impropriamente chamados de civilização guerreira e de civilização industrial. No primeiro, constitui o povo uma pátria; no segundo, transforma-se em um vasto empório aberto aos comerciantes internacionais".*

Dias depois publicou um comentário sobre um excerto de um discurso que nos chegou pelo noticiário telegráfico internacional. É preciso lembrar que vivíamos, naqueles dias, um período de pré-guerra civil. Não só Bozano, mas também nossos chefes maiores estavam certos de que o Poder Central estava prestes a se lançar sobre o Rio Grande. Se tivesse o controle absoluto do Exército, não há dúvida de que o faria. Nosso trabalho era todo no sentido de desencorajar um assalto armado, brandindo nossa determinação de resistir. Nesse contexto, ele escreveu o texto abaixo:

"O major Júlio Guerrero, adido militar do Peru junto ao governo de Berlim, desassombradamente declarou irrealizáveis e utópicos os ideais de confraternização universal que levaram as grandes potências à Conferência de Washington.

"Não há, certo, mais comprovada verdade que a enunciada pelo adido militar peruano.

"A luta é a condição da existência de todos os seres. Da destruição é que a vida brota e floresce. Lutam os elementos entre si, lutam os vegetais, lutam as espécies animais. Lutam os homens contra os elementos, contra os vegetais, contra as outras espécies animais. É a luta inconstante, eterna, que entre os próprios homens varia ao infinito. Luta das raças, dos povos, das nações, das castas, dos sexos. Luta política, religiosa, econômica. Luta das idéias e das paixões.

"E, de todas as formas de luta, a guerra é a mais violenta e a mais santa. É tão fatal e tão útil como a Lei da Gravidade. Tudo ressurge e rebrilha na guerra e pela guerra.

"As mais brilhantes civilizações, aquelas que mais se aproximam do arquétipo ideal da perfeição, nasceram dos destroços das civilizações antigas. É ela que retempera e regenera as virtudes dos povos, suscitando as mais generosas energias, exaltando nos homens a idéia do sacrifício por uma perfeição sonhada.

"A guerra, 'mãe de todas as coisas', como dizia Empédocles, 'incomparável instrumento de progresso', como a define Anatole France, a guerra não será banida, porque a ânsia da perfeição esplenderá sempre no homem e porque, por decretos e acordos, não se revogam as leis da Natureza."

– Puxa Júlio Raphael, te transformaste num belicista? – questionou Maria Clara, ao ler o comentário.

– De fato. Estou vendo a guerra como inevitável. Talvez antes da eleição já estejamos em guerra. Mas não há o que temer. A batalha nos redimirá. A solução para o Brasil está na guerra, ou melhor, chegaremos a um novo país através da guerra – respondeu pensativo. – E, como tudo neste país, ela começará aqui e, com certeza, acabará no Rio de Janeiro. Veja esses oficiais, não há como contê-los. Apenas não podemos deixá-los chegar sozinhos ao poder.

Capítulo 17

Quarta-feira, 26 de novembro
Vaqueano Orfilla

Passamos o dia em Lavras. Bozano resolveu aproveitar para colocar sua burocracia em ordem: responder cartas, mandar telegramas, examinar as contas da Força e verificar seus suprimentos. Essa manhã chegara de Cerrito o tenente Edgard Colonna, nosso quartel-mestre, com toda sua tralha de documentos. Os dois se reuniram no gabinete do intendente e passaram a manhã examinando o papelório. De minha parte, coloquei em dia, também, todas as anotações, tanto as que iriam depois compor os relatórios oficiais como as notas pessoais que vinha tomando, quase como um diário, ao longo da campanha, desde que saímos de Santa Maria.

A principal novidade administrativa era que as forças da Brigada, regulares e auxiliares, destacadas no município, daí em diante passariam a obedecer a nosso comando. Isso nos trouxe um considerável aumento de papelório e de poderio. Juntando os lavrenses mais os nossos santa-marienses com o pessoal de Caçapava, já contaríamos para lá de 600 homens. O número certo não posso precisar neste momento, pois a toda hora voluntários se iam, e se incorporavam novos companheiros republicanos aqui da região.

Nosso reforço, o destacamento local de regulares da Brigada, compunha-se de dois pelotões de soldados muito heterogêneos. Um deles, formado por velhos policiais, veteranos de muitas campanhas, já pesados de corpo e gastos pela idade, homens experimentados, ainda adequados para o trato nas funções de policiamento, mas de pouca valia numa guerra de movimento. O outro, um pelotão de primeira (de uns tempos para cá a Brigada adotou a nomenclatura do Exército e os piquetes passaram a se chamar pelotões, os alferes passaram a segundos-tenentes; nos corpos provisórios, o termo piquete ainda se manteve, só os alferes caíram): homens jovens, bem treinados, uma tropa especializada no combate ao abigeato, bem montada, com equipamento novo e munição de fábrica, armada com pistolas automáticas, carabinas Winchester, mosquetões 1908 e fuzis-metralhadoras Madsen. Sua missão em tempos de paz era enfrentar os ladrões de gado que infestavam aquela região, quadrilhas que se equivaliam a verdadeiras forças de ataque, muitas vezes vindas do Uruguai, que nunca obedeciam a uma voz de prisão. Submetê-los, só a bala; muitas vezes patrulhas inteiras eram dizimadas nesses confrontos.

– Agora vocês vão sair atrás dos rebeldes; os ladrões de gado serão outros nestes dias – troçou Armando Borges.

Os demais eram os voluntários civis do dr. Chrispim, companheiros republicanos, a maioria de ex-provisórios veteranos do Corpo Auxiliar de Lavras, que combateram conosco em 23 na mesma 5ª Brigada do Centro, liderada pelo 1º Regimento de Cavalaria da Brigada e integrada pelo nosso 3º Corpo Auxiliar, de Santa Maria, junto com os companheiros do 2º de Caçapava, do 1º de Cachoeira e do 4º de São Gabriel, sob o comando geral do coronel Claudino.

Na sua guerra contra a quinta reeleição, os libertadores desta região se dividiram. Uma parte dos lavrenses somou-se ao pessoal de Caçapava, que seguiu com o coronel Coriolano Castro para integrar a Divisão Libertadora do Sul, comandada pelo general Zeca Netto. A outra parte, também junto com gente de Caçapava, Bagé, Dom Pedrito, São Sepé, São Gabriel e Santa Maria, formou com o 3º Exército Libertador, do general Estácio Azambuja.

Nessa quarta-feira esperávamos observando o movimento de libertadores, com informações que nos chegavam do interior de Lavras a toda hora, vindas por todo o tipo de portadores, trazidas pelos companheiros voluntários que se incorporavam, muitos chegando corridos pelos grupos de adversários que vagavam pelas coxilhas à procura de reunião com seus líderes, outros pelos próprios de fazendeiros republicanos enviados com notícias de avistamento de grupos de maragatos armados aqui e eli, ou os relatos mais completos de observadores profissionais de nossos serviços secretos que já se encontravam anteriormente dispostos no território com essa missão específica.

Depois do almoço, estávamos Bozano, Chrispim, Armando, Colonna e eu dando um balanço na situação quando nos batem à porta, que se abriu de sopetão, assustando-nos e, ato contínuo, deixando-nos boquiabertos com o que víamos. Parado, de pé, fardado, parecia um menino do elementar com seu uniforme engomado e limpo. Não teria mais de um 1,30m. Confesso que a primeira coisa que me veio à cabeça foi "é um filho do dr. Chrispim", mas logo vi que não, quando saiu aquela vozinha metálica, enquanto batia uma continência no estilo.

– Segundo-tenente Orfilla, apresentando-se – disse, enquanto olhávamos uns aos outros, logo parando na cara divertida do Chrispim. Só ele poderia explicar o que era aquilo.

– Júlio Raphael – foi falando Chrispim, explicando a situação –, tenho o prazer de te apresentar o teu vaqueano, tenente... Orfilla.

– Co... como? – expressou nosso comandante, incrédulo.

— O Orfilla é o melhor conhecedor daquelas quebradas do Camaquã. Aliás, é um dos poucos republicanos que conhecem aqueles peraus.

— Sim, senhor, coronel. Conheço aquilo como a palma de minha mão. Às suas ordens para servi-lo e à República.

— E, se precisares correr uma carreira, tu tens o melhor jóquei de toda a fronteira – completou Chrispim.

Era inacreditável. Na cintura, aquele oficial em miniatura portava um coldre adequado a seu tamanho.

— Muito prazer, tenente – compôs-se Bozano –, o tenente está armado?

— Sim, senhor – disse orgulhoso, puxando um pequeno Colt 32, niquelado com cabo de madrepérola, verdadeira jóia, uma pequena obra de arte –, para servir ao dr. Borges de Medeiros e para defendê-lo de nossos inimigos, coronel.

— Muito bem, então vamos ver o que o tenente nos diz – tornou Bozano, tratando de assimilar a surpresa e dar continuidade aos trabalhos. Pegou o mapa e foi pedindo que lhe explicasse aquela geografia.

Orfilla demonstrou conhecer muito bem o terreno. Com desenvoltura foi traçando os caminhos, apontando as fazendas, denominando seus donos, um quadro que até pareceria monótono, pois de sua boca saíam apenas nomes de maragatos. Aquilo ali seria, realmente, um covil de libertadores.

— Aqui fica o Rincão do Inferno, na junção dos dois Camaquãs. O Camaquã Chico, que vem de Bagé, e o Camaquã Grande, que parte do Cerro do Ouro e já chega bem grosso para se lançar nessas corredeiras – foi dizendo Orfilla, citando os nomes dos passos e das estradas e corredores: Passo das Rocas, Cerro Colorado, Cerro do Padre, Campos de Zeca Luiz, Arroio João Dias, Arroio Velhaco, Ésse do Camaquã, Cerro das Tocas, Passo dos Cassã, também conhecido como Passo do Cação, Passo da Areia, e foi desfiando seu conhecimento, mostrando as terras dos Dias, dos Macedo, dos Chaves e assim por diante. Ao final, tivemos que nos curvar. O anão sabia mesmo de cada palmo daquele terreno. – Andei por aí tudo. Meu sogro, Cândido Saraiva, tem fazenda na região. É libertador, o velho lacaio. Agora ele vai ver o que é bom – jurou o anão, dando-se importância. – E vou pegar também os negros do Julião Barcellos – concluiu a ameaça, referindo-se pejorativamente aos filhos do chefe libertador local, conhecidos por sua pele moura.

— Pelo que vejo, o tenente não se dá bem com a família de sua mulher? – interrogou, com jeito, Bozano.

— Velho sovina, nunca me deu nada, e eu ainda o livrei da jararaca da filha dele.

Todos acharam por bem encerrar esse assunto. Mas, quando Orfilla se retirou, Bozano não pôde conter uma exclamação.

— Chrispim, *a-la-putcha*, por esta não esperava – e acrescentou –, amigo do sogro, esse anão! Vai se vingar da filha que o velho lhe deu para lhe coçar o lombo. Deve bater nele de chinelo...

A força lavrense reforçada por nosso esquadrão marcharia essa noite. Desceria até o Camaquã, transpondo-o no Passo Hilário, e dali seguiria sua encosta a jusante à procura dos rebeldes que deveriam estar acampados num daqueles rincões. Sabíamos que nessa área se encontrava um pequeno contingente rebelde, perigoso não só pelo seu efetivo, mas, principalmente, por seu grande potencial de crescimento. Seus chefes eram dois comandantes legendários, Julião Barcellos, de Lavras, e João Cavalheiro, de Caçapava, este um ex-comandante de Corpo na 1ª Brigada, do coronel Turíbio Gomes Soares, do 3º Exército Libertador. Se não os combatêssemos logo, enquanto estavam na semente, quando chegasse da fronteira o grosso das tropas rebeldes, com Honório e Zeca Netto, aquele pezinho de inço se desfrondaria num matagal de adesões, que se poderiam contar às centenas. O objetivo dos revoltosos era atrair gente para criar naquelas plagas um poderoso exército que pudesse sustentar a fronteira e garantir a vinda para o sul das forças de Luís Carlos Prestes. Nossa missão era evitar que isso acontecesse. Portanto, mãos à obra, tínhamos que destruir o inimigo cortando suas cabeças no nascedouro antes que eles pudessem arregimentar-se.

À tarde saímos de auto para um reconhecimento pela estrada Lavras–Caçapava. Ao cair do sol estávamos do outro lado da várzea do Seival, uma das manchas de terras mais férteis do mundo, por suas pastagens espetaculares e por sua produtividade agrícola, um dos maiores tesouros do Rio Grande. Um tapete verde, plano como se estivesse cobrindo um assoalho, entre as duas serras.

— Te lembras, Alemão? – perguntou Bozano enquanto contemplávamos aquela planície. Como não lembrar. Quantas vezes cruzamos aquela várzea no ano passado, ora no encalço de Zeca Netto, ora atrás de Estácio Azambuja. Aqui Bozano fez seu nome como guerreiro.

O ano de 1923 foi o começo da Grande Guerra do Brasil oligárquico contra o Rio Grande do Sul. Continuamos nela até então. E ela só terminaria quando um dos lados dominasse o outro. Ou os estados centrais submetiam o Rio Grande, ou nós tomaríamos o poder central e imporíamos nossa autonomia por mais 15 ou 20 anos, como foi o resultado final de 93. Não queríamos mandar no Brasil, só queríamos que nos deixassem em paz. Entretanto, *si vis pascem para bellum*. Agora, em 24, o conflito parecia confuso, ampliara-se, ganhara novos atores, os jovens tenentes do Exército, que só assistiram 23 de camarote, vendo o Bernardes dar aos nossos adversários tudo o que precisavam para nos esgüelar: armas, dinheiro e apoio político para destruir nosso estado constituído pela Carta de 14 de Julho.

A revolução da Aliança Libertadora, que desatou este novo ciclo bélico que vivemos, marcou um embate entre duas gerações rio-grandenses: de um lado, aliados aos sobreviventes do federalismo, ex-companheiros agora dissidentes, remanescentes de 93, alijados do poder pela nova geração republicana formada sob os princípios sagrados do castilhismo; destacavam-se dentre estes os quadros de novos valores cultivados pelo dr. Borges a partir de seu segundo governo, já reforçados por uma terceira geração, da qual Bozano era seu mais brilhante astro. Nesse embate entre Assis Brasil e Borges de Medeiros, decidiu-se, nos campos de batalha, a hegemonia interna no estado. Daqui para a frente, eu acreditava, evoluiríamos até chegarmos ao confronto direto com os estados centrais. E esta era uma tese que Bozano encampara depois que a ouvira da boca do próprio chefe unipessoal.

A ante-sala da Revolução foi a eleição presidencial de março de 22. Nessa campanha política, trabalhamos duramente. Em todo o estado, o partido mobilizou-se para chegar ao pleito com sua força máxima, como se o resultado final dependesse do Rio Grande do Sul. Foi uma ação tão decidida, em clima de tudo ou nada, que os dissidentes republicanos viram que seus riscos seriam superiores aos benefícios e deixaram a coisa correr solta. Ao final, pode-se dizer que foi uma disputa entre nós e os federalistas, com o resultado indicando qual a força efetiva de cada um. Nilo fez 96.051 votos contra míseros 11.632 para Arthur Bernardes.

Essa diferença representa o quadro das forças eleitorais do estado. Como os chefes republicanos dissidentes não fizeram campanha aberta para o Bernardes, salvo uma ou outra exceção, o povo ficou livre para votar e o fez da forma que estavam acostumados, ou seja, sufragando os nomes dos candidatos do dr. Borges. Com essa diferença, isto aí ficou légua e meia para lá de capote, abrindo os olhos dos nossos adversários. Para nos enfrentar precisariam de uma aliança poderosa. Sozinhos, não conseguiriam, mas esperavam colher o reconhecimento de um Bernardes agradecido pelo esforço heróico que teriam feito para conseguir essa penca de votos para ele por aqui.

Já temendo o que teríamos pela frente, desde os primeiros momentos da campanha o dr. Borges deu ordens para que continuássemos alisando o lombo dos jovens oficiais do Exército que, a cada dia, colocavam-se mais abertamente contra a candidatura oficial. Essa intimidade gerou dois equívocos muito importantes. O primeiro foi que aqueles conspiradores amadores contaram com nosso apoio decidido quando se rebelassem contra o governo central, o que não ocor-

reu. Não sei o que tinham na cabeça quando imaginaram que um político experimentado, um verdadeiro gênio dessa arte – o nosso chefe unipessoal –, iria se meter num levante atrapalhado, todo vazado, em 5 de julho. O segundo foi uma tentativa grosseira de incompatibilizar nosso comandante com seus aliados militares, criando uma situação absurda. Estou me referindo à prisão de Bozano em agosto de 22, acusado de pregar a separação do Rio Grande do Brasil. Eles confundiram a palavra separativismo com separatismo, e botaram o nosso homem na cadeia.

Essa coisa dos policiais ignorantes terem, para reprimir, que lidar com temas sofisticados, como idéias políticas, gerou uma gauchada dessas que o general comandante da 3ª Região Militar engoliu sem saber, ao confundir separatismo com separativismo. Um dia foram prender um estudante libertador em Porto Alegre e encontraram na casa dele um livro intitulado O Vermelho e o Negro, o célebre romance do mestre francês Stendhal. Pois não foi que confiscaram a obra, suspeitando que fosse algum disparate escrito por um alemão de Santa Cruz (lá a alemoada é toda lenço vermelho) contando alguma coisa entre um maragato e um brigadiano, em que a imagem da Briosa deveria sair maculada. Pelo sim e pelo não, levou-se o livro suspeito para a delegacia como prova da militância subversiva do acusado.

A prisão de Bozano como separatista deu-se em Porto Alegre, e não em Santa Maria, porque, se tivesse sido, aqueles esbirros nunca lhe conseguiriam pôr a mão. Teriam que chamar a metade do Exército brasileiro para levá-lo e antes correria muita bala até chegarem ao homem. Mas foram traiçoeiros, esperaram que ele fosse visitar os pais, ficasse sozinho, isolado, e aí deram o bote. Quando viu, estava em cana.

Ele de fato tinha avançado muito no seu proselitismo autonomista ou separativista, porém tudo dentro de uma estratégia para intimidar o Exército e desencorajar qualquer idéia de intervenção. Esses fatos se deram logo depois que fechamos o Jornal de Debates, já tinha passado a eleição, o Bernardes estava trancado em Minas preparando-se para descer a Serra dos Órgãos e ocupar o Palácio do Catete.

De nosso lado, sabíamos que o plano inicial do novo presidente da República era desmontar no âmbito nacional a perigosa dissidência que se articulara na Reação Republicana. Como de fato o fez, pois interveio e derrubou os governos de todos os estados de oposição, menos do nosso. Para mantê-lo a distância, lançamos O Separatista, este, sim, um jornal abertamente separatista, que pregava a volta da República de Piratini.

Em 1922, a nossa situação militar não era confortável. É preciso lembrar que já completávamos 27 anos sem guerra declarada. Fora a Revolução de 1904 *no Uruguai, de que os provisórios participaram em massa em apoio aos nossos companheiros* blancos *de Aparicio Saravia, vivia-se aquele clima tenso de uma sociedade armada e dividida, mas combates, mesmo, não havia. Mantínhamos nossa estrutura militar em fogo brando. Cada cidade tinha seu corpo provisório visível a olho nu. Os oficiais tinham suas cartas patentes em dia, cada correligionário estancieiro mantinha em suas propriedades um bom número da soldadesca, diria que nos mantínhamos a um passo da prontidão. A cada festa do Divino Espírito Santo corria-se a Cavalhada, uma festa que nossos comandantes municipais aproveitavam para uma manobra geral de todo o Corpo, sem com isso estar fazendo provocação às autoridades constituídas. Devo dizer, porque é verdade, que nossos adversários federalistas faziam o mesmo com sua gente, valendo-se da devoção à Terceira Pessoa da Trindade.*

Essa ameaça de separatismo nunca passou muito disso, mas também não posso omitir que foi uma hipótese estudada, não com o objetivo de secessão do Rio Grande, mas como uma opção que poderia, como escreveu Bozano naquele artigo, acabar produzindo uma corrente majoritária que levasse a uma separação de fato, ainda que temporária. Devo ressalvar que os oficiais do Exército, nossos aliados na oposição, nunca participaram dessas maquinações. Eles nem queriam ouvir a menor palavra, um monossílabo que fosse, de desmembramento de um centímetro do território nacional. Nessa polêmica, eles estavam de fora, até mesmo do lado contrário a nós, sentindo-se tão acuados quanto seus demais colegas de farda bernardistas.

O objetivo era deixar bem claro a toda nação que, se o Bernardes tentasse depor nosso presidente, encontraria pela frente essa força armada do partido. Somando todos os homens válidos em condições de pegar em armas, poderíamos mobilizar uns 50 mil combatentes, cerca de 5 mil brigadianos (convocando inativos) e o resto de provisórios. Isso equivalia ao total do efetivo que as Forças Armadas, Exército e Marinha, tinham espalhados por todo o país, contando com burocratas, cozinheiros, taifeiros e tudo o mais que aparece na folha de pagamento da União como funcionários militares.

Nossa força não estava pronta para emprego imediato, pois era constituída de homens dispersos pelo estado, voltados para seus afazeres, comprometidos com a produção e seus negócios particulares. Acredito que levaríamos algum tempo, talvez uns dois meses, para botar todos em ponto de bala. No Rio Grande era quase como na Suíça, que tem seu exército assim: cada reservista leva a arma e o uniforme para casa. Em caso de guerra, cada um já sabe para onde ir, a que unidade pertence e sua missão de combate.

O nosso poderio bélico também estava tecnicamente defasado. A maior parte do equipamento em poder dos provisórios, estocados nas intendências e nas fazendas, eram armas remanescentes de 93, que teriam de ser substituídas. Elas serviam para manter os homens adestrados no seu uso, mas não bastariam para conter uma invasão do Estado por um Exército como o brasileiro, equipado e treinado pelos franceses.

A maior parte de nosso equipamento eram fuzis argentinos Mauzer de um tiro (essas carabinas eram, de fato, fabricadas na Alemanha, mas nós as chamávamos de argentinas porque sua importação se fizera por Buenos Aires), que fora a arma oficial dos corpos provisórios na chamada Revolução Federalista. Havia também as Chassepot, Winchester calibre 8, e as pré-históricas Comblain calibre 12 e Mannullincher. Como arma pessoal, os provisórios usavam revólveres Nagant e Gerard e as pistolas La Fouchet. A Brigada regular sim tinha armas modernas, fuzis de repetição Mauzer e metralhadoras de vários tipos. E ainda guardava algumas relíquias da última guerra, armas pesadas, como os canhões La Hitte, Krupp e Witewort, que não serviriam de muito num confronto contra a artilharia moderna do Exército. Assim como os exercícios com as velhas carabinas mantêm a pontaria dos provisórios civis, aquelas peças contribuem para manter os oficiais da Brigada em intimidade com a trigonometria do tiro parabólico.

Essa hipótese de guerra do Rio Grande contra o Brasil era um assunto muito reservado, tratado numa sala secreta do estado-maior no Quartel-General da Brigada, em Porto Alegre, com vazamentos cuidadosamente administrados para dar às Forças Armadas federais uma noção do risco a que podiam expor o país se resolvessem respaldar uma intervenção no Estado. Bozano estava a par desses estudos, mas raramente falava sobre o que sabia. Acredito que, se o comentava em reuniões com o dr. Borges, deveria receber algum subsídio do dr. Sinval e de outros membros da alta cúpula do governo. De vez em quando deixava escapar alguns fragmentos desse cenário.

– Se isso acontecer, os republicanos de cada cidade com guarnição federal já têm sua missão: precisamos estar prontos para imobilizar as unidades do Exército de nossa cidade, mantê-los entocados em seus quartéis, cortar seu abastecimento de víveres e tentar esmagá-los antes que possam dominar um território. Ao mesmo tempo, temos que subjugar os federalistas, que, com certeza, apoiarão o governo central. Não é pouco.

A situação estratégica desenvolvida por este estado-maior informal contemplava um cenário político muito complexo. Uma guerra do Rio Grande contra o Brasil acabaria por contaminar toda a região do Prata, conflagrando todo o Cone Sul. Tínhamos certeza de que esse desdobramento era levado em conta e contribuía para conter o ânimo dos oligarcas do Centro-Sul em meter a mão aqui na nossa invernada.

– Em primeiro lugar – disse Bozano, um dia daqueles –, o dispositivo de defesa nacional deles pressupõe que o caminho sul–norte é um corredor estreito, fácil de ser defendido para impedir os argentinos de chegar aos centros vitais do país. Se vierem em sentido contrário, é por aí que terão que passar para chegar até aqui. O trabalho para ir é o mesmo de vir. Levarão um tempo, talvez meses, para conseguirem chegar à nossa fronteira. Uma tropa pequena, bem-armada e adestrada, segura o Exército brasileiro pelo tempo que for necessário do outro lado do rio Uruguai.

A mesma invulnerabilidade dos estados centrais seria invertida a nosso favor. Só havia três caminhos para chegar ao centro vital do Rio Grande vindo do norte com um exército. O primeiro, só para começar pelo litoral, seria fazer como os imperiais em 36: entrar pela lagoa dos Patos e tomar Porto Alegre com a Marinha. Naquele momento seria muito mais difícil do que no começo do século XIX. A barra de Rio Grande só era praticável em alguns meses do ano e, para bloqueá-la, bastava afundar algumas barcaças no canal, que os grandes navios de guerra oceânica já não poderiam mais entrar na lagoa e subir o Guaíba. Detidos ali, sem uma forte base em terra, não teriam como desobstruir a entrada. Nessa situação, até a tiro de mosquetão dava para segurar a Armada. As outras opções seriam, primeiro, vir pelo litoral, descendo por Laguna até Torres, chegando a Porto Alegre pelos lagos. Era um caminho só praticável para pequenas unidades, leves, quase sem bagagens. Ou, finalmente, pelo Planalto, penetrando pelo coração do Rio Grande.

Essa última alternativa era o caminho mais provável, pois a estrada de ferro dava a infra-estrutura logística indispensável para mover uma força pesada nos mil quilômetros que separavam o centro do país do nosso estado. Entretanto, com quaisquer 5 mil homens fazendo guerrilhas, ou entrincheirados em posições fortificadas nos passos dos rios, seria necessária uma concentração fantástica de gente e material para vencer essa resistência. Isso nos garantiria o tempo de que precisaríamos para um segundo desdobramento.

– Vou só dar uma pista do que se está pensando – revelou Bozano – : para enfrentar numa guerra uma potência como o Brasil é preciso armamento pesado. Para isso precisamos ser reconhecidos internacionalmente como beligerantes, pois essas "mercadorias" não se compram senão no mercado legal. Necessitamos de um porto para receber esses suprimentos e exportar nossos produtos porque precisaremos de dinheiro para pagar as nossas despesas. Correto? Como conseguir isso? – desafiou-nos. – Aí entram nossos companheiros blancos *– respondeu ele mesmo.*

Num primeiro momento, tão logo o Bernardes colocasse as unhas para fora, os blancos *entrariam no Rio Grande pela fronteira e nos ajudariam a var-*

rer a resistência do Exército e a extirpar o braço maragato. (Esse veio a ser um dado importante, depois, em 23, quando os blancos mandaram uma tropa para nos apoiar, que foi, mais que um apoio material, um gesto político, um aviso para o Rio de Janeiro, pois um corpo de 400 homens não fez diferença no equilíbrio de forças. Assim, quando começou a revolução, os Saravias mandaram seu menino de ouro, Nepomuceno Saravia, à frente de 700 homens, uma amostra para manter viva aquela advertência.) Dominada a resistência interna, o que seria coisa de semanas, blancos e republicanos rio-grandenses virariam o cavalo e se atirariam sobre Montevidéu. Ali seria o nosso porto, nossa porta para o mundo. Quando se chegasse a esse ponto, seria inevitável a intervenção argentina, pois o Brasil não teria outra saída senão bloquear o rio da Prata, arrastando Buenos Aires para o conflito. Contávamos que Bernardes tivesse a cabeça no lugar para não jogar o país numa aventura dessas proporções só para garantir a sua titica de poder. Os numestutelares da República não deixariam a situação chegar a esse descalabro. E, assim, nós continuaríamos no poder, mesmo que isolados do restante do país.

Essa possibilidade configurou-se claramente ainda antes do final do ano. A resposta do Exército foi a realização de grandes manobras em Saicã, no Rio Grande do Sul, com emprego de todas as armas, inclusive a aviação de bombardeio, sob o comando pessoal do general Gamelin, chefe da Missão Francesa. Para nos acalmar, dizer-nos que o Exército não se envolveria na questão política, veio o ministro da Guerra, Pandiá Calógeras, que deu o recado com toda a clareza que se fazia necessária naquele momento. Disse o ministro: "Vós, rio-grandenses, nunca desertastes e não desertareis o vosso posto. Eu vos amo assim – intrépidos, insuportáveis, indomáveis –, a arrebatar a glória, a fortuna e a honra de muito amar e servir à Pátria e à Humanidade". Estas duas palavras finais, de conteúdo nitidamente positivista, eram para nos dar uma garantia adicional de que nossa Constituição não amedrontava as Forças Armadas. Entretanto, não nos descuidamos e continuamos com as barbas de molho.

Nesse clima foi transcorrendo o primeiro semestre de 22, com os tenentes imaginando que esse dispositivo defensivo poderia servir-lhes para um jogo no campo adversário, destronando Bernardes, impedindo sua posse pela força das armas, o que era um absurdo. O dr. Borges não pretendia pisotear a vontade das urnas e derrubar o governo central, naquele tempo. Nós só pensávamos na defesa do Rio Grande, nunca em submeter o Brasil. Ainda não.

Os tenentes nunca poderiam ter contado com nosso apoio à sua aventura militarista. Isso ficou claro, límpido, mesmo a um entendedor mediano, quando, dias antes do levante do Forte de Copacabana, em 5 de julho, o dr. Borges chamou o ideólogo do partido e mandou-o estampar um editorial condenando a *ruptura da ordem constitucional. Pior do que Bernardes no poder seria um golpe de Estado*. Lindolfo Collor publicou em A Federação *no dia 3 de julho: "Este nosso indeclinável e nunca desmentido apoio à autoridade legitimamente constituída dá-nos insuspeição para nos manifestarmos francamente a favor do Clube Militar, no bem inspirado apelo dirigido ao comandante da Região de Pernambuco". Éramos contra a revolução, mas também contrários à intervenção em Pernambuco. Quatro dias depois, em 7 de julho, em plena revolta,* A Federação *soltou outro editorial, com um título de cunho ideológico, para que não ficassem dúvidas, rompendo definitivamente com os rebeldes. O lema de nosso partido era "A ordem por base e o progresso por fim", a que fomos inteiramente fiéis no célebre texto, ao qual já me referi, intitulado "Pela Ordem", que nossos inimigos ainda hoje atiram em cima de nós como se fosse uma traiçoeira retirada, abandonando à própria sorte os seguidores do marechal Hermes.*

Voltando à prisão de Bozano: o jornal O Separatista *era propriedade do jornalista santa-mariense Telmo Almeida. Bozano escrevia em suas páginas como um simples colaborador, embora se dissesse que ele inspirara a publicação e, até, que a mantinha financeiramente. Não sei se era verdade. Tenho para mim que o motivo verdadeiro de seu encarceramento foi uma vingança do coronel Villalobos pela humilhação imposta à farda por Bozano, no fim de 1921, quando deu uma surra num oficial superior do Exército no centro de Santa Maria, à vista de todos. Dias depois, um de nossos companheiros, Felisberto Monteiro, deu-lhe um pau e feriu levemente Arnaldo Melo numa briga no café Guarany. A represália foi a prisão de nosso líder em Porto Alegre.*

O leitmotif *apresentou-se quando começou a se preparar a festa dos 100 anos da Independência.* O Separatista *elevou um pouco o tom de seus ataques ao governo central, atacando o que considerava um gesto infeliz do presidente, que dizia querer dar à festa um caráter de pacificação nacional, trazendo de volta ao país a família imperial que vivia exilada na França. Havia uma demanda protocolar nesse sentido, pois viriam ao Brasil chefes de estado estrangeiros, como o rei Alberto I, da Bélgica, o presidente da Argentina, Marcelo Alvear, e outros dignitários: como festejar a Independência sem a presença dos Bragança? Trazê-los também serviria a um propósito político, disfarçando sua intolerância: o governo negava-se a dar anistia aos rebeldes de 5 de julho, alegando que os militares dissidentes não passavam de insubmissos. Soltá-los seria liberar também a anarquia. Já a família imperial, que fazia parte de um processo histórico vencido, podia ser perdoada e reconduzida à vida nacional, pois não se encontrava mais no Brasil um único cidadão que pretendesse restaurar a monarquia. Com isso o presidente imaginava tapar o sol com a peneira e estaria dando uma demonstração de tolerância.*

A trapalhada, porém, foi que o convidado de honra era o famigerado conde D'Eu. Sua arrogância fora uma das coisas que contribuíram para a proclamação da República, tamanha sua impopularidade no Exército. Ele fora o detrator de Caxias, o genocida do Paraguai, que dera sumiço nos quatro filhos sobreviventes de Solano Lopez, essas crianças desgraçadas, uma ainda de colo, que a mãe nunca mais viu e nem ninguém mais soube delas. Madame Linch deambulou desesperada pelo Paraguai, 10 anos depois do fim da guerra, à procura de suas crianças sem saber qualquer notícia, e morreu ignorando o destino de seus filhos. Em vez de procurá-los nas casinholas de Assunção, deveria ter ido ao Rio de Janeiro vasculhar os arquivos secretos do Ministério da Guerra para ver que destino lhes dera o marido da princesa Isabel. Pois ao chegar esse homem no Brasil, não se imagina o desconforto que causou nas Forças Armadas e entre os republicanos históricos. Uma gafe desse porte não podia escapar à pena ferina de Bozano.

Um terceiro objetivo da grande festa era, também, nos assustar. Seria promovido um tremendo desfile militar, 50 mil homens, só no Rio de Janeiro. 20 mil em Porto Alegre. A pretexto dessa parada, o Exército estava convocando reservistas. Eles seriam reincorporados com esse objetivo, mas isso significava que, uma vez em armas, poderiam também ser jogados contra nós para nos esmagar. Para a rapaziada, principalmente a mocidade do interior, era o pretexto para uma grande festa. Bastava apresentar-se em Porto Alegre munido de seu certificado de reservista para ter direito a casa e comida, com a obrigação apenas de se apresentar para os ensaios de ordem unida. Das colônias foram milhares, com passagem grátis, no trem, comida e bebida no vapor de Santo Amaro.

Em meio a isso tudo pegaram Bozano. Ele acordou uma manhã – 4 de agosto – com a casa de seus pais cercada por soldados do 7º Batalhão de Caçadores, do Exército. Tinham ordem de prendê-lo e levá-lo algemado para o quartel. Foi um deus-nos-acuda. Ele, seus irmãos e sua mãe dispuseram-se a resistir. O oficial designado para arrestá-lo ficou indeciso. Era gente poderosa. Por fim, chegaram a um acordo: Bozano iria por livre e espontânea vontade, acompanhado apenas por um anspeçada, sem escândalo. Qual nada. Parece que a cidade inteira ficou sabendo da humilhação, pois ele atravessou a pé as 10 quadras entre sua casa, na rua João Manoel, 41, e a praça do Portão, onde ficava a entrada principal do quartel do 7º BC.

A prisão de Bozano, porém, acabou saindo como um gol contra para o coronel Villalobos, que havia sido o mentor intelectual da infeliz decisão do comandante da 3ª Região, que determinou o recolhimento do advogado. Se arrependimento matasse, o comandante do 7º RI de Santa Maria estaria há muito debaixo de sete palmos. Não teria feito o que fez, se soubesse o que estava arru-

mando quando engendrou a prisão de seu desafeto. Além de todos os incômodos que sua sugestão trouxe a seus superiores, foi nesse momento que Bozano despontou como estrela de primeira grandeza no cenário político sul-rio-grandense.

Para começar, os militares do Exército, em Porto Alegre, não sabiam o tamanho do bicho que tinham pego na arapuca. Quando se deram conta, temeram que a gaiola rebentasse, tamanho o vigor do animal. Pois quando chegou Villalobos com a idéia, ninguém fez perguntas, não se falou, nada se disse, dando-se a entender que era um peixe pequeno, que estava promovendo distúrbios na sua região e que precisava de um corretivo. Pela idade e pelo fato de não ocupar cargos nem no governo nem na hierarquia do partido, nada do que constava da ficha do acusado levaria alguém a pensar que a questão se tornaria delicada. Aparentemente, o comandante da 3ª Região mal tomara conhecimento de que deteria um jovem advogado acusado de não sei quê, e autorizou a proposta de seus subordinados sem maiores perguntas. Quando viu, estava com uma bomba de pavio aceso na mão.

Bozano ainda caminhava pela rua da Praia em direção ao quartel do 7º quando sua mãe chegou ao Palácio Piratini com a notícia. Ela mesmo não acreditou na pronta reação do presidente. Por isso que tenho para mim que o próprio Villalobos não tinha avaliado os desdobramentos que o caso veio a ter. Ele queria apenas vexar o sujeito que havia transformado sua vida em um inferno.

Até Bozano chegar a Santa Maria, o coronel paranaense levava a boa vida que pedira a Deus. Vivia com todas as pompas a que tinha direito como autoridade militar, estava bem com o governo constituído num ambiente de franca rebelião, o que lhe garantia grandes vantagens. Não lhe faltava nada. De uma hora para outra, mergulhou no olho de um furacão.

Tudo começou quando decidiu acolher Arnaldo Melo em seu quartel. Em poucos dias percebeu que se tratava de uma situação insustentável. Passou a levar chumbo de todo o lado: a justiça a dizer que o preso não era seu; sua unidade cercada dia e noite por brigadianos ostensivos e por provisórios malencarados, prontos a botar a mão no seu prisioneiro se ele pusesse o nariz para fora daqueles portões. Os oficiais descontentes com a acolhida ao detrator bernardista. Decidiu-se, então, a mandá-lo embora.

Arrumou com o Ministério da Guerra para que ele fosse cumprir sua pena no Rio de Janeiro. Feitos os arranjos, viu que sua remoção teria de ser uma operação de guerra. Só uma escoltazinha não bastaria para dar segurança ao prisioneiro. Certa noite, quando chegava o Noturno, um esquadrão desocupou de surpresa um vagão do trem de Uruguaiana e embarcou para escoltar Arnaldo até Cacequi, de onde seguiu, aí sim, acompanhado apenas de um oficial e poucas praças, até Rio Grande, onde tomou um paquete para o Rio. E lá estava Arnaldo, desde o início do ano, livre mas impedido de pôr os pés no Rio Grande.

O sacripanta temia pelo pelego. Sabia-se estreitamente vigiado pela polícia política de Borges de Medeiros. Em Santa Maria havia um exemplo eloqüente do que o esperaria, embora numa situação inversa à sua. Em 13 de abril de 1894, um líder republicano, o coronel Martins Höehr, que como ele estava fugido da polícia porque fora condenado pela acusação de ser o mandante de um crime político, deixou seu exílio no Paraguai para voltar ao Rio Grande. Mas era seguido de perto pelos federalistas. Quando estava na altura de São Luís Gonzaga, foi capturado e morto. A sentença era degola, mas o condenado implorou para ser fuzilado. Arnaldo Melo temia ter o mesmo destino.

Foi para dar uma lição e descontar tanto incômodo que Villalobos arrumou aquela acusação de separatismo para botar Bozano atrás das grades. Levou o caso aos escalões intermediários da 3ª Região Militar, na capital. Seus camaradas porto-alegrenses aceitaram o processo e mandaram buscar o moço em casa. Passado aquele vai-não-vou, extinto o perigo de um tiroteio ali mesmo dentro de casa, enquanto os outros dois filhos, Paulo e Carlos, foram ter com o pai, que já saíra para o escritório, a decidida dona Isabel pegou sua bolsa e tocou-se para o Palácio, logo ali, subindo a lomba da rua da Igreja.

Na Casa do Governo apresentou-se e pediu uma audiência com o presidente, informando que o assunto era a prisão do filho. Um bilhete voou pelas ante-salas até o birô do dr. Borges. Logo o assunto chegou ao gabinete presidencial. O nosso chefe unipessoal chamou o dr. Sinval, mandou outro auxiliar se informar do que ocorria e, logo em seguida, mandou sua amiga passar, pois o que decidira iria fazer em sua frente.

– Calma, dona Isabel. Isto é um engano ou, se for pior, um ato político, nós vamos enfrentar – disse o presidente, com seu jeito ponderado, que muitos chamavam de frio e distante. – Capitão – falou dirigindo-se ao ajudante-de-ordens –, me toque o telefone para o general Andrade Neves.

O comandante da 3ª Região Militar veio prontamente ao aparelho, com certeza preocupado com o que pudesse ser, pois o homem do Piratini não era de falar ao telefone se não fosse para tratar de algo muito grave. A conversa não avançou, pois o general tinha apenas uma vaga noção de que alguém fora detido para averiguações, acusado de pregar o separatismo. Entretanto, esse telefonema bastou-lhe para perceber que tinha criado um incidente, pois, senão, por que o presidente do Estado estaria a lhe cobrar informações? Enquanto procurava ganhar tempo, foi chamando um e outro até saber do que se tratava, de que o preso era de uma família importante da cidade, também que era um exaltado arruaceiro que andara aos socos com um oficial de alta patente em Santa Maria. Enfim, a única coisa certa era que tinha um problema. Não mandou desfazer a prisão, mas pediu sua fundamentação.

Uma hora depois retornou o telefonema do dr. Borges e disse-lhe as suas razões. O chefe do governo, embora não protestasse abertamente, revelou sua desconformidade. O general, já se vendo em palpos de aranha para sair da enrascada, mandou que os responsáveis pela detenção do advogado tratassem de se cobrir, pois senão muita gente daquele QG iria, em breve, receber a nobre missão de cuidar da fronteira peruana na Amazônia. Enquanto isso, a família Bozano acionava seus advogados e, antes do fim da tarde, já entrava com um pedido de habeas-corpus, *ao mesmo tempo que, do outro lado, toda a máquina jurídica do Exército procurava as melhores maneiras de enquadrar Júlio Raphael.*

A grande surpresa, porém, veio quando Andrade Neves voltou a telefonar ao presidente para dizer que o crime era contra a Constituição e ouviu do chefe do governo que iria visitar o prisioneiro ainda naquele dia, pedindo sua interferência para facilitar sua entrada no quartel do 7º BC.

O presidente mandou chamar um táxi no ponto que ficava do outro lado da praça e tocar para o quartel do 7º, a quatro quadras dali. Vou fazer um parêntesis: o dr. Borges dispensava as pompas do poder por uma questão de austeridade ascética com o dinheiro público. Não tinha carro oficial. Nas raras vezes em que saía do Palácio, a não ser para ir à sua casa, distante 100 metros, onde morava, o que fazia a pé, usava um auto de praça. Era lembrado, ainda, como chegou numa carruagem de aluguel caindo aos pedaços à festa em homenagem ao embaixador de Portugal, ainda durante o Segundo Governo, na primeira visita de um representante de Estado estrangeiro ao Rio Grande do Sul. O único luxo a que evoluíra, desde então, fora usar veículos motorizados para se locomover. Quando chegou ao quartel foi reconhecido e gerou aquele corre-corre. Ficou duas horas com Bozano.

A visita de Borges a Bozano foi uma demonstração pública de que um novo astro brilhava no firmamento político do estado. Um homem comedido, refratário a atos públicos de demonstração de apoio, um contato tão raro que se dizia que aqueles que tinham a rara oportunidade de apertar-lhe a mão ficavam uma semana sem lavá-la, tamanha a importância do gesto, nosso presidente ter ido ao quartel visitar Bozano era o mesmo que dizer ao Rio Grande que ali estava um filho dileto.

O assunto dominou as conversas nos cafés, nos serões, nas confabulações, a notícia correu de boca em boca, pelos emissários, pelos fios dos telégrafos, pelas malas dos correios. Nos meios políticos Bozano subiu logo vários degraus, colocando-se no topo, do lado direito do chefe. No meio militar foi uma correria atrás de leis e regulamentos que respaldassem sua prisão, acabando por se optar pelo enquadramento de insubmissão. O crime de lesa-pátria não pôde ser configurado, preferindo-se dizer que ele não atendera à convocação de sua classe de reservistas, a de 1899, chamada às fileiras para o próximo desfile de 7 de setembro. Essa acusação também logo caiu, pois se constatou que ele fora dispensado do serviço militar por ser estudante universitário na época da incorporação. Aos 18 anos já era acadêmico de Direito. No fim, ganhou uma prisão administrativa por 15 dias.

Quando a notícia da prisão chegou a Santa Maria, Telmo e seus amigos de O Separatista *abriram baterias. Para culminar, publicaram um artigo atribuído a Bozano aconselhando os jovens gaúchos convocados pelo Exército a se negarem a marchar no Dia da Pátria. Esse texto dificilmente seria do nosso comandante, pois ele se encontrava preso naqueles dias. Tampouco negou sua autoria. Assim, um exemplar do jornal foi mandado para o Rio de Janeiro e o próprio ministro da Guerra deu-lhe mais 30 dias de cadeia. Dessa forma, ele passou as grandes festas da Independência, que iluminaram o país inteiro, vendo o sol nascer quadrado. Entretanto, para não amarrar o espírito de porco, uma tragédia se abateu sobre a família dos Orleans e Bragança, pois o velho conde faleceu no Rio de Janeiro no dia 1º de setembro, enlutando o evento.*

– Foi meu presente de aniversário, acredito que do Diabo, mas pode ter sido de Deus também – comentou depois Bozano.

Quando saiu da cadeia, encontrou o tempo político fechado e tormentoso. De nosso lado, a candidatura do dr. Borges para o quinto mandato estava posta desde fins de março. Num ambiente de disputa interna, sem que houvesse um outro nome à altura para suceder o chefe unipessoal, o partido corria o risco de cindir-se em meio a uma convulsão intestina. Por isso, ainda em março, logo depois de proclamados os resultados da eleição nacional, um dos principais chefes políticos do país tratou de mostrar ao Brasil que o Velho continuava incontestável entre os republicanos gaúchos, pois havia quem dissesse que, com o fracasso da Reação Republicana, Borges perderia o controle da situação. Quem botou água fria na fervura foi o general Firmino de Paula, numa oportuna entrevista concedida em sua casa, em Cruz Alta, dizendo que o que mais convinha ao Rio Grande era uma nova reeleição do próprio Borges de Medeiros, seu candidato. Com o seu nome na rua, cessaram-se todas as disputas. Formou-se, então, a pedido do chefe, uma comissão de notáveis que percorreria o estado para consultas ao partido. O grupo era de peso: general Barreto Viana, presidente da Câmara de Representantes, dr. Montaury Filho, intendente de Porto Alegre, o ideólogo do partido, Lindolfo Collor, e dois próceres de peso; representando a região sul, o coronel Pedro Osório, chefe político em Pelotas; e, pelo norte, o próprio general Firmino de Paula. Nessa época do ano concluíram seu trabalho, que apurou a unanimidade a favor da recondução do dr. Borges.

Paralelo a isso, passava-se um por um dos momentos mais difíceis do processo de posse dos eleitos no pleito presidencial de 1922. A situação nacional estava toda embaralhada. Apesar da vitória de Bernardes, da sustentação de sua tomada do poder pelo presidente em exercício, Epitácio Pessoa, e do respaldo dos governos estaduais, inclusive do nosso, a chapa eleita foi desfalcada logo após o pleito, ainda antes do final da apuração, com a morte do vice-presidente Urbano Santos. Imediatamente, a Reação Republicana entrou com uma ação na justiça pedindo a diplomação de nosso candidato a vice, o ex-governador da Bahia J. J. Seabra. Devo dizer que nosso presidente não apoiou a chicana. O plano dos conspiradores era que o direito do segundo colocado fosse reconhecido para depois impedir a posse do eleito, empossando o vice. Também não deu certo. A Reação conseguiu um ponto na Justiça, concedido pelo juiz federal Otávio Kelly, mas o Supremo derrubou a decisão. Acabaram nomeando, pelo Congresso, um vice-presidente, em eleição indireta, o ex-presidente de Pernambuco, senador Estácio Coimbra, que acumulou, daí em diante, a função de reserva de Bernardes com a presidência da Câmara Alta.

Aqui no estado, a oposição conseguiu um tento. Dois dias antes de Bozano sair da cadeia, o estado foi sacudido por uma bomba pior do que um canhonaço de Grande Bertha. A bancada federal rio-grandense de oposição lançou, no Rio de Janeiro, dia 19 de setembro, a candidatura de Joaquim Francisco de Assis Brasil para presidente do Rio Grande, e do federalista Wenceslau Escobar, para vice-presidente, este tripudiando sobre a sepultura de seu guia espiritual, o conselheiro Gaspar Silveira Martins, rasgando sua legenda que impediria essas coligações espúrias. Dizia o condestável do Império: "Idéias não são metais que se fundem". Agora seus herdeiros pisoteavam sua memória atrelando-se aos "chimangos" quinta-coluna.

O apetite pelo governo e seus cargos, no entanto, levou os federalistas a se esquecerem do lema que carregaram durante toda a Revolução de 93 e que trouxeram até então, ao se aliarem com os republicanos dissidentes e constituírem uma frente ampla contra o dr. Borges. O nome que escolheram, ou melhor, seduziram, com suas promessas das pompas do poder, não podia ser pior para nós. Assis Brasil trazia uma legitimidade que não podíamos contestar. Ele tinha peso específico – histórico, político e doutrinário – que lhe assegurava o direito a se apresentar candidato sem antes jurar uma plataforma de governo.

Contra ele não podíamos levantar o mesmo argumento que levou o dr. Borges a promover a Reação Republicana contra a candidatura oficial, um gesto que, também, aparentemente, romperia com a disciplina partidária, a falta de legitimidade original a Arthur Bernardes. O mineiro não tinha impresso no lombo o ferro do republicano propagandista. Sem isso, para ter direito de governar o país, carecia de sustentar-se num plano de governo, um compromisso de que se dispensava somente a um fundador da República. Como era um homem de segunda geração, Bernardes teria de reafirmar seus compromissos em público, por escrito. Ao se negar, justificou a rebelião dos ortodoxos, que tinham em nosso presidente seu esteio central. Assis Brasil trazia essa marca na paleta, estava acima de um programa.

Entretanto, Assis sempre fora um rebelde enrustido. Quem não se lembra que em 91 discordou do texto constitucional de Júlio de Castilhos? Quem esquece que, naqueles momentos difíceis em que se lutava pela implantação do partido único, ele procurou uma composição com nossos adversários para estabelecer algum tipo de convivência cujo resultado previsível seria a alternância no poder? Como explicar o vexame de sua tentativa de trazer para a mesa de negociações Gumersindo Saraiva e os federalistas, a ponto de ir a Santa Vitória reunir-se com o caudilho, o qual, providencialmente, remeteu-o de volta a Silveira Martins, implodindo, assim, a estrutura política que queria montar à revelia do espírito da Constituição de 14 de Julho?

A verdade é que Assis Brasil nunca foi um republicano castilhista dos quatro costados. Sempre teve essas idéias chamadas progressistas e se empolgava com a democracia. A ditadura científica em momento algum foi o regime de seus sonhos. Era significativa e premonitória uma história que se contava de seu primeiro encontro com Júlio de Castilhos. Os dois, ainda meninos, viram-se pela primeira vez na aula de um professor notável de São Gabriel, onde Castilhos aprendia as primeira letras e Assis foi mandado para alfabetizar-se. Pela manhã, o mestre, antes de iniciar sua aula, apresentou aos demais o novo aluno que chegava, mandando-o sentar-se numa carteira ao lado do pequeno Júlio. O que se viu seria até agora inexplicável, se não fosse o curso da história, que afastou os dois pró-homens. Ao se aproximar Assis do banco que lhe indicara o professor, olharam-se e, sem qualquer motivo, sem a menor provocação, os dois guris se engalfinharam a socos e a unhas com tamanha ferocidade que o mestre foi obrigado a interferir fisicamente para separá-los. Hoje, quando repete essa história, um assisista fanático, Antero Marques, diz de boca cheia: "Que sublime!... Era a Ditadura contra a Democracia". Assim, não há como duvidar que, embora propagandista e fundador da República, o nosso adversário era uma reserva dos democratas para alijar a nós e a nossos princípios, acolherando o Rio Grande ao comboio submisso desta pseudofederação brasileira.

Com suas idéias de ampla participação democrática, Assis Brasil estava subvertendo a juventude gaúcha, virando a cabeça, dentre outros, de Carlos

Bozano. Era tamanha sua heresia que aceitou o slogan "Candidato do Povo". Seu discurso, copiado de certos teóricos europeus e norte-americanos, dizia que o equilíbrio do orçamento é uma política econômica ultrapassada. Defendia que o Estado devia produzir déficit para assim criar recursos para investimentos. Ora, nem a mais simples dona-de-casa admite que se gaste mais do que se recebe. Num governo, isso é desastroso, pois promove a desvalorização da moeda, a desordem administrativa e, com isso, a deterioração da coisa pública. Esses costumes que já se praticam no Brasil e que se constituem na desgraça da União, eles pregavam como grande coisa e queriam implantá-los no Rio Grande.

Assis Brasil falava dessas balelas impunemente, respaldando-se num propalado cosmopolitismo que não consigo enxergar. Sua história pessoal também não tinha nada relevante. Foi brilhante na propaganda e na implantação da República, é verdade. Porém, logo desviou-se. Em 93, recusou-se a participar ativamente da resistência, alegando não concordar com nossa luta, que qualificava de selvageria. Castilhos despachou-o para o centro do país e o acomodou nas benesses da diplomacia. Primeiro trabalhou com o barão do Rio Branco e, depois, seguiu para o exterior como ministro brasileiro nos Estados Unidos e, mais tarde, em Portugal. Em Lisboa casou-se pela segunda vez com uma mocinha muito bonita e educada, filha de um par do reino elevado à condição de príncipe pelo rei Afonso II, talvez o último sagrado pelo monarca. Com ela voltou ao Rio Grande, nos primeiros anos do século, cheio de idéias perigosas, mas que felizmente não se traduziam em ação política. Até agora. Construiu um castelo para a mulher e lançou ao sistema rio-grandense um desafio que traduz todo o perigo de suas idéias. Disse a seu pai que promoveria uma revolução tecnológica no campo, que com quatro quadras de campo produziria mais que o velho em duas léguas de sesmaria. Era um repto ao nosso lema de "Conservar melhorando". Lá estava nessa faina, criando os cavalos árabes que trouxe do Egito, os bois Devon para carne e as vacas jérsei para o leite, entretido numa agricultura intensiva, quando esse pessoal foi buscá-lo de volta para a vida pública, oferecendo-lhe o lugar do dr. Borges no Palácio Piratini. E, ao trazer de volta para a arena política o único nome com porte para enfrentar o dr. Borges, comprovou-se mais uma vez a tese do general Firmino de que era preciso acabar com as disputas internas porque o partido estava à beira de um racha.

Por isso, assim que saiu da cadeia, Bozano atirou-se com todo seu vigor na campanha de reeleição de nosso chefe unipessoal. A autoridade do dr. Borges, sua legitimidade, seu poder, só não digo sua liderança porque essa palavra, de origem norte-americana, não constava dos dicionários positivistas, era contestada por antigos companheiros, agora dissidentes assisistas, todos os dias. Coube à pena mágica de Bozano restabelecer a verdade, teórica e prática, lembrando a todos os republicanos o seu dever. Ele respondeu a um artigo do ideólogo federalista José Júlio Silveira Martins. Dizia a certa altura: "Tem o dr. José Júlio um escalão único para julgar todos os fatos, por mais díspares que sejam. Com o mesmo critério que lhe serve ao julgamento da submissão física, encara ele a subordinação de homens pensantes – à autoridade de um chefe, que os conduz à conquista de um ideal político.

"Uma e outra quer ele fazer oprobriosa e infamante, sem se recordar de que uma surge independente da vontade, contrária a ela até, ao passo que a outra é querida, é desejada e é aceita a título de sacrifício a um ideal.

"As idéias não triunfam pelo número de prosélitos que fazem. São idéias de ação e, como tal, o triunfo só na sua realização está. O esforço individual, desigual e diverso, exercendo-se isoladamente, é esforço perdido, porque encontra sempre a desfazê-lo a ação contrária coordenada de muitos. O número, em toda a luta, não é tão necessário quanto a organização. O bom sucesso é relativo à sábia conjugação e à hierarquização dos esforços.

"A idéia de um chefe é inseparável da organização. É ele o coordenador das energias individuais, a alma do agrupamento. É sempre o seu expoente, o seu elemento representativo nas grandes épocas, é o grande homem nas épocas de mediocridade, é o homem medíocre por excelência.

"A subordinação a ele, à orientação que ele imprime à atividade partidária é a condição do bom sucesso. Ele pode errar e a batalha ser perdida, mas, não prestigiando a sua autoridade, não obedecendo à sua palavra, a batalha nunca poderá ser ganha, sempre será perdida. Se ele não representa mais as aspirações do partido, se sua transigência ou intransigência, se os seus meios de luta repugnam à opinião geral, que os não quer adotar, cumpre substituí-lo, não desobedecer-lhe.

"Mais inteirado, geralmente, das complexas necessidades do partido, suas resoluções, que devem ser consciente, inteligentemente executadas, não estão ao alcance da crítica de todos. É da própria hierarquia, mesmo que todos não a discutam, bastando que lhes compreendam o alcance. A discussão traria o esfacelamento da opinião e, de conseqüência, o aniquilamento da ação. A discussão e a revolta devem ser privilégio da elite do partido. O mundo de eleitores deve pronunciar-se, quando consultado, com um sim, ou com um não.

"Sem essa subordinação, à revelia dessas normas, um partido político nunca verá aplicado o seu ideal político.

"É ela, a submissão do homem ao homem, o sacrifício da personalidade e independência individuais? Não. É somente o sacrifício da vaidade individual, do nosso amor-próprio de homens que se julgam infalíveis, a uma causa que reputamos nobre, o sacrifício de nossa vaidade à perfeição, ao bem-estar maior que cremos estar ligado à aplicação, ao triunfo de nossas idéias.

"Por isso poder-se-á chamar aos membros de um partido de escravos brancos, poder-se-á compará-los a um rebanho de ovelhas que correm sempre empós da dianteira, qualquer que seja o sentido por esta tomado?

"Essa é que é a inteira verdade. 'Més' e escravos brancos são todos os homens que querem concorrer para o triunfo de 'sua' idéia.

"Talvez quisesse o dr. José Júlio significar, somente, que no Partido Republicano o programa é a palavra do dr. Borges de Medeiros e que, pura ou impura, dentro ou fora dos princípios partidários, é ela exatamente e sem protesto, seguida.

"Direi que não poderei ainda assegurar a procedência da afirmativa, porque o dr. Borges de Medeiros na sua atividade partidária tem-se conservado dentro dos princípios. Do seu imenso poder, das suas reeleições sucessivas tem sido culpado não ele, mas o Partido Federalista que vive desorganizado, em prejudiciais e imorais lutas intestinas, respeito à pessoa do chefe, e que, por sua existência, não deixa organizarem-se dissidências no seio do partido dominante. De que, dentre os adeptos da Constituição de 14 de Julho, ninguém reclame contra a política econômica do presidente do Estado é causa o programa revisionista do Partido Federalista. Cindir o Partido Republicano seria dar força aos adversários, cujas idéias aplicadas entre nós seria o descalabro, seria reduzir o Estado à situação da União.

"Agora, que tem o Partido Republicano Conservador muita gente com alma de lacaio é uma verdade irrecusável. Há republicanos que o são pelo emprego, há outros que o são pela esperança do emprego. Estes seguirão eternamente a quem os distribuir."

A chegada de Bozano a Santa Maria, ao sair da prisão, foi bem diferente de seus outros retornos de Porto Alegre. Nosso grupo promoveu uma grande manifestação de desagravo. Trouxemos gente do interior do município, mobilizamos a cidade, contratamos uma banda de música e convidamos toda a direção republicana da cidade. Não havia como não ir. A visita do dr. Borges à cela do 7º Batalhão de Caçadores de Porto Alegre fora mais do que um sinal, era uma clara indicação de quem seria, dali para a frente, o chefe do partido em nossa cidade.

Ao descer do trem, Bozano percebeu que vivia um momento decisivo de sua carreira. À frente da pequena multidão que o aguardava estavam os chefes de todas as correntes do partido em Santa Maria, o dr. Astrogildo César de Azevedo, o coronel Ernesto Marques, o coronel Ramiro Oliveira, o dr. Pelágio de Almeida, o coronel Estácio Lemos, o coronel Bráulio de Almeida, o seu João Lenz, o dr. Manoel Ribas e seu irmão Augusto, o chefe da ferrovia, Fernando Neumauer, não faltou ninguém. Soveral estava entre eles, pois agora, com a ascensão de seu líder, podia figurar, novamente, ao lado dos manda-chuvas.

A banda atacou uma polonaise. Bozano foi abraçado. Maria Clara aproximou-se e lhe deu um beijo na face. Soveral fez um sinal e aqui e ali começaram a puxar vivas: "Viva o dr. Bozano, viva o dr. Borges de Medeiros, viva o Partido Republicano, viva o dr. Astrogildo" e, aí o negócio pegou fogo, a gritaria misturada com os metais da banda. Aparece um caixote de mais de meio metro de altura, Bozano é colocado em cima dele. Soveral acena para o mor que faz a furiosa calar, cessam-se os vivas e ele solta um discurso. Ali mesmo, na gare, uma fala comedida, de louvor ao dr. Borges e ao Partido, conclamando à unidade, chamando à campanha, pedindo o melhor de todos pelo Rio Grande. Evitou assuntos polêmicos como a sua prisão, as defecções militares, as ações judiciais para atrapalhar a posse do Bernardes e, principalmente, o fortalecimento da dissidência, que a cada dia recebia novas adesões à candidatura de Assis Brasil.

A fala é poderosa, entrecortada por "muito bem" e "apoiado". Bozano desce e é conduzido para um automóvel de capota arriada, a banda toma seu lugar na rua e lidera um cortejo que sobe pela avenida Rio Branco até a praça Saldanha Marinho, entrando pela Primeira Quadra da rua do Comércio, pára em frente ao Hotel Kröeff, Bozano desce do auto, abraça o dono da loja ao lado, seu Alcides Roth. Entra no lobby, acompanhado pelos chefes políticos. A multidão vai se dispersando, o comício acabou. Lá dentro ele se separa dos demais, diz alguma coisa ao ouvido de Maria Clara e adentra pelo corredor em direção a seus aposentos. Não há mais dúvidas, qualquer coisa que se faça no Partido Republicano rio-grandense passa, de agora em diante, por Júlio Raphael de Aragão Bozano, chefe inconteste da agremiação em Santa Maria.

Capítulo 18

Quinta-feira, 27 de novembro
Três Vendas

Com a incorporação da tropa regular e dos provisórios de Lavras, mais os homens de Caçapava, comandados pelo major Censúrio, somados aos voluntários de São Sepé, a gente podia dizer que nosso comandante era, a bem da verdade, um general. Ocupávamos todo um espaço estratégico. Embora nosso efetivo não passasse de 700 homens, nossas unidades se espraiavam de forma a garantir a defesa de um amplo espaço geográfico, como se fosse um exército. E isso era o escopo do general.

Bozano conseguiu essa proeza, invertendo o sistema usual de comando. Em vez de ficar no centro do dispositivo, distribuindo as tropas para as missões ao redor do seu eixo, espalhou a unidade subdividida em pequenos grupos, com valor de esquadrão, introduzindo um comando que andava ao longo do terreno ocupado, graças a essa novidade operacional que foi instalar seu quartel-general num automóvel.

Estávamos com nossas forças dispostas ao longo de uma frente que cobria mais de 100 quilômetros, estendendo-se ao longo do curso do Camaquã, desde suas nascentes, no Cerro do Ouro, até o ponto em que suas águas fazem os limites de Caçapava, Encruzilhada e Piratini. Até aí, o rio desce, vindo desde as divisas de Caçapava, Lavras, Bagé e Pinheiro Machado, insinuando-se pelo meio de cerros e pedras gigantescas, enleado em capoeirais, até entrar nas planícies, de onde ele inflete e vai se jogar na lagoa dos Patos. Quem dominar essas posições controlará a entrada para o Brasil acima. Aí estava a chave do dispositivo de defesa nacional e nós o estávamos ocupando.

Bozano, Ulisses Coelho e eu entramos no Ford e saímos de Lavras pela madrugada para inspecionar essa extensa frente. Fomos encontrar o esquadrão caçapavano perto do Capão do Salso. Quando lá chegamos, o major Censúrio Corrêa passava por um mau bocado. Tinha recrutado dois rapazes, Pulsério e Inácio, filhos de dona Faustina, fabricante de telhas ali na margem do Camaquã num lugar chamado Passo da Olaria. Quando nos viu chegar, a mulher percebeu que o chefe era aquele moço, e acorreu aos prantos.

– Senhor coronel, não os deixe levar meus filhos. Sou uma viúva desvalida, só tenho a eles para trabalhar – pedia pelo amor de Deus.

– Pois não, senhora. E estes outros dois, quem são? – perguntou, olhando para dois rapagões que estavam ao lado dos dois irmãos que, por segurança, estavam maneados e algemados a tento.

– São os irmãos menores – disse a mulher.

– Como te chamas? – perguntou Bozano a um deles.

– Severo.

– E tu? – perguntou ao outro.

– Tristão.

– Pois bem, Severo e Tristão, vocês já estão bem crescidos, acompanhem sua mãe. Cuidem dela, trabalhem duro e não deixem a produção cair enquanto seus irmãos estiverem defendendo o Rio Grande. Garanto que daqui a poucos dias os dois estarão de volta com a glória de terem combatido ao lado de seus conterrâneos.

Virou-se e saiu de perto, enquanto a mulher se desmanchava em prantos e se aproximava dos dois filhos convocados pedindo que se cuidassem, que não fizessem maldades e que confiassem em Deus.

– Conheço esses guris, coronel, são bons de tiro, caçadores e vaqueanos deste lugar. Assim que a tropa entrar no corredor e ficarem longe do cheiro da querência, eles caem na farra – explicou-se Censúrio.

– Major, a coisa está vindo para o nosso lado. Zeca Netto já montou a cavalo e Honório já deve estar se aproximando de Dom Pedrito. – A seguir, deu uma ordem. – Não deixe rebelde algum levantar a cabeça por aqui. Mais de um homem a cavalo é piquete. Prenda para averiguações.

A gente podia sentir pelo cheiro que se desprendia da terra que aquilo ali estava se inflamando, entraria em autocombustão; bastava um raio de sol mais concentrado e aquela gente toda pegaria em armas contra nós. Certamente com isso contavam os caudilhos libertadores. A gente podia dizer que a expectativa maior era a chegada de Honório Lemes, pois ali todo mundo era maragato, dariam preferência a combater sob um lenço vermelho, mesmo sendo igualmente admiradores de Zeca Netto, um homem conhecido e vaqueano na região. Honório, embora fosse uma lenda, tinha pouca história por ali, pois passara poucas vezes pela região, operando mais para oeste e noroeste. A oportunidade de se bater ao lado do Leão estava dando água na boca de muita gente.

– Dá para ver que estão chairando, coronel – comentava o tenente João Cândido, referindo-se ao estado de alerta, uma pré-prontidão autopropulsada que ia se espalhando entre a população da costa do Camaquã. Era passar por ali um caudilho popular como Honório ou Zeca Netto que já se teria um exército de para lá de mil homens.

Ao anoitecer estávamos de volta a Lavras. Chegados, encontramos o tenente Orvalino José Bernardes, que acabava de chegar de Santa Maria para se incorporar à sua unidade, o 2º Esquadrão, que estava em operações no 2º Distrito de São Sepé. O capitão Bento Prado, seu comandante, aproximava-se de Lavras subindo o Camaquã desde as nascentes, varrendo tudo o que encontrasse suspeito de serem sediciosos. Orvalino trazia notícias frescas do quartel-general.

– Os homens estão vindo, doutor. O 10º Corpo Provisório do coronel Delfino Silveira está quase em cima da linha de fronteira sem tirar o olho do Zeca Netto, que está acampado na lagoa Grande, pronto a invadir.

Trazia também uma carta de Maria Clara e um dossiê com um detalhado relatório sobre as conspirações dos rebeldes e a avaliação do Serviço Secreto da Brigada sobre a conjuntura político-militar. De todo o material, o que mais atenção chamou de Bozano foi o relatório de um secreta que estava plantado em Buenos Aires, na pensão "El Porvenir", que era um aparelho de trânsito dos oficiais desertores do Exército envolvidos nos levantes de julho de 1922. Ali viviam dois ex-oficiais especialmente perigosos, o capitão Siqueira Campos, líder da rebelião do Forte de Copacabana, e o seu comparsa tenente Góes. Os dois tinham um negócio em sociedade, que servia de fachada para lavagem de dinheiro rebelde.

Dizia o relatório que no dia 17 de outubro chegara a Buenos Aires um emissário do dr. Assis, chamado Anacleto Firpo, que entrou em contato com os militares dissidentes. Das conversas que ouviu, pois ali não se fazia muito segredo porque os oficiais do Exército jamais imaginariam que o braço clandestino da Brigada pudesse ir tão longe, tirou uma medida da expansão do levante. O principal desse informe confidencial era a confirmação da reentrada do Siqueira na revolução. Uma boa parte da história Bozano já conhecia, mas não pôde deixar de revelar sua preocupação com o rumo dos acontecimentos, especialmente porque aparecia o nome de seu irmão Carlos nos eventos que estavam por vir.

Quatro dias depois da chegada do pombo-correio, dizia o documento, Siqueira Campos e Firpo embarcaram num navio da linha Buenos Aires–Assunção, com passagem até Encarnación, no Paraguai. Nesse porto poderiam fazer conexão tanto para as Missões como para Iguaçu. Só até aí conta o relatório, pois a missão de seguir os conspiradores ficou com outro agente, que embarcou no mesmo navio. O secreta de Buenos Aires continuou hospedado na pensão, mantendo sua cobertura, para não perder de vista o tenente Góes, que permaneceu na retaguarda.

– Bem, vamos nos preparar. Precisamos soltar bombeiros para percorrer os campos e nos articularmos com os companheiros de Bagé e Dom Pedrito, a fim de que mandem notícias com a maior presteza. Esta será a chave de nosso sucesso – comentou Bozano.

Era, contudo, evidente seu desconforto com a notícia de que Carlos Bozano vinha incorporado à força de Zeca Netto. O irmão era sua única dor de cabeça nesse momento. Desde que Bozano emergira do episódio da prisão consagrado como um dos principais chefes do partido, que a adesão de Carlos aos cabresteados de Assis Brasil se convertera numa urtiga para o jovem líder santa-mariense.

Na verdade, o único momento desagradável que teve na cadeia foi quando lhe contaram da adesão de Carlito ao Centro Cívico de Porto Alegre, uma agremiação francamente dissidente do republicanismo, que estava desencaminhando a juventude porto-alegrense. E quando soube do lançamento da candidatura de Assis Brasil pela oposição. Tínhamos que vencer de cinco a um, dizia Bozano, assim que saiu da prisão, usando a linguagem futebolística, pois ele era, desde março, o presidente da Liga Santa-Mariense de Futebol, um cargo que Soveral arrumou para ele como forma de dar-lhe uma posição de destaque que lhe abrisse caminho na sociedade. Era também conselheiro do Clube Caixeiral Santa-Mariense, uma entidade de elite que tinha fortes raízes na propaganda republicana dos últimos tempos da monarquia.

O impacto da candidatura Assis Brasil foi muito maior do que esperava a máquina do partido. Talvez pela nossa simples "balaqueagem" de não respeitar o adversário, por uma arrogância própria dos jogadores de se mostrarem confiantes na vitória, possivelmente pelo mau costume de sempre vencermos com folga, a verdade foi que nos surpreendemos com a força que ganhou a Aliança Libertadora, o nome da coligação adversária. O grande impacto sentimos quando saiu o manifesto dos libertadores, pelo peso de suas assinaturas, tão grande que parecia afundar a folha de papel. Estavam ali os nomes de Fernando Abbott, Armando Tavares, Raul Pilla, Joaquim Tibúrcio, Alves Valença, Andrade Neves Neto, Antônio Alves Ramos, Walter Jobim, este último a pedra no nosso sapato, pois ameaçava levar Santa Maria de vencida. Assis Brasil tinha uma ligação especial com nossa cidade. Quando voltou da Europa, antes de se fixar em Pedras Altas, pensou em se estabelecer lá. Chegou a escolher o lugar para construir o castelo de que trouxera a planta escolhida por dona Lydia da Europa. Era um belo sítio em Pinhal, na subida da serra, um local paradisíaco, ornado por uma cachoeira, que ficou conhecida como Cascata Assis Brasil.

Aquela sim foi uma campanha eleitoral que mereceu este nome, diferente da sucessão presidencial, que não empolgou ninguém. Os republicanos dissidentes caíram na liça com toda a sua força na política, recuperando lideranças que estavam submersas desde 93, para vencer a luta contra Borges de Medeiros. É verdade que alguns federalistas, não muitos, mas nomes significativos, não engoliram Assis Brasil e se recusaram a votar num presidencialista convicto. A maior parte, entretanto, esqueceu a diferença e se uniu aos nossos ex-companheiros, seguindo aquele conceito mineiro de que para vencer um adversário mais forte é preciso se concentrar em torno dos temas que unem, deixando as divergências para depois da vitória. Eles contavam nossa derrota como certa, pois precisavam de, no máximo, uns 35 mil votos para atingir uma quarta parte e, assim, ganhar a cadeira do Piratini.

Bozano percorria incansavelmente o município, alistando novos eleitores. De automóvel onde tinha estrada, de aranha nos caminhos carroçáveis, e muito ralou a bunda nos pelegos cavalgando pelos grotões. Até carreta usou para atravessar campos embarrados pelas chuvas da primavera.

Havia uma legião de jovens a qualificar para a votação e trazer para dentro do partido; gente que nunca tinha participado da política. Nas colônias, era uma luta para fazer novos eleitores. Na Quarta Colônia, os italianos; em São Pedro e Formigueiro, os alemães; em Phillipson, os agricultores judeus – gente ressabiada de perseguições que veio dar aqui fugindo do tacão de soberanos intolerantes e de populações racistas, eles queriam distância de qualquer envolvimento. Foi uma dificuldade para convencer aqueles Steinbruchs, Knijniks e outros nomes difíceis de escrever a se juntarem a nós na festa cívica da República.

Ao mesmo tempo, nos preparávamos para o que viria depois. Bozano estava certo de que com nossa vitória teríamos de enfrentar a intervenção federal de armas na mão. Em nosso giro pelos distritos, aproveitávamos o trabalho de arregimentação para selecionar jovens fortes e sadios, identificar tropeiros calejados pelo mau tempo para a formação de um futuro corpo provisório quando chegasse a revolução. Nos comícios, organizávamos cavalhadas e paradas a fim de irmos disciplinando os homens, procurando ganhar tempo de instrução militar e estarmos prontos quando chegasse a hora. Soveral era a alma desse trabalho. Veterano da luta armada, sabia como ninguém tudo o que era necessário fazer para transformar aqueles camponeses em soldados, para termos uma força em pé de guerra assim que soassem os clarins.

A coisa ficou mais difícil ainda com uma novidade que o dr. Assis trouxe dos Estados Unidos: fretou um trem da Viação Férrea e saiu a percorrer o estado em campanha política. Seu objetivo era mobilizar as pessoas. Onde já se viu! Candidato não entra em contato direto com o eleitor. Este espaço é do partido. Onde já se viu sair pedindo votos de casa em casa, como se fosse um cometa vendendo quinquilharias! Mas foi o que fez. Assim, quando demos por nós, estava chegando a Santa Maria para uma série de atos públicos e reuniões diretas com seus seguidores. Walter Jobim exultava, pois o dr. Borges recusou-se a participar de uma palhaçada dessas. Ficou lá no palácio, no seu lugar. Limitou-se a estar num banquete no Grande Hotel, onde fez seu discurso de candidato e entregou a campanha ao partido. Mas o renegado das Pedras Altas saiu a fazer agitação e a subverter os jovens pelo Rio Grande inteiro.

Quando soubemos de sua vinda a Santa Maria, preparamo-nos para dar uma resposta à altura, fazendo alguns apartes no comício deles. Seria um teste para nossa tropa de choque. Bozano tinha instruções expressas do dr. Borges para evitar violência. Por isso, o nosso pessoal foi munido apenas de uns bastonetes de guajuvira. Entretanto, como o seguro morreu de velho, Soveral ficaria na retaguarda com um grupo armado de revólveres para o caso de o tempo esquentar. Não foi muito difícil planejar, porque tiveram que fazer tudo às claras, a fim de colocar em prática sua idéia de juntar uma multidão, criando com isso o efeito de massa, na esperança de que aglomerando muita gente os tímidos perderiam o medo, os indecisos definir-se-iam, os indiferentes decidir-se-iam e assim iriam ganhando espaço, alimentando a idéia visual de maioria. Numa cidade grande como a nossa, cheia de visitantes, de gente que só está de passagem, pode-se reunir uma multidão de pessoas que não têm contas a prestar, que não precisa se explicar por que estava onde não devia. Era hábil.

Quando chegou o dia 11 de novembro, data do comício deles, a 12 dias do pleito, nem conto o escândalo, o descaramento dos assisistas: o coronel Villalobos mandou a banda do Exército para a estação ferroviária tinir seus metais em honra ao visitante. Aquilo não só atiçou nossa vontade de botar pimenta na empada deles, como reforçou a convicção de que se preparava uma intervenção federal no estado. Afinal, como podia uma fração do Exército, fardada, interferir num ato político-partidário, sem conhecimento e aprovação superiores? Nossos adversários exultavam. A grã-finagem da cidade estava toda presente. Eles achavam que se bastavam para vencer-nos: "A elite do Rio Grande está com Assis Brasil", diziam, qualificando-nos como um rebanho de ovelhas obedientes ao chefe. "Crê ou morre", era o que diziam de nós. Bozano respondeu-lhes à altura num artigo doutrinário de que já lhes falei.

A chegada do trem expresso, do qual já falei, foi uma coisa extraordinária. De minha parte digo que se fosse eu o presidente do Estado não daria tal facilidade ao meu adversário. Mas o dr. Borges era assim: não queria que tivessem um dedo de reclamação durante a campanha, para depois não virem com desculpas, impugnações e outras manobras para tentar invalidar o pleito.

O Walter Jobim foi o organizador dessa festança para o seu candidato. Não contente com a banda do 7º RI, preparou um foguetório e organizou uma marcha triunfal da estação até o Hotel León, no centro, onde ficariam hospedados Assis

Brasil e sua comitiva. De tardinha, quando desceram da composição, os visitantes foram envolvidos pela massa e carregados nos ombros, literalmente, depositados num carro aberto que subiu pela avenida Rio Branco acima, até a praça Saldanha Marinho. O candidato ia abanando para o povo, que ficou, disciplinadamente, de atônito, na calçada. Era impressionante o número de mulheres na rua. De que adiantava aquilo, se elas não votavam? Qual seu interesse? Só podia ser para ver a princesa que o dr. Assis trouxera com ele. Mais um americanismo, botar a mulher na passeata, expondo-a, assim, à vista de todo o mundo. Só tenho a dizer que era realmente linda a senhora, bem mais moça que ele, que desfilava muito à vontade ao lado do marido, muito mais velho, com seus bigodes brancos.

Tudo transcorria como se fosse uma quermesse: música, mulheres endomingadas, crianças, uma pequena multidão se concentrava em frente ao Hotel León. Disseram que havia umas 3 mil pessoas, mas acho que, se não fosse a princesa, não passaria de 50 o número dos curiosos de sempre na frente do parador dos maragatos. Como nos bailes de gala, em que os ricos se divertem e os pobres ficam do lado de fora para ver os vestidos das madames, foi o banquete de quatro talheres e vinho de Bento Gonçalves que regava os bofes dos aliados da ocasião, federalistas e republicanos dissidentes. Lá fora, a banda atacava um dobrado atrás do outro. Onde já se viu, comício com música! Acredito que se a campanha fosse mais longa acabariam por contratar cantores e artistas de circo para entreter o público e criar a impressão de um apoio desmedido. A turba vibrava. Em meio ao foguetório, gritavam-se vivas ao candidato, ao presidente eleito (Bernardes tomaria posse dali a quatro dias), aos partidos da coligação e seus líderes locais. Um desses vivas chamou-me a atenção: "Viva o Partido Libertador".

Havíamos mandado um observador disfarçado para nos informar da marcha dos acontecimentos. Às 8h30 ele voltou com a notícia: os discursos iriam começar. Nos pusemos a nos movimentar. O plano era promovermos um comício paralelo, no outro lado, a menos de 100 metros da concentração deles.

Quando chegamos à praça, dispersos, falava, dando boas-vindas ao candidato, o dr. Francisco Sá Antunes. Em seguida, em nome da juventude santamariense, usou da palavra Gregório Coelho. Quando ia começar o terceiro orador, preparamo-nos para avançar, mas Bozano mandou nos reconcentrarmos para começar nosso comício paralelo. Foi Soveral que identificou quem estava discursando na sacada do hotel.

– É o Carlos, irmão do Júlio Raphael – confidenciou-me, baixinho, para que os demais não ouvissem.

Refluindo à praça, agrupados, também entramos a fazer discursos. Falou primeiro o Ulisses Penna, depois tomou a palavra o Júlio Raphael, a seguir o dr. José Vieira do Amaral. E nada de o moço acabar sua oração. Não dava para entender o que dizia, mas, pela reação do público, estava empolgando, pois ora vivavam, dali a pouco era uma risada geral e assim ia levando sua arenga. E nós ali, esperando acabar para entrarmos em ação.

Quando Carlos terminou, entre os nossos já falava o José Pedro de Carvalho. Bozano, vendo que no balcão do hotel já havia outro orador, o dr. Antônio Monteiro, percebeu que Assis Brasil iria demorar para iniciar o seu discurso e começou a ficar impaciente, pois essa seria a hora em que iríamos nos meter. Sôfrego, um grupo separou-se e já foi para o meio deles a dar apartes. Foi se armando um tumulto. Quando chegou o candidato, a barulheira aumentou. Eles eram muitos e deliravam. Nós tentávamos apartear. Nossas vozes sumiam no meio da gritaria federalista. Começou o empurra-empurra, gente querendo nos expulsar, o conflito se formava. Assis Brasil foi retirado da sacada, temendo-se, com certeza, que viesse a correr bala. De repente, vejo no alto da sacada o seu Catão Coelho, enrolado na bandeira do Brasil, pedindo respeito à liberdade e pedindo-nos que interrompêssemos nossos apartes.

Àquela altura, a polícia, inexplicavelmente, entrou em ação, vindo para cima de nós. Não dava para entender. O comandante da Brigada, tenente-coronel Alfredo Weber, mandava que nos retirássemos. Atrás, sem poder fazer nada, estava o delegado de Polícia, major Octávio Lemos. Bozano tentou argumentar, mas Weber ameaçou prendê-lo. Houve um bate-boca, a temperatura subiu. Por fim, Bozano decidiu obedecer. Não seria conveniente enfrentar um oficial superior brigadiano em serviço. Já tínhamos demonstrado nossa posição, mas saiu vociferando contra o militar, que, no seu entender, interviera indevida e irreconhecivelmente em nossa manifestação. Onde já se viu dar cobertura a adversário?

No dia seguinte, a comitiva seguiu para Cachoeira. Lá o intendente Aníbal Loureiro, seguindo ordens de Porto Alegre, foi fazer um comício no interior do município, deixando a cidade livre para os federalistas e seus aliados republicanos dissidentes.

A nossa intenção, nessa reta final, era manter o ambiente tenso, não deixando nossos adversários relaxar. Eles estavam conseguindo criar, no estado, uma expectativa de vitória que, se não atendia à menor racionalidade, aumentava-lhes o espaço. Só nossa ação constante, nossas demonstrações de trabalho e de determinação deixavam alguma dúvida de que não estávamos mortos, abalando-lhes a confiança.

Dez dias antes das eleições, a 15 de novembro, tomou posse o novo governo federal. No dia seguinte, Bernardes desferiu um poderoso golpe no dr. Borges nomeando federalistas para 50 vagas de juízes seccionais federais suplentes e dezenas de fiscais federais de ensino. Um telegrama do deputado federal Antunes Maciel recomendava aos indicados que tomassem posse imediatamente e que fizessem valer sua autoridade. Era um gesto claro de intervenção. Desde a proclamação da República que os governantes nacionais consultavam ou pediam indicações explícitas ao dr. Borges de nomes para esses cargos. Dessa vez foram nomeados adversários declarados. Nosso temor era de que se produzisse uma debandada entre nossos quadros, diante da ferocidade com que o poder central se lançava sobre o Rio Grande do Sul.

No dia das eleições, o estado acordou em pé de guerra. Tanto nós como os federalistas, principalmente estes, pois os republicanos dissidentes não tiveram participação destacada nos distúrbios que varreram a capital e o interior, mantivemos a tampa da panela trepidando com a fervura. Era um trabalho dobrado conduzir os eleitores às mesas de votação, garantir-lhes o trânsito, e também desestimular os assisistas de participar do ato cívico. Tão importante quanto um eleitor que deposita seu voto é o adversário que deixa de ir à urna e se abstém.

Nossos brigadianos cavalgavam pelas estradas e caminhos, interpelavam os piquetes de lenços coloridos, que tentavam fazer a mesma coisa com os agrupamentos de lenços brancos. Muitas vezes nossos adversários não ouviam nossos conselhos, ou replicavam com veemência desmedida, e aí a coisa engrossava. Ao contrário das outras eleições, em que o dr. Borges "concorreu" sozinho, esta quase incendiou o Rio Grande. Muita gente reprova o que ocorreu aqui e ali, mas não havia outra maneira de fazer política naquelas circunstâncias.

Bem, depois foi o que todo o mundo já sabe. Feita a contagem, apuraram-se 106.360 votos para o dr. Borges, contra 32.216 para o dr. Assis. Faltaram-lhes quase dois mil votos para o quociente mínimo. Foi uma apuração conturbada. Só a 16 de janeiro apresentou-se o resultado final.

Antes mesmo da última contagem já corriam as acusações de fraude na apuração, de irregularidade nas votações, subia o caldo. O nosso grupo não perdeu um minuto. Fechadas as urnas, Bozano saiu a percorrer o município, preparando-se para o que viria. Ele não tinha dúvidas de que a guerra civil estouraria ainda antes da proclamação dos eleitos.

Os federalistas contavam como certo que, fosse qual fosse o resultado, o governo federal iria intervir no estado e garantir-lhes o mando. A imprensa de oposição vociferava. Um dos intelectuais adversários, Guimarães de Campos, estampou na imprensa, sem nenhum pudor, a posição de seus correligionários sobre suas expectativas: "Poder é o poder – sentenciou aquele espírito fulgurante do grande Silveira Martins. Se ao supremo magistrado da República é dado pelos poderes que tem em mãos intervir no Espírito Santo, Goiás ou Piauí, e desta ou daquela maneira colocar na governança desses pequenos estados quem muito bem entenda, com os mesmos poderes de que dispõe o fará também no Rio Grande do Sul ou em qualquer unidade da Federação. O Rio Grande não difere de nenhum outro estado neste particular, principalmente. É uma unidade federativa como outra qualquer, com os mesmos homens, com a mesma política, sujeito às mesmas adversidades do partidarismo". Aí está. Isso saiu no dia 22 de dezembro.

O barril de pólvora estava cravejado de estopins. A qualquer momento um pegaria fogo e faria estourar a revolução. Era nítida a preparação, a esta altura, não só dos maragatos, como também dos republicanos dissidentes. Zeca Netto preparava-se no extremo-sul, Coriolano Castro em Caçapava. Os maragatos chamavam às armas seus velhos caudilhos sobreviventes de 93: em Bagé, Estácio Azambuja; em Rosário, Honório Lemes; em Palmeira, Leonel Rocha; no norte, Felipe Portinho; e assim por diante.

O pretexto surge no Alegrete. Num confronto de rua, tomba um venerando caudilho federalista, Vasco Alves. Nossos adversários abrem a boca e acusam os provisórios de o terem executado dentro do prédio da Intendência. No Rio, os advogados da revolução preparavam-se para pedir a intervenção no Estado invocando o artigo 6º da Constituição Nacional. Contavam, no Rio Grande, com a mesma decisão do presidente da República que o levara a impor a seu antecessor a intervenção em Pernambuco, Bahia e outros estados. A luta armada estava na rua.

A guerra estourou mais ou menos na mesma hora em que o dr. Borges tomava posse no seu quinto mandato. Na madrugada anterior, a Comissão de Poderes da Câmara de Representantes, presidida pelo deputado Getúlio Vargas, confirmara a vitória de nosso candidato. A posse foi na manhã seguinte, numa festa impressionante, no Palácio Piratini. Fomos a Porto Alegre numa comitiva para assistir ao ato. Além de nosso grupo, participaram da delegação alguns dos velhos chefes republicanos de Santa Maria. Quando subíamos a ladeira, Bozano chamou-nos a atenção para os fatos que estavam para acontecer:

– Olha aí, Soveral, podes ir para Santa Maria e começar a reunir os homens.

A praça da Matriz parecia uma cidadela esperando um sítio. Em frente ao palácio, em vez da guarda de honra engalanada, o que se viu foram tropas em uniforme de campanha entrincheiradas em barricadas de sacos de areia com as armas pesadas prontas a disparar. As representações dos países amigos, entre eles o comandante Giulio Bozano, cônsul da Itália, os representantes dos municípios, os dirigentes dos partidos e os convidados entravam na área desconfiados, muitos temerosos de que o ato solene se convertesse numa tragédia, com a invasão do palácio pelas tropas do Exército que estavam de prontidão, a poucas quadras dali, no Quartel-General da rua da Praia.

O discurso de posse do presidente foi uma resposta contundente a nossos adversários. Prestado o compromisso, leu um texto definitivo, que repelia qualquer tentativa de intimidação ao governo gaúcho, lembrando que a vitória nacional do candidato de nossos adversários em nada abalara a unidade e a força política do partido no Rio Grande. No entanto, um sinal de mau augúrio empanou o brilho da cerimônia, quando o fotógrafo disparou seu flash de magnésio e o equipamento explodiu prendendo fogo, bem no meio dos aplausos, ao final da oração do dr. Borges. Ainda no domínio do aziago, uma má notícia não tardou. Assim que se foram formando as rodinhas de conversa, ainda na fila de cumprimentos, correu uma informação trazida pelos oficiais da Casa Militar: no norte do estado tropas da Brigada estavam em choque, naquele momento, com contingentes rebeldes chefiados pelo deputado Arthur Caetano. Ninguém teve a menor dúvida, os libertadores davam sua resposta à posse, sincronizando a hora do compromisso com o início das hostilidades.

O telegrama que chegara de Erechim trazia poucos detalhes, mas continha uma informação extremamente perigosa: as forças rebeldes haviam tomado a cidade, destituíram o intendente recém-empossado, coronel Celestino de Souza Franco, e nomearam um governador, dr. Marcínio Castilhos. Isso revelava uma clara intenção de configurar um quadro de convulsão intestina, o que daria a base jurídica para o Bernardes invocar o artigo 6º da Constituição Federal e justificar a intervenção no Estado.

Nessa mesma noite tomamos o trem de volta para Santa Maria. Antes do fim da cerimônia de posse o dr. Borges reuniu alguns dos principais chefes políticos do estado e fez detalhadas recomendações sobre sua situação jurídica. Em nenhum momento se poderia caracterizar o estado de beligerância. Portanto, nada de prisões políticas pelo crime de sedição. Todo o cuidado para não deixar qualquer beirada aos rábulas do Bernardes seria pouco.

É bem verdade que a proclamação de um governo revolucionário em Erechim durou menos de um dia. O "governador" Castilhos só teve tempo para um único ato administrativo, a nomeação do capitão Estevam Tabaczinski como comissário do povoado de Floresta. Ninguém se deteve nessa minúcia e considerou que estava na hora de pegarmos em armas para defender o Rio Grande das hordas bárbaras do norte, que estariam às portas do Continente.

Bozano ficou em Porto Alegre à espera de melhores instruções. Contou ao dr. Borges sobre nosso avanço para a formação de um corpo provisório e foi mandado ao comandante da Brigada, coronel Afonso Massot. O militar traçou um quadro negro ao nosso comandante. Primeiro, disse não ter, ainda, condições de armar as tropas irregulares, pois a Brigada só dispunha de reservas diminutas de equipamento e tivera uma perda quase total de seu arsenal com um incêndio que destruíra seus depósitos de munições nos arredores de Porto Alegre. Segundo, dependia de uma autorização federal para importar armas legalmente.

Com essa injeção de ânimo, Bozano foi mandado de volta ao presidente. O chefe unipessoal ofereceu um quadro mais otimista. Disse-lhe que os brigadianos estavam temerosos de o Exército perceber suas providências para reforçar nossa defesa, por isso tamanha discrição, mesmo para um chefe do calibre dele, Bozano. Que voltasse a Santa Maria até receber novas instruções. E foi o que fez.

Não demorou muito, chegou-lhe uma carta do chefe do governo mandando embarcar no trem para Uruguaiana num determinado dia, pois a bordo estaria um emissário com as novas ordens. Deveria estar preparado para seguir viagem ao exterior. Sem saber ao certo aonde iria, convocou-me para acompanhá-lo.

– Alemão, a única língua em que me enrolo é essa tua. Vais, então, comigo. Prepara tua documentação e dá adeus à família dizendo que vamos caçar na fronteira.

No dia aprazado embarcamos, com destino a Uruguaiana. A bordo estava um oficial de gabinete do presidente, o dr. Alceu Barbedo. Disse-nos para acompanhá-lo, pois se dirigia à fronteira para se encontrar com o intendente de Uruguaiana, dr. José Antônio Flores da Cunha. Ali receberíamos nossas ordens. Antes de chegarmos a nosso destino, na estação de Pindaí-Mirim, embarcou o jovem caudilho. Cumprimentou-nos e foi para a cabina do enviado especial, onde ficaram bom tempo a conferenciar. Depois juntou-se a nós e detalhou nossa missão, mostrando um cheque de 70 contos de réis contra o Banco Holandês de Buenos Aires. Ficamos calados, mas tínhamos um outro cheque de igual valor, só que contra o Banco de la Província de Buenos Aires.

– Temos de ser o mais discretos que pudermos – disse Flores –, não informarei nem minha mulher sobre o nosso destino. Portanto, ao chegarmos a Uruguaiana aluguem um auto e vão me esperar em Santa Rosa, no Uruguai.

O automóvel alugado levou-nos até a barra do rio Quaraí, o ponto extremo do Rio Grande, de onde se avista a fronteira dos três países. Com a ajuda do próprio motorista que nos levara conseguimos uma embarcação para nos bandear para o outro lado, evitando a travessia pela ponte, onde poderíamos ser detectados pelas autoridades federais brasileiras. O chofer era companheiro, indicado pelo dr. Flores, mas não desconfiou de nossa missão. Pela conversa dele, suponho ter pensado que seríamos sócios do intendente em outros negócios que não política, por isso nos ajudou com tanta boa vontade a ganhar o passo. Ali esperamos quase um dia pelo líder republicano daquelas paragens.

Flores era um político famoso. Fora deputado federal pelo Ceará, mas voltara ao Rio Grande, depois de cumprido o mandato, decidido a fazer carreira em nossos pagos. Sua eleição no Nordeste deveu-se a um convite do legendário padre Cícero, líder político e santo religioso, por sugestão do não menos poderoso senador José Gomes Pinheiro Machado. Mesmo com esses padrinhos e um *passado na esfera federal, não se deu por diminuído ao ter que passar por um estágio numa intendência antes de ganhar seu lugar no cenário político gaúcho. Assim era o dr. Borges: uma carreira no Partido Republicano começava no município, por maiores que fossem as credenciais do candidato.*

— E então, Júlio Raphael — chegou Flores, com seu jeito largado, típico daqueles homens da fronteira —, como estão às coisas lá na Boca do Monte?

— A nossa situação é muito difícil. O comandante da 5ª Brigada, o coronel Villalobos, é de copa e cozinha dos maragatos. Temos que cercá-lo e imobilizá-lo.

— Nós também. O comandante da 2ª Divisão de Cavalaria, o general Fábio Azambuja, é lenço vermelho. Se facilitarmos ele nos corta a garganta — completou Flores.

— Temos uns 300 homens bem-dispostos — continuou Bozano —, fora o 1º Regimento de Cavalaria da Brigada. Se ele botar a cara fora de seu quartel nós o pegamos.

— Eu não tenho tua sorte de contar com uma unidade regular da Brigada em casa. Mas já reforcei a Guarda Municipal — disse Flores. — A pretexto de combater a gatunagem, recrutei 400 companheiros que também estão prontos, fardados, mas ainda desarmados.

— Este também é nosso problema. Temos um plano para resistir. O velho Soveral está pronto: basta o coronel Claudino dar um sinal e nossos homens estarão a postos. Se for preciso, brigamos de revólver mesmo, nas ruas, de casa em casa.

A prioridade seria reforçar as cidades com guarnição federal e, dentre estas, as que fossem mais abertamente bernardistas.

— O coronel Massot me disse que, se houvesse hoje um confronto entre o Exército e nós, não teríamos a menor possibilidade de resistir — contou Flores —, por isso nossa melhor arma, neste momento, é a dissuasão.

— Eu diria, mesmo, a enganação, doutor — acrescentou Bozano. — Precisamos rosnar grosso.

— Alguma coisa eles têm que ver. Só o volume debaixo do casaco não basta — atalhou Flores. — Por isso tenho que me armar com rapidez. Nas cidades com grandes unidades federais temos de nos mostrar fortes. Certamente Uruguaiana e Santa Maria estão nesta lista.

— O senhor sabe onde encontrá-las? — perguntou Bozano. — Já que falamos em armas, não é?

— Ainda não, mas vamos descobrir. Até anteontem nunca me havia passado pela cabeça uma missão desta natureza — respondeu.

— Pois na minha também não. Quando embarquei naquele trem estava *preparado para tudo, menos para isto, não é, Alemão? – disse Bozano, botando-me na conversa.*

– É verdade. Posso saber para onde vamos? – arrisquei.

– Bueno – disse Flores, pensando. – Aqui nos separamos, para não dar na vista. Voltamos a nos encontrar em Buenos Aires, que será a primeira escala, pegamos o dinheiro vivo no banco e depois veremos o que fazer. Acredito que será por lá mesmo que vamos nos arranjar.

Na verdade, como fiquei sabendo depois, o intendente de Uruguaiana não partira tão desvalido como nos dissera. Quando voltamos a nos encontrar, constatamos que Flores tinha um enlace na capital argentina. Naquele dia, porém, como convinha à nossa própria segurança, nada revelou. Preocupava-nos a possibilidade de estarmos sendo seguidos ou que, por uma mala suerte, fôssemos descobertos pelos agentes do governo federal, que, àquela altura, deveriam estar ativíssimos naquela fronteira.

Assim ficou nosso plano de viagem: Bozano e eu iríamos até o Salto, dali desceríamos o rio Uruguai pelo vapor. Flores passaria para Monte Caseros, no lado argentino, seguindo por terra pelo trem internacional da linha Buenos Aires–Assunção.

Não preciso dizer a maravilha que foi a viagem fluvial. Especialmente a costa uruguaia era uma maravilha. Tocamos em vários portos ribeirinhos. O navio levava uma fauna elegante, mulheres lindas, homens bem vestidos, muitos brasileiros que se dirigiam para a grande metrópole do Prata ou esticariam até Montevidéu. Ali entendi por que o dr. Flores preferiu pegar o trem em vez do confortável barco que nos levava. Certamente teria encontrado conterrâneos uruguaianenses ou conhecidos daquela fronteira, que usavam o transporte naval, muito mais confortável que o lamentável trem paraguaio, que descia lotado por índios guaranis que emigravam à procura de trabalho, um destino geralmente trágico. Esperava-os a vida insalubre das "villamiserias" dos subúrbios, um serviço braçal estafante nas obras públicas ou nos andaimes perigosos da construção civil.

– Não há dúvida, Alemão, o destino da geografia nos une, uruguaios e rio-grandenses – comentou Bozano. – O patriarca chegou a aventar essa hipótese, em 93, quando queriam revogar a Constituição de 14 de Julho, alegando-se que a reeleição e o voto a descoberto feriam a Carta Magna da União.

Olhando as margens do rio, recostado na amurada do vapor, deu-se a digressões geopolíticas. "Os norte-americanos nos apoiariam. Naquele tempo, os Estados Unidos estavam iniciando sua expansão e buscavam um ponto de apoio para sentar o pé na América do Sul. A potência dominante na época era a Inglaterra, que monopolizava o comércio e as finanças no rio da Prata e na *costa sudeste do Brasil. Castilhos admitiu a hipótese de uma secessão e de uma confederação com o Uruguai numa entrevista para o jornal* Tribune, *de Nova York".*

– Outro que sonhou com isso foi Solano López. Este, porém, não passava, politicamente, de um bobalhão. Tinha o sonho de restabelecer os antigos territórios dos guaranis, que vinham desde o sul da Bolívia, de Santa Cruz de la Sierra até quase às margens do rio da Prata.

Segundo naquele dia me contou Bozano, Lopez teve acesso a velhos documentos jesuítas que preconizavam a autonomia dos territórios das reduções, num espaço que hoje compreende o atual Paraguai, Missiones e o litoral argentino; e a parte oeste, a chamada Banda Oriental do rio Uruguai, hoje dividida entre Rio Grande e Uruguai, e ainda o chaco boliviano. A pretensão dos padres ficou tão perigosamente viável que Portugal e Espanha trataram de acertar suas fronteiras meridionais e depois expulsar os guaranis. Traídos pelos padres espanhóis, que ficaram ao lado de seu rei, os índios e seu preceptores foram empurrados para além da costa norte dos rios Paraná-Paraguai.

O mariscal tentou reviver o sonho: mandou para Montevidéu, como embaixador, seu irmão Benigno, um histrião devasso, perdulário e homossexual. Embora não conseguisse nenhum apoio, empanturrava seu irmão com relatórios floridos de histórias falsas, dando conta da excelente receptividade que encontrava entre os colorados uruguaios, os entrerrianos de Urquiza e os antigos farroupilhas brasileiros. Confiando nesses progressos foi que Solano invadiu seus vizinhos do Sul, pensando que suas tropas seriam recebidas como libertadoras e que marchariam sobre Buenos Aires irmanadas com as forças de todos seus "aliados" para estabelecer as novas fronteiras.

– Encontrou apoio nenhum e tudo acabou do jeito que sabemos – concluiu Bozano.– Esses fatos, e não o apoio discreto do imperador durante a Guerra Grande contra Rosas, determinaram a aliança histórica entre os colorados e o Rio de Janeiro, que até hoje se mantém.

A chegada a Buenos Aires é uma visão esplendorosa. Quando o Uruguai deságua no Prata, confluindo com o Paraná na foz do Tigre, já se avista, ao longe, a grande cidade. Confesso que meus olhos nunca, jamais, viram nada semelhante. Até ali, a maior cidade que avistara fora Porto Alegre, no seu melhor ângulo, de quem vem pelo Jacuí. Mas nunca imaginava vislumbrar um colosso como aquele. Ficamos Bozano e eu pasmados, descrentes dos próprios olhos, ante aquela formidável massa de cimento armado que se perdia na curva do rio para os lados da Boca.

Com mais de 1 milhão de habitantes, a Grã Buenos Aires era uma das maiores e mais ricas metrópoles do mundo. Seus prédios pareciam gigantescos vistos de longe e cresciam na medida em que o vapor arribava ao cais do Puerto Madero, bem no centro da formidável megalópolis portenha.

Hospedamo-nos no Savoy Hotel. Saímos para uma volta, antes de procurarmos pelo nosso companheiro que, àquela altura, já devia ter chegado. Na rua, tomando a Calle Florida, mesmo Bozano, com seus ternos bem cortados pelos melhores alfaiates de Porto Alegre, sentia-se um biriva, ante a elegância daquela gente. Pegamos o trem subterrâneo e fomos à procura do Paris Hotel, onde parava o dr. Flores.

No mesmo dia fomos ao encontro de nosso contato. Era um ex-presidente do Paraguai, el doctor *Eduardo Sherer, que, segundo as más-línguas, era paraguaio só de registro, pois na verdade teria nascido no Rio Grande e fora com seus pais, imigrantes mal-adaptados, ainda criança de colo, para Assunção. Trazíamos uma carta do dr. Borges nos apresentando. Assim mesmo, desconfiado, empurrou-nos para a frente.*

– Diga ao dr. Borges que não mais disponho do material que ele me pede. Nossos impasses em meu país já foram superados e já me desfiz dos petrechos – respondeu em bom português, com leve sotaque.

Contudo, não nos deixou na mão. Ali mesmo escreveu uma carta ao senador corrientino Ramón Vidal, que poderia nos atender, assegurou. Saímos à procura do "vice-rei de Corrientes", como era chamado, tais seu prestígio e sua longevidade no Senado. Ao voltarmos para o Paris Hotel, de repente, vi o dr. Flores abrir os braços e se encaminhar para um dândi que estava no lobby.

– Benitez, quem diria, o meu velho Louro Benitez, como andás, tchê?

– Deputado... – contestou o outro, e se pegaram num quebra-costelas.

Apresentou-nos o amigo que, pelo que vi, era companheiro de muitas guerras. Ficaram ali a charlar, até que nosso companheiro expôs seu problema, pedindo-lhe uma indicação de um contato.

– Pois, amigão, não precisas andar mais que alguns passos – disse Benitez –, o dr. Ramón está aqui ao lado a esta hora. Vamos lá que te apresento ao homem.

Fomos a uma confiteria *a menos de uma quadra dali e logo estávamos sentados à mesa com o legendário político da província lindeira com o Rio Grande. Fomos introduzidos como convinha, chamando a atenção da* entourage *que cercava o potentado corrientino, que demonstrou interesse por aquele jovem que se expressava tão bem no idioma de Cervantes, um ex-deputado no Rio, atual intendente em Uruguaiana. Mostrou-se informado dos sucessos, como dizia, do Rio Grande, recebeu a carta de Sherer que lhe entregou o dr. Flores, leu-a rapidamente, guardou-a no bolso e nos convidou a acompanhá-lo até seu apartamento na avenida Del Libertador, que seria um local mais apropriado para tra-*

tar do tema de que lhe escrevera "El Presidente". Bem, apartamento... melhor seria dizer, potreiro suspenso, para descrever o tamanho da sala, isto é, de uma das quatro que se interligavam. Depois levou-nos para uma biblioteca, onde tinha seu birô, que eles insistem em chamar de escritório. Um janelão dava uma vista fantástica para o Prata. Dali se avistavam o Uruguai e o casario de Colônia, nosso antigo posto mais avançado naquelas latitudes, que os portugueses entregaram de mão beijada aos espanhóis, no fim do século XVIII.

– Yo tengo el material que usted quiere, *Don José Antonio,* pero hace falta algunos dias para reunirlo. Yo mismo no puedo viajar ahora, por eso le mando a Corrientes con un hombre de mi confianza – *disse o senador, após feitos todos os acertos, especialmente o financeiro.*

Ficamos um dia mais à espera dos arranjos do potentado corrientino. Flores não tinha dúvidas de que iria, antes, consultar seu governo, pois não seria sem tal cobertura que um político escolado que nem ele iria se intrometer em negócios de política externa. No dia seguinte, voltamos ao apartamento da avenida Del Libertador. Além do senador, estava presente um homem relativamente moço, embora precocemente encanecido. Apresentou-nos o deputado Felipe Sollari, que acompanharia o dr. Flores até Corrientes, onde lhe seria entregue a encomenda. Nós dois ficaríamos em Buenos Aires, até sermos chamados para nos reincorporar com o intendente.

Aproveitamos nosso tempo para conhecer a cidade. Bozano estava encantado, pois nas ruas, nos cafés, em toda a parte falava-se mais o italiano do que o espanhol. Até eu pude gastar meu alemão, tramando meu patuá com os imigrantes judeus que, quase tanto quanto os alemães e árabes da Turquia, constituíam a população visível nas ruas. Os castelhanos eram os ricos, os funcionários, os políticos e a gente mais bem situada.

Uma semana depois recebemos um telegrama de Corrientes, que pudemos identificar como sendo o sinal para seguirmos viagem. Chegamos à capital do Alto Paraná e fomos diretamente para o Hotel Meca, cujo proprietário era um turco de Damasco, e reencontramos o dr. Flores.

– Tenho uma má notícia para lhes dar: o dr. Sollari só conseguiu 400 fuzis. Isto mal dá para as minhas necessidades imediatas. Vocês terão de esperar mais um pouco – *disse-nos Flores.*

Bozano não gostou muito. Mas não chegou a reclamar. Disse-me em particular que o mais correto seria dividir o lote em dois, mesmo que ao uruguaianense coubesse a maior parte. Porém, como novato no alto círculo do poder rio-grandense, decidiu acatar essa decisão. De qualquer forma, Sollari assegurou que estava em via de conseguir outras armas que estariam depositadas em Encarnación, no Paraguai.

À tarde fomos ver o material destinado a Uruguaiana. Era um lote de 400 fuzis Mauser argentino, calibre 7.65, novinhos em folha, e caixas e mais caixas de munição. Dava para desconfiar que tais armas não seriam uma simples reserva do senador, mas haviam sido retiradas de um arsenal do Exército argentino. Dava para ver a ponta do dedo do Palácio San Martin. Contadas as peças, verificadas as balas, Flores pagou e, de brinde, recebeu 400 baionetas, pois do negócio só faziam parte a munição e os fuzis com seus respectivos correames e cananas.

Tudo embalado em caixotes, fomos à estrada de ferro para o embarque. Na gare nos separaríamos: Flores seguiria para Paso de Los Libres e nós tomaríamos outro barco para o Paraguai. Havia uma grande tensão. Mesmo Flores, um homem calejado, temia por alguma surpresa. Ninguém está livre de uma traição, especialmente numa transação semiclandestina envolvendo tanto dinheiro.

Esse medo robusteceu-se na estação ferroviária. O despachante insistia em saber do que se tratava nossa mercadoria. Por sorte, Flores resolveu falar a verdade, porque dali a minutos uma mentira viria por água abaixo: o caixote com as baionetas, na hora em que iria ser pesado, escapou das mãos dos carregadores, espatifando-se no chão, espalhando-as pelo depósito inteiro. Ficamos gelados. Na porta havia dois soldados e um sargento do Exército argentino. Senti gelar-me o sangue e me vi apodrecendo no fundo de uma prisão correntina. No entanto, ninguém se mexeu. Com presença de espírito, o dr. Flores começou a juntar as baionetas no chão, dando ordens aos empregados para fazerem o mesmo, e foi recolocando as peças no caixote, remendando-o, pedindo uma cinta de latão para reforçá-lo, e tudo terminou sem incidentes maiores. Isso reforçou minha opinião de que as autoridades federais argentinas estavam a par e aprovavam a transação.

Ali nos separamos. Também no Paraguai nossa incursão foi infrutífera. Talvez por nossa culpa. É possível que tenhamos nos precipitado ao abandonarmos a missão, mas Bozano começou a desconfiar de seus intermediários. Um dia disse-me um "vamo-nos embora" e partimos para Corrientes. Descemos o rio de barco até Montevidéu, tomamos outro vapor para Rio Grande e, daí, por trem, chegamos a Santa Maria. Nem bem voltamos, ele foi a Porto Alegre devolver o dinheiro ao dr. Borges. Na capital soube que a Brigada havia conseguido autorização para importar armas, inclusive aviões de combate. O dinheiro devolvido em cédulas de moeda forte serviu para o governo estadual pagar outras despesas no exterior.

Fui tirado de meus devaneios pela chegada de um telegrama vindo de Bagé, confirmando que um grupo de cavaleiros, possivelmente liderados por Zeca Netto, fora visto ao norte de Aceguá. Àquela altura, Carlito Bozano cavalgava altaneiro ao lado de seu general pelo Rio Grande adentro.

No dia anterior, 26 de novembro, haviam começado sua campanha. Zeca Netto chegou no cair da tarde à fazenda do Berachy para a conferência final com Assis Brasil.

– Carlito, vamos pedir licença ao homem para marcar nossa posição – disse o velho general a seu secretário.

Foram apeando, recebidos pela filha mais velha do casal, Maria Cecília, secretária do pai.

– Francisco! – saudou o irmão que apeava.

Entre os cavaleiros estava o capitão Francisco, seu irmão mais moço. Nascida em Washington, quando Assis Brasil era o embaixador do Brasil nos Estados Unidos, era três anos mais velha que o irmão, que regulava de idade com Carlos Bozano. Ser mais velha que o Bozaninho não a impedia de demonstrar seu entusiasmo pelo jovem estudante de Direito porto-alegrense.

– Tenho uma divisa para ti, Carlito – disse ao cumprimentá-lo, mandando-o entrar, enquanto chamava o pai.

A escolta era composta por 18 homens. As mulheres da casa entregaram-lhes as divisas que haviam bordado por dias e noites. A irmã mais moça de Maria Cecília, Quinquim, deu uma das suas para o capitão Pedro Medina e outra para o tenente Amadeu Deiro. A outra irmã, Maninha, entregou a fita para o chapéu do tenente Rosalvo Maciel. Joaquina enfeitou o aba-larga do tenente Otaviano. A do irmão Francisco foi tecida por Dolores. A Bá bordou as palavras "Glória e Liberdade" na divisa do capitão Rubens Antunes Maciel e "Pátria e Liberdade" na que fez para o capitão Ciro Rodrigues. O major Theodor Kleemann, que por ser alemão de nascimento e dizer a todos que acompanhava o general não por ideologia mas por "gostar de guerra", e que o dr. Assis Brasil chamava de "O último Blummer", ficou na mão. Não havia divisa para ele, mas Firmina logo bordou-lhe uma em alta velocidade e Kleemann saiu satisfeito. Os homens apeados recostaram-se nos cavalos esperando seu general.

– E o senhor, general? Não quer passar? – convidou Maria Cecília enquanto reparava no velho cabo-de-guerra e não pôde deixar de observar que Netto jogava o olhar em direção ao horizonte, como se seus olhos pudessem chegar até lá e ver, do alto, como se fosse um gavião a grande altitude, o que estaria ocorrendo além da fronteira.

– Tempinho bom para uma invasão, minha filha – respondeu, mais parecendo falar consigo mesmo. Logo recompondo-se, acrescentou. – Vamos, vamos falar com nosso chefe civil – e entrou na casa da fazenda.

Lá dentro já encontrou o futuro chefe civil da revolução. Assis Brasil, que ainda relutava em aceitar o comando político da revolta que lhe fora oferecido, pois significaria rasgar o Tratado de Pedras Altas, o documento de pacificação que não completara nem mesmo um ano desde que nele pusera sua assinatura. Contudo, não poderia ficar muito tempo de fora, sob pena de acabar falando sozinho, pois seus principais seguidores estavam se atirando de cabeça na sedição.

– Vou invadir esta noite, dr. Assis – comunicou Netto. – Tenho que aproveitar esta lua nova porque senão a guerra acaba e o comandante-em-chefe perde o baile. Em noite bem escura é melhor para marchar sem ser visto. Seria muita vergonha a revolução acabar sem eu sequer botar o pé no Rio Grande. Além disso, estou levando comigo a munição do Honório, que vem de cartucheira vazia de Livramento.

– Desejo-lhe boa sorte – disse Assis –; sinto que em algum tempo estarei diante do mesmo dilema que vives hoje, José Antônio: serei arrastado para uma batalha perdida tanto quanto tu. Não tenho dúvidas de que essa juventude mudará o Brasil, conosco ou sem "nosco" – riu-se o recalcitrante chefe civil, com a licença que se lhe deu para a má palavra, pois não era seu hábito usar gírias em sua linguagem. – Se der uma simples declaração de apoio à revolução, estarei rasgando o Tratado que assinei em minha própria casa; se me omitir, para dizer o mínimo, perderei meu espaço político no Rio Grande e no Brasil.

– Também assinei o Tratado. Felizmente não tenho a sua responsabilidade. Sou um simples general. Vou receber um puxão de orelhas do Setembrino, como o Honório. *Bueno*, vou partindo, meu amigo: *hasta la vista* – disse, saindo da casa e montando sua égua puro-sangue de pêlo tordilho negro, um belo exemplar da espécie eqüina para montar no início uma guerra.

– Vamos, Carlito; vamos, Francisco. Em frente – comandou Zeca Netto, esporeando o pingo.

Ao deixar as casas da estância, mal olhou para trás. Berachy, a quatro léguas da fronteira, era, na verdade, pouco mais que um posto, onde o líder civil estava hospedado de favor, até decidir-se sua situação. Se vencesse a revolução, voltaria para o Brasil coberto de glórias, desembarcando diretamente no Palácio do Catete, cercado pela juventude militar do país, e assumiria o poder. Isso, pelo menos, era o que diziam seus aliados, pois os adversários asseguravam que, se chegasse até esse destino, teria as mãos algemadas e não passaria de um fantoche nas mãos da oficialidade. Se desse tudo errado, teria de se arranchar ali mesmo pelo Uruguai. Isso era o que pensava Zeca Netto quando deu sua primeira galopada daquela campanha.

Ainda em agosto, logo depois que emigrara na mesma carreteada que levara Assis Brasil e Honório Lemes, o caudilho de Camaquã pensava estar fugindo das garras do Borges de Medeiros, ficando ali do outro lado da fronteira pronto para um contra-ataque coordenado pelas forças leais ao Rio de Janeiro. Estava certo de que o chimango sairia com os tenentes. De lá para cá, estonteantemente, as coisas haviam virado seu rumo em 180 graus. O que era inimigo virou aliado, o que era aliado virou inimigo. Os tenentes de 22 que se autoproclamavam aliados do borgismo, que lançaram diatribes contra Assis Brasil por se apoiar no Bernardes, e que, portanto, em 23 estavam ao lado dos republicanos, eram agora os que ofereciam a seu chefe o poder e a ele o comando-em-chefe das tropas da rebelião.

Esse comando-em-chefe não teve um grande significado. Numa reunião no último agosto, quando os conspiradores do Exército foram até o Berachy para convencer Assis Brasil a aceitar a chefia civil do movimento, num posto superior ao do marechal Isidoro Dias Lopes, também entregaram a Zeca Netto, no mesmo ato, o comando de mais de uma dúzia de unidades federais que estavam ali representadas por seus oficiais. Àquela altura, Zeca Netto pensava que iria comandar um dos maiores exércitos da América do Sul, com homens e armamentos de primeira qualidade. E em que dera tudo aquilo? Naquela plêiade que se preparava para invadir o território brasileiro, num total exato de 78 homens. Que era das guarnições de Bagé, São Gabriel, Jaguarão, Dom Pedrito, Livramento, Pelotas, Cruz Alta e Porto Alegre? Das que se comprometeram, naquele dia diretamente com o levante, somente Uruguaiana rompera hostilidades. No frigir dos ovos, só se revoltaram algumas unidades de Cavalaria, mas comandadas por oficiais de Artilharia, e duas de Engenharia, o 2º BE de Cachoeira e o 10º Batalhão Ferroviário de Santo Ângelo. O pior foi uma grave defecção, Itaqui, uma praça que vale por muitas pela posição estratégica que ganhou ao se transformar em cunha no território rebelde. Artilharia, Infantaria e parte da Cavalaria continuam na moita.

– Vamos nos apressar, Carlito, senão o comandante chega atrasado na guerra – pilheriava Netto, enquanto cavalgavam em direção ao Jaguarão, que faz a fronteira entre Uruguai e Brasil, o ponto escolhido para o ataque.

Netto cruzou o rio e estabeleceu um acampamento escondido no espinilhal, já no território do Rio Grande. Sua invasão não passara despercebida pelo inimigo, que vigiava cada um de seus movimentos, pronto a cair sobre ele tão logo tivesse se internado no Brasil. Iriam deixar que se aprofundasse um pouco, dando espaço, entre sua pequena Força e a barranca do rio, para envolvê-lo e cortar sua retirada. Aparentemente, o plano do governo era prendê-lo de uma forma tal que sua rendição fosse exemplar, que a notícia se espalhasse pela Campanha com força para produzir a desistência imediata entre os homens que se reuniam nas estâncias para se incorporar à coluna do caudilho assim que fosse visto galopando pelo país adentro.

– Amaro, vamos descobrir onde eles estão. Tu me pegas um piquete e sais a reconhecer o inimigo. Não te mostres. Assim que fizeres contato, retira-te para cá – foi a primeira ordem de combate de Zeca Netto nessa campanha.

O pequeno grupo se deslocou pelas dobras das coxilhas. Ao avistar o piquete do 10º Corpo Auxiliar, estendeu-lhe linha e abriu fogo, retirando-se a todo o galope para o esconderijo do general. Entrava em ação o Zeca Veado.

A tropa aproximou-se do espinilhal, mas não entrou. Nem mesmo mandou um bombeiro para investigar. Netto calculou, por alto, que o inimigo deveria somar uns 300 homens. De seu posto de observação pôde ver a calma de seus perseguidores: acamparam na estância dos Torres, uma posição privilegiada, pois dali podiam cobrir toda as saídas de forças do matagal e, ainda, protegidos pelas casas, pomares, cercas e mangueiras de pedra, resistir a um ataque. Esperavam reforços para tentar desentocar os rebeldes.

De Jaguarão, outro Corpo com 300 homens vinha para reforçar o 10º. Na cidade, deixaram outro grupamento para vigiar o quartel do Exército. Netto pensou: "Pelo menos assim indecisos os milicos seguram, nas cidades, as melhores tropas inimigas, deixando o campo mais livre para nós". Concluiu também que, da maneira como se moveram e se colocaram os provisórios, não havia perigo de ficarem entre dois fogos. Os governistas tinham que se posicionar com muito cuidado, porque se a situação mudasse teriam Netto de um lado e o Exército de outro.

Por entre os espinilhos Netto foi até a beira do rio Jaguarão. Dali avistou uma força policial uruguaia, que se postara numa eminência do terreno para vigiar os movimentos das tropas do lado brasileiro.

– Ramão, assume o comando que vou me entender com o castelhano do outro lado – disse Netto ao major Ramón Silva, seu imediato.

Botou o cavalo no rio e cruzou novamente a fronteira. Chegando ao outro lado, um soldado oriental se aproxima do general e o convida a chegar até o acampamento. Netto o acompanha. Logo reconhece o chefe de polícia do Departamento de Cerro Largo, Ezequiel Silveira.

– *Como le tratan, amigo?* – perguntou Silveira, assim que Netto se aproximou, saudando-o com a mão na aba do chapéu.

– Como o senhor pode calcular, dom Ezequiel – respondeu Netto, apontando para a fronteira brasileira. – Está vendo aquela força acampada naquela estância? Uns 300 homens? É o meu inimigo, que me persegue – disse Netto –, e aos meus 40 homens, com acréscimo de mais 8 recém-incorporados, estamos nos campestres do espinilhal fronteiro ao inimigo – demarcou Netto, diminuindo o número de sua força, num esforço de contra-informação.

– *Y ahora que va hacer?* – pergunta o funcionário do governo de Montevidéu.

— Se o senhor me consente passar por seu país, ao amanhecer do dia seguinte já estarei no Brasil, estarei a salvo – propôs o general.

— *Puede pasar* – concordou o uruguaio. – *Y de caballos, como anda?* – perguntou.

— Mal – queixou-se Netto.

— *Entonces puede agarrar a los que encuentre al pasar por acá. Solo le pido que no corte los alambres. Levante los postes y baje los alambres* – disse o uruguaio.

Ao amanhecer, a pequena coluna entrava de novo no Brasil pelas Três Vendas, enquanto os provisórios do 10º davam uma busca inútil no espinilhal à procura dos rebeldes.

— Zeca Veado filho de uma égua!... – exclamou desconcertado o comandante provisório, coronel Delfino Silveira, ao se ver enganado pelo ladino guerrilheiro.

Capítulo 19

Sexta-feira, 28 de novembro
Campos de Ana Corrêa

Pela manhã chega a Lavras, pelo telégrafo, a confirmação de que Zeca Netto invadira o estado à frente de uma pequena força, iludindo a vigilância do 10º de Jaguarão, e que a essa hora estaria a se internar em território rio-grandense.

Continuávamos na posição que Bozano julgava ser a mais conveniente para acorrermos prontamente a qualquer ponto por onde viesse o inimigo. Lá pelas 10h da manhã, regressa o 2º Esquadrão do capitão Bento Prado, que volteava pelo 5º Distrito de São Sepé batendo o grupo de João Castelhano.

A tropa vinha cansada de tanta marcha e contramarcha. Não era nada fácil perseguir uma força reduzida que tinha conhecimento do terreno e apoio da população local. Não sei se por medo do facinoroso chefe inimigo ou porque, como se dizia, ali até as macegas usavam lenço colorado, Bento Prado teve um resultado apenas parcial de sua missão. Havia três dias sua tropa se espalhara pela região, com piquetes marchando pelo Cerro Cabeludo, pelo Cerro da Cadeia e na região dos Três Passos, sem nada encontrar. Uma notícia da guerrilha rebelde fora que, no dia 24, João Castelhano e mais 19 homens haviam cruzado aquelas paragens. Uma outra informação colhida junto a um bodegueiro dizia que o grupo já tinha deixado a área e dirigia-se para o vale do Camaquã. Esta última reforçava nossas convicções: não havia dúvidas, aqui ia se dar o confronto final.

No meio da tarde nossos bombeiros, que percorriam a região em busca de notícias de movimento de gente, junto a correligionários que viviam no interior, voltavam ao quartel-general com as suas novas. Uma grande força parecia em via de formação. A notícia de que Zeca Netto já cavalgava pelas coxilhas de Dom Pedrito corria de boca em boca pelos pampas caçapavanos. Chega um e diz: "Há uma concentração de maragatos para lá do Rincão do Inferno, reunindo gente de Julião Barcellos, Leopoldo Rocha e Heitor Dornelles". Outro informa que Guri Dornelles, de Bagé, evolui na região. Mais outro bombeiro chega com mais notícias: foram avistados grupamentos comandados por Clarestino Bento e Jayme Barreto. Bozano se prepara. Articula uma força mista de brigadianos regulares de Lavras com um piquete do 11º para marchar em direção ao Camaquã.

– Armando, Chrispim, vocês dois sigam para o Camaquã e tratem de liquidar com essa gente – ordenou Bozano na reunião de oficiais. O dr. Chrispim seguiria com os brigadianos de linha de Lavras e o capitão Armando com o nosso 1º Esquadrão.

Àquela altura, Zeca Netto tomava seu primeiro café da manhã em território pátrio.
– Juca, encilha minha égua e podes botar a chocolateira no fogo para fazer o café – ordenou o general ao peão do dr. Assis que o chefe civil lhe havia cedido para servir como ordenança.
Virou-se para seu secretário a fez troça:
– Não desanimes, Carlito. Veja só como estou confiante: vim montado nesta égua de carreira, um animal puro-sangue que me emprestou meu amigo Felisberto Rodriguez. Tu achas que se eu tivesse algum receio viria montado num animal que prometi devolver são de lombo?
– Se o senhor diz, fico calmo. No entanto, preocupo-me com o que pode estar acontecendo por este Rio Grande adentro. Se o senhor permitir, vou mandar mensageiros a nossos companheiros para avisá-los que já estamos em campanha.
– Ainda não, meu jovem. Tenha calma – ponderou o general. – Vamos ao café – convocou.
O grupo havia dormido duas horas, depois de marchar a noite inteirinha para driblar os provisórios, com a providencial ajuda do representante do governo de Montevidéu. Agora precisavam galopar, penetrando o máximo possível no Rio Grande, ultrapassando a linha de defesa montada pelo inimigo.
O general estava visivelmente contrariado com seu ordenança. Primeiro havia amarrado o cabresto da égua, um animal arisco, num miserável ramo de murta. Qualquer coisa, um simples passarinho que espantasse o animal e o comandante-em-chefe da revolução no Sul do Brasil estaria a pé. Depois, ao verificar a encilhada, viu que os arreios estavam frouxos. Sem esconder seu descontentamento, Zeca Netto foi recompondo a montaria, quando chegou uma sentinela a galope solto.
– General, pela estrada vem um grupo de homens – alertou.
Ainda com metade dos arreios no chão, o general repassou a ordem.
– Vá ao major Ramão e diga-lhe para sair a reconhecer.
Ramón, quando viu o galope da sentinela, mandou montar, pois sua gente já estava, àquela altura, com os cavalos encilhados.
Não tardou cinco minutos para se ouvirem os disparos das carabinas Mauser. O equipamento da coluna era todo de mosquetões alemães novinhos, além da

munição .44, que levavam para remuniciar Honório Lemes, que sabíamos vir com as cartucheiras das Winchester vazias depois do combate do Passo da Conceição, no Caverá.

Os provisórios nem sonhavam com Zeca Netto por ali. Vinham desprevenidos. Proseando, dirigiam-se a umas vendas que havia na região para fazer compras, quando toparam com o pessoal do major Ramón em linha de tiro. Foi um esparramo. Assim que os borgistas deram meia-volta, os libertadores saíram na cola deles. Foi uma verdadeira carreira de fundo. Os cavalos ainda eram os pingos que cada um trouxera de casa, animais escolhidos, cuidados, belos exemplares como a égua pura do general. Ramón também vinha com um parelheiro. Quando a turma do governo deu de rédeas e se largou na estrada, gritou a ordem de perseguição:

– Nem tem cola o capincho, indiada – e esporeou seu pingo. O mesmo fizeram os demais. Entretanto, nem tudo foi fácil. Quando cessaram as descargas, o que se viu foram três provisórios parados e um maragato no chão. Era o capitão Pedro Medina que estava jorrando sangue, cobrindo a cara com as mãos.

– Socorram o homem – gritou o major, já galopeando atrás dos fugitivos. Os outros três eram dois rapazes que socorriam um terceiro, atingido pelos tiros dos libertadores. Cercados, renderam-se imediatamente. Cinco homens escoltaram os prisioneiros e o ferido de volta ao acampamento, às margens do Jaguarão Grande. Era importante retardar ao máximo a notícia da posição de Zeca Netto. Por isto Ramón ganhou a estrada para evitar que os sobreviventes informassem seu comando da presença da força rebelde.

De início atropelou, mas logo viu que os provisórios tinham cancha, também estavam magnificamente montados. Sentindo-se acossados, em desvantagem numérica, os soldados, a certa altura, separaram-se, ganhando corredores laterais, dispersando-se para desarticular a perseguição. Em poucos quilômetros ficou só um na estrada, o comandante da força republicana. Ramón esporeou seu parelheiro, queria-o para si. Logo atrás seguiam mais dois de seus homens, também perdendo distância. Mas o provisório não afrouxava o galope. Foram duas horas, quando Ramón sentiu-se inseguro. Estava muito longe, distante de sua força, e seu cavalo começava a dar sinais de exaustão, poderia cair numa armadilha. Foi puxando o freio até o animal baixar para o trote e daí para o passo, dando-lhe tempo para ir se recuperando do esforço, enquanto via o oficial inimigo sumir na poeira. Deu meia-volta e foi retornando, até reencontrar-se com os demais cavaleiros que vinham em cobertura e assim todos regressaram ao acampamento.

Foram recebidos com festa. Tinham posto os provisórios a correr e ainda traziam prisioneiros para lhes informar que as forças inimigas sequer desconfiavam de sua presença naquela área. Imaginavam-nos muitas léguas rio abaixo. A situação, contudo, não era tranqüila. Com o tiroteio, os cavalos haviam estourado, jogando-se no rio, passando para a margem uruguaia. Os animais estavam aquerenciados do outro lado, foram procurando seu caminho de volta para casa.

Quando os maragatos tentaram passar o rio para recolher sua cavalhada, apareceu um piquete da polícia uruguaia que os mandou retroceder. O general mais uma vez interveio. Os uruguaios, limitados ao contingente de uma patrulha, não teriam como evitar que os gaúchos arrebanhassem suas montarias, se decidissem tomá-las de qualquer maneira. Zeca Netto, entretanto, não queria incidentes. Seus amigos colorados não deviam ser molestados com violências. Pediu para falar com o chefe. Os milicianos orientais disseram que estava a caminho. Mesmo perdendo minutos preciosos, Netto ficou esperando que chegasse a autoridade a fim de parlamentar. Os brasileiros estavam em linha, na beira do rio, quando chegou o comissário de Polícia. Conferenciou com seus soldados e botou seu cavalo na água, detendo-se na metade do vau, presumindo que ali seria o limite internacional.

– *Buenas*, comissário. Aprochegue-se – propôs Netto. O general não queria entrar no Uruguai com homens armados. Viu que o uruguaio relutava em aceitar o convite, pois poderia estar cometendo um ato de lesa-soberania brasileira.

– Não tema, comissário – tornou Netto –, sou a autoridade brasileira neste pedaço de terra. Acabo de derrotar uma força do governo e estou exercendo meu direito ao convidá-lo a passar.

Com essa explicação o comissário foi convencido e avançou, chegando até onde se encontravam os libertadores para conferenciar.

– Comissário, com todo o respeito, peço-lhe permissão para mandar retirar nossos cavalos que, espantados pelos tiros, passaram para o território sob sua jurisdição. Acredito que estou no meu direito de pedir-lhe este favor – disse Netto.

O comissário consentiu, desde que os homens do general fossem desarmados. Netto concordou, pois não acreditava que os uruguaios se aproveitassem para prendê-los. Se isso acontecesse, teria como resgatá-los. Assim mesmo, o grupo levou, debaixo dos pelegos, seus revólveres para alguma precisão. Depois de repatriados os cavalos, Netto fez mais um pedido.

– Agora, senhor comissário, peço-lhe conseguir um automóvel para levar estes dois feridos para o hospital de Melo – pediu mais uma vez o general.

– *De acuerdo* – respondeu, mandando buscar seu carro, que estava nas imediações. Antes do meio-dia, o capitão Medina e o provisório ferido estavam no hospital sendo atendidos pelo médico brasileiro José Antônio Moreira. O ferimento mais feio era o do capitão: uma bala lhe furara o queixo, embora sem destroçar o osso nem atingir algum órgão vital. Foi mais a sangüeira do que o estrago. Quando se apresentou de novo em Berachy, depois de medicado, Medina ainda comentou: "Este meu lenço colorado, empapado de sangue, fica mais duro que uma carona".

Recuperadas as montarias, a tropa seguiu Brasil adentro sem ser molestada. Antes de montar, o general olhou para os dois prisioneiros.

– Gente de quem são vocês? – perguntou.

– De ninguém, general. Fomos recrutados a maneador. O meu pai e o dele são gente dos Bastos – respondeu um deles.

– E agora, o que esperam? – tornou o general.

– Se o senhor permitir, gostaríamos de seguir com o senhor. Somos de famílias libertadoras. Se voltarmos nos prendem como desertores ou nos botam de volta na tropa. Melhor ficarmos com o senhor.

– Está bem. Ramão, incorpora os moços. Mas vão desarmados e atados. Depois veremos como se comportam – e esporeou a égua.

Netto sabia por onde se mover. Escolhia os caminhos certos, passando por campos de correligionários, onde uma força pequena como a sua podia se alimentar sem provocar grandes baixas nas fazendas. No final da tarde, um piquete interceptou um chasque de Honório Lemes. O estafeta dirigia-se ao Berachy, levando um relatório do comandante do sudeste para o chefe civil. O mensageiro e os patrulheiros de Zeca Netto pelo jeito se reconheceram pelo cheiro. Era um tenente, rapazote filho de Dom Pedrito, família conhecida do general, vaqueano naqueles campos, conhecedor da geografia física e política da região. Por isso também não foi difícil que se pechasse com aquela gente que vinha do Uruguai em sentido contrário.

– Melhor que o senhor leia, general, pois não lhe garanto que consiga passar. Assim o senhor fica a par do conteúdo e vê se lhe traz alguma informação importante para sua marcha – autorizou o chasque.

A carta dizia:

> "Acampamento em marcha, 27 de novembro de 1924
> Ilmo. Sr. Dr. Assis Brasil
> Prezado am. e Sr.
> Queira aceitar meus respeitosos cumprimentos.
> Após alguns dias, assaz bem longos e penosos, de luta, somente hoje me é dado tempo para vos fazer ciente de minhas operações e ao mesmo tempo de nossas necessidades e estado atual de nossa coluna.
> Após o pequeno revés que sofremos em Inhanduí, fui obrigado a fazer uma marcha penosíssima sobre Caverá a fim de congregar elementos nossos que, já reunidos, estavam à minha espera. Feito isso, consegui organizar uma coluna de 950 homens aproximadamente, à frente da qual me

dirigi à Corte, onde capturamos 25 mil tiros e 95 armas. Após termos abandonado a Corte, tivemos que destroçar um pequeno contingente da Brigada que veio em socorro à Corte.

Após essa operação apossei-me de Cacequi, cuja ponte estava ocupada por soldados do 5º R. de A AC de S. Gabriel, os quais não ofereceram a mínima resistência, tendo, ao contrário, comungado conosco em prol do nosso ideal. Essas operações trouxeram-nos o auxílio de 25 mil tiros e 200 armas.

Decorridos alguns dias vi-me perseguido"– e aí o general Honório conta a perseguição pelas forças do coronel Januário e o encontro decisivo no Passo da Conceição. Disse ter sabido que Januário pretendia envolvê-lo e destruir sua força em campo aberto. Continua o general: "Ciente desse plano contramarchei rumo Caverá, onde, a 22 deste, surpreendi-os com os mais belos resultados. A coluna governista debandou em uma completa desordem, sofrendo inúmeras baixas, inclusive mortos e feridos.

As baixas que os ditatoriais sofreram são calculadas em número de 200 mortos e feridos. Quanto à nossa gente, tivemos 15 mortos e 42 feridos.

Tivemos que abandonar o campo de ação pela falta absoluta de munição.

Hoje pretendo seguir rumo ao objetivo por mim visado que é Missões. Para lá me dirigirei forçado pelas necessidades do momento, visto como, não possuímos mais nem munição nem cavalos.

Ontem recebi uma pequena indenização de guerra a qual lhe remeto para o Am. dar o fim que melhor nos convier.

Em face da nossa situação, no que diz respeito à remonta de nossa coluna, peço-lhe encarecidamente que providencie, aí no Uruguai, quer entre nossos amigos quer comprando, arrumar cavalhada, pois aqui no Rio Grande o maior problema a resolver é esse.

Acampamento em marcha, 27 de novembro de 1924

Honório Lemes".

Lida a carta, Netto teve consciência da situação difícil em que se encontravam. Disse ao chasque.

– Meu filho, podes deixar que mando um próprio meu com esta carta para o dr. Assis. Quero que tu voltes com uma mensagem minha para teu general.

– Sim, senhor – concordou o estafeta.

– Então escute bem e não me esqueça de nada – advertiu Netto. Ele preferia a mensagem oral à escrita. Um papel sempre pode ser tomado e lido. Mesmo depois de morto um chasque pode acabar dando conhecimento de sua missão ao inimigo. Falada não há perigo. Um gaúcho desses não revela sua incumbência nem mesmo sua mensagem em hipótese alguma. Muitos deles tiveram seus testículos extirpados antes de serem degolados e não deixaram escapar uma palavra.

– Pois diga ao general Honório que estou de acordo com o plano dele de marchar para as Missões. Vamos fazê-lo incorporados. Diga-lhe que lhe trago munição, porém não tenho como repor-lhe a cavalhada. Diga-lhe que me encontre além dos campos de Ana Corrêa, na direção de Lavras. Diga-lhe que meu plano é nos enfurnarmos no Camaquã e conseguir cavalhada com os companheiros de Caçapava, Lavras e Bagé. Diga-lhe que estou engrossando minha coluna com companheiros da região e que pode ser que consigamos um grande levante. Diga-lhe que a presença dele é muito bem-vinda, que isso dará confiança aos maragatos da unidade das nossas forças políticas. Diga-lhe que vou esperá-lo no Rincão do Inferno. Tu sabes onde fica o Rincão do Inferno?

– De ouvir falar. Sei que é aí nesses grotões entre Caçapava e Lavras – arriscou o chasque.

– Não te preocupes em encontrá-lo. Diga ao general que venha no mais nesta direção que eu trato de localizá-lo e mando vaqueano para conduzi-lo a um lugar seguro. Ele vem de Rosário, não é?

– Penso que sim – respondeu.

– Pois bem: siga em direção à confluência dos dois Camaquãs, bem na tríplice divisa entre Caçapava, Lavras e Bagé. Com isto já tens um rumo?

– Sim, senhor.

– Pois diga-lhe que também lhe ofereço o posto de comandante-em-chefe. Aí está – concluiu o general.

O chasque repetiu tudo o que ouviu, corrigiu-se alguma frase, até tudo ficar na ponta da língua. Montou a cavalo e partiu.

Àquela altura nossa gente já batia os matos do Camaquã, nos campos de Favorino Gonçalves Dias, à procura dos grupamentos rebeldes que evoluíam por ali esperando a chegada dos caudilhos. Netto mandara avisar que estaria na região dia 28 ou 29, esperando a incorporação dos contingentes dos caudilhetes locais. Com pouco mais de 200 homens, Armando e Chrispim cavalgavam desde a madrugada.

Saindo de Lavras, a coluna separou-se em duas: o pessoal do 11º desceu a Estrada Real até o Passo do Hilário e foi seguindo o curso do rio pela margem esquerda; os lavrenses foram até os campos da Estância São Domingos, ali cruzaram o Camaquã Chico, também chamado de Camaquã Dourado, e foram costeando o Camaquã Grande pelo lado de Bagé.

Os bombeiros do general Netto foram avistados ao longe acompanhando a travessia da força de Lavras. Depois sumiram, a galope. Chrispim nem se preocupou em segui-los. Sua missão era evitar a junção das tropas que vinham de Dom Pedrito com o pessoal daqueles rincões. Almoçou na estância São Domingos, recebido pelo proprietário, Hipólito Souza, republicano dos quatro costados, que mandou carnear novilhas, capões, e serviu lingüiça e arroz. Ali soube que estiveram acampados na noite anterior, nas terras vizinhas, dos Saraiva, libertadores de cola atada, gente do Julião Barcellos e do Leopoldo Rocha. Atravessou o Camaquã Chico e saiu atrás do grupo. Seu plano era cruzar o Camaquã no Passo da Areia e voltar em direção ao município de Lavras. As suas avançadas tomaram distância para bater o caminho por onde deveria seguir o grosso da tropa. Nem bem entrara nas terras de Vandica Collares e ouviu o tiroteio para os lados do rio.

As patrulhas avançaram a toda velocidade na direção dos estampidos. O resto da tropa acelerou do passo para trote.

– Estão peleando no Passo da Areia – informou um estafeta da vanguarda.
– Feriram o Antônio Gonha – completou.

– A galope – ordenou Chrispim.

A tropa foi chegando no mato que corre ao longo do rio, descendo à praia pelo estreito sendeiro que dá acesso ao passo. O Camaquã corre em meio a bancos de areia, mas desce guarnecido por um matagal cerrado. Ali se escondiam os rebeldes, atirando por trás das moitas, de onde não podiam ser vistos. Chrispim estendeu sua linha do outro lado, cada praça abrindo uma trincheira individual a facão. Seguro, mandou avançar. Quando a tropa botou o pé na praia foi colhida pela fuzilaria de Julião Barcellos e Leopoldo Rocha. Embora não fosse numerosa, a força revoltosa parecia bem armada. Chrispim sabia que a munição do inimigo seria limitada. Deveria obrigá-los a gastar tiros, pois logo teriam que retirar para não ficarem com as armas em seco. Contudo, Chrispim não logrou transpor o Passo. O fogo rebelde impossibilitava-o de cruzar o rio para flanqueá-los. Imobilizou sua tropa. A única maneira de enfrentá-los seria tentar, de peito aberto, vencer os mais de 100 metros entre praia e água. Melhor esperar, no ataque seriam caçados como patos da Patagônia pousando para beber água na época da migração.

– Vamos segurá-los no tiro. Quando recuarem, caímos-lhes em cima – gritou o comandante. – Passe a ordem.

As duas forças ficaram ali num tiroteio frouxo. De lado a lado os gritos e as ofensas.

– Vem cá, Chrispim, que te corto os colhões!
– Negrada fi'a d'u'a égua – respondia daqui um brigadiano.

Ao anoitecer o tiroteio foi cessando. Dali a pouco os rebeldes não mais respondiam. Chrispim mandou uma patrulha avançar com todo o cuidado, rastejando pela praia, mergulhando ao transpor o vau, até ganhar o outro lado e escalar a barranca seca da outra margem. Como se esperava, não havia mais ninguém.

– De amanhã não me escapam! – exclamou Chrispim, distribuindo a segurança e armando acampamento.

Tarde da noite chegou a Lavras uma ambulância de Chrispim levando o ferido Antônio Gonha para ser hospitalizado e a notícia do combate do Passo da Areia. Esse era o tipo de encontro de que os dois lados cantavam vitória.

Bozano a esta altura já tinha saído para São Sepé. Os três esquadrões, 2º, 3º e 4º, tiveram, também, ordem de marcha. Somente o 1º, do capitão Armando Borges, que estava operando nas margens do Camaquã, ficou para trás. Nosso objetivo, ao retirarmos o grosso da força da região de Lavras, era evitar o envolvimento, pois o inimigo parecia avançar em pinça sobre nossa posição. Se permanecêssemos onde estávamos poderíamos ser atacados pelos dois lados, cercados e destruídos. Se isso acontecesse, Zeca Netto e Honório Lemes ficariam com as mãos livres para se organizar e se fortalecer, criando um corredor para a fronteira uruguaia, estabelecendo, assim, uma base territorial em que poderiam se suprir.

Chegamos a São Sepé ao cair da tarde e fomos diretamente para o telégrafo. Nossa força ficaria vagando pela região, mas o comando precisava ficar próximo ao telégrafo, não só para receber as ordens de Porto Alegre, mas também para termos acesso às informações militares sobre o movimento das tropas inimigas. O quadro geral era de pasmaceira completa. Nas Missões, as tropas legais continuavam lentamente seu programa de cerco, seguindo o dispositivo do comando da 3ª Região.

– Esses milicos estão pensando em travar uma batalha decisiva contra os rebeldes segundo os moldes do manual da Missão Francesa. Perdem tempo procurando estabelecer um cerco para depois esmagar o inimigo. Até o nome da manobra, Círculo de Aço, revela esse equívoco – disse-me Bozano, lendo os despachos.

– Com o velho Leonel Rocha e o Nestor Veríssimo, duvido que se deixem pegar numa armadilha como essa – arrisquei.

– Com certeza – concordou Bozano.

Tal como eu, ele não acreditava que os rebeldes aceitassem um combate decisivo. Ficariam em guerrilhas, em movimento. Um fato, porém, o deixou extremamente mal-humorado: ao falar com o comando do Palácio Piratini recebeu instruções para se reportar diretamente ao general Andrade Neves, comandante da 3ª Região Militar, que assumia o controle de todas as operações. Essa tinha sido uma exigência do Rio de Janeiro. Aparentemente, o dr. Borges teve que ceder, pois era o Bernardes que estava pagando a conta da guerra.

De Lavras recebemos as informações sobre o recontro do Passo da Areia.

Em seu despacho, Chrispim mandava dizer que estava na cola dos rebeldes. Garantia que na manhã seguinte, tão logo saísse o sol, acabaria com os revoltosos.

Fomos dormir no hotel com a sensação clara de que grandes acontecimentos estavam em marcha. Antes de apagar a lâmpada, indo ao banheiro, vi luz no quarto de nosso comandante. Certamente escrevia sua carta diária para a noiva, que postaria na manhã seguinte.

Nos campos de Ana Corrêa, Zeca Netto investia pelo Rio Grande. A pequena força entrava em Dom Pedrito, onde esperava encontrar-se com um corpo de veteranos de 23. Madrugada alta a exaustão chega a seu ponto máximo, mas Netto não permite que se detenha a marcha. É preciso aproveitar a escuridão para passar sem ser percebido. Após levantar um aramado, o Ramón é vencido pelo cansaço. Recosta-se à cabeça do lombilho e, mesmo sem apear do cavalo, mergulha no sono. Em madrugada de lua nova, guardando silêncio absoluto, onde mal se ouve o resfolegar de um ou outro animal, ninguém deu falta do major.

A muitas léguas dali Honório Lemes cruza o Rio Grande no sentido oeste–leste à procura de um caminho para subir a serra em direção às Missões. Ao reencontrar seu mensageiro, toma a decisão e enverada na direção do Camaquã.

Capítulo 20

Sábado, 29 de novembro
Cerro do Malcriado

Ao nascer do sol, Chrispim botou sua tropa em forma e conclamou todos para o combate.

– O inimigo está aí do outro lado do rio nos esperando. É chegada a hora de demonstrarmos nosso valor. Isto é o que o Rio Grande e nosso chefe, dr. Borges de Medeiros, esperam de nós. Vamos nos meter nesses matos e tirá-los para fora a pelego – disse.

– Viva o dr. Borges de Medeiros!
– Viva o Partido Republicano!
– Viva o coronel Júlio Bozano!
– Viva a Constituição de 14 de Julho!
– Viva a República!

E assim cruzaram o rio, deixando Caçapava, internando-se em Bagé. Revelou-se uma marcha penosa. Mais devagar do que passo a passo. O terreno, tão logo se deixa a trilha, é uma sucessão de cerritos empedrados, recobertos por um matagal fechado que, para dar passagem, precisa ser aberto a facão. Não dá nem para caminhar livremente. O cavalo tem de ser puxado pelo cabresto, ao andar escorrega nas pedras, quase levando o ginete consigo pela vereda abaixo.

A tropa avançava assim, medindo os passos. Sabiam que em alguma daquelas canhadas estaria, de emboscada, o inimigo. Era certo que seriam surpreendidos pela fuzilaria maragata, certamente à queima-roupa. Com todo o cuidado, foram subindo a encosta, deixado a beira do rio, buscando um caminho menos traiçoeiro, procurando a estrada que dava no Passo dos Enforcados.

A vanguarda era feita pelos soldados regulares do destacamento policial da cidade. Era mais seguro mandá-los à frente, pois se tratava de velhas praças de infantaria, acostumados a vadear aqueles matos à procura de fugitivos. Logo atrás vinham os cavalarianos do esquadrão especializado em combater os ladrões de gado. Em seguida, os voluntários civis e os provisórios com o dr. Chrispim. A distância que separava um grupo do outro era pequena, menos de 200 metros entre os ponteiros e a segunda leva e cerca de 30 minutos entre esses e os homens do partido.

Os brigadianos foram surpreendidos quando subiam por uma canhada, protegidos pelo mato. À frente havia uma elevação, um coxilhão alongado com uma crista de pedras graníticas, quase tão compacta como se fosse uma cerca de pedra, conhecido como Cerro do Malcriado. Dali partiu a descarga. Os policiais vinham descuidados, saíam do mato em grupos, subindo a coxilha conversando como se estivessem na rua, folgando com o final do terreno sujo, quando foram colhidos de cheio pela fuzilaria. Mal deu tempo de se deitarem, de rolarem à procura de abrigo, de procurar um alvo para responder ao fogo imprevisto, e já chegava a segunda leva. Os cavalarianos que avançavam logo atrás, com dificuldade, a pé, cabresteando os animais, também levaram chumbo, mal dando tempo de recuar para o mato antes que suas montarias fossem dizimadas.

Ao ouvir os tiros, Chrispim adiantou-se, seguindo a trilha aberta pelos vanguardeiros, quase correndo. Ao chegar na borda do mato, encontrou-se com seus homens, que ficaram ali abrigados, evitando expor-se.

– Doutor, nos entocaram. Daqui só podemos voltar pelo mato – informou um tenente da Brigada, colado atrás de uma árvore, com medo de uma bala perdida.

– Vamos ver – disse Chrispim, adiantando-se até uma posição em que pudesse ter uma idéia geral do combate. O que viu não era nada agradável: seus infantes, colados ao chão, entrincheirados em pedras rasas ou metidos entre as moitas, mal se mexiam. De cima do morro vinha bala em quem se expusesse minimamente.

Na crista do Malcriado, Julião Barcellos e João Cavalheiro comandavam a pequena mas bem postada força maragata. Os demais chefes libertadores haviam seguido em frente, ganhando os campos à procura da força de Zeca Netto, que sabiam estar a caminho. O coronel Julião dirigia a linha de fogo.

– Atirem de pontaria. Precisamos dar bom uso a toda a munição – advertia a seus homens.

Lá embaixo, Chrispim avaliava sua situação com seus oficiais.

– Dá para se ver pela variedade das armas que é uma força improvisada – disse –, isso que dizer: se nós articularmos um ataque bem coordenado, podemos desalojá-los. A outra opção seria recuar para o rio, retomar a estrada e dar a volta por ela, o que significa quase um dia de marcha forçada. Portanto, vamos atacá-los diretamente.

O chefe provisório dispôs uma linha de fogo dentro da mata. Os homens foram se espalhando em duas direções, abrindo caminho como podiam, no meio do matagal. Os brigadianos que estavam expostos receberam ordem de se preparar para um ataque frontal à trincheira maragata. Como soldados de infantaria, sabiam rastejar e avançar aproveitando-se das menores proteções do terreno. A tropa de regulares da cavalaria foi disposta atrás da linha de atiradores, pronta para investir, igualmente, não obstante as dificuldades para os animais naquele terreno.

– Preparem-se e disparem à minha ordem – gritou o comandante, dirigindo-se aos oficiais. – Vamos mantê-los sob fogo cerrado. Essa gente está com pouca munição. Não têm armas para nos enfrentar. Atiram até de revólver, escutem bem. Portanto, o melhor é a gente esgotá-los antes do assalto.

Quatro horas depois, Chrispim deu a ordem para o ataque final. Os rebeldes já tinham praticamente calado suas armas. Os brigadianos posicionaram suas duas metralhadoras e abriram o fogo de cobertura. À frente, os infantes iniciaram seu lento assalto, pulando de uma pedra para outra, rastejando para posições mais próximas da crista do cerro sob cobertura cerrada das armas automáticas e dos mosquetões. Os libertadores recomeçaram sua linha de tiro. Novamente o céu cobriu-se com a fumaça que se soltava dos canos. A cavalaria irrompeu da mata e, mesmo com grandes dificuldades, caiu sobre a trincheira de Julião Barcellos. Os mortos começaram a rolar, de lado a lado. Desesperado, o velho coronel viu tombar seu filho Heitor Barcellos. Mais adiante caiu Altamiro Franco. O coronel João Cavalheiro deu parte de ferido, com uma bala na perna, sendo retirado de cena. A cavalo, Julião animava os combatentes. Os brigadianos foram chegando, iniciando-se o corpo a corpo. Baionetas, espadas, lanças, estampidos de revólveres e pistolas, as forças entreveraram. Julião Barcellos dava de espada num índio que, agarrado a suas botas, gritava:

– Te corto as orelhas – dizia, de olho na recompensa oferecida por Bozano: 40 contos para quem levasse os despojos do chefe maragato.

O ordenança de Barcellos vê a cena e chega por trás, abatendo o provisório com uma coronhada na cabeça.

– Índio filho de uma égua, não pegaste o dinheiro e perdeste a vida – gritou Julião, já ordenando a retirada. Recompôs sua linha e deteve os brigadianos novamente, dando espaço para tirar sua gente dali.

Os rebeldes montaram a cavalo e dispararam em direção ao Passo dos Enforcados. Chrispim mandou suspender a perseguição. Seria muito perigoso, pois aquela gente vaqueana daquela região poderia armar-lhe outra emboscada e transformar o que tinha como vitória num desastre.

Encerrado o combate, os dois lados ficaram a lamber as feridas. Chrispim voltou para o Passo da Areia, onde o esperava um automóvel para levá-lo de volta a Lavras, para onde mandou recolher sua força até receber novas ordens. Da cidade telegrafou a Bozano relatando os eventos do Cerro do Malcriado. Também Armando Borges mandava seu relatório. No fim do dia, Bozano enviou um telegrama ao general Andrade Neves, com um resumo dos acontecimentos. Dizia a mensagem:

"Passo vosso alto conhecimento telegrama recebi capitão Armando Borges e dr. Chrispim Souza: – Estamos perseguindo Julião Barcellos, Leopoldo Rocha, Heitor Barcellos daqui de Lavras e Gury Dornelles, de Bagé, que andam incorporados. Última vez foram atacados pessoal daqui regulavam 46 homens esperavam incorporação Jayme Barreto. Clarestino Bento: ontem mandamos 42 homens sair sua perseguição. Recebemos agora comunicação nosso pessoal que rebeldes estão Palomas, município Bagé, cinco léguas distante desta vila. Nossa gente está fazendo descoberta. Caso preciso, tenho reforço pronto. Aproveito comunicar-vos chegada segundo esquadrão que informa ter João Castelhano com seis companheiros faz três dias ido direção Camaquã. Em vista marcha Honório caso julgueis melhor colocação cercanias Passo Rocha ou Alojamento. Mudarei acampamento. Atenciosas saudações. Aragão Bozano, tenente-coronel".

– Onde está o Ramão? – pergunta o general Zeca Netto. – Ninguém sabe?
– O major Ramão não vem na força – informa um oficial do serviço de polícia da coluna.
– Como não vem na força? – reclama o general.
– Não o vejo! Passei por toda a coluna perguntando e ele não está! Pensei que o senhor lhe tivesse dado alguma missão – tornou o oficial.
– Pois vamos deter a marcha e esclarecer isto! – disse o general.– Vamos fazer alto, desenfrenar os cavalos, tirar os pelegos e aproveitarmos para descansar. Vamos esperar o dia para termos certeza – concluiu o general.
Designou dois homens para retroceder sobre seus passos e ver o que poderia ter acontecido. Ao alvorecer, não muito longe, foi avistado o major, perdido, no alto de uma coxilha, olhando para todos os lados. Ao reconhecer os cavaleiros, galopou ao seu encontro. Chegando ao acampamento, não teve como se desculpar.
– *Pues me cayé dormiendo, general.*
– Pois durma e coma, que um homem que não come e não dorme é um homem que se inutiliza – ralhou Zeca Netto.

Capítulo 21

Domingo, 30 de novembro
Fazenda Bolena

Tínhamos absoluta certeza de que Honório e sua gente já haviam penetrado em nossa área de responsabilidade. Não entendíamos por que o comando nos mantinha imobilizados, quando o correto seria marcharmos contra o Leão do Caverá. Tínhamos tudo para iniciar hostilidades: estávamos com a tropa no terreno, a cavalhada na ponta dos cascos, o armamento limpo e calibrado, a soldadesca gorda e sã de lombo. Entretanto, nos deixavam parados, imóveis, detidos por uma ordem absurda de que ninguém compreendia seu alcance.

– Alemão, acho que estão armando uma arapuca contra nós. Nunca vi nada igual: estou com uma unidade pronta para o combate e o inimigo à vista, mas recebo uma ordem explícita para não fazer nada – disse Bozano. – Daqui a pouco o Honório vai passar rindo na nossa frente, abanando adeus, e vai-se embora. Não, alguma coisa está errada.

– E o dr. Borges, o que diz? – perguntei.

– Pois aí está o problema, perdi o acesso a ele pelos canais militares. Tenho de encontrar uma forma de me comunicar sem denunciar alguma insubordinação.

Bozano convocara às pressas uma reunião do estado-maior e de comandantes de unidades para discutir a situação.

– Estarão querendo nos passar uma carona e guardar o assado para algum outro? – perguntou intrigado Soveral, veterano conhecedor da baixa politicalha que, nas guerras, permeia os altos comandos, sobreposta a uma teia de interesses, uma disputa pelas posições, uma rede de intrigas e uma feira de vaidades. A própria mudança do comando geral de nossas operações revelava que alguma coisa estava se passando nos bastidores sobre a qual nada sabíamos.

– O comando da 3ª Região nos deixou com o dr. Borges e o coronel Massot, enquanto nós corríamos esses cachorrinhos vira-latas do fundo do pátio. Agora que vêm os bichos gordos, estão reservando a presa para os demais. Não te duvido que nos apareça aqui, amanhã ou depois, o Flores, para assumir o comando das operações – sugeriu Armando Borges.

– Com certeza alguma coisa muito grave está acontecendo. Realmente –

raciocinou Bozano –, há uma crescente participação do Exército no comando das operações nas Missões.

– O dr. Flores, depois da vitória em Guaçu-boi, subiu todo alegre para as Missões pensando que iria assumir o comando-geral das operações, mas o que encontrou foi uma barreira invisível e voltou irritado para Porto Alegre, dizendo que não mais participa desta guerra – ponderou Ulisses Coelho. – Isso parece confirmar o que o Bozano está pensando.

– Para o dr. Borges não é questão de vida ou morte aparecer nesta hora – sugeriu o voluntário civil, capitão dr. Mário Muratori.

– Realmente – atalhou o capitão-médico Antônio Xavier da Rocha –, para o dr. Borges é indiferente quem coordena as operações táticas, se o Massot ou o Andrade Neves. Claro que com o coronel Massot ele teria a rédea na mão, mas o general Andrade Neves não lhe atrapalha. Para ele o importante é que o comando das unidades esteja com gente de sua confiança. Assim, ele pode manter o controle político e reassumir o comando militar da campanha na hora que quiser.

– De fato, se alguém trair o velho Borges, ele retoma o comando das tropas – atalhou Bozano. – Voltando à vaca-fria: temos que nos preocupar com o que possa estar acontecendo, pois não estamos sozinhos na rota de colisão com Honório e Zeca Netto. Além de nós, também operam aqui na região o 10º Corpo, que, neste momento, se dirige das margens do Jaguarão para Bagé, depois que o Zeca Netto passou zunindo por entre suas pernas na fronteira com o Uruguai. O 12º Corpo de Cachoeira não deixa de ser uma reserva que pode ser lançada imediatamente, pois seus homens já se recompuseram da surra que levaram do Fernando Távora, no Barro Vermelho. De tropa regular, o comando dispõe, ainda, do 2º Regimento de Cavalaria de Santana, que pode acorrer rapidamente, vindo por trem até Dom Pedrito e chegar ao Camaquã em menos de 24 horas. Juntando o 10º, o 12º, mais nós e o 2º RC, tu já tens o efetivo de uma brigada para o Esteves ou para o Flores fazerem bonito, dependendo de quem melhor lamber o saco do Andrade Neves.

– E nós ficamos em segundo plano! – comentou Muratori.

– Isso é coisa do Flores – arriscou Xavier da Rocha. – Com tudo o que aconteceu neste *front*, ele já está certo de ter perdido o papel de *prima-donna* que imaginou para si. Melhor está o Paim Filho, que já tomou conta do noroeste. Depois de Guaçu-boi, o Flores ficou sem espaço, falando sozinho, esta é a verdade.

– Tens razão, ele não iria se dar ao trabalho de deixar o bem-bom do Rio de Janeiro, calçar as botas e vestir as bombachas só para vir comer poeira na coxilhas e cair fora no final da festa – disse Soveral.

– Não te esqueças do Getúlio, ele também é uma peça-chave. Ele pode estar por trás disso tudo. Ninguém ignora que o baixinho está fazendo de tudo para ser o escolhido pelo dr. Borges. O Velho lhe deve o reconhecimento de uma prova definitiva de lealdade, pela decisão que ele tomou, apesar de tudo, na Comissão de Poderes. O Getúlio tem uma conta a cobrar por aquela ata – disse Muratori.

– Com certeza o grupo deles está por trás dessa decisão do general. Não podemos esquecer que essa gente, embora falem mal uns dos outros, estão todos do mesmo lado. Na hora de a porca torcer o rabo, estão sempre unidos. Temos de agir e rápido – propôs Xavier da Rocha.

– Vamos fazer uma análise e ver como romper essa barreira de uma forma que viabilize nosso grupo – tornou Muratori. – Vejam bem, nós ficamos esnucados, com o general entre nós e o dr. Borges. Temos de encontrar uma tabela para chegar ao chefe. Certamente pressionado, o Velho concordou em dar um prêmio de consolação ao Flores, entregando-lhe a frente sul. Mas essa posição pode estar sendo disputada pelo Esteves, que é o *enfant gaté* dos militares da 3ª Região. Nossa chance é entrarmos pelo meio.

– Mas não podemos peitar nem o general nem o dr. Borges – ponderou Bozano.

– E não temos ninguém nosso nos círculos de comando, nem no quartel-general da Região, nem no Palácio? Um telegrama ao dr. Borges seria indisciplina militar? Não podemos esquecer que somos militares – tornou Xavier da Rocha.

– Bem, vamos ver – pensou alto Bozano –; ocorreu-me que poderíamos tentar uma aliança. Vejam se não estou certo: só um deles tem a perder com esta situação, o João Neves. De todos, é o que ficou em pior situação. Ele está pagando por ter feito uma aposta errada, em 23, quando preferiu ficar como líder do governo na Assembléia em vez de vir para as coxilhas, deixando a guerra para o Paim, o Flores e o Oswaldo. Essa posição revelou-se totalmente secundária, pois o legislativo estadual não tinha a menor importância política no dispositivo do dr. Borges. O filé político ficou para o Getúlio, que estava no Rio de Janeiro. Lá sim havia um papel importante, com o perigo de intervenção e a neutralização dos apoios que os assisistas tinham em outros estados. Ali sim valia a pena ser um porta-voz, um representante pessoal de nosso chefe.

– É verdade, o João Neves enganou-se e teve de ficar toda a guerra encerrado na mangueira – disse Soveral.

– E o João Neves nos tem como seus aliados. Ele se diz padrinho de minha candidatura à Intendência de Santa Maria. Certamente conta conosco para seus passos futuros. Para ele não interessa que eu me enfraqueça – tornou Bozano.

– Estou entendendo aonde queres chegar – disse Xavier da Rocha –, estou entendendo...

– Vou sair agora mesmo para Cachoeira. Tu e o Muratori vêm comigo – disse dirigindo-se ao médico. – Vamos propor um acordo ao João Neves. Ele pode ser a tabela para chegarmos ao dr. Borges sem cometermos uma indisciplina ou uma quebra de linha de comando – decidiu Bozano.

– Mas não será também um abandono de posição tu ires a Cachoeira, Bozano? – ponderou Armando Borges.

– Além disso, nos mandaram ficar parados aqui – disse Soveral.

– Não há perigo. Bozano tem uma boa justificativa. Estamos a menos de 100 quilômetros de Cachoeira, podemos dizer que faz parte de nossa área de atuação – sugeriu Muratori.

– Acho que o Armando tem razão. Minha saída pode ser interpretada como o abandono do posto em situação de guerra. Vão vocês: tu, Armando, que és de Cachoeira e parente do homem, tu Muratori, que és civil, e o Xavier, que vai junto com a desculpa de trazer medicamentos, ou qualquer outra que quiser. Eu fico – sentenciou Bozano. – Bem, o tempo é ouro. Peguem o auto e pé na estrada.

Nessa noite, Ulisses Coelho anota em seu diário de campanha: "O comandante insiste em atacar Honório, sendo novamente recusado pelo general Andrade Neves. À tarde tivemos notícia de Honório estar se aproximando do Passo do Rocha e de sua direção a São Sepé. Depois de ter o comandante comunicado isso ao comandante da Região ficamos em prontidão".

– Vamos passar o dia aqui – disse Zeca Netto. – Aproveitamos as horas de sol para descansar os cavalos e nos alimentar para marcharmos à noite. Não devemos ser vistos.

O pequeno grupo que vinha do Uruguai acampou num capão com vista profunda, escondeu os animais, fortificou-se por via das dúvidas e se espalhou pelo matinho. Um grupo com facões limpou a capoeira por dentro, tirando alguma sujeira que tivesse. Aquele refúgio era usado pelo gado como abrigo contra sol, frio e chuva. Fora as bostas de vaca, nada mais atrapalhava.

Era um capão típico daquelas paragens. Boa lenha, de madeira de lei, tirada de galhos secos das árvores do bosque: coronilha, taleira, moglio, aroeira preta, timbaúva do mato. Situado no alto de uma coxilha, dava boa posição defensiva, difícil de ser surpreendida. Com essa vista, qualquer um que se aproximasse, a cavalo ou a pé, seria avistado de muito longe. Netto chama seu secretário.

– Carlito, preciso que escrevas uma mensagem ao Luís Carlos Prestes. Temos de mandar um próprio, um homem safo que consiga passar pelas linhas do inimigo, tomar o trem, ir até as Missões em três dias no máximo – disse, enquanto o jovem capitão pegava um lápis e um papel para anotar os pontos que o general queria transmitir.

– Diga ao coronel Prestes que estamos em via de junção com a força de Honório, que vem da fronteira, para ocuparmos o vale do Camaquã. Temos duas alternativas estratégicas. A primeira delas é nos movimentarmos daqui para o norte, para nos incorporarmos a eles. A segunda será um movimento contrário, eles descem para a fronteira uruguaia e nós nos fortificamos por aqui, na expectativa de novos levantes dos quartéis federais da região.

("Devo te dizer que não acredito em mais levante algum", confidenciou o general, retomando seu ditado.)

– Aconteça o que acontecer, precisamos travar batalhas decisivas. De nossa parte, teremos um plano tão logo me encontre com Honório. Da parte deles, espero que tomem uma cidade-tronco, preferencialmente Tupanciretã, e se possível na quarta-feira. Diga-lhe que, se obtivermos vitórias significativas nesse movimento coordenado, nos fortaleceremos e poderemos ter o caminho aberto para nos juntarmos.

– Sim, senhor, general, vou escrever a mensagem – respondeu Carlos Bozano, retirando-se para redigir o texto da ordem do comandante-em-chefe.

Ainda antes do meio-dia, um cavaleiro, montado num matungo de pipa, desarmado, mais parecendo um mambira, afastava-se da fazenda com a mensagem costurada debaixo do forro velho de um pelego. Sua missão: tomar um trem de Bagé para Cacequi, aí fazer uma baldeação para Uruguaiana, passar para Libres, reentrar no Brasil por Santo Tomé e alcançar Prestes em São Luís Gonzaga. Teria um máximo de três dias para alcançar os companheiros do Exército.

Ao anoitecer, Zeca Netto deu a ordem de encilhar.

Em Cachoeira, os enviados de Bozano encontravam-se com João Neves. O líder do governo na Assembléia estava na cidade desde os acontecimentos do Barro Vermelho, trabalhando para reorganizar o partido na sua cidade, que ficara desarticulado com a morte de Balthazar de Bem e a decisão de Aníbal Loureiro de retirar-se da vida política.

– Vou imediatamente para Porto Alegre. No máximo amanhã pela manhã estarei com o presidente para discutir a situação que vocês acabam de me colocar. Voltem e digam ao Júlio Raphael que até amanhã à tarde ele terá notícias minhas – foi a reação pronta de João Neves à missão santa-mariense. O tribuno de Cachoeira estava vendo ruir a sua candidatura ao governo estadual, e contava, entre seus apoios, com Bozano. Era preciso fortalecer com urgência a posição do intendente de Santa Maria.

Capítulo 22

Segunda-feira, 1º de dezembro
Passo do Velhaco

Zeca Netto marchou a noite inteira e também durante a manhã. Só foi parar por volta de 1h da tarde, depois de cruzar a linha da estrada de ferro. Seguiu diretamente para um esconderijo que conhecia de outras guerras, ocultando sua pequena força numas depressões do terreno que existem nas cabeceiras do arroio Candiota.

O lugar era perfeito. Havia uma pastagenzinha que dava para os cavalos se alimentarem de um rico capim de forquilha. O vento, ali, encanava de um jeito tal que a fumaça se dissipava logo acima da copa das árvores. Dava para assar um churrasco sem o fumo ser avistado de longe. E que sombrinha especial para uma sesta, com a folhagem das árvores para cobrir o sol, um abrigo muito bom naqueles dias de sol a pino, capim seco para deitar o esqueleto, mato limpo, quase sem insetos para incomodar na hora da pestana! Dava para dormir só com o chapéu na cara. Por entre as pedras, passava uma sanguinha de águas cristalinas.

Ali carneou-se, almoçou-se, sesteou-se e ficou-se à espera da noite para mais um avanço sob a proteção da escuridão da lua nova. Lugarzinho bom para uma prosa.

– Carlito, estou pensando em te mandar a Berachy com um relatório para o dr. Assis – começou o general.

– Relatório de que, general? – surpreendeu-se Carlos Bozano. – Ainda nem aconteceu nada que valha a pena para relatar ao dr. Assis.

– Temos, sim, senhor, o que dizer ao dr. Assis – enfatizou Zeca Netto. – É preciso que ele esteja a par do novo quadro tático que estou pondo em marcha. Tu vais contar-lhe de nossa estratégia de um ataque combinado, de provocarmos duas batalhas decisivas simultaneamente, aqui no sul e nas Missões. Ontem tu mesmo redigiste o bilhete que mandei para o Prestes sugerindo o ataque a Tupanciretã, se possível na quarta-feira. Terás a acrescentar que espero incorporar com Honório até amanhã e aí também atacarmos uma grande cidade, possivelmente Caçapava. Com isso pretendo criar um fato político que tenha força para reanimar os tenentes do Exército a pegarem em armas e nos apoiar. Pois, se nada for feito, a revolução estará fracassada.

– General, o senhor vai me tirar da Força só para dizer o que pode ser escrito num bilhete e mandado por um simples próprio? – questionou uma vez mais o secretário.

– Sim, senhor. Podes ir te preparando para cruzar a fronteira esta noite. Vou mandar um vaqueano te acompanhar até Aceguá. Lá pegas um automóvel para ires ter com o dr. Assis – determinou o general, retirando-se, para outras providências.

– Mas, general... – não pôde completar. Ao lado, o alemão Kleemann assistia à conversa.

– O Velho quer te tirar da luta, Carlito? – perguntou Kleemann, no seu português atravessado, carregado nos erres e sem prestar atenção no gênero das palavras.

– Pois até parece – respondeu, desolado.

– De fato, tu és muito precioso para morrer na faca de um provisório – troçou o alemão.

Theodor Kleemann, ou simplesmente Theo, como gostava de ser chamado, era um dos fiéis seguidores do Condor dos Tapes. Chegara da Alemanha depois da Grande Guerra e fora viver no Cristal, uma região de forte colonização alemã no município de Camaquã. Ali conhecera o general, que ainda não era general, mas o chefe político republicano dissidente da cidade. No ano anterior, em 23, se incorporara à 4ª Divisão do Exército Libertador, de Netto, primeiro como capitão, depois major e, agora, já era coronel. Os dois, ele e Carlos Bozano, incorporaram-se quase ao mesmo tempo e se conheceram ainda nos primeiros tempos da guerra civil do ano anterior. Kleemann chegara ao Rio Grande com um passado militar: combatera no exército do Kaiser, era especialista em explosivos, uma habilidade de grande utilidade para Netto naquela campanha. Além disso, gostava de uma carga da Cavalaria. Quando lhe perguntavam por que lutava, pois não recebia nem dinheiro nem tinha qualquer interesse na política interna do Rio Grande, respondia: "Eu gosta de guerra".

Carlos Bozano e Kleemann conheceram-se naquela memorável noite, em Porto Alegre, quando o general Netto foi buscar a Espada de Ouro. Essa investida revela a audácia do general camaquüense, seu gosto pelas ações arrojadas.

Recém tinha começado a revolução. A oposição ainda estava otimista com os primeiros resultados militares e com grandes esperanças políticas na intervenção do presidente Arthur Bernardes para depor Borges de Medeiros. Os levantes no norte do estado pareciam que dariam uma porta de entrada para as forças federais que viessem do Norte para penetrar no Rio Grande e submeter a

Brigada Militar e seus corpos auxiliares. No sul do estado, abria-se outra frente: Netto levantara-se e operava com grande desenvoltura na margem direita do rio Guaíba.

Animados com os ventos da vitória, os integrantes do Diretório Federalista de Porto Alegre compraram uma espada e mandaram banhá-la em ouro, colocando-a em exposição na vitrine da loja O Preço Fixo, no centro da cidade, "para ser doada ao primeiro general libertador que entrar na capital".

Era uma provocação. Todos os dias os transeuntes paravam diante da vitrina para ver o objeto, um acinte ao borgismo, mas também um trunfo, pois enquanto a espada ali estivesse significava que o ditador estaria tranqüilo em seu palácio.

Carlos mal se continha para mergulhar no levante armado. Ele fazia parte do grupo de acadêmicos que participaram inflamadamente da campanha assisista. Inconformado com o veredito da Comissão de Poderes que dera a quinta vitória a Borges de Medeiros, agora participava da agitação que tomava conta do largo dos Medeiros, ponto central de reunião e de difusão de boatos, à espera do general que viesse buscar a espada. Na verdade, a esperança de todos era de que a jóia caísse nas mãos do general Andrade Neves, comandante da 3ª Região Militar. A ele competiria cumprir a ordem de intervenção, quando decretada pelo presidente Bernardes. Nesse dia, os jovens esperavam subir a ladeira incorporados à tropa federal que iria ao palácio depor o "usurpador", como chamavam o chefe do governo.

Entretanto, as coisas não se passariam assim. Três meses depois da eclosão do movimento, a verdade é que o Exército parecia a cada dia mais distante de uma intervenção direta. O estado dessangrava-se em tropelias entre maragatos e chimangos. Movimentos de tropas, especialmente no norte, evidenciavam a situação de convulsão intestina prevista no artigo 6º da Constituição, mas nada de os militares se mexerem para botar o tirano para fora do Piratini.

No início de abril, a revolução chegou mais perto da capital, trazida pela força de republicanos dissidentes, que entrara em ação no sul do estado, denominada 4ª Divisão do Exército Libertador, comandada pelo veterano de 93, Zeca Netto. Com quase 70 anos, o general ressurgiu nas várzeas da zona sul, entre a foz do Camaquã e o Jacuí, conflagrando a margem direita da lagoa dos Patos.

Era o único lenço branco entre os grandes caudilhos de lenço encarnado que formaram contra o governo do Rio Grande do Sul: Honório Lemes, Felipe Portinho, Leonel Rocha, Estácio Azambuja, entre outros.

Desde os primeiros momentos que pegou em armas, fez valer seu talento para as guerrilhas naquela geografia. A imprensa libertadora logo o cognominou de "O Condor dos Tapes", mas o nome que pegou foi Zeca Veado, pela desenvol-

tura com que gambeteava as tropas do governo postas em seu encalço. Já em seus primeiros movimentos, desnorteava seus inimigos. Começou sua campanha tomando Camaquã, em 1º de março, derrotando uma força de defesa organizada pelo intendente Donário Lopes. Dali marchou sobre Canguçu, tomando a cidade sem luta, ante a fuga do intendente Raul Azambuja que, com um pequeno grupo de republicanos leais ao dr. Borges, abandonou a praça sem condições de resistir. O governo mandou atrás dele uma tropa regular da Brigada, comandada pelo coronel Juvêncio Maximiliano Lemos.

Netto estonteava seus perseguidores. Enquanto os brigadianos movimentavam-se para combatê-lo nas proximidades de Pelotas, ele apareceu na margem direita do Jacuí, 200 quilômetros ao norte, atacando várias povoações ribeirinhas, interrompendo o tráfego das embarcações que subiam o rio com suprimentos para as tropas que se organizavam no centro e no oeste do estado. Em pouco mais de um mês, Netto já era uma estrela.

Foi numa dessas manhãs que o largo dos Medeiros entrou em polvorosa com a notícia: Netto acabara de ocupar Pedras Brancas, uma pequena cidade do outro lado do rio Guaíba, ao alcance de um tiro de canhão.

A notícia de que os rebeldes estavam às portas da cidade elevou o grau de excitação a níveis insuportáveis. O temor à entrada dos rebeldes, aos combates nas ruas, o medo da violência semeou o pânico entre a população. As famílias dos bairros elegantes do centro, da avenida Independência, dos subúrbios ribeirinhos abandonavam a cidade com o que podiam carregar, com medo do que pudesse acontecer quando a gauchada entrasse na cidade, reboleando o laço, de espada em punho, lanças em riste, uma imagem desconcertante para uma população urbana, descendentes, em grande parte, de imigrantes europeus, que vivia de costas para hinterland*. O pânico cresceu com o movimento de tropas do governo, fortificando o porto, bem no centro da capital, para evitar uma ação ousada que pudesse ameaçar o Palácio, um desembarque audacioso que levasse o combate para o centro da capital. Para o porto-alegrense, não havia mais dúvidas: a guerra estava às portas da cidade.*

O tumulto provocado pela ameaça rebelde foi incontrolável. Naquela noite, Carlos Bozano estava na praça da Alfândega aguardando notícias quando lhe disseram, ao pé do ouvido: Zeca Netto e uma escolta estavam a caminho para buscar a espada dos federalistas. Não deixava de ser engraçado, pois o troféu dos lenços vermelhos seria arrebatado por um lenço branco.

Tarde da noite o pequeno grupo reunido na frente da vitrine assistiu à cena: uma meia dúzia de desconhecidos se aproximou. Falaram baixo com pessoas que os esperavam. Dava para perceber que haviam sido avisadas com alguma antecedência. Havia grande tensão. O pequeno grupo que os aguardava agiu rapidamente, pois não havia tempo para bravatas. Aos cochichos, foram tomando posição nas ruas de acesso, dava para perceber que se montava um dispositivo de segurança.

A seguir, viu-se que chegavam os revolucionários. Primeiro acercaram-se alguns homens, visivelmente desconfortáveis nos ternos mal-ajustados que vestiam. Dava para concluir que haviam conseguido aquelas roupas urbanas com companheiros de Pedras Brancas. Caíam mal no corpo, porém esses trajes chamavam menos atenção do que se viessem com suas pilchas de campanha. Os vanguardeiros também se posicionaram na rua, certificando-se de que não havia policiais na área. Tudo limpo. Os brigadianos tinham outros interesses e se movimentavam a poucas quadras dali, na zona do porto, com os olhos grudados no Guaíba à espera das embarcações invasoras.

Netto emergiu das sombras em meio à névoa que se levantava na madrugada fria de abril, prenunciando a formação de geada ao clarear do dia. Aquele inverno anunciava-se como dos mais rigorosos. Carlos viu o general: um homem de meia altura, com sua barba branca, cabeleira vasta, e a indefectível manta de lã que sempre trazia enrolada no pescoço. Em menos de um minuto ele agarrou a espada, apertou a mão dos circunstantes e submergiu novamente na escuridão da noite, levando o troféu.

Nesse minuto Carlos peitou um dos integrantes da turma do general. Era o capitão Kleemann.

– Senhor, posso seguir com vocês? Sou do Centro Cívico, um dos bastiões assististas da capital – disse, identificando-se.

– Sabes montar a cavalo? – perguntou-lhe o alemão com seu sotaque carregado.

– Sei o lado de montar. Acredito que posso agüentar – disse Carlos.

– Pois então nos siga.

Ele só teve tempo para pedir a um colega que avisasse seus parentes.

– E procure o Antero e lhe agradeça a oferta para me incorporar com ele ao pessoal de Itaqui. Diga-lhe que já arrumei uma tropa para lutar – pediu.

Com a roupa do corpo, um terno de lã argentina, sobretudo, chapéu de feltro, luvas e botinões forrados, um revólver 38, Carlos Bozano seguiu com o grupo de Zeca Netto e se incorporou à 4ª Divisão. Conheceu o general no caíque em que atravessaram o Guaíba, voltando para o acampamento.

– Êpa, quem é este almofadinha? – surpreendeu-se o general, vendo aquele moço bem vestido sentado no meio da pequena embarcação.

– Sou Carlos Bernardino de Aragão Bozano, meu general. Acabo de me incorporar à sua divisão – respondeu prontamente, com segurança.

– Mas quem te deu licença para você nos acompanhar? – tornou o general, acentuando o acento pejorativo do "você" como expressão de sua desaprovação.

– Foi um alemão de forte sotaque, meu general.

– Mas quê...

Eles acabavam de sair de um pequeno trapiche na costa de Navegantes, embrenhando-se por entre as ilhas, tracionados pelos remadores vaqueanos, acostumados a vencer aqueles igarapés com suas canoas lotadas de contrabando.

Ao amanhecer já cavalgavam a muitos quilômetros da costa, em direção ao sul. Na cidade a notícia da retirada de Pedras Brancas trouxe alívio aos refugiados, mas não deixou de ser motivo de chacota a audácia do general rebelde que viera buscar a espada bem no centro de Porto Alegre, nas barbas dos brigadianos. No largo dos Medeiros, os borgistas duvidavam: "Que Zeca Netto, que nada. Vocês inventaram esta história, roubaram a espada e até acredito que mandaram entregá-la ao Velho, mas que ele não esteve aqui não esteve", diziam, despeitados, os situacionistas. No Palácio, confirmou-se a investida.

– Apuramos que quatro caíques vieram e voltaram lotados esta madrugada – disse o coronel Massot ao presidente.

– Que vexame... – foi o único comentário do chefe unipessoal.

Relembrando essa noite, Kleemann e Carlos procuravam adivinhar os motivos do general para tirar seu secretário do *front*.

– Deve ser porque teu irmão está nestas imediações – arriscou o alemão.

– Mas isso não pode ser motivo. O que mais se vê nas revoluções é irmão contra irmão. Vou falar com o general. Se for só isso mesmo, vou pedir que reconsidere sua ordem – disse Carlos Bozano.

– Não, deixa que eu falo. Assim ele terá uma saída para desdizer-se – propôs Kleemann.

– Está bem. Mas voltar, não volto. Se o Velho me expulsar da Força, deserto e me apresento ao general Honório.

– Calma, guri. Te aquieta. Deixes comigo que eu dobro o Velho.

Carlito tinha um misto de admiração e medo do general, uma impressão que veio dos primeiros dias de convivência. Sem perceber que de fato Netto lhe pegara o pé porque gostava dele, acreditou que tamanho empenho em chamar-lhe a atenção fosse algum tipo de perseguição. Primeiro desconfiou que se devesse à estreita vinculação de sua família com o borgismo: seu avô materno, de quem levava um nome, fora íntimo do Borges, contemporâneos de tribunais; seu irmão mais velho, Paulo, recém-formado engenheiro civil, foi contratado pela Intendência e logo nomeado chefe de obras do município de Porto Alegre. O outro irmão era um dos mais talentosos e emergentes chefes políticos do borgismo em Santa Maria. Chegou a pensar que Zeca Netto desconfiaria de sua lealdade, que pudesse estar ali como um espia do governo. Depois, convencido de que não era por nada disso, começou a pensar que Netto não queria estranhos na sua Força e que ele, porto-alegrense, estudante de Direito, não fazia o perfil do combatente da 4ª Divisão.

Essa primeira trava deixou uma marca, embora ninguém mais pudesse dizer que tivesse intimidade com o general. O Condor tratava todo mundo com certa distância. No entanto, o general ensinou-lhe tudo sobre a arte da guerra. Em 23 não pôde aproveitar muito, pois caiu ferido logo depois, mas dessa vez estava decidido a fazer seu nome como revolucionário. Pensava nisso quando começou a correria. Primeiro ouviram-se os tiros. Vinham de perto.

O piquete de vanguarda, que fazia a segurança da área do acampamento, encontrara o inimigo, foi o que pensou. Sua reação foi pronta, como a dos demais, todos, como ele, veteranos de 23: armas à mão, cavalo pelo cabresto, embora já soltando os arreios no lombo, de olho no campo para montar em pêlo se fosse preciso. Por isso, a primeira peça da encilhada é o freio, pois com rédeas e pelego um gaúcho vai muito longe.

– *Que se hace?* – perguntava Ramón ao general quando Carlos se aproximou.

– Contra-ataques arroio abaixo, mas mantenhas a esquerda sempre garantida pelo Arroio Velhaco – recomendou o general, enquanto a tropa montava e saía do acampamento já de linha estendida, observando a posição tática determinada pelo general.

O piquete da vanguarda chegava a galope, com seis prisioneiros pela frente. Um deles era o subintendente de Bagé, conhecido do general, que afirmou que ele e seu grupo estavam solitos, não faziam parte de nenhuma força. Netto deu nova ordem.

– Coronel Ferico Costa, vá observar – mandou, detendo o ataque que Ramón já iniciava na direção que imaginava deveria o inimigo vir.

Embora ferido, o coronel Ferico esporeou o pingo e adiantou-se para uma posição de observação. Com seu binóculo, varreu toda a área, num raio de muitas dezenas de quilômetros.

– Não há força inimiga, general – confirmou o coronel.

Zeca Netto manda Ramón desencilhar.

– Ramão, parabéns, estavas pronto para o combate em menos de cinco minutos. Agora vais comer e decansar, antes que o assado queime.

A tropa desmontou e foi correndo para os espetos que cheiravam e ofereciam aquela visão paradisíaca das costelas espetadas no chão ao lado das brasas de uma lenha de qualidade.

– Carlito, o alemão Kleemann veio me pedir para te deixar na Força. Mas não é por isso que vou suspender tua missão. Pelo que ouvi dos prisioneiros, ninguém suspeita que estamos por aqui. As tropas andam nos batendo para lá de Dom Pedrito. Um chasque por aqui pode alertá-los. Então, última forma, ninguém se expõe – foi a nova ordem. Carlos sabia que, de fato, o Velho quando ameaçou mandá-lo de volta para o Uruguai estava apenas testando sua determinação.

À tardinha chegou um cavaleiro, "um capitão, nosso vaqueano", disse o general, que não revelou seu nome a ninguém da tropa. Esse voluntário, correligionário da região, não se identificou nem proseou com qualquer pessoa. Fez seu trabalho e, assim como chegou, foi-se.

Ao amanhecer, voltaram de Cachoeira os enviados a João Neves. Muratori, Xavier da Rocha e Armando Borges estavam cansados, esfalfados, em ação há mais de 24 horas, sem dormir, parar ou descansar, viajando e negociando. Mal tiveram tempo para tomar um café com rolão e mel de camoatim e já estavam relatando a embaixada junto ao nosso presumível aliado.

– Como o João Neves recebeu vocês? Ele entendeu que eu não podia ir pessoalmente? Sem problemas? – disparou Bozano, ansioso pelo relato dos seus enviados.

– Recebeu-nos muito bem. Diria até que bem demais – começou Muratori.

– Eu acho que ele pensou que a nossa missão teria maior importância que lhe atribuímos, uma razão mais profunda do que tínhamos imaginado. Mas deixamos correr assim, pois isso nos favoreceu – atalhou Xavier da Rocha.

– Ele concordou inteiramente que tu não podias te afastar da tropa – emendou Armando Borges.

– A esta hora ele já deve estar chegando a Porto Alegre – calculou Muratori –, vi-o pegar o trem noturno, que vai chegar lá por volta de 7 da manhã. Não falta muito.

– Então a coisa é mais grave do que eu pensava? – questionou Bozano.

– Com certeza, sim. Até onde ele nos contou para que te transmitíssemos, há uma briga de foice no escuro no Piratini – completou Xavier da Rocha.

Todos queriam falar ao mesmo tempo. Apesar de um simples bater de olhos nas figuras bastar para ver o seu grau de esgotamento físico e metal, estavam excitados, embriagados de adrenalina, um querendo mais do que o outro contar o resultado da missão.

– Ele gostou e não gostou de saber que o general Andrade Neves tomou as rédeas da operação militar – falou Xavier, que, dali para a frente, seria o narrador do encontro. O nosso médico tinha um jeito para essas coisas, eu diria que ele é um diplomata nato, não devia ser médico, mas embaixador.

Esse encontro com João Neves fora para lá de providencial. Ao inteirar-se do quadro político, Bozano teve os elementos que lhe faltavam para se encaixar, e a nós juntos, na conjuntura. As guerras são eventos políticos extremamente dinâmicos, as peças movem-se com uma velocidade impressionante. Nem sempre é possível antecipar-se aos fatos e, nesse caso, um lance errado pode ser fatal a um projeto ou a uma carreira. Percebemos que as bases de informações com que trabalhávamos já estavam completamente superadas. Tínhamos uma situação geral, com a qual partimos de Santa Maria, depois reformada pela reunião no velório do dr. Baltazar, em Cachoeira, que já mudara muito de lá para cá.

Em resumo, a análise das conclusões foi esta: o dr. Borges, naquele momento, encontrava-se envolvido numa conjuntura inédita. Não obstante sua quilométrica experiência política – habituado a mandar pela delegação do partido –, nosso chefe unipessoal defrontava-se com uma situação inteiramente nova, desde que concordara em alterar a Constituição, introduzindo na Carta de 14 de Julho aquele dispositivo da Constituição Federal que proibia a reeleição para os cargos do executivo. Isso mudou muito o quadro político no estado.

A chave do seu poder foi ter-se mantido como presidente do partido, mesmo quando esteve fora do governo. Na primeira vez, quando o presidente Carlos Barbosa quis influir na própria sucessão, teve a partida cortada pela candidatura do próprio Borges. Da segunda vez, foi mais complicado. O senador Pinheiro Machado concordou com a terceira reeleição, mas obteve, num acordo secreto, a divisão do mandato. A certa altura, alegando doença, o presidente licenciou-se para tratamento de saúde e entregou o poder ao irmão de seu sócio no poder. O general Salvador assumiu, mas sua carreira foi cortada pela morte do irmão senador, que teve como maior conseqüência a volta do dr. Borges ao Piratini. Até agora não ficou explicado o que moveu a mão do assassino: inimigos políticos, alguma vingança pessoal, sede de notoriedade ou, ainda, uma conspiração de dentro do próprio sistema republicano interessado na restauração borgista. Daí pra frente, então, o dr. Borges não mais correu riscos, reelegendo-se sucessivamente.

No quadro nacional, nos sete anos que se seguiram à morte de Pinheiro Machado, até 23, foi-se apertando o cerco café-com-leite ao único centro alternativo de poder no país, o Rio Grande do Sul. No início da revolução contra ao quinto mandato, Borges conseguiu contornar o colapso de seu governo negociando com o ex-governador de São Paulo, Washington Luís, oferecendo-lhe apoio à sua candidatura à sucessão do presidente Bernardes. O acordo entre os chefes paulista e rio-grandense interrompeu a grande fonte de recursos para os assisistas, que tinham no centro do país o sustentáculo financeiro de sua campanha militar contra o governo de Porto Alegre. Foi uma jogada de mestre, pois, ao selar uma aliança eleitoral com Washinton Luís, nosso presidente cortou o cordão umbilical que unia os dois irmãos siameses, São Paulo e Minas Gerais. "Não tenham dúvidas – pontificou João Neves – de que este é o último governo mineiro da história. Daqui para frente, teremos uma sucessão interminável de paulistas no Palácio do Catete, um sucedendo o outro."

Isso explicava a aliança então em vigor entre Borges e Bernardes. O mineiro não dispunha de exército para submeter os rebeldes e o Borges o tinha; o mineiro estava vendo o poder de seu estado esfacelar-se. Borges poderia ser a nova aliança. Contudo, nosso chefe unipessoal não trairá seu compromisso: vai honrar, como se comprometeu, a aliança tática com Washington Luís. Nessa situação, era melhor confiar nos paulistas do que nos mineiros. Essa foi a vaza que decidiu o jogo: quando o Isidoro rebelou-se em São Paulo, contava ter o apoio do Partido Republicano paulista para depor Bernardes. Imaginava, mesmo, contar com os republicanos do Rio Grande, tanto que, em reação epidérmica, o líder da oposição rio-grandense na Câmara, deputado Batista Luzardo, foi ao Catete oferecer combatentes maragatos para atacar os tenentes em São Paulo.

Uma coligação entre os tenentes e os republicanos paulistas não avançou porque o já candidato Washington Luís percebeu que o final daquele levante seria a ditadura militar, com um general do Exército na presidência, e recuou. Foi aí que Isidoro teve de procurar uma liderança alternativa para compor o comando político do levante. Sua única fonte seria o Rio Grande do Sul e, nesse caso, se não fosse o próprio Borges, teria que ser o chefe da oposição gaúcha, Assis Brasil.

Ao Borges tomar posição e assumir a liderança da guerra, desencadeou-se, no Palácio Piratini, uma luta aberta pela cadeira do delfim. Ao iniciar-se a partida, no final de outubro, com o levante dos tenentes nas Missões, nosso chefe unipessoal colocou em campo os dois candidatos mais evidentes, Flores da Cunha e Paim Filho. Ambos foram os grandes *condottieri* da campanha do ano anterior, pois os demais comandantes de importância eram militares profissionais, que estavam fora desse jogo sucessório.

Na presente guerra civil, cada qual escolheu seu adversário: Flores preferiu enfrentar Honório Lemes, um caudilho famoso que lhe daria mais glória do que derrotar um grupo de jovens oficiais do Exército que sequer tinham interesse na política interna rio-grandense. Paim foi para sua região e concordou em ficar em segundo plano, dividindo o palco com oficiais do Exército e da Brigada. O tiro saiu-lhe, a Flores, pela culatra: derrotou Honório em Guaçu-boi e ficou sem função, pois o libertador refluiu para o Caverá e foi alcançado pelos brigadianos do 2º Regimento de Cavalaria da Brigada. Aí, ao recusar-se a partilhar o comando com Esteves, Flores teve sorte ou azar, conforme o jeito que se olhar. Poderia ser sorte, pois essa unidade amargou um revés. Estar vinculado a uma derrota seria o fim das pretensões do deputado a vôos mais altos. Azar porque, ao regressar para Porto Alegre intempestivamente, colheu a ira do nosso chefe, que não tolera ser desobedecido.

Na outra cabeceira da mesa estava Paim, com o campo livre, mas sem o controle das cartas, pois quem manejava o baralho eram os militares profissionais. Se isso não ajudava muito, também não atrapalhava. O verdadeiro obstáculo era Flores, que andava dizendo, em Porto Alegre, o seguinte: "Eu e o Paim fomos feitos generais no mesmo dia, deputados no mesmo dia. Entretanto, na cadeira de presidente do Rio Grande só cabe uma bunda".

– Com a bola dividida entre dois colossos, Flores e Paim, é provável que o dr. Borges decida-se por um tertius – disse João Neves, na versão de Xavier da Rocha –, e nesse caso, esse terceiro nome poderá ser o meu ou o do Getúlio. Nós dois estamos na segunda linha de sucessão, pelo critério de serviços prestados ao partido. Flores e Paim estão na frente porque têm glória de guerra. Depois viemos nós dois, Getúlio líder da bancada na Câmara dos Deputados e eu, líder da bancada na Câmara de Representantes.

A outra parte da análise é uma explicação para a mudança do comando. João Neves opinou que isso poderia ser uma manobra do dr. Borges para esvaziar os dois candidatos. Com Andrade Neves no comando, a tendência seria atribuir aos militares o papel do protagonista. Ambos estariam fora de cena. Porém, advertiu o cachoeirense, não deveria descuidar-se: não era improvável que por trás de tudo houvesse uma manobra do Flores para assumir o comando das operações no sudoeste e assim recuperar-se do revés político que acabara de sofrer. O cachoeirense não disse, mas deu para perceber que faria tudo para impedir que isso ocorresse. João Neves estava vendo a caneta de Castilhos saltar para sua mão.

– Ele nos considera sua base de apoio – disse Muratori. – Somos da mesma região, temos afinidades geográficas e um começo de história comum por seu apoio à tua candidatura em Santa Maria. Por isso ficou tão impactado pela informação de que o general Andrade Neves nos plantou nesta posição, enquanto o inimigo passa nas nossas barbas.

– Vamos confiar que o dr. João Neves terá êxito em sua sortida – disse Bozano, dissolvendo a reunião. – Armando, tu me desculpes o mau jeito, mas volta correndo para Lavras e reassume teu comando e vai agindo por conta própria até receberes instruções minhas em contrário. Nossa ordem é para ficarmos onde estamos. Como tu estás no *front*, continues por lá.

Logo em seguida, Bozano confidenciou-me sua percepção íntima daquela situação:

– Alemão, o que o João Neves não sabe é que o dr. Borges já se decidiu. Para que ele não perca o poder quando estiver fora do governo, precisa de gente de confiança, de alguém que dependa mais dele do que dos poderes do Estado. Esses homens já têm muitos serviços prestados, por isso são perigosos. Ele vai pular uma geração. O cargo está entre o Sérgio Ulrich e eu, podes escrever isso – confidenciou.

À noite chegou a ordem de marcha. O general Andrade Neves autorizava o 11º Corpo Auxiliar a operar sobre Honório Lemes. Nunca soubemos, mas desconfiamos: poderia ter nisso aí o dedo do líder da bancada estadual.

Capítulo 23

Terça-feira, 2 de dezembro
Cerrito do Ouro

Às 11h da noite anterior foi dada a ordem de marchar. Não fazia nem uma hora que chegara de Porto Alegre o telegrama do general Andrade Neves e a tropa já se deslocava em direção ao inimigo. Nossa prontidão era total.

– Ligeiro esse João Neves – comentou Soveral, enquanto Bozano lia a mensagem que lhe chegara pelo telégrafo em voz alta:

– Está aqui. Acho que deu certo. O cabrão nos manda marchar sobre Honório Lemes, destruir sua força e prender toda a catrefa rebelde. Então vamos – disse.

A tropa respirou aliviada quando os tenentes apareceram mandando encilhar. Há dois dias que ninguém podia descalçar as botas a não ser na hora de dormir, os cavalos no buçal, toda a bagagem acondicionada nas carretas e nos caminhões. Ninguém agüenta tamanha tensão, mais pela incerteza do que propriamente pelo perigo. Quando finalmente mandaram enfrenar os cavalos, aquele mau humor desapareceu como por encanto e a soldadesca começou a pilheriar, mexendo uns com os outros, a se movimentar. Até parecia que estavam com saudades daquelas marchas forçadas dos primeiros dias, quando corriam de um lado para o outro atrás do Fernando Távora e, mais tarde, do João Castelhano. Os sargentos, gritando as ordens, pareciam soltar, pelo hálito, um bafo de pólvora, jogando no ar um elemento inebriante que ajudava os homens a se recompor para mais uma jornada, só que, dessa vez, com a certeza de que teriam, finalmente, o inimigo principal pela frente.

– Vamos descalçar as botas do Honório – comandou o tenente Afonso Gomide, do 3º Esquadrão –, acelerado!

Na barraca de comando, Bozano fazia uma reunião de operações com a oficialidade. Estavam presentes os membros do estado-maior e os comandantes de esquadrão, menos Armando Borges, que, a essa altura, já deveria estar à frente de sua tropa nas cabeceiras do Camaquã.

– Marchemos imediatamente. Temos de alcançar, ainda hoje, uma posição estratégica no Cerrito do Ouro. Dali podemos acorrer para qualquer ponto, assim que localizarmos o inimigo. Soveral – especificou –, tu levas o grosso da tropa.

Eu vou a Caçapava e te encontro aqui – disse, mostrando o mapa –, na fazenda de João Félix, lá pelas 6 da tarde. Ulisses, tu vais comigo para aproveitar o auto. Enquanto fico no telégrafo, na cidade, tu segues para os lados de Santaninha para chamar o major Censúrio, mandando-o encontrar-se conosco no Passo do Hilário, no Seival. De Caçapava telegrafo para o Chrispim dizendo-lhe que me mande um próprio ao Armando, avisando de nossa posição, e para que também ele, com seu pessoal de Lavras, venha se juntar a nós. Partida às 23 horas – comandou.

– Que não terá dito o João Neves ao dr. Borges para a contra-ordem vir tão depressa? – perguntou-me, indagando, Bozano. – Acho que o fuzuê foi bastante feio, não achas?

– Com certeza, Júlio Raphael, o Velho deve ter percebido que o general ou estava sendo manipulado por alguém ou estaria com partido próprio nessa questão. Aí estão duas coisas que o presidente não suporta.

– Bem, a verdade é que ele nos deu este presente, posso dizer mesmo, um presente antecipado de Natal, de nos mandar o Honório sem munição. – Bem, já é tarde, vamos andando. Quero estar no telégrafo ao amanhecer e ainda precisamos de tempo para uma pestana, que amanhã será um dia muito duro.

Às 4h da madrugada o comandante das forças rebeldes em operação na região das Missões, Luís Carlos Prestes, determinou a movimentação de suas tropas.

Os rebeldes do Exército recém tinham resolvido sua grande questão, que dividia em duas correntes os oficiais das diversas Armas, sobre a qual delas caberia o comando-geral. Essa indefinição paralisara os tenentes tanto tática como estrategicamente. Os artilheiros defendiam a guerra de trincheiras, nos moldes europeus; os cavalarianos e os engenheiros preferiam o movimento, no estilo gaúcho.

O impasse foi decidido pelo coronel João Francisco, enviado ao teatro de operações pelo general Isidoro para acabar com a pendenga. O velho caudilho de Santana chegou até lá deslocando-se de Foz do Iguaçu até Santo Tomé, na Argentina, onde por pouco escapou de ser preso pela Gendarmeria. O cônsul brasileiro na cidade estava muito ativo junto às autoridades de imigração argentinas, fazendo de tudo para impedir o movimento dos sediciosos. Uma das medidas que obtiveram foi que somente teriam acesso à fronteira cidadãos brasileiros portadores de passaportes diplomáticos. Assim, João Francisco teve que passar o rio Uruguai clandestinamente, numa canoa alugada a um contrabandista.

Chegando à cidade de São Borja, ainda em poder dos rebeldes, o caudilho chamou os principais chefes para entrevistas privadas. Sabatinou a todos. Com Prestes, conversou um dia e meio, repassando todos os conceitos da arte da guerra de movimentos, acabando por preferi-lo aos demais. Assim, um capitão de Engenharia, a arma mais pobremente representada na revolução, apenas com seu 1º Batalhão Ferroviário, passou por cima dos artilheiros e cavalarianos e foi imediatamente nomeado coronel-comandante da Divisão do Centro, como passaram a se chamar as forças em operação naquela região. A Divisão do Norte estava em Foz do Iguaçu, e a Divisão do Sul, antes chamada de Divisão do Oeste, estava operando sobre o Camaquã, entre Caçapava e Bagé.

Essa decisão não foi, entretanto, inteiramente pacífica, pois o tenente João Pedro Gay, de Cavalaria, não admitia que para o comando de operações terrestres fosse indicado um oficial de Engenharia. Usando de sua autoridade conferida pelo general Isidoro, de sua firmeza e, também, de sua habilidade política, João Francisco, que já tinha se acostumado a essas crises muito próprias dos militares, geradas pelas precedências e outras nuanças da hierarquia das Armas, dos postos e das antiguidades, pacificou a oficialidade.

Só então os rebeldes começaram a desenvolver sua doutrina ofensiva. O plano de Prestes era seguir para o norte, atravessar Santa Catarina e reunir-se com o pessoal de São Paulo, que estava cercado nas barrancas do rio Paraná. Fora este o projeto que apresentara ao coronel João Francisco e que lhe valera o comando-geral das Missões. O tenente Gay, influenciado pela Missão Francesa, pretendia cavar trincheiras e resistir até o último homem, um plano valoroso porém inútil nas circunstâncias, pois ninguém mais, mesmo entre os oficiais do Exército, acreditava em novos levantes que pudessem alterar o quadro estratégico.

Para enganar o inimigo, Prestes decidira simular uma ação no rumo sudeste, em direção à estrada de ferro, como se pretendesse ir para a fronteira uruguaia. Isso, pelo menos, fora o que declarara em confissão um prisioneiro rebelde capturado, o capitão João Batista Pereira Terra, voluntário civil, sobre o objetivo do ataque a Tupanciretã. E era crível, pois não seria um erro estratégico pender para o sul e estabelecer-se na fronteira uruguaia, como sonhava Zeca Netto. Porém, no entender dos militares rebeldes, essa ação não teria sentido no campo político porque somente ameaçaria o governo gaúcho, o que, para eles, nada significava. E tampouco no campo militar, pois não acreditavam na superioridade da fronteira sul sobre a posição em que se encontrava o grosso das forças de Isidoro, na fronteira com o Paraguai.

Uma questão levantada à época das negociações em Berachy foi lembrada: a campanha gaúcha estava exaurida pela guerra civil de 23, o que, em termos estritamente técnicos, queria dizer: não havia cavalos. Nesses meses, desde o tratado de Pedras Altas, em dezembro, não houve tempo para recompor a fauna eqüina e, assim, aquela região que era um verdadeiro manancial para o guerrilheiro estava em época de "seca".

Por isso levavam avante o plano de infletir rumo ao norte e se juntarem às tropas que estavam na fronteira oeste, às margens do rio Paraná, embora com os olhos fixos numa posição de ataque à praia do Flamengo, no Rio, com suas armas apontadas de frente para o Palácio do Catete. Ali estariam mais de acordo com as aspirações daquele grupo de oficiais que jogara tudo, a vida e a carreira, naquele empreendimento. Netto e Honório que se juntassem a eles ou, se assim lhes aprouvesse, que ficassem olhando o Palácio Piratini lá das planuras de Melo.

Naqueles dias que antecederam ao ataque a Tupanciretã, os revoltosos tiveram consciência da situação dramática em que se encontravam: primeiro, o carregamento de armas e munições que Isidoro lhes enviara de Foz do Iguaçu fora apreendido ao deixar as águas paraguaias, quando o veleiro que as transportava navegava junto à margem direita do Paraná, procurando iludir as autoridades argentinas ao ultrapassar o porto de Posadas, na Província de Missiones; em segundo, fracassara a compra de uma esquadrilha de aviões de bombardeio Breguet, na Argentina. O negócio estava fechado, o dinheiro na mão. Os aparelhos eram excelentes, todos operacionais, recém-desativados pela Força Aérea argentina. Quando os pilotos brasileiros chegaram a um campo de aviação perto de Buenos Aires para receber os aeroplanos e decolar rumo à fronteira foram presos pela Gendarmeria. Só um desses oficiais, o capitão Paulo da Cunha Krug, escapou, evadindo-se por um triz da polícia argentina, conseguindo chegar a São Luís Gonzaga com a má notícia. Sem os aviões, a capacidade tática dos rebeldes para enfrentar as concentrações de artilharia legalista seria impensável.

O cerco que se fechava sobre eles pelas tropas mistas estaduais e federais estabelecia-se de uma forma que só lhes restava sair dali o mais rapidamente possível. O último empecilho para o início das operações fora removido: a nomeação desse novo comandante-em-chefe, pois o cargo estava vago desde que o comandante do Oeste, general Honório Lemes, rumara para o Caverá e os revolucionários se dispersaram em Guaçu-boi. Nessa retirada para o sul, em direção à fronteira uruguaia, o comandante, a quem todas as unidades militares e os voluntários civis se subordinavam, perdeu o contato com suas tropas.

Os militares preferiram se manter na defensiva na área de seus quartéis. Concentraram-se no quadrilátero que ocupavam nas Missões, com a base principal em São Luís Gonzaga, posicionadas ao longo dos rios Ijuí e Ijuizinho, com uma linha de defesa ao longo do rio Piratini e um posto avançado em São Borja. O quartel-general de Prestes foi instalado em São Nicolau, um vilarejo a noroeste da cidade, entre os rios Ijuí e Piratini, com duas estradas de acesso ao rio Uruguai, dando nos embarcadouros de Porto Xavier e Garruchos. Estava tudo pronto. Agora, com um comandante oficialmente designado, os rebeldes estavam em condições de decidir sobre suas operações estratégicas.

Na véspera do combate de Tupanciretã foi que chegou a São Luís o enviado do general Zeca Netto sugerindo a Prestes um ataque coordenado entre os grupos do Exército sul e das Missões, com o objetivo de criar uma situação de fato que permitisse negociações ou que alentasse os oficiais descontentes do Exército que ainda não tinham se rebelado a aderir ao levante. A mensagem veio a reforçar o seu plano.

Mas a decisão de investir contra Tupanciretã deveu-se também a outra novidade. Além do quadro político e da análise fria da situação estratégica, outro elemento da guerra moderna se fazia presente nas reuniões dos comandantes de um e outro lado, os serviços secretos, um nome moderno para os velhos e conhecidos espias. Com a cristalização da frente, estabelecera-se uma região obscura, melhor dizendo, um pântano de águas turvas, onde chafurdavam os serviços de inteligência dos dois lados. Essa fora uma inovação também introduzida na doutrina militar brasileira pela Missão Francesa: o jogo das informações e contra-informações. O alto comando legalista estava totalmente infiltrado por simpatizantes rebeldes que passavam relatórios bastante detalhados para Prestes. Ambos os lados, porém, tinham algum controle sobre os agentes duplos e os usavam para vazar informações falsas ou difundir planos fantasiosos.

Foi um desses lances que direcionou o flamante coronel gaúcho para o assalto a Tupanciretã.

Com todo o requinte do *savoir-faire* francês, plantou-se a informação de que a cidade de Tupanciretã seria desguarnecida, porque o alto comando, em Porto Alegre, concluíra que não seria essa praça um objetivo para os rebeldes. Chegou-se a retirar as tropas que ali se encontravam, criando todo o movimento para dar credibilidade a essa montagem, pois oficiais informantes que estavam na cidade, integrando dubiamente a tropa federal, confirmaram que estavam sendo deslocados para outras posições.

Disfarçadamente, os mesmos vagões que estavam transportando as tropas que se iam desembarcavam outras, para rearmar a praça tão logo fosse abandonada por sua guarnição. Assim, chegaram à cidade os elementos do destacamento do coronel Francelino Cezar de Vasconcelos, constituído pelo 7º Batalhão de Caçadores da Brigada, o 10º Regimento de Infantaria do Exército, de Minas Gerais, os efetivos do Grupo de Corpos Auxiliares de Vacaria, integrados pelos 8º e 9º Batalhões Auxiliares, comandados pelo coronel Arthur Otaviano Travassos Alves. Com a nova organização dada pelo Exército, os antigos Corpos Auxiliares da Brigada passaram a ser chamados de Batalhões, para homogeneizar a linguagem. Era uma força poderosa, quase sem militares do Exército, basicamente integrada por provisórios republicanos, gente de confiança sobre as quais os espiões praticamente não tinham acesso.

No lado revolucionário, a Coluna Prestes começava aí a existir como uma força orgânica. O próprio comandante-em-chefe iria à frente de sua tropa para sua primeira missão de combate como líder daquele grupo. A seu lado, comandando a cavalaria, marcharia seu rival, João Pedro Gay, designado por Prestes, para que ninguém mais duvidasse de sua liderança e do acatamento de seu comando, com cerca de 400 homens, armas automáticas e artilharia de campanha, os modernos canhões Krupp de 75mm, hipomóvel. A seguir, a infantaria, comandada pelo tenente Aparício Brasil Cabral.

No QG legalista em Tupanciretã, no final da tarde, o comandante dos provisórios, coronel Travassos, foi informado da aproximação dessa coluna inimiga. Seus batedores, dissimulados pelo terreno e contando com meios modernos de telecomunicações, avisaram que "uma poderosa força de cavalaria aproximava-se da direção norte".

O coronel Travassos entrou em contato com o comando das unidades regulares, o 7º Batalhão de Caçadores da Brigada e o 10º Regimento de Infantaria do Exército, que estavam dentro da cidade. A ordem era para que os provisórios dessem o primeiro combate, ficando os brigadianos de linha na zona urbana, para o caso de os rebeldes ultrapassarem os corpos auxiliares a fim de travar o combate casa a casa. E também, com o outro olho, atentos à tropa federal, que estava de prontidão, mas aquartelada, cercada pela desconfiança sobre a lealdade de seus oficiais.

A Coluna Prestes pernoitou na fazenda de Brazilino Morais, já sob os olhos discretos do Grupo de Batalhões de Forças Auxiliares.

Ao cair da noite, o coronel Travassos dispôs assim a sua tropa: a companhia do tenente Olmerindo, do 7º Batalhão de Caçadores da Brigada, deslocada da zona urbana para reforçar a tropa de provisórios, ficou guarnecendo a estrada que leva a Tupanciretã com o seu flanco direito coberto pelo 9º Batalhão. Na reserva, ficaram as companhias do tenente Fidelcino Borges e do capitão Teodolindo Costa, ambas do 8º Batalhão, para acorrer em socorro à companhia do 7º. quando recebesse o impacto do ataque da cavalaria do tenente Gay.

Zeca Netto acordou nessa manhã ansioso por notícias do avanço da coluna do general Honório. Das fazendas da região saíram próprios para avisar os companheiros da localização da Força. Ali estava em território amigo. Logo cedo, marchou para a picada da Restinga, no vale do Camaquã. Tomava um bom café da manhã quando chegou um chasque, a galope, com a informação de que Honório marchava em direção a Lavras, já costeando o Camaquã.

– Ramão, aí vêm eles. Vai com um grupo até a Toca das Armas – ordenou o general.

O major constituiu um grupo para ir buscar o material que tinham em depósito nesse esconderijo secreto. A Toca das Armas ficava do lado de Bagé, da costa do Camaquã, na margem direita, portanto, entre o Rincão do Inferno e o Passo dos Enforcados, já no fim do sistema das Guaritas. "No fim", se descrevermos a sub-região repetindo o que dizem os gaúchos dali, que têm para eles que aquela formação começa nas afora de Caçapava, na Pedra do Segredo, vai em direção ao Camaquã, tem seu epicentro nas Guaritas e daí em diante vai perdendo força até as antigas minas de cobre dos belgas, sobrando, para a outra margem, alguns rescaldos, umas gotas da erupção vulcânica que gerou as grandes pedras. Para o homem do campo, parece que seria este o sentido da mão de Deus quando construiu aquela geografia. E não o contrário, vindo de Bagé para Caçapava. Então fica assim, porque os homens de Zeca Netto também pensavam dessa maneira.

– *Vamonos. Carlitos, tu vienes para apuntar los datos, pues esas cosas de plata y de armas no se las hace de boca* – comandou Ramón.

O piquete das armas compunha-se de 10 homens. Três deles eram vaqueanos e conheciam a maneira de entrar na toca. Zeca Netto os mantivera à vista, ao final da Revolução de 23, e os levara consigo para Cerro Largo, quando emigrara, em fins de julho. Os três eram moços da região, ex-agregados da viúva Praxedes, a dona das terras em que ficava a Toca. Ali estavam escondidas as armas que iriam remuniciar e reequipar Honório Lemes e seus homens do Caverá que, quase como dono da casa, Zeca Netto receberia no seu Camaquã.

Carlos Bozano ouvira falar desse esconderijo, conhecido de poucos vaqueanos e segredo muito bem guardado pelo povo da região. O tio do general, o grande Netto, já usara aquela caverna na Guerra dos Farrapos. Ela servira também em 93 e, novamente, em 23. Mais uma vez, em 24, prestava serviços à causa libertadora. O grupo partiu com uma carroça puxada a cavalos e uma penca de laços de 11 braças. Facões, foices, duas roldanas e sogas grossas, com mais de 50 metros cada uma, formando um grande enrodilhado no assoalho do veículo, também faziam parte do equipamento. A curiosidade do porto-alegrense era grande, vendo a compenetração com que os acólitos da viúva Praxedes testavam a resistência dos laços e das presilhas, tentando imaginar o que teria pela frente.

Netto pediu também ao caixeiro de um comerciante que seguisse na direção norte para se certificar de que as tropas que vinham descendo o Camaquã eram, efetivamente, a gente de Honório. Àquela altura, a notícia da presença do

Condor dos Tapes se difundira como se fosse levada pelo vento. De fato, era trazida pelos maragatos que queriam se juntar à Força, saudosos da guerra, dos grandes momentos do ano passado, quando Netto e Estácio eram os campeadores daquelas paragens. Ao saber que finalmente chegara o Zeca Veado, o gaúcho pegava suas armas, o que tivesse de munição, montava seu cavalo, às vezes mais um ou dois de reserva, e se fazia campanha afora. Aos poucos iam se formando em grupetes, os solitários agregando-se aos vizinhos que vinham em pequenas comitivas. Por isso Netto não tinha certeza se a força que descia o rio seria do Leão do Caverá ou frações dos caudilhetes locais procurando incorporação.

– É gente do Honório – confirmou o enviado mais tarde, que disse ter encontrado a vanguarda do pessoal de Quaraí.

Netto, então, escreveu um cartão convidando Honório a se reunir com ele e marcando o local do encontro. O general maragato respondeu concordando, dizendo que à tarde estaria no ponto proposto pelo general Netto.

– General – disse o caixeiro –, posso *le* garantir que ouvi tiros quando estava saindo de lá.

– Deve ser alguma sentinela assustada com algum grupo que vem procurando incorporação – ressalvou o general.

Na verdade era o fogo do 1º Esquadrão do 11º Corpo Auxiliar, que preparara uma emboscada para Honório Lemes. O capitão Armando Borges refluía para a margem esquerda do Camaquã para encontrar-se com o grosso da tropa no Passo do Hilário, uns 30 quilômetros acima, quando suas avançadas avistaram a vanguarda de Honório, que descia em direção ao Rincão do Inferno.

Borges mandou o experiente tenente João Cândido do Amaral fazer um reconhecimento.

– Toma cuidado, João Cândido, para não seres visto – recomendou. – Não quero que percebam nossos movimentos, pois se nos seguirem podemos acabar denunciando a posição da Força.

– Armando, o que os rapazes viram não era um grupo de extraviados, mas a vanguarda de uma grande força que vem costeando o Camaquã – informou na volta João Cândido. – Acho que é o Honório – foi seu palpite.

– Te viram? – perguntou logo.

– Garanto que não – respondeu com segurança.

Ante uma afirmação dessas feitas por um homem como João Cândido, não restavam dúvidas.

– Pois vamos preparar-lhes uma surpresa. Tu achas que é possível? – perguntou ao veterano.

– Acho que sim, na costa do Velhaco. Teremos cancha para nos retirar, quando vierem por cima de nós. É muita gente – disse João Cândido.

O plano de Armando Borges era pegar a força inimiga em cheio, retirando-se em velocidade, coberto pelo arroio. Estava em grande desvantagem numérica, com pouco mais de 100 homens, quando João Cândido calculara em para lá de 800 o número de seguidores do Leão. Mas não titubeou, supondo ter a seu favor o melhor conhecimento do terreno (aquela gente de Quaraí era forasteira naqueles campos) e superioridade bélica, pois já se sabia que Honório abandonara seu plano de ataque a Livramento devido à escassez de munições. Foi o que pensou.

Quando estava dispondo sua tropa ao longo do arroio Velhaco, começou a fuzilaria.

– Que merda! – exclamou.

A surpresa fora frustrada por um daqueles azares tão comuns nessas ocasiões. A força maragata tinha acabado de almoçar, tirava uma sesta e já se preparava para marchar ao encontro de Zeca Netto, quando um dos filhos de Honório, o coronel Alfredo Lemes, chamou um rapazote e mandou-o a uma venda que havia a menos de légua dali para comprar alguns produtos de uso pessoal: fumo em rolo, fósforos, sabão e algum café, açúcar, rapadura e o que encontrasse que pudesse ser útil ou necessário durante a marcha. O moço montou a cavalo e partiu. A pouco mais de um quilômetro do perímetro de segurança, avistou dois cavalos encilhados. Não teve dúvidas, deu meia-volta e retornou a galope. Sentindo-se descobertos, os homens do 1º Esquadrão abriram fogo. Foi o que bastou para alertar Honório da aproximação do inimigo. Ordenou montar, separou uma fração para cobrir a retirada e procurou afastar-se dali. Com a munição de que dispunha, não teria fôlego para sustentar nada maior do que uma escaramuça.

Fracassada a emboscada, Borges mandou sua linha descarregar as armas sobre os atacantes. Não teria, no entanto, muito tempo naquela posição. Ainda não acabara de montar seu dispositivo. Seu flanco estava vulnerável, podendo ser envolvido. Optou por retirar-se e cumprir a ordem de incorporar-se, em vez de ficar ali numa empreitada muito perigosa. Abandonou o Passo do Velhaco em ordem, mesmo sabendo que os rebeldes iriam cantar vitória.

O piquete enviado à Toca das Armas voltou com pleno êxito.

Não demoraram muito a chegar num sendeiro e se enfiar pelas grotas, num ziguezague entre pedras e cerritos, metendo-se pelo meio das pedras, adentrando num labirinto. Finalmente pararam ao sopé de uma grande pedra. Os três vaqueanos, mais dois homens e Carlos Bozano subiram pela encosta, uma escalada difícil, parecendo que iriam rolar perau abaixo a qualquer momento. Em dois pontos os nativos esticaram o laço para que os demais pudessem vencer a estreita racha que servia de caminho para a pedra acima, àquela altura já pelada, sem vegetação que servisse para segurar a sola das botinas, mesmo sendo de uma grossa camada de borracha de pneus. Esse era o melhor solado para enfrentar uma revolução na campanha e Carlos Bozano mandara fazer um calçado assim numa sapataria de Melo.

Finalmente chegaram ao cume. Lá de cima dava para ver todo o vale do Camaquã, olhando para o sul; para o norte, as escarpas da serra de Caçapava; para o oeste, os pampas bageenses. A mata cobria o curso do rio, serpenteando por entre os grotões, brilhando aqui e ali, ao reflexo do sol, o curso da água, que desce formando um lagoão atrás do outro.

Os homens iniciaram imediatamente a preparação da descida. Amarraram os laços em árvores bem fortes e foram para a beira do precipício. Cada um vestia suas roupas de alpinismo: um colete de couro cru e luvas grossas, que trouxeram consigo do Uruguai. Eles vieram preparados especialmente para essa missão. O primeiro a descer foi Trajano, preto forte e atlético, com mais de 1,80m de altura. Depois seguiu-o seu irmão Torquato e um louro de olhos azuis, chamado Terêncio. Do alto, seguro numa pedra, Carlos acompanhou a descida. Do cume até lá embaixo, daquele lado da pedra, deveria ter algo como uns 80 metros de altura. A boca da toca ficava numa concavidade, que não podia ser avistada dali. Do outro lado, era difícil de ver e, assim mesmo, disseram-lhe, a entrada estava coberta por vegetação. Só quem conhecesse poderia localizar o acesso ao interior da caverna.

O alpinista passava o laço à meia espalda, entre o pescoço e o sovaco, sentava-se na dobra, que vinha amarrada por um nó falso na altura do peito. Ao frouxar o nó, soltava-se um meio metro de laço. E assim ia descendo, com os pés colados ao granito, como se estivesse caminhando de costas. Rapidamente atingiram o ponto da dobra da pedra. Aí havia um movimento difícil, pois com os pés fazia-se uma espécie de balanço, soltando-se para, no movimento de pendular, sumir-se no perau. Dali a pouco, com um sinal de puxão no laço indicava-se que estava seguro, lá dentro. O último a baixar levou, presa à cintura, a soga de amarrar navio, de tão grossa que era. Esta, presa às roldanas, serviria para içar a "mercadoria".

Em pouco tempo subiram as caixas, que, abertas, foram contadas: 100 fuzis Mauser, 16 fuzis Remington, 24 fuzis Maulincher e 8 Winchester, dois fuzis-metralhadoras, 30 espadas, uma lança e 5.000 cartuchos embalados para fuzis. As armas estavam sem os ferrolhos, que vinham num pacote separado, certamente ocultos dentro da rocha. Se alguém as descobrisse, não teria como utilizá-las. Uma providência cabível para evitar seu uso por bandidos salteadores, contrabandistas ou, até mesmo, pelo inimigo. Carlos anotou tudo num caderno e deu por recebido o material.

Chegaram de volta ao acampamento para o café da tarde. Já encontraram a notícia da aproximação de Honório e do recontro com o pessoal de Bozano, que estava se concentrando no Passo do Hilário para atacá-los. Mais uma vez Carlos foi questionado sobre seu drama pessoal.

– Então, Carlito, não gostarias de te retirar? Voltarias depois, quando fôssemos enfrentar outras forças. Que te parece? – perguntou-lhe francamente o general.

– Não serei o primeiro irmão a estar do outro lado da trincheira no Rio Grande – foi sua resposta pronta.

– Já estiveste alguma vez nesta situação? – tornou seu chefe.

– Não, senhor. Em 23, caí ferido antes de o senhor se deslocar para a área de operações de meu irmão.

– E como te sentes?

– Não posso dizer que esteja feliz. Preferiria ter o Júlio a meu lado. Mas... que fazer? Este é o nosso jeito gaúcho de fazer política. Não temos alternativa, nem ele nem eu. Quando escolhemos nossos lados sabíamos que isto poderia acontecer algum dia. Pois chegou a hora. Vou cumprir o meu dever. Só peço a Deus para que, se o colocar na mira de minha arma, não me deixe ver em quem estou atirando.

– Pense bem – ia dizendo o general, quando teve sua atenção atraída por um grupo de cavaleiros que se aproximavam. Traziam lenços vermelhos ao pescoço, eram homens de Honório. Olhando pelo binóculo pôde ver seu par aproximando-se, com o seu inconfundível bigode preto atravessado na cara. Ali estava toda a Divisão do Sul, com seu efetivo completo, seus dois generais, Netto, que fora o comandante-em-chefe da revolução, e Honório. Os dois generais pouco se conheciam. Em 93, lutaram em lados opostos, porém nunca se encontraram no campo de batalha. Em 23, foram correligionários, mas pouco se viram: Netto combatera dali para sudeste; Honório dali para sudoeste. Na única vez que Honório operara em Caçapava, Netto estava mais para baixo. Quem o recepcionou ali, então, foi Estácio Azambuja.

– Lá vem o general Honório, vamos recebê-lo – disse o general, levantando-se.

Carlos emocionou-se. Ali estariam juntos, pela primeira vez, no campo de batalha, os dois gigantes do Rio Grande, dois deuses da guerra. Preparou-se para a cena histórica que estava prestes a assistir. O cavalo de Honório aproximava-se. Todo o grupo que cercava o general Netto calou-se, esperando a chegada do aliado.

– Boas-tardes, general – saudou Netto.

– *Buenas* – retrucou o outro. Entretanto, não parecia à vontade. Estava visivelmente nervoso.

– O senhor aceita um café? Estamos tomando o café da tarde. Meu companheiro Rubens Maciel não dispensa esta pequena refeição – convidou Netto, oferecendo-lhe uma xícara de café com leite.

– Muito obrigado, general. O senhor não teria um vaqueano para me emprestar para atravessar minha gente? – pediu Honório, indicando que antes de mais nada queria botar sua tropa protegida do lado de lá do rio, na margem caçapavana.

Netto chamou um de seus homens, disse-lhe o que queria Honório e ficou observando os dois se afastarem. Ramón aproximou-se e foi dizendo no seu portunhol atravessado:

– General, essa gente *no briga, vienen disparando.*

– Te enganas, Ramão, essa gente briga – afirmou o general. – Vamos desarmar as barracas e passar para o lado de lá.

Não foi a grande cena a que Carlos esperava assistir. Mas ali estavam os dois. Netto, um republicano histórico que se afastara do Palácio Piratini, seguindo seu líder Assis Brasil. Honório, um maragato que se tornara assisista, fiel escudeiro de seu novo chefe. Para Honório, o dr. Assis tomara o lugar do conselheiro Gaspar da Silveira Martins no coração dos gaúchos. Embora fosse também um republicano histórico, Assis Brasil havia muito não era mais um inimigo dos maragatos, nem mesmo adversário, até se tornar o guia das últimas lutas e conquistar a estima dos homens de lenço vermelho. Para Honório, não só as idéias políticas os aproximavam. Tinham o mesmo amor pela pequena propriedade rural, o mesmo amor pelos animais, pelas plantas, um sentimento igual que só o têm aqueles que trabalham diretamente com seus gados e suas plantações, os pequenos. Assim como Assis Brasil, o Leão do Caverá também cultivava o gosto pelo envolvimento pessoal nas lides. Assis Brasil dera dignidade ao granjeiro. Os grandes contam sua povoação a olho e vêem a lavoura por cima.

Carlos sabia, por conviver com Assis Brasil, que somente aqueles dois homens, Netto e Honório, poderiam levar o grande tribuno a apoiar a revolução dos tenentes. O chefe da oposição tinha naqueles dois a sua melhor alternativa para a sucessão de Borges de Medeiros. Ambos eram legendas vivas, populares, reconhecidos. Netto, um homem ilustrado, cursara escolas, vivera no Rio de Janeiro, não podia ser considerado um matuto. Honório era uma presença eletrizante. Quando chegava a uma cidade, paravam tudo só para vê-lo. Assim fora em Bagé, São Gabriel, Santiago, Caçapava, Uruguaiana e num sem-número de lugares que o Leão do Caverá visitara, tentando organizar o partido que queriam fundar na esteira da Aliança Libertadora, unindo republicanos dissidentes e federalistas sob uma mesma legenda. Somente uma questão teórica ainda os separava: a intransigência dos maragatos em colocar o parlamentarismo como questão programática básica. Provavelmente só Bento Gonçalves falara tão profundamente à alma gaúcha como aquele tropeiro do Rosário. Esta seria uma dobradinha de respeito; ali estavam, pensou Carlos, os futuros presidente e vice, na chapa da oposição.

Assis Brasil não acreditava em solução pela via eleitoral. Isso o aproximava de Isidoro Dias Lopes. Conhecia muito bem o sistema no poder, o estreito encadeamento de todos os interesses que mantinham o regime no país e no estado, em que a fraude impediria qualquer tentativa de romper com a situação vigente. Isso ficara comprovado em 1922, com sua própria candidatura, que obtivera o apoio não só da oposição federalista, mas, principalmente, a dissidência republicana que deveria minar por dentro e implodir o sistema no Rio Grande. O que se viu foi a manipulação descarada, jogando por terra o sonho de ver um novo equilíbrio imposto pelos canais democráticos. Entretanto, com o ocaso inevitável do borgismo, havia uma tênue esperança de que o ditador se desinteressasse pela sua sucessão, na hipótese de não conseguir suplantar as poderosas forças que se levantavam na área federal para desmontar o sistema castilhista, naquele momento completamente divorciado do situacionismo nacional. Nessa hipótese, uma frente como a que o apoiara naquela época poderia lograr uma vitória, com dois nomes extremamente populares como Netto e Honório. No espaço federal, haveria uma esperança da intervenção do Exército, como em 1889. Nesse caso, repetindo 1910 e 1917, uma terceira força poderia se interpor entre Minas e São Paulo e, outra vez, como ocorreu na eleição do marechal Hermes da Fonseca, sair um nome do Rio Grande do Sul. Assim, seria inevitável que, a qualquer momento, Assis Brasil aceitasse o posto de chefe civil da revolução em marcha.

Pensando nisso, Carlos aventou uma terceira hipótese: por que estariam dando a seu irmão o espaço político-militar que estava surpreendentemente vendo ali naquele momento? Seria Júlio Raphael o nome de Borges de Medeiros para ocupar sua cadeira? Estariam para entrar em combate os três candidatos à sucessão do governo do Rio Grande? Não pôde deixar de pensar nisso enquanto se dirigia, acompanhando o general, para a reunião com Honório Lemes, do outro lado do rio Camaquã.

Carlos assistiu à conferência dos dois generais. À cabeça veio-lhe o encontro de San Martin e Simon Bolívar, o chamado *El abrazo de los libertadores*. O que viu, entretanto, não lembrava a confraternização de dois vitoriosos.

– Não há cavalos, general. Vim de Cerro Largo até aqui e só encontrei matungos nos campos. Acredito que hoje o melhor negócio do mundo seja vender cavalos aqui na Campanha – disse Zeca Netto.

– *Le digo* o mesmo. Vim de Santana, passando pelo Rosário, São Gabriel, São Sepé e Lavras, e também só vi bicho abombado – concordou Honório.

– Acredito que não temos, objetivamente, condições de alcançar a serra. Se pelo menos estivéssemos bem montados... – tornou Netto.

– Mas que fracasso esse Exército brasileiro, hein, general? – comentou Honório. – Fiz tudo o que me pediram, passei no portão dos quartéis deles nessas cidades todas em que estive e... nada. O senhor acha que é covardia ou os comandantes conseguiram dominar a situação?

– Deve ter dois motivos. Bem, pelo menos não nos estão hostilizando. Acredito que se fôssemos para a serra não impediriam nossa passagem – disse Netto.

– Pois é, mas temos que passar por cima dos provisórios. Com esta cavalhada, não dá.

– É verdade.

– Trago pouca munição e minha gente vem apavorada – tornou Honório. – São homens da fronteira. Estes cerros e matos que não conheciam lhes causam mais pavor que o próprio inimigo. Vou lhe falar a verdade, general: eu desejava emigrar e salvá-los de uma chacina.

– Pois bem, podemos emigrar com facilidade – concordou Netto –, eu lhe proporciono o vaqueano, o senhor marchará na frente, eu farei a retaguarda, que fará contato com o inimigo que nos perseguirá – propôs Netto.

– Está bem, general. Acredito que nossos homens merecem todas as honras, têm se portado como vitoriosos. Só nós que ainda temos uma conta a pagar – disse Honório.

– Estou de acordo. Levamos nossa tropa para o Uruguai e lá quem quiser que nos siga. Passamos para a Argentina e por ali nos juntamos aos companheiros do Exército, nas Missões. É o mais sensato – concordou Netto.

Tomada a decisão, os dois generais começaram a desenvolver o plano para a retirada. Netto, porém, sugeriu que parassem um dia para se refazer e colocar em dia o armamento, pois a única maneira de deixarem o país seria abrindo o caminho a bala.

– Vamos entrar no Rincão do Inferno. Ali eles não têm como nos surpreender.

– Não dê o lado para esse moço que vem atrás de nós, o Bozano. Já peleei com ele, é afoito – ponderou Honório.

– Esse eu conheço bem. O senhor sabe que o irmão dele veio comigo?

Capítulo 24

Quarta-feira, 3 de dezembro
Rincão do Inferno

De manhã cedinho saímos em direção a Lavras, pois havíamos sido informados (e duvidamos) de que Honório Lemes tomara a cidade. Mesmo sem dar muito crédito, Bozano decidiu ir até lá porque, nessa direção, certamente daria de encontro com a coluna libertadora. Deixamos o Camaquã às nossas costas e subimos novamente a serra, em direção à terra natal do dr. Chrispim. Este ia nervoso, porque, ao contrário de nosso comandante, Chrispim acreditara na possibilidade de ataque e temia por sua família que estava na cidade. Nem tanto pelos homens de Honório, mais pelos adversários locais, que poderiam cometer algum desatino contra companheiros nossos e botar a culpa no pessoal de Quaraí. Marchamos até as 10h da manhã, acampando na fazenda do coronel Hypólito de Souza, a uma distância razoável para um eventual ataque a Lavras.

Já de chegada, no entanto, ficamos aliviados. O coronel Hypólito informou que não havia força inimiga em Lavras. O Leão passara ao largo, na direção do Rincão do Inferno, seguindo Camaquã abaixo. Assim mesmo, resolvemos ir até o centro urbano para descargo de consciência dos lavrenses que estavam conosco e, também, para entrarmos em contato com o alto comando através do telégrafo. Como o seguro morreu de velho, Bozano resolveu levar uma escolta, para o caso de ser surpreendido por alguma descoberta inimiga.

Essa "reconquista" de Lavras ficou na história, pelo menos para mim: foi minha primeira ação num comando puramente militar. Bozano, depois de me dispensar da missão como secretário, dizendo que eu não precisava ir, achou divertido quando lhe propus que, nesse caso, me deixasse reverter à tropa e reassumir o comando do meu piquete nos termos do decreto que criou o 11º Corpo Auxiliar.

A comitiva do estado-maior foi de automóvel, o comandante mais os doutores Chrispim e Muratori. Apartei meu piquete, 20 homens, do 2º Esquadrão, e me preparei para a guerra. A tropa, todos meus conhecidos de São Pedro, alegrou-se com minha reintegração, sem deixar, contudo, de tirar um pêlo de seu tenente um tanto desajeitado. Tomei meu lugar e partimos. Dessa vez fui no caminhão, sentado ao lado do chofer, um sargento motorista, regular da Brigada, natural de Caxias do Sul, chamado Américo Bellini, que já andara dirigindo por essa guerra inteira desde sua eclosão em 5 de julho. Só de farra, fiz minha reintegração à tropa com todas as pompas. Minha primeira atitude foi me apresentar ao superior imediato, o capitão Bento Prado, que me recebeu entre divertido e preocupado.

– Gélio, tu és mais de pelear com a pena do que com a lança, portanto, toma cuidado – advertiu, sugerindo logo em seguida. – Vai preparado, pois isto não é um passeio.

Preparei minha escolta para uma batalha. A decisão de usarmos para o deslocamento o veículo motorizado foi para não atrasar a volta para nossas posições, aumentando a velocidade de nosso deslocamento. Porém, teríamos uma vulnerabilidade maior do que se fôssemos a cavalo, porque o caminhão limitava nosso espaço de manobras à estrada de rodagem, tornando-nos alvos fáceis a uma emboscada. Para não dar o lado, requisitei quatro metralhadoras. Se decidissem nos atacar e implantar um cerco, com tamanho poder de fogo poderíamos estabelecer um núcleo de defesa inexpugnável, até chegar o socorro do Corpo.

Bozano achou graça em toda aquela concentração bélica.

– Bah! tchê – exclamou, admirado, quando viu as armas, a munição e os suprimentos que mandei botar na carroceria da viatura.

– O seguro morreu de velho – respondi-lhe. – De minha parte, garanto-te que vou morrer na cama.

Enquanto vencíamos a serra, engatados em primeira e segunda marchas, comendo a poeira do carro que ia logo à frente, eu conversava com o chofer. Pude ver que era um motorista experimentado: Bellini aprendera a dirigir com 12 anos, trabalhara com o pai nas serrarias do vale do Rio do Peixe, em Santa Catarina, descendo e subindo serras, guiando caminhões ora carregados de toras de madeira, ora transportando os suprimentos para a mata.

– Cansei daquela vida no mato e fui para a cidade. Apresentei-me voluntário na Brigada, com 17 anos, e sentei praça no destacamento de Caxias – contou-me o segundo-sargento. – Fui me acostumando à vida militar e aqui estou.

Quando estourou a revolta dos tenentes em São Paulo, ele foi mandado com um comboio de caminhões que partiu de Porto Alegre com destino a Itapetininga, naquele estado, com suprimentos para reabastecer a Força Expedicionária Gaúcha, como era chamado o Grupo de Batalhões de Caçadores da Brigada Militar que invadiu aquela capital no final de julho, expulsando de lá Isidoro, João Francisco, Miguel Costa e os demais revoltosos do Exército e da Força

Pública de São Paulo. Foi uma viagem difícil, verdadeiro desafio aos motoristas.

De volta ao Rio Grande, foi deslocado para a fronteira argentina, acompanhando o 1º Regimento de Cavalaria, do coronel Claudino, na sua incursão para atacar Honório Lemes nas cercanias de Uruguaiana.

A ordem para vir ter conosco pegou-o em Santa Maria. Estava carregando suprimentos que chegavam da capital pela ferrovia para reabastecer o regimento que se posicionava entre as tropas do Círculo de Ferro, quando o desviaram para uma corrida até São Sepé, levando reabastecimento para as tropas do 11º Corpo Auxiliar. Saíram dois caminhões com alimentos, munições e, principalmente, fardamentos para a nossa unidade, pois nossos uniformes já estavam começando a se rasgar de tão batidos. Chegando ao acampamento, descarregaram e, quando pensavam voltar, Bozano "confiscou" os caminhões, sob argumento de que se encontravam numa área conflagrada. Nessas condições, nosso comandante tinha jurisdição total, inclusive sobre a vida dos militares que estivessem em sua área. De nada adiantou os motoristas protestarem, e assim foram agregados a nós. Para garantir que não se evadiriam, Toeniges abriu o capô dos cargueiros e retirou-lhes o rotor do distribuidor. Essa peça fundamental, sempre que estávamos parados, ficava em poder do tenente Colonna, a quem coube o comando dos caminhões integrados ao nosso sistema de transportes. Os motoristas só recebiam a peça vital na hora de ligar o motor, sempre às vistas de nossos oficiais. Assim, eles não tinham como escapar.

– Já vi provisório cometer muita barbaridade, mas esta é a primeira vez que vejo um caminhão ir maneado para a revolução – comentou Bellini, do alto de seu cavalheirismo de militar de linha, ainda preocupado com o insólito da situação que vivia.

Chegamos à cidade e encontramos Lavras às moscas. Sua guarnição estava conosco. Fora um pequeno grupo de policiais, que também tinham se escafedido quando os revolucionários se aproximaram, não havia tropas para defendê-la. Quanto à população, parecia que a guerra nem era com ela. As ruas estavam desertas porque as famílias estavam recolhidas para o almoço. Era meio-dia. Chrispim não se esqueceu de seus deveres de anfitrião, separou-se de nosso grupo dizendo que iria até sua casa providenciar um almoço para os oficiais, mas antes parou no posto dos Correios para avisar ao telegrafista de nossa chegada e mandar fazer o enlace com Porto Alegre.

Como era de esperar, na casa dele não havia comida para aqueles quatro famintos que chegaram de surpresa bem na hora da refeição. Enquanto a empregada corria no pátio atrás de uma galinha gorda para fazer com arroz na panela, Bozano, Muratori e eu fomos à Intendência saber das últimas e aguardar o chamado do telegrafista. Antes, porém, espalhei meus homens em posições defensivas, mandei subir uma metralhadora para a torre da igreja e fui ter com o comandante na agência dos Correios. Não demorou nem meia hora à frente da mesa receptora, que já estava o boletim do alto comando entrando, letra a letra, pela fitinha de ponto e traço do Código Morse.

– Ontem houve um grande combate em Tupanciretã – informou Bozano, tão logo iniciou a leitura da decodificação que o telegrafista lhe entregou com sua letra caprichada.

Sabendo ler o texto ascético do relatório, podia-se ter uma idéia bastante clara dos acontecimentos que vou narrar a seguir.

Naquela madrugada de 2 de dezembro, a pequena cidade da boca do planalto despertou sacudida pelo fragor da batalha. A população jamais suspeitou, ao se deitar na véspera, que se acordaria sufocada pelo terror. Exatamente às 5h da manhã, começou o trovejar dos petardos. Os mísseis dos morteiros explodiam da fralda dos subúrbios, podendo-se sentir por toda parte o deslocamento de ar provocado pelas explosões.

Subitamente, as ruas desertas lotaram-se de militares a correr, cavalos em disparada. As ruas encheram-se de grandes carretas, os bois assustados contidos a custo, repletas de sacos de areia que eles descarregavam às pressas, para erguer barricadas. Um pandemônio.

Na praça, em frente à igreja, construiu-se, em minutos, um fortim. Soldados do Exército chegavam a galope, trazendo pelo cabresto as carretas de artilharia, de quatro rodas, com seus canhões, puxadas, cada uma, por três parelhas de cavalos. Logo atrás, carroções que, todos sabiam, eram próprios para carregar as bombas. Sem nenhuma cerimônia, soldados equipados com pás metiam seus fios nos jardins, revolvendo, sem pena, os canteiros das flores. Cada um daqueles seis canhões ficou apontado para o lado de onde vinham os estrondos, logo cobertos por uma meia-lua de três fileiras de sacos de areia, uma espécie de proteção. Um oficial subiu para a torre da igreja e lá assentou uma luneta.

O padre saiu à rua à procura de explicações. Tanto fez que encontrou alguém que parecia saber o que estava acontecendo, um coronel da Brigada.

– Senhor coronel, o que está havendo? Não entendo, ontem a guarnição abandonou a cidade dizendo que estávamos fora da zona de guerra e agora isto! De onde vêm vocês?

– É o que o senhor está vendo: a guerra. Estamos sob ataque.

– Até quando vamos ser bombardeados? – tornou o pároco.

– Espero que possamos logo calar a artilharia dos rebeldes. Acredito que os combates ficarão restritos ao interior, mas, se vierem, aqui estaremos.

– E a população? O que pode acontecer? Vamos evacuar a cidade?

– Por enquanto, não. Escute aqui, padre: volte para sua casa paroquial e aguarde. Assim que estivermos prontos vou chamá-lo para a gente levar crianças, velhos e mulheres para a igreja, lá estarão mais bem-protegidos.

– E os homens?

– Se os combates vierem até aqui, eles terão que defender suas casas. Pode estar tranqüilo que não lhes faltarão armas.

– Mas, coronel, o senhor pode me responder o que está acontecendo? Eu tenho este direito!

– Senhor cura... como é mesmo seu nome?

– Padre João. E o seu?

– Francelino, coronel Francelino Cezar de Vasconcelos. Esteja calmo padre, não há o que fazer. Nós estamos sob sítio, o senhor entendeu? Cercados. Fizemos nossos inimigos nos cercarem de surpresa. Entendeu?

– Não, não entendi. Seus inimigos os cercaram de surpresa? Foi isso o que eu ouvi o senhor dizer?

– Exatamente isso. Agora, com licença que tenho muito o que fazer – foi-se despedindo o coronel. – Logo que tenhamos as coisas mais calmas, mando um oficial avisá-lo e saímos a recolher crianças, mulheres e velhos, está bem?

"Este coronel está boleado dos cascos!", pensou o padre, voltando a passo para a casa paroquial. "Não só ele, acho que também eu estou louco. Vou rezar à Virgem para que ela me clareie as idéias."

Duas horas antes de abrir fogo contra Tupanciretã, no acampamento revolucionário. Barraca de comando da Divisão do Centro: um grupo de jovens atléticos, fardamentos alinhados, estava reunido em torno de um mapa. Via-se que eram militares profissionais. Um deles, baixote, cabelos negros bem penteados com gomalina, fala diante da carta.

– Coronel Gay...

– Gostei do coronel – glosou o outro.

– Sim senhor, tenente-coronel da revolução – não se deu por achado. – Coloquialmente, coronel. Pois bem, coronel, às 5 horas você abre a marcha – foi dizendo o coronel Prestes, o bem penteado chefe da expedição e também comandante da Divisão.

Luís Carlos Prestes, 24 anos, gaúcho, capitão de Engenharia, conhecido como um homem formal, impenetrável. Isso mesmo, com ele não se falava de miudezas, só de temas transcendentais. Parecia não ter vida pessoal. Nem mesmo seus amigos mais próximos poderiam dizer que eram seus íntimos. É o que se chamaria "um homem cívico". Prestes daria nessa sua primeira incursão uma pequena amostra do que seria a marcha de sua coluna pelo Brasil.

A Divisão do Centro acreditava ter se aproximado da cidade sem ser pressentida, numa marcha veloz, desconcertante, por caminhos que seriam inimagináveis para os militares que construíam o Círculo de Ferro à sua volta. Tomando Tupanciretã, Prestes, como eu já disse antes, pretendia criar vários fatos políticos e militares: no plano tático-militar, seccionaria o inimigo em dois. Pela retaguarda, interromperia suas linhas de suprimentos ao isolar as forças em operação de seus centros de abastecimento, cortando a ferrovia entre o teatro de operações e seus portos de reabastecimento: Porto Alegre e Rio Grande. Pela frente, deslocaria o eixo das Missões para o Planalto, obrigando o alto comando a montar um novo sistema ofensivo, escapando do dispositivo de cerco. No campo político, daria uma prova de alento, motivando a oficialidade indecisa dos quartéis a peitar seus comandantes, talvez fazendo os generais pressionarem o presidente da República para negociação. Na frente interna gaúcha, possivelmente faria o presidente Borges de Medeiros repensar seu apoio enérgico ao governo do Rio de Janeiro. Ainda obrigaria os legalistas a desviar forças que estivessem sendo lançadas contra Zeca Netto e Honório Lemes no sul. Entretanto, tudo se baseava naquela informaçãozinha do serviço secreto, por isso questionou mais uma vez o encarregado da Inteligência, que garantia estar a praça desguarnecida.

– Capitão Terra, é certo que ninguém sabe de nossa aproximação? Não teremos nenhuma surpresa desagradável?

– Não senhor, coronel – respondeu o civil João Baptista Pereira Terra, comissionado capitão revolucionário –, eu próprio me certifiquei. Meus informantes na cidade viram com seus próprios olhos os comboios saindo de Tupanciretã com toda a tropa que estava aí aquartelada. Só ficaram quatro ou cinco brigadianos velhos cuidando dos presos da cadeia civil. É certo que não se desconfia de nosso avanço. Já quanto à surpresa, bem, não garanto nada. Isso não é comigo.

– Pois bem, então vamos ao ataque. Você, Gay, toma a cidade e a fortifica imediatamente. Vamos recapitular aqui no mapa os seus passos – disse, abrindo um croqui da cidade, feito com ajuda do capitão Terra. – Entramos pela rua principal. Aqui está a igreja, onde estabelecemos um ponto de observação na torre e, em caso de contra-ataque, assentamos uma metralhadora; aqui a Delegacia de Polícia e Presídio. Ali fica a Intendência, onde instalaremos nosso quartel-general, os Correios, Posto Telefônico. Aqui tem um posto de gasolina e ali outro. A usina elétrica, o Banco Pelotense – e assim foi descrevendo os lugares estratégicos que deveriam ser ocupados de imediato, na primeira demão. – A infantaria ocupa a fazenda de Brasiliano de Morais. De imediato, cavem trincheiras e organizem um sistema de defesa de perímetro, pois esse será o nosso ponto de apoio. Qualquer surpresa, aí teremos nossa posição forte para o recuo – disse, dirigindo-se ao comandante da infantaria, capitão (agora tenente-coronel) Aparício Brasil Cabral.

Às 4h30, um homem vestido de colono esgueira-se entre as moitas, monta num cavalo que tinha escondido num caponete e segue a galope em direção à cidade.

– Coronel, estavam montando quando deixei meu posto de bombeiro – disse o capitão Firmino Camargo, ajudante do 8º Batalhão Auxiliar, que ocupava aquele ponto de observação, o mais próximo à força inimiga. – Posso garantir que estão vindo.

– Muito bem, parabéns, capitão. Agora, vá se fardar – ordenou o coronel Travassos, dando também a seus oficiais a mesma ordem. – Às nossas posições!

O coronel Travassos tinha montado seu dispositivo para surpreender os rebeldes. Prestes acampara tranqüilo, confiante nas informações que recebera, e se preparava para entrar na cidade ao amanhecer quando foi atacado pelos provisórios de Vacaria que ele imaginava estarem a mais de 500 quilômetros dali. O Grupo de Batalhões Auxiliares, formado pelos 8º e 9º BAs, que ocupava as defesas externas de Tupanciretã, deveria, no entender dos rebeldes, estar guarnecendo o Passo do Socorro, no rio Pelotas, para defender a fronteira gaúcha contra uma eventual invasão da guarnição federal de Lajes, que poderia se levantar e, entrando por ali, atacar a retaguarda do sistema de forças que constituía o Círculo de Ferro nas Missões.

A montagem dessa operação de Inteligência, como a chamavam os militares da Missão Francesa, levou mais de duas semanas. Entre plantar a informação falsa, ter o retorno de seu efeito sobre o alto comando rebelde e mover todas as peças foram exatamente 15 dias.

O segredo de seu planejamento foi total. Travassos fora chamado a Porto Alegre dia 16 de novembro, onde recebeu a incumbência de preparar sua tropa para a missão. Os assessores da Missão Francesa haviam sugerido que se movimentasse uma tropa à prova de vazamentos. A solução foi empregar os corpos de Vacaria, que tinham todas as características demandadas pelos técnicos em Inteligência: eram testados em combate, pois quase todos seus integrantes eram veteranos de 23; eram fiéis, porque todos seus praças eram gente do partido, que na vida civil foram agregados, peões de gente conhecida ou funcionários do estado ou das intendências; com isso, eram imunes à espionagem rebelde, porque, além daquelas precondições, esses corpos estavam guarnecendo uma frente remota, distantes portanto de todos os teatros de operações, onde maragatos e oficiais do Exército infiltrados nas unidades legalistas furungavam e de onde passavam informações para os rebeldes.

Ao regressar a Vacaria, Travassos tratou, imediatamente, de iniciar o planejamento. Todos os oficiais e praças encarregados de sua elaboração eram regulares da Brigada. O chefe do grupo de trabalho, que era também o chefe do estado-maior do Grupo de Batalhões Auxiliares, foi o major José Rodrigues Sobral, tendo como assistente o segundo-tenente Antônio Victor Menna Barreto Sobrinho, como auxiliares os sargentos Eurico Luterotti dos Santos, Lorival Rodrigues Sobral e José Figueiredo, este enfermeiro especializado em pronto-socorro em combate, os cabos ordenanças Cipriano Dias, Francisco Fernandes dos Santos e Júlio Teixeira, e os soldados Perciliano Nunes e João Manoel Lisboa. Em 25 de novembro, Travassos iniciou a sua parte, deslocando-se com sua tropa de Vacaria para Passo Fundo, sob a cobertura de uma grande unidade que iria se posicionar em Palmeira para integrar o Círculo de Ferro. Seu grupo fazia parte do Destacamento do coronel Enéas Pompílio Pires. Ao chegar a Passo Fundo, as tropas do coronel Pompílio seguiram para seu destino, e os Batalhões Auxiliares a que estavam subordinados desceram secretamente para Tupanciretã.

Na parte que caberia ao Exército era onde morava o perigo. Não havia, contudo, como eliminá-los da operação, pois a defesa da cidade requereria armamento e tecnologia de que a Brigada Militar não dispunha. A manobra era de alto risco. Caso os rebeldes tomassem efetivamente Tupanciretã, poderiam mudar a sorte das armas. Borges e Massot, no entanto, eram arrojados e bateram pé por sua continuidade, contra a opinião do general Andrade Neves, que preferia seguir seu plano de campanha original, que consistia em seguir a construção do Círculo de Ferro e depois ir fechando-o, como se fosse um garrote vil, no pescoço do inimigo. Aquilo sim era guerra moderna, no entender do general e de seus assessores franceses. Foi quase como uma concessão ele ter concordado com a manobra dos serviços secretos.

Na verdade, alguma coisa assim já estava sendo pensada desde antes da eclosão do levante, quando os espiões seguiram os futuros rebeldes e sabiam que, a qualquer momento, a revolução iria começar. Os serviços secretos da Brigada e do Exército, que já se haviam entrosado durante a intervenção em São Paulo, trabalharam juntos nesse projeto, com ampla participação francesa. Foi quase como uma manobra para os espiões. Usaram até mulheres, no melhor estilo Mata Hari. Não era difícil seduzir aqueles rapazes fogosos, bonitos, embriagados pela própria glória, ao mesmo tempo solitários, fugitivos, fanáticos e carentes. Nem todas as espiãs eram prostitutas profissionais. Muitas eram funcionárias de carreira do governo, selecionadas e treinadas pelos homens do general Gamelin, mas não se pode dizer que abominaram a missão real quando tiveram que se enfiar debaixo das cobertas pelo Uruguai, Buenos Aires, Santo Tomé e as cidades da fronteira pelos dois lados para arrancar informações dos tenentes. Uma coisa deve ser ressalvada, o único que não respondeu sequer à primeira abordagem das agentes foi o que acabou chefiando a Coluna, o capitão Luiz Carlos Prestes.

Não é preciso dizer a dificuldade que foi movimentar quase mil homens e seus armamentos e trens de guerra, secretamente, pelo Rio Grande. É verdade que a confusão generalizada ajudou muito. Do lado rebelde a situação era de pré-colapso, como é inerente aos movimentos revolucionários. Do lado do governo, não era muito melhor. Dá para imaginar o pandemônio que não foi aquela concentração de tropas nunca antes vista para formar o Círculo de Ferro. Só de combatentes, havia mais de 20 mil homens, entre forças do Exército, da Brigada e das polícias militares de outros estados que vieram ajudar.

No meio de tamanha confusão, as unidades destacadas para a operação em Tupanciretã puderam esgueirar-se sem serem pressentidas pela espionagem inimiga. Ninguém sabia quem estava indo para onde. Para se ter uma idéia do que se passava ali, basta dizer que os estrategistas do Exército levaram dois meses para montar seu Círculo de Ferro segundo os conceitos modernos de combate. Se fosse a Brigada, com sua doutrina de guerra de movimento, em três dias Claudino, Flores, Paim ou quem quer que fosse estaria de frente ao inimigo, como ficou provado em Guaçu-boi.

Não foi possível evitar a presença do Exército na operação, pois o general Andrade Neves temia que Prestes pudesse esfarelar o dispositivo gaúcho, tomando a cidade, virando o feitiço contra o feiticeiro. Se isso acontecesse, ele seria o único culpado; o ministro da Guerra, general Setembrino de Carvalho, comeria seu rabo, e o presidente Bernardes o faria fritar em fogo lento num panelão em frente ao Palácio do Catete. Portanto, insistiu em montar uma praça forte, dentro da cidade, que a tornasse inexpugnável. Para isso, teria que usar armas que somente o Exército sabia manejar, como artilharia e, principalmente, os novos equipamentos de telecomunicações de campanha introduzidos pelos franceses.

A tropa federal designada para a missão foi a que se considerava menos contaminada, o 10º Regimento de Infantaria de Minas Gerais, que fora deslocado para o Rio Grande do Sul a pretexto de que seus quadros seriam fiéis ao presidente ameaçado, o que, na verdade, era uma bobagem. Mesmo que os subalternos e praças, de subtenente para baixo, fossem todos mineiros natos, os oficiais, embora também o fossem em sua maior parte, não professavam lealdades regionais. Como se sabe, eles eram todos fiéis ao Exército, fossem de que estado viessem.

O comando-geral foi entregue ao coronel Francelino Cezar de Vasconcelos, oficial de carreira da Brigada e comandante do 7º Batalhão de Caçadores de linha. Também deveria integrar o dispositivo um esquadrão do 1º Regimento de Cavalaria da Brigada, mas essa fração não conseguiu chegar a tempo, só alcançando o objetivo após o desfecho.

A falta da cavalaria de Santa Maria foi uma lacuna inesperada, que obrigou o coronel Francelino a improvisar. No projeto original, o 7º ficaria inteiro dentro do perímetro urbano, a pretexto de formar uma segunda linha de defesa, caso os rebeldes vencessem a defesa externa que estaria a cargo das tropas montadas do 1º RC e dos 8º e 9º BAs. Com o atraso dos homens de Claudino, teve que deslocar uma companhia do 7º para reforçar a extensa área que estava a cargo dos provisórios. Sua missão era, além de defender a cidade e impedir o acesso dos revoltosos à ferrovia, proteger a artilharia do Exército e servir como reserva às forças de Travassos. Sem esquecer que os regulares da Brigada somavam a incumbência de ficar com um olho no inimigo e outro no 10º RI, que poderia se animar com o sucesso de seus colegas de farda e acabar aderindo à revolução, deixando os brigadianos entre dois fogos. Este cenário, nas simulações do estado-maior, seria a hipótese desastrosa.

Nos dias que antecederam o combate, uma equipe da força de defesa chegou a Tupanciretã disfarçadamente para traçar os planos de resistência. O major Rodrigues Sobral e sua equipe, mais uma Companhia de Comunicações do Exército, procuraram determinar qual seria o teatro de operações para montar as redes telefônicas que interligariam as diversas unidades. Essa providência revelou-se fundamental para o resultado final da batalha. Ao mesmo tempo, patrulhas e observadores isolados (bombeiros) foram enviados para os grandes desertos que ficam entre São Luís Gonzaga e Tupanciretã. Deveriam observar de longe a progressão da força inimiga e acorrer a Santiago, de onde, por telegramas cifrados, informariam ao coronel Francelino da marcha do inimigo. Assim, Prestes foi observado de longe cruzando o rio Piratini e se enfiando em direção a leste, subindo o curso desse rio até São Bernardo. Dali estava a um passo do objetivo, pronto para dar o bote.

Começava a se armar o que seria uma briga de foice no escuro, pois nenhum dos lados tinha condições de acesso aos movimentos do antagonista, desde o momento em que fosse iniciada a marcha rebelde em direção a seu objetivo. Os espiões plantados junto à Divisão do Centro somente puderam informar que a tropa partira. Daí em diante, foram cortados todos os laços entre o quartel-general e a força expedicionária rebelde para evitar que, por azar, Prestes pudesse desconfiar da emboscada.

Quando a fortuna está do seu lado, dizem os guerreiros, a sorte da batalha está decidida. Foi ela que sorriu para os brigadianos naquela madrugada. Prestes não suspeitou minimamente que estava marchando para a maior e mais engenhosa armadilha que jamais se montou na história militar brasileira. Quando ordenou o ataque, não podia imaginar o que o esperava a poucos quilômetros de seu acampamento, escondido pela madrugada de lua nova.

Dada a ordem, pelo tenente(-coronel) Gay exatamente às 5h da manhã, o coronel Travassos, postado na estrada, bem no centro do ataque inimigo, telefona para o coronel Francisco Cezar de Vasconcelos, que estava com seu 7º Batalhão de Caçadores da Brigada entrincheirado no núcleo urbano, avisando que iniciaria o contra-ataque aos rebeldes assim que estes alcançassem suas linhas. A primeira fração legalista a se movimentar foi a companhia do 7º BC, comandada pelo tenente Olmerindo, que investiu contra a infantaria rebelde do 9º Batalhão Auxiliar pelo flanco direito, atacando o coração do dispositivo prestista. O flanco esquerdo, composto pela infantaria do capitão (tenente-coronel) Cabral, recebeu o impacto por parte da infantaria brigadiana, que avançava apoiada pelo fogo de morteiros e metralhadoras pesadas.

A surpresa foi total. Os rebeldes, porém, não se assustaram, engajando-se imediatamente num contra-ataque feroz. Quase ao mesmo tempo, como se fosse cronometrado, a cavalaria do tenente-coronel Gay, que avançava a galope para tomar a cidade, recebia o fogo dos provisórios de Travassos e se atirava sobre o centro do 8º Batalhão. Os homens de Vacaria agüentaram o impacto, porém com grandes perdas, entre eles o próprio comandante da unidade que bloqueava a estrada, capitão Theodolino Costa. Assumiu o comando dela o tenente Irineu Ribeiro da Silva. Junto com o chefe, atingido por uma granada de morteiro, tombou o clarim-mor do 8º BA, sargento Adolfo Tavares. A banda furiosa de Vacaria não teria mais seu trompetista líder nas festas da matriz.

O coronel Travassos telefonou para o quartel-general, na cidade:

– Aqui é o coronel Travassos, me chame o coronel Francelino.

– Aqui o coronel Francelino, pode falar, coronel – respondeu em menos de 30 segundos o oficial da Brigada de maior patente na área.

– Fomos rompidos no centro do 8º Batalhão, acredito que se o inimigo consolidar sua cabeça-de-ponte nessa fissura terão o caminho aberto para atacar a cidade. Preciso de reforços para vedar o caminho e impedir a infiltração deles. O senhor pode me mandar auxílio?

– Positivo, coronel. Vou mandar uma companhia de reserva para reforçar o seu dispositivo – concordou Francelino, dando a ordem para movimentação da 1ª Companhia do 7º BC, sob o comando do primeiro-tenente Roberto. Em seguida, telefonou ao comandante do 10º Regimento de Infantaria, informando que ficava na cidade somente a Companhia de Comando.

— Pode ficar descansado, coronel. Estamos firmes. Se precisar de mais apoio, pode contar conosco — garantiu o oficial do Exército.

Francelino tinha receio de ser atacado pelas costas, se o comandante federal perdesse o controle. Caso os oficiais indecisos vissem seus colegas entrando vitoriosos na zona urbana, seria o rastilho para um levante generalizado no Exército. Aquela sangria teria de ser estancada ali, naquele momento.

O coronel Luís Carlos Prestes estava tendo seu batismo de fogo. Três pecados de novato: primeiro, acreditar piamente na espionagem, atacando uma posição que julgava desguarnecida; segundo, ao se perceber atacado, criou espaços entre suas forças, permitindo ao inimigo, uma tropa de provisórios, atuar com vigor em seus flancos; terceiro, ao se espalhar, dividindo sua força em quatro frações, perdeu-se a unidade de comando pela interrupção das comunicações entre os diversos destacamentos. Outro problema: seus homens não conheciam a região. Quando os grupamentos se separaram, o comandante perdeu o contato com as unidades, pois não havia quem soubesse onde encontrá-las. Nesse combate, ele aprendeu um preceito básico da guerra de movimento, que é evoluir de forma compacta, mantendo a comunicação entre suas linhas. Nunca se pode travar combate num terreno desconhecido sem ter uma boa equipe de estafetas vaqueanos.

A cavalaria de Gay já estava à vista da cidade, podia vislumbrar o casario que brilhava com suas paredes brancas iluminadas pelo nascer do sol. Preparava-se para o assalto final quando foi colhida pela artilharia de campanha do Exército, disparada do centro da cidade. Foi um deus-nos-acuda, pois os tiros eram precisos, os petardos caíam bem no meio da tropa, fazendo uma limpa em cavalos e cavaleiros. Do meio do campo, orientando os tiros pelo telefone, observadores da artilharia dirigiam o canhoneio com precisão. Assim mesmo, Gay não desistiu: pretendia manter aberto aquele corredor para a passagem das tropas. Na retaguarda, porém, Prestes via a vitória fugir-lhe das mãos. As informações que recebia era de que se lutava ao longo de toda a sua linha, o que revelava um dispositivo de defesa impensável, pelas informações que trouxera. Percebeu que estava marchando para uma armadilha, teria de refazer seu plano imediatamente.

Gay mandou um oficial entender-se com o comando para ordenar o avanço. O estafeta volta com a ordem de recuar. Se continuassem, seriam cercados e dizimados como patos numa lagoa.

— Como, recuar? Ali está a cidade, nosso objetivo, mais um passo e estamos lá! — protestou Gay contra a ordem que recebia.

— Coronel, o comando tem razão, estamos numa arapuca. Eu mal pude passar de volta. A esta altura nossa retaguarda já está cortada.

Gay compreendeu que o sonho acabara. Precisava refluir, um movimento tão difícil quanto avançar. Prestes estava à beira do desespero. Sua força estava dispersa, o que comprometia definitivamente a operação. Mas a luta continuava.

A infantaria rebelde logrou estabelecer um ponto forte na fazenda de Brasiliano de Morais. A herdade era composta de casas sólidas, mangueirões de pedra, pomares, constituindo uma posição bem abrigada para um combate defensivo. Seguindo o manual, as tropas regulares do Exército que vinham com os rebeldes cavaram trincheira e se prepararam para agüentar o ataque brigadiano. Eles iriam enfrentar duas companhias regulares da Brigada Militar, integralmente compostas por soldados profissionais.

A cavalaria do tenente Gay atirava-se em cargas sucessivas sobre os provisórios. Entretanto, não conseguiam romper inteiramente suas defesas, pois Travassos estava conseguindo estancar a infiltração com o reforço da reserva, formada pelos infantes da companhia do 7º Batalhão de Caçadores.

A sorte da batalha começava a tomar um rumo. Sentindo-se paralisados no terreno, os rebeldes lançaram-se em cargas desesperadas, com os oficiais à frente, procurando levar consigo a soldadesca, tombando diante das metralhadoras provisórias. Dos voluntários civis com postos de oficial e regulares, já tinham perdido 30 homens, entre os quais três capitães, o que trazia novas dificuldades para organizar o comando. Prestes olhou no relógio e os ponteiros marcavam meio-dia.

– Vamos recuar – ordenou, sentindo a inutilidade do ataque. Mesmo que vencesse, não atingiria seu objetivo, que seria capturar uma cidade intacta e romper o Círculo de Ferro que se formava em torno das Missões.

Prestes tomou as decisões cabíveis no momento. Na guerra, há que se ser realista. Frio. Não era hora para recriminações. O inimigo fora mais ladino. Depois se apurariam as responsabilidades. No momento, o importante era salvar a expedição do aniquilamento, voltar para casa, lamber as feridas e continuar. Não se perde a guerra numa só batalha. A retirada deu-se razoavelmente em ordem. Houve uma debandada aqui, outra ali, mas de um modo geral a tropa refluiu em forma, combatendo sem tréguas.

Ao perceber a retirada, Travassos pediu autorização para a perseguição. Ficou atônito com a negativa.

– O senhor poderia me explicar o que está acontecendo? – gritava ao telefone para seu comandante, que tinha o quartel-general na Intendência.

– Cumpra suas ordens, coronel – mandava de lá o coronel Francelino.

Perplexo, Travassos viu fugir de suas mãos a destruição completa do inimigo. Quando o pessoal do 7º entrou na fortaleza inimiga, ainda encontrou as armas pesadas com os canos quentes de tanto disparar. Sua guarnição as havia abandonado há minutos, desistindo de levá-las consigo porque não mais dispunham de transporte. Havia feridos abandonados para serem tratados pelos vencedores. Uma parte era de soldados com fardamento do Exército, recrutas das guarnições rebeladas que seguiram seus oficiais cumprindo ordens e que, na confusão da derrota, aproveitaram para evadir-se. Dali seriam conduzidos até o quartel do 10º RI, para triagem: seria verificado a que família pertenciam. Se fossem de famílias republicanas ou, como era o caso da maioria, filhos de colonos apartidários, seriam incorporados ao 10º. Porém, se fossem de famílias federalistas, seriam colocados em vagões-prisão, levados até o porto de Rio Grande e enviados para guarnições isoladas da região amazônica até cumprirem seu tempo de conscrição, e então seriam dispensados na porta do quartel, sem passagem de volta. Era assim que o governo Bernardes tratava as praças que se viam envolvidas em rebeliões.

– Muito estranho – disse Bozano, lendo os últimos parágrafos do informe –, parece que eles querem cultivar a rebelião. Impediram o coronel Travassos de capturar toda a força inimiga.

Zeca Netto e Honório Lemes acamparam entre os despenhadeiros do Rincão do Inferno a fim de descansar e preparar-se para a retirada planejada. Era um esconderijo pequeno, com poucos quilômetros de raio, ideal para esconder uma força de tamanho médio como aquela, orçada entre 800 e mil homens. Ali o Camaquã-Grande, que vem descendo do Cerro do Ouro, mergulha entre uma cadeia de pedras gigantescas, com até 100 metros de altura, cobertas por densa vegetação, com suas canhadas agravadas pelos cerros, formando um intrincado labirinto de desfiladeiros profundos, tortuosos, mas volta e meia aberto em descampados amenos, de pequenas porções de campos limpos, o ideal para um acampamento, com espaço para espalhar os arreios e com capim suficiente para a pastagem dos cavalos. Bem na metade desse sítio o rio cresce e se torna intransponível, como na foz do Camaquã-Chico, que desce para seu caudatário fazendo a divisa entre Lavras e Bagé, na confluência das três divisas. Caçapava está na outra margem.

Eles teriam de sair dali numa verdadeira corrida, enfrentando as forças que encontrassem pela frente, até a fronteira uruguaia, a 150km de distância em linha reta. Zeca Netto já havia mandado um próprio a um correligionário de Caçapava pedindo vaqueanos para sair do Camaquã pelo caminho do Irapuá.

O Rincão do Inferno era um lugar seguro, mas inadequado para uma resistência prolongada, pois pode ser cercado com alguma facilidade. Contudo, era inexpugnável, próprio para uma defesa contra forças superiores em número de homens e em armas. Ali um só homem, com uma boa arma e munição farta, poderia segurar um regimento nos desfiladeiros, sem chance de ser desalojado. As passagens eram cavadas nas profundezas dos vales, por sendeiros, com espaço para não mais do que uma fila indiana, favorecendo emboscadas. A tropa sentia-se segura nesse santuário.

Tomando mate, Honório conversava com Carlos Bozano.

– Então o senhor é irmão do coronel Bozano? Já peleei com ele no ano passado. Eta, rapaz enfezado – disse o general, dando senhoria a Carlos, como era de seu feitio. – Não queira ficar na frente dele, mesmo sendo seu irmão. Ele vem que vem.

– Meu irmão é o que se poderia chamar de radical – respondeu Carlos.

– Isso é o lado triste desta vida. Graças a Deus, o Senhor não me colocou na frente de um parente até hoje, nem irmão, nem cunhado, nem filho, como tem acontecido para muita gente por aí – continuou Honório. – O senhor já se encontrou com ele em combate?

– Não, nunca. Em 23, não durei muito na guerra – disse, mostrando seu queixo quebrado.

– Ainda bem. Onde foi que o amigo se lastimou?

– No Passo do Mendonça. A bala entrou aqui – disse mostrando o lado da boca –, levou dente, levou tudo e saiu aqui – completou, mostrando na nuca uma falha de cabelo causada pela saída do projétil.

– Se vê, se vê – respondeu o general. – O senhor teve sorte. Isso é ferimento perigoso. Muita sorte, mesmo, garanto.

– Foi o que me disse o médico que me operou. Estive do lado de lá – concordou Carlos.

– Muita sorte – tornou a dizer o general.

– Para lhe contar a verdade, general, nem me lembro de nada. Fiquei dias desacordado. Contaram-me que eu estava caído no chão, dado por morto. Logo depois do combate, as moças da Cruz Vermelha vieram recolher os feridos e não me levaram. Quando estavam juntando os mortos, alguém viu que eu respirava. Só então me tiraram dali. Por pouco não fui para a vala comum, junto com os defuntos.

– *A la putcha.*

– O que me salvou, de fato, foram meus documentos, pelo que me contaram. Dizem que me identificaram, telefonaram para meu pai, que conseguiu mandar um hidroavião até Camaquã para me buscar. Em Porto Alegre havia mais recursos, o senhor sabe. Então me operaram e aqui estou. Veja – disse mandando o general apalpar sua nuca –, arrancou ossos e massa encefálica, tiveram que botar uma chapa de metal para segurar os miolos.

– Que progresso! – admirou-se Honório.

O combate do Passo do Mendonça fora um dos mais renhidos e violentos da Revolução de 23. Além do elevado número de baixas, mais de 200 de cada lado, entre mortos e feridos, o encontro teve a característica épica das grandes batalhas, ferindo-se na travessia de um rio caudaloso, o Camaquã, no final de seu curso, a menos de 50 quilômetros de sua foz. O efetivo envolvido era de perto de 3 mil homens, dos dois lados.

Quando constituiu a 4ª Divisão do Exército Libertador e iniciou suas operações na zona sul do estado, Netto contava com o despreparo conjuntural do governo para atacá-lo. Os levantes haviam se iniciado na fronteira norte, levando o governo a concentrar suas forças naquela região, onde os rebeldes tomavam cidades, nomeavam governadores, formavam governos provisórios e desmoralizavam a autoridade constituída, para caracterizar o estado de convulsão intestina e com isso justificar a aplicação do artigo 6º da Constituição Federal e a intervenção com destituição do presidente em exercício.

Netto aproveitou-se muito bem dessa situação. Iludiu as forças que foram lançadas contra ele na região de Pelotas, subiu para o norte e veio camperear na margem direita do estuário do Guaíba. Chegou a ocupar São Jerônimo, Pedras Brancas, ficou incursionando nas barbas do dr. Borges, mas não ousou atacar a capital, a não ser no episódio a que já me referi, onde foi na calada da noite pegar a espada dos federalistas. De outra forma seria uma empreitada muito perigosa, quase suicida. Porto Alegre era bem defendida. Para submetê-la, precisaria de armas que não tinha, como artilharia e um bom estoque de equipamento automático. Entretanto podia, com o que tinha, manter a capital em sobressalto. Contudo, sabia que essa situação não poderia se prolongar *ad eternum*. Foi por isso que, 15 dias depois de chegar à região, decidiu voltar para suas coxilhas, adentrar pelo Camaquã acima, para operar protegido pela geografia e numa região em que tivesse maior apoio da população civil.

A 15 de abril sua coluna tomou o rumo sul. Entretanto, para escapar da posição perigosa em que se encontrava, precisava transpor o rio Camaquã no final de seu curso, onde ele se move forte e largo, uma empresa difícil para qualquer exército. Ao chegar às suas margens, encontrou uma bem-armada força da Brigada Militar, uma brigada comandada pelo coronel Juvêncio Lemos, composta de grandes unidades comandadas pelos tenentes-coronéis Hipólito Ribeiro, Francelísio Meireles e Lucas Martins. Netto desenvolveu uma batalha clássica para aquele tipo de situação. Escolheu o Passo do Mendonça, na colônia do Cristal, como ponto de travessia. Colocou a tropa em linha e mandou avançar, transpor o rio. Os soldados usaram do que puderam encontrar para atravessar a caudalosa torrente: caíques, balsas, bóias de corticeira, a nado, agarrados com os cavalos, ou, os que se garantiam no braço, a braçadas puras, com o mosquetão e munição às costas. Carlos estava entre os que passaram agarrados ao lombilho do arreio. Enquanto a massa cruzava naquele ponto, um outro grupo fazia a travessia em outro vau a montante. Os brigadianos não perceberam a manobra.

Quando a tropa que passava o Mendonça saía da água, era recebida a bala na outra margem. Os tiros pegavam os rebeldes do meio do rio para adiante. Netto conseguiu estabelecer uma precária cabeça-de-ponte na margem oposta, mas estaria extremamente vulnerável a um contra-ataque, que lançaria seus homens de volta à água, ou então seriam mortos ou capturados na praia.

A defesa brigadiana era comandada pelo tenente-coronel Lucas Martins. Ele procurava destruir a cabeça-de-ponte libertadora quando irrompeu à sua retaguarda a fração que havia cruzado o Camaquã alguns quilômetros acima. Entre dois fogos, Martins retirou-se, com pesadas perdas. Netto não perdeu tempo: abandonou seus mortos e feridos à Cruz Vermelha e galopou em direção ao interior. Nos dias seguintes já estava refeito, tomando Piratini e Canguçu. Nessa praia, Carlos Bozano foi recolhido agonizante.

– O senhor nunca mais encontrou seu irmão, desde que divergiram? – voltou o general.

– Encontrei, sim. Quando ainda me recuperava no hospital recebi uma carta dele. Muito carinhosa, procurava me animar a enfrentar a dura convalescença que teria pela frente, mas não falava de política. Parecia, pelo que me escreveu, que eu fora ferido num acidente e não em combate. Depois da revolução nos vimos algumas poucas vezes, mas só falamos de nós mesmos. Ele está muito feliz com uma noiva que arrumou em Santa Maria. Não passaram disso nossas conversas. O que foi bom, pois assim não brigamos. Agora, quem sabe...

Naquela noite dormimos em Lavras. Bozano estava nervoso, pois pressentia nuvens negras no horizonte. Procurou fazer contato com o Palácio Piratini, falar com o coronel Massot, queria uma explicação para o recuo em Tupanciretã, quando poderiam ter liquidado com a revolução. Mas não descuidou de nosso objetivo. Chamou o anão Orfilla e ficou até tarde estudando o terreno em que iríamos operar no dia seguinte. Ao final da tarde, mandou o automóvel de volta para o Passo do Hilário com suas ordens de marcha. Montar às 7h da manhã, encontro na fazenda São Domingos, na boca do Rincão do Inferno. Nosso grupo seguiria de caminhão até essa propriedade, que também pertencia ao coronel Hipólito de Souza. Ali, certamente, nossa força seria recebida com carne gorda, mate quente e um bom trago de canha.

Capítulo 25

Quinta-feira, 4 de dezembro
Passo dos Enforcados

De manhã cedinho saímos por estrada de rodagem em direção ao Rincão do Inferno, o caminhão na frente e um automóvel requisitado em Lavras atrás. Bozano custou a conformar-se com essa configuração de nossa minicoluna, porque é muito perigoso enfiar-se em território inimigo engaiolado num carro. É um convite a uma emboscada. Muratori, Chrispim e eu, todos insistimos e ele concordou em ficar na retaguarda. Seguimos o padrão para deslocamento motorizado, colocando a tropa em duas fileiras ao longo da lateral da carroceria do caminhão, assentando um fuzil-metralhadora no teto da cabina, prontos a revidar qualquer fogo de franco-atirador que os rebeldes eventualmente tivessem atocaiado no caminho. Em caso de ataque, a metralhadora daria o primeiro combate e seu fogo contínuo faria a cobertura ao desembarque da tropa. Bem, desembarque não é exatamente a palavra para uma emergência dessa. Melhor seria dizer salve-se quem puder, cada qual saltando para o chão a procurar abrigo no acostamento da estrada, ali completamente coberto pela vegetação de aroeira torcedeira. O auto seguiu-nos a uma distância prudente.

Antes das 10h da manhã já estávamos na Fazenda São Domingos. Ali era o último bastião republicano naquela direção. Dali para frente entraríamos em território maragato. Logo em seguida havia o Rincão dos Saraivas, as terras da família da mulher de nosso vaqueano, e mais adiante a grande fazenda da viúva Vandica Collares, reduto freqüente de dois guerrilheiros famosos, os coronéis Leopoldo Rocha e Julião Barcellos, este recentemente batido por nosso pessoal de Lavras, no Cerro do Malcriado; em seguida, as terras dos Bastos, dos Garcia, dos Francos, no município de Bagé, dos Macedo, dos Dias, dos Chaves, na jurisdição de Caçapava. Dali para frente, fosse qual fosse o lado do rio que escolhêssemos para marchar, estaríamos cercados de inimigos por todos os lados.

Enquanto esperávamos o grosso da coluna, que vinha descendo a costa do Camaquã desde o Passo do Hilário, aproveitamos para espairecer na segurança daquele belo sítio – quem fica na sede da estância, com seus campos planos, limpos, pastos fortes, não imagina que dali a menos de légua se encontra uma das geografias mais agressivas de toda a Campanha rio-grandense.

Enquanto esperávamos a tropa, fomos até a boca do Rincão do Inferno, bem na junção dos dois rios. Ficamos um bom tempo admirando, do lado de Lavras, a majestosa Pedra Amarela, um monólito gigantesco por onde mergulha o Camaquã, com suas águas parecendo fervilhar, fazendo um espumaredo, espremendo-se por entre as rochas, pegando uma força descomunal. Não há quem possa parar ou nadar naquela correnteza, seja gente, cavalo ou mesmo animais que nadem bem, como cachorros, sem que seja atirado impiedosamente contra as pedras. Uma pessoa normal, então, nem se fala. Cair ali é um passo para a morte certa.

Quando a tropa chegou, o assado já estava pronto. Foi só comer e montar de novo. Pouco depois do meio-dia já estávamos do outro lado, no município de Caçapava, percorrendo as terras do coronel Favorino Dias.

– É um homem bom – dizia o anão Orfilla, referindo-se ao proprietário daquelas planícies, enquanto cavalgava ao lado de nosso comandante, sem calar a boca um minuto. – Não se meteu em 23, ficou em casa. Depois, no fim do ano passado, teve um papel importante na pacificação, pois, eu não sei se o senhor sabe, os maragatos daqui não queriam se entregar. Foi preciso o coronel Favorino ir de estância em estância pedindo calma, dizendo que a ordem era parar.

– Por que ele não foi para a revolução? Tu sabes? – perguntou Bozano.

– Não sei ao certo, mas já vi meu sogro dizer que ele se incomodou com os seus companheiros. Parece que desde a eleição não lhe apetecia formar ao lado de "pica-paus" renegados. Veja bem, doutor: ele era o grande chefe federalista daqui. Teve papel importante em 93. Pois na hora de compor as forças de Caçapava, deram o comando ao coronel Coriolano, que é republicano. Assim não dá, não é? E, no final, não deu certo, porque eles não conseguiram botar republicanos e federalistas do mesmo lado. O Coriolano e o Estácio tinham brigado um contra o outro em 93. Como é que agora iam pelear juntos? E, ainda por cima, o Estácio, é um general feito a machado. Como poderia mandar no Coriolano, que é um coronel de linha da Guarda Nacional? Não deu, o coronel Coriolano pegou sua gente e foi se integrar nas forças do Zeca Netto, que é lenço branco que nem ele. Os federalistas de Caçapava acabaram indo para a guerra comandados pelo coronel Tibúrcio, que também é mui valente, mas não tem o rango do coronel Favorino. Ah, isso lá não tem.

Nossa tropa se deslocava pela várzea do Seival, cortando-a transversalmente, seguindo em paralelo ao curso do rio Camaquã. Tivemos a informação de que o inimigo também se movimentava, deixando o Rincão do Inferno no rumo sul. As duas forças iam na mesma direção, separadas uma da outra por umas duas léguas. Do lado de lá, por onde desciam os maragatos, o terreno era muito dobrado, dificultando a marcha, o que nos dava a certeza de ganharmos a dianteira e podermos cortá-los no Passo dos Enforcados, algumas léguas abaixo das minas abandonadas, nas terras do falecido Feliciano José dos Santos. Esse fazendeiro ficou célebre porque se recusou a aderir aos republicanos na Guerra dos Farrapos. Era gente do coronel Manuel Luiz da Silva Borges, o pai do general Osório, chefe político em Caçapava e adversário declarado de Bento Gonçalves. Os republicanos passaram a gravata colorada nele. E os filhos do Manuel Luiz, que já era falecido quando estourou a revolução, o que virou general, e tinha o nome do pai, e seu irmão, tenente Thomaz Luiz, resistiram ao ataque à cidade pelas tropas do Netto e do João Antônio, escapando-se do cerco na última hora.

– Pois ali fica a Toca do Assombrado – mostrou Orfilla, apontando na direção de grandes pedras que se viam ao longe, parte do sistema das Guaritas. – O senhor conhece, doutor, a história dos três baianos? – nem esperou a resposta e já foi contando. – Antes da revolução, lá por 1833, foram mortos três músicos baianos aqui na casa do seu Feliciano. Eles pegaram os cadáveres e atiraram na toca, arrastados por um petiço. Pois não é que, dias depois, o animalzinho entrou casa adentro, como louco, mordeu o canto da mesa, quebrou tudo e saiu a galope se atirando no perau, na mesma toca para a qual tinha puxado os baianos? Ficou que era um espírito vingativo, mas não é não. Não é nada disso, não senhor – continuava sem fôlego o anão –, pois, não sei se o senhor sabe, eu entendo mais de cavalos que esses veterinários, esses doutorezinhos que não sabem nada. O senhor sabe que eu entendo de cavalos, não sabe?

– Claro, Orfilla, que sei – respondeu, paciencioso, Bozano, divertindo-se com a história insólita.

– Pois não foi assombração coisa nenhuma, ele foi atacado pelo micróbio de Borne, uma espécie de tétano que o bicho pega na cana, no esterco, e que deixa o animal cego. Foi por isso que o petiço caiu no perau. Não foi alma de outro mundo coisa nenhuma.

A noite já vinha caindo quando atingimos o Passo dos Enforcados. Bozano estava exultante, feliz de rever o lugar onde lutara havia pouco mais de ano num dos combates mais memoráveis da guerra civil. De um lado, os dois generais maragatos, Zeca Netto e Estácio Azambuja. Do nosso, aquele grupo indomável que compunha a Divisão do Centro. Quando Claudino mandou carregar, Bozano vinha na vanguarda e coube a ele fazer o primeiro contato com o inimigo.

Apeamos defronte à venda do turco David Guidugle, casa de comércio forte, que abastecia a maior parte das fazendas daquelas redondezas, desde Traíras até o Cerro do Martins.

– Oigalê, turco sem-vergonha – entrou Bozano, saudando –, dá cá um abraço.

– Mas que gringo moleque – disse o velho de lá –, que demônio te traz aqui de volta?

– O mesmo de sempre, estou treinando tiro ao alvo em maragato.

– Pois não lhe gabo o gosto – disse o comerciante com seu sotaque característico.

– Diz-se que há uns deles por aqui. Ouviste falar? – perguntou Bozano.

– Também ouvi dizer, mas aqui no Passo não chegaram, isto eu garanto.

– Tu nunca vês nada, turco sem-vergonha – pilheriou mais uma vez Bozano. – Ainda bem que não vês de lado nenhum, senão teu pescoço iria responder por ti na mão de algum maragato bandido.

– Não sei de maragatos bandidos, nem de provisórios bandidos, para mim são todos homens de bem.

– Isto é que é ser equilibrista – tornou Bozano. – Mas me diga uma coisa: se tu tivesses que vender uma boa partida para um maragato, onde tu irias procurá-lo?

– Não sei. Não sei mesmo. Acho que sairia por aí bombeando, talvez desse uma chegada lá nos campos do meu patrício Kassan. Pode ser que ele soubesse me dizer onde há tal gente.

– Pois muito bem. Olha, para não ficares triste, vamos comprar aqui mais do que precisamos e te pagamos em dinheiro, em mil-réis, está bem? – e virando para Ulisses: – Ulisses, chama o Colonna e vamos nos abastecer. Bem, agora eu também vou andar por aí, seguindo um palpite que tive agora mesmo – e saiu da loja, para conferenciar com os oficiais.

A informação dos bombeiros era de que Zeca Netto, pressentindo nossa marcha, passara para o outro lado do Camaquã, entrando em Caçapava pelo Passo da Areia. Encontravam-se, portanto, as duas forças do mesmo lado do rio. Mas tínhamos a vantagem de ter-lhes cortado a frente. Dava para perceber qual o plano deles àquela altura: sendo o lado de Caçapava o de campos mais limpos, seu movimento deveria nos atrair sobre eles nesse espaço. Quando nos atirássemos na sua direção, eles recuariam, tornariam para a outra margem e se perderiam no meio das grotas que conheciam tão bem. Para uma tropa guerrilheira, não interessa marchar por estradas limpas e bem cuidadas. Eles precisavam ganhar a dianteira. Entretanto, Bozano já tinha percebido a intenção de Netto. Com toda a calma, mandou acampar.

– Vamos dormir aqui. Esta é uma posição excelente, estratégica. Enquanto estivermos por aqui, eles não têm como passar. De amanhã eles não nos escapam.

À noite, a tropa espalhou-se pelos descampados em frente à venda. Desde o dia anterior que a lua voltara a aparecer e nessa noite estava especialmente bela no seu primeiro crescente, esguia, uma pintura. Os oficiais reuniram-se defronte à casa e ficaram a prosear, relembrando quantas vezes cruzaram aquele passo, ora para um lado, ora para outro, atacando ou retirando. Muratori contou quantas vezes ali se feriram combates, em todas as guerras, desde as refregas de Sepé Tiaraju, até aquela verdadeira batalha do ano anterior, quando enfrentaram as forças combinadas de duas divisões do exército libertador, um dos maiores combates da revolução. Mais de mil homens para cada lado, o melhor armamento disponível nos dois lados, as forças completas. Acontecera na manhã de 4 de agosto.

– Nunca vou me esquecer – conta Bozano –, quando irrompi das barrancas, eles lá estavam nos esperando de linha estendida. Mal deu o tempo de engatilhar...

– Eu acho que mais uns cinco minutos e nos pegavam mijando – relembrou Ulisses Coelho, que também participara daquele combate.

– É verdade – disse Muratori –, se não é o velho Claudino entender a mensagem do turco...

Claudino vinha com a Divisão do Centro completa, subindo de Bagé para Caçapava, à procura de Estácio ou Netto. Nunca imaginava que toparia com os dois juntos. O Passo dos Enforcados fica numa das estradas principais daquela região. É um lugar tão movimentado que tem até balsa licenciada pelo governo. A casa de comércio também é um ponto de convergência importante naquela fronteira.

A Divisão descia pela estrada principal. Os rebeldes estavam amoitados no Passo das Rocas, rio acima, um pouquinho ao sul do Rincão do Inferno. Isto é, estavam atocaiados no seu covil, prontos a saltar sobre quem se aventurasse naqueles pagos.

Os dois generais assisistas esperavam para ver como os brigadianos iriam se movimentar. Quando seus bombeiros disseram que os legalistas desciam a estrada, certamente perceberam o sentido da marcha da Divisão. Resolveram atacar, escolhendo para a emboscada a hora em que Claudino estivesse com sua tropa na água, no meio do Passo – o momento mais vulnerável de qualquer exército, naquela geografia, pois dentro d'água, nadando, um cavalo é tão lento quanto um homem de braçadas.

A nossa sorte foi o coronel Claudino ter entendido a mensagem subjacente do comerciante.

– *Mas o senhor não viu força nenhuma? – perguntava Claudino.*

– *Ver não vi, mas sei que há força por aqui – respondia o homem, assustado.*

– A diferença de profundidade do passo entre agosto e agora, em dezembro, é para mais da metade da água que corre rio abaixo – lembrou Soveral.

– Eu confesso que não entendi nada – relembrava Bozano –, eu vinha por último, fazendo a retaguarda, já enfiado nas matas da barranca, descendo para o passo. Estava calmo, à vontade, pois jamais suspeitaria que o inimigo estivesse tão próximo.

– Coisas do Zeca Veado – atalhou o tenente João Cândido, também ele veterano daquele encontro.

– E que inverno! – relembrou Armando Borges.

– Aquele frio de renguear cusco – completou o velho João Cândido.

– É verdade, dizem que foi o inverno mais frio do século – interveio Xavier da Silveira.

– Depois do combate o coronel Claudino me disse por que deu aquela ordem – contou Bozano. – Ele me falou assim: "Guri, acho que tive uma inspiração, pois quando o bolicheiro me disse saber que havia uma força por ali, eu logo pensei, se vier pela retaguarda estamos lixados". Por isso que ele me mandou retroceder.

Bozano virou seu 3º Corpo Auxiliar e voltou subindo a barranca em sentido contrário, que ali é apenas um terreno de mato, que a água só cobre nas grandes enchentes. Quando saiu da linha das árvores, levou fogo. A vanguarda inimiga estava na coxilha, com campo de tiro limpo para a saída das matas.

O comandante santa-mariense não perdeu tempo, mandou sua tropa ir se estendendo ao longo das árvores e abriu fogo, respondendo à fuzilaria maragata. Sim, maragata, pois a primeira linha de atiradores inimiga eram os lenços colorados do Estácio Azambuja. Zeca Netto ficou na segunda linha, uns 500 metros atrás, entrincheirado no Cerro da Tigra.

Bozano mandou carregar contra os fuzileiros emboscados na coxilha. Dava até para desconfiar da facilidade com que os levou. A surpresa veio quando venceu a crista e no topo estava o grosso da força de Estácio Azambuja, entrincheirada no Cerro das Coronilhas. O 3º topou com uma muralha de chumbo. Foi um esparramo. O combate, vendo pelo nosso lado, ficou limitado, à direita, pela Lagoa Negra e, um pouco mais abaixo, pelo Lajeado, uma pequena corredeira do rio Camaquã.

Assim que começou a fuzilaria, Claudino interrompeu a travessia e, ordenando meia-volta, mandou as tropas que já estavam do lado caçapavano regressarem a Bagé.

– Nem bem tínhamos estendido nossa linha, já chegou o intendente de Caçapava, coronel João Vargas, com o seu 2º Corpo Provisório. Ali eles ficaram, os papa-laranjas a se comerem uns aos outros – tornou Soveral, que tinha ficado (naquele tempo ainda era capitão) com a defesa da boca da estrada.

— Com reforço do João Vargas já ficamos a cavaleiro — lembrou Bozano. Enquanto era só o pessoal de Santa Maria contra duas divisões adversárias, sua situação era extremamente crítica. Logo em seguida, chegou o intendente de Cachoeira, Aníbal Loureiro, com seu 1º Corpo. Eles precisavam segurar o inimigo até Claudino conseguir fazer o pessoal do 1º RC transpor o rio de volta, pois com os regulares estava a maior parte do armamento automático, que iria desequilibrar o combate, com seu poder de fogo descomunal.

— Nessa hora fraquejou a linha deles. Até pensei que iriam debandar, inexplicavelmente — relembrou Muratori.

— Eu acho que foi nessa hora que morreu o burro branco, não foi? — perguntou Bozano.

A história depois fora contada em prosa e verso. Não sei dizer o nome do culpado pelo início do corre-corre, mas um maragato entendeu mal a exclamação de um companheiro, semeando o pânico em suas linhas, que quase degenerou numa debandada. Certamente era daqueles radicais que não toleravam os lenços brancos, nem mesmo quando lutavam do mesmo lado. Só isso explica como ele reagiu.

— Morreu o burro branco! — gritou o mulatinho Simão, cria do coronel Favorino, que cabresteava o burrico tordilho com duas canastras no lombo, cheias de balas que ele ia distribuindo no remuniciamento ao longo da linha.

A notícia foi correndo, pois todos entenderam que deviam poupar a munição até que se estabelecesse um novo sistema de ressuprimento dos atiradores. Porém, quando bateu no apavorado, ele largou:

— Morreu o burro branco — gritou alguém.

— O quê? Mataram o Zeca Netto? Agora se fomos — e levantou-se, descendo coxilha abaixo. Sem saber o que ocorria, outros atiradores o imitaram, acreditando que fora dada uma ordem de recuar, que o inimigo os estaria envolvendo. E o principal, que o Condor dos Tapes estaria morto, quando, na verdade, ele nem estava, ainda, participando diretamente do combate.

Os provisórios não perderam tempo e tentaram ocupar o claro aberto pelo recuo maragato. O que os salvou foi o guri Hermínio Albuquerque, 13 anos recém-feitos, mas uma determinação de homem adulto. Nem parecia piá. Vendo o que ocorria nas Coronilhas, pegou um grupo de cavalarianos e se atirou na brecha aberta pelo pessoal em retirada. Enquanto isso, o negro Beca segurava a linha com uma meia dúzia de fuzileiros, soterrado pelas balas de mais de 500 homens que avançavam em cima deles. O contra-ataque do piá teve seu efeito. A carga de cavalaria conseguiu deter o ímpeto do avanço republicano, a linha foi recomposta e o combate continuou.

Esse guri era danado. Meses depois, na tomada de Pelotas, ele teve um papel decisivo, quando investiu, a galope, contra o ninho de metralhadora que fechava a rua que dava acesso à praça principal da cidade, onde ficava a Intendência, que era o centro de poder do inimigo. Sozinho abateu os três brigadianos que guarneciam a arma, calando-a e abrindo caminho para que o resto da tropa assaltasse a sede do município, configurando a tomada da cidade.

No seu relatório ao dr. Borges, o coronel Claudino disse que a sorte foi ter deixado Bozano na retaguarda, uma posição que ele e seu 3º CA raramente ocupavam. Ao contrário, em 90 por cento das marchas da Divisão do Centro o corpo de Santa Maria ia na frente, abrindo caminho para os demais. Tanto que a fama de Bozano, nas suas próprias fileiras, era de "temerário". Ele via o inimigo e se atirava, ele próprio à frente, indiferente ao perigo, como se fosse imune às balas. Foi assim que ele fez seu nome e ganhou o comando de seu corpo provisório, logo no início da revolução, quando botou para correr outra legenda da guerrilha maragata, o general Leonel Rocha.

Vou contar do início, pois o processo que levou Bozano ao comando do Corpo Provisório de Santa Maria envolveu uma série de acontecimentos políticos e militares que se refletem na situação da luta pelo poder no estado neste ano de 1924. Desde que se configurara a vitória do dr. Borges nas eleições que o estado estava em clima de pré-guerra civil. Mais do que isso, o governo preparava-se para uma guerra total, para enfrentar uma invasão do território gaúcho, num cenário em que o inimigo contaria com importantes apoios internos. Para enfrentar esse inimigo, contava-se fazer uma campanha casa a casa. Cada rancho rio-grandense seria transformado numa trincheira, daí a militarização completa do partido, com a formação de corpos provisórios em praticamente cada vilarejo do estado.

Em Santa Maria, nosso grupo tomou a dianteira no recrutamento de jovens companheiros para formar o corpo provisório que representaria os republicanos do município nesse exército. Quando se iniciaram as hostilidades, no norte do estado, o governo mobilizou a Brigada e os corpos da própria região para sufocar os levantes. O dr. Borges manobrava sobre o fio da navalha, tendo de manter a aparência de paz interna, por mais que as desordens se propagassem, para ganhar o máximo de tempo até uma possível decretação da intervenção. Ao mesmo tempo, tínhamos que estar prontos para saltar na jugular do inimigo assim que pusesse a cabeça de fora.

Enquanto não éramos mobilizados, mantínhamos nosso pessoal na ponta dos cascos, realizando trabalhos políticos pelo município. Quando finalmente saiu o decreto criando o Corpo Provisório de Santa Maria, já tínhamos tudo pronto. O ato do presidente foi assinado dia 15 de maio, dia 17 já estávamos marchando em ordem unida, prontos a sermos incorporados a alguma divisão do Exército Republicano. Assim, quando os velhos chefes do partido quiseram se mexer, sair pelas estâncias de companheiros pedindo voluntários, a tropa já estava completa, tirando as medidas para o uniforme.

O nosso avanço sobre o Corpo Provisório gerou algumas reações. O governo não conseguiu nomear o comandante, tal a luta interna que surgiu no partido quando se deram conta de que Bozano era, virtualmente, o dono da tropa. Ele não tinha nem mesmo um cargo no Conselho, mas já saiu no decreto com a patente de capitão-ajudante, o terceiro posto de comando na Força. O major-fiscal, que seria o subcomandante, era um oficial de carreira da Brigada, o major João Francisco Elgues. O padrão era de que o tenente-coronel comandante fosse o chefe político do município. No caso, para o posto deveria ser nomeado um dos velhos coronéis. Aí estava o problema. Todos eles estavam ou muito idosos ou já tinham desgastado sua liderança, naquele processo de decadência em que se encontrava o partido em Santa Maria quando Bozano chegou para reanimar sua vida política. A única saída foi designar para o comando também um oficial de carreira. Foi convocado o comandante do policiamento da Brigada na cidade, o coronel Alfredo Weber.

Os capitães eram todos nossos: Raul Soveral comandava o 1º Esquadrão, Carlos Batista Druck, o 2º, Manuel Silveira, o 3º, e Felisbino Monteiro, o 4º. Também entre os tenentes e alferes, a maioria fazia parte da ala jovem do PR, entre os quais o filho do cardeal da imprensa republicana na cidade, João Belém, que foi, no posto de alferes, Tasso Riograndino Fiori Belém. Enquanto o grupo recebia o treinamento básico, tudo ficou em calma. Porém, logo surgiram as diferenças entre Bozano e o comandante. É bom lembrar que os dois tinham uma velha diferença, pois Weber, cumprindo rigorosamente seu dever de chefe do policiamento, havia impedido Bozano, no célebre comício de Assis Brasil, pouco antes, em novembro, de levar até o fim seu projeto de abortar a manifestação oposicionista na cidade, garantindo aos assisistas seu direito de se manifestar.

Já havia quem dissesse que os "provisórios do Bozano" passariam a guerra ali na praça de armas do quartel, marchando em ordem unida, sem participar dos combates. Até aquele momento, a sedição limitava-se ao norte do estado e recém começava um outro levante na fronteira oeste, liderado pelo caudilho maragato Honório Lemes. O comandante do 1º Regimento, a unidade-mãe das tropas provisórias daquela região, estava longe, comandando a recém-formada Brigada do Oeste, agrupando forças de Uruguaiana, Alegrete, Quaraí, Livramento, que se preparavam para aniquilar o já cognominado "Tropeiro da Liberdade".

Tanto fez Bozano, usando seus canais diretos com o dr. Borges, que o comando-geral designou o Corpo para guarnecer um trem de munições que partiria de Santa Maria para o norte, a fim de reabastecer as forças da 1ª Brigada do Norte que, sob o comando do general Firmino de Paula, veterano de 93, chefe político da região, preparava-se para uma batalha decisiva contra o caudilho Leonel Rocha, que estava entrincheirado com mais de mil homens na Colônia de Tesouras, no município de Palmeira das Missões. Meio a contragosto, pois viu que a missão fora obtida por canais informais por um oficial inferior de sua unidade, Weber distribuiu sua Força pelas três composições que seguiriam em comboio para a estação de Pinheiro Marcado, local onde o governo concentrava suas forças para aniquilar o exército rebelde que, com efetivo superior a mil homens, estabelecera uma fortaleza a poucos quilômetros da sede da colônia, no local denominado Fazendinha, a parte dos fundos da antiga Fazenda de Tesouras, que fora transformada num assentamento para colonos sem-terras vindos da Colônia Velha, na região do rio Caí.

A estação de Pinheiro Marcado foi transformada numa praça de guerra. Ali estava o efetivo completo de uma brigada, cerca de 2 mil homens, com todas suas tropas, regulares e provisórias, seu entorno, as vivandeiras, a maior parte delas mulheres dos soldados que seguiam seus homens à guerra, comerciantes selecionados que haviam vencido as concorrências públicas para abastecer as tropas, combatentes voluntários civis, voluntários da Cruz Vermelha, enfim, não havia dúvida de que haviam chegado à frente de batalha.

Adstrito às suas ordens, Weber supervisionou a entrega da carga aos intendentes da Brigada do Norte e já providenciava, junto ao setor de transportes, um conjunto de vagões para levar sua tropa de volta ao quartel em Santa Maria, quando foi interrompido por Bozano, com uma notícia absolutamente desconcertante.

– Coronel, acabo de falar com o general Firmino e ele requisitou nosso Corpo para participar das operações contra Tesouras, amanhã pela manhã – disse, alegre, completando –; finalmente, vamos entrar em combate.

– Como, o que o senhor está me dizendo, doutor? Negativo, nossas ordens eram para somente escoltarmos essas composições ferroviárias. Daqui voltamos a nossa base – disse, peremptório o brigadiano.

– O que o senhor quer dizer, coronel? Não estou entendendo. O senhor está me dizendo que vamos nos furtar de participar de um combate que está por ocorrer aqui mesmo?

– Meu caro capitão, não se esqueça de que o comandante, aqui, sou eu. Estou dizendo que nossas ordens são para regressarmos a Santa Maria. É o que vamos fazer. Portanto, pode ir se recolhendo ao vagão de comando, que

vamos partir assim que engatem uma locomotiva para puxar nosso trem. Entendido?

– O senhor está brincando, coronel...
– Nada disso. Estou falando a sério. E muito a sério.
– Não acredito no que estou ouvindo.
– Pois enquadre-se, capitão!
– Pois escute o que estou lhe dizendo, meu coronel. Não voltarei a Santa Maria desta maneira. Nem eu nem este Corpo. Não viemos até aqui para passear de trem. Já que conseguimos chegar até a frente, não regressaremos antes de lutar contra o inimigo que está a poucos quilômetros daqui.
– Capitão – começou, com energia, acentuando que Bozano ali não passava de uma patente inferior –, o senhor, como advogado, como homem de leis, deve saber, portanto, a gravidade da falta que está cometendo. Pelos regulamentos militares, numa situação de completa normalidade a sua insubordinação já seria gravíssima. Aqui, em plena frente de batalha, é intolerável. Capitão, considere-se preso!
– Preso coisa nenhuma; o senhor verá – disse, dando-lhe as costas, saindo a passos largos, perdendo-se no meio da multidão de uniformes que se espalhava na área. O coronel, que deixara falando sozinho, estrebuchava de raiva.

Dali a pouco, chega ao local um outro coronel da Brigada, dizendo a Weber que se apresentasse ao general Firmino. Weber sentiu que sua autoridade fora pulverizada. Esquecera-se de que Bozano era, antes de tudo, um chefe político. Sentia que aquele equilíbrio precário entre militares profissionais e políticos, uma fórmula que sempre dera certo no Rio Grande, estava se rompendo pelo lado mais fraco, o dele. Bozano, apesar de não ser mais do que um frangote, era ali o representante do poder, do partido, com acesso direto ao alto comando, em Porto Alegre.

Weber entrou na estação onde o general tinha seu QG, prevendo o que estava para acontecer.

– Coronel Weber, que prazer vê-lo – disse Firmino. Bozano estava de pé a seu lado, olhando o bico das botas.
– Coronel Alfredo Weber, comandante do Corpo Auxiliar de Santa Maria em...
– Muito bem, coronel, muito bem, dispensado da apresentação – interrompeu Firmino. – O senhor sabe por que o chamei aqui?
– Imagino, senhor, porém...
– O senhor está tendo a honra de apresentar uma unidade da briosa Brigada Militar e do glorioso Partido Republicano rio-grandense para combater pela República e pela autonomia rio-grandense – atalhou, mais uma vez, o gene-

ral, procurando contornar a crise com uma saída elegante, que satisfizesse às duas partes. – É isso que o senhor estava querendo dizer?

– Bem, general, não é exatamente isso... Tenho minhas ordens...

– Está bem, coronel, entendo seus cuidados, porém sua unidade está sendo convocada a participar de uma batalha. Uma batalha, coronel! O senhor sabe qual a diferença entre um combate e uma batalha? Se sabe, está bem, se não sabe, vou lhe dizer: um combate é um encontro tático de forças; uma batalha é um encontro decisivo, onde se destrói uma estratégia do inimigo. Pois é para isso que estamos marchando, e sua unidade terá a honra de participar de uma vitória histórica de nossas armas. Vamos varrer esses rebeldes, de uma vez por todas, desta região.

O coronel ficou tomado por três sentimentos: desolação, perplexidade e fúria. Não era sua intenção juntar-se à Brigada do Norte. Nunca imaginou que Bozano tivesse tamanha influência. Não podia ser desmoralizado assim tão descaradamente. Mas se conteve, pois falou mais alto que seu brio de militar a condição de funcionário profissional de um estado que tinha sua corporação como um braço armado, e não o contrário. Sabia não ser aquele o momento de desobedecer a um general em comando em zona de guerra, tampouco prudente enfrentar um homem com o poder que tinha o general Firmino na hierarquia republicana gaúcha. Achou melhor ficar calado e assimilar o golpe. Depois veria o que fazer.

Ali Bozano assumiu o controle, de fato, da situação. Voltou até a gare, onde o Corpo esperava pelo embarque, e comunicou as novas ordens.

– Vamos, pessoal, vamos – disse a seus oficiais, que o esperavam ansiosos pelo desenlace da crise. – A tropa já está começando a marchar.

– Júlio Raphael, tu já examinaste bem o que acabaste de fazer? – questionou Soveral, assim que ouviu a história.

– Não. Só avaliei o seguinte: não vou regressar daqui sem dar um tiro, sem combater. Se quiserem, que me fuzilem, que me prendam, façam o que quiserem, mas terão que me punir por ter cumprido com meu dever. Vai ser difícil me pegarem por isso, não achas, Soveral?

O comandante do 1º Esquadrão limitou-se a um "pois quem sabe?", antes de ver o coronel voltar visivelmente contrafeito. Com igual ânimo ficou o major Elgues, que já estava antevendo o grave problema disciplinar que teria de enfrentar dali para frente com os oficiais políticos que tinha sob seu comando. Entre a tropa não chegou a transpirar o mal-estar que se estabeleceu no alto comando. Ao saberem da ordem de marchar, encheram-se de júbilo. Tanto quanto Bozano, estavam desolados com a perspectiva de regressar para casa da porteira da arena. Não era apenas por temor à gozação dos demais, dos amigos, dos *parentes, das praças das demais unidades aquarteladas em Santa Maria ("e aí, tchê, viste muita bala lá na Palmeira?"), mas também aquela coisa própria do soldado: o homem condicionado para militar-combatente, mesmo sabendo que à sua frente só há morte e miséria física, o risco de aleijamento, quer, a todo o custo, estar mesmo no meio da guerra.*

Assim a tropa de Santa Maria integrou-se à Divisão do Norte, orgulhosa de estar participando dos eventos que estavam por vir, muito mais ainda por estarem na condição de convidados. Naquele dia, na estação de Pinheiro Marcado, concentrou-se a força máxima dessa grande unidade.

Bozano voltou a Firmino.

— General, o Corpo de Santa Maria está pronto para marchar, ao seu comando — bateu continência.

— Guri... veja o que me arrumaste. Quando o Massot souber... Veja onde te meteste... Já mandei pelo telégrafo um relatório pessoal ao Borges procurando livrar o teu lado. Sabes como é: o boi que chega primeiro bebe água limpa. Mas te prepares que isto vai dar pano para a manga — disse o general. Ele ficara ao lado do jovem santa-mariense. Gostava dele, fazia seu gênero. Também sabia que era um enfant gâté *do presidente. Um jovem quadro que precisava projetar-se. Sua decisão de dar uma carona no coronel fora mais política do que militar. Entretanto, em menos de 24 horas completaria sua impressão, ficando seguro de que também fora correta no aspecto militar.*

Bozano não cabia em si de tão contente. Ali estava ele, embora só com suas três divisas de capitão, ao lado de grandes estrelas do sistema político-militar do estado, como os comandantes de outros corpos provisórios, os tenentes-coronéis Victor Dumoncel Filho, Teodoro Silveira, Joaquim Moura, Martim Leonardo, Edemundo Oliveira e Valzumiro Dutra, este com seu corpo de Palmeira composto basicamente por índios bugres da tribo dos caingangues, uma etnia primitiva, anterior aos guaranis nestas terras, os chamados "Pés no chão", o terror dos seus inimigos na fronteira oeste e uma excentricidade das forças republicanas.

Na verdade, não possuíam nenhuma ligação direta com o partido. Esses silvícolas expressavam sua gratidão aos castilhistas cedendo seus homens para defender os governos republicanos do Rio Grande do Sul contra seus inimigos, fossem quem fossem. Foram os positivistas, com suas idéias sobre os direitos dos povos, que lhes garantiram, em mais de 500 anos, pela primeira vez, os seus direitos de povo livre. Eles faziam parte do que os antropólogos chamam de "povos de Tradição Taquara", uma etnia de origem gê, descendentes da primeira povoação das Américas, que chegaram ao Planalto há 2 mil anos. Ainda antes da descoberta foram invadidos pelos guaranis. Sua cultura resistiu uns 200 anos à dominação desses guerreiros vindos do vale do Paraná-Paraguai e, logo depois da chegada dos portugueses ao Brasil, escaparam como puderam dos bandeirantes paulistas que vinham buscar escravos para as lavouras do Nordeste brasileiro. Estabelecidas as fronteiras entre as potências européias, sua raça viu-se atacada outros 200 anos pela civilização dos guaranis convertidos pelos jesuítas ao catolicismo e que desenvolveram na região uma nova organização, uma economia nos moldes europeus e tiveram sua língua codificada e escrita. Expulsos os guaranis, vieram os portugueses e, quase 150 anos depois, chegaram os alemães, italianos e poloneses. Somente com a República foram reconhecidos como gente. Chegaram ali jovens representantes do governo, dizendo que havia um novo regime que reconhecia que eles também eram gente, oferecendo-lhes terras para viver, plantar, caçar, fazer o que quisessem. Desde então, a vida mudara. Por isso, sempre que os republicanos precisavam de homens fortes para a guerra, encontravam tantos quantos quisessem em suas aldeias e colônias. O reconhecimento dos direitos dos índios fora obra de dois positivistas convictos, Carlos Torres Gonçalves, diretor de Terras e Colonização do estado, e de seu seguidor fiel, o engenheiro que demarcou e implantou as colônias, Frederico Westphalen. Para os caingangues era Deus no céu e Frederico Westphalen na terra.

A característica principal dos caingangues como guerreiros é que não montavam a cavalo, ao contrário dos guaranis, dos charruas e dos minuanos, que se revelaram ginetes incomparáveis. Sua força, como os antigos apaches norte-americanos, estava nos pés e nos pulmões. Tinham uma capacidade aeróbica descomunal; com seus patagões gigantescos eram capazes de correr por horas e horas, mochilas às costas, tão rápido quanto um cavalo em trote forçado. E agüentavam mais que um homem calçado. Aliás, eles rejeitavam as botas, daí o apelido "Pés no chão". Entretanto, como a Brigada Militar era uma instituição de um estado civilizado e seu uniforme regulamentar incluía as botas para soldados, já que não especificavam que estas deviam ser calçadas, eles amarravam os cadarços e dependuravam os seus coturnos no pescoço, cumprindo o regulamento sem perder sua mobilidade, que certamente seria afetada pelos calos que aqueles paramentos produziriam. Tinham também uma outra característica: pertenciam à cultura dos gês, ou homens do pau, como os chamavam os bandeirantes pela habilidade e violência com que esgrimiam seus tacapes. Essas qualidades eles usaram com grande resultado militar na guerra. Seus tacapes foram substituídos por afiados facões, verdadeiras cimitarras que despescoçavam um homem com a maior facilidade. Eram guerreiros indomáveis, imbatíveis, tropas de infantaria sem igual. Eram capazes de vencer, não importando o clima, se frio ou sol a pino, as mesmas distâncias que uma força montada, e sem se queixar. Nunca recuavam. Mesmo ceifados pelas metralhadoras, continuavam avançando com seus facões afiados, para se engalfinhar num corpo a corpo contra as espadas e baionetas inimigas.

Antes de partir, Bozano explicou seu problema ao general.

– Viemos de trem, deixamos nossos cavalos em Santa Maria. Sei que não há montarias, mas pelo menos para o coronel o senhor poderia conseguir um cavalo?

Firmino não pôde deixar de rir. Realmente, bastava a humilhação a que submetera o oficial, mandá-lo a pé seria ultrapassar as medidas. Chamou um ajudante e mandou dar alguns animais para "os companheiros de Santa Maria". Foram poucos, mas o suficiente para os oficiais. As praças tiveram que marchar a pé.

Enquanto a tropa do governo se preparava para iniciar sua movimentação, formando no campo ao lado da estação, aprestando-se para a partida, era observada de longe pelos binóculos de dois homens empuleirados numa araucária bem alta. O veterano e ladino general Leonel Rocha mandara observadores experientes vigiarem o inimigo e assinalarem seu movimento assim que deixassem a estação. Estavam lá em cima dois vaqueanos da região, um deles o coronel José Sampaio, antigo proprietário da Fazenda Tesouras, desapropriada para fins de reforma agrária pelo governo, que ali formou a Colônia de Tesouras, e dono da sede da Fazendinha, como se chamava a gleba onde agora se concentravam as forças libertadoras.

O comandante do Exército Libertador do Norte era o general Leonel Rocha. Ele fora um dos coronéis do caudilho federalista Prestes Guimarães na Revolução de 93, que enfrentara nos Campos de Cima da Serra as tropas da célebre Divisão do Norte, de que Firmino de Paula fora um dos coronéis e responsável direto pela chacina do Boi Preto, quando foram degolados mais de 300 prisioneiros maragatos. Eram, portanto, velhos conhecidos dos campos de batalha. Trinta anos depois, iriam enfrentar-se novamente.

Leonel Rocha era um caudilho diferente de todos os demais. Não tinha origem pastoril, nunca trabalhara com gado, não era sequer proprietário de terras. Nascido em Taquari, corpulento, forte, não era índio nem colono de origem européia. Seus olhos azuis denunciavam sua origem no arquipélago dos Açores. Fora para Palmeira ainda jovem trabalhar na colheita da erva-mate, e depois se dedicara à agricultura, trabalhando na enxada, nas culturas do milho, feijão e mandioca.

A verdade deve ser dita: nem mesmo os libertadores devotavam respeito ao general Leonel. Sua fama maior vinha de sua grande valentia, conquistada em 1894, quando cumprira uma missão impossível, salvando Gumersindo Saraiva do aniquilamento ou da dispersão de seu exército. Foi na época em que o *general maragato se encontrava sitiado em Curitiba, sem alternativa para uma retirada rumo ao Sul. Sua alternativa seria emigrar para o Paraguai e dissolver suas forças, exilando-se. Entretanto, Prestes Guimarães tinha assegurado uma saída, mas não tinha como fazer a mensagem chegar até a capital do Paraná. O caminho do Rio Grande até lá estava estreitamente vigiado, inviabilizando a viagem de um mensageiro. Foi aí que Leonel fez seu nome. Decidiu ir sozinho. Atravessou Santa Catarina, evadiu-se dos índios hostis que viviam naquelas matas, atravessou rios a nado, chegando a Curitiba com a mensagem de que Gumersindo poderia voltar aos pampas, porque Prestes Guimarães assegurara-lhe o passo, esperando-o na saída dos campos de Passo Fundo.*

Leonel regressou com as forças dos maragatos, com o posto de major e o comando de uma fração das tropas do caudilho de Santa Vitória do Palmar. Em 23, nomeado general pelo dr. Assis Brasil, era o comandante do Exército do Norte, um conjunto de forças que alcançavam quase 3 mil homens. Seus guerreiros eram os colonos, os agricultores, os homens a pé, os pobres daquela região que o seguiam cegamente.

Firmino reuniu uma Força poderosa para expulsá-lo de seu covil. Ele propusera a Borges de Medeiros travar uma batalha decisiva, que acabasse de vez com as tropelias naquela região. Para isso teria que concentrar forças e meios para uma ação de grande envergadura. Assim, os observadores de Leonel viram chegar trens e mais trens com tropas e material de guerra, vindos de Passo Fundo ou de Santa Bárbara, prenunciando que uma grande ofensiva estava prestes a ser desencadeada. Leonel preparava-se para a batalha. Pressentiu que o dia tinha chegado quando seus observadores confirmaram que Firmino desembarcara em Pinheiro Marcado, vindo de Porto Alegre, no dia 14 de maio. Quase junto com ele, os trens de Santa Maria tinham encostado na plataforma de descarga da estação, escoltados pelo Corpo Provisório de Bozano.

Quando a Brigada começou seu movimento, às 8h da manhã do dia 15 de maio, o coronel José Sampaio desceu agilmente da árvore, montou a cavalo e galopou até o acampamento. Calculou a Força inimiga em 500 cavalarianos e 300 infantes. Havia visto apenas a metade da tropa. Leonel preparou seu plano de batalha seguindo o plano que Sepé Tiaraju concebera há 150 anos para enfrentar as tropas do Tratado de Madri: uma pequena força daria o primeiro combate no terreno mais favorável ao inimigo, enquanto o grosso das forças agüentaria o segundo ataque no território mais favorável à defesa. Os caciques guaranis, naquela época, desobedeceram seu chefe e acabaram aniquilados em campo aberto, onde a vantagem era das forças luso-espanholas, mais bem-armadas. Leonel foi enfático: "Para desbaratar o Firmino é suficiente a gente que levo e, mesmo em caso de tiroteio, não me envie reforços sem que eu os exija. É possível um ataque pelo lado de Palmeira e, custe o que custar, é necessário manter as posições que ocupamos", foi o que ordenou o velho general aos demais comandantes que ficaram defendendo o reduto. Leonel Rocha levou consigo apenas 150 homens fortemente armados.

O grosso da tropa, que ficou entrincheirada na Fazendinha, decepcionou-se com a ordem. Todos queriam entrar em combate. Não faltaria oportunidade, disse Leonel, e partiu com seu grupo de choque. O piquete de vanguarda era comandado pelo coronel Pompílio Pithan, tendo como subcomandante o major Izidro Souza. Desses 150 homens, a grande maioria eram oficiais, a nata de seus guerreiros. Iria tentar uma emboscada, por isso não deveria levar muita gente, apenas o necessário, o máximo que pudesse ocultar no terreno que escolhera para o primeiro encontro.

Na segunda linha, a força principal do Exército Libertador ficou dividida em duas brigadas. Uma delas, comandada pelo coronel José Sampaio, auxiliado pelos capitães Fidêncio Dib, Barnabé e Marciano Thomaz da Silva; a outra era comandada pelo coronel Domingos Galvão Bueno, auxiliado pelo coronel Eduardo Victor Dumoncel e pelos capitães Alonso Félix Corrêa e Severo Machado. O plano de batalha era reforçar os flancos, pois tinha certeza de que Firmino seguiria seu estilo de guerra, tentando cercar-lhe, cortar-lhe a retaguarda, deixar toda sua força presa como numa ratoeira.

Leonel Rocha escolheu para a emboscada um local que julgou adequado, distribuindo sua tropa de forma não-ortodoxa. Em vez de formar a linha de fogo, espalhou seus homens em pequenos grupos, separados uns dos outros. Foi uma espera angustiante.

Firmino parecia não ter pressa. Sua tropa marchou até meio-dia e interrompeu a marcha já na sede da Fazendinha. Mandou voltear uma ponta de gado, carnear e servir churrasco à la farta *para a toda a força. Nesse acampamento, Bozano conversou com Ulisses Coelho. Este era um companheiro de Santa Maria, que participara de todo o trabalho de reerguimento do partido, mas não se integrara ao Corpo, pois tinha conseguido um emprego numa firma atacadista fornecedora para a Brigada. Com a revolução, fora designado para acompanhar a tropa, administrando as vendas da empresa e coordenando a entrega das mercadorias. Estava ganhando muito bem, era uma oportunidade que não podia perder. Entretanto, Bozano não o deixava em paz.*

– Ulisses, tu não podes continuar assim, tens que te incorporar.

– Não posso, Júlio Raphael, estou trabalhando.

– Está bem, está bem, mas só falta tu.

Pela manhã, a tropa recomeçou a marcha. Leonel e seus homens passaram a noite entocados em seus abrigos camuflados por vegetação, sem dar um pio, sem fumar, sem comer, aguardando. As patrulhas inimigas que vasculhavam a área em nenhum momento desconfiaram que ali naqueles matinhos escondia-se o inimigo. A posição ficava num alto, com vista ampla e descampada da estrada onde deveria passar a força governista. Mais ou menos às 10 da manhã foi avistada a vanguarda de Firmino. Vinha uns 2 mil metros à frente do grosso da tropa, que avançava em formação, coluna por quatro, cavalaria à frente e infantaria na retaguarda. Os corpos de infantaria iam puxados pelos oficiais, montados. Leonel passou a instrução: "Só disparem quando eu der a ordem. Não nos interessa esse piquete. Vamos abrir fogo quando tivermos o grosso deles em nossa frente".

Tudo parecia se ajeitar bem como o general libertador queria. O piquete da vanguarda já ultrapassara o ponto da emboscada, o grosso da tropa estava a uns 500 metros do alcance das armas inimigas, quando – como sempre – um nervosinho não agüentou e pressionou um pouco demais o gatilho de sua arma. Parece que a bala daquele tiro levou horas atravessando o espaço, seu chiado prolongando-se, até voltar o silêncio absoluto. A Brigada estancou a marcha, ficaram olhando, procurando a origem do disparo. Não dá para saber quanto tempo levou até que os oficiais começassem a gritar ordens às tropas para se formarem. Tinha malogrado a surpresa. Com as armas automáticas que levara para a emboscada, a posição perfeita, o descuido dos atacantes, Leonel já estava antevendo a chacina que produziria, a vingança do Boi Preto. Qual nada. Agora ele via o inimigo entrando em formação, espalhando-se no terreno, sua posição estava ameaçada, difícil, com tão poucos homens contra uma unidade numerosa, poderosa, disciplinada, que estava botando as garras de fora para estraçalhar-lhe o pescoço.

O pelotão de vanguarda retrocedeu e apontou a trincheira libertadora. Firmino ordenou o ataque.

– Bozano, ataca junto com a cavalaria – ordenou.

Os brigadianos lançaram-se contra as defesas de Leonel Rocha. O tiroteio foi ganhando intensidade. Bozano, sem medir conseqüências, ordenou a carga e seu corpo parecia indiferente à linha de fogo inimiga, avançando sem parar. Weber antevia um massacre. Mandava deitar, entrincheirar-se, manter o inimigo sob fogo e ir ganhando terreno aos poucos, como manda a boa tática de aproximação de um entrincheiramento. Nunca de peito aberto. Bozano, no entanto, desdizia as ordens do comandante e gritava a seus homens.

– Vamos, à carga, vamos, vamos, avançar.

Espada numa mão, a parabela na outra, caminhava diretamente sobre a trincheira maragata. Os soldados o acompanhavam. Começaram a ser atingidos. Cai o capitão Felisbino Monteiro. Mas nada os detém. Caem de assalto em cima dos homens de Leonel Rocha. Os libertadores recuam. O grosso da tropa vem atrás. Mais alguns quilômetros e dão de frente com o restante da coluna inimiga. A fuzilaria maragata é formidável. Os canos das armas parecem em brasa.

Dali a pouco, desce sobre o Exército Libertador a triste realidade: a munição começa a escassear. É a hora da retirada. Os campos estão coalhados de mortos e feridos agonizantes. Firmino dá-se por satisfeito: "Essa Força não tem mais condições de ameaçar nem mesmo um vilarejo", diz a seus oficiais. Bozano, no entanto, não desiste, quer vencer sozinho a batalha, ordena a perseguição. Firmino manda recuar, mas seus estafetas só vão encontrar os santa-marienses quase uma légua à frente, ainda embolados com os libertadores em retirada. A contragosto, Bozano ordena o recuo para suas linhas. Já desobedecera demasiado para afrontar mais uma ordem do comando.

Dia 17, Firmino de Paula manda transmitir um telegrama a Borges de Medeiros: "Pinheiro Marcado, 16h20. Ontem 11 horas encontramos forças Leonel Rocha, fundo Fazendinha. Revolucionários estavam entrincheirados ocultos matos, sendo aí seu acampamento, durante muito tempo, o que foi verificado pela grande quantidade de ranchos existentes no local. Leonel Rocha, assim entrincheirado, iniciou fogo contra forças de cavalaria e infantaria. O corpo de Santa Maria e a cavalaria a peito descoberto avançaram sobre o mato, nele entrando depois de nutrida fuzilaria de parte a parte. Dois esquadrões de nossas forças penetraram na serra pelo flanco esquerdo, auxiliando eficazmente o ataque ao reduto entrincheirado de Leonel Rocha que, apesar de favorecido pelo terreno e densa mataria, não resistiu ao ímpeto das nossas tropas, fugindo após duas horas de combate, abandonando em desordem as suas posições. Os revolucionários em vertiginosa disparada internaram-se nos fundos das matas, sendo não obstante perseguidos pelos republicanos num trecho de mais de meia légua". A seguir dava outros detalhes e, ao final, prometia: "O Corpo Provisório de Santa Maria regressa amanhã cedo. Respeitosas saudações. General Firmino de Paula".

Com esse telegrama, Weber não teve a menor possibilidade de fazer valer suas queixas. Ao contrário, foi dispensado do Corpo de Santa Maria. Menos de um mês depois saía no Diário Oficial o ato do presidente Borges de Medeiros promovendo Júlio Raphael de Aragão Bozano ao posto de major-fiscal. Weber foi transferido para o comando do Corpo Auxiliar independente de Osório, no litoral, longe das áreas conflagradas. Bozano foi efetivado como comandante do, já então, 3º Corpo Auxiliar da Brigada do Centro, que acabara de ser formado para atuar na região com centro em Caçapava do Sul, sob o comando do coronel Claudino, tendo como núcleo o 1º Regimento de Cavalaria da Brigada Militar.

Aos poucos, os oficiais foram se retirando para suas barracas. Era hora de dormir, no dia seguinte teriam uma faina dura. Bozano chamou o capitão civil e deu-lhe a missão.

– Muratori, amanhã vais fazer a vanguarda. Tu já conheces bem estas grotas.

Capítulo 26

Sexta-feira, 5 de dezembro
Passo do Cação

De manhã bem cedo, Muratori cruzou o Camaquã e subiu a estrada na direção de Traíras. Íamos em busca do inimigo, pelo caminho por onde não nos esperavam. Estávamos certos de que nesse dia, de um jeito ou de outro, estaríamos frente a frente com dois supercaudilhos rio-grandenses. O advogado santa-mariense não cabia em si de tão contente por, primeiro, estar no comando outra vez de uma unidade de combate; segundo, por ocupar a posição mais importante e delicada da operação que se iniciava. O que, além de uma honra, era um perigo assustador: ir na frente quando o que se tinha por diante eram Honório Lemes e Zeca Netto. Eu diria que não se deve desejar tal situação nem para o pior inimigo, porém Muratori estava exultante.

Assim que ganhou o campo, a força abandonou a estrada e seguiu pelo 4º Distrito de Bagé em direção ao Passo do Cassão, Cação, Cassam, nunca vi um lugar com tantos nomes. Quando me falaram a primeira vez que aquele estreitamento do rio tinha o nome de cação, fiquei intrigadíssimo, perguntando-me o que poderia ter vindo um tubarão fazer tão longe do mar. Ninguém sabia direito explicar, até que o dr. Chrispim me disse que se tratava de uma corruptela do nome dos donos daquelas terras, a família Kassan. Agora esclarecido, escrevo com a grafia que consta nos mapas militares, certamente por um mal-entendido da fonetização que lhe dá o povo, mas acabou ficando com dois toponímios oficiais: Cação, nas cartas da Brigada; Cassão, nos mapas do Exército. No plano elaborado pela Intendência de Caçapava, escrevia-se Cassam, mais perto do verdadeiro, aportuguesando a palavra de origem árabe. Explico isso tudo porque, depois do que aconteceu lá, Passo do Cação ganhou seu lugar na história do Brasil.

O dia recém tinha clareado quando passamos acelerados pela fazenda de João Pedro Corrêa. Muratori troteava à frente e já nos levava uma boa dianteira. Precisávamos marchar com discrição, tão levemente como caminhar em pantufas num assoalho rangente. Nossos inimigos esquivavam-se à nossa frente esperando uma brecha para fugir por entre nossas pernas. Nossas patrulhas precisavam ser muito hábeis na arte da penetração, para ver sem serem vistas. Embora tantos cuidados, teríamos que contar, mesmo, com a sorte, que eles não conseguissem escapar-se de nossos movimentos de envolvimento, desse cerco móvel que Bozano escolhera como tática de aproximação, vagando em círculos em torno deles, fechando a cada volta, até o encontro decisivo que lhes pretendíamos impor.

– Podes crer, Alemão, eles já desistiram de se implantar por aqui. A rebelião falhou em toda a linha: os militares fizeram *forfait* e os civis não tiveram espaço para se incorporar – analisou Bozano, enquanto trotávamos na pista de Muratori que, com o anão Orfilla de guia, seguia os rastros deixados por Honório.

Nesse tipo de operação, o mestre era o rastreador. Esse especialista ia sozinho ou, no máximo, com um escolta, a 2 ou 3 mil metros à frente da vanguarda. Não era aconselhável disparar patrulhas para todos os lados, espalhar uma rede de observadores, como, por exemplo, prescreviam os manuais do Exército. Os oficiais de carreira rebelados que, nessa campanha, combateram sob o comando de Honório, Leonel Rocha, Júlio Barrios e outros caudilhos maragatos que lideraram tropas mistas de civis e efetivos do Exército ou da Marinha queixavam-se dessa técnica de deslocamento. Eles prefeririam que se seguisse um processo, no entender deles mais de seguro, com uma malha de observadores avançados que dessem ao comandante uma massa maior de informações sobre o inimigo e sobre as opções que teria à frente. Isso poderia ser correto em outras circunstâncias, mas não aqui. Muita patrulha vasculhando só podia servir para alertar os bombeiros do inimigo. O guerrilheiro preferia seguir compacto, a tropa junta, com velocidade suficiente para anular a capacidade de antecipação do inimigo. Quando sua coluna fosse avistada, o bombeiro não mais teria grandes chances de chegar até seu acampamento. Pois, assim como ele nos veria, nós também o detectaríamos. Se não o víssemos, ele também não poderia se movimentar. Para não ser preso, teria que ficar escondido até passarmos, para só depois, fazendo uma volta, contornando-nos, chegar até seu comando. Até aí, o mais provável seria que tivéssemos alcançado o objetivo, travado combate, e estaria tudo decidido. Era assim que lutava o guerrilheiro gaúcho e dessa forma avançava Bozano. O comandante guerrilheiro preferia, portanto, confiar muito, mas muito mais mesmo, em seu instinto. O militar profissional era mais racional, daí a diferença de concepção sobre esse tipo de guerra entre os homens formados nas academias e os criados nas coxilhas.

Um bom rastreador valia por dez patrulhas, com a grande vantagem de, num tiro de galope, estar à frente do comandante da vanguarda com seu relatório completo e, ali, à disposição para, de viva voz, responder a todas as perguntas e ajudar nos seus raciocínios.

Nessa marcha não se demandou grande ciência do rastreador. Fim de primavera, tempo seco, as pegadas pareciam uma fotografia do que ocorreu por ali.

O difícil era no inverno, com os campos cobertos pela geada na campanha, com neve na serra, chuvas torrenciais que lavavam e escovavam o chão. Aí sim o rastreador tinha que ser um bamba. O tempo apagava tudo. O que ficava de sinal da passagem era uma erva revirada, um galho de vassoura quebrado, indícios tão tênues, dispersos, aleatórios, que só um olho de gavião ou um instinto de tigre para perceber e intuir para onde seguiu o objetivo, pois essas pistas – este era o nome – muitas vezes se distanciavam em quilômetros umas das outras. Mas o rastreador sempre sabia para que lado ia e também que aquela pisada ali era de um e não de outro. Dizem que tinham parte com as almas.

Essa é uma especialidade dos velhos. "*El diablo sabe por viejo*", dizia o gaúcho Martín Fierro. No começo é um brinquedo de piá, nas estâncias. Como no jogo de bola, bem cedo se revela o primeiro talento. Sim, esta é a palavra; para ser um rastreador a pessoa precisa ter um dom. Quando o guri leva jeito, o gaúcho começa a trazê-lo junto para seguir o rastro de algum boi corneta desgarrado que pulou uma cerca e ganhou o corredor. Ali ele vai aprendendo as manhas dessa ciência, como diferenciar uma pegada da outra, o tempo entre esta e aquela pisada, o peso que tem em cima desta e daquela, se é vaca, se é boi, cavalo ou égua, a velocidade de marcha, se a passo ou a trote. Galope, então, qualquer um vê e sabe identificar pelo tanto de terra que a ponta do casco desloca. A coisa começa a se complicar quando faz dias que o bicho sumiu. Só vão dar pela falta quando param rodeio. Aí sim já não pode ser resolvido por um amador. O rastreador sai costeando os alambrados para ver por onde escapou a rês faltante. Quando descobre o ponto de fuga, estabelece o tempo da façanha. Se é um animal de valor, um tourito, por exemplo, vale o investimento de uma busca de longo alcance. Maior especialização já se requer nas tropeadas. Quando se movimenta, numa viagem, uma grande quantidade de gado, cavalhada ou o que for, o risco de extravios é muito grande. Não há comitiva de que não fuja algum animal. Quando há um desastre, como tempestade ou estouro, que espalha a bicharada, aí nem se fala. O rastreador tem trabalho para semanas. Já seguir gente, bem, aí era serviço para artista. Era desses de que se valiam os comandantes para acompanhá-los nas campanhas.

Nosso rastreador indicou o caminho que Honório tomara. O anão Orfilla percebeu sua rota.

– Cruzaram o rio no Cação – disse a Muratori. – Não devem estar longe. Vamos mandar bombeiros, não lhe parece, doutor?

– De acordo. Mas vamos avisar o comando da coluna. Está bem? – disse Muratori, como se estivesse consultando Orfilla.

– O senhor é que sabe, doutor.

– Claro que sou eu quem sabe, Orfilla. Estava só pensando alto – e dirigiu-se a seu ajudante, que cavalgava a seu lado. – Valdez, vamos soltar uma patrulha de reconhecimento, que o inimigo está próximo. Mande, também, um mensageiro ao Bozano avisando que temos o inimigo à nossa proa – concluiu, divertido com a lembrança de uma imagem marítima. Seu comandante iria gostar dessa associação de idéias. Vicente Valdez, como ele, também era um oficial da reserva de provisórios que estava incorporado como voluntário civil.

Os rastreadores tinham quase certeza: não havia patrulhas inimigas naquele lado do rio. Pelas pistas, concluíam que os grupos que se haviam separado da coluna revolucionária para bater as redondezas tinham voltado e seguido na mesma direção das pegadas do grosso do tropa. Conclusão: Honório e Zeca Netto estariam seguindo em outra direção, completamente desinteressados do território em que marchávamos.

Bozano, Soveral, Ulisses Coelho, Armando Borges e eu fomos ao encontro de Muratori, que já se encontrava na boca do mato da barranca do Camaquã quando o alcançamos. O grosso da nossa tropa contava com 400 homens, que nos seguiam a pouco mais de 5 quilômetros, mais os 150 de Muratori.

– Já os localizamos, Júlio Raphael. Estão do outro lado do passo, menos de meia légua além, numa posição muito boa, pelo que me informaram os bombeiros – relatou Muratori.

– Coronel, temos um passo, que corta as sentinelas deles – falou Orfilla. – Mas é um caminho mui brabo.

Apeados, com o mapa estendido no chão, localizando na carta a descrição do vaqueano, Bozano traçou um plano de batalha:

– Então está: Soveral, tu voltas e assumes o comando do ataque pelo Passo do Cação. Eu desço com o Muratori e sua gente da vanguarda. Vamos surpreendê-los. Te mando depois um próprio para te relatar nosso avanço, pois a nós caberá dar-lhes a surpresa. Deves ficar o mais próximo possível, mas fora da detecção das sentinelas. Quando escutares a fuzilaria de nosso ataque, tu investes a galope e te integras à ofensiva. Está certo?

– Certíssimo. Vamos Ulisses – comandou Soveral.

A travessia do Camaquã foi uma verdadeira escalada. Descemos por uns despenhadeiros, os homens a pé cabresteando os cavalos. Baixamos pelo friso da serra, por uns patamares apertadíssimos, que mal davam para dois homens, lado a lado. O resultado, porém, compensou o sacrifício. Não havia guardas daquele lado, pois ninguém imaginaria que uma força com alguma massa para ameaçar uma coluna pudesse se enfiar pelo meio daquelas grotas.

Da casa da fazenda de João Feliciano Dias dos Santos, filho do coronel João Dias e neto daquele Feliciano José dos Santos degolado pelos republicanos na Guerra dos Farrapos, que fica bem no alto do cerro, os moradores viram a tropa avançando e o acampamento rebelde completamente desprevenido. O filho do fazendeiro, Aparício Garcia Dias, agarrou o binóculo do pai e saiu anunciando:

– Vai dar combate. Vou lá mais pra perto assistir – disse, saindo acompanhado por dois peães.

No acampamento de Honório havia calma. Eram 10h da manhã. A carne estava no fogo, o almoço encaminhado. Zeca Netto estava acampado com sua gente uns 2 quilômetros adiante, na beira da estrada do Velhaco. Foi nessa hora redonda, olhando o relógio, que Bozano deu a ordem de fogo. 140 fuzis e 10 metralhadoras começaram a vomitar chumbo em cima dos libertadores que afiavam as facas para cortar uma costela que já estava dourando a manta de gordura. Que pena...

Ao se iniciar a barragem, foi aquela correria no acampamento libertador. Honório não se assustou. Primeiro, deu ordens para que a defesa do corredor vindo do Passo não fosse desmontada. Continuou acreditando que algum ataque principal partiria dali e não de onde estava vindo o fogo. O seu dispositivo previa uma resistência às forças que viessem daquela direção. Essa medida revelou-se correta, pois quando Soveral chegou com a força principal, encontrou os rebeldes bem entrincheirados, impedindo seu progresso, obrigando sua gente a ficar colada ao terreno, sem muitas possibilidades de avançar, a não ser rastejando pelo meio das macegas. A posição dos libertadores não lhe dava muitas alternativas. Investir em campo aberto seria expor seus soldados a uma chacina. Os maragatos conseguiram, assim, parar o avanço do grosso da coluna, que vinha do lado do rio.

A resposta ao fogo de nossa vanguarda foi imediata. Embora a tropa de Honório estivesse desmontada, descansando à espera do almoço, mantinham sua prontidão. O general pôde, então, rapidamente, compor um sistema de defesa com base em duas metralhadoras e uma formação com quatro linhas de atiradores. Essa defesa foi rapidamente improvisada no flanco para deter o ataque pelo lado inesperado.

A cristalização da frente de combate permitiu a Honório respirar e organizar melhor sua defesa. Ninguém avançava nem recuava. As duas forças, cada qual entrincheirada em suas posições, mantinham o inimigo em respeito.

Bozano percebeu o impasse e decidiu que estava na hora da segunda parte da surpresa: mandou trazer os cavalos que, devido à precariedade do único caminho de aproximação que ainda lhe restava – aquela picada que sua gente abrira –, ainda desciam pelos barrancos, por uma trilha que mal dava passagem para um homem a pé. Os cavalos atrasaram porque tiveram que ser cabresteados cuidadosamente, um a um, para não rodarem e não descerem rolando desde a margem abrupta para dentro do rio. Ficaria ali tiroteando até chegarem as montarias. Seu plano, diante da situação, era improvisar uma carga de cavalaria naquele terreno, naquele espaço exíguo. Uma decisão ousada, para dizer o menos, algo que os seus críticos chamariam de um projeto temerário.

Enquanto Bozano esperava a cavalhada se concentrar para, com isso, criar nova situação ofensiva, Honório estabilizou sua linha e, rapidamente, reuniu seus coronéis para um conselho. Todos concordaram que não podiam permanecer ali muito tempo. Era necessário retirar-se imediatamente, antes que o fluxo de consumo de munição comprometesse o poderio da Força.

Ao ouvir o tiroteio, Zeca Netto colocou sua pequena unidade de prontidão, montou a cavalo e foi, junto com seu secretário, a galope, em direção ao acampamento do aliado. Ao chegar, encontrou o alto comando da coluna reunido para tomar uma decisão. A opinião geral era de que a situação se estabilizara, mas Honório não teria como se manter onde estava.

– General, temos que fazer alguma coisa: ou contra-atacamos de forma a destruir nosso inimigo, eliminando sua capacidade de perseguição, ou saímos daqui enquanto nossos recursos nos permitem sustentar uma retirada – propôs Netto.

– Um combate de posição é a pior situação que poderíamos enfrentar, general – concordou Honório. – Esse tipo de guerra só é possível quando temos reabastecimento garantido. Não é o nosso caso.

Uma retirada imediata, com a cavalhada no estado em que se encontrava, teria um alto custo. Os animais estavam demasiadamente esgotados para agüentar uma marcha forçada, naquele momento.

O objetivo dos rebeldes não era desgastar o inimigo, dando-lhe combate, mas poupar as energias dos homens e de suas montarias para chegar com o maior número possível de sobreviventes à fronteira do Uruguai. Eles não poderiam ficar ali muito tempo, concluiu Netto.

Em nome dos caudilhos da região, o coronel Clarestino Bento pediu a palavra. Ele falava pelos demais.

– Quero dizer que eu e meus companheiros estamos muito honrados de estarmos incorporados à Força do general Honório e, também, do general Netto, aqui presente.

Clarestino era um oficial de primeira grandeza na hierarquia militar libertadora. Além da chefia política de São Gabriel, que lhe assegurava a patente de coronel, tivera, em 23, o comando de um regimento da 1ª Brigada, comandada pelo coronel Turíbio Gomes Soares, do 3º Exército Libertador, do general Estácio Azambuja. Em seu currículo tinha um feito de grande envergadura, que fora o assalto ao quartel do 1º Regimento de Cavalaria, em Santa Maria, na revolução de 23. Ele trazia uma proposta.

– General, o senhor precisa retirar. Podemos amarrar essa gente aí pelo menos por duas ou três horas. É o tempo que os senhores precisam para ganhar alguma luz – continuou Clarestino. – Não sei se concordam comigo, mas estivemos conversando, os companheiros aqui da região, e concluímos que nossa gente não deve emigrar. A revolução está acabando por aqui. Quem não for preso no campo do combate pode voltar para casa sem muito receio de ser preso ou morto pela polícia. Nós ficamos aqui, vamos estabelecer uma linha e resistir até o último tiro, retardando o inimigo. Deixe-os conosco e siga em frente – disse, dirigindo-se ao general Honório. – Eu tenho uma velha conta a ajustar com essa gente de Santa Maria.

– Estava pensando nisso, general – interveio Honório, dirigindo-se ao general Netto. – Não terei outra saída senão sacrificar alguns homens. Infelizmente, o inimigo está muito próximo. Com nossa cavalhada abombada, se tivermos que retirar com eles na nossa cola, seremos fatalmente alcançados e destruídos em algum combate em campo aberto. Do que os senhores precisam para essa missão? – perguntou o general, voltando-se para Clarestino Bento.

Os caudilhos da região, Julião Barcellos, João Castelhano, Leopoldo Rocha, João Cavalheiro, ferido, além de Clarestino Bento, ficariam cobrindo a retirada dos "visitantes". Cada um escolheu 10 homens. Os demais seguiriam com a tropa. Os resistentes ficariam espalhados pelos matos, obrigando Bozano a uma ação de limpeza, ao combate homem a homem, que daria o tempo necessário para Honório e Zeca afastarem-se.

– Ainda quero descontar umas letras que eles me devem daquela do ano passado – lembrou Clarestino aos demais coronéis, que se preparavam para a defesa do acampamento.

– Essa conta é tua e do João Castelhano – lembrou Julião Barcellos, que já ia se afastando à frente de seus 10 homens.

Estava fazendo, naquele momento, 1 ano e 32 dias. Tudo começara nos primeiros dias de novembro de 23, quando o general Estácio Azambuja chamou seus oficiais-comandantes para uma conferência. Estavam presentes os dois comandantes das brigadas do 3º Exército, coronéis Turíbio Gomes Soares, da 1ª, e dr. Camilo de Freitas Mércio, da 2ª; os comandantes dos quatro regimentos, coronéis João Barbosa Portinho, Manoel Jeronymo dos Santos, Clarestino Bento e Manoel da Porciúncula; o chefe do estado-maior, major Cândido Azambuja, o assistente do Serviço de Ordens, major Félix Contreiras Rodrigues, o chefe do Serviço de Saúde, tenente-coronel médico Ernesto Médici, e o chefe do Serviço de Intendência, tenente-coronel dr. Augusto Silveira. Os demais coronéis e outros chefes políticos não participaram do encontro. Estácio tinha uma comunicação importante, reservada, destinada unicamente aos homens que efetivamente tinham o controle de seu exército.

— Recebi hoje uma mensagem do dr. Assis mandando suspender as hostilidades — começou o general. — A vitória está ao alcance de nossas mãos.

Os oficiais entreolharam-se. A coluna vinha enfrentando grandes dificuldades, Estácio dispensara o maior número possível de combatentes em face da exaustão de seus recursos bélicos. Armas, munições e cavalos, tudo se esgotava. Como falar em vitória num aperto daqueles?

— A nossa vitória será política. Como vocês sabem, a guerra é uma forma de resolver os conflitos políticos. Mas nem sempre são as armas que vencem os conflitos. Hoje, o dr. Assis mandou dizer que, finalmente, o governo federal vai intervir na guerra civil rio-grandense. Não é aquela intervenção que imaginávamos, com a deposição pura e simples do ditador. Mas o presidente Bernardes mandou ao estado um mediador, um homem que irá nos ouvir e atender às nossas reivindicações.

— Já está no estado o ministro da Guerra, nosso conterrâneo general Setembrino de Carvalho. O primeiro ato será um cessar-fogo, um armistício que entrará em vigor nos próximos dias. O dr. Assis pede-nos, com isso, que nos mantenhamos atentos, mas que evitemos o sacrifício de nossos companheiros que com tanto desprendimento e amor ao Rio Grande vêm combatendo sob nosso comando. Por isso, quero pedir a todos vocês que sigam as ordens: vamos nos retirar, emigrar para o Estado Oriental, e lá esperamos o resultado das negociações políticas. Vamos esconder nossas armas; mas prontos a retomá-las, se isso for necessário. Por enquanto é só. Peço a todos que tomem as providências para recolher o armamento de melhor qualidade e dispensar os homens desnecessários antes de marcharmos para nosso retiro no país vizinho.

— Mas, general, vamos deixá-los soltos? — questionou Clarestino. Ele vinha há dias pedindo ao general para travar um combate decisivo. Nas últimas semanas, o presidente Borges de Medeiros transferira dessa frente uma parte do 1º Regimento de Cavalaria, deslocando-a para os Aparados da Serra, para operar a partir de São Francisco de Paula. Era o momento mais fraco da força adversária.

— Coronel, estas são nossas ordens. Não se esqueça de que temos um futuro pela frente. Suponho que ao final dessas negociações vamos ter um governo de coalizão composto por federalistas e republicanos dissidentes. Não vejo como o chimango permanecer no palácio depois de tudo o que fez. Portanto, vamos precisar desses homens que hoje estão aqui conosco para integrar o novo governo. Não se esqueçam de que as nossas forças são compostas pela elite desta região, os jovens mais educados, vindos das melhores famílias; não podemos, agora, expô-los, arriscar suas vidas em combates estéreis contra esses provisórios, gente recrutada no lúmpen.

Estácio expôs seu raciocínio político. Para ele, os lenços vermelhos teriam um papel muito importante na nova ordem que emergiria da intervenção do Rio de Janeiro. Embora os republicanos dissidentes tivessem, de fato, conseguido os apoios fora do estado e fossem deles as ligações com o situacionismo federal, foram os maragatos que sustentaram a luta durante a guerra civil. Caberia aos federalistas um bom quinhão na nova correlação de forças que, imaginava, se assenhorearia do governo de Porto Alegre.

– Eles só contribuíram com uma divisão, a 4ª, do general Zeca Netto – disse, referindo-se à participação dos republicanos dissidentes na campanha militar. – Todas as demais grandes unidades eram de lenços colorados; a nossa, a do general Honório, do general Leonel, do Portinho e essa quantidade de corpos independentes que conflagraram o Rio Grande inteiro eram todos de gente nossa. Isso vai contar muito, mais do que a força eleitoral de um e de outro grupo. Portanto, vamos nos preservar, como manda nosso chefe político, dr. Assis Brasil. – E assim o general Estácio, do alto de sua autoridade moral e administrativa, deu por encerrada aquela discussão e começou a preparar sua marcha para a fronteira.

No dia seguinte, quando já estavam bem próximos da linha divisória, cruzando os campos de Ana Corrêa, Clarestino foi ter com o líder bageense.

– General, quero lhe pedir um favor.

– Pois diga.

– Não quero emigrar. Peço que me dispense junto com esse pessoal de São Gabriel e São Sepé que vai nos deixar e voltar para casa. Vou com eles, deixando-os no caminho, para que retirem em ordem.

– Está bem, mas olhe lá. No momento em que for decretado o cessar-fogo, não quero saber de nenhuma estripulia. Quem se meter a fazer guerra por conta própria será punido – advertiu Estácio.

Essa advertência não era um simples gesto. Mortes e danos materiais produzidos por forças beligerantes eram uma coisa. O mesmo ato em período de normalidade era crime de assassinato ou roubo. Estácio não queria, em hipótese alguma, ter que responder na justiça por atos de vandalismo de seus soldados, praticados após o encerramento das hostilidades.

– Entendido, general. Estarei atento. Assim que for decretado um cessar-fogo, baixo as armas.

Clarestino reuniu os homens de sua base política, São Gabriel, e mais um grupo de Cachoeira, Caçapava e São Sepé que decidiram seguir com ele, internando-se, novamente, pelo Rio Grande adentro. A tropa ia formada, em coluna por quatro, como mandava o édito de Disciplina de Marcha emitido pelo general quando se iniciou o levante. Quando essa força se aproximou de

São Gabriel, os republicanos locais e os provisórios que se encontravam guarnecendo a cidade cavaram trincheiras e ergueram barricadas, esperando um ataque. Entretanto, Clarestino simplesmente dispensou grande parte de seus gabrielenses e seguiu viagem rumo a São Sepé. Os legalistas podiam supor que estava efetivamente em processo de dispersão. Eles também tinham ordens de levar um pouco solto.

Clarestino, porém, ainda não estava inteiramente convicto de que a revolução tinha acabado. Procurava ganhar tempo, observar os acontecimentos. E tomou a decisão de fazer o que fez quando soube da tomada de Pelotas pela 4ª Divisão do general Zeca Netto. Ali ele entendeu que sua intuição estava correta: em vez de se retirar para o Uruguai e aguardar desarmado o desenrolar das negociações, a atitude política mais positiva seria demonstrar capacidade operacional, ganhar posições até o último minuto antes de se calarem as armas. Isso foi o que teria, no seu entender, motivado o caudilho de Camaquã a realizar uma operação tão espetacular quanto inócua, já que nunca conseguiria manter em seu poder uma praça daquelas por mais do que poucas horas: Netto ficou menos de 12 horas com Pelotas, limitando-se a realizar um grande desfile pelo centro e retornar aceleradamente para os campos e para sua guerra de movimento, antes que o governo pudesse rearticular uma contra-ofensiva.

Àquela altura, o enviado do presidente Bernardes, o general Setembrino, percorria as guarnições federais do interior, antes de se dirigir a Porto Alegre para conferenciar com o governo e, de lá, seguir para Bagé a fim de se encontrar com Assis Brasil. Isso, pelo menos, era o que tinha sido anunciado, embora os republicanos suspeitassem que o ministro da Guerra pudesse estar coordenando suas forças para uma eventual intervenção, caso sua missão diplomática fracassasse. Examinando o quadro, Clarestino tomou uma decisão:

– Vamos seguir o exemplo do Condor dos Tapes – disse a seu lugar-tenente, o então major João Castelhano.

Uma demonstração de poderio reforçaria o poder de negociação dos libertadores. É preciso lembrar que as forças rebeldes, embora se dividissem em divisões numeradas, não tinham um comando-geral. Cada general agia por conta própria. O comando centralizado, de Assis Brasil, limitava-se à esfera política. Assim, Clarestino não estaria desobedecendo a ninguém, até porque a única ordem clara que recebera de Estácio fora aquela instrução de baixar as armas logo após decretado um cessar-fogo pelo próprio dr. Assis. Assim, escolheu Santa Maria como alvo de sua investida. A cidade estava desguarnecida de tropas estaduais. O 1º Regimento de Cavalaria estava disperso entre a fronteira e os Aparados da Serra, operando em São Francisco de Paula. Os provisórios de Bozano estavam em Dom Pedrito, atuando contra Honório Lemes, em missões *mais de contenção, protegendo o flanco da Divisão do Oeste, de Flores da Cunha, do que propriamente na ofensiva.*

Imediatamente despachou um emissário para Santa Maria, a fim de conferenciar com o chefe libertador local, o dr. Walter Jobim. Enquanto isso, ia dispersando seus homens, os quais se encarregavam de espalhar que ele estava em processo de desmobilização, dizendo a quem ouvisse que estava dispersando suas forças, pois a revolução estava acabando, com a pacificação patrocinada pelo presidente Arthur Bernardes. Não se pode descartar, também, que tinha em mente vingar-se dos provisórios santa-marienses, que constituíam, ainda, o núcleo da coluna que o enfrentara durante toda a guerra civil.

O grupo de São Sepé separou-se da tropa em dispersão, dando a entender que estavam voltando para casa. Enquanto marchavam para um novo ponto de encontro, Clarestino recebeu uma resposta positiva de Walter Jobim: dizia que podiam ir, que atacassem pela madrugada, pois, ao ouvirem o tiroteio, os libertadores locais acorreriam para auxiliar os atacantes. Pela manhã, marcariam a vitória com um comício na praça Saldanha Marinho e, depois, os rebeldes se retirariam da cidade e se diluiriam, aí, sim, atendendo ao apelo do general Estácio Azambuja. Uma outra parte da informação confirmava suas suspeitas: o quartel do 1º RC estava praticamente desguarnecido, ocupado apenas por um punhado de soldados, a maior parte convalescendo de ferimentos ou de doenças.

O caudilho de São Gabriel mudou seu rumo e marchou em direção noroeste. Estava para se iniciar um dos eventos mais dramáticos do epílogo da Revolução de 23.

A percepção de um fim próximo para a guerra civil desencadeou, pelo Rio Grande afora, uma sensação de alívio que foi levando tudo de roldão: a exaltação cívica, a exacerbação do espírito épico, toda aquela mobilização dos espíritos que há meses levara o estado à guerra civil, como se estivesse resgatando uma identidade perdida, ruíra ao longo do ano, ante as misérias do conflito, como o luto inconformado das famílias, a ruína econômica, o desgaste psicossocial, o estresse do dia-a-dia no espaço beligerante.

O povo estava exausto. A chegada do pacificador, o general Setembrino, foi saudada, portanto, como um fato consumado: a revolução tinha acabado. Os dois lados foram tragados por esse clima: nas cidades, a população urbana exultava com o fim próximo de suas privações; nas empresas, os homens de negócios abriam as suas gavetas para tirar planos de crescimento e de investimento adormecidos; no campo, os agricultores tomavam suas foices para colher a safra de inverno que amadurecia seus grãos de trigo; os criadores tiravam os cavalos dos esconderijos do mato e saíam para o rodeio a apartar o gado de cria e a novilhada de engorda para o abate.

Os políticos não tiveram como conter a massa quando a cidadania, de ambos os lados, viu a paz a seu alcance. Os chefes dos dois bandos teriam suas autoridades ameaçadas, com sério perigo da perda de controle da situação, se insistissem no conflito. Os rebeldes estavam num beco sem saída, pois, desde que não se configurara a intervenção federal, o quadro militar estagnara. Nunca chegaram a dominar uma cidade importante, nunca ameaçaram efetivamente um centro vital do estado. Seus homens estavam depauperados pela campanha durante um dos invernos mais rigorosos que jamais se registrara no Rio Grande do Sul.

O governo era criticado por não conter a revolta, pois o dr. Borges decidira não se valer do estado de sítio para não configurar o estado de convulsão intestina que poderia lançá-lo numa perigosa ilegalidade. Com isso, porém, não podia suspender os direitos e garantias das pessoas que tinham se envolvido na luta armada, deixando a oposição livre para pegar em armas, recolher-se à vida normal e tornar para a guerra, como se fosse um esporte de fim de semana. Seus seguidores também estavam empapuçados da nervosa instabilidade.

Os dois chefes tiveram que abrir: Assis Brasil propunha um conclave com os seus generais para uma decisão colegiada. Borges de Medeiros também ampliou, convocando um congresso do Partido Republicano, com a participação de todas as lideranças, senadores, deputados federais e estaduais, intendentes e dirigentes partidários sem mandato. Centenas de líderes governistas que se encontravam em operações militares dirigiram-se para a capital para participar do evento, o maior desde a proclamação da República. A guerra parou porque seus comandantes entraram em trégua para debater politicamente.

Bozano, como centenas de outros dirigentes partidários dos municípios, despiu a farda e foi a Porto Alegre como delegado de Santa Maria. As estações ferroviárias subitamente tornaram-se ponto de concentração de militantes políticos que compareciam para ver seus líderes que vinham nos trens dirigindo-se aos conclaves políticos: no sentido oeste–leste, os dirigentes republicanos, no sentido norte–sul, os libertadores. Cada general, cada coronel que passava era um comício. Para esses próceres, a viagem era uma sucessão de discursos em cada parada da composição.

Em 12 de outubro, no Theatro São Pedro, instalou-se o Congresso. A fala inaugural foi do líder da bancada na Assembléia, João Neves. Sem abrir mão dos floreios de sua oratória exuberante, o político cachoeirense chamou à razão os recalcitrantes, os revisionistas, os desviacionistas e os tíbios, com um discurso sobre o exemplo e os princípios do patriarca Júlio de Castilhos. Abertos os trabalhos, foi um caro custo para o ideólogo Lindolfo Collor aprovar o texto final do Manifesto. Pareciam distantes os tempos em que as ordens que emanavam do Piratini eram aceitas sem discussão.

Centenas de observadores de outros estados assistiram às intermináveis discussões, que significavam o abismo que se abria entre os republicanos gaúchos. Para evitar o mau entendimento, para que não pensassem que o Rio Grande se renderia ante uma violência contra sua autonomia, foi preciso que, ao encaminhar o texto final à votação do plenário, Maurício Cardoso lançasse uma advertência à nação: "O Rio Grande do Sul, único e exclusivo árbitro de seus destinos, usufruindo plenamente a autonomia, assegurada pelo pacto federal, não reconhece 'instâncias superiores' em terreno legal; no terreno moral, só admite o soberano pronunciamento da opinião pública do país, para a qual apela nesta hora decisiva".

O final do Congresso ainda foi mais melancólico. O dr. Borges apareceu, foi aclamado, mas seu discurso emitia claros sinais de rendição. Fez um pronunciamento breve, frio, protocolar, agradecendo à solidariedade dos correligionários nos debates do conclave que se encerrava e dos companheiros que se sacrificavam nos campos de batalha.

O Congresso Republicano já se havia instalado sob o signo da discórdia. Um abalo insuperável fora a posição do senador Soares dos Santos, que havia insurgido contra nosso presidente, ao apresentar à Câmara Alta da República um projeto de intervenção federal no estado "para manter a forma republicana e federativa", dizia em sua exposição de motivos. Getúlio, o líder gaúcho na Câmara, rebatera num discurso enérgico, fazendo ver à nação que tamanha afronta teria uma resposta feroz: "Os gaúchos estão confiantes em que nos altos poderes da República há de se respeitar no Rio Grande do Sul o que é mais digno de respeito: o sacrifício voluntário da vida na defesa do direito". O sistema entendeu o recado e engavetou a proposta absurda. Mas ficava evidente que uma cisão desastrosa entre os republicanos rio-grandenses estaria em marcha. O dr. Borges estava sendo encurralado.

Voltando do comício, na rápida escala que fez em Santa Maria, antes de regressar à sua unidade, que estava estacionada na planície do Ponche Verde, em Dom Pedrito, Bozano reuniu-se com sua equipe e desenhou um quadro nebuloso para o futuro. Dizia que o Rio Grande estava à beira do abismo, o dr. Borges cercado por um bando de pulhas que iam desde a canalhice pura e simples à pusilanimidade, passando pela covardia e pela burrice. Estava decepcionado com o que vira. Reafirmava sua convicção de que, mais do que nunca, a única salvação para a "Pátria Gaúcha", como ele chamava o estado no modelo comtista, seria um grande expurgo no partido para livrá-lo dos traidores, dos oportunistas, dos fracos, dos incompetentes... e, assim, ia alinhando todo o tipo de defeito que pudesse verbalizar. No duro, livrava dois nomes: João Neves da Fontoura e Maurício Cardoso. Com Oswaldo Aranha, dava de ombros, nem bom nem ruim, esperava o vento para abrir suas velas. Lindolfo Collor, um intelectual ingênuo. Getúlio Vargas, uma lesma, no sentido de que era liso e invertebrado como o referido molusco. Flores e Paim, rescendiam a ambição.

Nas ruas, especulava-se sobre qual o destino do governo: os maragatos davam como certa a deposição do dr. Borges e convocação de nova eleição por uma junta de governo integrada pelos militares e as forças de oposição. Já os governistas aguardavam confiantes a confirmação do resultado das eleições e a continuidade do borgismo.

Além de toda essa movimentação, os oficiais do Exército de Santa Maria esperavam as ordens de seu ministro, pois estavam informados de que caberia às Forças Armadas fiscalizar a aplicação dos termos da mediação do general Setembrino. Os cafés regurgitavam de gente, cada um trazendo um último boato para alimentar a incerteza daqueles momentos.

Esse era o assunto naquele final de tarde de 2 de novembro, na roda de uma mesa no Café Guarani, na Primeira Quadra da rua do Comércio, em Santa Maria. No centro da roda o capitão Soveral. Ele tinha voltado do Congresso com Bozano e ficou na cidade para cuidar da retaguarda do partido, enquanto nosso chefe seguia para campear nos últimos momentos da guerra.

A discussão estava animada quando parou em frente ao café o auto da Polícia, descendo, apressado, o delegado Otávio Mariense de Lemos, e chamando Soveral para um particular. Não levou mais que 5 minutos e o lugar-tenente de Bozano voltou à mesa com um ar preocupado, provocando o silêncio dos demais. O delegado tinha recebido um chamado do encarregado do telefone no Passo do Verde, Isidro Arrua, informando que estava passando por ali um forte contingente armado, troteando em direção a Santa Maria. Não pôde informar mais nada porque a linha telefônica foi cortada naquele exato momento em que dava sua parte.

– Mas a revolução acabou! – exclamou um dos circunstantes.

– Não acabou, não senhor. As hostilidades continuam. Se vêm para cá, vão encontrar homens pela frente – contestou Soveral.

Ele estava no comando do grupamento do 3º Corpo que guarnecia o quartel do 1º RC, que também era a sede administrativa da sua unidade. Tinha 22 homens no quartel e três oficiais, estes ali presentes, o capitão João Batista Druck, o tenente João Cândido do Amaral e o alferes Felisberto Menna Barreto.

– Estás louco, Raul – atalhou o capitão Druck. – Não temos efetivo para enfrentar uma coluna. Temos 22 homens no quartel e os sete casados que estão convalescendo em casa. Vamos recolhê-los ao hospital, que é onde deveriam estar, e deixar que os maragatos façam o que entenderem. Se quiserem, que façam um baile e depois vão se embora. O que não tem sentido é a gente enfrentá-los e sermos os últimos mortos dessa guerra.

– Nada disso, vamos para o quartel para organizar a defesa. Ninguém vai tomar meu quartel nas minhas barbas – protestou o capitão.

– Concordo com o João Batista, é uma loucura. Vamos lá, tiramos os ferrolhos dos mosquetões, os percursores das metralhadoras e transferimos a munição para o quartel do Exército e eles que façam o que bem entenderem – apoiou o velho tenente João Cândido.

– Pois eu vou. Se não houver nenhum oficial que me acompanhe, vou sozinho – tornou Soveral.

– Sozinho não, pois comigo são dois – interveio Menna Barreto.

Dito e feito. Os dois rumaram aceleradamente para o quartel, na praça Júlio de Castilhos. Chegando lá, começaram a dar as ordens. Todo homem que tivesse uma mão sã para empunhar um revólver entraria na luta. Apenas 15 tinham os dois membros para atirar de arma longa. Os demais, com braços imobilizados pelos ferimentos, receberiam pistolas e revólveres. Tratou de aumentar ao máximo seu efetivo. Chamou alguns correligionários de confiança, que acorreram prontamente, aumentando seu poderio. Telefonou para o delegado Mariense e pediu que ele mandasse o reforço que pudesse. O policial não tinha muito a oferecer: dispunha apenas do destacamento policial, composto por velhos brigadianos que guardavam a Cadeia Pública e o prédio da Delegacia. Mas mandou um deles sair pela cidade para chamar os sete provisórios casados que convalesciam em seus domicílios. A defesa do quartel ficou a cargo desses voluntários civis e dos homens do 3º CA.

– Se agirmos direito, eles não tomam este quartel – começou Soveral –; as paredes são grossas o bastante para agüentar uma bala de fuzil. Sem artilharia não há como entrar. As janelas são protegidas por grades de ferro. Estaremos seguros aqui dentro.

Chamou um sargento e mandou "requisitar" alguns cavalos e sair em patrulha. Quando avistasse o inimigo, voltasse imediatamente. Enquanto isso, ensaiava com os demais um sistema de defesa.

– Vamos nos esconder aqui dentro e fazê-los pensar que abandonamos o prédio – continuou.

Para enganar os "espias" libertadores, armou uma encenação, dando a entender que estava se retirando do prédio com toda sua Força. Sabia que algum *daqueles transeuntes que observavam aquela movimentação, como simples curiosos passantes, dali a pouco estaria relatando ao comandante rebelde que os "provisórios haviam afinado", pensou Soveral. Do lado de fora, fizeram barulho, movimentaram-se, usaram a partida da patrulha como uma simulação de retirada. Se desse certo uma armadilha como essa, seria uma vantagem adicional, uma espécie de contra-surpresa para esfriar o ânimo do inimigo.*

Por volta de 2h da manhã regressa a patrulha que fora bater as redondezas, com a informação de que um contingente de aproximadamente 150 homens entrava na cidade, vindo pela estrada do Arenal. No quartel, as luzes completamente apagadas, há horas, davam ao prédio, para quem visse de fora, aspecto de abandonado por sua guarnição. Entretanto, lá dentro estavam todos prontos para receber o ataque.

O prédio, naturalmente forte, foi transformado numa pequena fortaleza para agüentar um sítio. Víveres e água não eram problemas, pois havia um estoque razoável e sabia-se que o combate não passaria de algumas horas, pois os revolucionários agiam como guerrilheiros, no sistema morde e solta. Armas e munições, em quantidade, pois ali era o arsenal da Brigada, com material para suprir aos provisórios e ao 1º Regimento de Cavalaria.

O dispositivo do capitão Soveral previa duas linhas de resistência. A primeira, evidentemente, atrás dos muros externos, era uma muralha natural que, dando para a rua, tinham nas aberturas, as 12 janelas, 6 de cada lado, e o portão principal, suas trincheiras. Não havia entradas laterais, apenas vigias para tomada de luz, impossível de serem usadas para adentrar. A segunda era uma linha de recuo, constituindo-se uma cidadela nos prédios do pátio interno do quartel. Se os rebeldes lograssem penetrar, tomando as construções do perímetro, eles poderiam se entrincheirar nessas construções e continuar resistindo. Daí a idéia de distribuir o armamento depositando a munição e os fuzis nas posições. No aperto, bastaria correr, livre de qualquer peso, encontrando novas armas e mais balas nos locais previamente designados. Soveral partia do princípio de que na sua situação a arma mais preciosa era o combatente e não o equipamento, como seria normal nas guerras da campanha, onde sobra gente e faltam arma e munição.

Cada posição ficou com sua dotação de armas e munições: carabinas Winchester, armas de curto alcance, mas com carga de 15 tiros e disparo rápido, excelentes para o combate que se avizinhava, fuzis Mauser espanhóis 1916 e as metralhadoras portáteis Colt. Cada homem compôs um máximo de cunhetes, para um rápido remuniciamento dos fuzis. O conceito era de que os defensores se movimentariam de acordo com as necessidades, pois os rebeldes poderiam atacar por vários lados, demandando rápidos deslocamentos dentro da fortaleza. Era muito mais fácil um homem sem nenhum peso correr de um lado para o outro do que se mover carregando um fuzil ou uma metralhadora e mais as balas. Além disso, não se pode esquecer que a guarnição era de homens convalescentes, sendo prudente poupar para a luta as forças de pessoas que ainda se encontravam em fase de recuperação. Bem, devo reconhecer que alguns já estavam para lá de bons, mas continuavam ali por ordens médicas. Fiteiros, é verdade, mas eram necessários, pois esse grupo tinha como missão, além do repouso, guardar a sede da unidade. Esse ataque comprovava não serem essas precauções exageros de paranóicos. Por fim, os cuidados com a defesa pessoal: revólveres, espadas, baionetas e adagas, as armas indicadas para algum entrevero nos corredores, na luta sala a sala, uma salvação para quem se deparasse com um inimigo num vão escuro quando estivesse indo de uma posição para outra. Como se vê, Soveral montou um esquema para resistir até o último homem. Todos sabiam que ali não haveria rendição, nem prisioneiros: o fim de alguém que caísse nas mãos do inimigo, lá dentro, seria a faca, a gravata colorida, de parte a parte.

 A fortificação do quartel também foi reforçada. A cada abertura, mesmo protegida por grades, foram acrescentados cinco sacos de areia, deixando espaço apenas para o cano da arma, formando uma vigia para o atirador. O portão principal, um artístico elemento de aço puro, era um problema à parte, pois para tiros e granadas podia-se considerar, na prática, vazado, embora suas grades fossem resistentes a qualquer impacto; mesmo que se jogasse contra seus ferros um caminhão carregado à toda, os projéteis poderiam cruzá-lo. Para garantir, Soveral mandou botar uma carreta cheia de pedras de alicerce encostada entre os portais, impedindo que suas folhas se abrissem para dentro, seu sentido normal. Dessa forma, mesmo que o cadeado de segurança fosse rompido, ainda teriam que remover esse pesado obstáculo antes de terem caminho livre para dentro. Mais ainda, o trambolho serviria como trincheira para um defensor.

 Um bombeiro, vestido à paisana, entrou correndo, informando que a coluna inimiga estava a menos de 500 metros. Era chegada a hora.

 – Ninguém me abra fogo antes de mim – advertiu Soveral.

 Clarestino e seus homens entraram na cidade guardando o máximo de silêncio. Só se ouvia o barulho das ferraduras dos cavalos a passo no calçamento de paralelepípedos.

 O mesmo observador maragato que levara a Clarestino a informação de que os provisórios haviam abandonado seu quartel, iludido pela pantomima de Soveral, mandou a notícia, por outro homem que lhe dava cobertura nas proximidades, para o grupo de libertadores que aguardava, no centro da cidade, o desfecho do ataque para se incorporarem aos rebeldes, gerando o fato político, despertando a cidade, correndo às ruas, anunciando que Santa Maria estava em poder dos revolucionários.

Desde cedo que o grupo de agitadores se encontrava na casa de Walter Jobim. O chefe libertador manteve-os incomunicáveis, pois era fundamental o segredo completo. Nem mesmo suas famílias sabiam o que poderia estar acontecendo. Jobim mandara-os chamar, sem detalhar os motivos, mas deixando transparecer que algo grave ocorreria. Ao chegarem ao Solar dos Leões, no final da tarde, todos perceberam que alguma coisa importante iria se passar, mas não tinham o menor indício do que se tratava. Só quando chegou o mensageiro, lá pelas 10h da noite, dizendo que os provisórios tinham abandonado o quartel, foi que o advogado libertador chamou a todos para relatar os acontecimentos iminentes, dizendo ao grupo que a cidade estava virtualmente sob ataque. Disse também que se oferecera ao coronel Clarestino para se incorporar, com os companheiros voluntários, à coluna atacante, mas o comandante recusara. Ponderara que uma ação daquelas não comportava diletantes. Atacaria com seus soldados treinados e disciplinados. Depois da vitória, aí sim os companheiros seriam bem-vindos. A ordem, portanto, era aguardarem ali os acontecimentos. Tão logo pudessem se reunir aos atacantes, fariam um grande barulho pela cidade, gritando aos quatro ventos, fariam um comício e dariam cobertura à retirada da tropa amiga. Desculpou-se pedindo a compreensão de todos para o segredo, uma recomendação militar que tivera que acatar, não significando desconfiança à lealdade de qualquer companheiro. E ali ficaram, em expectativa.

Walter Jobim também mandou, assim que teve certeza de que a tropa estaria na cidade em poucas horas, avisar da operação ao comando da 5ª Brigada do Exército. Durante a Revolução de 23 a tropa federal assumia o policiamento das cidades sob ataque, ocupava os prédios públicos para evitar depredações ou roubos, e ainda delimitava as zonas neutras, que eram áreas que não podiam ser penetradas por nenhuma das forças, fossem rebeldes ou do governo. Com isso, o general teria um tempinho para mobilizar sua tropa para a missão que lhe caberia.

Os bombeiros de Clarestino aproximaram-se do quartel e confirmaram, pelo que viram, a informação do espia. O prédio parecia abandonado, luzes totalmente apagadas, dando a impressão de que não poderia haver vivalma lá dentro. Com isso, foi dada a ordem de aproximação. O coronel chamou seu sub-comandante, major Antenor Soares:

– Antenor, tu vais comandar o ataque frontal. Eu fico com a reserva, que ficará comandada pelo coronel João Dias, desculpe-me, João Castelhano, ali perto da caixa-d'água do Passo da Alemoa – disse Clarestino, dividindo sua força em duas. Antenor seguiria com 60 homens à frente, sob o comando de dois tenentes, Rufino Pedroso, de São Sepé, e Alcino Moraes, de Cachoeira. Castelhano ficaria na reserva, com os 90 restantes, para intervir onde fosse necessário, no momento apropriado. É preciso lembrar que não se esperava luta, com a suposta retirada dos provisórios.

— Vamos dividir o pessoal em piquetes de oito homens. Se houver combate, aqui no meio das ruas, será melhor operar com essas pequenas frações. Um piquete mais numeroso pode se enlear, acabando exposto ao nosso próprio fogo.

— O que o senhor acha, vai ser um passeio? — perguntou o major.

— É o que parece, mas não conte com isso. O velho Soveral é uma raposa. Pode estar emboscado pelas casas para nos atacar com franco-atiradores. Proceda como se fosse encontrar resistência, que assim evitas uma surpresa. Está bem?

— Entendido, coronel.

Antenor chamou seus tenentes e deu suas ordens:

— Rufino, tu vais com uma primeira linha. Arrebentas o portão e entras com cuidado, pois pode haver gente escondida lá dentro; Alcino, tu ficas na segunda linha. Se houver resistência, tu dás a cobertura para a retirada do Rufino, que vai estar exposto, de peito aberto. Quando ele entrar no quartel, tu avanças. Está certo?

— Sim, senhor — responderam, quase em uníssono.

A menos de 100 metros do objetivo, Clarestino mandou a tropa de assalto desmontar. Ele foi com o grupo para se assegurar que as coisas estavam como lhe haviam descrito. Ficou satisfeito com o que viu. Antes de se retirar para sua posição, fez um sinal para o major Antenor, desejou-lhe boa sorte e se dirigiu a seus homens que já se alinhavam de acordo com a disposição de ataque. Estavam tão próximos que, lá de dentro, Soveral e seus homens ouviram a ordem do coronel atacante:

— Rapaziada, uma carga de baioneta contra o quartel, que os chimangos já fugiram pelos fundos.

Os homens aproximaram-se em formação cerrada. Dentro, Soveral e seus homens "olhavam" com os ouvidos. Mesmo protegidos pela escuridão, não ousavam levantar a cabeça acima dos sacos de areia para não se denunciar. Até as luzes externas do prédio estavam apagadas. À frente, na praça fronteira, porém, um excelente campo de tiro, energizado pela iluminação pública.

A primeira linha de maragatos foi se aproximando do portão principal. Rufino, com um revólver na mão esquerda, levava uma palanca de ferro na outra, pensando romper o cadeado, abrir o portão e entrar, dar o quartel por rendido e tomado, para enviar o sinal aos agitadores de Jobim para iniciarem a barulhada, acordar a cidade e anunciar o feito. Olhou o relógio, eram exatamente 3h20 da madrugada.

A linha compacta, arma em punho, baionetas caladas, estava a menos de 10 metros dos muros quando Soveral deu a ordem, já pressionando o gatilho de sua metralhadora Colt.

— Fogo à vontade!

A descarga foi simultânea. Todas as armas puseram-se a disparar: as metralhadoras crepitando, os fuzis cuspindo, os revólveres dos feridos com seus estalidos típicos, pois àquela distância seus tiros eram tão mortais quanto os de armas longas.

Os atacantes chocaram-se contra uma muralha de chumbo e aço. Com a descarga, tombou uma primeira linha. Foi um esparramo. Os que não foram atingidos correram para abrigar-se, deitando-se ao chão, rastejando, procurando abrigar-se. Mesmo colhido pela surpresa, o comandante do grupo de assalto não deixou de avançar.

– Atacar, atacar – gritava Rufino, preocupado em não deixar esmorecer o ímpeto do assalto. – Vamos para cima deles. Vamos arrombar esta merda!

Logo atrás, com reflexo imediato, o tenente Antenor acionava seus homens.

– Fogo, fogo! – gritava, indicando com a mão onde deveriam formar sua linha. – Vamos dar cobertura. Andem! Atirem por cima da cabeça dos nossos, nas janelas, mirem no clarão das armas deles – mandando os homens se ajoelharem para disparar com melhor pontaria, procurando anular o fogo inimigo, obrigando os defensores a se proteger da chuva de balas que alcançava os paredões do quartel.

Mais de uma centena de armas, dos dois lados, vomitavam simultaneamente. Os rebeldes, com a variedade de equipamento que caracterizava as forças irregulares, produziam um crepitar que, para quem ouvisse de longe, parecia um taquaral em chamas, tal a dissonância dos estalidos das armas.

O grupo de assalto reuniu-se em torno ao tenente e continuou seu avanço, ignorando o fogo nutrido da resistência, já a esta altura menos intenso pelo efeito da forte cobertura dos atiradores, cerca de 80 homens do tenente Alcino. As balas voavam em ambas direções. O fogo rebelde saturou as aberturas gradeadas. O tenente Rufino conseguiu alcançar o portão principal. Enfia sua palanca na alça do cadeado Stockinger e começa a forcejar para arrebentá-lo. Soveral percebe e grita para o sargento que guarnece aquela entrada.

– Balduíno, detenha aquele homem. Fogo nele!

O sargento chega ao portão com o rifle engatilhado. O tenente rebelde está encostado na grade, com a barra de aço já enfiada na alça do cadeado, tentando romper a grande peça de metal. O aço alemão não sede à força do gaúcho. Balduíno, vindo do escuro, encosta o cano da arma na sua cabeça e dispara, na testa. Soveral vê o crânio do homem explodindo, os miolos saltando longe, espalhando-se sobre a calçada. Os assaltantes tentam forçar uma entrada. Na janela ao lado um outro maragato tenta romper a grade com outra alavanca de ferro. Soveral corre quando vê um outro rebelde correndo em direção à janela para ajudar seu companheiro no *arrombamento. Soveral mira e dispara, atingindo o homem, que cai. Nisso, aquele que rompia as grades consegue abrir uma brecha e vai saltar dentro da peça. Soveral engatilha seu fuzil e dispara, inutilmente: o depósito estava vazio, sem munição. O inimigo era um rapaz novo, robusto, um baita de um mangolão. Está tão próximo que o capitão provisório vê seus olhos brilhando, alucinados pelo medo e pela fúria, é pura adrenalina. Com a coronha do fuzil desfere um golpe no peito do assaltante, que cai de costas e fica estatelado na calçada, desmaiado ou morto, não dá para saber porque logo chega um outro soldado e descarrega sua pistola no assaltante desacordado (ou já morto na queda).*

– Este já foi, capitão – grita o soldado, com seu braço direito numa tipóia.

– Fica aqui. Fogo neles – grita-lhe Soveral, afastando-se.

Não pode ficar parado. Tem que percorrer toda a linha, comandando seus homens, prevendo os movimentos do inimigo. Um onda de satisfação invade o comandante borgista: até aqui, nenhum ferido entre seus homens. Começa a acreditar que sua posição é inexpugnável.

O tiroteio é intenso. A cidade acorda com o barulheira. As pessoas que saem às ruas vão sabendo o que ocorre. Alguns libertadores mais afoitos armam-se e vão em direção ao quartel, pois estão certos de que o combate está para aqueles lados.

O major Antenor avalia a situação, pensando desfechar um segundo assalto. Com seu binóculo vê Rufino caído, imóvel, em frente ao portão. Seus homens da primeira leva estão estendidos no chão, diante do quartel. Uns poucos ainda disparam; os demais estão claramente fora de combate, mortos ou gravemente feridos, pois não se mexem. Os libertadores começam a entender o que está acontecendo, pressentindo que o assalto ao quartel não será uma empresa fácil como imaginavam.

– Onde estão os companheiros de Santa Maria? – perguntava Clarestino, que voltara para tomar pé da situação, esquecendo-se de que ele próprio mandara dispensar os correligionários locais. (Isso acabou criando uma versão de que os libertadores santa-marienses não teriam cumprido a promessa de reforçar as tropas do coronel gabrielense.)

– Estão por aí. Alguns me chegaram, armados de .32. Mandei-os se afastarem, pois só vão atrapalhar – responde o major.

– Vou estender uma linha de cerco, dispor os homens por esses telhados, que procurem se entrincheirar para sustentar um grupo de assalto – informou o major, obtendo a concordância do coronel.

– Tenente Alcino – chama. O cachoeirense estava com seu grupo ainda tiroteando em cobertura ao piquete do malfadado tenente Rufino. – Chegou a tua vez. Vê se me arrebenta aquele portão que nós vamos entrar – ordenou.

No meio daquele rebuliço, aparecem três caminhões do Exército, que estacionam na rua ao lado, longe dos tiros.

– Quem é o comandante? – pergunta um oficial que desce da cabina.

– Às suas ordens. Coronel Clarestino Bento – identifica-se o chefe maragato.

– Viemos fiscalizar o combate – foi dizendo o militar.

– Por mim, não há problemas. Tome cuidado com eles, podem não lhe reconhecer. Estão atirando em tudo, não livram nem os gatos da rua – disse o coronel.

– Realmente, vejo que está difícil. Coronel, por favor, mande alguns homens ali na terceira viatura. O coronel Villalobos mandou um presente para os senhores – disse dissimuladamente o oficial.

– Ah! – exclamou Clarestino, demonstrando entender. Eram comuns gentilezas dos oficiais do Exército, ajudando os libertadores com armas e munições – que boa hora para essa lembrancinha.

O coronel foi pessoalmente à frente de um grupo recolher o material. Estavam ali, encaixotados, limpinhos, lubrificados, 50 fuzis e uma penca de caixas de munição.

– Assim é que se recebem os amigos, deixou escapar. Nada viria em melhor hora.

Estava vendo seus estoques de suprimentos caírem vertiginosamente. Ali tinha pelo menos mais duas horas de combate, sem dúvidas. Chamou João Castelhano e seus homens para tomarem posse do armamento que acabara de receber. Estava na hora da reserva intervir no combate.

Os libertadores de Santa Maria, como se recorda, não pretendiam participar de um combate. Não tinham nem armas, nem treinamento, nem mesmo disposição para uma ação armada daquele porte. Seu plano era fazer uma simples demonstração, um ato político com certa dose de emoção, apresentando à cidade um grupo de guerrilheiros armados. Ninguém esperava uma resistência como aquela. Aquilo os paralisou.

No Solar dos Leões, onde continuavam reunidos, iniciaram-se providências para uma eventual resistência a possíveis represálias dos borgistas, que poderiam atacar a casa para abrir uma segunda frente ou, apenas, para vingar-se, destruindo a residência dos Jobim. Walter mandou mulheres e crianças embora, que se refugiaram nas casas de parentes, e botou seu 44 na cintura. Se fossem atacados, a resistência seria um pouco mais que simbólica, basicamente armas curtas e algumas carabinas contra metralhadoras. Decidiram, porém, que, se fossem assediados, dariam combate.

Na praça Júlio de Castilhos, o tiroteio era ensurdecedor. Assim mesmo, a população foi chegando pelas ruas, procurando se aproximar. Era uma grande confusão. Os homens de Clarestino, entrincheirados nos portais e nos telhados das casas, nas esquinas, atrás dos muros, disparavam furiosamente contra as aberturas do quartel. Com suas metralhadoras, os provisórios varriam a rua e qualquer lugar onde percebessem, pelo clarão dos tiros, poder haver um atirador.

Pelo meio dos rebeldes, com seus uniformes brancos, andavam as moças e os padioleiros da Cruz Vermelha Libertadora, uma entidade civil humanitária, querendo recolher os mortos e feridos. E o povo chegando, pois fora do perímetro do quartel não havia perigo, uma vez que o combate se desenvolvia unicamente com o emprego de armas convencionais, sem uso de explosivos ou bombas incendiárias, que poderiam ameaçar as pessoas que se encontrassem nas ruas adjacentes.

Os soldados do Exército estabeleceram um cordão de isolamento, proibindo os civis que não pertencessem a nenhuma Força de entrar na área conflagrada. Àquela altura, libertadores e republicanos chegavam aos montes, armados de revólveres, alguns com carabinas de caça, querendo se apresentar aos comandantes. Os militares, entretanto, inflexíveis, impediam que qualquer pessoa avançasse. Porém, também entre a multidão aumentava a tensão. O capitão do Exército foi procurar Clarestino Bento:

– Coronel, isto aqui está ficando perigoso. O pessoal aí fora está começando a se desentender, republicanos e maragatos, nem quero pensar no que pode haver se alguém puxar um revólver: será um tiroteio generalizado, vai morrer todo mundo – disse.

– E o que o senhor quer que eu faça? – perguntou, espantado, o comandante libertador.

– O senhor tem que resolver isso logo. Ou o senhor toma esse quartel ou retira-se. Assim como está é que não pode ficar. Não posso me responsabilizar pelo que venha a acontecer se essa gente se entreverar.

– Vamos ver – propôs Clarentino, dirigindo-se, com o oficial, até o cordão de isolamento.

Quando foi reconhecido, atrás da barreira de soldados, começaram os vivas e as vaias. Havia centenas, talvez milhares de pessoas na rua. Homens com lenço encarnado, outros com lenço branco, alguns de pijama, mas com o revólver na cintura. Mulheres, velhos e crianças.

– O que posso fazer, capitão? Se o senhor quiser, convido os libertadores a passar, mas o morticínio aqui dentro será pior, pois essa gente não sabe lutar, morrerão aos magotes – disse o coronel.

– Eu também acho. Mas o senhor não concorda que se não fizermos alguma coisa daqui a pouco isto aqui vai pegar fogo? – tornou o capitão.

— Está bem. Vamos fazer mais um assalto. Se não der certo, nos retiramos, até mesmo porque não teremos munição para segurar este tiroteio por muito tempo – concordou o coronel –, a menos que o nosso amigo coronel Villalobos nos dê mais uns biscoitos – arriscou Clarestino.
— Duvido, coronel. Já foi muito o que lhe mandou. Proponho que o senhor vá em frente.
O grupo de assalto do tenente Alcino já estava, àquela hora, iniciando um novo ataque. Rastejando uns, esgueirando-se outros rentes aos muros das casas, 50 homens se aproximavam do portão do quartel.
— Vamos tirar essa chimangada de lá, vamos – gritou Alcino, ordenando a carga.
Em grupos de seis os homens iniciaram a corrida em direção ao quartel. De cima das casas, o major Antenor comandava a barragem de proteção. Na rua, João Castelhano mandava seus sepeenses abrir fogo.
— Caprichem na pontaria. Atirem por cima deles, senão vamos acertar nos companheiros – advertia a seus homens.
A barragem, de início, parecia proteger efetivamente a tropa de assalto. Os fuzis novos do Exército com sua munição ainda quentinha, no início do prazo de validade, botaram os provisórios em respeito. Quando aqueles balins de 7 milímetros (7 x 57) começaram a impactar nas janelas dos atiradores, rasgando a estopa dos sacos de areia, zunindo com as grades, abrindo um oco nas paredes internas quando entravam pelo espaço vazado, Soveral concluiu que uma nova fase do combate estava para se produzir. Aquelas balas poderiam indicar duas coisas: um novo grupo, com novas armas, teria se incorporado aos atacantes ou o Exército tinha se juntado a eles. O que estava chegando não era mais daqueles projéteis recondicionados, expelidos por armas descalibradas, mas balas de verdade. Soveral viu o perigo e deu suas ordens:
— Olha aí, minha gente, cuidado. Vamos nos proteger – era a ordem que ia passando, correndo de sala em sala, mandando seus defensores se cobrir. – Felisberto: pega lá no escritório os periscópios de trincheira para vigiarmos o avanço dessa gente. Não deixa ninguém botar a cabeça para fora da barricada. Só vamos abrir fogo quando tentarem de novo escalar as janelas e arrombar o portão. Não adianta nada ficarmos tiroteando com eles, arriscando perder gente por descuido – ordenou ao tenente Menna Barreto, que comandava as baterias de metralhadoras.
Dali em diante, só as lentes dos periscópios assomavam acima da proteção das aberturas. Das três lunetas que tinham, duas foram estraçalhadas pelas balas rebeldes, tamanha a concentração e a precisão do fogo libertador.
Quando a leva de assalto reiniciou seu avanço e ficou bem à vista, a me-

nos de 50 metros do quartel, Soveral não teve outro jeito: aí era preciso resistir, se não dali a pouco estariam peleando de arma branca com os maragatos dentro do prédio. Seria o fim.

– Vamos lá, minha gente. Às armas. Eles estão chegando – gritou Menna Barreto, abandonando seu estranho binóculo para disparar com sua parabela Mauser C-96. As metralhadoras voltaram a vomitar fogo, os fuzis retomaram seu lugar nas vigias. Mais uma vez se estabeleceu o matraquear alucinante. O povo que se concentrava nas proximidades calou-se, cessaram as discussões, todos ficaram tentando compor com os ouvidos o quadro que se desenhava a metros de onde estavam. Um pesado silêncio se estabeleceu na área periférica. Mesmo os veteranos se impressionaram com a intensidade da fuzilaria. Nunca tinham visto tamanha concentração de fogo. Até os profissionais do Exército, sargentos e oficiais, viraram-se para o lado do barulho e ficaram em expectativa.

– À carga, à carga – gritou o tenente Alcino –, é agora ou nunca! – E começou aquela corrida cega, tomado pela loucura do combate, avançando sem medir conseqüências.

Foi seguido pelos homens, que deixaram seus abrigos e se expuseram em campo aberto, pois não havia outra maneira de se aproximar do objetivo. Irineu Machado larga seu fuzil e se dobra com as mãos na barriga, atingido bem em cima do umbigo; Afonso Rodrigues de Oliveira rodopia, com a perna esquerda estraçalhada; Alcebíades dos Santos emborca com o peito transfixado; Maurício Flores perde o pé e vai ao chão com a coxa esquerda perfurada, Cesário Rodrigues é atingido na região parietal; Claudionor Alves de Freitas recebe um impacto no pulmão esquerdo; Agostinho Rodrigues Ayres perde sua perna esquerda; Reduzino Pacheco apaga; José Ferreira perde a respiração e leva a mão ao pescoço à procura de sua traquéia dilacerada. O tenente Alcino dá uma meia-volta e vê seu braço direito pendendo como se estivesse preso ao corpo por um barbante.

Ninguém mais dorme em Santa Maria. A noite escura começa a ceder. Depois do primeiro ataque, Clarestino mandou apagar as luzes da iluminação pública, procurando também a escuridão para se proteger. As lâmpadas da praça foram quebradas a bala, num exercício de tiro ao alvo de seus carabineiros de elite. Só se via o clarão das lingüetas de fogo, que pareciam uma nuvem de gigantescos vagalumes, saindo na ponta dos canos dos mosquetões, ou o fogo piscante das metralhadoras e armas automáticas disparando de rajada.

A terra de ninguém, entre os dois grupos entrincheirados, era inacessível a qualquer ser vivo. Não havia como atender os caídos. Quem fosse atingido ficava onde tombasse, tal a concentração de tiros. Mesmo os rapazes e moças da Cruz Vermelha, que insistiam em entrar entre os dois fogos, afirmando que seus uniformes brancos seriam respeitados, ficaram a distância, cessaram seus protestos e se conformaram em aguardar um melhor momento para sua missão humanitária.

No Hospital de Caridade, os médicos e enfermeiros preparavam as salas de cirurgia, limpavam seus instrumentos, antevendo a dose cavalar de trabalho que teriam dali a pouco, quando aquela loucura parasse. Clarestino comunicou ao jovem Ivori Coelho, um dos voluntários da Cruz Vermelha:

– Pode ir preparando suas ambulâncias. Com a luz do dia, não teremos como manter esse cerco. Vamos ter que nos retirar. Deixo-te os feridos, pois vocês poderão dar a eles melhores garantias que nós – disse o coronel.

Chamou João Castelhano e Antenor Soares, comandantes das unidades.

– Já demos uma boa surra na chimangada. Vamos embora. Acabou a guerra.

De fato, dali a quatro dias, a 7 de novembro, entrou em vigor um cessar-fogo para abertura das negociações políticas visando à pacificação.

A primeira unidade a se retirar foram os sepeenses de João Castelhano, que recuaram para a caixa-d'água e ali ficaram preparando a marcha. A seguir retrocedeu o major Antenor, uma hora depois. Ele ficara sustentando o fogo, impedindo os provisórios de sair do quartel. Não sabiam quantos homens haveria lá dentro, não podiam facilitar a ponto de serem, ao final, surpreendidos por um contra-ataque. Às 7h da manhã a coluna de Clarestino Bento recebeu a ordem de marcha e saiu de Santa Maria, tomando a direção de São José.

Com uma bandeira branca, uniformizados, os rapazes e moças da Cruz Vermelha entraram cuidadosamente na rua, à vista dos defensores. Seus gritos eram ouvidos pelos provisórios, que entenderam que estava tudo terminado. Assim mesmo, Soveral e Menna Barreto correram por todas as salas, dando a ordem com firmeza:

– Cessar-fogo; cessar-fogo! Quem der um tiro morre. Acabou!

Temiam que os soldados atingissem os voluntários libertadores. Todos sabiam que, embora não fossem combatentes, eram libertadores como os outros que acabavam de atacá-los.

– Vamos, para fora, todo o mundo na rua. Quero que nos vejam – gritava Soveral, movendo sua gente, mandando-os largar as armas, arrebanhando-os para uma formatura. Não havia mais perigo, a rua se enchia de gente, os soldados do Exército entravam, organizando um cordão de isolamento, automóveis e caminhões se aproximavam, certamente para remover os mortos e feridos rebeldes que ainda estrebuchavam onde tinham caído.

– Felisberto, vamos para a rua. Contaste as baixas? – perguntou Soveral.

Um milagre. Não perdera um só homem. Tudo aquilo sem mortos nem feridos. Esse era o dia de sua maior glória, estava certo.

Soveral à frente, com seu revólver na mão, seguido pelo alferes, depois os sargentos e soldados, um a um foram saindo do quartel e tomando posição em linha, na frente do portão principal. Os dedos encardidos, os rostos pretejados e os cabelos esturricados pela poeira de pólvora. O cordão de isolamento do Exército aproximou-se, com o povo atrás. Ouviam-se vivas ao dr. Borges, ao Partido Republicano, ao dr. Bozano, à briosa Brigada Militar, ao heróico 3º Corpo Provisório. Soveral não reagia. Parecia estupefato. Aproximou-se o capitão do Exército, comandante da tropa neutra.

– Capitão Soveral, o combate está encerrado. Seus inimigos retiraram-se em ordem e deixaram a cidade. Peço que volte para seu quartel e dê por encerradas as hostilidades – disse. – Tenho ambulâncias aqui, o senhor permite que recolha seus feridos? – continuou, olhando para os homens com braços nas tipóias, com bandagens, o grupo dos sete que estavam semi-imobilizados.

– Capitão, não tenho mortos nem feridos. Estes homens já estavam medicados antes do combate. Não foram feridos aqui. Está tudo bem, muito obrigado – respondeu. – Feliciano, atenda ao capitão e volte com os homens para o quartel.

– O senhor está me dizendo que não teve nenhuma baixa? – admirou-se o capitão.

– Esta é a verdade. Nenhum soldado da República foi atingido pelos mazorqueiros. Bem, capitão, com licença – e foi se retirando, também, para o interior do prédio, aclamado pelos seus correligionários. Os libertadores, ao verem a derrota de suas armas, como uma torcida de futebol do time derrotado, já se haviam retirado em silêncio, recolhendo-se para suas casas.

No dia seguinte, os dois bandos tiveram seus atos cívicos: os libertadores enterraram seus mortos, com féretro, guarda de honra e um discurso inflamado do doutor Walter Jobim antes de os caixões baixarem à sepultura. Entre os republicanos, Soveral e seus homens foram homenageados com um churrasco, a que compareceu todo o alto comando do partido. Como se fosse uma condecoração, recebeu de presente um relógio de ouro cravejado de brilhantes comprado por subscrição na Casa Masson, marca "Internacional", com uma gravação: "Ao heróico cap. Raul Soveral pelo feito de 3 de novembro de 1923". O velho guerreiro a princípio recusou, mas acabou dizendo, em seu curto discurso, "ter aceito a homenagem por ser um caboclo rústico e com essa jóia havia uma prova dos serviços prestados à cidade e ao Partido Republicano".

Era desse fato que Clarestino Bento e João Castelhano queriam a desforra quando preparavam uma emboscada para os homens de Bozano, que acabavam de cruzar o Cação, para assegurar a retirada de Honório Lemes e Zeca Netto.

– Aqui não dá para resistir. Vamos nos agrupar nos matos e fazer algumas linhas de fogo cruzado para retardá-los, quando chegarem no acampamento – propôs Julião Barcellos.

Os rebeldes ganharam o mato, depois que o grosso da tropa revolucionária escapou-se, pouco antes do meio-dia, abandonando tudo o que não fosse o mais essencial – barracas, roupas, todos os trens que diminuíssem a velocidade de seu deslocamento. Deixaram até a carne no fogo, para dar uma falsa impressão de debandada. Cada grupo de 10 escondeu-se entre a vegetação para cobrir o corredor, impedindo a perseguição imediata da Força que iniciava sua retirada em direção à estrada do Passo do Velhaco.

Quando a coluna libertadora deixava o Passo do Cação, Bozano lançou sua carga de cavalaria. No telegrama que mandamos para o dr. Borges depois, o comandante, embora carregando nas tintas, descreveu, na essência, o combate e o que tínhamos conseguido naquela manhã. Num trecho ele dizia: "Alta madrugada de hoje, em marcha forçada, vim no rastro da coluna rebelde em direção ao Passo do Cação, que vadeei e vim surpreender Honório acampado a meia légua distante do Passo do Velhaco, em posição fortíssima". Conta ter vencido as linhas de resistência, informando que "neste momento, 16 horas, o capitão Ulisses Coelho, com 100 homens, persegue os dois generais da mazorca que galopam em direção ao Cerro Chato".

Entretanto, a estratégia dos coronéis estava dando certo. Os grupos de retardamento estavam conseguindo segurar o avanço do 11º Corpo, como relatava seu comandante: "Ainda agora meus piquetes estão batendo os matos circunvizinhos donde, de momento a momento, chega-me o eco de tiros".

Julião Barcellos, Clarestino Bento e João Castelhano ficaram nos matos do Passo do Cação, com a primeira linha de retardo. Bozano perdeu horas na limpeza, mas aproveitou a carne no fogo do acampamento dos rebeldes para alimentar seu pessoal, menos os homens de Ulisses Coelho, que contornavam os matos para seguir em perseguição ao inimigo. Entretanto, este também não pôde alcançar os dois generais, pois João Cavalheiro se entrincheirara numa outra passagem estratégica, instalando uma pequena fortaleza na estância de José Antônio Luiz. O outro coronel, Leopoldo Rocha, fortificou-se na entrada do Rincão do Inferno. Com isso, deram o tempo que os generais precisavam para se afastar o bastante com sua cavalhada abombada, que mal se agüentava em pé.

Ao final da tarde, na estância de João Feliciano, o fazendeiro interrogava os dois peões que tinham saído com seu filho Aparício para assistir ao combate.

– Mas onde ficou o guri? – perguntava.

– Seu João, não sabemos onde o Aparício ganhou, pois quando estávamos na coxilha apreciando o combate fomos surpreendidos por uns provisórios, que nos confundiram com os revolucionários e abriram fogo em cima de nós. Cada um saiu para um lado e não voltamos a ver o Aparício.

– Mas que desgraça – comentou o velho –, lá se foi o binóculo que ganhei do compadre Napoleão!

O binóculo fora trazido da Europa, como legítimo, pelo fazendeiro Napoleão Garcia Pereira, comprado de um oficial alemão das forças de Bismarck que ocuparam Paris, e dado como presente a João Feliciano.

Só no dia seguinte voltou Aparício, a pé, esmoído, as roupas em frangalhos de correr pelos matos. A família já o estava dando como morto, pois a operação limpeza fora um verdadeiro massacre. Ao ver o filho, João Feliciano correu a seu encontro, alcançando-o ainda no corredor, malito, com fome e sede.

– E então? – foi perguntando.

– Nem lhe conto, meu pai, quase que me vou. Escapei umas cinco vezes com os provisórios nos meus calcanhares, tiro e tiro, as balas ricocheteando nos meus calcanhares. Deus me salvou – disse Aparício, aliviado.

– Está bem, mas quero saber é do binóculo do compadre Napoleão.

Aparício enfiou a mão embaixo da camisa e retirou a peça que trazia escondida, estendendo a mão para que o pai o tomasse de volta.

– Ainda bem – exclamou o velho, dando meia-volta, esporeando o cavalo, deixando o rapaz no meio da estrada, enquanto alisava o binóculo de Napoleão, o Bonaparte, o Terceiro, como ele dizia.

CAPÍTULO 27

SÁBADO, 6 DE DEZEMBRO

LIMPEZA

Foi uma noite maldormida, esta de sexta para sábado. Apesar de termos suspendido as buscas para descansar, os rebeldes fizeram uma barulheira dos diabos que não deixava ninguém pegar no sono: tropel de cavalos, gritos de homens, tiros perto, tiros ao longe, uma fuzarca. Não havia quem conseguisse tirar uma soneca em paz, nem mesmo os mais acostumados com as lidas da guerra.

Ficamos empacados por causa desse grupelho barulhento que deixaram para trás. Falando desse jeito, com esta linguagem, até parece que perdemos mais de 24 horas, dando toda essa luz aos nossos objetivos principais, Honório Lemes e Zeca Netto, só para caçar uns guaipecas. Nada disso, caçar essa gente que ficou para nos atrasar dava mais sede em nosso pessoal que a perseguição aos próprios generais.

Eu percebi isso quando os dois majores se agarraram a essa missão como se fossem dois cachorros brigando por uma paleta de ovelha. Mal havíamos assomado ao cume do coxilhão, entrado no acampamento abandonado pelos rebeldes, alcançando Bozano e Muratori, que tinham liderado o ataque, começou a disputa. Entrei no perímetro junto com Soveral, que trazia o grosso da Força que atacara pelo Passo, quando fomos alcançados pelo comandante da retaguarda, major Censúrio Corrêa, que vinha a galope procurando pelo comandante-em-chefe. Não demorou muito aproximou-se o dr. Chrispim, também com a mesma idéia na cabeça. Quando regressou o capitão Ulisses Coelho, que tinha passado à frente para iniciar a perseguição à força inimiga, aí estabeleceu-se o impasse.

– Coronel – foi dizendo o capitão Ulisses Coelho, dando a Bozano o tratamento do posto, pois ali estavam reunidos todos os membros do alto comando de nossa coluna –, o grosso da tropa está em retirada, mas deixaram não sei quantos homens tocaiados no caminho. Está um perigo avançar pelo corredor, pois eles abrem fogo do meio dos matos, nos atingindo. Se não é eu recuar depressa, eles teriam aberto um claro em meu pessoal.

– Os prisioneiros disseram que eles deixaram um grupo para nos retardar. Eles se dividiram em pequenos piquetes, comandados pelos chefões deles, Clarestino, João Castelhano, Leopoldo, Julião e o João Cavalheiro. Cada um pegou um lote de gente e se meteu nos matos para nos segurar aqui – disse Muratori.

– Acredito, coronel – interrompeu o major Censúrio –; eles são gente daqui mesmo, vaqueanos nestes matos, não será fácil pegá-los. Por aqui não dá para passar. O senhor teria que fazer toda a volta, de novo, pelo Passo dos Enforcados – disse apontando para a estrada, por onde teriam que seguir os passos de Honório e Netto.

– Até aí eles já chegaram a Santo Ângelo – disse Ulisses Coelho.

– É possível que ganhem muito tempo. Mas podemos tirá-los daí do mato – tornou Censúrio. – Eu queria pedir ao coronel para dar esta missão a meu esquadrão. Temos contas a ajustar com essa gente.

– Não, estes são meus. Pelo menos o Castelhano e o Clarestino. Tenho que cobrar uma conta deles, pelo estrago que fizeram nas pareces do quartel lá em Santa Maria – atalhou Soveral.

– Tu podes ficar com eles, Raul, mas o Leopoldo, o Julião e o Cavalheiro são meus. Eles são de Lavras, portanto, cabe a nós liquidá-los – interveio Chrispim.

– Eu acho que tenho direito ao Clarestino e ao João Castelhano – disse Censúrio –, pois tenho sob meu comando os homens de Caçapava e São Sepé.

– Nada disso, major – discordou Soveral. – Estes dois têm essa velha dívida do 3º a saldar. Já estou sentindo uma comichão no fio da minha prateada – disse, fazendo o inconfundível gesto com o dedo imitando uma faca na garganta.

– Calma, companheiros – atalhou Bozano –, há inimigos para todos. Com tanta vontade, acredito que o melhor será empregarmos toda a Força para tirá-los do mato.

Bozano sabia que aquela operação deveria ser completada antes de seguir a perseguição aos generais. Quem tem Zeca Netto e Honório Lemes na contraparte não pode dormir com os dois olhos fechados ao mesmo tempo. O coronel, embora moço, já era matreiro, dormia como a lebre. Não se podia simplesmente deixar aquele grupo de guerrilheiros maragatos pelo caminho, ignorá-los, dá-los como tropa vencida, debandada e seguir adiante. Se não os destruíssemos completamente, poderiam ressurgir das cinzas, a qualquer momento, revigorados com incorporações de gente dali mesmo. Sabíamos que havia nas estâncias muito maragato chairando as facas quando chegamos atropelando tudo, nem dando tempo de se juntarem a seus caudilhos. Daí que esses 50 homens que tinham ficado na missão de nos segurar representariam 200, 500, sabe-se lá quantos, dias depois, ou talvez naquela mesma tarde, se corresse por aquelas coxilhas o boato de que os coronéis libertadores teriam nos posto para correr. Sim, isso é o que se diria, que nós fugimos, nunca que nos adiantamos para alcançar o objetivo principal. Com uma notícia dessa, eles poderiam nos surpreender pela retaguarda. Quem poderia saber que não fosse este o plano dos dois velhos generais? Contar com a audácia, a determinação, a juventude de Bozano para fazê-lo cair numa armadilha que teria 50 por cento de arte militar, deixá-lo entre dois fogos, e os outros 50 por cento de política, ao fazer que um novo alento produzisse aquele fenômeno da natureza, fazer uma força inimiga brotar do chão como a grama que vem depois de uma queimada, que basta uma chuvinha para trazer as folhas verdes de volta. A analogia é válida, pois a própria cinza queimada faz o adubo que dá a força para a planta que foi destruída pelo fogo renascer da noite para o dia; vai-se dormir olhando um campo cor de carvão e acorda-se com um gramado verdejante de dar gosto de olhar.

– Não vamos facilitar. Só saímos daqui levando esses vagabundos por diante – disse Bozano. – Vamos espalhar nossa tropa e ir levando como quem caça veado, como quem varre um pátio depois da debulha – foi como ele explicou a seu corpo de oficiais como queria vasculhar o terreno ocupado pelos maragatos.

E assim passamos todo o resto da sexta e mais a manhã do sábado desentocando inimigos do mato. Embora a nossa Força fosse mais de dez vezes superior à deles, os caudilhos tinham a vantagem do terreno, pois conheciam muito bem aquele pedaço e tinham a iniciativa a seu favor. Nós só podíamos contra-atacar, pois nunca sabíamos onde se encontrava o adversário. A pé, a cavalo, no meio daquele mato, abriam fogo, fustigando-nos. Logo recuavam, sumindo-se no meio do capoeiral. Mas não lhes adiantou, pacientemente fomos vasculhando o terreno, metro a metro, pegando um por um.

No telegrama que mandamos para o alto comando, em Porto Alegre, Bozano fazia seu relatório sobre a operação de limpeza: "Completo informações meu número 13. Encontramos mais 6 mortos, obtendo de vizinhos informações de mais 5 por eles enterrados, o que perfaz um total de 19 mortos. De certeza, o inimigo leva diversos feridos, alguns em estado grave". Este foi o balanço. De 55 homens, 10 em cada grupo mais os coronéis, deixaram mais de um terço estendidos no chão, fora os que conseguiram levar com eles. Com tal resultado, podíamos dar o grupo como liquidado, sentindo-nos seguros para seguir em frente sem o receio de termos uma surpresa pelas costas. Também não posso deixar de reconhecer que aquela gente vendeu caro suas vidas. Agüentaram tudo o que deu e mais um pouco ante a descomunal superioridade em gente e meios que tivemos para subjugá-los. A resistência durou quase 24 horas.

A tarde de sexta-feira foi a mais pesada, com a briga se espalhando em toda a linha, dali do Passo do Cação até as portas do Rincão do Inferno. À noite, como já contei, suspendemos as buscas, mas ninguém dormiu, tamanha a agitação. Nessa hora, ele se aproveitaram para nos desgastar física e psicologicamente, mantendo-nos acordados em nosso perímetro de defesa, tensos pelo perigo de uma investida suicida no meio da escuridão. Às 6h manhã do sábado, já estávamos, outra vez, de armas em punho batendo os matos. Lá pelas 9h, a vanguarda se movimentou em busca do objetivo principal. Àquela altura, os inimigos sobreviventes estavam mais à procura de caminhos para romper o cerco e sair daquele espaço pontilhado de provisórios sedentos de sangue. A verdade é que não conseguimos nem matar nem prender nenhum dos coronéis. Antes de fecharmos o cerco eles conseguiram atingir os cânions do Camaquã e por ali se enfiaram saindo lá do outro lado e sumiram nas pradarias, a galope com certeza, mas já sem condições de se incorporar novamente à coluna dos dois generais.

    João Cavalheiro não conseguiu fugir com o resto da tropa de Julião Barcellos. Bastante ferido, sem poder andar ou cavalgar, foi levado pelo mulato Alcântara para uma mata na divisa das terras de Favorino Gonçalves Dias com Antenor Dias dos Santos. Ali seu ordenança construiu um abrigo mínimo, tão mocozeado que se alguém passasse pelo mato, investigando, não imaginaria que tivesse alguém escondido. Esquivando-se das patrulhas provisórias que infestavam a região, Alcântara levou alimentos e medicação para trocar o curativo que fizera em seu patrão. Numa dessas idas, o peão não pôde chegar ao esconderijo, teve de se esconder, para evitar ser detido, interrogado e, talvez, preso. Faminto, receoso, Cavalheiro saiu do abrigo, arrastando-se, para ver o que poderia estar acontecendo na área. Avistou os pés de uma pessoa, com as botinas vermelhas, chamadas reiúnas, porque as primeiras dessas que chegaram ao Rio Grande foram importadas da Ucrânia pelo governo imperial para calçar o Exército. Agora vinham de Novo Hamburgo, mas ficou o nome. Ao se aproximar, viu um corvo levantando vôo. Constatou que eram os pés de um inimigo morto. Logo sentiu que os pássaros arrastavam aquele corpo, ouvia o barulho das roupas sendo rasgadas. Quando chegou Alcântara, pediu-lhe que fosse verificar de quem se tratava. Ao voltar, disse que não era ninguém, apenas um cadáver comido até os ossos, mas ainda vestido. Como lembrança, ficou com as botas do soldado devorado.

    Do Passo do Cação seguimos pelo Passo do Velhaco, atravessamos o Passo do Libindo, nos internamos em Caçapava e fomos sestear, às 13h, na estância do coronel Coriolano Castro. Deixamos baixar o sol, para poupar os cavalos na marcha forçada. Seguimos às 4h da tarde, passando pelo Moinho, acampando para dormir no Passo do Pessegueiro, montando nosso dispositivo de defesa, caso sofrêssemos um contra-ataque, no Cerro do Saco.

    Foi uma marcha acelerada, com um máximo de velocidade, com objetivo de recuperarmos o terreno perdido. Tiramos partido de nossa vantagem em reservas de montarias. Eles marchavam lentamente, procurando poupar ao máximo sua cavalhada, para um útimo arranco, caso fossem novamente surpreendidos por nós.

Nessa noite houve um episódio grotesco, após o qual Bozano fez o julgamento público de um de nossos oficiais envolvidos. O segundo-tenente Ramão Delphino, do 3º Esquadrão, exagerou um pouco na dose de uma punição, obrigando o comando a se pronunciar num caso que gerou grande controvérsia em toda a coluna, tendo muita gente discordado da decisão tomada por Bozano.

Há dias vinha o tenente Delphino desconfiando dos modos de um recruta, um piá muito penteadinho, que ficava de retouços, dando margem a desconfianças do oficial. Não que o rapaz não brigasse ou se mostrasse preguiçoso nas marchas, excessivamente cuidadoso nos combates ou relaxado com suas armas e montarias. Era outra coisa. O oficial desconfiou e começou a se aproximar do moço, que vou evitar aqui de declinar seu nome, pois isso poderá ser prejudicial à sua vida futura. Nos quartéis e nas guerras, muitas vezes surgem essas aberrações, que devem ser prontamente reprimidas pelos superiores, mas de maneira civilizada: ou prende, ou fuzila, mas nunca submeter um soldado, seja por que motivo for, a tamanha humilhação.

Pergunta daqui, indaga dali, vigia, bota os sargentos de sobreaviso, descobriu que o rapaz estava intubando algumas praças, cobrando quaisquer níqueis para servir de china à soldadesca. Como disse, isso por vezes acontecia. O tenente decidiu, então, dar um exemplo à tropa e acabar de vez com qualquer outra tentativa de perverter a moral da unidade. Chamou o rapaz para cavalgar a seu lado e foi jogando verdes, dando a entender que estava interessado nos seus favores, puxando conversas até que o guri se ofereceu. E mais:

– Para o senhor, tenente, não cobro nada – disse o maricas.

Delphino combinou o encontro para aquela noite, quando estivesse de ronda. Botou o rapaz numa guarda isolada e disse que passaria para fazer o serviço.

Lá pela meia-noite, rondando no posto do fresco, disse a senha, recebeu a contra-senha e foi chegando. Delphino vinha fardado, com a espada na mão enrolada numa badana.Trocaram umas poucas palavras, o rapaz estendeu seu poncho e foi baixando as calças, pondo-se de bruços enquanto o tenente afrouxava a cinta, mesmo sem despir a túnica nem se desfazer do correame.

O rapaz viu que alguma coisa estava errada quando o oficial fez meia-volta e ficou a seu lado, de pé, mas nem teve tempo de se mexer quando sentiu o solado da bota em seu pescoço, espremendo-o contra o chão. Em seguida, sentou-se no seu lombo, tirou da badana um instrumento que tinha preparado e foi enfiando pelo ânus do soldado, que se prendeu aos berros. Até chegar o socorro, já tinha enfiado mais da metade do cacetete, que trouxera envolvido por folhas de urtiga, cuidadosamente amarradas em torno do objeto.

– O que é isso? O que foi? – chegaram, gritando.

O oficial deu-se por satisfeito, levantando-se, deixando o soldado com o pedaço de pau enfiado no corpo, aos berros, espumando de dor. Foi um deus-nos-acuda, levado estertorando para a barraca-hospital do doutor Xavier da Rocha.

– Não há muito a fazer, Júlio Raphael. O intestino do rapaz está todo arrebentado, parte pelo cacetete que enfiaram, parte pelo efeito da urtiga, que está provocando erupções por ali tudo. Deve ter enfiado uns 10 ou 15 centímetros. Precisamos removê-lo para Bagé ou Santa Maria – disse o médico.

– Só me faltava esta! – exclamou Bozano.

Mandou-me chamar o tenente Delphino à sua barraca, dizendo também que convocasse todos os oficiais que não estivessem de serviço para uma reunião imediata.

– Alemão, vou ter que dar uma solução disciplinar que não está nos manuais. Mas primeiro vou conversar com a cavalgadura do Delphino, para ver se ele tem alguma explicação para o que fez – disse, retirando-se para o interior da barraca.

Assim que o tenente entrou, tratou-o com dureza.

– Sentido! tenente – disse, quando viu o oficial, acostumado com o espírito de camaradagem que vigorava no grupo, comportando-se com uma certa informalidade que normalmente era tolerada entre os oficiais nos corpos provisórios.

– Sim, senhor – reagiu automaticamente o oficial, perfilando-se.

– O senhor pode me explicar o que aconteceu?

Delphino contou. Bozano ficou uma fera. Do lado de fora ouvíamos seus gritos, admoestando o oficial: "O que pensas que isto aqui é?" O oficial argumentava:

– Mas eu não ia dar. Eu me propus a comer o cu dele, coronel, não fiz parte de fresco, mas de homem.

– Cretino. Tu vais ser expulso. Isto sim. Vou te expulsar agora mesmo da Força. Depois a Justiça Militar que faça o que quiser. Mas aqui não continua um oficial tão estúpido a ponto de fazer uma coisa dessa. Vamos lá para fora, que vou ditar a sentença na frente de teus pares, para que não reste dúvidas sobre questões disciplinares nesta unidade. Tu e o filha da puta do puto, se o desgraçado sobreviver. Se morrer, aí sim é que estarás enrascado – disse furioso.

Com toda a oficialidade reunida, relatou o fato. Falou do espírito da lei, dizendo que a atitude do tenente Delphino caracterizava uma falta grave. A seguir, deu a palavra ao oficial acusado, para que se defendesse. O tenente justificou-se, reafirmando que assim agira em defesa da disciplina e da moral.

– Não interessa se tu não comeste o guri – sentenciou Bozano. – Isto não é procedimento militar. O fato de teres combinado o encontro, mesmo que seja para caracterizar um flagrante, não está de acordo com os regulamentos – afirmou, dirigindo-se ao corpo de oficiais, que assistia atônito àquela sessão. – Isto aqui é uma unidade da Brigada Militar do Estado do Rio Grande do Sul. Ao combinar o encontro, infringiste a lei como se tivesses praticado o ato. Tu estás preso e afastado do 11º Corpo Auxiliar por incapacidade moral.

– Capitão Bohrer – disse dirigindo-se ao comandante do oficial –, tome as armas do tenente Delphino e providencie para que seja recolhido ao quartel na primeira oportunidade. Ele está preso e será encaminhado à Justiça Militar. O tenente da reserva Vicente Valdez assumirá o comando do piquete do tenente Delphino. Dispensados – concluiu o comandante.

No dia seguinte, pela manhã, os dois foram removidos no mesmo automóvel, que os levou para Santa Maria. Viajaram sem escolta, ambos sob palavra. Assim, Delphino teve que servir de enfermeiro para o soldado até chegarem à sede da unidade, onde um foi hospitalizado e o outro recolhido a seus alojamentos.

Capítulo 28

Domingo, 7 de dezembro

Irapuá

Deixamos o acampamento do Passo do Pessegueiro às 6h da manhã, no rastro dos rebeldes que se locomoviam com dificuldades. Deixamos o Cerro do Saco à nossa direita e prosseguimos pelo Cerro do Posto, cruzando a fazenda de Pedro Monteiro, onde nos reencontramos com o inimigo. O comando da vanguarda tocou uma vez mais para um voluntário civil, o capitão José Ladeira Lisboa, que vinha desde Santa Maria no comando do 4º Esquadrão.

– Boca de Ouro, tu fazes a ponta – ordenou-lhe Bozano. Lisboa era natural de Bagé, radicado em Santa Maria, mas conhecedor daquela geografia, que palmilhara muitas vezes ainda antes da Revolução de 23.

Na hora da merenda, chega o tenente Assis Ferraz Machado com as informações colhidas por Lisboa, que marchava uma duas horas à nossa frente.

– O inimigo, desde que se retirou do Passo do Cação, veio costeando o Camaquã, atravessou o Passo do Esquisito, na zona da Restinga, e foi pousar no Pessegueiro, nas terras de Juvêncio Teixeira, bem perto de onde dormimos – disse o tenente. – Levantaram acampamento bem cedo e estão marchando no rumo do Passo do Lajeado, sobre o Irapuá.

– Pois então vamos para lá – comandou Bozano. – Estamos perto. De hoje não nos escapam.

Desde que combateram contra Bozano no Cação, na sexta-feira, Zeca Netto e Honório Lemes vinham marchando devagar, poupando ao máximo as montarias, potreando pelas redondezas para tentar melhorar ao máximo a qualidade de sua cavalhada. Decididos a emigrar, calculando a distância da fronteira, haviam estabelecido uma estratégia para conseguirem fugir do território brasileiro antes de serem cercados, envolvidos e destruídos.

– General, a única maneira de sairmos desta armadilha em que nos encontramos será numa esticada só. Daqui até a fronteira só temos coxilhas e planícies, um terreno difícil para nos escondermos. Quando deixarmos o Camaquã, teremos de ir até a Banda Oriental de um único tiro – disse Zeca Netto.

– Entendo seu raciocínio – respondeu Honório. – Temos que aproveitar enquanto temos só o Bozano nas nossas costas. Se mandarem mais forças, podem nos cercar.

– Para nos alcançar, eles terão que apertar a marcha. Isso também vai desgastar a cavalhada deles. Ficará mais parelha uma carreira só de cavalos cansados – tornou Netto. – Mas o que me preocupa é um outro detalhe.

– Qual? – perguntou Honório.

– Como fazer com que eles não botem alguma tropa entre nós e a fronteira?

– É verdade. Já tinha pensado nisso. Quando concluírem que estamos emigrando, podem trazer o corpo de Jaguarão ou, com o trem, o 2º Regimento de Cavalaria de Livramento. Aí ficará difícil. Temos que fazer alguma coisa – disse Honório.

– Se os senhores me permitem uma opinião – interveio o secretário de Zeca Netto.

– Diga, Carlito – autorizou Netto.

– Peço desculpas se estiver dizendo uma besteira, pois estou pensando em voz alta, mas acredito que o principal será fazer chegar ao inimigo uma informação falsa que os faça acreditar no que queremos que eles acreditem, não é? – começou Carlos Bozano.

– Sim, mas como fazer isso? – perguntou, intrigado, Netto.

– Vamos deixar para trás o pessoal da região que preferir ficar mais perto de casa, não é?

– Sim, mas diga logo o que estás pensando – pediu Netto.

– Se largarmos algumas patrulhas que cheguem até bem perto do inimigo, é quase certo que algum deles cairá prisioneiro. Aí está a forma de passarmos uma informação falsa, com toda a credibilidade.

– Bem pensado – concordou Honório, guerrilheiro ladino, useiro e vezeiro da fórmula da informação falsa para confundir o inimigo. – Mas o que vamos dizer?

– Vamos difundir que pretendemos continuar aqui na região, de forma a que eles não peçam reforço.

– E como vamos justificar esta informação? – questionou Netto.

– Tenho uma idéia – atalhou Honório – que pode funcionar no estratagema do nosso amigo.

– E qual é, general? – perguntou Netto.

– Veja o que me ocorre: na semana passada, quando saí da fronteira, deixei em Santana o capitão Juarez Távora. Ele ficou por lá tentando levantar a guarnição e, também, arranjar armas, reforços, enfim, tudo o que fosse possível para nos ressuprir. Poderíamos dizer que ele virá nos encontrar aqui no Camaquã. Dizer à tropa que ficaremos manobrando por aqui, assim eles podem acreditar que vamos nos plantar em guerrilhas aqui por Caçapava, e que seguiremos, depois, para as Missões para nos incorporar aos tenentes do Prestes.

– É verdade, isso pode funcionar – concordou Zeca Netto.

– Se a gente espalhar uma história como esta – disse Carlos –, todo o mundo vai acreditar e comentar. O pessoal está certo que vamos nos exilar. Uma ordem destas será como uma bomba. Se quiserem, deixem por minha conta. Basta uma inconfidência para o major Ramón que, minutos depois, toda a força saberá da novidade.

– É verdade – concordou Netto. – O Ramão tem frio na barriga. Bem, se a gente pedir, ele morre com o segredo, mas, se não se deixar bem claro, ele já sai contando. Não estou falando mal do homem! – advertiu.

– Ramonzito – chegou Carlito –, acabo de ouvir que o Juarez Távora, te lembras, aquele que esteve com o dr. Assis em agosto? Pois ele está vindo do Uruguai com um carregamento de armas para a gente. Bem munidos, vamos tomar os cavalos da chimangada e subimos para Santo Ângelo. Que te parece?

– *Pero, doctor, que vamos hacer en las Misiones? De acá es un tramito hacia la Banda Oriental. E de ahi nos vamos hacia Argentina, que es el mejor camino para un encuentro com el capitán Prestes. Carajo...* – lamentou-se o major braço direito militar do general Netto.

Não custou muito toda a tropa já sabia da novidade. Uns animados, outros assustados, a notícia correu pela longa coluna que marchava a passo mais veloz que um corisco.

Bozano caiu como um patinho na artimanha do irmão. O primeiro prisioneiro capturado já revelou que Zeca Netto e Honório Lemes pretendiam resistir ali mesmo no Camaquã e que esperavam reabastecimento. A informação pareceu verdadeira, pois nosso comandante sabia que o patrulhamento dali até a fronteira estava fraco, não sendo difícil a um bom contrabandista trazer as armas e reequipar seus antagonistas.

– Pois este é mais um motivo para acelerarmos a marcha e darmos cabo deles antes que cheguem esses reforços – disse Bozano a seus oficiais, que estavam preocupados com o desgaste da cavalhada devido ao forte ritmo que imprimiram ao avanço. A trote e galope, o 11º procurava recuperar o atraso provocado pela resistência no Passo do Cação.

No telegrama que mandou passar de Caçapava para o alto comando, informou: "Rebeldes minha opinião procuram conservar-se próximos fronteira Bagé a fim receberem munição. Sei fonte segura Juarez Távora foi adquirir".

Honório e Netto esperavam o assado quando, perto de meio-dia, aparece a vanguarda de Bozano.

– Sem modos este teu irmão: sempre me aparece na hora do almoço, que nem louco de fome – comentou Netto a Carlos, quando foi avisado por um estafeta que o inimigo estava chegando ao acampamento.

– Ramão, estende uma linha na baixada da coxilha – ordenou o general.

– General, o senhor teria uns 60 homens armados de espadas? – perguntou Netto a Honório.

– Tenho.

– Pois vamos ocultá-los neste laranjal. Eu mandarei provocar o Bozano com guerrilhas, trazendo essas guerrilhas os mais audazes comandantes e mais bem montados. Eles atacarão meus guerrilheiros e estes virão recuando até passar pela frente do laranjal, e então será a ocasião dos seus, armados de espadas, caírem sobre eles de flanco e de retaguarda – disse Netto.

A armadilha foi montada, com o objetivo de cobrir a retirada do grosso da tropa, que cruzaria o riacho do Lajeado, seguindo em direção a Santaninha.

Bozano, contudo, não caiu no alçapão. Depauperado pela marcha forçada, deu-se por satisfeito ao encostar no inimigo. Considerava-os em suas garras. A cavalhada dos libertadores não teria como se adiantar à tropa provisória, que, apesar de vir com animais cansados da estirada, ainda tinha plenas condições, bastando um descanso. Com o solaço que fazia, melhor não ir além da conta.

– Vamos acampar aqui e sestear. Depois pegamos esses revoltosos – comandou Soveral, seguindo instruções de nosso comandante.

E uma vez mais roubaram o churrasco dos libertadores. Segundo o relatório enviado a Porto Alegre, estavam no espeto 25 vacas e 60 ovelhas. Pode ser um número exagerado, mas havia carne para perto de mil homens.

Mas os rebeldes não se apertaram. Tinham cortado com sobra, pensando garantir o suprimento no caso de algum aperto. Ao ver que não seria perseguido, Honório mandou os assadores se adiantarem algumas léguas e prepararem o churrasco. A tropa não desmontaria, iriam comendo montados, mas ninguém passaria fome. Na noite anterior já tinham jantado, e bem. Um almoço logo em seguida era muito luxo para rebelde perseguido por força do governo.

Onde se encontravam era o ponto estratégico para a guinada em direção ao Uruguai. Ali a topografia rio-grandense se inclina para a Depressão Central, fazendo que o divisor de águas entre as bacias do Camaquã e do Jacuí fique quase na barranca daquele rio. As nascentes do Irapuá, afluente do Jacuí, estão a poucos quilômetros do curso do Camaquã, entre o Cerro do Martins e a Guarda Velha, na estância de Euclides Osório Torres. Nessa configuração de terreno, uma coluna pode manobrar com certa desenvoltura, mesmo em épocas de cheia, e ganhar os passos do Camaquã para evadir-se, dificultando o cerco por uma força em perseguição.

Por aí vinham os rebeldes procurando posicionar-se para a gambeta final nos governistas. Bozano não via outra saída senão ficar no meio, em condições de dar o bote para qualquer lado que a presa se movimentasse. Se fosse verdade que investiriam para o norte, buscando o caminho das Missões, a rota a seguir passava por esse vale, a mesma que Gomes Freire usara, em 1756. Caso Juarez Távora não aparecesse com as armas e eles decidissem escapar para o Uruguai, poderia cortar-lhes a frente, impedindo-os de cruzar o Camaquã.

Capítulo 29

Segunda-feira, 8 de dezembro
Passo das Carretas

Aquela foi uma noite de grandes reflexões estratégicas para os dois generais. Eles precisavam encontrar o caminho para sair do beco em que se tinham metido. Eles haviam se escapado de Bozano com a operação de retardamento dos coronéis locais no Passo do Cação, mas o comandante borgista os mantinha virtualmente cercados.

– Este Bozano de bobo não tem nada, mas nós vamos dar uma volta nesse frangote – comentou Honório –, sem querer ofender o irmão do nosso dr. Carlos.

– Ora, general, isto aqui não tem nada de pessoal... – ia se desculpando o secretário do outro general, quando foi interrompido.

– Não te deixes provocar, Carlito. O general está apenas fazendo troça – amenizou Netto.

– Tenho que reconhecer que ele tem conhecimento do que está fazendo – continuou Honório. – Nosso estratagema para retardá-lo funcionou, nos deu um espaço para respirarmos, mas de pouco valeu, pois eles estão cobrindo nossa retirada para a fronteira.

– Temos que reconhecer que ele trabalhou bem. Se tivessem avançado em cima de nós lá no Cação, deixando nossos companheiros à sua retaguarda, poderiam ficar entre dois fogos. A opção de perderem nosso rastro, limpando o terreno antes de nos perseguirem, mesmo perdendo um dia, foi a mais acertada – concordou Netto.

Essa análise dos generais configurava o quadro estratégico. Na posição em que se encontrava o 11º Corpo, os rebeldes não tinham por onde sair em direção a seu objetivo, a fronteira uruguaia. E esse era um movimento estratégico. Não havia outro caminho, a não ser que se embrenhassem Rio Grande adentro, procurando uma junção direta mas impossível com os revoltosos do Exército que, por sua vez, estavam embretados nas Missões.

Havia um corredor para o norte, seguindo ao longo do Jacuí, deixando o Ibicuí à esquerda, subindo mais ou menos a mesma rota que os portugueses, de

Gomes Freire, e os espanhóis, do marquês de Valdelirios, tinham usado, há quase duzentos anos, para desalojar os jesuítas e submeter os territórios que ocupavam com os guaranis nas Missões. Mas essa hipótese, como eu disse, já tinha sido descartada por Honório Lemes.

Uma saída para o cerco seria atrair Bozano para longe do Camaquã, de tal maneira que se criasse um espaço para a manobra, entre eles e o rio, por onde pudessem escapar para sudoeste, recuperando, ainda, a vantagem da dianteira. Para isso, teriam que levar Bozano a dar uma volta, abrindo-lhes uma passagem, de tal forma a se colocarem de costas para a fronteira. Assim poderiam ir recuando, mesmo tendo que combater, até darem com a linha divisória. Esse era o limite da tropa legalista, que não poderia entrar em terras estrangeiras.

Esse era o desafio tático para os dois generais mais ladinos que o Rio Grande conhecera desde a morte de Gumersindo Saraiva, em 1894.

– General, vamos até Santaninha. Ali tomamos um bom café da manhã e colheremos informações sobre nossos inimigos. Depois, com calma e o bucho cheio, resolveremos o que fazer – propôs Netto, que tinha gente de confiança nessa vila do 2º Distrito de Caçapava. Seu 4º Exército Libertador tivera um regimento só de gente daquele povoado na Revolução de 23, integrantes da 5ª Brigada do coronel Coriolano Castro.

Os libertadores esporearam os cavalos e se internaram em Caçapava, sempre com o cuidado de não deixar o Camaquã fora do alcance da vista. Desde Santana da Boa Vista teriam sua oportunidade, pois não longe dali o rio faz, naquela altura, uma grande curva, por onde eles poderiam se enfiar e encontrar sua saída para os campos de Bagé ou Piratini, enganando os provisórios. Isso se lograssem fazer Bozano acreditar que eles poderiam tentar o improvável, ou seja, subir a serra em direção ao Planalto.

– Eu acredito que a melhor alternativa – disse Bozano a seus oficiais – é nos aproximarmos deles e contarmos com a vantagem de nossa cavalhada fresca para alcançá-los, na hipótese de nos darem uma gambeta. Se seguirmos ao longo do Camaquã, guardando os passos, eles podem fazer o inesperado, saindo pela nossa esquerda. Aí, poderiam subir a serra, caso conseguissem remonta em São Sepé ou Santa Maria, ou, numa outra alternativa, dar a mesma volta que já fizeram, refluindo sobre seus passos, e tentar deixar o Camaquã, revertendo para Dom Pedrito ou Livramento. Nenhuma destas hipóteses nos serve: em qualquer das duas, escapariam de nossas mãos, e se fossem alcançados o seriam por outra gente. Vamos fazer o jogo deles, observá-los de longe, e só depois de tomarem um rumo caíremos com as nossas garras em seus pescoços.

– *Buenas* – gritou Netto, ao se aproximarem de uma casa na zona urbana de Santaninha.

Foi um alvoroço. A população já sabia que a guerra rondava Santana, mas não imaginavam ver a cena que estava se desdobrando diante de seus olhos. Três homens, dois velhos e um moço, entrando a trote pela rua Sete de Setembro.

– Virgem do céu, é o Zeca Netto! – exclamou um santanense que olhava pela janela.

– E aquele é o general Honório! – completou.

Em minutos a vila regurgitava de gente pelas ruas, enquanto os dois caudilhos e Carlos Bozano tomavam o café da manhã na casa de um correligionário. Todos queriam ver dois dos homens mais famosos do estado.

Zeca Netto sentia-se na querência. Olhando de hoje, é possível pensar que o general de Camaquã estivesse querendo, com aquele gesto, mostrar a Honório como ali ele estava tão em casa quanto o Leão no seu Caverá. Dispensou escolta, batedores, qualquer coisa que pudesse lembrar um esquema de segurança, e entrou na vila armado apenas de seu revólver. Honório, mais desconfiado, levou uma Winchester de 15 tiros na bainha da badana. Chegaram como se estivessem indo na venda, a trotezito, só botando a mão na aba do chapéu para cumprimentar as poucas pessoas com quem cruzaram nas ruas.

O grosso da tropa ficou para trás e vinha marchando sob os rastros dos generais. Portanto, não se pode também dizer que Netto facilitou, pois a qualquer problema teria todo seu exército para socorrê-lo. Mas que entrou sozinho, entrou.

No café, na casa de um oficial que servira com Coriolano Castro, obteve as informações que desejava e deixou seus recados ao correligionário que agora era o intendente eleito de Caçapava.

– Diga ao coronel Coriolano que agradeço muito as ofertas de apoio que me fez por seu intermédio, mas as ordens do dr. Assis são muito claras: os correligionários eleitos somente devem abandonar seus cargos para entrar na revolução quando receberem instruções expressas neste sentido. Para nós isso é mais um protesto do que uma guerra. Os rapazes do Exército falharam e assim não tiveram as condições de cumprir com o que nos prometeram. Nosso destino, agora, é emigrar e procurar uma outra oportunidade para atacar o Borges.

O quadro político do levante estava mudando. Em função do quadro militar, o que se podia dizer era que Borges de Medeiros não mais estava ameaçado. Mas o presidente Bernardes sim, pois as forças federais rebeladas ainda ocupavam duas posições importantes, uma parte em Iguaçu, com a cobertura da fronteira paraguaia e seus rios navegáveis, e no Sul, com o pessoal do Prestes ainda com o território missioneiro intacto em suas mãos. Aqui no sul rio-grandense sim o levante marchava rapidamente para a extinção: as guarnições federais da fronteira uruguaia não se levantaram, deixando os caudilhos sozinhos e desarmados. Sem os generais libertadores na revolta, o dr. Borges podia dormir tranqüilo.

– Diga que eu lhe agradeço, e muito, o reforço que nos deixou. Sei o quanto ele se arrisca, por isso dou o valor que tem a atitude.

Coriolano Castro deixou um presente para o amigo: 80 homens, todos jovens, reservistas, armados e montados, além de uma tropilha de mais de 150 cavalos frescos, certamente o artigo mais raro naquela fronteira naquele momento. Devia ter gasto muito dinheiro para conseguir tantos animais em condições.

– Eu lhe peço, também, que me informe sobre os movimentos do inimigo. Nós temos que aproveitar exatamente a hora certa para passar por eles e ganharmos o Camaquã. Se errarmos nessa passagem, estaremos perdidos, nem tanto no aspecto militar, mas no político, pois a única maneira de nos retirarmos será numa debandada, o que não ficará bem nem para o general Honório nem para mim. Temos que perder com honra e isso significa chegarmos até a fronteira à frente de uma Força que mereça este nome.

A essa altura, enquanto os rebeldes de refestelavam no café da manhã, nós marchávamos acelerado para uma posição de onde pudéssemos atacá-los, fosse para que lado fossem. Às 6h da manhã estávamos passando pela Fazenda do Contrato, na estrada que leva a Santaninha. Às 11h entramos na vila e os nossos informantes nos deram a notícia da estada dos generais e do rumo da Força inimiga.

– Estão indo para o Passo das Carretas, da estrada Caçapava–Pelotas. É o caminho mais curto para a fronteira, entrando em Piratini e saindo do Brasil em Aceguá. Agora são nossos e ninguém mais nos tira – disse Bozano, dando as ordens para reiniciarmos a marcha a toda a velocidade.

Seguimos na direção de Piratini, descendo para o Passo da Olaria, onde almoçamos sem desmontar. Cada um passava no fogão e pegava seu naco de carne e duas bolachas já seguindo em frente. Nossos batedores chegaram com a notícia de que o inimigo sesteava, esperando passar o solaço e poupar suas montarias, no Passo do Arroio Areião. Precisávamos tirar uma diferença de quatro horas de marcha. Tínhamos que seguir mesmo debaixo do sol, senão a noite nos deixaria muito distantes de nossos objetivos. Eles estavam, por essa distância, andando à nossa frente no limite da proteção da noite. Mais uns dois dias de quarto crescente e a lua já daria luminosidade para o rastreador ler as pistas só com sua luz. No fim de primavera, o Rio Grande é iluminado por um luar poderoso. É quando se fazem, como diz o gaúcho, as suas noites azuis, tão poéticas, mas das quais os rebeldes precisavam escapar o quanto antes.

Nem bem chegou a notícia do rumo dos maragatos e o capitão Boca de Ouro já estava montado com seu 4º Esquadrão para tomar a vanguarda. Saíram quase 200 homens, os 100 de nossa tropa fardada e mais um lote de voluntários civis. Essa gente não se continha. Juntavam-se a nós para guerrear, por isso queriam estar sempre com as vanguardas, o que explica por que é tão alto o número de oficiais nas listas de baixas. Não seria justo impedi-los de seguir com a tropa de choque.

Na altura do Passo da Dona Josefina os homens do 4º Esquadrão deram com uma estância e pararam para pedir informações. Veio um gaúcho aparentando seus 40 anos.

– Está o dono da casa? – perguntou o capitão Ladeira Lisboa, sem apear.

– Não, senhor, seu Erasmo está para a cidade. Sou o capataz. Juvêncio Alves Nunes, para lhe servir – respondeu.

– O senhor pode me dizer se passou força por aqui? – tornou Boca de Ouro.

– Se posso. Me levaram a petiça-pipeira. Nunca vi disso, seu capitão: levar um animalzinho desses para a guerra! Devem estar muito mal. Eu preferiria ir pelear a pé a ir com os pés roçando no chão a cavalo numa petiça que mal caminha, de tão mansa.

– E como vinham?

– Malitos. Para me levarem a petiça... Me deixaram aquela égua, que mal se levanta, de tão abombada.

– E para onde foram?

– Seguiram na direção do Passo do Areião.

– Daqui dá umas quatro horas de trote, mais ou menos – interveio o anão Orfilla.

– Se nos apressarmos vamos atrapalhar o churrasco deles, mais uma vez – concluiu Boca de Ouro, agradecendo ao capataz, dando de rédeas para retomar a marcha.

(De fato, a petiça de pouco serviu a seu ladrão. Três dias depois foi encontrada no corredor, voltando à querência. Há quem diga, também, que Juvêncio ficou tão brabo com a "requisição" dos maragatos por outros motivos.)

A tropa rebelde estava sob o comando operacional direto dos dois generais. Honório na vanguarda, Zeca Netto na retaguarda. O sistema de informações montado no 2º Distrito de Caçapava estava funcionando. Zeca Netto recebeu um próprio trazendo a notícia de que Bozano entrara às 11h da manhã em Santaninha, mal desmontara já seguindo no seu encalço. No meio da tarde, outro chasque lhe traz a notícia de que os governistas estavam a uma légua do acampamento de sesta. Era hora de se movimentar, fizesse o sol que fizesse. De qualquer forma, àquela hora já estava mesmo em tempo de continuar a marcha.

— Carlito, pega 10 homens e alcança o general Honório para avisá-lo de que o inimigo está próximo. Vamos esperá-los no Passo das Carretas. Diga-lhe que tão logo tenha montado o dispositivo de retaguarda me reúno com ele para deliberarmos – mandou Zeca Netto.

O general camaqüense também galopou para se encontrar com seu comandante de vanguarda, major Ramón Silva.

— Ramão, vai na frente e começa a preparar uma linha de defesa no Passo. Assim que conversar com o general Honório, mando-te reforços. Quero uma linha de 200 homens para impedir-lhes de transpor o rio. Terás que agüentá-los até a noite e só depois vais nos alcançar.

A unidade de Zeca Netto era, nesse momento, composta de 150 homens, entre seus "uruguaios", como chamavam os brasileiros exilados na fronteira, que o acompanhavam desde Melo, e os 80 reservistas de Santaninha, que lhe mandara o coronel Coriolano Castro.

— Vou plantar meus homens ao longo da praia, deixando o Passo bem no meio do fogo – explicou Netto ao outro general. – Embora estejamos na seca, ali o rio é muito caudaloso. Mesmo com a água baixa, não dá pé e fica de frente para uma praia limpa e desprotegida. Não há como passar sem se expor ao fogo da nossa linha. Vou segurá-los até a noite. Enquanto isso, o senhor ganha luz para compensar a nossa deficiência de montarias. Duvido que, mesmo com essa luazinha que já está fazendo, eles nos sigam depois do escurecer. Só preciso que o senhor me deixe uns 50 homens para reforçar o meu dispositivo – completou Netto.

Por volta das 5h da tarde a vanguarda governista, com 150 homens, agora sob o comando, outra vez, do dr. Muratori, chegou a 3 quilômetros do Passo das Carretas. O capitão civil acercou-se da sede da fazenda de Florisbelo João Batista.

— A Força passou aqui lá pelas 2 da tarde. Acho que já vão longe – disse o fazendeiro. Junto com ele estava outro homem, seu genro Adriano.

Muratori mal balbuciou um agradecimento e ordenou avanço a galope, em direção ao Passo. Queria fazer contato com o inimigo que, deduziu, deveria, a esta altura, estar a muitas léguas dali.

— Vamos cruzar o Passo, estabelecer nossa cabeça-de-ponte para o grosso da tropa e seguir no encalço desses mazorqueiros – foi sua ordem. – Ainda temos umas quatro horas de sol.

Bozano vinha meia hora atrás da sua vanguarda. Muratori, fardado de capitão, com mais quatro homens de uniformes e um grupo de civis, galopava a uns 200 metros à frente do esquadrão, seguindo pela estrada. De um alto, que ficava a uns 200 metros da boca do mato, subindo numa capela de um cemitério, viu através dos binóculos a poeira levantada pela coluna que se estendia e se afastava ao longe na pradaria do outro lado do rio, a mais de légua de distância. Não teve dúvidas, era o inimigo em retirada, que já tinha cruzado o Camaquã ganhando o pampa.

Mandou, com um sinal de mão, que o esquadrão avançasse a galope. Com seus 30 homens, adiantou-se a toda velocidade. Pretendia tomar a balsa, atravessar o rio, passar o resto de sua tropa e seguir nas pegadas dos generais rebeldes. Foi seu erro. Só não foi pior porque os libertadores não esperavam a chegada dos provisórios tão rapidamente como eles vieram. Ramón, prevendo uma retirada sufocante, com o inimigo em sua cola, decidira dar água para a cavalhada, que vinha assoleada da marcha com o sol a pino.

Quando Muratori e seu grupo deram na praia, viram 32 cavalos encilhados bebendo, tranqüilamente, com uns três ou quatro tropeiros tomando conta. No Passo das Carretas há um estreitamento do rio, como é, de resto, uma característica de todos os passos. Ali a água se empareda, na época da seca, em novembro, num canal de uns 100 metros, e acelera-se, premida pelo estreitamento, descendo veloz rente à margem direita, bem junto à barranca oposta. É o ponto mais profundo do rio. A água é escura, pretejada pelas terras da barranca, um solo negro que faz parte daquelas manchas cuja fertilidade faz a fama agrícola do Rio Grande. Em tal terra, sobe uma vegetação exuberante, impenetrável, tal a quantidade de grandes árvores, moitas rasteiras, ervas de terra firme que se misturam com as folhagens aquáticas que ali se grudam e bebem do rio.

O barranco chega a ter 2 metros de altura, impossível de ser escalado, tamanha a dificuldade de alguém subir pelo barral se agarrando nas moitas, que não suportam o peso de um homem e se soltam quando tracionadas. A única abordagem possível é pelo trapiche do pequeno porto que dá na estradinha, reconstruído a cada ano depois das enchentes. Há ali uma barca, semi-estatal, concedida a um barqueiro residente, que tem como responsabilidade conservá-la com as receitas da travessia. Não pode recusar passageiro, seja ou não correligionário, tenha ou não dinheiro. Cada um paga o que pode, o caminhão, a carreta de carga, o cavaleiro, o automóvel, o escoteiro. No inverno, até as tropas usam a embarcação.

Do lado de cá, de onde vinha nossa gente, no sentido de Santaninha para Pelotas, a chegada ao rio oferece uma paisagem paradisíaca. À saída do mato ribeirinho, dá-se com uma praia de uns 80 ou 100 metros de areia branca, tão linda que nem no mar. É o ponto de maior profundidade e de correntezas mais velozes. Na margem oposta, Zeca Netto montou sua fortaleza. Cavaram trincheiras individuais, os buracos de touro, como se chama a esses abrigos individuais para atiradores, que oferecem uma boa proteção para um homem ajoelhado. Em árvores escolhidas, porque tinham forquilhas em posição, improvisaram jiraus para os fuzileiros, que faziam do vértice dos galhos um apoio para o cano da arma e tinham o tronco de madeira de lei como proteção contra as balas inimigas. Dali poderiam alvejar com precisão a quem se arriscasse a pôr o pé na praia.

O núcleo do dispositivo defendia o ancoradouro, pois era ali que provavelmente os provisórios concentrariam seu esforço ofensivo. Foram destacadas 3 metralhadoras para proteger o trapiche, com uma linha de recuo, caso Bozano conseguisse estabelecer uma cabeça-de-ponte. Netto estava tão seguro de sua posição, que desconsiderou a possibilidade de ataques pelos flancos. O rio era intransponível, os vaqueanos garantiram que não havia passo a quilômetros, tanto abaixo quanto acima.

– Aqui somos inexpugnáveis, Ramão. Segures o que der e aproveites a noite para recuar. Isso nos dará a distância que precisamos – foi a derradeira ordem de Zeca Netto, que se afastou na última leva da retaguarda.

Nem bem tinha deixado o Camaquã, ouviu os primeiros tiros.

Por um daqueles descuidos que só se explicam pelo excesso de confiança, Ramón não botou nenhuma guarda na entrada do mato. Isso ficaria para os quatro homens que davam água ao último lote da cavalhada a beber. Feito o serviço, passariam os animais pela balsa, regressariam num caíque e ficariam vigiando a boca do mato. Quando avistassem as avançadas inimigas, voltariam correndo, transporiam o rio na canoa e tomariam suas posições na retaguarda. Os tropeiros estavam junto aos animais que estavam à soga, próximos à saída para a campina, encilhados, prontos para galopar em retirada, quando chegasse a hora.

Por isso foi tão inesperada a chegada do piquete do capitão Muratori; e os assistas também, como os atacantes, ficaram por alguns segundos paralisados. Os provisórios foram engatilhando as armas e se dirigindo aos cavalos. Não tiveram tempo sequer de abrir fogo contra os tropeiros e já caíram sob o tiroteio libertador. Montando e sem nenhuma proteção, com os cavalos enleados na areia, foram um alvo fácil para os homens de Ramón Silva. Como se tivessem passado uma espátula num copo de chope espumante, foram varridos das montarias. Muratori, atingido por dois tiros, ficou sangrando, inconsciente. Dos 30 homens de seu piquete, 26 ficaram no areal. Só quatro lograram retroceder para a linha das árvores. Não levou cinco minutos e o resto da vanguarda desmontava, procurando abrigo e já tiroteando com o inimigo oculto na vegetação da outra margem. O barulho das salvas alertou o resto da Força, que abriu galope.

– *Carajo* – rugiu Ramón, ao perceber que, devido ao ataque de surpresa, a balsa ficara ancorada na margem oposta. Deveria tê-la incendiado. Aquilo era um perigo, pois não dispunha de artilharia para destruí-la a distância.

A 30 minutos dali ouvimos o início do tiroteio. As primeiras descargas, certamente dos libertadores em cima do piquete de Muratori, logo engrossadas pelo crepitar da resposta do restante da vanguarda que chegava ao local do combate.

– Acelerado – comandou Bozano. Pelo estalar das armas dava para ver que havia Força numerosa pela frente. O resto do Corpo foi chegando e tomando posição, respondendo ao fogo maragato.

No alto de uma coxilha, pouco mais de 1 quilômetro dali, o menino Aníbal Dutra de Oliveira e mais uma meia dúzia de piás observavam, curiosos. Nada viam, a não ser a fumaceira que emergia da copa das árvores, como se lá dentro houvesse um incêndio de folhas verdes. Eram os dejetos gasosos de 800 armas disparando furiosamente.

– Coronel, no peito não dá – disse Soveral, após analisar a situação. – Mandei dois homens para retirar o dr. Muratori, que está caído, mas ainda vivo, na entrada do Passo. Porém não conseguiram chegar até ele!

– Não sei se dá ou não dá. Mas que também não vamos ficar aqui parados até a noite, isso não vamos – respondeu irritado o comandante.

Entretanto, não havia muita saída. Cruzar de peito aberto aquela muralha de aço incandescente era impossível.

– Mesmo se tivéssemos carros blindados seria quase impossível – opinou Ulisses Coelho.

– Deixa de bobagem – irritou-se Bozano, mas logo retomou. – Boa idéia, Ulisses, vamos fazer algo nesta linha. Queres ver?

O outro ficou num silêncio intrigado.

– Tenente Garcia – chamou Bozano, dirigindo-se a um oficial de carreira da Brigada, especialista do grupo de metralhadoras. – Vamos pensar num jeito de cruzar o rio. O senhor leva as metralhadoras e se coloca à esquerda deles para flanqueá-los.

A idéia de Bozano era simples, mas extremamente arriscada. Eles iriam blindar 3 cavalos usando caixas de munição para fazer uma couraça.

O segundo-tenente Mário Garcia não titubeou. Trouxe 5 homens e começaram os preparativos. Ele próprio iria junto: 2 homens para cada metralhadora, o artilheiro e um remuniciador. Amarraram as caixas de balas como se fossem malas de garupa e as deitaram no lombo dos cavalos. A nado, os animais estariam protegidos pela água, cobertos pelo metal dos projéteis na altura da linha da coluna vertebral, a única parte do animal, fora o pescoço e a cabeça, que ficaria acima da linha-d'água. Os artilheiros-metralhadores nadariam cobertos pelo corpo dos animais. Decidiu-se que entrariam no rio no trecho mais forte da correnteza, usando a velocidade da água para dificultar a pontaria dos libertadores.

Com os cavalos a cabresto, montados em outros animais, o grupo lançou-se a galope em direção à corrente. Tiveram de atravessar mais de 100 metros de peito aberto, protegidos apenas pelo fogo de cobertura, uma feroz fuzilaria do restante da tropa, que praticamente impedia os rebeldes de responder, mantendo-os agachados nas trincheiras, sob pena de levarem um impacto na cabeça. Quando os libertadores conseguiram levantar a cabeça para ver o que estaria ocorrendo, restavam na sua visão apenas os cavalos, não enxergavam os nadadores que os montaram para acelerar sua corrida. Mal viam as cabeças dos animais blindados que desciam nadando sozinhos, lutando com a correnteza. E, por sorte, pensaram que esses eram montarias de um comando suicida que, como os ginetes dos cavalos que um pouco antes haviam fugido espavoridos na margem oposta, teria caído antes de chegar a seu objetivo. Deixaram os bichos seguirem, pensando até que talvez, mais tarde, pudessem capturá-los se conseguissem atingir a outra costa.

Dali a pouco Ramón percebeu o engano, quando duas metralhadoras abriram fogo, flanqueando-o. A terceira arma não conseguiu atingir o objetivo, afundando com o cavalo que a transportava. Elas constituíram uma barragem poderosa, duas Browning calibre 30, com uma cadência de 600 tiros por minuto, 2.500 metros de alcance.

– Comandante, eu sei um jeito de chegar do outro lado – interrompeu o anão Orfilla.

– Pois então me diga.

– Eu garanto que eles não atinaram para o Passo do Vau Velho. É uma passagem esquecida da estrada antiga que há muito não é usada, mas ali se pode atravessar o rio. Dá nado, mas se não houver resistência do outro lado. Com este rio é uma passagem segura.

Bozano mandou inspecionar o local. Realmente, 500 metros acima do Passo das Carretas havia uma outra passagem abandonada, que nem mesmo os vaqueanos dos generais se lembraram que existia. Coberta pelo inço, a vegetação camuflara os resquícios da estrada, mas ainda havia as bases dos portos antigos, de um lado e outro, permitindo a travessia. Decidiu atacar imediatamente. Chamou seus oficiais e dispôs suas forças para a arrancada.

– O capitão Ulisses atravessa pelo Passo com o 1º Esquadrão. O capitão Bento Prado, com 35 homens do 2º Esquadrão, e o capitão Lisboa, com outros 35 do 4º Esquadrão, cruzam comigo pelo Vau Velho. Eu levo o restante do 1º Esquadrão, comandado pelo capitão Armando Borges. O pessoal do Muratori acompanha o capitão-ajudante no ataque frontal. Bohrer, tu ficas com o 3º na reserva. Raul, tu ficas comandando a frente aqui do lado de Caçapava. Eu comando do lado de lá – disse a Soveral.

– Coronel – interrompeu Ulisses Coelho. – Não posso avançar a descoberto por essa praia, muito menos atravessar o rio a nado.

– Descubra-me um jeito – foi a resposta seca, já montando para o Vau Velho.

Ainda tinham umas três horas de sol, um tempo suficiente para tomar o Passo das Carretas. Embora não pudesse avaliar com segurança o efetivo inimigo do outro lado, dava para saber que não era a Força completa, mesmo se tratando de uma guarnição poderosa. Ali onde estavam, eram inexpugnáveis, mas, com a surpresa que estava em andamento, em questão de horas estariam batidos, acreditava o comandante do governo.

– Assim que tu ouvires a nossa fuzilaria, força o vau – disse para Ulisses Coelho. – Eles ficarão entre três fogos: o Garcia pela esquerda, tu aqui no centro e nós pela direita. Vai ser tão fácil quanto dar um tapa num cego – troçou Bozano.

Entre os rebeldes a situação já estava para lá de preocupante. A quantidade de munição consumida num duelo de trincheiras estava muito acima das possibilidades da Intendência libertadora. Normalmente, as linhas de fogo, nos combates em campo aberto, são descargas ralas, concentradas para repelir ataques frontais. Ali não, a única possibilidade de impedir o avanço seria manter o inimigo em respeito com uma barragem de fogo ininterrupta cobrindo o Passo. Mas havia aquele cavalo de Tróia do outro lado, a barca ancorada.

– *Tenemos que sacarla de allá* – disse Ramón.

Pediu 10 voluntários, bons nadadores. Cada um recebeu um embrulho: 3 bananas de dinamite envolvidas em um xergão de lã, para não deixar molhá-las, amarradas às costas. A nado, deveriam alcançar a balsa e destruir-lhe o casco.

Do outro lado, os oficiais observavam em detalhe a margem oposta para orientar o tiro de seus soldados. Foi o tenente Antônio Ferreira Severo o primeiro a detectar os nadadores entrando no rio. Logo orientou seu fogo, mostrando aos demais o que estava acontecendo. Um a um foram sendo alcançados pelas balas, formando-se uma mancha de sangue sobre a água, cada vitória comemorada pela tropa com os piores impropérios.

– Vai-te para o inferno, fí'o do demônio! – e coisas do gênero.

Foi nesse momento que Ulisses teve a idéia para vencer o desafio de Bozano.

– Colonna, vá na fazenda e me traga o que encontrares, bolsas de lã, sacos de trigo, carretas e carroças. Se o comandante fez um blindado, vou construir um encouraçado – disse, despachando o intendente com um grupo de homens para procurar o material que pensava usar.

Bozano, àquela altura, já estava cruzando o Vau Velho. Armas e munições nos lombilhos, botas amarradas ao pescoço, todos a nado, homens e cavalos. Lá pelas 6h30 da tarde Ramón sofria o ataque de flanco pelo lado que não esperava.

Sentiu o gosto amargo da derrota. Em pouco tempo estaria envolvido e cercado. Teria que iniciar a retirada antes da hora marcada.

Na segunda linha libertadora, Zeca Netto foi chamado pelo coronel Ferico Costa, que já estava vendo o ataque das forças que cruzaram o Vau Velho.

– Veja, general, cruzaram o rio e vão pegar o Ramón pelo flanco. Acredito que está na hora de cessarmos a resistência – opinou o oficial rebelde.

– Ainda não, coronel. O general Honório precisa de mais distância. Eu diria que temos de agüentá-los até a noite e aí sim escapamo-nos – discordou o general.

Pelo binóculo, Zeca Netto podia ver que a linha do major Ramón estava sendo destroçada rapidamente. Quando recebeu o impacto da inesperada investida de Bozano pelo seu flanco, antes mesmo de procurar entender de onde saíam aqueles inimigos, Ramón decidiu que sua missão estava concluída. Permanecer ali seriam o cerco e a destruição. Entretanto, não podia abandonar a posição de imediato, em parte para garantir os que fossem sendo dispensados, e em parte para manter uma fração da Força provisória do outro lado do rio. Começou a organizar o recuo de sua posição. Mandava seus homens montarem, em grupos de 10, para tentarem alcançar o grosso da tropa que já tinha vencido a planície contígua ao mato. Os piquetes em retirada espalhavam-se para dificultar a perseguição, o que por outro lado constituía uma dificuldade para apoiá-los. Com munição escassa, o comando rebelde não tinha como atender a uma frente tão ampla, e esses pequenos piquetes que recuavam eram atacados pelos provisórios, que, do outro lado, davam sinais claros de que tentariam cruzar o vau num ataque frontal. Foi aí que Zeca Netto teve uma inspiração.

– Coronel Ferico, vá até a Força de Honório e peça que me mande os 80 espadachins. Vamos dar uma carga de arma branca.

Quando Ferico voltou com os homens de espadas, Zeca Netto explicou seu plano.

– Vocês estão vendo aquele espinilhal ali? – perguntou, enquanto todos concordavam, dizendo terem visto. – Pois vão por trás dele e carreguem a todo o galope. Os inimigos não terão tempo de articular uma linha de fogo. Vão lá e muito boa sorte. Lembrem-se: atacar e recuar, não tentem bancar os heróis, pois eles logo vão pegar vocês a tiro de metralhadora. Aí ficará demais, espada contra metralhadora é muito desigual. Vão, meus filhos.

– General – interrompeu Carlos Bozano, que se apresentava de espada em punho –, peço permissão para acompanhar o coronel Ferico.

– Permissão negada.

– Posso saber o motivo?

– Dois motivos. Primeiro, tu és mais importante como meu assistente, aqui no estado-maior. Segundo, isso é missão para homens treinados.

– General, permissão para discordar.

Zeca Netto fez um sinal com a cabeça, mandando-o ir adiante em seu pleito.

– O motivo número dois não procede. Sou esgrimista treinado por um professor alemão da Sogipa. Tenho competência em florete e sabre.

– Que Sogipa é essa? – quis saber, curioso, o general.

– Sociedade Ginástica de Porto Alegre, uma instituição esportiva que treina atletas em várias modalidades de esporte, entre elas a esgrima.

– Tu pensas que aquilo será uma competição esportiva?

– Sei que não é, mas também aprendi equitação num clube esportivo, o que tem me servido muito bem nesta e na outra revolução.

– Isso é verdade, não és nenhum baiano a cavalo.

– Garanto que sei manejar um sabre melhor que qualquer um deles.

– Está bem, está bem, podes ir. Afinal, não posso negar a um patriota o direito de combater.

– Obrigado, general.

O esquadrão do coronel Ferico partiu a galope e sumiu no meio dos espinilhos. Contava com cerca de 100 homens, pois alguns lanceiros também se juntaram e, por sua conta, foram-se para o entrevero.

Como previu o general, não foram percebidos. Primeiro, porque nem Bozano nem seus capitães poderiam imaginar que os libertadores, àquela altura, fossem desencadear um contra-ataque. Segundo, porque, se assim fosse, seria a fuzil, aproximando-se para pegá-los em campo aberto, e não ali no meio do matagal.

– Olha aí! O que é isto? Desembainhar espadas! Desembainhar espadas – berrava Ladeira Lisboa, o Boca de Ouro, quando viu aquela gente reboleando os sabres, investindo, saídos dos espinilhos, a menos de 20 metros de onde se encontravam. Mal deu para livrarem as lâminas e os brigadianos já se achavam entreverados com os maragatos. Era uma enorme diferença, 100 contra 35. Mas logo ali já chegaram Bozano e seus homens.

– Desembainhar espadas! – gritou o comandante.

Naquele entrevero, atirar seria atingir sua própria gente. Esporeando os cavalos, Bozano, Armando Borges e seus homens chegaram esparramando maragatos, fechando de vez aquele que deve ter sido o último embate à arma branca pura que se viu neste país.

– Aqui termina meu trabalho – gritou o anão Orfilla, dando de rédeas para voltar ao Passo e se proteger na retaguarda. De fato, de pouco serviria aquele micuim naquele momento.

O retinir das lâminas chamou a atenção do major Ramón que, de repente, como por um passe de mágica, viu-se livre do fogo de flanco que vinha dos homens que agora se engalfinhavam na saída do mato. Entendeu o recado e deu ordens a seus homens.

– Cessar-fogo! Montar! A galope, retirar – e foi para seu pingo, desembainhou seu sabre e se encaminhou para o entrevero. Com ele foram mais 10 homens, alguns com facões, adagas e, até, baionetas. Nenhum gaudério iria perder um torneio como aquele.

Pior do que um entrevero de espadas, só se ele for no escuro. Dali a pouco estavam todos cortados, lanhados, sem os quepes e chapéus, tudo ia sendo abandonado para facilitar os movimentos. Numa briga dessas o cavalo faz muita diferença. Aqueles que montavam animais bem domados, leves de rédea, tinham uma vantagem incomensurável. O cavalo de Bozano parecia uma bailarina, rodando só nas patas traseiras. E dê-lhe prancha, dê-lhe talho. Num esporaço o bicho saltou. Acabara de ver o cabo João Alves já todo furado, com cinco homens em volta dele, mas reboleando a espada e distribuindo golpes a torto e a direito, evidentemente batido e sem a menor chance. Entrou no grupo esparramando gente, quando o cabo caiu espetado e ainda foi pisoteado pelo cavalo. Os animais ficam tão loucos quanto os homens. Resfolegam, relincham, se atropelam. Enfia-se o peito do cavalo no outro e solta-se o talho. Assim como se apara, devolve-se, só no virar do braço. Quem mais apanha, em geral, é o próprio cavalo, que acaba percebendo que sua vida depende de seu cavaleiro e, assim como com o laçador, interagem e trabalham em conjunto.

Enquanto Bozano atacava a linha de defesa do rio e se batia à espada no flanco, Ulisses iniciava seu ataque frontal. Colonna regressara com duas carretas e uma carroça de dois eixos com uma dúzia de bolsas de lã. O plano era simples. Soltaram as cangas das três juntas de bois que tracionavam cada carro, puseram as armas e munições na plataforma de carga, e foram empurrando os veículos pela estrada em direção à balsa, protegidos pelas enormes sacas. Adentraram à barca e foram descarregando, sob intenso fogo inimigo. Na proa, em resposta, três fuzis-metralhadoras iniciaram fogo contínuo. A barca começou a mover-se em direção à margem oposta. Os tiros de fuzis e das metralhadoras inimigas eram impotentes, não conseguiam transpor aquela "blindagem". A embarcação foi se aproximando do porto, cuspindo aço, sem poder ser detida. Quando bateu no trapiche, os homens saltaram, de baionetas caladas, tomando as metralhadoras rebeldes à ponta de faca. Ulisses firmou sua cabeça-de-ponte enquanto a balsa voltava para trazer nova leva de brigadianos, com os homens do 3º Esquadrão do capitão Cristiano Bohrer, que também entravam em combate.

Do alto da coxilha Zeca Netto observa o combate. Rubens Maciel, preocupado com o alto grau de exposição do general, chega e propõe.
– General, vamos, a galope, vamos sair daqui!
– Menino, não vês que os companheiros vêm lutando, procurando conter o inimigo? – contestou o general. – Ê, moços, cheguem aqui – chamou o general. A seu lado estavam três rapazes, ainda bem vestidos, limpos, com seus flamantes mosquetões Mauser. Eram os reservistas do coronel Coriolano, que se haviam incorporado em Santaninha. – Estão vendo aquele homem? – perguntou, mostrando um cavaleiro, evidentemente um oficial, que empurrava seus homens em linha, distribuindo estouros na anca de seus cavalos, obrigando-os a se meter na luta.
– Sim, senhor – responderam.
– Pois apeiem e atirem de pontaria no cavalo, naquele tordilho, estão vendo?
Rapidamente os rapazes desmontaram e, falando em voz baixa, entre si, combinaram a descarga. Com suas armas novas, calibradas, munição de primeira, o cavaleiro tombou na primeira salva. Morreu o capitão Ladeira Lisboa, o Boca de Ouro.

A superioridade numérica dos brigadianos começava a se impor. O entrevero se desfazia, enquanto os militares já se organizavam em linha. Ouvia-se aqui e ali o estampido dos revólveres, que entravam em cena. Os rebeldes procuravam se reagrupar, certamente preparando-se para a retirada. Foi quando Bozano viu Carlos distribuindo espadaços, gritando ordens, atropelando com seu cavalo. Seus homens indicavam com as espadas para segui-los. Os libertadores retiravam-se. Agora seria fácil cercá-los e liquidá-los. Bozano gritou para seus oficiais:
– Chega, chega. Mande parar. Vamos estender linha, pois devem estar recebendo reforços.

Os rebeldes sumiram no meio do espinilhal, por onde vieram, enquanto os provisórios iam estendendo linha, esperando uma provável segunda leva de assalto. Eu, que vinha na retaguarda, com meu revólver engatilhado, também vi o Carlito dando de rédeas para sair com o resto do grupo e entendi a ordem do comandante. Fiquei calado. Para que, afinal? Só contei para o Ulisses o que pensei naquele momento. Tampouco comentei com Bozano que avistara seu irmão entre os inimigos. Muito menos que tive certeza de que ele o havia avistado. A batalha estava vencida. O inimigo deixara de existir como força organizada. Agora seria uma corrida dali até a fronteira.

A noite começava a cair. Foram três horas de tiroteio ininterrupto, combate a curta distância, em alguns momentos corpo a corpo. Quando houve a junção das forças, procurei o capitão-ajudante para lhe contar o que vira. Disse a Ulisses: "O Júlio Raphael ficou abalado. Acho melhor a gente parar por aqui e dar-lhe tempo para refletir sobre o que passou". Pedi-lhe que, como eu, esquecesse o que lhe falei, mas que considerasse a situação. De fato, Bozano pensava aproveitar os últimos raios do sol para continuar a perseguição.

– Júlio Raphael, tivemos um gasto de munição muito acima do previsto. Aliás, devo te dizer, nunca tinha estado num combate tão acirrado quanto este. Isto aqui foi um verdadeiro empurra-empurra. Não paramos um minuto de disparar. E também o inimigo. Nem pareciam rebeldes, de tanto tiro que deram. Acredito que não ficou uma só bala no tambor do mais humilde revólver deles. Proponho que durmamos aqui e sigamos amanhã pela manhã. Tu concordas?

– Bem, se não há outra saída, vamos cuidar de nossos feridos, juntar nossos mortos, enterrar os inimigos e amanhã cedinho vamos atrás dessa gente – concordou Bozano.

A unidade voltou para a outra margem do Camaquã. Do lado de Caçapava o mato era limpo, mais adequado para um acampamento. O Hospital de Sangue também estava ali, assim como os demais trens da Força. Em Piratini deixaram dois piquetes para vigiar um improvável mas possível contra-ataque maragato.

Bozano deu uma ordem ao tenente João Cândido do Amaral:

– Vá lá na fazenda e traga os homens que encontrares para ajudarem nos enterros.

Ao chegar na casa, Florisbelo (Belo Batista) recebeu-o de arma em punho. Pensou que seriam atacados, trancou as portas e entrincheirou-se, armado com seu revólver Nagant. João Cândido pediu reforços e ameaçou abrir fogo contra a fazenda. Imaginou que estariam ali rebeldes extraviados. Ao final, Belo rendeu-se e foi levado, junto com o genro Adriano, preso.

Eu estava com Bozano redigindo o texto do telegrama que enviaria ao presidente Borges de Medeiros com o relatório do combate. Discutíamos uma questão semântica. Bozano insistia em chamar o encontro de "batalha", enquanto eu insistia na palavra "combate". Foi quando ouvimos o alarido no lado de fora da barraca. Saí para ver e contei:

– Estão passando dois homens por um sarilho de armas – informei.

Os feridos pediam aos gritos que passassem a faca nos traidores. Eles foram acusados de dar informações falsas ao capitão Muratori, levando a Força à emboscada na passagem do Passo das Carretas. Os dois se defendiam, dizendo serem inocentes, afirmando nada saber, dizendo-se republicanos pacíficos, seguidores do coronel Coriolano Castro. Já estavam bem judiados. Continuamos nosso trabalho. Eu teria que seguir para Caçapava no automóvel que iria remover o dr. Muratori para o hospital, aproveitando para transmitir a mensagem para Porto Alegre.

Dali a pouco, o capitão-ajudante disse, entrando em nossa barraca, que duas mulheres queriam ver o comandante. Bozano foi ver. Uma das moças jogou-se a seus pés e começou a chorar, pedindo que libertassem seu marido que estava preso por engano.

– Ele não é maragato. Não tem nada a ver com a guerra, não sei por que o prenderam – implorava.

Bozano mandou chamar Soveral e pediu explicações. Nosso subcomandante respondeu que já mandara soltar os prisioneiros: "Não tiveram culpa. O Muratori foi que se adiantou. Deveria ter nos esperado, mas achou que não havia rebeldes no Passo". A moça que pedia era Maria Cândida, mulher de Adriano. A outra era sua prima, que disse chamar-se Inocência Rosa. Nosso comandante mandou devolver os prisioneiros à moça. Ela agradeceu, dizendo que sua mãe, Idalina da Rosa Batista, era descendente de Jacinto Inácio, o fundador de Santaninha.

Depois que eles partiram, Bozano comentou divertido.

– Quem diria, uma descendente de Jacinto Inácio. Esse homem criou um dos casos jurídicos mais esquisitos deste estado. Ainda vai dar uma bela questão para nossa jurisprudência.

Contou que Jacinto Inácio da Silva era um fazendeiro da região que, numa caçada, foi atacado por uma onça e salvo por milagre. Quando o animal saltou sobre ele, o cachorro foi em cima, distraindo a onça e livrando Jacinto Inácio do abraço. O fazendeiro não fugiu. Puxou da faca e se atracou com o bicho, ele e o cusco, peleando, mataram-na. Na hora do ataque, teria gritado: "Valha-me, Santa Ana". Salvo da morte, doou as terras em que hoje fica a vila à Senhora Santa Ana e mandou construir uma capela e escriturar as terras em nome da santa.

– Não da Igreja, da santa – esclareceu Bozano. – Isso foi em 1819. Desde então, foi se juntando gente, formando-se o povoado. E até hoje ninguém tem escritura. Um dia os padres vão querer cobrar... Mas quem diz que a Igreja Católica tem a propriedade dessas terras? – perguntou Bozano.

– Ué, se é da santa é da Igreja – contestou Soveral.

– Isso é o que terá que decidir algum juiz. Quem me contou essa história é um ex-pároco de Santaninha, o padre Ramão Rodrigues Fuetmayor Herze, que viveu aqui no fim do século passado, e que agora está em Santa Maria. Ele disse que não quis mexer no assunto, mas que a Cúria anda querendo cobrar os terrenos dos proprietários, pois a vila foi construída sobre terras legalizadas.

(Anos mais tarde, o padre Júlio Marin tentou reaver as terras, mas perdeu a questão. O juiz da comarca de Caçapava, um marxista, disse não duvidar que a Igreja representasse, na Terra, os interesses da santa. Mas na justiça, esclareceu, precisaria da procuração de Santa Ana para reconhecer-lhe o direito. E assim a questão ficou *sub judice*.)

– Está bem, Júlio Raphael, conta outra – troçou Armando Borges.

Às 8h da noite saí para Caçapava no auto que levava o dr. Muratori. Os demais feridos seguiriam no dia seguinte pela manhã, de caminhão, como "carga de retorno" dos veículos que vinham com nosso reabastecimento. Com o bom tempo que estava fazendo, uma viagem noturna não era de grande risco e o dr. Xavier achara melhor transladá-lo logo para um hospital. Nosso capitão civil levara dois tiros, inspirava cuidados. Numa noite quente, seria mais confortável para a viagem. Pela manhã eu já estaria de volta para continuar a perseguição aos rebeldes. Bozano só se daria por satisfeito quando os visse fora das fronteiras do Rio Grande.

Capítulo 30

Terça-feira, 9 de dezembro
Sepultamento

Quando cheguei de volta de Caçapava, lá pelas quatro da madrugada, depois de ter enviado os telegramas e mandado os feridos para Santa Maria, encontrei a tropa formada à frente do cemitério, um pequeno campo santo, pouco mais que uma catacumba, no alto da coxilha, bem pertinho do Passo das Carretas. Estavam enterrando o capitão Ladeira Lisboa e mais duas praças.

Os demais cadáveres de brigadianos foram enviados às suas famílias, para serem enterrados nos seus jazigos, mas aqueles ficariam ali mesmo, onde tombaram com tanta honra pela autonomia do Rio Grande. Foi uma cerimônia de fazer pena: a tropa em posição de sentido, os oficiais montados de espada em punho, o clarim chorando o toque de silêncio, os movimentos precisos dos homens à voz de comando do sargento-mor, apresentando armas, disparando ao mesmo tempo as três salvas de estilo, enquanto o corpo de nosso companheiro baixava à sepultura.

À beira do rio, na outra margem, do lado de Piratini, um pelotão fazia o mesmo com os corpos dos rebeldes encontrados insepultos nas trincheiras abandonadas às pressas nos últimos momentos do assalto e que não puderam ser retirados nem sepultados pelos seus colegas de armas. Dava pena. Valentes, com certeza, nossos inimigos. Haviam resistido com bravura, cumprindo sua missão, que era de sacrificar-se para que seus companheiros pudessem escapar. Foram derrotados do ponto de vista tático-militar, porém no enfoque político sua resistência dera a seus chefes uma meia vitória, pois escaparam-se da prisão humilhante que destruiria definitivamente suas carreiras como chefes de partidos e aniquilaria seus prestígios como generais da revolução. Se conseguissem, com isso, alcançar o Uruguai com honra, qualquer um dos dois, Honório ou Netto, poderia continuar sonhando com o Palácio Piratini.

O enterro dos libertadores ocorreu na calada da noite. O tenente Colonna, que cuidou de tudo, mandou abrir uma vala com cinco metros de fundura, em quadrado, com cinco de lado. Ali foram entregues à terra os infelizes rebeldes. Nos registros oficiais pusemos que sepultamos 26 homens. Autorizamos um ferreiro local a malhar uma cruz de ferro para marcar o local do túmulo dos maragatos, com uma inscrição: "AQUI JAZEM 26 MARAGATOS". No entanto, o correto seria dizer 62 corpos. Mas já não era mais assim, ia longe o tempo em que os comandantes procuravam encompridar o número das vítimas para valorizar a sua batalha. Agora, baixas numerosas acabavam por comover negativamente a opinião pública. Aumentava-se na parte da ação o valor dos danos materiais causados pelos adversários; se encontrávamos cinco vacas velhas no espeto de um acampamento abandonado, dizíamos que haviam carneado 25 novilhas puras. Mas relatórios nutridos com grandes números de gente morta pelos nossos tiros, contudo, não faziam bom efeito. Acredito que se continuasse assim os governos teriam que procurar uma forma de fazer guerra sem mortos. Assim ficaria mais fácil as pessoas assimilarem a tragédia da luta armada.

Esses mortos enterrados foram os cadáveres encontrados nas proximidades do epicentro do combate, retirados de suas trincheiras na margem oposta do Camaquã. Porém, havia defuntos por toda a parte, nos campos, nos matos, nas barrancas do rio abaixo, onde foram dar boiando. Na periferia do campo de batalha, onde se davam os confrontos entre pequenos grupos, dois, três contra um, muitas vezes homem a homem, em que se travavam duelos mortais, lutas desesperadas que só acabavam com a eliminação do inimigo, não havia prisioneiro nem ferido. Esses corpos são enterrados perto de onde foram encontrados, pelos donos das terras que, logo depois de cessadas as hostilidades, saem pelo seu campo à procura de cadáveres.

Seu Aníbal Garcia Gomes e seu Nicanor João Batista, fazendeiros dali, saíram pela propriedade para enterrar mortos. Encontraram o corpo de um moço com um tiro bem no coração; parecia estar dormindo, pois o pequeno orifício mal sangrara. Certamente caíra num entrevero a tiro de pistola automática, atingido por uma bala de pequeno calibre mas de projétil de alta velocidade, dessas armas modernas, com aspecto inocente mas terrivelmente letais. Quando estavam com a cova pronta, nas proximidades do Passo do Lajeado, chega outro vizinho e parente, Geraldo Batista.

– Que estão fazendo? – perguntou.

– O que estás vendo, enterrando um morto – respondeu Nicanor.

– Pois esperem que vou trazer mais um – pediu Geraldo.

Contou e pediu segredo, para evitar vinganças: "Este fui eu que derrubei. Vinha a cavalo, respigando defuntos, quando percebi que havia alguém escondido no meio das moitas. Puxei meu revólver e fiquei com ele engatilhado, quando me salta em cima um indiozito novo aos gritos: " O cavalo ou a vida!", já de espada em punho para me cortar. Só tive tempo para levantar o 44 e lhe arrebentar os miolos. Vamos botar ele aí junto", disse voltando aonde deixara o cadáver, a pouco mais de mil metros dali.

Corvos voando eram uma pista para descobrir restos mortais. Muitas vezes só se encontrava uma ossada, toda destroçada. Um combate no fim do dia era uma festa noturna para os carnívoros: cães famintos, onças, leões baios, jaguatiricas, guarás, roedores do campo e, nas barrancas dos rios, havia pasto para as traíras, os dourados e todos os outros peixes que se aproveitavam das carcaças rasgadas por lanças, espadas, facas, que além das armas de fogo eram instrumentos de ataque impiedosamente usados nessas escaramuças de extermínio. Os vencedores juntavam-se em grupelhos de três, quatro, cinco homens, no máximo, e saíam, sem qualquer controle dos comandos, nessas razias para acabar de vez com o inimigo, com os extraviados que ainda se encontravam nas imediações, impossibilitados de fugir por causa de ferimentos, falta de montaria, desconhecimento do terreno ou, simplesmente, por medo.

A nossa tristeza, porém, foi partirmos deixando ali nosso querido companheiro Luiz Carlos Ladeira Lisboa, enterrado numa cova rasa do cemitério do Passo das Carretas, sem uma inscrição, sem nada que o identificasse, pois temíamos que ladrões de tumbas viessem profanar sua sepultura à procura de ouro, que lhe abrissem o corpo e lhe arrebentassem a boca para arrancar-lhe a valiosa dentadura. Foi uma cena comovente a nossa despedida, cada um jurando sobre sua tumba vingá-lo e também voltarmos para resgatar seus restos mortais e dar-lhe o túmulo condigno de herói que merecia. Entretanto, nunca cumprimos nossa promessa, porque depois concluímos que seu lugar era ali mesmo, no meio de um dos campos em que vivera, numa cova anônima de combatente, como ele gostaria. Este seria o monumento ao Boca de Ouro, o mais valente guerreiro do Rio Grande. Igual poderia haver, melhor, nenhum. Não há lugar mais direito para o túmulo de um homem de guerra vitorioso que entre seus companheiros de lidas. Ficou em paz.

Foi o primeiro de nosso grupo a partir. Sua morte nos abalou profundamente, pois, embora fôssemos gaúchos calejados pelos tombos que a vida nos dá, curtidos nessa vida política que se faz tanto nos palanques dos comícios como nos campos de batalha, sua falta abria uma lacuna numa equipe que vinha coesa desde a campanha da Reação Republicana, passara pela quinta reeleição, combatera em 23 e, recém em agosto, dera por encerrada a tomada do partido em Santa Maria, com a conquista da Intendência, e já nos lançávamos em campo para vôos mais altos, como contarei a seguir.

Lisboa não era apenas um lidador. Com aquele seu jeito desabrido, atropelando todo o mundo, chegando sem rodeios e sem escolher lado para montar, tinha, contudo, uma excepcional habilidade política, uma capacidade de resolver conflitos, de apaziguar os desencontros dos companheiros com uma gargalhada, literalmente, amarela, capaz de desarmar qualquer um. Com aquele seu jeito, fora um dos mais ativos articuladores, nos distritos, de nossa campanha para a Intendência de Santa Maria. Não sei, analisando hoje sua participação, a que mais se deve a sua parte na vitória da candidatura de Bozano, se ao seu talento de juntar os companheiros ou à sua capacidade de desestimular os adversários.

Sua fama de mau peixe não correspondia ao grande coração de nosso herói do Passo das Carretas, onde tombou de espada em punho, como um lídimo descendente dos Farrapos. Até Maria Clara, tão sensível a essas novas modas de dar a todos os mesmos direitos e liberdades, que, naturalmente, rejeitava alguns dos métodos do nosso cabo de guerra, não podia, muitas vezes, deixar de rir-se de suas histórias. Ele contava com tal graça, no seu linguajar campeiro, como cortara à faca o lenço encarnado que um adversário trazia no pescoço, que aquela ação destemida, muitas vezes à frente de um cano de revólver, parecia uma anedota.

Para ele o mundo era como estava, assim como tinha sido feito por Deus. Por isso explica-se a sua saída em meio a uma discussão entre Bozano e Maria Clara sobre a posição da mulher na sociedade. Ela e suas amigas caíram de cabeça na campanha de Bozano pela Intendência, percorrendo a cidade de casa em casa, comparecendo às festas de capelas no interior, indo às fazendas, sempre em busca de novos eleitores a serem alistados. No entanto, se eram boas para cabalar votos, não o eram para votar, e ela não concordava com a teoria (e prática) da incapacidade política da mulher, que não podia votar nem ser eleita.

– Não me venhas, Maria Clara, com essa discursaria de *sufragettes* – rebatia Bozano. – Está claro nos ensinamentos do mestre – justificava-se, evocando Augusto Comte.

– Olhe aqui, *tu* não me venhas com estas tuas heresias positivistas. Eu sou Católica Apostólica Romana e não aceito nem acredito em nenhuma destas baboseiras desta tua Religião da Humanidade. Que Deus te perdoe e salve tua alma, mas nesta questão eu fico com o meu Cristo, que não vê diferença entre o pobre e o rico, o burro e o professor. Assim, o direito é de todos, sim, senhor, e não de uma pseudoelite que se autoproclamou guardiã da sabedoria e da civilização – cortou a namorada, deixando bem claro que não estava naquela campanha por motivos ideológicos, mas para ficar a seu lado.

– Eu acho que a aspiração ao voto universal é uma heresia, a soberania popular não passa de um disfarce para o velho e carcomido "direito divino" – atalhava Bozano –, mas também já não aceito sem discutir a teoria comtista. Ele falava de uma mulher muito diferente das de hoje. Naquele tempo, nem se sonhava que ela pudesse ter acesso à educação, por exemplo. Então, a incapacidade política a que ele se refere deve ser um texto revisado, pois o que vale para um homem burro vale para uma mulher burra. Sei de muita mulher que tem melhor condição para ser uma sacerdotisa positivista do que a maioria dos homens.

– Isto sim, agora estás chegando aonde eu quero. Estou de acordo com a maior parte das teorias que defendes, por isso, usando a linguagem de vocês mesmos, digo que a discriminação da mulher, nessa "transição revolucionária", nada mais é do que um traço retrógrado. Mas quem vai quebrar o tabu e qual será a primeira saia a entrar no templo positivista? – desafiou Maria Clara.

– Poderia ser tu, por exemplo – disse Bozano, entre troçando e concordando com ela. – Eu aceito algumas revisões do positivismo, como esta de se abrir o voto à mulher, mas a parte de que não abro mão é a do dogma da viuvez eterna.

– Essa teoria do velho Augusto sou eu que defendo, pois tu vais me enterrar e ficar aí bem uns vinte anos... me esperando – respondeu, também divertida, Maria Clara.

De minha parte, achei quase uma blasfêmia aqueles jovens lindos, fortes, saudáveis, brilhando de tanta saúde, falando em morte, viuvez e outros maus agouros. Foi quando Bozano chamou Boca de Ouro para o assunto.

– E tu, Lisboa, que nos dizes das mulheres votando?

– Ora, vejam só... Mas não descarto! Fico me vendo cortar o lenço e repontar muita prenda maragata por aí! – E abriu-se numa gargalhada, que puxou uma risada geral, com sua abordagem bem peculiar e nada ideológica da questão feminista.

Eu me lembrava dessas cenas recentes de nossas vidas enquanto corria o cerimonial do enterro do Boca de Ouro. Recentes, mas que já pareciam tão distantes, tamanha a precipitação vertiginosa de acontecimentos naqueles meses. Isso que conto aconteceu cinco meses antes, em julho, e parece que foi numa outra encarnação. Por mais acostumados que estivéssemos com a morte, por mais calejados pelos horrores da guerra, a queda de Lisboa foi pior do que se tivesse sido a de um pai ou de irmão, coisa tão comum também em nossas revoluções, em que as famílias costumam ir em bloco (quando não estão, o que é igualmente comum, um irmão de cada lado). Aquela foi a morte que doeu como se fosse de um colega de turma na escola militar. É aí que a vida nos derruba mostrando-nos que não somos indestrutíveis.

Desde a chegada de Bozano em Santa Maria, até aquele tiro que arrebentou os miolos do Lisboa, vivemos um período alucinante. Sentíamo-nos como se estivéssemos escorregando por um lajeado d'água abaixo, às gargalhadas, como se estivéssemos brincando, sempre ganhando terreno, indo a galope em direção ao horizonte, sem limites. Cada fato novo acrescentava um degrau a nossa escalada. O mundo parecia ter sido feito para nós. Veja-se a evolução em pouco mais de três anos, desde que Bozano chegara em Santa Maria: primeiro, as escaramuças da campanha da Reação Republicana, que nos deram o comando operacional do partido, pois, enquanto os velhos coronéis ficaram tomando mate na varanda, nós arregaçamos as mangas e saímos pelo município em trabalho de alistamento eleitoral, trazendo para nossa órbita os cabos eleitorais e as lideranças mobilizadoras dos distritos. Na quinta reeleição nos apoderamos do aparelho partidário, enfrentando, no corpo a corpo, os dissidentes republicanos e os federalistas, comandados por Walter Jobim e seus doutores. Na Revolução de 23, tomamos definitivamente a máquina eleitoral e assumimos de vez o comando político do município, com o golpe de mão, naquele gesto de audácia da Fazendinha, nos adonamos do corpo provisório e arrebatamos o comando militar. Isso nos levou à Intendência e, depois, com a vitória no Passo das Carretas...

Aquela cerimônia fúnebre foi também a posse do campo de batalha de onde expulsáramos os dois mais famosos caudilhos rio-grandenses vivos.

Na mesma noite em que eu tinha acabado de entregar ao telegrafista aquele relatório preliminar que foi transmitido ao Palácio Piratini, com um relato da nossa vitória, sem que soubéssemos de imediato, a notícia da derrota dos ícones da oposição, um lenço branco outro vermelho, propagou-se como se fosse a erupção de um vulcão, produziu seu impacto em todos os segmentos que de alguma forma lutavam pelo poder no Rio Grande. Assim que bateu em Porto Alegre, uma mão misteriosa fê-la chegar ao gabinete da liderança de nossa bancada na Câmara Federal, no Rio de Janeiro.

Antes que a manhã se fizesse, já estava tramitando pelo cabo submarino que desce o Atlântico da baía da Guanabara até o rio da Prata. Dali subiu pelos fios telegráficos até Santo Tomé e, logo em seguida, já estava nas mãos dos líderes borgistas exilados na cidade argentina.

– Pai, o que o senhor acha disto? – perguntou Protásio Vargas, intendente de São Borja, depois de ler o telegrama que lhe chegara às mãos minutos antes.

– O Borges está querendo imitar o Castilhos, dar uma carona em todos e criar uma situação em que ele não perca o poder. Acho que estamos assistindo ao nascimento de um monstrinho que, quando crescer, vai papar a todos vocês. Que nem o Borjoca fez conosco – opinou o velho general Manoel do Nascimento Vargas. – É preciso esmagar-lhe a cabeça antes que cresça demais.

Santo Tomé era um formigueiro de conspirações. Ali estavam exilados os fugitivos dos dois regimes. De um lado, os republicanos dissidentes e federalistas, oficiais do Exército e da Marinha que tinham se escapado da prisão após os levantes que vinham ocorrendo desde 1922 e se refugiavam das polícias de Bernardes e Borges de Medeiros; do outro, desde 28 de outubro de 1924, as autoridades municipais e estaduais das cidades ocupadas pelos revoltosos. Estes últimos, curiosamente, souberam do levante dos oficiais com um dia de antecedência e providenciaram para se colocar a salvo antes de suas cidades serem ocupadas. Só permaneceram no Brasil as autoridades militares e federais, que deveria ter acesso privilegiado às informações de segurança, presas pelos rebeldes enquanto dormiam em suas casas na madrugada, e que ficaram atrás das grades enquanto durou a dominação tenentista.

Essa promiscuidade em Santo Tomé dá uma idéia do grau de confusão política naquele momento. Para começar, a fronteira argentina não era um refúgio tradicional para perseguidos políticos gaúchos. Desde a Revolução Farroupilha os dissidentes do Rio Grande procuravam abrigo no Uruguai, onde era comum, nas cidades da fronteira, especialmente em Rivera, Melo e Artigas, encontrar-se exilados brasileiros. Dessa vez refugiaram-se em Libres, Santo Tomé e Alvear à espera de um levante naquela região. Por outro lado, esses mesmos políticos situacionistas ainda mantinham estreitos laços com os tenentes, desde a campanha da Reação Republicana. Foram surpreendidos pela adesão do dr. Borges a Arthur Bernardes, mas não chegaram a romper inteiramente com seus antigos aliados. Com isso, tiveram tempo de abandonar suas cidades e ficar a salvo do outro lado da fronteira.

Em território neutro, borgistas e tenentistas cruzavam-se nas ruas da pequena cidade, conviviam com civilidade, às vezes até se cumprimentavam discretamente. Isso facilitava enormemente os contatos entre quadros de prol dos dois grupos e viabilizava o início de negociações. Com isso contaram os Vargas naquele momento.

– Viriato, tu vais procurar o Dinarte e diga-lhe que quero um encontro reservado com o João Francisco – disse Manoel Vargas ao outro filho que os acompanhara na emigração. – Diga-lhe que tenho uma oferta que pode lhe interessar. Se a Hiena concordar, acho que poderemos resolver esse problema com uma idéia que acaba de me ocorrer – ordenou o general ao filho.

"Hiena do Caty" era o apelido pejorativo que os inimigos davam ao general João Francisco, lembrando o nome do quartel do corpo provisório que o líder santanense comandara depois de 1895, a pretexto de combater os ladrões de gado da fronteira, mas que servira para a repressão a inimigos políticos depois da pacificação do estado, ainda no governo Castilhos. Borges de Medeiros extinguira a unidade, obrigando João Francisco a exilar-se em São Paulo, onde ele participou mais tarde, junto com Isidoro, do levante do Exército. Agora o velho caudilho de Livramento voltava ao estado à frente do comando rebelde tenentista.

– Está bem – respondeu Viriato, dirigindo-se a um auxiliar que se encontrava na sala ao lado. – Toca o telefone para a casa do tio Dinarte, mande chamá-lo e lhe diga que preciso falar com ele. Quando ele estiver no aparelho, chamem-me.

Não levou dois minutos e o irmão do deputado federal Getúlio Vargas, líder do Rio Grande na Câmara, estava ao telefone com o chefe oposicionista gaúcho que vivia exilado em Santo Tomé, irmão de sua mãe. Dinarte Dornelles tinha alugado uma casa na cidade, que se transformara numa espécie de quartel-general político da conspiração, onde recebia os oficiais que vinham conspirar com seus colegas que serviam nas guarnições fronteiriças. Logo que estourou a revolução de 23, ele foi nomeado governador civil de São Borja, mas voltou para o exílio quando o exército legalista retomou o controle da cidade.

– Papai quer falar com a maior urgência com o coronel João Francisco – disse Viriato, iniciando uma conversa em que Dinarte, embora tenha concordado em entrar em contato com o chefe militar da revolução naquela área, antigo aliado do general Vargas em 1893, quando ele chefiara uma das brigadas da célebre Divisão do Norte da Brigada Militar, terminou sugerindo que telefonasse e marcasse diretamente com o representante do marechal Isidoro, que, segundo Dornelles, estava em Concórdia, cidade argentina da margem direita do rio Uruguai, frente a Salto, na Banda Oriental. Ali era um ponto estratégico para a conspiração e o comando das forças rebeladas, com fácil acesso às duas fronteiras do Brasil com seus vizinhos. Ainda naquela tarde os dois cabos de guerra conversaram pelo telefone e acertaram uma reunião para o dia seguinte.

– Vamos tomar uma lancha agora e descer o rio, meu filho – comunicou o general Vargas, preparando-se para a viagem Uruguai abaixo. Eram 2h da tarde quando uma embarcação a vapor fretada pelos chefes políticos de São Borja fez-se à água, aproveitando-se da forte correnteza para desenvolver sua velocidade máxima.

Enquanto nos preparávamos para o epílogo daquela campanha, novos fatos se produziam. Inocentemente, nas barrancas do Camaquã, Bozano deu o dia para descanso dos seus homens, esgotados pela seqüência de marchas forçadas e combates renhidos dos últimos dias. Carneamos, nos alimentamos direito, sesteamos longamente e nos preparamos para, ao descer do sol, continuarmos nossa marcha em perseguição aos destroços da Força assisista que, àquela altura, já se aproximava do Arroio Grande, procurando subir pela encosta do Jaguarão e adentrar, por onde pudesse, no Uruguai.

Às 5 horas da tarde, já com o sol ameno, a tropa entrou novamente na estrada, seguindo as pegadas deixadas pelos rebeldes. Nos aprofundamos pelo município de Piratini e fomos andando pela estrada até o Passo do Barracão, sobre o arroio do mesmo nome, afluente do Camaquã. Ali paramos novamente, às 9h da noite, e dormimos. Bozano parecia não ter pressa, perdera o ímpeto. À boca pequena, a soldadesca comentava que desistira da perseguição para não ter que prender seu irmão. Isso não era verdade.

Capítulo 31

Quarta-feira, 10 de dezembro
Piratini

Pela manhã, bem cedinho, às 6h, peguei o automóvel e fui a Piratini saber notícias. A tropa não iria passar na cidade. Nosso plano de marcha previa um desvio no rumo sul a três léguas da primeira capital farroupilha, prevendo o acampamento para sesta na estância de seu Dalico, um correligionário que mandara um próprio a nosso encontro para convidar para um churrasco ao meio-dia, dizendo ter boa sombra para o descanso dos homens e montarias. A tropa comeria ali, depois estenderia os pelegos para uma soneca e às 6h da tarde continuaria em direção ao Arroio Grande.

Quando entrei na cidade, vindo da direção de Caçapava, e as pessoas perceberam que poderia ser Bozano que estivesse naquele auto, foi um alvoroço nas ruas. Enquanto eu conferenciava com o telegrafista e pedia prioridade para uma mensagem para Porto Alegre, a notícia se espalhou e logo foi se juntando gente.

Antes mesmo que eu pudesse aparecer na janela para dizer que eu não era o comandante do 11º já ouvia os gritos: "Viva o dr. Bozano!" Desgarrados da coluna de Zeca Netto, gente que ficara para trás ou que pedira desligamento, procurando chegar às suas casas por Candiota, Dom Pedrito e outros lugares onde o velho general obtivera adesões, ao passar pela cidade contaram do combate e deram a direção da retirada, o que não deixava dúvida de que gente da Brigada vindo daquela direção só podia ser do Bozano. E, se vinha de automóvel, deveria ser o coronel. E assim os republicanos foram até ali para tentar ver ou, com mais sorte, apertar a mão do herói.

Em seguida chegaram as autoridades locais, os dirigentes do partido, todos querendo saber se o nosso comandante passaria por lá. Nada respondi. Disse-lhes que o rumo da Força era uma informação secreta que somente o alto comando e os vaqueanos sabiam, que minha missão era estabelecer contato com a capital, e fiquei por aí. Mas deu para perceber a repercussão formidável da nossa vitória no Passo das Carretas. Botar Zeca Netto e Honório Lemes, juntos, para correr era um feito de armas para entrar para a história. Mesmo sendo um caboclo do interior, pude captar o efeito político daquilo e, naquele momento, pareceu-me que não seria descabido pensar que nossa marcha poderia acabar no Palácio Piratini.

O mesmo pensava o general Vargas, que àquela hora desembarcava no cais do porto de Concórdia para sua reunião secreta com o general João Francisco. O vaporete atracou e logo desceu a comitiva dos são-borjenses. Foram diretamente para o Hotel Independência, onde João Francisco os esperava, tendo mandado bloquear algumas salas. Seu encontro com Vargas foi efusivo; afinal, haviam sido camaradas de armas na maior guerra que o Rio Grande do Sul jamais vivera, maior que Cisplatina, que Farroupilha, que Paraguai. Fora mais curta, como são as guerras modernas, mas seu impacto negativo – afinal as guerra se medem por seus danos – fora maior que naquelas grandes campanhas do passado.

— Meu general, como vai o senhor? Há quanto tempo não nos vemos? – foi cumprimentando João Francisco, tão logo o caudilho de São Borja entrou pelo *hall* do hotel. – O senhor está bem, firme e forte.

— Meu coronel, que prazer revê-lo – foi dizendo Manoel Vargas, quando foi interrompido pelo filho Protásio, que percebera a gafe ou a intenção, mas fosse o que fosse precisava ser corrigido imediatamente.

— General, papai. Ele foi promovido e agora é o general João Francisco – corrigiu o filho.

— Ah! Me desculpe, é a força do hábito – excusou-se Vargas –, meu general. Como tem andado?

— Está bem, menino – respondeu João Francisco, dirigindo-se a Protásio –, teu pai está certo, pois também eu sei que coronel eu sou porque tenho a carta-patente emitida pelo presidente Campos Salles. Já nesse generalato do Isidoro, não levo lá muita fé.

— Mas lhe dou o generalato, até que o senhor diga que não é – tornou Vargas, já percebendo pela forma como seu interlocutor referira-se a seu comandante supremo, Isidoro, que as hostes da revolução estariam bem cindidas, pelo menos nos altos comandos.

— Mas deixemos essas questiúnculas de fora – disse João Francisco –, eu lhe digo isso porque o senhor também conhece o Isidoro de longa data: velho monarquista que corremos a pelego em 93, é ou não é? – colocou, em tom de pergunta.

— É verdade. Mas a política assim como afasta recompõe as pessoas. Por isso, não me admiro de vê-lo ao lado de um companheiro do Saldanha da Gama – provocou o general Vargas.

— Pois esse conheceu a ponta da minha lança.

E ali ficaram por quase uma hora a rememorar a Grande Revolução. Ambos consideravam-se os pais da República e, portanto, seus guardiães. Também os dois estavam por trás, ou melhor, à frente de acontecimentos decisivos.

Os filhos teriam ficado nervosos se não conhecessem o ritual de abordagem de temas muito complicados, tamanha a quantidade de rodeios dos dois caudilhos. Manoel Vargas recordou seu batismo de fogo, nas barrancas daquele mesmo rio Uruguai, em 65, ainda guri, recruta do Davi Canabarro, batendo-se contra os paraguaios de Estigarribia, que "ousou profanar nosso território sagrado com suas botas imundas", disse emocionado.

Contou da raiva que sentira quando, do alto de uma coxilha, contemplou a longa coluna de carretas e de sua gente de São Borja afastando-se para leste, fugindo da morte certa nas mãos dos paraguaios: "Velhos, mulheres e crianças, sim, só estes, pois os piás de 12 anos para cima estavam todos de armas na mão". A população não-beligerante fora toda retirada, pois se sabia o que lhes esperava nas mãos dos paraguaios. Entretanto, os estrangeiros, supondo que os soldados de Solano López fossem respeitar seus *status* de súditos de países neutros, decidiram ficar, pensando proteger seus bens e mercadorias, pois a maior parte era de comerciantes.

– Que nada, coronel, os paraguaios saquearam suas lojas, seus depósitos, passaram suas mulheres e filhas nas armas como se fossem éguas barranqueiras, coitadas, um atrás do outro em cima das pobres moças, e depois os arrebanharam e os levaram como se fosse uma vara de porcos para Assunção. Nunca mais se teve notícia de nenhum deles – contava o general –, devem ter morrido de fome nos campos de concentração do "Mariscal". Mas lhe digo: tive a felicidade de ver "El Supremo" espetado na lança do negro Chico Diabo.

E assim foram levando a conversa. Esse desenvolvimento da charla tinha um sentido. Eles iam se sondando, sentindo por onde podiam entrar nos temas, até onde podiam avançar, chegando no assunto da maneira correta, porque senão o negócio podia esbarrar numa discordância e, aí, então, *no va más*, pois homens daquele porte jamais voltariam atrás em conceitos, opiniões ou posições. Foi assim que chegaram ao dr. Borges.

– Eu estava me lixando com o futuro do Bernardes, quando soube que o Borges ia mandar a Brigada para São Paulo, contra o Isidoro. Aí vi que era comigo a briga – disse João Francisco, para explicar sua adesão à revolta dos tenentes.

– Pois eu soube que foi o senhor que os salvou da derrota e da rendição – disse Vargas.

– Não foi bem assim. Salvei os tenentes do Isidoro, que queria se entregar. Isso, sim. Mas combater eles sabem. São melhores do que nós. Hoje em dia, veja bem: eles têm armas que eu nem conhecia, nem sei usar. E são valentes, devo reconhecer. Garanto-lhe, general, que, se aquele lorpa do Honório tivesse dado de rédeas no matungo e entregue o comando ao major Juarez Távora, a história desta revolução era outra. De minha parte, estou só no comando estratégico, a guerra é por conta da moçada.

– Eu também não entendi direito por que o Borges não ficou com os tenentes. Afinal, eles eram nossos aliados potenciais desde a revolução contra a posse no ano passado.

– Acho que foi por causa do Assis Brasil. Eu também acho um erro querer que ele, Assis Brasil, seja o chefe civil. Mas sabes como é a ambição. O chacareiro das Pedras Altas viu-se sentado na cadeira do Bernardes. Botou um ovo.

– Tanto que até agora ainda não se decidiu a fazer um pronunciamento claro a favor da revolução.

– É verdade. Mas está embretado. Tem que seguir junto com sua gente ou ficará sozinho – analisou João Francisco.

– Ele ficou de um jeito que só tem um lado para correr. Se aderir ao levante, rompendo o Tratado de Pedras Altas, dará ao Borges motivo para pressionar o Bernardes a lavar as mãos na sucessão rio-grandense. Se ficar parado e deixar o presidente da República com o domínio total da situação, levantando o estado de sítio terá uma brecha para reentrar no cenário político do estado. Mas para isso terá que trair seus mais fiéis seguidores. Está igualmente enrascado, o senhor não acha?

– É verdade. Não tinha pensado nisso – disse João Francisco.

– Pois eu estou aqui para negociar uma saída para os tenentes. Meu interesse é que haja sucessão. Nisso coincidimos, pois o senhor também quer ver o Borges fora do Palácio Piratini – disse Manoel Vargas.

– Uma saída? Uma anistia? Não há possibilidade. O Bernardes não a dará. Não que não queira, mas porque não pode. Por trás desta revolta há uma briga entre os milicos do alto escalão. São os velhos generais do Império, nem todos monarquistas, como o Hermes, o Isidoro, o Cardoso, que botaram a gurizada para brigar contra seus desafetos, os generais da ativa, mais moços, que passaram por cima deles. Isso aí não se resolve.

– Não estou falando de uma saída política, mas de uma saída militar. Uma saída, literalmente. A gente pode arrumar uma forma de eles escaparem do cerco e irem embora do Rio Grande, mantendo a revolução viva, mas fora do estado.

– Qual o interesse do Borges nisso? O senhor acredita que ele pense que o Bernardes irá denunciar o Tratado de Pedras Altas e deixar tudo voltar à situação de antes de 23?

– Não vou tão longe, mas lhe garanto que o Borges gostará de ver o Bernardes sob pressão, tendo que carregar uma revolução nas costas. Desde que essa guerra não se trave no Rio Grande.

– Devo dizer-lhe que não me atrai muito negociar com vocês, a não ser se for para arrumar uma saída para o Prestes. Esse sim é um valente, um jaguar, por ele posso fazer muitas coisas que não faria. Posso perguntar-lhe qual o seu interesse nisso?

– Nada mais justo. Como já lhe disse, tenho interesse na sucessão de Borges, defendo os interesses de meu filho Getúlio. Seu futuro depende dos desdobramentos desta crise que vivemos. Como o senhor bem sabe, o Borges foi obrigado a assinar o Tratado de Pedras Altas. Os homens que o sustentaram no poder ameaçaram deixá-lo sozinho se não concordasse. Afinal, eles também querem ter sua oportunidade.

– Estou acompanhando, continue.

– Naquele momento, ele percebeu que perderia seu poder na hora em que deixasse o Palácio Piratini. Iniciou, então, um movimento para dividir seus possíveis sucessores. O primeiro foi criar uma situação de empate entre Flores da Cunha e Paim Filho. Um anula o outro. Esses dois foram os chefes militares mais proeminentes na resistência à revolução. Na segunda linha, ficam meu filho Getúlio, líder do Rio Grande na Câmara Federal, e João Neves da Fontoura, líder do governo na Câmara dos Representantes. Um deles poderia ser o *tertius*. Mas também se anulam. Na terceira linha vêm o Oswaldo, o Collor e os demais numa escala descendente. Mas tampouco pode ser um deles, pois os de cima não aceitarão a carona. O que lhe resta? Trazer um quadro mais moderno, da nova geração. Aí ele estará como quer: coloca um novo presidente, mas fica com os cordéis na mão, como o fez com o Carlos Barbosa. Ele próprio será o sucessor, pois poderá voltar em 1931.

– Interessante. Prossiga, por favor, general.

– Para meu filho Getúlio ele reservou um papel importante: deverá ser o poder rio-grandense na República. Um novo Pinheiro Machado. Não se esqueça de que para Borges de Medeiros o mundo acaba no rio Mampituba. Mas poderá ser candidato a presidente do país, em 29, embora eu não creia que isso seja possível. Primeiro, porque Washington Luiz, que ninguém duvida será o próximo presidente, sucedendo Bernardes, pode honrar os acordos café-com-leite e designar um mineiro para sua sucessão, o que quebraria a linha que o Chimango vem traçando. Ele acredita piamente que São Paulo apresentará, em 29, um candidato para suceder o dr. Washington e que, com isso, poderá atrair Minas Gerais para uma aliança com o Rio Grande. Nesse sentido, manter o teu capitão em armas, enfraquecendo o Bernardes, fortalecerá o Antônio Carlos, o chefe dos mineiros, que será caroneado pelo presidente da República. Essa é uma aliança possível e que poderia ter o Getúlio como o cabeça da chapa. Mas, como já disse, não creio que isso seja possível se meu filho não for antes o presidente do Estado, pois na cadeira do Catete sentam-se apenas generais do Exército e ex-governantes de estados. Assim, embora Getúlio pense que poderá chegar a presidente, eu digo que nunca passará de uma sombra do Borges, se as coisas seguirem assim.

— Então o senhor quer que eu mantenha a revolução acesa. Mas para que, afinal?

— Deixe-me continuar. Voltando à hipótese de Borges querer um político novo para sucedê-lo, um homem que seja caninamente fiel a si e à doutrina castilhista e que não crie uma área de disputa entre os homens que o sustentam no poder, pois terá que dar uma carona em todos, há dois nomes possíveis: o do intendente de Santa Maria, Júlio Bozano, e o do intendente de Uruguaiana, Sérgio Ulrich. Com a vitória no Passo das Carretas e o seu passado de intransigência doutrinária (lembre-se que Bozano foi inteiramente contrário ao Tratado de Pedras Altas), o guri de Santa Maria ficou na frente, pois o Sérgio teve a infelicidade de, como nós, retirar-se da cidade, e deu campo livre para os seus tenentes, não é? Com isso, por enquanto não passa de um derrotado.

— Então o senhor acha que esse potrilho de Santa Maria vai ser o novo presidente do Estado?

— É o que estou pensando evitar. Se ele sair do caminho, ninguém tira o poder do meu filho.

— E eu, que ganho com isso? Nesse seu formato, o Borges continua, e eu fico no exílio porque não tenho mais idade para uma guerra desgastante como será a continuidade desta revolução...

— O senhor terá novamente espaço no cenário político. O Borges não quer meu filho porque sabe que ele é partidário de uma aliança ampla que pacifique os republicanos e, até mesmo, que traga os federalistas para uma aliança de salvação do Rio Grande. Com Getúlio no poder, o senhor terá de volta todas as suas regalias, sua patente, seu soldo, tudo o que o Borges e, agora, o Bernardes lhe tiraram.

— E como o senhor vai fazer para tirar esse Bozano, agora tão coberto de glórias, do caminho?

— É aí que entra o nosso acordo.

— Não vejo o que eu possa fazer.

— De fato, o senhor não terá que fazer nada. Preciso apenas que seus tenentes concordem que um homem reconhecidamente libertador execute uma missão. Está bem?

— Não estou entendendo, general. Que missão? Que história é essa?

— O plano que pensei é o seguinte: nós abriremos um corredor para o Prestes retirar-se com todas as suas forças e as armas que puder levar. Terá de travar apenas um combate, será contra o corpo provisório de Bozano. Em sua tropa de assalto mandaremos um homem, este de que lhe falei, para eliminar o intendente de Santa Maria. Só isso, nada mais.

– O senhor acha que pode arrumar as coisas, tudo... tudo, tudo, para que algum de nossos homens bote o Bozano na mira de sua arma?

– Não sei se posso. Mas vamos tentar, se o senhor estiver de acordo.

– Com as minhas desculpas, esta eu asso no dedo.

– Entendo sua incredulidade. Mas, se der certo, ninguém poderá nos culpar.

– Com isso eu concordo. Mas quem será o sicário?

– Isso deixe por nossa conta. O senhor terá que avisar o Prestes que meu filho Viriato vai cuidar de tudo. Ele não precisa fazer nada. É só botar o homem que indicarmos na linha de frente que do restante a gente cuida.

Capítulo 32

Quinta-feira, 11 de dezembro
Estação de Santa Rosa

Às 6h da manhã a tropa formou por quatro e voltou à estrada, seguindo o rumo oeste, na direção do Arroio Grande, com um projeto de marcha pelo menos engraçado.

– Vamos sestear na estância do Zeca Veado – disse Bozano na reunião de oficiais, antes da partida.

Atravessamos o Passo da Carolina nas terras de José Farias, passamos pelas fazendas da família Brisolara e paramos para comer e deixar o sol cair nas terras do general José Antônio Netto. Dali a Força seguiu com planos de dormir na estação de Santa Rosa, onde Bozano iria fazer o enlace para se comunicar com o alto comando, em Porto Alegre.

Na hora da sesta, subimos no carro e fomos para a estação ferroviária: Bozano, o capitão-ajudante Ulisses Coelho e eu. Quando estávamos a uma meia légua de lá, avistamos a fumaça negra que subia retinha, na tarde sem vento, como se fosse um risco de piche traçado com uma régua.

– Procura um alto, Toeniges, que vou dar uma olhada. Parece que aconteceu alguma coisa por lá – ordenou Bozano ao motorista.

Ficamos todos inquietos. O inimigo, pela análise das pegadas, já deveria estar longe. Não fazia sentido encontrarmos com sua retaguarda, a menos que tivessem mudado seus planos e decidido voltar a lutar. Teriam deixado uma tropa para nos retardar, combatendo? Não fazia sentido.

Saímos do corredor, pegamos uma estradinha vicinal para chegarmos a um coxilhão que dava vista para a estação. De lá, com nossos binóculos, varremos a área à procura de sinais de força inimiga ou para vermos o que teria acontecido na ferrovia. Não pudemos definir nada. Ulisses teve uma idéia:

– Vamos disparar nossas armas ao mesmo tempo. Se tiver força por lá, veremos seus movimentos.

Cada qual com seu mosquetão (e o nosso 95 fazia um belo barulho) atiramos, quase um em cima do outro, em uníssono. Binóculos na mão, voltamos a botar as lentes na estação. Dali a pouco entrou em nosso campo de visão um piquete de cavalaria afastando-se na direção de Candiota.

— São brigadianos, provisórios — comentou Bozano, reconhecendo os uniformes.
— Mas que coisa, Júlio Raphael, sequer mandaram reconhecer. Pelo jeito, estão assustados — comentou Ulisses.
— Se estavam lá tão descansados, não deve haver inimigo — acrescentei eu, logo tolhido pela sensação de haver falado o óbvio.
— Vamos lá conferir o que houve — comandou Bozano.
Assim que chegamos, fomos à procura do pessoal da Viação Férrea. O telegrafista contou que naquela madrugada um grupo de rebeldes tomara a estação de assalto, fizeram parar um trem de carga e roubaram mercadorias, comida enlatada que vinha de Pelotas para Bagé, destinada ao Armazém Azambuja, a maior casa de comércio do município, propriedade do general Estácio Azambuja que, arruinado pela Revolução de 23, dedicava-se, agora, aos negócios nesse empório.
— Não é possível, deram um prejuízo no próprio correligionário — gracejou Ulisses.
Os rebeldes carregaram duas carroças de dois eixos e saíram a trote na direção da fronteira. Antes de partir, tentaram incendiar o trem, mas não conseguiram mais do que pôr fogo nos tonéis de graxa destinados à lubrificação das locomotivas e truques dos vagões.
— Toeniges, pega a estrada e vê se alcança nossa gente para saber o que eles estão fazendo — ordenou Bozano.
Uma hora depois voltou o motorista com as informações do piquete, que só conseguira alcançar a mais de légua da estação. Disse ter encontrado os provisórios retirando-se a galope.
— Eles fugiram daqui pensando que os tiros fossem do inimigo. Não estão com vontade de brigar. Dão a guerra por terminada e ninguém mais quer morrer do último tiro. Disseram que eram gente do coronel Vasco Costa — informou nosso motorista.
Bozano entrou em contato com Porto Alegre. Não estava tão confiante quanto os seus colegas de farda, pois nunca era pouco o cuidado quando se tinham Zeca Netto e Honório Lemes pela frente. Ao menor descuido e já davas com o Leão, literalmente, nas costas. Vide o coronel Januário no Passo da Conceição: dava o homem por liquidado, tamanho o barulho que fizeram em torno do desastre em Guaçu-boi e, a esta hora, deve estar olhando o cotoco da perna, arrependido de seu excesso de confiança.
O mesmo relaxamento se verificava no alto comando. Tanto o general Andrade Neves quanto o dr. Borges consideravam a revolução no sudoeste terminada. Suas ordens eram para não comprometer a Força em ações de grande risco,

poupar vidas e material. Mais um motivo para Bozano manter-se alerta, para não ser surpreendido. Nossa conclusão, interpretando essas diretrizes, foi de que a diplomacia brasileira em Montevidéu obtivera alguma garantia do governo uruguaio de que impediriam a livre movimentação dos rebeldes exilados, tão logo voltassem a território oriental. O que era também um indicativo de que se poderia levar frouxa a perseguição.

Também ficamos sabendo que não estávamos mais sozinhos na perseguição aos generais assistas. Havia dois outros corpos provisórios operando na área, com a missão formal de atacar e destruir a quase extinta Divisão do Sul do exército rebelde sob o comando geral, desde o exílio, do general João Francisco Pereira de Souza. À nossa frente estava um corpo composto por vários grupamentos de voluntários civis, sob o comando do coronel Hipólito Ribeiro, e, a oeste, nas proximidades da cidade de Bagé, o 10º Corpo Auxiliar, comandado pelo tenente-coronel Delfino Silveira. Essa unidade detinha uma particularidade que nos irmanava, pois, assim como o nosso 11º Corpo trazia uma forte participação de antigos jornalistas, colaboradores, ex-funcionários gráficos, administrativos e da distribuição do finado *Jornal de Debates*, o 10º Corpo de Bagé teve uma forte participação de empregados e colaboradores do jornal *O Dever*, que era o então combativo diário do Partido Republicano na cidade.

Os rebeldes marchavam lentamente em direção ao Uruguai. Seus cavalos cansados mal conseguiam avançar a passo na direção da fronteira salvadora. Depois do Passo das Carretas, fizeram um primeiro pernoite na fazenda de Antônio Barbosa, aproveitando-se de nossa parada, e, no dia seguinte, estiveram acampados no Passo dos Rosas. Mesmo com um dia de vantagem que levavam, já estávamos quase nos seus calcanhares.

De tardezinha nossos bombeiros vasculharam os restos do seu bivaque para almoço. Aí tivemos notícias de que se encontravam nas margens do Jaguarão Chico, às portas da fronteira uruguaia. Os restos da divisão rebelde mantinham a mesma disposição no terreno com que haviam deixado o Camaquã: Honório Lemes com seus homens do Caverá na vanguarda, levados pelo vaqueano do Irapuá, e Zeca Netto na retaguarda, com 120 homens. Pelos meus cálculos, teríamos uma última ação, mais de efeito que conclusiva, que daria o fecho de ouro em nossa campanha, quando eles cruzassem a fronteira debaixo de nossas balas.

– General, acabou-se a revolução? – perguntou Carlos Bozano a seu chefe, vendo na fronteira do outro lado do rio o fim melancólico para uma empreitada que, pouco mais de três meses antes, consideravam o fim definitivo do borgismo no Rio Grande do Sul.

— Não diga isso, meu filho. Temos um exército inteirinho nas Missões. Falhamos aqui nesta fronteira, mas ainda podemos alcançá-los e continuarmos na luta – respondeu Netto.

— O senhor acredita que chegaremos lá?

— Assim que entrarmos no Uruguai, passadas as formalidades de internação, vamos para Salto, de lá para Santo Tomé e, em menos de uma semana, estaremos novamente cavalgando pelo Rio Grande.

— O senhor não receia que alguma coisa possa dar errado e não consigamos chegar até as Missões? – disse Carlos Bozano.

— O que pode acontecer? Nos prenderem no Uruguai? Nem sonhando!

— Se é assim...

— E tem mais: se não nos apertarem muito, a gente ainda se enfia por cima da linha seca, nos encontramos com o pessoal do Júlio Barrios e chegamos a cavalo nas Missões.

— E retomamos a ofensiva? Mas estamos cercados.

— Isso é o que veremos. Antes disso, temos que conversar sobre esta última hipótese com o general Honório.

— O senhor acha que ele concordará?

— Não sei. Vou te dizer uma coisa, meu filho, e não repitas a ninguém: acho que o general Honório está com o miolo mole, não entende direito o que ocorre, nem dirige sua força com rédea curta. Pelo que vi, são seus filhos e o irmão que vêm levando aquela gente. Se for assim, nada mais acontecerá nessa frente.

— Se o senhor quiser, vou até a vanguarda conversar com o general, chamá-lo para uma conferência. Que lhe parece?

— Ainda não. Amanhã cedo cruzamos o rio e nos dirigimos para a Serra de Aceguá para ganharmos o Uruguai. Antes vamos esconder as armas numa biboca que eu conheço. Aí faço a proposta de continuarmos a luta por aqui, se sentir que há clima – disse Netto. – Agora, vamos dormir que amanhã ainda temos uma jornada. Boa-noite.

— Boa-noite, general – despediu-se Carlos Bozano.

Em Concórdia, o general Manoel do Nascimento Vargas conversava com seus filhos Protásio e Viriato. Acordaram-se bem cedo e foram tomar mate, quando o velho pôs os dois a par de suas tratativas com o general João Francisco. Ele contou rapidamente, falou sem rodeios, primeiro explicou-lhes o quadro político e o sentido da proposta que teriam de fazer ao dr. Borges. Não seria fácil convencer o presidente do Estado de que deveria agir para facilitar a saída dos rebeldes do estado. Principalmente porque a iniciativa da negociação com João Francisco não fora do dr. Borges. Depois deu um papel a cada filho, inclusive a Getúlio, que estava no Rio de Janeiro. O filho Protásio iria dali para Montevidéu, onde se conseguia uma excelente comunicação por telefone com a capital brasileira, graças a um novo serviço de cabo submarino da empresa norte-americana Western, e entraria em contato com o irmão.

— Tu vais telefonar para o Getúlio, Protásio, e contar da minha reunião com o João Francisco. Diga-lhe para ajudar a convencer o Borges de que a melhor solução para nós é esta. Uma derrota total da revolução não interessa ao Rio Grande, pois não se pode confiar no Bernardes. O melhor para nós é que esses milicos possam mantê-lo na defensiva, precisando de nosso apoio a todo momento para se segurar na sua cadeira. Diga-lhe que o João Francisco concordou e que poderá conduzir os rebeldes para fora do Rio Grande se lhes dermos umas pequenas facilidades. Diga ao Getúlio para argumentar, também, que não vamos tolerar uma guerra nessas proporções dentro de nossas cidades. Um ataque frontal aos rebeldes será a destruição de tudo. Os dois lados estão armados com canhões modernos, poderosos, e vão combater dentro das cidades. A melhor solução será deixá-los ir para campo aberto, e aí então eles, os militares, que se resolvam entre si. A nossa missão era salvar o governo rio-grandense, e isso já está feito.

Depois do chimarrão, foram para o salão do hotel, pois dali a pouco, por volta das 7h, o general João Francisco se juntaria a eles e os quatro tomariam o café da manhã, um encontro de despedida, já que o caudilho de São Borja voltaria para Santo Tomé no trem que passava por Concórdia às 9h.

Ainda naquela manhã, o intendente de São Borja tomou um trem de Salto para Montevidéu. Da capital uruguaia, telefonaria a seu irmão no Rio de Janeiro e, de lá, seguiria para Porto Alegre a fim de se entrevistar com o dr. Borges e fazer os acertos finais. Podia ser que Borges não concordasse, ou que não pudesse controlar os militares, especialmente o general Andrade Neves, que era leal ao ministro da Guerra, Setembrino de Carvalho, que queria botar todos os tenentes na cadeia ou na cova.

— Viriato, tu vens comigo — ordenou o pai. — Há uma parte do negócio que não comentei com o Protásio. Só tu, eu e o João Francisco sabemos. É o preço que ele vai pagar para salvar a pele de seus meninos que estão cercados lá nas Missões.

Capítulo 33

Sexta-feira, 12, e Sábado, 13 de dezembro
Aceguá, a vitória final

Às 7h da manhã levantamos acampamento e seguimos no rumo da Serra de Aceguá. Vínhamos descansados, isso sim. Parecia até que estávamos em manobras. A soldadesca percebia e falava à boca pequena: "Deixem luz para o Bozaninho escapar". Mas não era verdade, pois aqueles italianos eram retos. Dali a pouco entendeu-se o que de fato vinha nos atrasando o avanço.

— Soveral, Ulisses, Armando, cheguem aqui, que tenho de lhes falar um assunto delicado — chamou Bozano, reunindo o pessoal mais próximo. — Vamos nos incorporar, daqui a pouco, com a força do Hipólito Ribeiro. Vocês estão vendo que estou dando tempo para ele nos alcançar. Vamos passar ao coronel Hipólito a honra de expulsar os rebeldes do país. Com isso ele fica me devendo uma. Está bem?

— Mas, Júlio Raphael, depois de tudo o que fizemos, vamos deixar para os outros arrematarem o serviço? — interferiu Soveral.

— Nos convém deixar para um companheiro aqui da região dar o último talho, isso para não dizerem por aí que nós queremos o assado só para nós — concordou Armando.

— Pois bem, vamos, então, preparar-nos para entregar-lhes a vanguarda. Temos uma justificativa técnica para a nossa lentidão: nossos cavalos já estão piores que os dos generais maragatos, isso lhes garanto — disse Bozano. — E é bom que digam que não quero matar meu irmão. Mas olhem, o Carlos sabe se cuidar e não gostaria se eu lhe afrouxasse a carreira. Mas como desculpa, vale. Com isso vou entregar um último combate para um homem que pode nos apoiar daqui para a frente, em guerras menos cruentas mas igualmente entreveradas — metaforizou nosso comandante.

Às 10h da manhã avistamos a Força amiga. O corpo do coronel Hipólito vinha a passo, marchando em coluna, embandeirado, uma tropa linda de se ver. Tomando a direção paralela à nossa, prosseguia enquanto se destacava um pelotão que galopou em nossa direção. Com o binóculo nos certificamos de que eram, realmente, homens da Brigada.

O piquete de contato chegou comandado pelo ajudante do coronel Hipólito. Trazia as saudações, cumprimentos pela vitória no Passo das Carretas e perguntava pela ajuda que nos poderia oferecer.

– Se o coronel concordar, gostaria que tomasse a vanguarda. Vimos com nossa cavalhada esgotada pelas marchas forçadas – disse Bozano.

Assim marchamos até a noite, quando recebemos nova comunicação pedindo que avançássemos, pois o coronel Hipólito viria flanqueando pela esquerda. Nessa disposição cavalgamos até as 10h, quando acampamos nas margens do Passo do Salso.

– *Bueno*, agora está chegando o dia 13. Quero ver quem vai se enfunerar... – comentou Soveral.

Àquela hora, os rebeldes tomavam as últimas providências antes de se internarem na República Oriental do Uruguai. Naquele dia transpuseram o Jaguarão Chico e ficaram a metros da fronteira, entre o Passo da Mina e o Cerro do Aceguá. Netto foi até a vila conversar com o dono da terra em que se encontrava acampado, pedindo-lhe que lhe mostrasse uma biboca de que lhe falara para esconder as armas, antes de se entregarem às autoridades do país vizinho.

Perto de meio-dia, o general voltou com um vaqueano mandado pelo fazendeiro para indicar-lhe o local exato do esconderijo. Depois seguiu até o acampamento de Honório Lemes, para propor que o general maragato fizesse o mesmo, deixando suas armas no Brasil para evitar que fossem confiscadas pelo governo uruguaio.

Sua chegada ao acampamento dos maragatos foi apoteótica. Ao verem o piquete do Condor dos Tapes, os homens do Leão do Caverá puseram-se a vivá-lo e a gritar morras contra Borges de Medeiros.

– Estive conversando com o comissário uruguaio, em Aceguá, e acertamos que entraríamos sem as armas, pois se emigrarmos equipados ele será obrigado a nos desarmar – disse Netto a Honório. E continuou – Estava pensando, general, que ainda podemos dar um galope na chimangada. A gente poderia compor uma tropa de choque e reacender a luta, pelo menos por mais alguns dias.

– Como assim, general? – intrigou-se Honório.

– Dos 120, tenho 100 homens em estado excelente. O senhor podia pegar 300 dos seus, apartar as melhores montarias, juntamos toda a nossa munição e, em vez de emigrar para o Uruguai, vamos subindo em direção a Santana, marchando ao longo da fronteira. Chegando lá nos reunimos com o coronel Júlio Barrios e damos mais um galope nessa gente. Que lhe parece?

– General: isso é uma aventura, e eu não sou aventureiro – cortou enfaticamente Honório.

– Está bem, foi só uma idéia. Fica para a próxima – concordou, sem esconder sua decepção, o general de Camaquã. – Esta noite mando-lhe um oficial para conduzi-los até a biboca para o senhor e sua gente esconderem seu armamento. Passe bem, general – despediu-se.

À noite, chamou um de seus oficiais.

– Dr. Rubens, pegue um vaqueano e vá até o acampamento do general Honório para dizer-lhe que venha com sua gente para esconder seu armamento, antes de entrarmos no Uruguai – disse a Rubens Maciel.

Dali a pouco, volta o mensageiro, informando que não encontrou a tropa do Caverá no local.

– Que terá acontecido. Será que já se foram, com armas e tudo? – questionou-se Netto. – Não creio, volte lá, doutor, e procure por eles. Essa gente é ladina, era de esperar que não ficassem dando sopa... Mas devem estar por aí. Volte lá e abra os ouvidos, procure ouvir o barulho da marcha, o tilintar dos freios, ache-os e traga-os aqui.

Não levou uma hora e Rubens Maciel regressava com a coluna de Honório Lemes. Netto terminava seu trabalho. Mandara retirar os ferrolhos dos fuzis e esconder a munição num outro local: quem encontrasse uma parte não teria a arma completa. Honório, porém, mandou deixar as armas completas e as balas ali ao lado. Quando viu depositarem a munição, comentou com Netto:

– Eu não pensei que tivesse tanta munição.

"Ele é mais moço que eu, mas já está caducando", pensou Netto, que já vinha revelando a seus homens estar um tanto decepcionado com o legendário colega de 23.

Completada a desova do material, a tropa incorporada cruzou a fronteira e estacionou do outro lado da linha divisória, esperando as autoridades uruguaias. Ainda estava escuro. Netto mal passa para o outro lado, e já desmonta, desencilha e faz uma cama para dormir bem ao lado do marco da fronteira entre os dois países. Deitou-se e ficou esperando. Eis que chega um morador da região e interpela o general.

– O senhor aí está perigando. Seus inimigos estão muito próximos do acampamento.

– Eles não sabem que estamos desarmados e cometerão um crime internacional se fizerem fogo contra nós – respondeu Netto, completando –, apesar de que alguns estúpidos e maus comandantes de forças provisórias são capazes de maiores crimes.

Antes dos provisórios, porém, vieram os uruguaios, chefiados pelo coronel Urrutia, comandante da Região Militar de Cerro Largo, e o chefe de Polícia, Ezequiel Silveira. A nossa vanguarda ainda viu, de longe, a escolta uruguaia comboiando os rebeldes. Rapidamente o capitão Ulisses, que comandava a tropa avançada, voltou com a notícia de que tinha acabado a revolução no sudoeste.

Bozano mandou avisar imediatamente Hipólito Ribeiro, que marchava em seu flanco a menos de légua, no movimento envolvente que empurrava os rebeldes para fora do país. Convidava o parceiro para um churrasco ao meio-dia, com toda sua gente, avisando que esperava, ainda, a chegada do 10º Corpo do coronel Delfino, que avançava pelo flanco direito, para, juntos, confraternizarem.

Enquanto preparavam o assado, o coronel Delfino chegou à linha divisória, onde o esperava o comandante uruguaio. Bateram continência, saudando-se mutuamente. A poucos metros um do outro, os dois chefes militares parlamentaram.

– *Es un hecho verdaderamente notable el llevado a cabo por ustedes y sus fuerzas* – disse Urrutia, informando ao oficial brigadiano que os rebeldes estavam agora sob sua proteção e que tinham entrado no Uruguai desarmados. Os dois generais estavam descansando em um rancho nas redondezas, na estância dos Freitas Mércio, enquanto ele esperava ordens de Montevidéu. Delfino mandou, então, revistar a área à procura das armas, que, certamente, estariam escondidas. Sua gente era vaqueana naquele lugar, por isso logo encontraram um dos esconderijos.

– Está aqui a lista do material encontrado – disse Delfino aos outros dois coronéis, mais tarde, lendo, em voz alta, o teor do papel que lhe entregara seu subcomandante, o major Pedro Osório de Lima. – Aqui está o que recolhemos nos campos: 208 mosquetões Mauser, 109 fuzis Mauser, 16 fuzis Remington, 24 fuzis Manulicher, oito carabinas Winchester, dois fuzis metralhadoras, 30 espadas, uma lança e cinco mil cartuchos de guerra. Os fuzis estavam sem os ferrolhos.

– Os safados pensavam em voltar, certamente – atalhou Bozano.

– Dessa vez vão montar num porco – disse Delfino. – O coronel Urrutia garantiu-me que vão interná-los, por um bom tempo. Ficarão como "hóspedes" enquanto o Bernardes quiser.

Em todo o caso, para garantir-se, o coronel do 10º deixou vigiando a fronteira o oficial voluntário civil Alexandre da Costa, com um esquadrão de cavalaria, pronto a dar um primeiro combate e avisar o grupo de corpos provisórios que estariam acampados a alguns quilômetros da fronteira para o almoço e as comemorações da vitória.

– Eu confio no delegado Ezequiel, que é do Partido Blanco, mas esse coronelzinho do Ejército Nacional pode, a qualquer momento, nos trair. Sabes como são os colorados: prometeram ao Bernardes segurar os maragatos, mas que são aliados antigos desses rebeldes, isso lá eles são – ponderou.

Nunca mais vou me esquecer desse dia. Ao meio-dia, as três forças confraternizavam e a soldadesca descontraída comemorava a vitória final de nossas armas. Os três coronéis decidiram, entre si, que Bozano seria o orador a falar às tropas em nome de todos, antes de servir a carne que todos esperavam ansiosos e famintos. Não há nada como uma vitória para abrir o apetite de um soldado, quando ele sente que o perigo deixou de existir, que a próxima marcha será o caminho da querência.

– Soldados da República! Expulsastes os inimigos do território sagrado de nossa pátria rio-grandense. Amanhã podereis marchar de volta a vossos lares com a consciência tranqüila do dever cumprido, com a segurança serena de que vossas mães, vossas mulheres e vossas filhas não mais correm o perigo de sucumbir sob o solado cruel das botas do invasor insidioso que, aliado aos maus rio-grandenses, pretendia submeter-nos e nos agregar à vala comum em que chafurdam os liberais, os democratas, os corruptos, os exploradores do povo e os aproveitadores de todos os matizes – vociferava Bozano num discurso empolgado, com a voz embargada pela emoção. A cada seta que lançava contra o inimigo derrotado a massa de soldados do partido vivava:

– Viva a República!
– Viva o presidente Borges de Medeiros!
– Viva o coronel Aragão Bozano!

Dava gosto de se ver aquela tropa formada, cada corpo com sua bandeira, seu estandarte e suas flâmulas. Não era uma formatura de parada, mas de combatentes, com seus fardamentos enxovalhados, as barbas por fazer, os rostos cansados. Entretanto, observavam uma disciplina perfeita, os infantes ombro a ombro, os cavalarianos montados em linha. De frente, os três coronéis, Hipólito à esquerda, Delfino à direita, Bozano no meio montado num puro-sangue tordilho a falar com sua voz poderosa.

Depois da cerimônia cívico-política, correu a carne, o salsichão de porco feitos pelos imigrantes russos de Colônia Nova, paleta de ovelha, costela de gado, vinho tinto suave da colônia e rapadura na sobremesa. Às 4h da tarde partimos depois de nos despedir de nossos companheiros, cada corpo marchando independentemente. Nosso destino era Bagé, onde se preparava uma grande recepção popular ao 11º. Ainda com o bucho cheio pela churrascada andamos mais três horas, indo acampar na fazenda de João Barboza, às 7h da noite.

Capítulo 34

Domingo, 14, segunda-feira, 15, e terça-feira, 16 de dezembro
Bagé

Bozano estava animado. Para nós, a guerra tinha acabado. Agora era voltar a Santa Maria e iniciar a gestão na Intendência, promover a revolução administrativa que prometera durante a campanha eleitoral. Naquela manhã de domingo, fomos alcançados por um automóvel vindo de Bagé com um malote repleto de telegramas de congratulações pela vitória final sobre os "generais da mazorca", como estavam chamando os dois líderes da oposição que nós tínhamos corrido do Rio Grande. Ficamos toda a manhã e parte da tarde parados no acampamento da fazenda de João Barboza, dando um descanso aos cavalos e aos homens, pois, afinal, também nós, humanos, merecemos algum carinho nas lidas, mesmo reconhecendo que os eqüinos têm prioridade, pois sem eles não somos nada na guerra. Os animais dormiram, pastaram, tremeram o lombo, descansaram.

A ordem de montar foi dada às 4h da tarde. Não iríamos longe naquele dia. O plano era marchar três horas, a passito, avançando só duas léguas, quase uma simples mudança de pouso, para não sacrificar com mais despesas o companheiro que nos acolhia em sua propriedade, dando o tempo que os companheiros de Bagé precisavam para preparar a grande recepção ao novo herói rio-grandense, o nosso comandante. Esse comício atendia a uma ordem vinda de Porto Alegre e que todos se apressavam em cumprir, pois ninguém diz não ao dr. Borges. E, se ele mandara fazer uma homenagem exemplar, que consagrasse Bozano, para que todo o estado soubesse que era ele e ninguém mais o grande vencedor na fronteira sudoeste, os companheiros da Rainha da Fronteira não se achicariam. Sabendo da grande festa, fomos levando devagar. Um caminhão levou nossos uniformes para serem lavados, passados, remendados: precisávamos estar em ordem, garbosos, limpos, bonitos. Às 7h da noite fizemos alto na Fazenda do Salso, herdade da família Magalhães, logo depois do Passo do Minuano.

Enquanto nós saboreávamos o mel doce da vitória, uma tremenda urdidura se amarrava nos bastidores desse sistema que vivia em convulsão intestina. Não se pode esquecer que aquela revolta era um furúnculo que emergia, um tumor dentro de um organismo, que se manifestava com uma virulência feroz. Não posso provar nada do que vou contar, pois é assunto de que não se falou, nada se escreveu, um conluio tão bem feito que não sobrou a menor aresta pelas beiradas. A esse prato feito eu cheguei juntando os farelos e só com esses indícios precários posso concluir que tinha de tudo, carnes de várias qualidades, arroz, feijão, farinha, aipim, batatas e um sem-número de ingredientes que não pude recuperar. Mas foi mais ou menos assim, penso hoje sem grande margem de erro.

Como já tinha contado, na semana anterior, os irmãos Vargas separaram-se em Concórdia, depois da conferência dos generais: Protásio seguiu para Montevidéu e Viriato voltou para Santo Tomé com seu pai. Protásio, antes de seguir viagem, procurou arrancar mais informações sobre o que os dois velhos tramaram e teve uma resposta brusca e mal-humorada.

– Meu filho: já sabes tudo o que tu e Getúlio precisam saber. Façam suas partes. O resto é comigo e com Viriato. Tua missão se encerra em Porto Alegre. Cumprida, fiques por lá. Não me voltes. Deixa-te ver, circula pela cidade e, principalmente, boca fechada. Nunca como neste caso vale tão bem o ditado: não deixes tua mão direita saber o que a esquerda faz.

Na capital uruguaia, o intendente de São Borja procurou o escritório da Western e enviou sua mensagem ao irmão, no Rio de Janeiro, marcando uma conferência telefônica. A empresa norte-americana acabara de inaugurar um novo cabo submarino com tecnologia de última geração, com uma qualidade de som para transmissão de voz até então desconhecida na América do Sul. Falava-se quase como se fosse pessoalmente. Ouvia-se, do outro lado, até a respiração do interlocutor. Isso foi decisivo para a conversa que mantiveram os dois Vargas.

No Rio de Janeiro, o líder da bancada gaúcha tomou todos os cuidados possíveis naquelas circunstâncias. Ao receber o chamado do irmão, falaram de forma quase cifrada, combinando a ligação para o meio da noite. A conferência foi marcada com nomes trocados, seria ponta a ponta, isto é, ambos falariam das cabinas na própria estação emissora, para evitar que com a voz correndo por fios urbanos perdesse qualidade e, principalmente, pudesse ser interceptada. Esse cuidado não se deveu a que temessem os serviços secretos brasileiros, que pudessem rastear a chamada, mas uma tentativa de despiste dos norte-americanos, principalmente do cônsul em Montevidéu, que vinha acompanhando muito de perto os movimentos dos brasileiros.

– O principal que recomenda papai é que não deixes nenhuma pista de teu envolvimento nesta trama – enfatizava Protásio, ao final do telefonema. – Não lhe telefone, não lhe telegrafe, não lhe escreva, não deixe que se estabeleçam ligações entre tuas ações aí no Rio com o que vier a acontecer nas Missões. Deves sugerir que o que te move são preocupações de ordem política e militar, conforme a posição dos teus interlocutores, que teus cuidados visam somente salvar vidas do sacrifício inútil. Está bem? Entendeste?

Getúlio não fez perguntas sobre o que estaria a outra mão a fazer. Para bom entendedor, meia palavra basta. Sua parte combinava com a de Protásio. Ele atuaria no Rio, junto a oficiais bem colocados no alto comando do Exército, e seu irmão em Porto Alegre, na esfera da Brigada e do comando da Região. Teriam de agir com dois discursos, em duas frentes distintas. Numa primeira, sabia-se de alguns generais cuja lealdade a Bernardes estava abaixo de zero. Entre esses poderia semear no campo da instabilidade que uma vitória parcial dos rebeldes poderia criar, mantendo o presidente na defensiva. Na segunda, ofereceria a manobra como uma forma de facilitar a destruição do dispositivo rebelde, levando Prestes para fora de suas linhas de defesa. A grande dificuldade seria convencer esses generais de colocar o 11º Corpo na posição preconizada, sem levantar suspeitas.

"Bem, mãos à obra", pensou Getúlio, "vamos pensar, inspirar-nos e tudo chegará a bom termo."

Concluída a ligação, Protásio voltou ao hotel, pegou sua mala e foi para o cais embarcar num paquete que deixava Montevidéu no rumo norte, com escala em Rio Grande. Ainda na Western, passou um telegrama para a cidade gaúcha reservando uma lancha de alta velocidade para levá-lo a Porto Alegre, assim que desembarcasse de volta no Brasil.

Mal chegou à capital gaúcha, só teve o tempo para deixar sua mala no Magestic e subiu a Ladeira. No Palácio Piratini, ao contrário do normal, logo foi recebido pelo chefe do governo. Borges de Medeiros estava preocupado com a situação das Missões. Quando recebeu o telegrama do general Vargas pedindo uma audiência, em seu nome, para o filho, deu ordens a seus oficiais de gabinete para avisarem-no assim que entrasse no Palácio ou fizesse contato.

– Como está teu pai? E dona Cândida? Como têm passado?

– Estão todos bem, presidente, com saúde, embora muitos incômodos, acampados na casa de amigos lá em Santo Tomé, enquanto não se resolve esta situação – respondeu Protásio, iniciando a conversa.

– Teu pai me telegrafou dizendo que me trarias uma mensagem muito importante. Estou curioso. Soube que vocês estiveram em Concórdia – atirou Borges, demonstrando que acompanhara os passos de seus aliados.

– Pois é sobre isso que venho lhe falar – começou Protásio, entrando no assunto com o tato que demandava aquela ocasião: não havia missão mais ingrata do que pressionar o presidente do Rio Grande.

Começou pelo início do raciocínio, sempre falando em nome do pai, que, no fim das contas, era um par de Borges de Medeiros na hierarquia republicana, o que lhe dava certos direitos.

— Papai tem uma avaliação muito desfavorável do quadro militar. De um lado estão os rebeldes, com armamentos muito poderosos, dispostos a resistir. E têm força para isso, pois, segundo soubemos (e o senhor também deve estar a par), estão conseguindo munições para sua artilharia. Do outro, a nossa gente com um poder de fogo como nunca se viu.

Na avaliação do velho guerreiro, como relatava seu filho, seria inevitável um campo de batalha concentrado, como no último conflito europeu. Os revolucionários estavam preparados para aquele tipo de guerra.

— Eles foram treinados, pela Missão Francesa, para a guerra de trincheiras. Podem concentrar-se nas cidades, cavar trincheiras e construir fortificações. Naquela região, o senhor deve saber, é praticamente impossível cortar-lhes as linhas de suprimentos. Podem resistir meses. Bem, isso seria uma tragédia. Sem contar os prejuízos à produção, as cidades seriam arrasadas pelos duelos de artilharia. O senhor precisava ver os estragos que fizeram em Itaqui, apenas com um ataque. Ficamos a pensar o que não seria uma batalha prolongada...

Dizia o general Vargas que se deveria impedir que tal batalha se travasse. E por isso haviam se abalado até Concórdia, onde tentaram uma negociação com o general João Francisco, explicou ao presidente, que estava mais curioso com o que levara seu velho aliado a conferenciar com seu antigo desafeto.

— O João Francisco diz não poder fazer nada — continuou Protásio. — O comando é dos tenentes e eles têm como projeto político e militar manter a revolta acesa. Diz que eles acreditam ter o tempo a seu favor e que, se conseguirem permanecer de pé, pouco a pouco o restante do Exército irá se juntando à revolução. Neste ponto, meu pai acredita que eles têm razão, haja vista os levantes que estão pipocando aqui e ali, como esse de Manaus, por exemplo.

— É verdade — concordou Borges, demonstrando, pela primeira vez, estar começando a se impressionar com a análise do general Vargas.

— A sugestão de meu pai é muito simples: por que não se concentrarem todos em Iguaçu? Lá, na fronteira paraguaia, o reabastecimento é mais fácil, a selva os protege contra o avanço de equipamento pesado, há maiores vantagens para a resistência. E assim nos deixariam em paz. Entretanto, João Francisco não vê como eles poderiam chegar até lá. Esta é a questão, presidente. Vou lhe dizer: meu pai até acha boa essa revolta para manter o Bernardes mais manso... Bem, mas foi isso que o levou a Concórdia, para sondar o general João Francisco sobre alguma negociação que evitasse a destruição de nossas cidades, que abreviasse a luta e desse um fim a esse prejuízo todo (a safra de trigo praticamente não pôde ser colhida e a do gado está ameaçada. Isso se os exércitos não comerem todo o rebanho, o que fatalmente ocorrerá se a guerra continuar).

— E o Getúlio sabe disso? — perguntou Borges.

— Sim. Mas soube *a posteriori*. O senhor conhece meu pai melhor do que eu: nunca consultaria um filho sobre uma decisão. Meu pai pediu-me que lhe telefonasse, de Montevidéu, para pô-lo a par de seus movimentos. E também que me aconselhasse com ele. Foi o que fiz, mas disse-lhe que não falasse nada com o senhor antes de eu vir, pois queria que a primeira palavra que o senhor ouvisse fosse a de meu pai. Assim o velho Maneco me recomendou que fizesse.

— Ah! Está bem — concordou Borges, demonstrando claramente que Protásio estava derrubando o muro de desconfianças que o presidente erguera, ao saber, por seus secretas, da reunião de Concórdia.

E assim, aos poucos, ele foi ganhando a confiança e abrindo os ouvidos do presidente. Os Vargas eram famosos por sua habilidade. Tinham o dom de convencer as pessoas.

— Eu concordo com teu pai que o custo material dessa campanha será imenso. Tanto é verdade que ainda não autorizei um ataque contra os rebeldes, esperando uma saída política. Mas não creio que seja possível um arranjo como este. Não te esqueças de que não estamos sozinhos, o comando é do Exército. Somente os generais poderiam decidir uma coisa dessas. E como também não são eles, mas o Bernardes quem manda... — ponderou Borges.

— Meu pai pensa como o senhor. Entretanto, ele acredita que os generais poderão aceitar alguma flexibilidade nesse sentido. Eles estão numa situação militar muito difícil. Veja, presidente: se o Prestes sair de suas posições dentro das cidades e vier para campo aberto, será melhor para nós. Primeiro, ele não poderá levar seu equipamento pesado pelo meio do campo, pelas picadas e outros caminhos que terá de usar. Certamente não sairia pelas estradas principais nem pela ferrovia. Isso poderá interessar ao general Andrade Neves, ou não? — questionou Protásio.

— Concordo, mas acredito que ele só sairá de seu reduto se tiver garantias. Esses moços não são bobos.

— O senhor não lhes poderia dar garantias fora do território gaúcho, não é?

— Tu achas que o Prestes aceitaria uma proposta com essa limitação?

— Por que não? Sem as tropas estaduais, o Círculo de Ferro não existe. Essa seria a moeda de troca.

— Está bem. Diga a teu pai que vou pensar no assunto. Pode ser uma proposta interessante. Como disse, vou pensar.

Em Santo Tomé, Viriato Vargas tomava outras providências. Recebia emissários que enviara ao Brasil para estudar as melhores formas para cumprir sua parte naquele projeto. De todos os nomes que lhe trouxeram, feitas todas as triagens, sobrou um que realmente se ressaltava, preenchendo todas as qualificações necessárias para a operação. Não havia dúvidas, era ele. Agora era montar uma teia que envolvesse o homem certo, levando-o a executar a missão.

– Para mim sempre fica esse tipo de serviço – comentou o ex-intendente de São Borja a um de seus lugares-tenentes que acabava de chegar do Brasil trazendo alguns nomes. – O Protásio e o Getúlio fazem a parte bonita, o *regalito*, enquanto eu tenho de pôr o pé no barro.

Mas aquela informação que agora lhe chegava das Missões era, realmente, excepcional. Se conseguissem envolver aquele homem no projeto estariam além da expectativa.

– O meu compadre, que conhece o homem, disse que é incorruptível. Jamais faria um serviço desses para nós se soubesse de tudo – disse o emissário.

– Aí está. Com o serviço feito por um homem com esse perfil, jamais, também, poderão suspeitar de qualquer coisa. Vejo o caminho da perfeição – disse, quase como se estivesse falando consigo mesmo, Viriato.

No município de Bagé, na segunda-feira, tocamos alvorada às 6h da manhã e seguimos em direção à cidade. Sem pressa, atravessamos o Passo do Valença, cortamos os banhados dos Gabriéis e seguimos pela estrada do Cerrito, entrando no Cerro de Bagé às 4h da tarde, acampando na Charqueada de São Martinho.

Aquela era a maior indústria do estado. Construída no final do século passado, gerou a Tablada de Bagé, que se constitui no maior centro de comércio de gado em pé do Brasil. Com suas instalações gigantescas vazias, ainda paralisadas pelas estripulias dos rebeldes que semearam insegurança na Campanha, desestimulando o movimento de gado mesmo em composições ferroviárias, a grande fábrica foi cedida à Intendência para abrigar nosso Corpo Auxiliar, nos dias em que deveríamos permanecer na cidade. Acreditávamos que permaneceríamos na "Rainha da Fronteira" por uns dez dias, uma justa recompensa para a tropa incansável e um tempo razoável para Bozano falar o que tivesse que falar com os companheiros chefes republicanos de toda a área de influência de Bagé. Seu projeto era ter com dirigentes de Pelotas, Piratini, Pinheiro Machado, Dom Pedrito e Santana. O pretexto dessa miniconvenção era de que os responsáveis pelo governo na fronteira se articulassem em questões de segurança. Mas o objetivo estratégico do nosso chefe unipessoal era ir acostumando aquelas lideranças com o galinho novo que ele estava botando no picadeiro.

Por isso nos receberam com tanta pompa quando lá chegamos. Fosse um corpo provisório normal, os oficiais iriam para os hotéis ou casas de amigos e, quando muito, dariam um galpão no Parque de Exposições da Associação Rural para a soldadesca. Mas não, mandaram limpar, escovar e preparar como se fosse um hotel de luxo as alvenarias da São Martinho, com banho de chuveiro, vidro nas janelas e luz elétrica. Como nem o mais humilde furriel de nossa tropa era bobo, todo o mundo compreendeu que a nossa vitória fora mais do que uma ação militar contra os inimigos do Rio Grande. Dava para ver, pois ali todos sabiam que tais coisas, em nosso partido, só ocorrem com a bênção do Olimpo. Nosso comandante e, por conseqüência, todos nós estávamos a caminho de um certo destino: quem sabe para lá do rio Guaíba? Foi o que pensei naquele momento com meus botões e, certamente, o que também ocorreu a muitos outros. Só que uma coisa dessas ninguém fala.

Mal deu tempo para desmontar e os oficiais e sargentos botavam a soldadesca no banho: água havia à vontade naquelas instalações. Sabão de pedra, esfregão nos couros, a ordem era todo o mundo enfeitado porque dali a pouco estaríamos desfilando pelo centro da cidade. No mangueirão, uma tropilha de cavalos descansados para não fazermos feio com uma matungada estropiada pelas marchas.

Bozano estava para lá de contente. Devo dizer que, embora ele gostasse muito das campanhas militares, o que realmente o entusiasmava eram as lutas políticas. Os debates, as polêmicas jornalísticas, a organização e a condução dos homens para a realização de projetos, a disciplina doutrinária. Para ele o principal era o Partido Republicano e não a Brigada Militar, embora fosse muito difícil dissociar uma entidade da outra, eram irmãs gêmeas bivitelinas. Nasceram da mesma barrigada e cresceram juntas, mas não eram exatamente iguais. Assim, aquele fim de tarde se afigurava como um momento maravilhoso em que ele faria sua transição dentro do sistema, transmigrando de seu dever militar para o político, o que ocorreria quando se misturasse aos correligionários no palanque do comício que fariam aquela noite. O cheiro de eleição o deixava excitado como a um parelheiro no partidor.

Foi com esse espírito que recebeu a comitiva que veio até São Martinho, numa caravana de automóveis, às 18h. Esse costume de ir buscar o visitante no caminho, na região da Fronteira, só se aplicava a grandes líderes. Nenhum outro comandante republicano, nessa campanha, teve homenagem dessa hierarquia. Dava para sentir que aquele não era um momento comum, que não se tratava de uma simples homenagem a um coronel vitorioso, pois ninguém faz uma coisa dessa no Rio Grande sem o conhecimento e aprovação, quando não com uma ordem, do Palácio Piratini.

– Vamos ver, Alemão, o que essa gente está preparando. Ou melhor, vamos medir o tamanho do apoio que o velho Borges mandou nos oferecerem – disse Bozano, quando se via, ao longe, a poeira dos automóveis que se aproximavam trazendo o comitê de recepção.

Nada menos do que 35 autos vieram de Bagé trazendo a comissão de recepção. Quando os carros entraram no alcance de nossos binóculos e pudemos avaliar a sua quantidade, não pudemos deixar de nos admirar.

– Virgem do Céu, até parece que vieram esperar um presidente – troçou Soveral.

– Deixa-te de besteiras, *véio* – cortou Xavier da Rocha. – Certas coisas nem se pensa para os inimigos não "ouvirem".

– Está bem, doutor. Retiro – tornou o velho major, sentindo que fizera uma besteira.

A festa em Bagé foi uma maravilha. Só para se ter uma idéia do tamanho da mobilização, o jornal *O Dever*, com a reportagem contando (até com certo exagero) os feitos do 11º Corpo e do embate final e fuga dos generais rebeldes, vendeu 2 mil exemplares naquele dia, um recorde absoluto de tiragem, tamanhos o interesse e a repercussão do nosso feito. Foi um verdadeiro feriado em Bagé. A cidade regurgitava, as ruas encheram-se de gente endomingada, homens, mulheres, crianças, velhos e moços, vivendo a alegria inigualável do fim das guerras, da distensão que se vai com o perigo intrínseco à luta armada. Bagé ainda era uma cidade traumatizada por revolução. Há trinta anos a cidade sofrera um sítio de 45 dias. Foi um dos mais sangrentos episódios da Revolução de 93. O general Silva Tavares, à frente de uma divisão com 3 mil homens, atacou a cidade com forças de todas as armas. Dentro de Bagé, 600 homens comandados pelo coronel Carlos Teles levantaram barricadas, cavaram trincheiras e resistiram ao assédio. Atingida pela artilharia rebelde, a zona urbana ficou em ruínas, até a igreja desmoronou sob as bombas maragatas. O terror espalhou-se entre a população sitiada quando se soube do massacre do rio Negro, quando 300 prisioneiros legalistas foram passados à faca. Assim, quando a população soube estar afastado o perigo de se ver envolvida pela guerra, saiu para comemorar delirantemente.

Melhor que tudo estava o tempo para passar uma noite ao ar livre; céu limpo com uma lua cheia de rachar, que mais parecia um queijo brilhando no firmamento; calor para manga curta, porém levemente embalado por uma rajadinha de vento aqui, outra ali, só para refrescar. Nesse ambiente, a animação corria por conta das bandas da Brigada Militar, do 12º Regimento de Cavalaria Divisionária do Exército, que estava em Santiago, integrando o destacamento do coronel Estevão Taurino de Resende, ao lado dos provisórios de Passo Fundo, de Jaguari, do 2º Regimento de Artilharia e do Regimento da Força Pública de São Paulo. Mas a banda marcial ficou na cidade e participou da nossa festa, ao lado da furiosa paisana da cidade, que, embora desfalcada, porque muitos de seus integrantes serviam em uma ou outra corporação, fez tinir os seus metais.

Os dois corpos provisórios vencedores do Combate de Aceguá (pois aquela ação fora cantada pelo *O Dever* como uma grande vitória das armas bageenses, com a briosa participação do corpo funcional do jornal) desfilaram aplaudidos delirantemente pela população, com vivas aos coronéis Tupy Silveira e Furtado Nascimento, líderes republicanos locais, e, como não podia deixar de ser, ao coronel Bozano. Também não faltaram loas a nosso chefe unipessoal, dr. Borges de Medeiros, ao Partido Republicano e ao Rio Grande.

O clímax da noite cívica foi o comício, com uma seqüência de discursos eivados de diatribes contra os generais derrotados, tiradas potoqueiras da valentia dos soldados presentes, que provocavam o riso e o escárnio da platéia exultante. Até que, entre abaixos aos nossos inimigos e vivas aos nossos heróis e chefes que citei acima, alguém gritou: "Viva o coronel dr. Bozano, futuro presidente do nosso Estado para glória de nosso partido e da tricolor rio-grandense!" Foi um espanto, mesmo para nós, do círculo íntimo de nosso comandante. Foi só gente se olhando sem dizer palavra, para logo apoiar o viva, pois também todos sabiam que não fora ali proferido gratuitamente. Quem no Rio Grande diria uma coisa daquela naquela hora se não tivesse uma instrução precisa do nosso chefe unipessoal? Só quem não conhecesse nosso partido poderia imaginar que o que saíra da boca daquele homem seria uma simples explosão de euforia. Em minutos, a praça inteira gritava a plenos pulmões:

– Bozano, Bozano, Bozano!

Nosso comandante foi o último a falar. Sua ordem de precedência tinha a desculpa de ser um intendente convidado, um forasteiro homenageado, e, também, já correspondia à deferência que merecia com plena aprovação do Palácio Piratini. Seu discurso foi discreto, muito bem-humorado, falando das coisas da guerra, elogiando o que chamou de "heroísmo inútil" de nossos inimigos, reafirmando sua lealdade inquebrantável ao chefe unipessoal do governo e do partido, jurando por sua vida pela autonomia do Rio Grande do Sul e pela manutenção estrita dos princípios e da doutrina dos republicanos rio-grandenses, inspirada no patriarca Júlio Prates de Castilhos.

– Bozano, Bozano, Bozano!

Entretanto, a consagração popular e política de Bozano não foram os acontecimentos mais marcantes naquela cidade. No dia seguinte, terça-feira, logo que chegamos à Intendência, um edifício magnífico construído segundo os ditames mais ortodoxos da arquitetura positivista, um prédio que é um verdadeiro monumento ao ideário comtista, aproximou-se um oficial do Exército com um envelope e o entregou diretamente a nosso comandante.

– Com licença, coronel, trago-lhe uma mensagem urgente do general Andrade Neves – disse o oficial, batendo continência, dando meia-volta e se perdendo no meio das pessoas, assim como se materializara segundos antes.

Ainda nitidamente embriagado pelos bons fluidos do dia anterior, acredito que só eu vi o segundo de transfiguração que Bozano teve ao ler e, logo, guardar o telegrama no bolso, e retomar a atitude anterior, mas logo procurando-me com os olhos, ao me ver com as vistas grudadas nele, obviamente por ter entendido que algo gravíssimo se passara. Aproximei-me para receber suas ordens, pois o fato novo seguramente demandava ação imediata.

– Alemão, fala com essa gente e diz que eu preciso telefonar imediatamente para Porto Alegre, que tenho de falar com o presidente. Quando estiveres com tudo pronto, avisa-me – foi sua ordem seca, sem rodeios, logo virando-se, todo sorrisos, para mais um abraço.

Saí dali à procura dos funcionários que pudessem resolver meu problema. No meio daquela gente toda, procurei identificar quem seriam as pessoas que não conhecia, até dar com um secretário, ele falar com o intendente, arrumar uma sala com privacidade para fazer a chamada, esperar duas horas até me conectar com o Palácio, convencer o ajudante-de-ordens a fazer a ponte para ligar de outro telefone para a residência do presidente, que ficava na mesma rua do Palácio, e voltar, aí surpreso, dizendo que sua excelência mandara transferir a ligação para seu gabinete pessoal e que atenderia imediatamente a nosso comandante. Saí apressado, pois aquilo era um fato político transcendental, naquele momento, e avisei ao secretário, que levou a notícia ao intendente e, minutos depois, Bagé inteira sabia que o nosso chefe unipessoal estava na linha com Bozano.

O gabinete do chefe do Executivo foi esvaziado, ficamos Soveral e eu, por ordem de nosso comandante, dentro da sala, enquanto ele sentava-se à cadeira na grande mesa e entabulava a difícil conversação. O telefone ainda era um meio de comunicação muito precário para conversas a longa distância. Por isso, a conferência foi um verdadeiro tormento; era uma façanha ouvir e entender o que dizia aquela vozinha fraca e pausada que vinha da capital se enfiando entre ruídos, assobios e todo o tipo de interferências.

– Presidente, confesso não ter entendido essa nova designação – dizia Bozano.

– Eu também fiquei surpreso, Júlio Raphael. Todos ficamos. Quando o coronel Massot soube que o 11º recebera novas ordens, veio me contar, querendo saber, também ele, se eu estava a par. Eu não sabia de nada. Pedi-lhe que fosse ver isso com o general Andrade Neves. Ele voltou e me disse que o Neves atendera à solicitação de seu estado-maior, que eles estão muito satisfeitos com teu Corpo e por isso querem que continues na campanha. Entendo que isso atrasa um pouco os teus planos, mas deves também ficar lisonjeado, não achas?

– Se for só isso, até fico contente, não deixa de ser um reconhecimento.

Mas tenho mais o que fazer, presidente. Mal tomei posse na Intendência e já saí, estou a mais de mês fora, preciso cuidar de minha administração...

– Júlio Raphael, conforma-te. Esta campanha está no fim, serão mais alguns dias, apenas.

– Desculpe-me, presidente, mas acredito que isso vai longe. Deve durar meses.

– Não, não vai. Isso eu te garanto. Tenho razões para te dar esta notícia – disse o velho Borges, dando uma informação nova, quase cifrada, mas que Bozano entendeu.

– Desculpe-me a insistência, presidente, porém isso é mais um motivo para dispensar o Corpo de Santa Maria. Que diferença fará uma unidadezinha de pouco mais de 300 homens num dispositivo de 20 mil? Confesso que continuo sem entender.

– Eu também. Mas me diga: achas razoável que eu vá interpelar o comandante da Região com um detalhe operacional como este? Não há o que fazer! Tens que cumprir as ordens e pronto.

– Está certo, presidente. É claro que não vou me rebelar contra as ordens, mas eu gostaria que o senhor me ajudasse, encontrando um modo de me desmobilizar.

– Prometo-te que vou tratar disso. Por enquanto, não temos nada a fazer. Proponho que sigas em frente e depois voltaremos a falar. Quando for oportuno, garanto-te que falarei com o general. Está bem assim?

– De acordo, presidente. Muito obrigado – despediu-se, repousando o fone no gancho. Ainda segurando o microfone com a mão esquerda, deu um murro na mesa – Merda! O que estarão querendo? Estão nos mandando apresentar ao coronel Esteves, aquele calhorda do Lúcio Esteves. O que estarão querendo?

Bozano era um homem extremamente objetivo. Não brigava com os fatos. Sua ordem imediata já considerava o novo quadro.

– Raul, nada mais há a fazer se não embarcar imediatamente. Ordens são ordens. Portanto, vamos às providências. Amanhã haverá um trem para nós. Daqui vamos para Jaguari. Avise o Ulisses e o Colonna para começarem com as providências para nosso deslocamento.

Esse dia foi marcado por muita atividade e um grande alívio: tivemos que correr para estarmos com todos nossos trens em ordem para a viagem no dia seguinte, o que nos deu muito trabalho; descansamos quando soubemos que o dr. Borges garantira que nossa participação no conflito dali para a frente seria apenas simbólica, pois alguma coisa estaria por acontecer para acabar com a luta armada. Além disso, confidenciou-nos Bozano, a posição que nos destinaram na frente era de importância secundária: Jaguari não era caminho nem para nós nem para os rebeldes atacarem-nos. Tocou-nos quase uma retaguarda do flanco esquerdo, aquém da linha de cerco.

O Círculo de Ferro, apesar do nome, tinha o formato de uma ferradura, saindo do rio Uruguai na altura de São Borja, pelo sul, avançando no sentido oeste–leste até Santiago, daí dobrando para nordeste até Tupanciretã, subindo em linha reta para o norte até Ijuí, passando por Cruz Alta, dobrando para oeste na direção de Santo Ângelo e fechando outra vez na barranca do rio em Cerro Azul. A enorme boca aberta do U era a fronteira argentina com seu caudaloso e navegável Uruguai, com três rios de penetração, seus afluentes, os rios Ijuí, Piratini e Icamaquã. Jaguari, quase 50 quilômetros a sul–sudeste de Santiago, seria uma segunda linha de defesa, na improvável vitória completa dos rebeldes sobre o poderoso dispositivo do coronel Estevão Taurino, com sua artilharia, a aguerrida Cavalaria do Exército de Bagé, um regimento da poderosa Força Pública de São Paulo, artilhados e reforçados pelos corpos provisórios de Passo Fundo e Jaguari, encarregados de tampar esse flanco. Não havia hipótese do Prestes passar por eles, mas se o fizesse nos encontraria entrincheirados na cidade para um combate casa a casa. Isso, contudo, era para lá de improvável, pois essa rota não levaria os rebeldes a lugar algum. Estaríamos ali, portanto, apenas como uma reserva técnica.

Mais calmos e conformados, nossos soldados preparavam-se para a partida. Iríamos divididos em dois trens, um levando o pessoal, o outro com a cavalhada. A tropa, já esmoída por quase dois meses de marchas forçadas, com calos na bunda de tanto lombilho, não desgostou de todo quando soube que viajaríamos pela estrada de ferro. Mas também não deixou de lamentar a mudança de planos. Nossa idéia, até então, era voltarmos cavalgando para Santa Maria, passando por Lavras, Caçapava e São Sepé, ficando uns dias em cada cidade a pretexto de dispensar os contingentes de voluntários que nos reforçaram com todas as pompas e honras devidas, o que significava festa da boa, coisa que nenhum daqueles jovens recusaria. Bozano imaginava essa marcha como um desfile para sua consagração política na sua região de base política, uma forma relativamente discreta de reforçar seus laços com as lideranças locais no sentido da consolidação do que estávamos chamando de "O Grito de Bagé".

Nessa terça-feira, ele mal pôde acompanhar os preparativos para o movimento de sua unidade. Esteve várias horas no telégrafo conferenciando com o dr. Borges e com o general Andrade Neves, que mandou-o apresentar-se ao comandante do Destacamento de Cruz Alta, o conglomerado de forças a que nos integraríamos, general Monteiro de Barros. O comandante operacional era o tenente-coronel Lúcio Esteves. O outro grande destacamento estava sob o comando geral do coronel Atalíbio de Rezende.

O resto do dia, Bozano passou recebendo correligionários. Ele ocupou o escritório da diretoria da charqueada, onde montamos o nosso quartel-general. Soveral, Xavier da Rocha, Armando Borges e eu, além de um e outro oficial que volta e meia vinha até a sede ver os acontecimentos, organizávamos as entrevistas. Um por um os dirigentes do partido passaram para cumprimentar, dar apoio, procurar estreitar seus laços com aquele que se confirmava como uma estrela de primeira grandeza no firmamento sul-rio-grandense. Nossa missão seria comparável a andar na chuva desviando dos pingos, tal a sensibilidade daqueles homens a qualquer gesto que parecesse uma menor desconsideração. Recebíamos a todos sem hora marcada, distribuindo-os por uma teia de ante-salas, para que ninguém se melindrasse. Cada um queria ser recebido em particular, ter seu destaque no beija-mão de nosso comandante. Felizmente deu tudo certo, nenhum se amuou e, no fim do dia, Bozano estava feliz como um alfaiate que tivesse costurado um traje sem nenhum descaminho.

O que pude entender pelo que ouvi nas ante-salas era que os chefes locais ainda tateavam no quadro político-eleitoral que se estabelecia a partir do "Viva Bozano" da noite anterior. Não havia propriamente correntes ou facções que pudessem determinar uma luta interna dentro do partido, porque a autoridade de nosso chefe unipessoal era inconteste. Porém os dirigentes republicanos especulavam à boca pequena em torno dos nomes Flores e Paim, Getúlio e João Neves, duas dobradinhas possíveis. No entanto, sabiam que a postulação de nosso comandante não surgira de moto-próprio naquele comício.

Na verdade, enquanto esperavam, os dirigentes preferiam comentar sobre o quadro da oposição, que se anuviara impenetravelmente com a expulsão dos seus candidatos mais fortes após a derrota acachapante no Passo das Carretas. Honório e Zeca Netto, ou o contrário, Zeca e Honório, uma dobradinha de forte apelo popular, pois mantinha unidas as forças que quase levaram Assis Brasil ao poder em 1922, poderia ser descartada. As outras opções evidentes também apresentavam-se sem futuro: Estácio Azambuja, candidato natural de Bagé, tergiversara e não tomara parte ativa no levante, inviabilizando-se assim. Os outros dois generais de primeiro time, Leonel Rocha e Felipe Portinho, estavam enredados no nordeste, sem possibilidades de obter uma vitória que os consagrasse. Dar-se-iam por muito felizes se conseguissem tirar os tenentes da enrascada em que se encontravam. Além disso, não tinham a representatividade dos demais, eram muito despreparados intelectualmente para o cargo.

– O Portinho está tão surdo que não serve mais para política, pois é impossível segredar-lhe qualquer coisa – galhofou um dos circunstantes.

As alternativas dos libertadores, lançando mão da nova geração, também encontravam obstáculos: Walter Jobim, o mais brilhante de seu grupo, acabara de ter seu candidato fragorosamente derrotado pelo ali presente Júlio Bozano nas eleições municipais de Santa Maria. Restava apenas Batista Luzardo, líder da oposição na Câmara dos Deputados e que, na época, era porta-voz dos rebeldes no parlamento. Mas esse tinha muitos inimigos, o que dificultava um consenso entre maragatos e dissidentes republicanos em torno de seu nome. Além disso, embora não se falasse explicitamente, no Brasil, quem está fora do governo não ganha eleição, o que fazia do candidato republicano ungido pelo dr. Borges o virtual presidente do Estado no pleito de 1927.

À noite, recolhemo-nos assim que pudemos. Na quarta feira, sairíamos muito cedo. O trem deveria partir às 6h da manhã, o que significava tocar alvorada pelo menos às 3. Mas ninguém dormiu direito. A gaita chorou até altas horas, animando um arrasta-pé entre os homens. Uma característica de nossa tropa era que Bozano não permitia a presença feminina. Nos corpos provisórios era comum as mulheres acompanharem seus maridos. Não muitas, mas sempre as havia. Muitas delas excelentes combatentes. Algumas chegaram a ter posto, nomeadas até a patente de sargento, pelo valor que demonstravam em combate. Mas o 11º era exclusivamente masculino. Com isso, os soldados tiveram que se consolar em dançar entre si, a maior parte do tempo bailando a rude dança dos facões, batendo espadas ao som de um valsado, ou sapateando a chula no puladinho da polca.

Capítulo 35

Quarta-feira, 17, e quinta-feira, 18 de dezembro
Dilermando de Aguiar

A viagem na quarta-feira foi das mais calmas que tivemos: quase todos dormiam recostados nas poltronas de primeira classe. Conseguimos um trem de luxo para nos conduzir até nosso destino. Na escala em São Gabriel, uma verdadeira festa entre a oficialidade: ali nos esperava, vindo de Santa Maria, para incorporar-se, o capitão Octacílio Rocha. Como eu já havia contado, ele ficara para trás por motivo de doença, e assumira o seu posto o malfadado voluntário civil Luís Carlos Ladeira Lisboa. Agora estávamos completos outra vez.

Rolamos por mais algumas horas, até nos determos na estação de Dilermando de Aguiar, no entroncamento para Jaguari, a menos de 100 quilômetros de Santa Maria. Nesse ponto a composição estacionou num desvio.

Ali Bozano voltou ao telégrafo para se comunicar com o alto comando. Saiu da sala do telegrafista exibindo um papel que, lido em voz alta, concedia uma licença a todos os oficiais. Embarcamos no primeiro trem de passageiros e seguimos para Santa Maria.

O recém-chegado capitão Octacílio assumiu o comando interino do 11º Corpo Auxiliar, que ficou alojado nos próprios vagões. Quando partimos, ele desembarcava a cavalhada que seria levada a um pasto de ronda em Taquarinchim, ali pertinho, onde estariam à mão no caso de alguma emergência.

A guerra, agora, espraiava-se para o norte de nossas posições. As notícias da recente internação, no Uruguai, dos chefes libertadores exilados sepultavam de vez qualquer possibilidade de os rebeldes das Missões infletirem para o sul em busca de nova retaguarda junto à fronteira seca do Estado oriental, como se pensava antes.

No vagão especial que nos arrumaram para o pulo que separava Dilermando de Aguiar de Santa Maria, Bozano analisou o quadro estratégico, dando-nos a certeza de que nossa presença em Jaguari seria breve e sem acidentes. Recebera pelo telégrafo um relatório sobre um encontro entre os provisórios de Palmeira das Missões com os rebeldes maragatos daquela região, que interpretou como um selar da sorte do levante no Rio Grande do Sul. O combate ocorrera no dia 13, no

Passo Reúno, sobre o rio Turvo, na região de Guarita, entre três colunas revolucionárias das forças do general Leonel Rocha e o 3º Corpo Provisório do coronel Valzumiro Dutra. O resultado fora a extinção dos inimigos, morrendo em ação todos os três comandantes libertadores, coronéis Laurindo Abreu, Chicuta Mariano e Baptista França. O general libertador escapou por um triz. Estava em São Luís Gonzaga conferenciando com Prestes quando seus homens foram surpreendidos pelos "Pés no chão" e literalmente dizimados a golpes de facão. Esses índios, em 23, produziram alguns dos momentos mais sangrentos, mas nunca ficaram tão famosos como os lidadores eqüestres da campanha, que travaram batalhas mais charmosas entre grandes formações, enquanto ali se lutava uma guerra de guerrilhas entre pequenos grupos, ataques e contra-ataques no meio do mato, serras e canhadas e nas corredeiras de rios caudalosos e encascatados. A guerra no noroeste gaúcho foi em tudo diferente da que se viu nas demais regiões do estado.

Seu comandante ainda era o coronel Valzumiro Dutra, o maior proprietário de terras e grande produtor rural daquela região. Um tipo interessante, pois não quis seguir a carreira das armas quando jovem. Seu pai destinou dois de seus irmãos para estudarem Medicina e o jovem Valzumiro deveria ser oficial do Exército. Entretanto, alegando não se adaptar à vida da caserna, demitiu-se da escola militar e voltou para a fazenda paterna, onde começou sua vida econômica, tornando-se, depois, com seus próprios meios, um grande estancieiro com base em Palmeira e com fazendas em vários municípios do Planalto. Depois de maduro, acabou tornando-se um dos principais chefes militares do partido, inclusive tendo perseguido mais tarde a Coluna Prestes pelo Brasil afora, e tirando uma fotografia num local demarcado para ser a futura capital do país no Planalto Central, em Goiás.

Com a vitória no Passo Reúno, com a saída para o norte fechada pelos "Pés no chão", Prestes estava irremediavelmente cercado, devendo ser estrangulado pelo garrote do general Andrade Neves, pensamos nós.

– Com esse Valzumiro não tem conversa – disse Bozano –, ele é gente do general Vargas e tem a crueldade hispânica dos correntinos e a astúcia dos jesuítas. Os milicos estão fritos.

– Nem mandando fazer sairia outro igual – comentou Soveral. – Ele me saiu com uma para o dr. Borges que ficou na história. O chefe mandou chamá-lo ao Palácio, em Porto Alegre. Quando entrou no gabinete, mal apertou-lhe a mão para demonstrar sua contrariedade e foi cobrando: "Coronel Valzumiro, não estou nada satisfeito com as últimas mortes verificadas em Palmeira". Ele não se deu por achado e respondeu de pronto: "E com as primeiras, o senhor está satisfeito?" Foi uma risada geral.

Nossa confiança na determinação, no talento e na capacidade do 3º era inabalável. Na verdade, o 3º Corpo Auxiliar tinha o valor de uma brigada. Chegou a contar com o efetivo, em alguns momentos, de seis corpos provisórios. Não eram só os "Pés no chão". Esses raramente passavam de 500 homens. Ele tinha tropas de todos tipos, que formava conforme a configuração necessária para a ação que estava desenvolvendo.

– O Valzumiro não gosta do dr. Borges. Acha o homem muito fino – atalhou Armando Borges. – Pois ele se juntou com os Vargas porque se recusou a apoiar o candidato de seu pai, o Aparício Mariense, dizendo que era um almofadinha e que ele não formava com pomadistas. Bem depois o general Vargas salvou-o da cadeia, por causa de umas mortes, e ficou além disso a dívida de gratidão. Mas teve que deixar São Borja e fazer sua vida na Palmeira.

E assim, proseando ao andar da carruagem, melhor dizendo, da composição, fomos indo certos de que a campanha estaria no final. Mais uma ou duas semanas e estaríamos de volta à Intendência, para o que tínhamos planos muito bons.

Longe dali, em Santo Tomé, Viriato Vargas conversava com o pai, na sala de estar da casa que ocupavam na cidade argentina.

– Papai, encontramos o homem ideal para o serviço. Deus o colocou no lugar certo no momento certo para varrer do Rio Grande o governo dos jacobinos.

– Não bota o nome de Deus nesta história, guri – atalhou irritado o general Vargas.

– Está bem, papai. Eu só dizia que Deus dá as cartas, mas é o Demônio que embaralha. Ele botou um ás de ouros nas nossas mãos. Melhor dizendo, na vaza do Prestes, pois dependemos dele para que as coisas aconteçam.

– Quem é o homem?

– É um maragato dos quatro costados. Industrial. Tem uma serraria em Ijuí. Combateu com o Leonel Rocha em 23 e agora está metido na revolução. É o motorista do Prestes. Vaqueano naquela região e atira com a mão do Diabo.

– Melhor perfil não poderíamos encontrar. Jamais haverá uma suspeita. Quero ver como botar a arma na sua mão para o que deve ser feito.

– É preciso que um de seus chefes lhe dê a ordem. A nós cabe botar o nosso galinho na mira do Alemão. Esqueci de dizer, o homem é alemão. Chama-se Reinoldo Krüger.

– E como se sabe que ele é bom de tiro? – perguntou o general.

– Papai, diz-se que o homem proibiu os empregados de fumar cachimbo na sua serraria. Ele botou umas serras mecânicas, movidas a água, cheias de engrenagens; máquinas perigosas, se o operador não prestar muita atenção. Pois bem, quando

dá com um deles fumando aqueles seus cachimbos de barro, tira-o da boca com um tiro de revólver. Nunca matou ninguém nem perdeu um cachimbo. Que tal?
– Está certo. Parece que tem ofício esse – como é mesmo que se chama?
– Krüger, Reinoldo Krüger.

Nossa chegada a Santa Maria foi uma surpresa geral. Por razões de segurança, não pudemos avisar nem parentes, nem amigos, nem ninguém. Por isso, simplesmente saltamos do trem e fomos indo pela cidade em direção à Intendência. As pessoas, na rua, não acreditavam no que viam. A gente, fardados, subindo a Rio Branco, cumprimentando os passantes como se fosse um dia qualquer. Mesmo os amigos íntimos, a princípio, relutavam em se chegar: imagino que pensavam estar vendo fantasmas. Aos poucos, porém, o grupo foi aumentando, aumentando, até que, quando chegamos à praça Saldanha Marinho, já havia uma multidão nos seguindo.

Bozano não era um democrata. Pelo contrário, acreditava ser a ditadura republicana o regime mais moderno em vigor no mundo e que, brevemente, seguindo os exemplos da Europa, especialmente da Rússia e da Itália, os sistemas representativos nomeados pelo voto universal seriam varridos da face da Terra. A nova fase seria o predomínio, no mundo civilizado, do regime dos partidos únicos, o governo dos mais aptos e mais sábios. Porém, posso garantir que aquela erupção popular, aquela consagração pública espontânea, o embriagava. Mesmo não sendo este um sentimento politicamente adequado, estava tomando um porre de popularidade.

Quando nos aproximamos da sede do executivo municipal, o vice-intendente Fortunato Loureiro, que assumira o governo do município enquanto o seu titular fazia a guerra, esperava-nos à porta da Intendência, com todo o funcionalismo em forma. Alguém lhe havia avisado do que ocorria na rua e Loureiro saíra para ver o que acontecia e dera com nosso grupo chegando, seguido pela multidão que, aos vivas à República, ao Rio Grande, ao dr. Borges e, principalmente, ao dr. Bozano, ia tomando todos os espaços.

– Bem-vindos de volta à casa, centauros da República – começou Loureiro. – Santa Maria, orgulhosa, recebe seus filhos vitoriosos que retornam cobertos de louros... – e assim foi, iniciando um comício, improvisadamente, maravilhosamente, ovacionado pelo povo da cidade.

A cena mais comovente foi a chegada de Maria Clara e seu reencontro com o noivo, no meio da multidão. Ela trajava uma roupa simples, certamente o que vestia na hora em que lhe deram a notícia de nossa volta, quando lhe explicavam o súbito rebuliço que se estabelecera na rua. Ela chegou quase correndo. O povo abriu-lhe alas, e, como se fosse uma comparsaria ensaiada de um grande espetáculo, calou-se deixando a cena para os protagonistas. Com o povo se abrindo e silenciando enquanto Maria Clara passava pela barreira humana, aflita, Bozano a viu de longe e, igualmente, tal qual ela, perdeu a noção das coisas e, como se por um truque desses que fazem nas fitas, como se toda aquela gente desaparecesse e, subitamente, ficassem só os dois no cenário, encontraram-se na escadaria da Intendência, de onde se faziam os discursos. Ela parou-se diante dele e, chegando-se, tocou-lhe o rosto, passou-lhe a mão pela testa, sem dizer palavra durante alguns segundos que, voltando àquela imagem do cinema, pareciam em câmera lenta.

– Meu amor, o sonho me enganou, não levaste nenhum tiro na cara – disse ela, finalmente, falando baixo, mas que deu para quem estivesse perto ouvir e repetir, uma informação que se espalhou como um rastilho de pólvora, e logo explodiu em nova ovação, dessa vez incluindo a recém-chegada:

– Viva Maria Clara, futura esposa do maior guerreiro do Rio Grande! – gritou alguma voz poderosa.

– Viva – foi o coro geral.

Voltaram os vivas, os discursos, Bozano fez o seu. A essa altura, a maior parte das famílias dos oficiais também se encontrava na praça, pois, assim como Maria Clara ficara sabendo de nossa chegada de surpresa, também nossos familiares. Por isso o discurso do nosso comandante foi mais dirigido às famílias do que propriamente ao povo que nos acolheu.

– Agradecemos aos nossos familiares que, como os filhos de Esparta, esperam com paciência e desprendimento a volta de seus soldados que partem para sua terra defender – disse Bozano, depois de saudar aquele povo que nos acolheu ("como se heróis fôssemos"), dar umas três ou quatro ferroadas em nossos adversários locais, falando empolgado pelo entusiasmo com que o povo ali presente nos recebeu, produzindo um evento espontâneo que nos surpreendeu, que nunca imagináramos pudesse se formar daquela maneira.

Entretanto, não se deixou levar pela empolgação, medindo suas palavras para não dar margem a interpretações duvidosas, evitando entrar no clima do "Viva Bozano presidente" levantado em Bagé e de que todos ali já tinham conhecimento.

– Expulsamos de nossa terra aqueles maus rio-grandenses que se levantaram contra a ordem republicana – continuou tonitruante –, os mazorqueiros liberalistas que querem esquartejar nosso estado e distribuir suas partes à sanha das hienas que se espalham por nossos campos e serras à espreita para devorar como despojos a grande obra política e administrativa dos fundadores de 1889. Viemos aqui para um curto repouso e para dar conta a nossos irmãos santa-marienses da vitória de nossas armas sobre os traidores do Rio Grande e seus aliados, estranhos que vêm de outras terras do Brasil e, usando o disfarce do fardamento do Exército brasileiro, que lhes dá o passaporte para serem acolhidos como irmãos entre nós, ousam unir-se com os inimigos da República para tentarem usurpar o poder legítimo e entregar o Rio Grande à submissão – continuou.

Após completar seu discurso, deu-se por encerrado o *meeting* e todos foram para casa. Bozano retirou-se para o interior da Intendência e fechou-se no gabinete com o vice Fortunato Loureiro. Havia muito a conversar. Quando saíramos de Santa Maria, há um mês e tanto, Bozano deixara uma bateria de posturas que levantaram polêmica e, principalmente, resistências. No clima de exaltação revolucionária, nossos adversários agiam no sentido da desestabilização de nosso governo recém-instalado, criando mais de um conflito que poderiam imobilizar nossa administração. É preciso lembrar que, nos primeiros dias de novembro, com os rebeldes no auge de sua força, com a promessa de uma avalanche de adesões nos demais quartéis do Exército, com o levante dos libertadores assisistas, podia-se justificar o otimismo do pessoal do Walter Jobim em nos tirar do governo num prazo muito curto.

Nossa campanha eleitoral fora baseada em um programa de governo, o que era uma novidade no Rio Grande. O que dividira o eleitorado não eram os planos administrativos, mas a ideologia, de um lado os federalistas, agora aliados a todas as dissidências republicanas, com seus projetos de um sistema de governo parlamentarista e de uma democracia federativa no modelo norte-americano; de outro nós, defensores do governo do partido único e da ditadura republicana. Entretanto, Bozano inovara nesse sentido, levando ao eleitorado, além da mensagem partidária, uma proposta de recuperação da cidade, de sua transformação em um centro moderno, como já ocorrera em Pelotas e Bagé, cidades que seguiam a linha de urbanismo adotada em Buenos Aires e Montevidéu, mas que, também, vinha sendo implantada em Porto Alegre pelo intendente José Montaury, com a construção de prédios públicos dignos de nosso progresso e civilização. Nossa propaganda apresentou nosso candidato como "O novo Pereira Passos", lembrando o intendente do Rio de Janeiro que dera uma nova face urbana à capital da República, rasgando avenidas, saneando seus pulguedos e transformando a cidade numa urbe digna de ser a vitrina de nosso país para o mundo.

Ao tomar posse, Bozano baixara duas posturas que elevaram a temperatura política na cidade. A primeira obrigava os proprietários a pintarem suas casas e construírem calçadas para passeio nas ruas principais. Uma segunda regulamentava o serviço público de transportes, com exigências mínimas de segurança, conforto para os passageiros e uma tabela de preços para as corridas de automóveis e carretos dos carros fúnebres. Essa foi a mais polêmica, porque os proprietários de carros, insuflados por nossos adversários, entraram em greve e paralisaram completamente esses serviços na cidade.

Os motoristas não aceitaram as posturas e entraram em greve. Bozano reagiu com energia: mandou prender os dois cabecilhas do movimento, os chofres Odorico Caaneghen e Darcy Caputti. Assim mesmo, não conseguiu abortar o movimento, que teve o apoio de empresários do comércio da cidade. Não teve dúvidas, mandou prender também o negociante Armando Lopes, gerente do açougue da Cooperativa de Consumo dos Empregados da Viação Férrea, que estava fazendo coletas de dinheiro e alimentos para socorrer os grevistas e suas famílias.

Essa reação à parede dos motoristas teve o apoio do proprietário dos dois carros fúnebres da cidade, Henrique Salin. Mas Bozano não deu trela, cassou também o seu registro e proibiu os papa-defuntos de transportarem seus clientes pelas ruas da cidade, deixando às famílias o encargo de levar seus mortos no pulso até o cemitério. Dá para imaginar-se o grande qüiproquó que se instalou na cidade.

A população assistia atônita àquela pendenga. Nunca se vira coisa igual. Ou seja, ninguém desafiara a autoridade até então. Era, claramente, como interpretava Bozano, o clima de pré-guerra civil. Nossos adversários aproveitavam-se, pois a postura sobre a pintura das casas também deixara os proprietários perplexos. Como a velha geração republicana ficara de fora na composição política da chapa vencedora, esperavam que uma ação afirmativa contra aquelas novidades que o jovem intendente estava introduzindo deixaria nosso grupo isolado e, sem apoio, poderiam tirar dividendos dessa rixa, talvez até uma intervenção do presidente do Estado, que ainda tinha nos velhos republicanos históricos do município antigos e fiéis aliados. Na imprensa, o tema dava manchetes todos os dias. De nosso lado, o Diário do Interior, com sua sobriedade, apresentava a versão do governo. Na oposição, o Correio da Serra, que já havia sido devolvido pela Justiça a Arnaldo Melo, nos atacava com suas mentiras e insultos, inclusive acusando o intendente de manter uma câmara de torturas na cadeia municipal, equipada com uma tal "Caixa de Suplícios", algo de que eu nunca soube nem eles explicaram de que se tratava, mas acusavam-nos de enfiar nossos prisioneiros políticos na engenhoca.

O assunto acabou superado pelo levante de Uruguaiana e seus desdobramentos, com Bozano se esquecendo da greve para se dedicar exclusivamente à organização do 11º Corpo Auxiliar, pela prisão dos diretores do Correio da Serra, Arnaldo Melo e Júlio Ruas, enviados para Rio Grande e daí para o Rio de Janeiro. Mas foi a primeira coisa que ele perguntou a Loureiro, quando tiveram um minuto para conversarem a sós.

— Como está a parede dos choféres? — perguntou Bozano.

— Acalmou-se. Estão cumprindo tua tabela, alegando que em tempo de guerra todos têm que se sacrificar um pouco — troçou Loureiro.

— Então, não te digo? Às vezes a gente precisa mostrar a bainha do facão a essa gente.

Em seguida foi admitido no gabinete o dr. Astrogildo César de Azevedo, ex-intendente e patriarca do partido na cidade. Abraçou Bozano, cumprimentou-o pelas vitórias militares e já disparou a pergunta sobre o quadro político que todos queriam fazer, mas que ninguém se animava a formular.

— Diga-me, de onde saiu o lançamento de tua candidatura lá em Bagé? O dr. Borges sabe disso?

— Como vou saber? Sou quem menos condições tem para responder à sua pergunta, dr. Astrogildo: estava na campanha, longe de tudo, fui tão surpreendido em Bagé quanto o senhor quando soube do que se passou. O senhor soube de alguma repercussão em Porto Alegre?

— Estão dizendo que o dr. Borges calou-se ao saber, o que para muita gente significa que ele estaria de acordo ou, pelo menos, dando corda. Por isso, volto a te perguntar: tu não sabias realmente nada disso?

— Não, não sabia, doutor. E lhe digo que estou muito preocupado. Espero que esse gesto, se de verdade foi estimulado, permitido ou seja o que for pelo dr. Borges, não tenha conseqüências negativas.

— Tu sabes que eu não sou político de nascença, que nem tu e a maior parte dos outros — disse Astrogildo, introduzindo alguma coisa que diria para encerrar o assunto, como era de seu feitio. — Entrei para o partido depois de formado e só aceitei concorrer a conselheiro porque a certa altura, aqui no Rio Grande, não dá para ficar de fora. Escolhi o lado que considero mais certo, embora discorde dessa liberdade profissional que vocês defendem. Pois bem: a carreira está formada e parece que te botaram para correr com parelheiros consagrados. Não será fácil vencê-la, mas já vi muito potrilho ganhar de luz. O momento importante é este em que nos encontramos, o partidor. Se largas bem, podes chegar na frente. Portanto, vamos agir para que tua largada não seja abortada pelo juiz, que me parece ser simpático mas não terá como impedir que os outros concorrentes também entrem na penca. Desculpe-me a imagem da corrida de cavalos, mas é assim que eu estou vendo essa sucessão. É uma coisa de loucos, nunca tinha visto isso em minha vida.

— Pois, doutor, não serei candidato de mim mesmo, como o dr. Flores. Tenho muita vida pela frente para jogar todas minhas fichas nesta única cartada, antes mesmo de ver quais cartas tenho, se também me permite o senhor a imagem de um jogo de baralho — retorquiu Bozano.

— Pois, pegando teu descarte – disse Astrogildo, rindo-se daquela rinha metafórica –, as cartas estão dadas e estás na mesa. Não podes senão passar, o que será muito ruim. Alguma coisa terás que cantar. Isso é do interesse de todos nós, que botamos fichas na tua mão. Com isso quero dizer que podes, desde já, contar com o apoio integral, decidido, militante de todos aqui em Santa Maria. Mesmo aqueles companheiros que não te gostam irão contigo, isso eu garanto. Vão ter que tomar o purgante, pois o resultado, saberão, será positivo.

Pela primeira vez, desde que caíra na água, sentiu o dedão do pé tocar no fundo. O apoio do dr. Astrogildo era fundamental para cerrarmos nossa retaguarda. Teríamos de chegar ao partidor, como estava na imagem do chefe republicano, com unidade completa do partido em nossas bases, e isso demandaria uma costura nos rasgões que produzimos quando a candidatura de Bozano passou por cima de todas as aspirações e, também, das ambições de muitos companheiros que se achavam com direitos.

— Qual seria o passo, na sua opinião, a dar neste momento, doutor? – perguntou Bozano, com todo o cuidado: consultava, mas não receberia ordens.

— Fica-te quieto. Deixe estes dias de fim de ano correrem, vamos ver como acaba esta revolução, aí tomamos as atitudes que forem as mais oportunas. Recém botamos o assado no fogo. Conhecendo como conheço o dr. Borges, meu conselho é manter a disciplina.

— O senhor está certo. Concordo. Até já começo a pensar se não deveria voltar para o meu comando. Cheguei aqui disposto a não reassumir, mandar o Soveral e o resto dos rapazes e retornar a meu cargo, pois para isso fui eleito. Ninguém poderia me condenar por isso – disse Bozano.

— Não, não, não. Nada disso, meu guri. Aí está: para o Exército, isso é indisciplina. Vais criar um quilombo.

— Eu sei o que o senhor está dizendo, mas acredito correr mais riscos sob o comando direto de um oficial do Exército do que criando um impasse político. Não é de hoje que esses milicos me têm na mira. Agora vai ser a vez de eles me tirarem a cisma.

— Tens que te cuidar. Desde que te prenderam por andares batendo o brim de coronéis que te marcam na paleta. Todo o cuidado é pouco.

— Tanto é verdade isso que o senhor diz que, agora há pouco, o Esteves quase me botou para fora do dispositivo para atacar o Netto e o Honório. Eu estava operando na zona dele, mas como uma unidade independente, respondendo diretamente para o coronel Massot e para o dr. Borges. Quando ele conseguiu botar a mão em mim, depois que o general Andrade Neves assumiu toda a responsabilidade pela campanha, já era tarde, eu estava segurando a cola dos generais. Não tiveram tempo para me tirar da jogada. E veja, doutor, como estão me preparando uma: trazem-me de volta, quando minha Força deveria, no máximo, ficar vigiando a fronteira, como todos os demais corpos provisórios que estavam operando na campanha, e me botam sob o comando direto desse mesmo Esteves. Só se eu for louco para continuar.

— Bozano, estás errado, desculpe-me falar-te assim. Não vás te comportar como um desses caudilhetes que botam as questões pessoais ou, mesmo, políticas, à frente da disciplina militar. Não te esqueças que és um soldado. Tens que te perfilar diante deles e cumprir à risca as ordens que receberes. Só assim demonstrarás que estás maduro para assumir o futuro que se te apresenta.

— Eu concordo em tese, doutor, mas continuo dizendo que me arrisco mais ficando debaixo da espada deles do que tendo que enfrentar um processo de indisciplina. Isso se chegasse a esse ponto, pois espero negociar com o dr. Borges meu afastamento temporário. Veja bem: o 11º foi designado para uma posição secundária, uma reserva estratégica na segunda linha do dispositivo. Ora, para ficar parado em Jaguari, melhor voltar para Santa Maria e, no caso de nossa tropa ser chamada à ação, no caso de um desastre completo, estou a poucas horas de viagem, poderei estar por lá antes de o inimigo se aproximar de nossa frente.

— Desculpe-me uma vez mais, mas não será assim que irão interpretar tua atitude.

— Eu estou desconfiado, doutor. Se precisam de nós, tendo por lá o coronel Claudino, que é meu verdadeiro comandante, por que me botarem com o Lúcio Esteves, um homem que fala mal de mim para quem quiser ouvir? Não dá para desconfiar?

— Eu te entendo. Mas penses bem, estás sob o comando do Esteves, porém te botaram aqui embaixo, longe dele, que ocupa uma frente lá para os lados de Palmeira.

— Mais uma razão...

— Escuta aqui. Minha proposta é que voltes para teu posto, que isso não vai te doer, nem uns dias a mais longe da Intendência vão atrapalhar teu plano administrativo. Assim que passar o fim do ano vou a Porto Alegre e coloco isso tudo para o dr. Borges, pedindo-lhe que interfira para te tirar da frente de combate. Aí serei eu e não tu a te rebelares. Estarei te defendendo em nome do partido, não por desavenças pessoais com um oficial do Exército. Que te parece?

— Está bem, doutor, vou fazer como o senhor diz. Mas que estou desconfiado, estou.

— Vai lá, bota a tropa em ordem e volta para as festas, depois a gente vê. Está bem?

— Está bem. Isso que nem botei na mesa minhas desconfianças com o Monteiro de Barros!

E assim encerrou-se aquela conversa na frente do Loureiro.

O dia seguinte, quinta-feira, foi calmo. No fim da tarde, Bozano foi dizendo a um por um para não se atrasarem que tomaríamos o trem da fronteira para Dilermando de Aguiar, que passaria, vindo de Porto Alegre, por Santa Maria, na manhã de sexta-feira. Soveral, que já sabia da decisão de nosso comandante, perguntou.

– Pelo jeito que falas, também vais?

– Vou, vou sim. É o melhor. Dou uma chegada, fico uns dois dias e volto a qualquer pretexto. Mas vou me apresentar para evitar dissabores.

Capítulo 36

Sexta-feira, 19, sábado, 20, domingo, 21, e segunda-feira, 22 de dezembro

JAGUARI

Na sexta-feira, pontual como sempre, desde que a Viação Férrea estava sob administração dos homens de nosso partido, a locomotiva deu o primeiro tranco iniciando sua marcha. Quem ainda estava na plataforma procurou o estribo ou caminhava a seu lado esperando a vez de subir, pois muitos só embarcavam no último momento. Um desses era Bozano, que se despediu da noiva.

– Podes ficar descansada, minha querida. Não há mais perigo, a guerra acabou para nós. Estarei de volta para a Missa do Galo no Natal. Vou contigo à igreja, prometo-te. E manda fazer um vestido bem bonito para o *réveillon*. Vamos dançar. Mandei fazer em Porto Alegre um fardamento de gala, daqueles de túnica branca e dragonas douradas, para tirarmos um retrato enquanto sou coronel. Está bem?

– Te cuida, meu amor. Te cuida. Não me deixes mais aflita do que já estou. Que Deus te acompanhe.

Pontualmente, às 11h da manhã, paramos na plataforma de Dilermando de Aguiar. No desvio ao lado já estava nosso trem em posição, locomotiva fumegando com a caldeira quente e os vagões atrelados, todo mundo a bordo, prontos para seguir em direção a nosso destino, a aprazível e simpática cidade Jaguari.

O capitão Octacílio já havia providenciado tudo o que era possível. A tropa estava alimentada, havia comido ali mesmo no trem, pronta para a viagem. A recepção foi calorosa, especialmente pelos novos integrantes. Trouxemos conosco alguns companheiros que não puderam, devido a vários motivos, desvencilhar-se de seus negócios e afazeres para nos acompanhar na primeira jornada na Campanha, mas que agora se incorporavam como voluntários civis. Estavam conosco Aristóteles Machado, José Luiz Saldanha, Gabriel Tito do Canto e Alcibíades Lopes.

O melhor de tudo foi a parada em São Pedro, a vila que sediava o 4º Distrito de Santa Maria, nossa principal base política e celeiro de homens para nosso Corpo. Mais da metade dos soldados vinha daquela vila. Avisados pelo telégrafo de nossa passagem, a comunidade organizou uma das maiores festas da sua história.

Quando o trem chegou na estação, a gare estava completamente tomada pela população: pais, mães, irmãos, irmãs, filhos, parentes e amigos. Todo o Partido Republicano viera para a recepção a seus homens que passavam pela cidade cobertos de glória. Não dá para descrever a alegria e o espírito cívico que tomou conta daquela gente toda. Os soldados, nem se fala. Ainda mais que todos sabíamos que nossa missão dali para a frente seria apenas protocolar, digamos assim.

Os oficiais desceram e foram para a sede da Associação Comercial, onde lhes ofereceram um almoço. Um banquete, na verdade. Todos queriam apertar a mão, abraçar, tocar em Bozano. Chega um italiano de cabelos ralos:

– Seu Pedro Ferrari, quanta honra cumprimentá-lo – foi dizendo Bozano ao comerciante que era um dos esteios do partido na vila, tanto por sua autoridade moral como pelos aportes financeiros que fazia para financiar nossas campanhas.

– Olha aqui, trouxe-te o guri para te conhecer – disse, apresentando o filho.

– Ah! Muito bem. Como te chamas?

– Fernando – disse o guri, encabulado.

– E o que vais ser quando cresceres? Serás um negociante forte como teu pai?

– Não, senhor.

– O que serás, então?

– Vou ser presidente.

– *A la fresca*. Mas que guri sabido!

– Esse danadinho – comentou Ferrari –, deste tamanhinho, um prego, e já gosta que se enrosca de política. Não perde comício e já cola cartazes nas paredes.

– Isso mesmo, Fernando. Trabalhes duro que serás presidente do Brasil.

– Do Brasil, não. Do Rio Grande.

Quando partimos para Jaguari, o céu parecia que iria desabar sobre nossas cabeças. Formara-se um temporal daqueles. A ameaça da tormenta facilitou nossa tarefa de reunir a tropa, pois as próprias famílias começaram a se retirar para não serem surpreendidas pelo aguaceiro sem abrigos, no meio da rua. Mal o trem partiu novamente, o tempo veio abaixo. Quando chegamos a nosso destino, apenas as autoridades nos aguardavam, não só pelo tarde da hora, 10 da noite, como também por causa da chuvarada que desabava. Não pudemos sequer abandonar a composição. Os ferroviários manobraram o trem para um desvio e nós dormimos ali mesmo. Nossa preocupação era com a cavalhada que estava vindo por terra. Nunca é bom uma tropa ser assolada no meio do corredor. Qualquer faísca, qualquer redemoinho de vento pode levar os animais ao estouro, o que é um grande atraso, pois, ainda mais no caso de cavalhada, a bicharada espalha-se por léguas, até serem todos localizados e recolhidos.

Mesmo debaixo d'água, com o escuro da noite, fomos inspecionar os locais onde acamparíamos. Não havia quartéis na cidade, nem local para receber um contingente tão grande por longo tempo. Entretanto, em pleno verão, poderíamos nos ver bem com as barracas e as tínhamos de ótima qualidade e em boa quantidade: cada dois soldados tinham uma unidade, os sargentos e tenentes poderiam ficar com uma para cada um e ainda haveria sobras para instalar os escritórios para os oficiais despacharem durante o dia. O local escolhido não podia ser melhor, à esquerda da rua 15 de Novembro, às margens do rio Jaguari. O estado-maior acantonar-se-ia no prédio do Fórum.

O sábado foi calmo. No domingo, a cidade fez a grande festa para nos receber. A chegada de uma tropa de fora sempre assusta às pessoas, pois em tempo de guerra ninguém está garantido. Mas dessa vez foi o contrário, pois, como o deslocamento do corpo provisório de Jaguari para a frente de batalha deixara a população desprotegida, nossa presença, embora inspirasse cuidados, tranqüilizava.

É preciso também dizer que nossa Força não metia medo. Nossos soldados eram, de um modo geral, bem-apessoados, um grande número vindos das colônias, com suas posturas bonachonas de camponeses bem-criados. Também não havia entre eles muitos homens violentos. Um aqui outro ali poderia levar uns pranchaços, mas coisas mais graves, como ataque ao pudor, nem pensar. Roubo de espécie alguma, salvo alguma requisição de um animal para consumo ou um vinhozinho para regar a goela. De qualquer forma, a dura disciplina que Bozano impunha à sua tropa era conhecida. E nesse caso, com tudo o que estava acontecendo, com o Rio Grande inteiro nos observando, os oficiais mantinham a soldadesca debaixo do olho. Nosso plano era mantê-los em exercícios o dia inteiro. Iríamos montar um estande de tiro, procurar um campo para manobras de cavalaria e marchas, muitas marchas, além de um largo leque de patrulhamento. Pior para bandidos e ladrões, desses que sempre se aproveitam da confusão e infestam as regiões convulsionadas.

Entretanto, tudo isso durou muito pouco. No dia seguinte, segunda-feira, final da tarde, chega pelo telégrafo uma mensagem para o comando. Bozano pulou quando leu o texto.

– Alemão, olha aqui. É do general Monteiro de Barros. Veja o que me diz o calhorda. Não acredito no que estou lendo, veja – disse mostrando-me o telegrama.

Era uma ordem curta e grossa: o 11º Corpo Auxiliar da Brigada Militar do Estado do Rio Grande do Sul deveria deslocar-se no dia seguinte para Cruz Alta, onde receberia nova designação.

CAPÍTULO 37

Terça-feira, 23, quarta-feira, 24, quinta-feira, 25, sexta-feira, 26, e sábado, 27 de dezembro
Cruz Alta e Ijuí

Partimos de Jaguari às 11h30 da manhã de terça-feira, com destino a Cruz Alta, onde estava sediado o comandante do Grupo de Destacamentos a que fomos incorporados, general Monteiro de Barros. Foi uma das mais terríveis viagens que jamais fiz. Naquele momento deu para perceber que Bozano não estava paranóico, com mania de perseguição. Alguma coisa muito grave estava por acontecer, que nós estávamos na alça de mira dos militares do Exército. Depois de muito pensar e debater com seu estado-maior, nosso comandante decidiu que o melhor a fazer seria continuar com os propósitos de Santa Maria, ganhar tempo até que, logo depois do Ano-Novo, o dr. Astrogildo fosse a Porto Alegre ter com o presidente e ali defender-nos da armadilha em que estivessem querendo nos prender.

A primeira novidade foi nosso enquadramento no sistema de comando do Exército, com as ordens para que o 1º Esquadrão fosse tomar posição em Santa Bárbara, separando-se do resto do Corpo. Não estávamos acostumados a esse nível de detalhamento operacional. Sabíamos que, no Exército, uma instituição absolutamente burocratizada, com cadeias de comando que descem a minudências, qualquer tipo de emprego de alguma tropa demandava uma ordem correspondente. Entre nós, guerrilheiros, o comando-geral dava as diretrizes estratégicas, cabendo aos comandantes no campo tomar todas as decisões, com liberdade para resolver como e quando empregar tal ou qual fração. Nas Forças Armadas federais, então sob orientação francesa, era tudo planejado, o comando sabia onde estava cada esquadrão, cada pelotão, e ninguém podia dar um passo sem ser acionado ou ser autorizado a fazer tal ou qual movimento.

Bozano não teve alternativa senão ir se adaptando ao novo sistema. Entretanto, não deixou de se preocupar com a redução de nossa Força, com aquele desmembramento. Deu para ver que Bozano tinha lá suas razões para desconfiar quando encostou na gare a composição que nos levaria até Cruz Alta. Nem de longe lembrava os trens especiais que nos conduziram na primeira jornada e depois nos trouxeram de Bagé a Dilermando de Aguiar e daí até Jaguari. Aqueles eram comboios com vagões de primeira classe para os soldados e suboficiais, com suas poltronas estofadas e um carro-restaurante para servir comida a bordo. Os oficiais tinham carro-dormitório e um vagão de diretor para o comandante, com sala de reunião e tudo o mais. Esse mais parecia uma fieira de carroças, vagões de segunda classe ainda do tempo dos belgas puxados por uma locomotiva *Ten-Wheel*, fabricada na Alemanha, já nos seus últimos estertores, uma máquina que normalmente só era usada para tracionar vagões de carga barata.

Era tão ruim que, antes de embarcarmos, o tenente Colonna mandou lavar e desinfetar os carros e, depois, com os pelegos de nossos arreios, cobrimos os assentos de madeira dura, tentando minimizar o desconforto. Quando partimos, o 1º ficou na estação esperando pelo trem de tabela, que levaria a subunidade até seu destino.

– Nunca vi tropa embarcar como passageiros – comentou Soveral –, será que o condutor vai exigir os bilhetes?

– É bem capaz. Mas volto a dizer que não estou gostando nem um pouquinho – disse Bozano –, parece que querem me provocar, me botar em situação de reagir.

– Júlio Raphael, cuidado! – tornou Soveral –, todo o cuidado é pouco. Não te esqueças de 1922. Esses milicos querem ver a tua caveira, não te esqueças disso.

Na via férrea, parecia que éramos a última prioridade, tanto esperamos em desvios, levando o dia inteiro para passar de volta por Santa Maria. Em nossa cidade, mal paramos e o trem já seguiu novamente, voltando aquele anda-e-pára em cada estação. Parecia, mesmo, uma provocação. Naquela escala, às 9h da noite, mal tivemos tempo de descer, apertar as mãos das poucas pessoas que nos aguardavam, avisadas por uma mensagem que enviamos pelo telégrafo. Essa gente, entre eles Maria Clara, ficou ali por mais de quatro horas, sem notícias porque nosso deslocamento era segredo militar, e, com esse atraso fenomenal, algo que nunca mais ocorrera depois da encampação da ferrovia pelo Estado.

E agora o pior de tudo. Para comer, nada, a não ser algumas bolachas, rapaduras e queijos dos farnéis particulares de cada um. Nas paradas conseguíamos água, para aplacar a sede naquela canícula de verão. Esses dias do final de dezembro são os piores da estação no Rio Grande. Só fomos comer dois dias mais tarde, já em Ijuí, depois de uma série de incidentes. Mas fica aqui registrado: tomamos nosso café da manhã em Jaguari, às 8h da manhã do dia 23, e só fomos botar comida na boca, novamente, às 7h da manhã do dia 25, já em Ijuí. Isso é que foi presente de Natal.

Em Cruz Alta, no dia 24, nosso Corpo foi encaminhado para o quartel do 8º Regimento de Infantaria. Ali ficaríamos alojados, disse-nos o oficial de dia que nos recebeu como se fôssemos uma praça-estafeta que estivesse passando por ali. À pergunta de comida, informaram que já havia encerrado o rancho e que somente à noite haveria "munição de boca". Até lá, teríamos de esperar, sem podermos nos mover, sem termos a quem recorrer. O oficial do dia até chegou a ironizar o ajudante capitão Ulisses Coelho, que reclamava da bóia.

– Entendo que horários são horários, aqui no Exército, mas esta tropa já viaja há dois dias e desde ontem de manhã nada comeu – protestou Ulisses, sendo obrigado a ouvir o que ouviu.

– Meu capitão, que tropa é esta que não agüenta um jejunzinho? Será que diante do inimigo não vai pedir que se pare com a ação porque os soldados estão com fome?

– Tenente! Mais respeito! O senhor está falando de uma Força vitoriosa em uma dezena de combates nesta campanha e que acaba de expulsar os inimigos do Rio Grande para fora de nossas fronteiras – atalhou, usando a superioridade de sua patente o Ulisses.

– Do Rio Grande ou do Brasil, capitão? – interpelou o tenente.

– Se são inimigos do Rio Grande são inimigos do Brasil – salvou-se da gafe. – Quero saber se esta sua opinião aqui enunciada sobre os corpos auxiliares da Brigada Militar é a do Exército – emendou Ulisses respondendo à investida do militar.

– Desculpe-me capitão. Não quis ofender. Em todo o caso, tenho aqui ordens para os senhores – disse, remexendo os envelopes que tinha sobre sua mesa, encontrando um dirigido ao comandante do 11º Corpo Auxiliar.

O capitão Ulisses Coelho recebeu o envelope de ordens e voltou para o dormitório em que nossa tropa estava se instalando. Bozano espumava de raiva.

– Isto aqui é uma pocilga. Como vamos ficar neste galpão horroroso? Onde serão os alojamentos dos oficiais? Não dá para entender o que estão querendo – reclamava com as péssimas condições do galpão, este é o nome que merecia, que nos deram para ser nosso quartel.

– Bem, aqui temos correspondência que nos deixaram do quartel-general – interrompeu Ulisses, entregando o envelope a Bozano.

– Ah! Deixa-me ver – disse abrindo e lendo o conteúdo de uma carta ou um ofício, logo passando o papel para a mão do seu capitão-ajudante. – Olha isso aí. Me faça um favor, Ulisses, vai até o QG e te apresenta a esse generalzinho de merda e informa o que ele quiser.

– Tu não vais atender ao chamado de um general, Júlio Raphael? – perguntou Ulisses, assustado com o rumo que as coisas tomavam.

– Não vou me humilhar, não vou bater continência para ele. É um descalabro o que está acontecendo aqui. Se ele perguntar por mim, o que certamente o fará, diga-lhe que estou providenciando o aquartelamento de minha tropa, que não come desde que saímos de Jaguari, há quase 48 horas. Vai até lá e te entende com ele, pois o que ele quer saber tu sabes melhor do que eu.

– Está bem, vou lá, mas calma, isso é o que te peço. Não vês que eles estão te dando linha até que fiques bem fisgado? Se não te pegaram é porque viram que ainda não mordeste a isca. Agora... que estás namorando com ela, isso lá estás – advertiu Ulisses, que temia pela perda de controle de seu comandante.

Chamou Soveral e a mim de lado para apontar as nuvens de tormenta que estavam se formando bem em cima da cabeça de nosso comandante.

– Tudo o que os milicos querem é que ele tenha um acesso daqueles e já saia daqui para uma prisão no Rio de Janeiro. Eles nunca vão perdoar o que o Bozano fez para aquele coronel no meio da rua, lá em Santa Maria. Segurem-me o homem, que vou lá ter com esse general e ver como posso arrumar as coisas, está bem?

– Ah, está bem, Ulisses! – exclamei, protestando contra essa decisão do capitão-ajudante. – Deixas-me o redomão em pêlo para eu montar!

– Vai lá, Ulisses – interrompeu Soveral –, faz o que ele te mandou. Mas podes te preparar para ouvir poucas e boas e voltar com a crista baixa. Enquanto isso eu preparo o homem, está bem?

Lá se foi o capitão-ajudante para o quartel-general, enquanto o subcomandante e eu tentávamos amansar Bozano. Nem meia hora tinha se passado e voltou Ulisses Coelho com o rabo entre as pernas, dizendo, com todo o jeito, é verdade, que o general tinha ficado bastante contrariado e que pedia a presença imediata de nosso comandante. Bozano já estava conformado com seu destino, assumira que não passava de um reles tenente-coronel num potreiro de general. Já barbeara-se e estava vestindo um uniforme amassado da mala, mas limpo, e calçando botas engraxadas quando retornou o capitão Ulisses com a esperada ordem. Chegara de automóvel, um carro do Exército que lhe mandara o general Monteiro de Barros.

– Bem, se é de auto, eu vou – troçou Bozano.

E lá se foram. Ulisses contou a Bozano uma parte do que se passara em sua desastrada visita ao quartel-general, dos oficiais empertigados que batiam calcanhar a toda hora, da necessidade de se portar como um militar e não como chefe político, pois ali seu cargo de intendente, de chefe do partido e tudo o mais nada valia. O que importa num quartel são as dragonas que se traz nos ombros.

– Júlio Raphael de Aragão Bozano, tenente-coronel. Comandante do 11º Corpo Auxiliar da Brigada Militar, apresentando-se – enunciou, como mandava o regulamento, em posição de sentido e a mão direita em continência.

– À vontade, coronel – respondeu o general, após levantar desleixadamente a mão à testa respondendo à saudação de seu novo subordinado. – Mandei chamá-lo aqui para lhe dar as novas ordens para sua unidade – foi dizendo o general sem rodeios, como a demonstrar quem mandava dali para a frente. – Aqui estão. Por favor, capitão, leia-as – disse dirigindo-se ao capitão-ajudante que fora admitido na sala ao lado de seu comandante.

Ali estava a disposição tática do 11º. Embarque imediato para Ijuí, designando o 2º Esquadrão para ocupar Rio Branco, o 4º para posicionar-se em Santa Teresa, ficando o 3º e o estado-maior na cidade, alojado na Igreja Sabatista, havendo aposentos reservados para o comandante no Hotel Ijuí. Tudo detalhadinho, por escrito. A seguir, retomando o papel, o general sentou-se em seu birô e começou a assinar. "Aí está o poder, o canhão desse homem, sua caneta", pensou Bozano na hora, segundo contou-me mais tarde.

– General, permissão para perguntar.
– Adiante, coronel.
– Por que fracionar as minhas forças e espalhá-las por uma frente tão grande?

– Coronel, conscientize-se de que o senhor agora está no Exército. Cumpra suas ordens e dirija-se ao comando-geral através de seu comandante de grupo. Isso em primeiro lugar. Segundo: para seu governo, essa não é uma área ameaçada e nem participará do ataque final aos rebeldes. Sua missão é de patrulha e vigilância. Muito obrigado e boa viagem – despediu-o o general Monteiro de Barros.

O sangue ferveu-lhe nas veias italianas. Mas se conteve e fez uma última pergunta:

– A propósito, meu general, quando verei meu comandante?
– Quando desejar falar-lhe o coronel Esteves o chamará.

Às 6h30 da tarde já estávamos a bordo de uma composição destacada para nos levar até Ijuí, a pouco mais de 50 quilômetros de Cruz Alta. Deixamos um recado para o Toeniges que seguisse para Ijuí com o automóvel, pois ele estava vindo de Santa Maria pela rodovia. Exatamente às 10h da noite a velha locomotiva resfolegou na estação terminal, soltando o ar comprimido da câmara do freio, dando por encerrada nossa viagem.

Em Ijuí fomos recebidos pelo intendente Antônio Soares de Barros, mais conhecido como o coronel Dico de Barros. Encontramo-lo atarefadíssimo, juntando gente e preparando a cidade para resistir a um cerco: convocava pessoal na zona urbana e nos distritos, procurando trazer seus melhores atiradores. Botara os armeiros trabalhando 24 horas por dia para calibrar e deixar em condições as armas disponíveis, desde revólveres de grosso calibre a espingardas de caça de precisão que pudessem ser úteis em combates a curta distância, como as calibre 12 e 16. Na oficina da Intendência tinha gente enchendo cartuchos com balim de aço, munição velha secando ao sol e sendo testada, munição nova recolhida nas casas de quem tivesse uma bala que fosse a oferecer. Sacos de areia, pedras, estacas de taquara para funcionarem como barreira contra cavalaria, tudo procurando transformar Ijuí numa fortaleza. Também se estocavam comida, medicamentos e outras munições necessárias para um longo sítio.

– Aqui eles só entram se passarem por cima de mim – disse-nos o coronel Dico, satisfeito com nossa chegada, pois embora dispuséssemos, àquela altura, de um único esquadrão e um grupo de voluntários civis que Bozano mandara trazer pelo trem da linha de Santa Maria, um grupo de provisórios famosos como os nossos, recém-sagrados vitoriosos nos grandes combates da fronteira, nossa chegada, além de dar alguma segurança ao intendente, também servia para elevar o moral da população, que estava apavorada com a iminente invasão pelos rebeldes.

– Deixaram um corredor que passa bem em cima de Ijuí – disse o coronel Dico a Bozano. – E, por mais que eu peça reforços, não me mandam. Só desconversam, afirmando que nós estamos fora do perímetro do cerco, que a qualquer movimento em nosso sentido poderemos ser socorridos. Mas eu não sou burro, estou vendo que se o Prestes apertar o trote ele passa por cima de nós antes que eles sequer se mexam, esses molóides – vociferava o intendente.

– Eu também acho – concordava Bozano. – Não precisa ser estrategista nem cursar a escola francesa para ver que alguma coisa está ocorrendo e que nós não sabemos. Só garanto uma coisa: nós estamos sendo atirados aos leões na arena.

– *Bueno*, mas por aqui não passam sem levar chumbo – garantia o coronel.

– Vamos analisar nossa situação: o senhor está com 250 homens armados. Mal, mas armados. Eu tenho outros tantos, com pouca munição, mas nosso equipamento é de primeira. Com um pouco de sorte, disciplina e um bom dispositivo de defesa, não deixamos eles entrarem na cidade. Seguramo-lhes na linha das casas – dizia Bozano.

– Mas que Natal me dá esse generaleco de Cruz Alta! Hein, guri? – disse o coronel Dico.

– E eu então que estou mal: até agora não vi a cara nem ouvi palavra de meu comandante!– devolveu Bozano.

Os próximos dias em Ijuí foram de espera.

Enquanto os coronéis republicanos se preparavam para o que pudesse acontecer, em São Luís das Missões, o comando revolucionário fazia seus planos.

– Temos que agir com sincronia perfeita. Não podemos nos adiantar um minuto, nem nos atrasarmos, pois quando o cerco se fechar nós escapuliremos pelo oco da mão deles – dizia Prestes a seus oficiais –, como se fôssemos uma enguia escorregadia.

O comandante rebelde estava reunido com todo seu primeiro escalão de comando traçando os planos para o avanço em direção a Santa Catarina. Assim que foi nomeado comandante-em-chefe, Prestes reorganizou a Divisão do Centro. Ele foi nomeado coronel. Aliás, todos os oficiais foram promovidos, a maioria passou de tenente para tenente-coronel, major e capitão, subindo os sargentos do Exército para os postos de oficiais inferiores e muitos civis também foram comissionados, entres ele o major Nestor Veríssimo, de Cruz Alta, feito a machado, porque nunca cursou escola militar nem fez carreira numa Força, mas que assumiu o comando de uma das grandes unidades do Exército porque era um homem de guerra como poucos. Isso também desmente que os tenentes tivessem prevenção contra os guerreiros autodidatas do Rio Grande.

Ali estava a nova a equipe: comandante, coronel Luís Carlos Prestes; chefe do estado-maior, tenente-coronel Antônio de Siqueira Campos; subchefe do estado-maior, major Oswaldo Cordeiro de Farias; secretário, major dr. José Damião Pinheiro. As unidades ficaram com os seguintes comandos: 1º Batalhão Ferroviário, comandante major Mário Portela Fagundes, fiscal capitão Pedro Bins; 2º Regimento de Cavalaria Independente, comandante major João Alberto Lins de Barros, fiscal capitão André Trifino Corrêa; 3º Regimento de Cavalaria Independente, comandante major Pedro Gay, fiscal capitão Pedro Ustra; 6º Esquadrão Independente, comandante capitão João Silva. Essas eram as unidades derivadas do reagrupamento das forças do Exército rebeladas, a maior parte delas de soldados e inferiores dos regimentos de Cavalaria e oficiais da Artilharia, remanejados para a Cavalaria. Os voluntários civis foram agrupados também em unidades: 4º Regimento de Cavalaria Revolucionário, comandante tenente-coronel Mário Garcia; 5º Regimento de Cavalaria Revolucionário, comandante coronel Pedro Alberto de Melo, vulgo Pedro Aarão; 7º Regimento de Cavalaria Revolucionário, comandante coronel Dario Neves; 8º Regimento de Cavalaria Revolucionário, comandante coronel Sezefredo Aquino; 9º Regimento de Cavalaria Revolucionário, comandante major Nestor Veríssimo.

Essas unidades "revolucionárias", na verdade, tinham entre 50 e 100 homens, cada uma. Quando as organizou, Prestes as denominou "esquadrões de cavalaria". Porém, logo teve que reformular sua ordem de serviço. Os chefes libertadores, todos coronéis, veteranos de outras guerras, não se conformaram com o comando de simples esquadrões, julgaram-se diminuídos. O comandante rebelde, do alto de seus 26 anos, portou-se salomonicamente.

– Os senhores têm razão. Dr. Damião – disse, dirigindo-se ao major-secretário da Força –, escreva novas ordens e, onde se lê "esquadrão de cavalaria", escreva "regimento de cavalaria revolucionária".

E todos se deram por satisfeitos. Ainda naquela tarde foram criados novos "regimentos", além desses, que nem sequer tiveram numeração, identificando-se pelo nome de seus comandantes: coronéis João Alves e Estevam Alves, Luís Carreteiro, Aparício Fabrício, João Francisco da Luz, major Ernesto Pinto e capitão Ernesto Pinto. Cada qual comandava homens de seus currais políticos.

Mais tarde, depois que rompeu o cerco e deixou o Rio Grande, a Divisão foi dividida em três destacamentos, pois a maior parte dos voluntários civis desinteressou-se pelo levante quando o alvo ficou sendo apenas o presidente da República. Dos 5 mil homens que partiram de São Luís Gonzaga, havia armamento de guerra para apenas 1.500, que continuaram com a coluna quando cruzaram o rio Uruguai e entraram no Contestado, 800 do Exército e 700 voluntários civis. Os demais portavam suas armas pessoais, espingardas e fuzis antigos, com munição caseira, revólveres, espadas, facões, adagas, lanças ou apenas a cara e a coragem.

A liderança geral dos voluntários civis era do general Leonel Rocha, o veterano caudilho daquela região, que se retirou para a Argentina assim que passou as tropas da autodenominada Divisão Invicta para Santa Catarina.

Desde 20 de dezembro que fora tomada a decisão de seguir para Foz do Iguaçu. A pá de cal da rebelião no Rio Grande foi colocada pelo comandante político, Assis Brasil, quando deu ordens a seus generais para que encerrassem as hostilidades contra o governo de Porto Alegre. Numa carta datada de 19 de dezembro, enviada a Honório Lemes em Taquarembó, onde fora internado pelas autoridades uruguaias, ele mandava o caudilho do Caverá ficar quieto, até encontrar melhores condições para retomar a ação. Na verdade, Assis Brasil tivera sinais muito claros de que a melhor política seria a derrubada pacífica do regime castilhista, nos termos do Tratado de Pedras Altas.

– O nosso chefe político, dr. Assis Brasil, ainda será o presidente da República, pelas armas ou pelo voto – foi dizendo Prestes.

O projeto da revolução, dali para a frente, era constituído por uma série de ações encadeadas, um verdadeiro jogo de xadrez que levaria à derrubada do velho regime através de ações políticas e militares e constituiria a ponte para uma democracia representativa que incluísse novos segmentos populares a serem politicamente integrados, além da oligarquia que dominava o Palácio do Catete, desde que o marechal Floriano compusera com os barões do café e do leite, passando-lhes o poder para não cair ante as armas federalistas e monarquistas, em 1894.

O Tratado de Pedras Altas era a chave de tudo. Os mineiros haviam-no imposto ao Rio Grande, mas com isso selaram sua sorte na liderança política do Brasil. Prestes foi narrando por partes como a oposição pretendia romper a muralha legal e eleitoral que impedia a entrada de novas forças no cenário nacional.

Como eu já havia dito, para impedir a vitória das armas libertadoras em 23, que tinham apoio das lideranças políticas paulistas, Borges de Medeiros fora obrigado a compor com o líder paulista e ex-governador Washington Luiz, prometendo-lhe seu apoio na sucessão ao presidente Arthur Bernardes. Com isso, São Paulo abandonou os rebeldes à sua própria sorte, mas Borges foi obrigado a engolir o dispositivo que proibia a reeleição do presidente do Estado e dos intendentes municipais. Foi uma derrota política, mas os rebeldes, por seu lado, também tiveram que ceder, prometendo respeitar o mandato do chefe unipessoal dos republicanos, uma concessão que teve de ser empurrada goela abaixo dos generais libertadores, que não queriam cessar a luta enquanto o Chimango estivesse no Palácio Piratini. Assis Brasil precisou valer-se de toda sua energia, de toda sua capacidade de sedução para impor sua assinatura ao referido diploma. Tanto é verdade que a maior parte dos chefes rebeldes de lenço encarnado pegou em armas ao lado dos tenentes, tão logo estourou a revolução de 24.

Com o apoio do Rio Grande, Washington Luiz já pôde ir botando a faixa presidencial à meia espalda; Minas não teria como se opor: o próximo mandato seria de São Paulo. Entretanto, o resultado final acabou sendo negativo para os mineiros, pois o Rio Grande, que desde Hermes da Fonseca vinha se opondo ao café-com-leite, entrou em cena como protagonista.

No plano interno gaúcho, o fim da era Borges de Medeiros seria também o encerramento do ciclo castilhista ortodoxo. A nova geração emergente era composta de homens maduros, testados e com uma visão mais abrangente do mundo, do Brasil e do papel do Rio Grande do Sul nesses cenários. Seu projeto era romper o isolamento em que se encontrava então o Palácio Piratini e ampliar a coalizão no poder, trazendo de volta os republicanos dissidentes e, até quem sabe, os federalistas moderados que poderiam, numa negociação hábil e generosa, incorporar-se à vida política, pacificando o estado e acabando com essa paz armada, esse clima de guerra civil interminável que vivia o estado desde a proclamação da República.

Borges de Medeiros não era um estúpido, aceitaria uma composição com os adversários, mas não concordaria em ceder em questões de princípios, como, por exemplo, a ditadura republicana. Ele sabia que seus adversários pregariam o fortalecimento do poder legislativo, uma idéia inaceitável para o solitário do Piratini. Sabia também que essa nova geração, integrada por homens cultos, poliglotas, como Vargas, Flores, Aranha, Neves, Collor, Paim e outros, alinhavam-se com a tendência anglo-francesa da democracia representativa, que concedia espaço às minorias, contrários, portanto, ao regime do partido único, que se impunha na Rússia e na Itália. Vieram de suas pressões as mudanças então realizadas no Rio Grande que concederam cadeiras no parlamento para as oposições.

Foi esse mesmo grupo, especialmente o quarteto que sustentou o governo republicano durante a guerra civil, Flores e Paim, na área militar, Getúlio e João Neves, no cenário político, que forçou Borges a concordar com os termos do Tratado de Pedras Altas. É bom lembrar que naquele momento, quando tomou conhecimento dos termos propostos pelo general Setembrino, Bozano foi a Porto Alegre e tentou, com todas suas forças, convencer o presidente a não aceitar, mas foi voto vencido e teve que se recolher. Essa luta na ante-sala do chefe unipessoal dos republicanos acabou tendo conseqüências, pois o dr. Borges viu abalar-se sua confiança naqueles homens e fortalecer-se sua fé nos jovens jacobinos que eram irredutíveis nas questões de princípios. Parece que o presidente gaúcho tomou para si a máxima de seu inimigo do passado, Gaspar da Silveira Martins, que cunhou a célebre "Idéias não são metais que se fundem".

– Quais serão os próximos lances e o nosso papel no futuro? – continuou Prestes, colocando a pergunta ao plenário.

O objetivo era o rompimento do tratado café-com-leite, designando-se um candidato rio-grandense para a sucessão de Washington Luiz em 29, já que a eleição deste já era óbvia.

– O que é preciso acontecer, então, no tabuleiro para que possamos botar o sistema em cheque? – voltou Prestes a usar o artifício da pergunta. – Primeiro, Borges de Medeiros deve ser sucedido por uma corrente partidária do fim do isolamento e da integração do Rio Grande ao Brasil. Isso é fundamental porque será justamente essa vontade que dará ao estado a força para impor os termos da negociação para a sucessão de Washington Luiz. Em segundo lugar, será necessário manter "acesa a chama da rebeldia" – disse Prestes – para refrear Bernardes e os mineiros e paulistas detentores das rédeas do poder, estimular a emersão de novas forças e assegurar ao Exército um papel de protagonista nesse processo. Um governante para o Rio Grande flexível e simpático à nossa causa será um aríete para impor a candidatura gaúcha à presidência da República, e o dr. Getúlio Vargas, como já sabemos, está sendo articulado para este papel. O nome que deverá ser indicado para suceder Washington Luiz é o do chefe político de nossa revolução, dr. Joaquim Francisco de Assis Brasil.

(Esse jogo de xadrez acabou apresentando suas surpresas. Washington Luiz de fato elevou a presença do Rio Grande no cenário político nacional entregando a um gaúcho, Getúlio Vargas, a pasta mais importante de seu gabinete, o ministério da Fazenda. Mas Borges conseguiu salvar uma boa parte de seu poder, conservando a presidência do Partido Republicano rio-grandense. Com as reviravoltas que se deram, acabou unindo-se aos mineiros contra os paulistas e indicou Getúlio Vargas para candidato ao governo federal, fechando, assim, as portas a seu arqui-rival, Assis Brasil. Com isso, Prestes não apoiou a Revolução de 30.)

— Nossa missão, agora, é manter a chama acesa. Vamos avançar sobre Iguaçu e nos unirmos aos companheiros que lá resistem. Teremos uma força composta por paulistas e gaúchos, será uma coluna invicta – disse o comandante. – Vamos pôr em prática o nosso treinamento para a guerra de movimento, misturando nossos soldados disciplinados pelo Exército e os gaúchos veteranos de 23 e chegaremos à fronteira do Paraguai nas margens do rio Paraná. Lá nos reabasteceremos, nos uniremos a nossos companheiros paulistas e continuaremos nossa revolução.

Ele já começara a se preparar para uma guerra de movimento quando comandava o 1º Batalhão Ferroviário. Além dos trabalhos de construção da ferrovia, dava a seus soldados o treinamento para aquele tipo de ação, contrariando, sem que seus superiores soubessem, as diretrizes de instrução do Exército implantadas pela Missão Francesa. Dizia que, "na América do Sul – ele se preparava tanto para a revolução quanto para a guerra contra a Argentina –, qualquer guerra deverá ser com deslocamentos o mais rápido possível. As grandes unidades sempre deverão marchar pelo eixo das estradas; onde não houver estradas ou picadas, fazem-se estradas e abrem-se picadas. Pelotões de 20 homens ou menos devem romper em todas as direções, fazendo o possível para fazer crer ao inimigo que são compostos de grande número de efetivos. Esses pelotões nunca devem parar, sendo sempre substituídos os homens cansados por tropas frescas, inquietando constantemente, sem dar repouso ou tréguas ao inimigo. Inutilizar tudo o que possa servir ao inimigo", dizia.

— Tenho informações fidedignas de que o inimigo espera nossa saída para o norte entre Santo Ângelo e o rio Uruguai. Para deter-nos, foram concentrados 2.000 homens em Santo Ângelo do destacamento do coronel Timótheo do Amaral Oestreich, com dois corpos provisórios, o 26º e o 27º, mais o 2º Regimento de Cavalaria da Brigada e um esquadrão do 7º Regimento de Cavalaria Independente e uma bateria do 6º Regimento de Artilharia Motorizada. Mais a leste está o 28º Corpo Auxiliar, estacionado na Rondinha: este é o nosso problema – foi dizendo Prestes, ao traçar o plano tático que desenvolvera. – Mas nós vamos sair por aqui, nesse cotovelo, sobre Ijuí. Essa é uma passagem que está desguarnecida, pois eles pensam que vamos sair pelo outro lado, subindo pelo meio da mata, costeando o Uruguai. Vamos começar nosso avanço depois de amanhã, um dia antes deles se mexerem. O ataque final para fechar sobre nós o garrote do Círculo de Ferro foi marcado para 30 de dezembro. Quando eles chegarem, fechando as garras, nós escaparemos pelo meio. Vamos também produzir algumas ações diversionistas para atrasar as tropas que possam acorrer em socorro da guarnição de Ijuí. Assim, quando chegarem, já estaremos fora do Círculo – disse Prestes. – Alguma pergunta?

— Qual a oposição que você espera encontrar? – perguntou João Alberto.

— A única linha de defesa fica nos passos do rio Conceição. Há um piquete de civis e um esquadrão de provisórios no Passo do Schmidt e um esquadrão do 11º Corpo Auxiliar no Passo da Cruz. O que me dói é que essa tropa posta à nossa frente é comandada pelo intendente de Santa Maria, o Bozano. Eu o conheci, é um moço de valor, mas que fazer...

— Luís Carlos, peço-te para não me designares para o ataque. Bozano é meu amigo do peito — atalhou Cordeiro de Farias.

— Eu sei, Oswaldo. O rompimento ficará a cargo do Ferrinho, que está mais bem-adestrado para esse tipo de ação, com apoio da cavalaria do Gay. O resto da força segue pelo Passo do Schmidt. Temos de capturar a ponte intacta para atravessarmos os canhões.

— Concordo com tudo, mas não temos reconhecimento da rota escolhida — ponderou Siqueira Campos.

— Não haverá problemas. O general Leonel vai limpar o caminho para nós e já nos deu um guia que conhece todas as picadas, todos os passos. Assim que terminarmos esta reunião vou apresentar-lhes o vaqueano, o coronel João do Prado.

Esse *briefing* do alto comando rebelde ocorreu dia 27 de dezembro. Nesse dia eles sabiam mais do que nós sobre os planos do estado-maior legalista. Para nós, a missão do que sobrou do 11º seria defender a cidade de Ijuí, reforçado pelos voluntários civis do coronel Dico. Nessa noite, Bozano recebeu um telegrama de Cruz Alta mandando que se apresentasse na manhã seguinte para uma reunião com seu comandante, coronel Lúcio Esteves.

Capítulo 38

Domingo, 28, segunda-feira, 29, e terça-feira, 30 de dezembro
Passo da Cruz

Na manhã de domingo chegou uma ordem de movimento para o 3º Esquadrão. Pouco antes de Bozano partir de automóvel para Cruz Alta, um telegrama do general Monteiro de Barros mandava que tomássemos posição na margem direita do rio Conceição, no local denominado Passo da Cruz, a três léguas da cidade. O coronel Dico não gostou.

– Bozano, não podes me deixar assim. A cidade vai ficar completamente desprotegida se tua gente partir – argumentou o intendente.

– Não se preocupe, coronel, o inimigo está longe, cercado em São Luís. Não há como sair de lá. Estaremos no Passo mais para proteger a população civil do que para combater – respondeu Bozano, procurando tranqüilizar o correligionário, disfarçando sua inquietação.

Assim que o intendente se foi, chamou Ulisses Coelho e Edgard Colonna.

– Qual é a situação de nossos suprimentos?

– Estamos partindo com 4 mil tiros – respondeu Colonna, consultando suas anotações.

– Não estou gostando nem um pouquinho disso. Vou ver se consigo mais munições em Cruz Alta e mando ainda hoje, se for possível – disse, preparando-se para partir.

Toeniges já estava com o auto pronto, à porta da Igreja Sabatista, onde tínhamos nosso quartel-general.

Às 11h30 o major Soveral deu a ordem de marcha para o Esquadrão e demais oficiais do estado-maior que se incorporaram à tropa como combatentes comuns. Não podia deixar um só homem que pudessse empunhar uma arma. Ele próprio iria comandando a unidade. Eu segui com Bozano para Cruz Alta.

O Passo da Cruz fica na estrada velha de Santo Ângelo para Ijuí e tem este nome porque do lado de cá de quem vai há um cemitério onde estão enterrados oficiais da Brigada mortos em combate em 1894. É um lugar maldito para os republicanos. Trinta anos mais tarde nossa unidade iria limpar os matos da beira do rio e levantar seu acampamento no mesmo local do malfadado combate. A região, entretanto, é muito bonita. Sua topografia é de coxilhas de planalto, o solo de terra vermelha (roxa, para os italianos), coberta de araucárias, e foi ocupada por uma colônia de teuto-brasileiros assentados ali pela Diretoria de Terras e Colonização, da Secretaria de Agricultura, Indústria e Comércio do Estado do Rio Grande do Sul. Os lotes foram divididos por estradas vicinais, chamadas de linhas, todas numeradas. Começavam nos arrabaldes de Ijuí com a linha 1 e chegavam às margens do Conceição com a linha 11, e assim ia pelo Rincão de Entre-Ijuís, passando de 30 o número dessas minirrodovias que serviam para o deslocamento de seus habitantes e escoamento da produção.

Um piquete com 15 homens, sob o comando do tenente Vicente Valdez, foi acampar uma légua à frente, instalando-se como posto avançado de nossa posição.

Nossa viagem a Cruz Alta foi tranqüila, do ponto de vista de nosso motorista, pois a estrada estava em ótimo estado e fazia um belo dia de verão; não havia do que se queixar. Bozano estava nervoso, sabia que seu encontro com os militares do Exército não seria um momento agradável. Tão logo se apresentou aos superiores pediu suprimentos. Para sua surpresa, Esteves atendeu-o no ato.

– Major, temos condições de atender ao coronel? – perguntou a um oficial com fardamento do Exército.

– Sim, tenho um caminhão carregado com 19 caixas de mil tiros.

– Pois que parta imediatamente para Ijuí e entregue a carga ao responsável pelo 11º Corpo Auxiliar.

– Sim, senhor.

– Coronel, é um grande prazer tê-lo sob meu comando. Nosso destacamento está honrado de ter o 11º de Santa Maria a nosso lado. Acredito que junto com o 2º Regimento de Cavalaria de Livramento são as unidades que mais se cobriram de glórias nesta campanha. O 2º em São Paulo; vocês, no Camaquã. Seja, pois, bem-vindo.

Eu quase estourei numa gargalhada, mais pela cara-de-pau do Bozano do que por qualquer outra coisa. Vi, pelo seu jeito, que ele não estava acreditando numa só palavra do que ouvia naquele momento.

– Vou me gabar com o coronel Claudino por tê-lo "roubado" dele – continuava Esteves, despejando um balde de elogios em nosso comandante.

Em seguida, fomos introduzidos na sala de operações do estado-maior. Uma grande mesa, com um mapa gigantesco estendido como se fosse a toalha, com bonequinhos fincados e fitas coladas, mostrando a disposição das tropas e as rotas que deveriam seguir. Uma ponta de flecha indicava as vanguardas, cada dia com uma cor.

– Vamos encurralá-los em São Luís, pôr sítio à cidade e destruí-los debaixo dos petardos de 50 canhões – dizia o general Monteiro de Barros.

– Veja aqui, dr. Bozano – tornou Esteves –, estou deslocando nosso destacamento para a região de Santo Ângelo. Nossa missão é ficarmos na reserva, confluindo para Ijuí no caso de necessidade. O senhor fica guardando os passos para pegar algum deles que se escape e tente sair por aí.

Bozano escutava quieto. A certa altura, cochichou-me: "Estão loucos". Ao final, disse que precisava voltar, pois "os remanescentes de meu Corpo estão à minha espera". Ninguém registrou, aparentemente, a ironia, mas o coronel Esteves convidou-o a acompanhá-lo em seu trem especial que se deslocaria dali a pouco para Santo Ângelo, podendo deixar-nos em Ijuí. Despachamos Toeniges de volta, pela rodovia, e viemos no trem do comando, agora sim uma composição com todos os luxos, tinha até champanha para quem quisesse.

– É a ceia dos condenados – disse-me Bozano, comentando aquele tratamento especial que estavam nos dando, lembrando a última refeição de uma pessoa que será executada pela Justiça, nos países civilizados. Ele estava certo de que tudo aquilo era uma cortina de fumaça para que nada tivesse a reclamar quando depois viessem responsabilizá-lo por algo tão grave que arruinasse ou comprometesse a sua carreira política. Na sua cabeça era uma desforra dos militares do Exército: "Isso é a doce vingança do pústula do Arnaldo Melo, apoiado pelo canalha do Villalobos. Agora o Esteves, que está comendo no prato do dr. Borges, ficou sabendo do que nos fizeram e resolveu dar uma aliviada, pois sabe que na volta posso pegá-lo, também". Depois parou de falar no assunto e ficou encarando a realidade como ela se apresentava, tudo indicando que o quadro militar sob nossa responsabilidade era de periculosidade irrelevante. Podia não fazer nada, mas não estaria exposto a fazer feio. Tinha, contudo, certeza de que na hora que o dr. Borges soubesse do que lhe estavam impondo, daria jeito de mudar ou de tirá-lo dessa guerra que não mais lhe interessava, pois seus objetivos políticos já tinha sido alcançados.

Nessa noite, pernoitamos em Ijuí. O caminhão do Exército realmente trouxera a munição, mas limitou-se a descarregá-la em nosso quartel e seguiu viagem para Santo Ângelo, onde deveria se reunir às forças que estavam estacionadas naquela cidade. Conosco, de Cruz Alta, trouxemos uma grande quantidade de roupas brancas para a tropa, que não tinha sequer uma muda de cueca para trocar havia vários dias. Na segunda-feira, dia 29, o capitão Ulisses Coelho veio à cidade para buscar os suprimentos. Entretanto, não havia uma só viatura de carga disponível para transportar o material pesado. Em duas carroças retornou ao acampamento levando apenas os fardos de roupas, que eram mais leves, mas o coronel Dico prometeu que, no dia seguinte, teria um caminhão para levar as munições e os arreios novos que recebêramos. Com o capitão-ajudante seguiram para a posição os voluntários civis que Bozano tinha mandado buscar em Santa Maria, que viajaram no trem de tabela, pagando suas passagens com dinheiro do próprio bolso. Foram os únicos reforços que recebemos. Ulisses traçou num papel um esquema demonstrando ao comandante como estavam dispondo a Força no terreno.

– Temos um piquete avançado a mais ou menos uma légua das nossas linhas. À frente, ficaram os infantes. O major Soveral guarnece o passo. E acabou. – relatou Ulisses, mostrando as três linhas de defesa. – Somos uma meia dúzia de gatos pingados. Não há muito mais o que fazer. Levo comigo estes 46 que chegaram de Santa Maria, mas cada qual com suas armas pessoais.

Naquela noite escura e sem lua de 29 de dezembro, Prestes, valendo-se do breu, iniciou sua marcha para rompimento do cerco. Silenciosamente, cada homem montado e cabresteando outro cavalo, mergulharam na noite deixando sua posição nos arredores de São Luís, sem serem pressentidos. Antes de partir, o comandante rebelde chamou dois coronéis libertadores que tinham decidido deixar a coluna e ficar no Rio Grande: Pedro Aarão e Márcio Garcia.

– Meus amigos, quero agradecer em nome da Revolução a ajuda inestimável que vocês dois deram à nossa causa comum – disse Prestes. – Vou pedir-lhes que prestem um último favor a estes bravos que continuarão na luta. Não posso lhes dar armas nem munições, pois vamos precisar de tudo na longa jornada que temos pela frente. Preciso que vocês atraiam o inimigo, que o façam pensar que nosso objetivo é outro, que ganhem tempo para nós podermos ultrapassar suas linhas.

– Está bem, coronel, eu agüento os homens só no tapa. Mas, quando eles chegarem em nós, que fazemos? – perguntou Aarão.

– Façam o que for possível: debandem, rendam-se, resolvam do jeito que mais contribuir para atrasar nossos inimigos.

E, assim, o 4º Regimento de Cavalaria Revolucionário do coronel Garcia separou-se da coluna e marchou para noroeste. O 5º RCR, do coronel Pedro Aarão, partiu para tomar posição no flanco esquerdo, na altura do Passo do Ijuizinho, em condições de interceptar o 26º Corpo Auxiliar, unidade do Destacamento de Santo Ângelo que, sabiam os rebeldes, marcharia pelo Rincão de Entre-Ijuís para fazer a ligação com o 1º Regimento de Cavalaria da Brigada Militar, que se deslocaria de Tupanciretã na direção do cotovelo do Círculo de Ferro.

Prestes usou de forma absolutamente ortodoxa a tática de Honório Lemes, tão criticada pelos demais militares de carreira que participaram dos primeiros embates, ao lado do caudilho. Nada de patrulhas, nada de gente espalhada que possa ser observada pelo inimigo. "Nossa vanguarda é nosso peito", dizia o gaúcho. E o velho João do Prado, que palmilhava todo aquele território com os provisórios nos calcanhares desde 93, orientava-se na noite escura como se estivesse com o sol a pino do meio-dia. O silêncio era absoluto. Para diminuir movimentos que pudessem chamar a atenção de alcagüetes republicanos, Prestes distribuiu a cavalhada de reserva entre os próprios soldados. Cada qual cabresteava o seu, evitando, assim, que uma tropilha de eguada chamasse a atenção com o rufar dos cascos a galope, que é como costumam deslocar-se as tropas de eqüinos.

No acampamento rebelde, bem em frente às ruínas da Catedral de São Miguel, a antiga capital das Missões, o general Leonel Rocha chama em particular seu seguidor Reinoldo Krüger.

– Reinoldo, tenho uma missão muito importante para ti – diz o velho general. – Só há uma forma de conseguirmos romper o cerco, que é eliminando os provisórios de Santa Maria que estão entrincheirados bem ali na tua zona, nos passos do Conceição. O comandante dessa gente é um moço mui valente, o dr. Bozano, que é o intendente de Santa Maria – continuou.

– Já ouvi falar, general. Não é o mesmo que sufocou o Honório e o Netto lá na fronteira? – perguntou Reinoldo.

– É esse mesmo.

– Pois tenho sede dele – afirmou Krüger, sem saber o que acabara de dizer.

– Pois quero que mates esta sede, Reinoldo – aproveitou a deixa o general.

– O senhor está dizendo que eu devo matar o homem?

– Isso mesmo.

– General, assim a sangue-frio?

– Não, meu filho, em combate. Não te esqueças de que estamos em uma guerra. Não estou te dizendo para ir lá na casa dele para dar-lhe um tiro na cara. Nada disso: estou te designando para enfrentá-lo numa situação de combate.

– General, eu nunca fiz isso de sair com um homem marcado. Já peleei muito, já vi cair provisório na minha mira, mas sem saber quem era, que nome tinha, era só um fardamento na minha frente que desandava na ponta do meu dedo.

– É a mesma coisa. Matar um, matar mil, na guerra é igual. Esse vale por mil. É a mesma coisa que te dar uma metralhadora para varrer uma coluna inimiga. São mortes que não pesam na consciência. É mais legítimo do que a legítima defesa, pois esse homem pode causar o fim de todos nós.

– O seu argumento é forte, mas tenho minhas dúvidas.

— Não tenhas dúvidas, Reinoldo. Isso não é uma encomenda, isso é uma ordem. Tu és um soldado da revolução. Tu deves obediência a teus superiores.

— Está bem, general, eu vou — acabou dizendo. — Contrariado, mas vou.

— Eu sei que és um soldado disciplinado. Vou te levar ao Portela, ele vai te dizer o que fazer.

Os dois sumiram na noite, encaminhando-se para a barraca do comandante do Batalhão Ferroviário, o "Ferrinho", obra-prima do coronel Prestes. Portela estava reunido com seus oficiais, na verdade cadetes da Escola Militar do Realengo, expulsos por terem se envolvido no levante da academia, que vieram pela Argentina incorporar-se à rebelião. Todos haviam sido promovidos a oficiais e estavam à frente de pelotões regulares.

Reinoldo ficou esperando enquanto o general entrava na tenda fracamente iluminada.

— Major, trouxe o homem.

— Ele concordou com sua missão?

— Major, se o senhor conhecesse os alemães não me faria esta pergunta.

— Está bem, então mande-o entrar.

Reinoldo entrou com o chapéu na mão, cumprimentou a todos. Ele e Portela já se conheciam, pois até então fora o motorista do comando e mecânico dos carros em pane.

— Boa-noite, seu Reinoldo. Quero lhe apresentar o tenente Antônio Weimann, ele vai coordenar com o senhor a operação especial que o senhor vai comandar — disse-lhe o comandante do Ferrinho.

Os dois apertaram-se as mãos, Reinoldo impressionado com a juventude do oficial.

— O nosso alvo encontra-se em Ijuí e só vai partir para o Passo na terça-feira pela manhã. Vamos pegá-lo quando estiver se aproximando — disse Weimann, com a maior naturalidade.

— Como é que o senhor sabe? — perguntou Reinoldo ao tenente.

— Seu Reinoldo, há muito mais gente do nosso lado do que parece. Com isso nós sabemos muita coisa que se passa lá dentro do gabinete do comandante deles. Como diria: com essas informações, cada homem nosso vale por cem deles. Nossos 2 mil equivalem aos 20 mil que estão vindo para cima de nós — atalhou Portela.

— O que vou lhe dizer agora é grande segredo militar, pois, assim como nós sabemos deles pelo que falam na frente de quem não devem, nós também precisamos tomar cuidado, pois a surpresa é a nossa arma, está bem? — voltou Weimann.

— Sim, senhor — concordou Krüger, vendo o sinal de confiante aprovação do general Leonel, que estava a seu lado, não sabia se estimulando-o, prestigiando-o ou para não deixá-lo arrepiar a carreira.

— Nós vamos atacar o Passo da Cruz na madrugada de segunda para terça. Esse Passo está guarnecido pelos provisórios de Santa Maria. Vamos atacá-los e segurá-los enquanto o capitão Pedro Gay toma e defende o Passo do Schmidt. Ali está, como o senhor sabe, a ponte que nós vamos precisar para passar a artilharia. Nossa missão é impedi-los que se movam para socorrer o Passo do Schmidt e, também, dar tempo de nosso alvo deslocar-se até o local do combate. Ele vai sair cedo para levar para sua linha munição e armas que ficaram retidas em Ijuí. O senhor vai, então, pegá-lo antes de ele chegar a seu acampamento.

Krüger procurava acompanhar o raciocínio. Não atinava como eles sabiam de tudo com tantos detalhes, prevendo os movimentos do coronel provisório como se fossem eles próprios a dar-lhe as ordens, mas acreditava que fosse assim, tantas ele já havia visto aqueles moços fazerem naqueles dois meses de revolução.

— O tenente vai escoltá-lo com um piquete. Vocês vão penetrar nas defesas do inimigo e agir atrás de suas linhas. É uma missão arriscada, mas eu sei que o senhor conhece bem o terreno e o inimigo não. Isso é uma boa vantagem – disse Portela.

— O senhor me desculpe, major, mas eu tenho outra idéia – interveio Reinoldo, no seu português carregado pelo sotaque próprio daquela região, com sua fonética misturada com sons alemães e italianos.

— Qual sua proposta?

— Se o senhor tem certeza que vai ser assim, é mais melhor um grupo pequeno, todos vaqueanos do lugar. Só tem que me dizer como é o homem.

— Não há como se enganar. Ele vem num automóvel, um Ford com suspensão e pneus modificados. O senhor vai ver na hora. Só não sabemos lhe dizer que assento ocupará no carro, pois tanto pode vir guiando como de passageiro. Nesse caso, todos os ocupantes do carro, lamentavelmente, serão alvo.

— Bah! Vou ter que pegar o homem rodando? Vocês pensam que eu sou o Anjo Gabriel que solta raios?

— São Miguel Arcanjo é que solta os raios, Reinoldo – corrigiu o general Leonel –, o padroeiro deste lugar em que estamos. Ele vai guiar os teus tiros.

— Pois bem, deixem eu pensar. Daqui a pouco eu tenho uma solução, podem deixar – disse.

Em seguida, Krüger e Leonel Rocha retiraram-se, foram para seus arreios e puseram-se a conversar, discutindo hipóteses para aproximação e execução da missão. Portela foi para a barraca do comandante, onde já se encontravam os outros oficiais para receber as ordens de marcha.

— Como é que eles têm certeza de que o Bozano só vai se mexer na terça pela manhã e não antes nem depois? – perguntou Krüger a Leonel Rocha.

— Esses meninos têm outros por dentro. São militares profissionais, fazem tudo com sistema. Eles sabem porque sabem. Será que não entendes que são todos farinha do mesmo saco, os que estão do lado de lá e os do lado de cá? Pois bem, eles sabem que o caminhão do Exército que vai transportar as munições para o Passo só chegará esta noite a Ijuí e que não deve viajar no escuro, com os faróis acesos, porque é muito perigoso, um alvo fácil. Então, vai sair de manhã. O chofer terá ordens, em todo o caso, de só partir pela manhã. Assim, acredita no que eles te falam, menino! – ralhou o general.

Enquanto os dois missioneiros conversavam, Prestes chegava a um plano final, para ser desencadeado dali a instantes. Eles teriam que cruzar a rodovia Tupanciretã-Santo Ângelo, antes da junção das tropas do coronel Claudino, que vinha com o 1º RC, para estabelecer a ligação com o destacamento do coronel Timótheo Oesterich e fechar o cerco sobre São Luís. Foi decidido um movimento tático de piquetes de cavalaria, sob o comando do major João Alberto, na estrada que levava de São Miguel para Tupanciretã, a fim de atrasar o avanço da cavalaria da Brigada; pelo flanco direito, já despachara o 5º RCI do coronel Pedro Aarão, para deter os provisórios do 26º CA, do coronel Joaquim Antônio Rodrigues, que saíra de Santo Ângelo e ficara esperando ordens em Rondinha para ocupar o Passo do Ijuizinho. Para noroeste, partira o 4º RCI do coronel Mário Garcia, no rumo de Taquarembó. Esse era o dispositivo diversionista que daria cobertura ao avanço do grosso da Força que se deslocava pelo Entre-Ijuís sem ser pressentida, levando os governistas a estabelecer um cerco contra uma praça abandonada. O general Monteiro só tomou providências para perseguir os rebeldes na tarde do dia 30, quando eles já haviam, em boa parte, ultrapassado o rio Ijuí e marchavam livres rumo ao norte.

Com o conhecimento detalhado dos movimentos do inimigo, pois o quartel-general em Cruz Alta insistia em monitorar até os horários de movimento das tropas sob seu comando, os rebeldes tinham que executar com precisão cronométrica os seus deslocamentos para evitar as tenazes da pinça governista que se fecharia, se eles marchassem no tempo certo, às suas costas, investindo, depois, no sentido contrário de sua marcha. Essa disposição tática explicou a lentidão do movimento envolvente que permitiu a Prestes escapar como que por entre os dedos do Círculo de Ferro.

Em Ijuí, Bozano continuava inconformado com sua situação. Estava com seu Corpo diluído numa frente de quase 100 quilômetros, separado por longas distâncias. Assim mesmo, mandou próprios com ordens de prontidão absoluta para todas as unidades, o 1º em Santa Bárbara, o 2º em Rio Branco e o 4º em Santa Teresa: que permanecessem com os cavalos à soga, arreios à mão, prontos para montar. Do QG, em Cruz Alta, recebera uma promessa vaga: no dia seguinte sairia um trem levando o 29º Corpo Auxiliar, comandado pelo tenente-coronel Firmino de Paula Filho, intendente de Cruz Alta e filho do caudilho Firmino de Paula. Bozano não gostou.

– Coronel, estou sentindo o cheiro de pólvora – disse ao intendente de Ijuí, propondo que começassem a desenvolver um dispositivo para agir numa emergência. Foram preparados, então, dois esquadrões para emprego fora da zona urbana. Um primeiro, com 180 homens a cavalo, seria comandado pelo delegado de Polícia, Martins Leonardo, e mais 10 de nosso Corpo, comandados pelo segundo-tenente Mário Macedo Garcia, ficariam em prontidão na reserva para atuar de acordo com as circunstâncias. Um segundo, sob o comando do major Jeremias Quaresma e do tenente Fernando Silva, para destruir a ponte do Passo do Schmidt e guarnecer a estrada que dá acesso à cidade.

– E a merda desse caminhão que não chega! – irritava-se Bozano com a demora do transporte. Ele não podia deixar a cidade sem estar seguro do embarque e da partida da viatura com as munições. Se com ele pressionando diretamente nada acontecia, imagine-se sem sua autoridade quanto tempo não levaria até que os suprimentos chegassem ao Passo da Cruz?

Quando chegou no Passo do Ijuizinho, Pedro Aarão viu que sua Força não conseguiria deter nem um minuto o avanço dos provisórios. Seus homens estavam armados de revólveres, muitos de 38 e 32, garruchas, velhos fuzis descalibrados e com meia dúzia de tiros de balas artesanais, facas, facões, lanças; até um velho bacamarte dos tempos dos bandeirantes, que disparava à mecha, soltando uma nuvem de fumaça e jogava pedras, cacos de vidro e pedaços de lata com um alcance de 5 a 10 metros, havia.

– Meus amigos, o melhor combate, agora, é se entregar – disse a seus oficiais –, eles vão levar mais tempo para nos prender do que para nos derrotar aqui neste Passo.

Ainda naquela noite de 29 para 30 de dezembro, Reinoldo Krüger teve seu plano aprovado pelo comando revolucionário.

– Não adianta levar muita gente, só vai servir para chamar a atenção. Vou eu e mais três, os compadres Arthur Krieger, Nicolau Deswri e Jango Nunes.

Disse que haviam estudado o problema e resolvido fazer uma espera na sanga do Lajeadinho, a uns 3 ou 4 quilômetros do Passo da Cruz.

– Ali o auto tem que diminuir a marcha para cruzar a sanga; tem uma cerca de pedra para a gente se ocultar e um bom campo de tiro, uns 20 metros entre a nossa posição e a estrada. Se vierem por ali, garanto que não passam – disse Krüger.

O pelotão do tenente Weimann acompanhou o grupo de comandos até a margem do rio Conceição. Ali, os quatro homens apearam, pegaram suas armas e, usando tocos de cortiça como bóias, cruzaram o rio e sumiram na escuridão. A escolta ficou escondida no mato, aguardando o avanço do resto da Força para se juntar à coluna que dali a pouco deveria irromper atacando as tropas que guarneciam o Passo, poucos quilômetros rio acima.

Bozano passou uma noite insone. Fiquei com ele até o quanto pude, era mais de 2h da manhã quando fui dormir. No dia seguinte, antes de sair, deixou-me um envelope pedindo-me que o colocasse no correio. Era uma carta para Maria Clara. Certamente, depois que me recolhera, ele continuou acordado e ficou a escrever à noiva para matar o tempo e tirar da cabeça os pensamentos negativos que o assaltavam enfurecidamente.

Ele tinha pressentimentos, mas também certezas. Revelou-me o teor de uma conferência telefônica que mantivera com o dr. Borges, em que o presidente dera-lhe pistas bastante claras de que estaria sendo negociada uma saída para os rebeldes para que deixassem o Rio Grande, ou, pelo menos, para que deixassem suas armas pesadas e alcançassem um terreno em que se pudesse travar um combate em campo aberto sem risco para as populações urbanas e conseqüente destruição das cidades.

– Eu sou a bucha de canhão, deixaram-me esnucado: se deixo o Prestes passar, serei desmoralizado como covarde. Se o enfrento, amargarei uma derrota que apagará tudo o que fizemos até agora nesta campanha. O que gostaria de saber é quem me colocou nesta situação, se nossos companheiros que me querem fora da sucessão ou os militares para se vingarem das humilhações que lhes infligi na campanha da Reação Republicana.

– Eu acredito que pode ser outra coisa: os milicos não te vêem com bons olhos por causa da campanha separatista. Muitos te consideram uma ameaça à unidade nacional – arrisquei.

– Que nada. Eles sabem que aquilo era uma manobra tática de campanha. O que defendo, isto sim, com unhas e dentes, é a autonomia do Rio Grande. Mas isso é uma questão programática de nosso partido, uma posição histórica do castilhismo e uma questão de princípios para o dr. Borges. Disso não abro mão.

Em Porto Alegre o Palácio Piratini só foi se inteirar da situação por volta das 8h da manhã de terça feira. A edição de *A Federação*, na edição de 30 de dezembro, apresentava um quadro militar inverso, noticiando o cerco de São Luís Gonzaga e deixando antever uma batalha decisiva iminente. Com essa situação, Prestes teria como única saída internar-se nas matas, atravessar pelo menos sete rios caudalosos, subindo entre o rio Uruguai e Santo Ângelo, e por aí chegar à fronteira catarinense. Essa alternativa de fuga era aceita, pois os rebeldes somente poderiam escapar da perseguição legalista deslocando-se em pequenos grupos, desaparecendo como força combatente organizada. Chegariam a Iguaçu como uma manta de debandados, sem armas, sem constituírem uma coluna que merecesse esse nome.

– Presidente, fiquei sabendo agora mesmo que houve uma alteração naqueles arranjos: o Prestes vai sair por Ijuí – disse o coronel Massot.

– Como? – interpelou Borges. – Tem gente nossa no caminho?

– O Bozano, com um esquadrão.

– Canalhas!

– Já pedi para ordenarem a retirada. Mas não creio que a ordem chegue a tempo. Eles passariam esta madrugada. Ainda não tenho notícias.

No acampamento do Passo da Cruz, o tenente Vicente Valdez tinha acabado de tomar o café, uma tintura grossa e nutrida, acompanhado por lingüiça na farofa, bolachas e rapadura, quando cessou como por encanto a algazarra que se fazia porque as orelhas dos oficiais, treinadas nas lides, captaram o chiado indisfarçável das balas zunindo ao longe. O eco das ondas sonoras quando o balim vencia a barreira do som não deixava dúvidas, havia combate na posição avançada, a uma légua dali.

Valdez viera a cavalo, uma hora antes, ainda tomara chimarrão enquanto esperava o desjejum que estava sendo preparado nas cambonas e no espeto. Chegara para relatar que havia calma total na sua área, que suas patrulhas não haviam encontrado o menor sinal de movimentação do inimigo, que teriam mais um dia de paz. De fato, estavam todos convencidos de que sua posição era apenas um resguardo de retaguarda.

– Volta a galope, Valdez, que tem gente te atacando – ordenou Soveral. – Valdomiro, pega teus homens e segue para reforçar o Valdez. Vamos.

O tenente Waldomiro Soares estava com seu piquete de prontidão, com cavalos encilhados, pronto a entrar em ação. Nosso bivaque estava do lado de lá do Passo, na mesma margem, de forma que não foi necessário cruzar o rio. Foi só montar e pegar o galope em direção ao tiroteio.

Soveral também montou a cavalo e foi saindo, dando ordens.

– Ulisses, forma a infantaria que vou lá na coxilha ver se enxergo alguma coisa – disse o comandante interino.

O capitão-ajudante arrebanhou um grupo de 30 homens e mandou que se deslocassem para formar uma linha de fogo à esquerda do Passo. Assim como foi, o major voltou a galope aberto.

— Ulisses, vêm em bandos. É muita gente. Acho que é a coluna inteira. Tu ficas aqui que eu vou defender o Passo!

— Xavier, pega 10 homens e estabelece a ligação com a vanguarda — gritou Ulisses para o capitão-médico Antônio Xavier da Rocha.

Esse doutor era bom com o bisturi, mas melhor com uma Mauser. Imediatamente, estava com o cavalo encilhado e partia a galope para a missão que acabara de receber. Foi um deus-nos-acuda. Todos sabiam que dessa vez a coisa era séria.

— Francelino — gritou Soveral a um cabo —, vai a galope até Ijuí e avisa que estamos sob ataque, batendo em retirada e com pouca munição. Diz que é muita gente, que toda a coluna está se vindo por aqui. Despacha-te!

O gaúcho saiu a galope, com dois cavalos, um no cabresto, para mudar quando o primeiro se desse por cansado, e assim, pulando de um para o outro, fazer em menos de uma hora o trajeto de três léguas.

Quando viu o cavaleiro a galope, descendo a coxilha para ganhar a curva do Lajeadinho, Reinoldo agachou-se mandando os três fazerem o mesmo, por trás das moitas, contra a cerca de pedra. O chasque nem olhou para o lado. Assim como vinha, passou. Jango interpelou Krüger.

— Reinoldo, não vais derrubar este chimango?

— Nada disso. Temos ordens de abater os que vierem da cidade para cá. Daqui para lá passa livre. Tu não sabes que estamos aqui para pegar peixe graúdo?

No *front*, Ulisses Coelho pressentiu que dessa vez eram eles e não os maragatos que teriam de lutar com desvantagem em todos os quesitos.

— Passa a ordem. Economizar munição — gritou para o segundo-sargento Antônio Barreto, que formava uma linha de atiradores para proteger o flanco de Soveral.

— Sargento, mande seu pessoal encilhar os seus cavalos. Vamos sair em reconhecimento — mandou ao segundo-sargento Ary Bastos. — Estás vendo aquela poeira de cavalhada? Vamos lá reconhecer. Avisa o major Soveral ali no Passo.

Nesse momento chegam o primeiro-tenente João Cândido e o segundo-tenente Antônio Ferreira Severo com um piquete de cavalaria.

— Bem-vindo, *véio*, aqui tem encrenca para palmo e meio — saudou Ulisses a chegada dos companheiros. — Estás vendo, nossa linha está aqui, cobrindo a esquerda do Passo. Pega tua gente e cobre o meu flanco direito, está bem? — ordenou.

— Está certo — concordou João Cândido, virando-se para o segundo-tenente. — Ouviste, Severo, te mexe, vamos! — e novamente, virando-se para o capitão-ajudante. – Mas me diga o que é isso. Para quem estava aqui para um veraneio até que ficou um baile animado, não achas?

– Pois então? Vou ver o que está acontecendo lá em cima. Tu me seguras esta linha que volto assim que puder, entendido? – disse Ulisses.

– Feito! – foi a resposta positiva. – Vou assentar estas metralhadoras e preparar a cama para quando eles chegarem aqui.

Ulisses montou e subiu coxilha acima a galope com seu piquete. Quando venceu o alto viu do que se tratava: uns quatro homens traziam por diante uma cavalhada, 40 ou 50 animais, a galope aberto. Umas cinco quadras atrás deles avançava a toda velocidade um esquadrão inteiro com perto de 100 homens, também a todo o galope, com seus inconfundíveis uniformes do Exército. Dando uma virada no binóculo viu outro grupo também em alta velocidade correndo em paralelo: ali estava a nossa vanguarda, o capitão Xavier da Rocha e o tenente Valdez recuando, com uma carroça puxada por quatro cavalos também a toda. Era a vanguarda e seus reforços recuando.

– Vamos carregar, Lauro – disse a seu sargento, Lauro Lampert –, e tu, Antônio, encosta nestes aí e me passem os cavalos pelo Passo. Não podemos perder mais nem um animal, está bem? – ordenou ao cabo Antônio Lopes. Contando por alto, estimou que os rebeldes já tinham tomado uns 250 animais, por isso tanta insistência para segurar os que sobraram.

– Vamos assim no mais, capitão? – questionou Lampert. Seu piquete tinha 12 homens, iriam chocar-se de frente contra o esquadrão inimigo que vinha por cima.

– Acho que dá. Quando o Xavier nos vir, certamente investirá, flanqueando-os.

– Será que eles vêm?

– Seguro. Aquele doutorzinho gosta mais de briga que de curativo – sentenciou Ulisses.

O piquete do capitão-ajudante estendeu a linha e avançou frontalmente contra a cavalaria inimiga. Assim que venceram a coxilha e se lançaram na direção dos rebeldes, Xavier viu a carga e gritou para o tenente:

– Valdez, segue para o Passo e atravessa os feridos que eu vou com o resto do pessoal dar uma mão para aquela gente. Diz aos enfermeiros para irem preparando os feridos que já chego lá para começar o trabalho. Está bem?

– Sim senhor, capitão.

– Esquadrão, estender linha! – berrou Xavier, mudando de direção, seguido pelos 25 homens que o acompanhavam. Assim como vinham, os homens do Exército abriram fogo.

– Êepa – gritou Ulisses, abrindo as pernas e voando por cima do pescoço do cavalo, que perdia as patas e se boleava. Mal rolou, o capitão-ajudante voltou ao cavalo caído para recolher sua munição na mala de garupa e pôde contar cinco tiros no peito e na cabeça do tordilho.

Quando receberam a primeira descarga dos homens de Xavier que atacavam pelo flanco direito, os militares estancaram e foram estendendo sua linha. Isso surpreendeu os rebeldes e os deteve. Não dava para saber o que seria aquele contra-ataque. Poderia, tudo indicava, ser uma vanguarda de força numerosa. Assim como vinham na surpresa, poderiam ser surpreendidos por uma força igualmente numerosa que os envolveria se continuassem. Foi o tempo que os provisórios precisavam para soltar outra descarga, dar meia-volta e retirar para suas linhas a todo o galope. Ulisses pulou na garupa de seu sargento e comandou.

– Para trás, para trás, vamos!

Já incorporados com a vanguarda, regressaram para a linha do Passo. Com eles se iniciaram as hostilidades ao raiar do dia. Aquele grupo levara um dos maiores sustos de sua vida. Já tinha sol, mas o chão ainda úmido do sereno segurava a poeira, de tal forma que quando viram, a distância, o campo parecia mexer-se: era a poderosa força inimiga chegando. Para quem esperava encontrar no máximo alguns piquetes de desertores, foi uma surpresa total. O tenente tinha saído cedinho para tomar o café no acampamento do Passo. No comando, o sargento Celso Saldanha não titubeou.

– Preparar a metralhadora! – ordenou. Não sucumbiria à vontade imediata de montar a cavalo e sair dali o quanto antes para prevenir o resto da tropa. "As balas serão meus chasques", pensou mandando estender linha e preparar-se para a defesa. Tinha uma boa posição e uma saída para a retaguarda. Ficaria por ali até o último momento antes de ser envolvido. Mal o inimigo entrou no alcance, as armas de Santa Maria começaram a cantar. Consultou o cebola e conferiu os ponteiros: 7 horas da manhã em ponto.

A coluna revolucionária marchava a passo acelerado. Tinham começado aquela verdadeira corrida contra o tempo ao entardecer de 29, quando os grupos diversionistas partiram para os flancos, a fim de garantir que as tropas inimigas não estariam no caminho do Entre-Ijuís. Além dos coronéis Aarão e Garcia, partiu também um grupamento, comandado pelo major João Alberto, para um ataque de fustigamento ao 1º Regimento de Cavalaria que deveria estar partindo de Tupanciretã pela estrada de São Miguel. Essa Força, ao contrário das duas colunas de maragatos, era composta de militares do 2º Regimento de Cavalaria Independente de São Borja, estava armada e equipada para o combate. Sua missão era criar uma situação ofensiva que levasse os brigadianos a deduzir que estavam sob ataque da vanguarda de uma força poderosa. O objetivo era, também, retardar o avanço dos regulares de Santa Maria que pensavam chegar a São Luís vindo por aquela estrada, que eles precisavam livre até toda a divisão passar, rompendo o cerco.

– João Alberto, faça um esparramo, espalhe sua gente, faça o Claudino pensar que você está procurando romper em cima dele. Mas cuidado para não perder o ponto de retorno. Eles virão na tua cola – disse Prestes, dando as intruções para o seu comandante.

– Se o senhor dá licença, coronel, vou dar um palpite ao major – interveio o general Leonel Rocha.

– Pois não, general – concordou o coronel-comandante.

– Em 93, aqui nesta nossa região, quando eu era um tenente-coronelzinho do general Prestes Guimarães, vi o general Gumersindo Saraiva sitiar a Divisão do Norte com uma muralha de fogo.

– Como assim? – perguntou João Alberto.

– Tocou fogo nos campos. Nesta época é melhor ainda, a vegetação está seca, é só riscar um fósforo. Com as labaredas e, principalmente, a fumaça, é muito arriscado avançar, pois do meio do fumo podem sair balas de emboscadas.

O 2º chegou quase às portas da cidade, quando deu com o esquadrão avançado de Claudino. João Alberto estendeu linha, tiroteiou e se retirou, enquanto os brigadianos preparavam-se para uma batalha campal, botando fogo nos campos, retomando a estrada como se estivesse refluindo para São Luís.

– Vá correndo avisar o Prestes de que a armadilha deu certo – mandou João Alberto ao tenente Emígdio Miranda, cadete expulso no Rio que também se unira aos rebeldes e ganhara a sua patente de oficial da Revolução.

Na Rondinha, o tenente-coronel Joaquim Rodrigues estava a ponto de mandar o seu 26º Corpo Auxiliar entrar no corredor quando chegou a galope um chasque da vanguarda avisando que uma força rebelde se aproximava, vindo do Passo do Ijuizinho.

– Vem muita gente. Não deu para contar, mas são muitos – disse o provisório.

O coronel Joaquim mandou tocar reunir e, imediatamente, tratou de se preparar para a defesa. Antes de qualquer outra coisa, despachou um automóvel com um chasque para Santo Ângelo com a informação do iminente ataque rebelde, pelo que se depreendia que Prestes tentaria irromper por ali.

Qual não foi sua surpresa quando, de linha estendida, viu se aproximar, escoltado por seis homens de sua vanguarda, um homem trazendo uma bandeira branca, logo reconhecido por um de seus sargentos como "não é o coronel Pedro Aarão?"

Minutos depois parlamentava com o oficial rebelde que lhe dizia ter decidido entregar-se por julgar inútil sua resistência e suicida a missão que lhe deram de garantir o Passo sem ter as condições. Ele e sua gente resolveram abandonar a Revolução, disse. Dali a pouco, com as armas prontas, temendo uma emboscada, Joaquim recebia o restante da tropa que se rendia em coluna por dois, desfilando em frente aos dois coronéis e atirando no chão as suas armas – tudo porcaria, é verdade, num monte que se formava ante as vistas perplexas da soldadesca.

Repentinamente, Joaquim estava com um novo problema: como prender aquela gente toda e marchar para as posições que lhe tocavam guarnecer? Só cinco horas depois conseguiu dar a ordem de seguir em frente, após enviar um de seus esquadões com os maragatos para a cadeia em Santo Ângelo – isso se encontrassem um lugar para encarcerar tanta gente.

De longe, o tenente Pedro Palma, outro ex-aluno expulso da Escola Militar do Rio de Janeiro, observou, com seu binóculo, o desenrolar daquela cena, deu de rédeas em seu cavalo e voltou para reencontrar-se com o coronel Prestes e relatar o sucesso da missão da coluna maragata.

Ao amanhecer, em Ijuí, chegou-se a ter um certo alívio com as notícias que chegavam pelo telégrafo. A primeira foi um telegrama informando do ataque, àquela altura, segundo julgou o comando legalista, maciço, contra Tupanciretã. Não demorou muito e outro telegrama dava conta do ataque seguido de debandada inimiga do 4º Regimento de Cavalaria Revolucionária do coronel Mário Garcia no Taquarembó. Assim mesmo, Bozano continuava inquieto. Não sei se era seu sexto sentido, mas ele disse ao coronel Dico que não estava descansado, sugerindo que levassem adiante o desmonte da ponte do Passo do Schmidt.

Mais ou menos às 8h da manhã, o tenente Weimann, que ficara escondido nos matos da barranca do Conceição, ouviu o barulho de motores, conferiu com seu binóculo a aproximação de quatro automóveis e um caminhão com a carroceria cheia de gente e deu a ordem para seu grupo movimentar-se.

– Eles vêm destruir a ponte. Não podemos deixar que isso aconteça. Vamos pegá-los.

Nem bem pararam os carros e o coronel Martinzinho, como era conhecido o delegado de Polícia, já estava, com seus homens, desaparafusando as tábuas da ponte, quando levaram a primeira saraivada de balas. Um FM Mauser encarregou-se de botar o grupo de desmonte para correr, estabelecendo-se uma linha de tiro do outro lado, mas sem conseguir cortar o caminho dos rebeldes. O major João Pedro Gay ouviu o pipocar do fuzil-metralhadora e deu ordens à sua vanguarda para galopar, antevendo o que estaria ocorrendo à sua frente.

– Ustra, a toda velocidade. Não podemos perder aquela ponte – mandou o seu fiscal tomar a vanguarda para resolver a situação que encontrasse, fosse qual fosse.

O automóvel que voltou do Passo do Schmidt com a informação do ataque à ponte chegou praticamente junto com o próprio que vinha do Passo da Cruz dizendo que uma Força poderosa desabara sobre nossa gente.

– Alemão, pega esse auto e vai até Rio Branco dizer ao Bento Prado que venha imediatamente para o Passo do Schmidt. Depois volta e fica aqui fazendo a ponte com Cruz Alta – foi sua primeira ordem. – Colonna, embarca agora mesmo esta munição e vem atrás de mim para o Passo da Cruz. Deus do Céu – disse ao coronel Dico –, aquela gente está sem pai nem mãe. Nem munição para brigar eles têm. Estou indo para lá.

– Estás louco, Bozano, não podes te expor desta maneira. Fica-te quieto aqui e vamos preparar a defesa da cidade, isso sim, que eles já devem estar chegando – contestou o coronel Dico.

– Não, tenho que ir, eu preciso estar lá.

– Diga-me, pelo amor de Deus, o que vais fazer dentro da ratoeira?

– Coronel, lembro-me do que disse Urquiza aos generais brasileiros que assistiam à batalha de longe, observando de binóculo, em Monte Caseros, quando lhe perguntaram o que pretendia ao ir juntar-se à tropa. Ele falou: "Essas tropas de patriotas não têm a disciplina das forças regulares. Eles precisam ver o chefe na linha de frente, com eles, e assim combatem até a morte".

– Bozano, tens razão, eu vou contigo – disse João Dico de Barros, filho do intendente.

– Pois eu também – disse Chrysanto Leite.

– Cabe mais um nesse auto? – falou Ernesto Quaresma.

– Pois entrem e vamos, mas logo – assentiu Bozano, assim que viu botarem no porta-malas uma caixa de munição, toda a carga que cabia no Ford. – Vamos, em frente, Toeniges.

Naquela paragem, o ronco do motor do automóvel destacou-se do estalido das armas que pipocavam a poucos quilômetros do Lajeadinho. Krüger ficou tenso e disse com gravidade:

– Olhem aqui, ninguém se mexe do meu lado, aconteça o que acontecer. Jango, tu e o Nicolau ficam à minha direita. Nicolau, tu engatilhas e o Jango me passa o fuzil. Arthur, tu ficas à minha direita. Eu disparo e te entrego a arma. Tu agarras e já passa para o Jango. Vamos treinar, vamos lá – disse Reinoldo.

Como quatro meninos brincando, fizeram o rodízio dos fuzis, três Mauser novinhos, ainda molhados do óleo de fábrica, calibradíssimos, que Portela lhes dera para a missão. Com as armas sem balas fizeram aquele pula-pula. Reinoldo disparava, em seco, uma vez a cada dois segundos. Seria esta a cadência. O carro se aproximava, agora, lá em cima da coxilha. Levaria uns cinco minutos para reduzir na frente do sangão.

Na frente de batalha, o 11º resistia ao avanço do Ferrinho. Na verdade ali se enfrentavam as duas frações mais famosas daquela revolução, o corpo de Santa Maria, que viera coberto de glórias da fronteira sudoeste, contra o batalhão pessoal do coronel Luís Carlos Prestes, a unidade com melhor treinamento e politicamente mais engajada na revolta. No Passo, com a vantagem de estar numa forte posição defensiva, os provisórios conseguiram parar os conscritos do Exército. Era um avança e recua. Ficaram quatro horas nesse vai e volta.

O carro veio vindo, acelerado, rugindo, levantando poeira. Reinoldo posicionou-se. Não havia como se esconder mais. Precisava estar em posição, o corpo ereto, os pés firmes no chão, concentração absoluta. Várias vezes já fizera aquilo em caçadas de marrecos, de caturritas e outros animais voadores que pilhavam as lavouras de grãos. Nunca perdia um tiro. Toeniges chegou a vislumbrar o grupo de comandos.

– Veja doutor, ali na cerca de pedra, sentinelas inimigas.

Num relance vislumbrou quatro homens, um deles armado, apontando-lhes um fuzil. Um alvo móvel é mais difícil, pensou, e disse:

– Toca!

Foi a última vez que se ouviu sua voz. Iniciaram-se os disparos numa sucessão impressionante, a cada três segundos um tiro. Estilhaçou-se o párabrisa dianteiro, ouviu-se o zunido das balas, os demais passageiros gritaram, as portas se abriram, não dava para saber o que estava acontecendo. Toeniges pisou fundo no acelerador, o carro reagiu, puxou o freio de mão, esterçou todo o guidom, levou uma primeira na embreagem e no tempo, os pneus patinaram no cascalho da estrada, 180 graus – um cavalo-de-pau – e o auto estava voltando outra vez na direção da cidade, afastando-se dali, sem os dois passageiros que se encontravam no banco traseiro, no meio e na janela oposta à emboscada. Bozano calado, duro, sentado no banco de trás, como viera, ereto, Quaresma a seu lado resfolegando, estertorando. Os outros dois, sabe lá Deus onde estavam, no auto é que não mais estavam, parar para perguntar não era hora, a coisa estava feia, acelerar, pé no fundo.

O carro entrou na cidade a toda velocidade, buzinando. Foi logo reconhecido. As pessoas sairam atrás. Parou defronte à Santa Casa. O motorista aos berros: "Vamos, tirem os homens, estão feridos, rápido, mexam-se". Estavam tirando Bozano quando chegou um médico, foi direto no ferido que parecia dormir, só um botão vermelho bem no meio dos olhos, um pouquinho acima da linha, na testa. Nem sangrava.

– Nos atacaram de metralhadora – disse Toeniges, dando sua impressão.

No Passo da Cruz o 11º resistia. Ulisses formou uma linha com 56 homens e tentou retomar a cavalhada, que tinha caído em poder do inimigo. Foi repelido. Soveral, com 40 homens armados de fuzil e 48 lutando de revólver, defendia o Passo. A cada minuto o inimigo parecia aumentar seu poderio. Os reforços iam chegando, sem parar. A linha de infantaria não tinha mais condições de manter-se. Ulisses mandou um próprio ao Passo pedir ordens a Soveral, mas o major já tinha se retirado. Deixara apenas um pelotão de retardamento sob o comando do capitão Mário Muratori, ainda mal recuperado do ferimento do Passo das Carretas, mas peleando. Xavier da Rocha abandonara o combate e se dedicava exclusivamente a seu hospital de sangue, que a cada minuto recebia novos mortos e feridos.

Ulisses iniciou a retirada para transpor o Passo. Um círculo de fogo se fechava em torno de seus homens. Mandou contar a munição: dava uma média de 20 tiros para cada homem.

– Vamos atirar só de pontaria – grita para seus soldados. – Recuando, vamos entrar no Passo, vamos, vamos.

Estavam todos exaustos. Já passava de meio-dia. Estavam combatendo havia quatro horas, sem descanso. Logo que cruzou o rio avistou uma mangueira com cinco cavalos.

– Lauro, pega aqueles cavalos, vamos encilhá-los, rápido – ordenou ao sargento.

Com duas metralhadoras, os homens de Muratori cobrem a retirada de meio esquadrão de Ulisses, que vem combatendo de infantaria. Mal atravessam o rio e recebem fogo do flanco esquerdo de um esquadrão inimigo que cruzara o rio uns 2 mil metros abaixo. Precisam sair dali para não ficarem cercados. Quando procura estender a linha para enfrentar o ataque começa o tiroteio pela retaguarda. Ulisses sente-se caindo na ratoeira.

– Vamos subir a estrada – grita o capitão-ajudante para Muratori, que já deixou a posição, abandonando o Passo.

Recebem uma fuzilaria pela frente. Ulisses sente um baque, uma pedrada. Não dói, mas cai no chão. "Estou ferido", pensou, "mas não estou morto." Levanta-se e reposiciona suas forças.

– Waldomiro, Valdez, vamos, atendam o flanco direito, vamos – ordena aos oficiais, que vão juntando sua gente de linha estendida, ameaçando um contra-ataque. – Severo, aqui, toca para o flanco esquerdo, vamos, segura essa gente – gritou para o outro tenente, que vinha fazendo a retaguarda.

– Nós dois seguramos a linha – disse para Muratori, que procurava reinstalar suas metralhadoras, também já praticamente sem balas, com os canos em brasa de tanto atirar. – Vamos nos proteger na roça – disse, mostrando uma terra cultivada onde poderiam se meter no meio das folhagens. – Nesse momento viu seu sargento rodopiar e cair no chão, mas logo se levantando. "Deus do céu, vamos ser exterminados." Lauro Lampert cambaleava, mas continuava a animar seus homens.

4h30 da tarde, o 3º Esquadrão já recuara quase uma légua. Espalhados em grupos, agora os homens procuravam juntar-se. O inimigo parecia ignorá-los, seguia como se estivesse de viagem, na direção norte. A estrada para a cidade parecia não lhes interessar. Nessa hora, por um caminhão que passara pelas linhas inimigas ostentando uma bandeira da Cruz Vermelha Ijuiense, os comandantes souberam da morte do dr. Bozano.

A Divisão do Centro rebelde literalmente passara por cima de nosso pessoal. Quando reencontrou com a coluna, vinda de Tupanciretã, onde fora hostilizar o 1º RC do coronel Claudino, a retaguarda revolucionária, comandada pelo major João Alberto, com seu 2º RCI entrou na estrada e ultrapassou nossa gente. Parecia marchando em parada. Àquela altura, a vanguarda de Prestes já tinha deixado a cidade para trás e chegava a Nova Wittemburg, onde acampava para passar a noite de Ano-Novo.

No seu relatório, um dos oficiais do estado-maior rebelde, Dias Ferreira, escreveu: "Dizia-se que o fato de ter sido forçada a passagem no ponto mais fraco revelava que o coronel Prestes tinha um conhecimento exato das posições inimigas e de suas condições de resistência, censurando-se sem rebuços o estado-maior das forças governistas por ter deixado aquele ponto guarnecido por um pequeno contingente, isolado e sem as possibilidades de ser imediatamente socorrrido. Para alguns, essa desídia do estado-maior, que ainda hoje anda envolta em sombras de mistério, foi o maior erro cometido em toda a campanha".

Quando cheguei ao hospital, corri imediatamente para a sala de operações. Ali encontrei, sozinho, o corpo de nosso comandante. Ainda estava com seu fardamento completo, limpo, no coldre a maravilhosa pistola Astra, botas lustradas, o cabelo levemente descomposto. Na outra sala de operações os médicos também davam por perdido o companheiro Ernesto Quaresma. Saí da peça e encontrei, sentado num banco de madeira, o motorista Toeniges, desconsolado.

– Não deu para fazer nada, tenente. Nada. Só vim a saber como ele tinha sido atingido aqui no hospital.

Atônito, dirigi-me ao telégrafo e pedi um enlace imediato com Santa Maria. Redigi um curto telegrama ao vice-intendente Fortunato Loureiro e fui me inteirar do destino da batalha. Era 11h30. Depois eu soube do espanto causado por minha mensagem; sem que ninguém dissesse nada, ao se espalhar a notícia, o comércio fechou suas portas, entrando em luto espontaneamente. Às 2h da tarde foi anunciado um decreto mudando para Doutor Bozano o nome da rua do Comércio. Às 4h as placas com o nome antigo eram arrancadas e outras, improvisadas, pintadas a mão, substituíram as originais.

Inimaginável, inacreditável, Júlio Bozano era um homem morto.

Capítulo 39

Quarta-feira, 31 de dezembro, e quinta-feira, 1º de janeiro
Ijuí, Santa Maria e Porto Alegre
O enterro

— Acabou-se o Rio Grande... — tartamudeou Soveral.
— Acabou-se... — respondi, também com a voz trêmula.
Pé ante pé, movimentávamo-nos lentamente, espremidos entre a multidão e os túmulos, procurando a saída do Cemitério de São Miguel e Almas, no alto da Colina, em Porto Alegre. A noite caía, eram quase 9 horas, os coveiros ainda arrematavam a pedra que separava o corpo de Bozano do mundo dos vivos.

Só não chorávamos porque ainda estavam em nossos ouvidos as palavras de João Neves da Fontoura, na oração de despedida: "Assassinaram-te friamente, da tocaia protegida, quando corrias quase só para o posto de comando, à frente de teus bravos. Mas diante deste túmulo ninguém chora. As lágrimas não são nem podem ser a coroa digna de teu martírio cívico. Estás, pela destinação histórica do teu grande fim, desintegrado do círculo das afeições familiares e arrolado no cadastro dos benfeitores da Pátria, daqueles que aos seus altos desígnios tudo sacrificaram – a vitória, a fortuna, a mocidade e a vida".

Na hora, não conseguimos obedecer à palavra de ordem do líder do governo. Meus olhos embaçados puderam ver as lágrimas e os soluços do velho cabo de guerra que estava a meu lado. Quando baixou à sepultura, juntos levamos a mão a nossos quepes numa derradeira continência, acompanhando a guarda de honra do Esquadrão Presidencial que prestava também sua última homenagem ao herói da Brigada Militar. O clarim soava o toque de silêncio, observado liturgicamente por todos os que podiam ficar aquém do cordão de isolamento.

Ali estava todo o oficialismo gaúcho: junto ao túmulo, o presidente e todo seu secretariado, o presidente do Superior Tribunal de Justiça, desembargador André da Rocha, o presidente do Poder Legislativo, general-deputado Barreto Leite, o intendente de Porto Alegre, Octávio Rocha, o comandante-geral da Brigada, coronel Emílio Massot, o representante do Exército, general Cypriano Ferreira, e o representante pessoal do comandante da 3ª Região Militar, primeiro-tenente Arthur Esqueal. O Andrade Neves não teve coragem de se fazer presente, limitando-se a emitir uma Ordem do Dia elogiosa.

Numa segunda linha, ao lado de sua família e da noiva e seus parentes estávamos a delegação de Santa Maria: coronel Ernesto Marques da Rocha, Cícero Barreto, Cláudio Velho e G. Athayde, pelo Partido Republicano; os drs. Coriolano Albuquerque e Octávio Abreu, pelo foro santa-mariense; o trabalhador Manoel Nascimento, pelo Círculo Operário; e nós, os representantes do 11º Corpo Auxiliar. Em nosso nome, falou, em último lugar, na derradeira homenagem, o voluntário civil dr. Álvaro Masera, que assim terminou: "Julinho! Recebe o adeus de teus amigos de Santa Maria, dos teus leais companheiros do 11º Corpo Auxiliar e recebe também o meu adeus, do sempre amigo, já que não te posso cingir nos braços e neles transmitir-te a profunda emoção que me domina. Adeus!..."

Na terceira linha vinham os oficiais e praças da Brigada, os funcionários das repartições federais, estaduais e municipais, tendo à frente seus chefes, que compareceram, obedecendo à portaria de seus superiores; a comissão-executiva do Partido Republicano rio-grandense; os centros cívicos com seus estandartes e os dirigentes das entidades das classes sociais. Para além do cordão de isolamento, a população de Porto Alegre, em massa.

Desde o momento da morte que o povo gaúcho não deixou nosso comandante por um só minuto. Eu ainda estava com seu corpo no Hospital de Ijuí, a notícia recém espalhando-se de boca em boca e as pessoas já se juntavam em frente do prédio, silenciosas, respeitosas, certas de que algo de muito grave acabara de acontecer, um evento superior, que até parecia ser mais importante do que os estampidos que ainda se ouviam das lutas com as tropas rebeldes que acabavam de passar quase roçando os subúrbios, ganhando a estrada que levava para o norte. Indiferentes às advertências de que a cidade poderia, de uma hora para outra, ser invadida pelas hordas revolucionárias, ignoravam o perigo e não arredaram pé, o resto do dia, até na boca da noite, quando Bozano foi levado para uma primeira homenagem, uma missa de corpo presente, antes de embarcar no trem especial que viera buscar seu corpo por ordem do presidente Borges de Medeiros.

No meio da tarde começamos a ter uma idéia mais clara do que tinha acontecido no Passo da Cruz, ouvindo os relatos dos primeiros sobreviventes a chegar. Até ali a gente viveu um tremendo corre-corre. À volta do carro com os dois mortos, à certeza do rompimento de nossas linhas, seguiu-se a preparação da resistência a um cerco. Era barricada para cá, trincheira para lá, imagino que seria esse mesmo o clima dentro de uma daquelas fortalezas medievais que lutavam contra os mouros. Dentro da cidade, o coronel Dico entrincheirou-se com os homens e armas que pôde juntar, pronto a repelir um ataque ou vender caro a queda de sua cidadela. Não se entrava nem se saía da zona urbana. Cada casa era uma trincheira.

No interior, aos poucos, foi-se clareando o quadro militar. Os rebeldes, entretanto, logo demonstraram que seu objetivo era outro, que não tomar Ijuí. Destroçadas as resistências que encontravam no seu avanço, os revolucionários nem mesmo desarmavam os grupelhos de nossos provisórios que ficaram para trás a vagar pelos campos, misturando-se à Força atacante na estrada que demandava a Ijuí, como se nem inimigos fossem.

As viaturas com feridos tinham passagem livre. Os soldados desgarrados voltavam à cidade a cavalo ou a pé. Os rebeldes marchavam acelerados na direção dos campos de Palmeira, deixando a toda velocidade os limites do Círculo de Aço.

Lá pelas 4h da tarde, regressaram os dois companheiros desgarrados que estavam no auto de Toeniges. Eles deram uma primeira versão do ocorrido, pois o motorista nada soubera explicar, ele lembrava-se apenas de ter visto o atirador e da manobra desesperada que executou, felizmente com êxito, para escapar da emboscada. Ele aprendera a executar tal pirueta no carro com os aviadores da base aérea, em Santa Maria. Nunca pensou que aquilo que fazia na farra, como se fosse uma brincadeira, uma molecagem, iria algum dia salvar-lhe a vida. Mas ao contrário: diziam-lhe que numa daquelas poderia escangalhar-se e morrer num desastre.

Os pilotos chamavam de cavalo-de-pau a uma manobra de última instância, só aconselhável em situação de desespero, numa aterrissagem forçada ou falha do motor no terço final da pista durante a decolagem: corta-se o motor, dá-se manche para um lado levantando a asa, pressiona-se o pedal do leme e do freio da mesma roda, a asa toca no chão e o avião fica rodando como se fosse um carrossel. Foi assim que ele pôde, naquele segundo, naquela estradinha estreita, reverter sua rota tão velozmente que o próprio Reinoldo Krüger, motorista experimentado, ficou boquiaberto olhando, deixando-lhe o ínfimo espaço para a fuga.

Krüger, segundo contou ao tenente Portela, ficou admirado.

– *Le digo,* tenente, nunca vi coisa igual. E olhe que pensava saber tudo de direção, mas agora aprendi mais uma! – dizia o maragato, relatando sua missão a seu superior. – Garanto-lhe que foi do jeito como estou lhe contando, sem mentira nenhuma: o autinho, assim como vinha, foi-se e me deixou no beiço. Ainda bem que o senhor me diz que um dos que peguei era o homem, pois três me escaparam: dois que se atiraram e ganharam no Lajeado e que mais não vi, pois não dava para sair atrás deles. E o outro, o chofer, que bem podia ser o Bozano. Ainda bem que não era.

– Krüger, meus parabéns. Tu és um herói da Revolução. Quero que sigas comigo. Vou pedir que te dêem a patente de capitão – elogiava Portela.

— Que nada, tenente, muito obrigado, mas não vou. Minha rixa é com a chimangada. Fico por aqui, que já sei que vou ter muito incômodo. Essa gente não vai descansar enquanto não me pegar.

De fato, tão logo voltaram os dois sobreviventes, identificou-se o sicário.

— Foi tudo muito rápido, mas deu para ver que era o filho de uma égua do alemão Krüger — relatou João Dico ao pai, que se desfazia da aflição sobre o destino do filho quando Toeniges chegou com o Bozano morto e o Quaresma agonizante.

— Pois não descanso enquanto ele não pagar — sentenciou o intendente.

O coronel Dico jamais se esquecerá desse 30 de dezembro. Foi o seu dia do Demônio. Dentro da cidade não tinha as condições mínimas para repelir o ataque iminente das tropas que podia ver passando a olho nu, do alto da torre; lá fora, seus homens, que tinham ido para o Passo do Schmidt destruir a ponte, os reforços que mandara para apoiar 11º; seu filho perdido, com toda a certeza morto no meio do campo no mesmo lote que atacara Bozano. Agora estava mais calmo, quase feliz, pois os rebeldes demonstravam querer escapar-se dali, Ijuí estava salva e seu filho regressara sem um arranhão. Tudo estaria tão bem se não fosse a tragédia.

— Vamos prestar todas as honras ao dr. Bozano. Me chamem o padre, convoquem os companheiros que todo o mundo vai rezar por sua alma e agradecer a Deus por ter nos livrado de tanto mal — foi sua ordem.

Ainda à tarde, chegou de Santa Maria o dr. João Joaquim para embalsamar o corpo com formol, para que agüentasse o périplo que ainda teria pela frente. Bozano deveria passar por uma sucessão de velórios antes de ser sepultado. Assim que o corpo ficou pronto, vestido com fardamento limpo, foi levado para a Intendência para o primeiro velório.

Aí começou a verdadeira romaria. Gente que nunca tinha ouvido falar de Bozano viajou léguas por aquelas estradas inseguras e ainda infestadas de guerrilheiros para olhar um caixão de defunto. Foi uma cena que se repetiu ao longo dos dias, quando extensas filas se formavam diante das intendências para a última homenagem ao jovem e já consagrado herói que tombara.

O mesmo ocorreu na igreja, quando se realizou a missa de corpo presente, antes do corpo ser embarcado no trem especial que o conduziria ao longo da ferrovia, primeiro a Santa Maria, depois até Porto Alegre. Na igreja, só foram admitidas autoridades, membros do partido e militares. Foi a primeira de uma série de missas solenes. O coral da Cruz Vermelha Ijuizense, integrado pelas voluntárias republicanas, afinadíssimo, sob a regência da professora Olga Ather, entoava os cânticos religiosos, enquanto a banda marcial tocava uma sucessão de marchas fúnebres. Na rua, o povo ajoelhado rezava pela alma de nosso comandante.

Uma guarda de honra composta por militares de todas as corporações que tinham efetivos em Ijuí (a essa altura chegavam grupamentos do Exército, da Brigada, o corpo provisório de Cruz Alta e os remanescentes de nosso 11º), entre os quais se viam muitos soldados e oficiais feridos superando suas dificuldades físicas para oferecer suas honras, enquanto o esquife passava conduzido no pulso pelos republicanos locais até a estação de trem.

Muratori e eu fomos designados pelo comandante interino, o major Soveral, para escoltar o corpo até Santa Maria. Foi uma das viagens mais tristes de minha vida. Mas também um motivo de orgulho. Em cada estação uma pequena multidão aplaudia quando a composição diminuía a marcha para cruzar a gare, sem parar. Nas cidades, o trem deteve-se por alguns minutos para que os republicanos locais, sempre tendo à frente seu intendente, prestassem apressadamente suas homenagens.

Quase não falamos durante a viagem, cada qual perdido em seus pensamentos. Paramos em Santa Maria e logo vimos a multidão que se comprimia diante da estação. Em seguida, subiram ao vagão a família da noiva e o vice-intendente em exercício, Fortunato Loureiro. Maria Clara entrou à frente, seguida pelo pai, dr. José Mariano, da mãe, dona Jahn, e do pequeno irmão, Marianinho. Fui recebê-la, sem saber o que dizer, tomando-lhe a mão, quando ela me disse:

– Por favor, Gélio, abra que eu quero vê-lo.

O caixão vinha fechado, fortemente aparafusado, tive dificuldades para soltar as borboletas que o selavam. Ela, os olhos secos, parecia transtornada, envolvida por uma aura mística. Assim que a tampa foi levantada, por mim, Muratori e Fortunato, ela aproximou-se do corpo, foi até a cabeceira e viu o lugar do ferimento, naquele momento pouco mais do que uma manchinha, limpo e seco. Passou a mão; lembrei-me do sonho que me contara Bozano. Não disse uma palavra. Parecia, afagando-lhe, querer retirar a bala, fazê-la retroceder, como se tivesse sido ela que a tivesse introduzido. Virou-se e foi saindo, levada pelos pais, enquanto tornávamos a fechar o caixão para o cortejo que se iniciaria a seguir, para seu segundo velório na Intendência, a segunda missa na catedral, antes de seguirmos para Porto Alegre.

Depois da missa, o féretro desceu, pela última vez, a avenida Rio Branco. As famílias à frente (a essa altura seus pais e os irmãos, menos Carlos, já tinham chegado de Porto Alegre, num outro trem especial), a banda com suas marchas fúnebres, uma tropa do Exército a prestar-lhe as honras, o clarim tocando silêncio.

O translado à capital foi tão triunfal quanto a primeira parte da viagem. As estações repletas para ver o trem passar, as paradas nas cidades, os discursos dos companheiros intendentes, as honras militares dos corpos provisórios, levamos quase um dia inteiro para fazer o percurso. Restinga Seca, Cachoeira, Rio Pardo, General Câmara, Santa Cruz, Montenegro, e mais uma dezena de paradas, até entrarmos no trecho final, encostando na estação terminal da rua Voluntários da Pátria, às 7 horas da noite de quarta-feira, dia 31.

Em Porto Alegre, não foi menor a recepção. Desde São João, passando pelos Navegantes, ao longo do 4º Distrito, havia gente ao longo da linha férrea que margeia o Guaíba. Quando o trem parou, pude ver pela janela o peso das autoridades que estavam esperando, a começar pelo presidente e todos os demais que já citei quando falava do sepultamento. Primeiro foram dados os pêsames à família. A seguir, a homenagem da cidadania. O esquife foi retirado do trem nos ombros de um grupo que representava, cada um daqueles homens, uma das classes sociais sobre que se assentava o nosso estado castilhista. Em frente, na Voluntários, as delegações do partido, dos centros cívicos, o funcionalismo, formados. O caixão foi depositado sobre uma carreta de artilharia e puxado pelos braços dos republicanos, seguindo pela rua, repleta de gente contida pelo cordão de isolamento, até a Intendência. No largo defronte ao Paço Municipal, não havia espaço para nada. Foi um caro custo à Guarda Municipal abrir um corredor para podermos passar com os despojos de nosso comandante e depositá-lo em câmara ardente no Salão de Honra, onde ficou escoltado por dois pelotões da Brigada Militar, comandados pelo tenente Justino Velasco, que se alternavam ao lado do caixão, enquanto uma extensa fila ia passando à sua frente para uma última homenagem. Presidindo, um grande quadro de Bozano a creiom envolto em crepe.

Tarde da noite, mais um traslado, desta vez para o velório íntimo na residência da família, na rua João Manoel 41. Soveral não se continha, lembrando-se que fora ele que estivera naquela mesma casa para levar consigo aquele jovem pouco mais que imberbe, para revolucionar o partido em Santa Maria.

A encomendação final foi na Catedral Metropolitana, num rito com toda a pompa que só a Igreja Católica sabe fazer. A cerimônia foi oficiada pelo vigário geral da arquidiocese, monsenhor Mariano, acolitado pelo cônego Emílio Berwanger e pelo padre Oreste Valletta. No coro, o *Libera* foi entoado pelo cônego Nicolau Marx com acompanhamentos regidos pelo maestro Nicolau Stein.

À saída da igreja, uma companhia da Escolta Presidencial prestou continência ao coronel morto e, representando a juventude republicana, falou ao povo que lotava a praça da Matriz o dr. José Loureiro da Silva.

Daí o féretro seguiu até o quartel do 7º Batalhão de Caçadores do Exército, o mesmo em que Bozano estivera preso e fora humilhado havia menos de dois anos, onde os militares do Exército prestaram-lhe continência. Aí foi o esquife novamente colocado na carreta de artilharia, agora tracionada por quatro juntas de cavalos de tiro, e seguiu puxando um cortejo de centenas de automóveis, que levavam os governantes, a família e demais autoridades e cidadãos de prol da capital, descendo pela avenida da Redenção e tomando a rua da Azenha até o alto da Colina, para ser sepultado no Cemitério de São Miguel e Almas.

Ainda naquela noite Soveral e eu tomamos o Noturno de volta a Santa Maria. Dali fomos a Ijuí resgatar nosso 11º Corpo, que ainda lambia suas feridas e já fora dispensado das operações de guerra.

Dia 11 de janeiro, deslocamo-nos para Santa Maria e ficamos aquartelados por três dias na sede do 1º Regimento de Cavalaria. Dia 15, fomos transferidos para alojamentos no 5º Regimento de Artilharia Motorizada do Exército. Um a um os oficiais e praças foram tendo baixa e voltando a seus afazeres. Dia 3 de julho de 1925, a unidade foi dissolvida.

Apêndice

Terminada a guerra civil, cada qual seguiu o seu caminho. Um breve resumo sobre o destino de algumas personagens deste romance, na vida real.

MARIA CLARA MARIANO DA ROCHA – A jovem cumpriu religiosamente seu destino de noiva republicana, mantendo a eterna viuvez. Após o enterro, entrou em profunda depressão, chegou a perder sua fé católica, mas recuperou-se quando, depois de uma viagem por um ano pela Europa, sonhou com Bozano. Ela o viu cercado de meninos e meninas que brincavam alegremente a seu redor. Consultou o pai sobre seu significado, concluindo-se que seu destino estaria ligado às crianças. Foi estudar Medicina, especializando-se em pediatria. Nunca clinicou. Dedicou-se ao ensino. Foi a primeira mulher a assumir por concurso uma cátedra em Faculdade de Medicina no país.

Enquanto sua sogra viveu, almoçou todos os domingos com a família do noivo. Mandou construir um túmulo de mármore no Cemitério de São Miguel e Almas, em Porto Alegre, com duas tumbas (Setor D4, Quadra C, Capela 70). Para a da direita, transferiu os restos do noivo e mandou inscrever: "Júlio Raphael de Aragão Bozano. Nascido em 1º de setembro de 1899; morto pela Pátria em 30 de dezembro de 1924. Realizaste o sonho do pensador porque nasceste como todos, viveste como poucos e morreste como raros, heroicamente e puro, sacrificando no regaço da Pátria os tesouros de tua juventude e de tuas esperanças". No dia 3 de maio de 1983, Maria Clara foi sepultada na tumba do lado esquerdo, onde se lê: "Maria Clara Mariano da Rocha. 23 de abril de 1902, 2 de maio de 1983".

CARLOS BERNARDINO DE ARAGÃO BOZANO – Com a pacificação do Rio Grande do Sul em 1927, voltou ao Brasil e concluiu seu curso de Direito. Subiu para o Rio de Janeiro, em 1930, com a Revolução, fixando residência no então Distrito Federal em 1932. Num encontro com o então ditador Getúlio Vargas, chamou-o de traidor em público. Oswaldo Aranha advertiu-o: "O Getúlio vai tornar tua vida um inferno". Perseguido, foi exilado em Porto Alegre, estreitamente vigiado pelo DOPS. Seus agentes percorriam os colégios para impedir que seu filho, Júlio, fosse matriculado. O Instituto Porto Alegre, o IPA, escola mantida pelos metodistas norte-americanos, recusou-se a manter o bloqueio e aceitou o menino. Em 1945, com o nascimento da filha Graziela, abandonou a política. Sua última participação deu-se um ano antes de falecer, aos 59 anos. Na noite de 31 de março de 1964, foi convidado a defender o Palácio Guanabara, sede do governo estadual, ameaçado de invasão pelas tropas leais a seus arquiinimigos getulistas que apoiavam o governo de João Goulart. Sentindo-se fraco fisicamente, pediu desculpas e voltou para casa desolado. Disse a seu filho que não teria mais forças para um combate. Júlio Rafael, sem nada dizer-lhe, pegou seu revólver e foi em seu lugar passar a noite de vigília no palácio. Passado o perigo, no dia seguinte voltou para casa e nunca mais um Bozano participou de qualquer ato político. Morreu em 1965.

PAULO DE ARAGÃO BOZANO – Engenheiro, foi secretário de Obras da Prefeitura de Porto Alegre e prefeito interino. É dele o nome da praça Dr. Bozano na capital gaúcha.

GÉLIO BRINCKMANN – Dissolvido o 11º Corpo Provisório, abandonou a política e dedicou-se à vida editorial. Foi durante quase toda a vida diretor no Rio Grande do Sul da Editora Nacional. Morreu em Porto Alegre em 29 de agosto de 1986.

RAUL SOVERAL – Com a morte de Bozano, perdeu sua proeminência na vida política de Santa Maria. Morreu pobre, em Cachoeirinha, subúrbio de Porto Alegre, aos 95 anos de idade.

ANTONIO XAVIER DA ROCHA – Estabeleceu-se como médico em Santa Maria e continuou participando dos movimentos armados até a Revolução de 1930. Foi deputado estadual e nomeado interventor no município em 1937, exercendo o cargo até 1941. Foi diretor da Caixa Econômica Federal, entrando para a diplomacia em 1945, servindo como conselheiro na Embaixada brasileira em Roma até 1954. Promovido a ministro e transferido para Bonn, na Alemanha, onde faleceu, no cargo, em 1959.

GETÚLIO DORNELLES VARGAS – Foi ministro da Fazenda no governo de Washington Luiz, elegeu-se presidente do Estado em 1927. Formou um governo de coalizão com todas as forças políticas do Rio Grande do Sul. Candidato a presidente da República em 1929, ditador entre 1930 e 1934, disputou com Borges de Medeiros a eleição presidencial indireta em 1934. Novamente ditador em 1937 até 45, quando foi deposto. Voltou ao governo eleito diretamente pelo povo em 1950 e suicidou-se em 1954, quando estava na iminência de ser deposto.

JOÃO NEVES DA FONTOURA – Deputado estadual e federal. Elegeu-se vice-governador em 1927, mas não tomou posse quando o titular assumiu a chefia do governo nacional em 1930. Serviu na Revolução como soldado raso. Foi embaixador e ministro de Relações Exteriores. Integrou a Academia Brasileira de Letras. Morreu em 1963.

JOSÉ ANTÔNIO FLORES DA CUNHA – Foi interventor e governador eleito (indireto) do Rio Grande do Sul, de 1930 a 1937. Deputado federal, faleceu em 1959.

FIRMINO PAIM FILHO – Deputado, senador, foi o primeiro presidente do Banco do Estado do Rio Grande. Enviado por Getúlio Vargas a Washington Luiz para dar-lhe garantias de que não haveria levante no Rio Grande do Sul, rompeu com o partido. Considerando-se traído, ficou com a legalidade em 1930. Abandonou a política e faleceu em 1972.

OSWALDO ARANHA – Deputado, ministro da Fazenda duas vezes, embaixador nos Estados Unidos, ministro de Relações Exteriores, presidente da Assembléia Geral das Nações Unidas. Morreu em 1960.

ANTONIO AUGUSTO BORGES DE MEDEIROS – Presidente do Partido Republicano rio-grandense até 1932, deputado federal em 1934, faleceu em 1961 aos 96 anos de idade. Na eleição indireta teve seu nome lançado contra Vargas.

WALTER JOBIM – Foi governador do Rio Grande do Sul de 1947 a 1951.

HONÓRIO LEMES – Exilado e internado no Uruguai, voltou ao Brasil em 1925 à frente de uma Força de 100 homens, que deveria ser o estopim de grande rebelião do Exército. Fracassado o levante, Honório foi cercado por uma tropa de 1.100 homens, comandada por Flores da Cunha e tendo como subcomandante Oswaldo Aranha. Preso, ficou dois anos encarcerado até ser libertado por um *habeas-corpus*. Em 1930, apoiou a Revolução e foi convidado a assumir o comando de uma divisão do exército getulista. Morreu de pneumonia dupla três dias antes de eclodir o movimento de 1930.

ZECA NETTO – Internado e exilado no Uruguai e na Argentina, tornou a invadir o Brasil em 1926, em apoio à rebelião do quartel do Exército em Santa Maria, a chamada Revolução dos Etchegoyen. Retornou ao exílio, onde permaneceu até 1929. Em dezembro de 1930 foi nomeado prefeito de Camaquã, exercendo o cargo até 1933. Participou dos diretórios municipais do Partido Republicano Liberal e União Democrática Nacional de Camaquã. Faleceu, aos 94 anos, em maio de 1948.

REINOLDO KRÚGER – Morreu em 1933. Depois do Combate do Passo da Cruz, caiu na clandestinidade. Em 1927 foi preso, julgado e absolvido, inimputável porque o fato era considerado incidente de guerra. Faleceu sozinho numa estrada vicinal de Ijuí, esmagado pelo eixo de um caminhão, trocando um pneu, um acidente considerado improvável porque era um hábil mecânico e motorista experiente.

Bibliografia

Documentos

RELATÓRIO APRESENTADO AO SENHOR CORONEL AFFONSO EMILIO MASSOT. Santa Maria, Julho de 1926 – Ulysses Coelho.

A CAMPANHA DO 11º CORPO AUXILIAR DA BRIGADA MILITAR SOB O COMANDO DE JÚLIO RAFAEL DE ARAGÃO BOZANO. Edição do autor, 1981. Artheniza W. Rocha e Leni Marli W. Lourenço.

ADMINISTRAÇÃO DO INTENDENTE DR. JÚLIO RAPHAEL DE ARAGÃO BOZANO. Edição da Prefeitura Municipal de Santa Maria.

Autobiografias, Memórias, Depoimentos e Relatos de testemunhas

MEMÓRIAS DO GENERAL ZECA NETTO. Martins Livreiro, Porto Alegre. José Antonio Netto.

MEMÓRIAS. Editora Globo, Porto Alegre. João Neves da Fontoura.

MEMÓRIAS. Biblioteca do Exército Editora e Livraria José Olympio Editora, Rio de Janeiro. Juarez Távora.

MEMÓRIAS DO CORONEL FALCÃO. Editora Movimento, 1971. Aureliano Figueiredo Pinto.

LEI MILITAR. Instituto Estadual do Livro, Porto Alegre. Honório Lemes.

A MARCHA DA COLUNA PRESTES. Edição do Autor. S. Dias Ferreira.

FARRAPOS DE NOSSA HISTÓRIA, MARCHA DA COLUNA PRESTES. Edição do autor, São Nicolau, 1959. Capitão João Silva.

OS BRAVOS NÃO MORREM, CENAS DO SUL. Edição do autor, Caxias do Sul, 1979. Abelardo Cavalcanti.

PELA REDENPÇÃO DO RIO GRANDE. Livraria Acadêmica, São Paulo, 1923. Baptista Pereira.

PRESTES, LUTAS E AUTOCRÍTICAS. Vozes, Petrópolis, 1982. Dênis de Moraes e Francisco Viana.

DIÁRIO DE CECÍLIA DE ASSIS BRASIL. L&PM Editores, Porto Alegre, 1983. Carlos Reverbel.

LUZARDO, O ÚLTIMO CAUDILHO. Editora Nova Fronteira, Rio de Janeiro, 1977. Glauco Carneiro.

TENENTE PORTELA E A COLUNA PRESTES NO RIO GRANDE DO SUL. Gráfica e Editora Pe. Berthier, Passo Fundo, 1997. Jalmo Antônio Fornari, Fátima Marlise Marroni Lopes, Heloísa Helena Leal Barreto Gehlen.

POR SERTÕES E COXILHAS. Instituto Estadual do Livro, Porto Alegre, 1994. Pedro Salles de Oliveira Mesquita.

O GENERAL GÓES DEPÕE... . Livraria Editora Coelho Branco, Rio de Janeiro, 1956. Lourival Coutinho.

MENSAGEM A POUCOS, VIVÊNCIAS DE UM ESTUDANTE REVOLUCIONÁRIO. Gráfica e Editora A Nação, Porto Alegre, 1964. Antero Marques.

A REVOLUÇÃO FEDERALISTA EM CIMA DA SERRA, 1892-1895. Martins Livreiro Editor, Porto Alegre, 1987. Antônio Ferreira Pestes Guimarães.

BIOGRAFIAS

CORONEL CORIOLANO CASTRO. Martins Livreiro Editor, Porto Alegre, 1983. Arnaldo Luiz Cassol.

HONÓRIO LEMES, UM LÍDER CARISMÁTICO. Martins Livreiro Editor, Porto Alegre, 1998. Mariza E. Simon dos Santos.

ESTÁCIO AZAMBUJA. Martins Livreiro Editor, Porto Alegre, 1998. Eduardo Contreiras Rodrigues.

ZECA NETTO E A CONQUISTA DE PELOTAS. Edições EST, Porto Alegre, 1995. Pedro Henrique Caldas.

FLORES DA CUNHA, O ÚLTIMO GAÚCHO LEGENDÁRIO. Martins Livreiro Editores, Porto Alegre, 1981. Regina Portella Schneider.

FLORES DA CUNHA. Martins Livreiro Editor, Porto Alegre, 1996. Ivo Caggiani.

JOÃO FRANCISCO, A HIENA DO CATI. Martins Livreiro Editor, Porto Alegre, 1988. Ivo Caggiani.

JUCA TIGRE E O CAUDILHISMO MARAGATO. Martins Livreiro Editor, Porto Alegre, 1995. Elio Chaves Flores.

O BARÃO DE ITAQUI, JOCA TAVARES. Edição do Autor, Itaqui, 1998. Jesus Pahim.

OBRAS CONSULTADAS

CRONOLOGIA HISTÓRICA DE SANTA MARIA. Edição do Autor, Santa Maria. Romeu Beltrão.

SANTA MARIA, 200 ANOS. Edição do Autor, Santa Maria. Romeu Beltrão.

PERSONAGENS DE NOSSA HISTÓRIA. Edição do Autor, Santa Maria, 1998. Hermito Lopes Sobrinho.

REGIMENTO CORONEL PILLAR, ESBOÇO HISTÓRICO. Imprensa Universitária da Universidade Federal de Santa Maria, Santa Maria, 1992. Hermito Lopes Sobrinho.

BORGES DE MEDEIROS. Editora Porto Alegre, 1928. J. Pio de Almeida.

ESBOÇO HISTÓRICO DA BRIGADA MILITAR DO RIO GRANDE DO SUL. Oficinas Gráficas da Brigada Militar, Porto Alegre, 1950. Major Miguel José Pereira.

2º REGIMENTO DA BRIGADA MILITAR, O HERÓICO. Edigraf, Santana do Livramento, 1997. Ivo Caggiani.

COMBATE DO PASSO DAS CARRRETAS. Gráfica Imperial, Caçapava do Sul, 1994. José Francisco Teixeira.

PARLAMENTARES GAÚCHOS, JOÃO NEVES DA FONTOURA. Centro de Pesquisa e Documentação da História Política do Rio Grande do Sul (CPDHPRS), Porto Alegre, 1997. Equipe coordenada por Vladimir Araújo.

PARLAMENTARES GAÚCHOS, GETÚLIO VARGAS. CPDHPRS, Porto Alegre, 1997. Concepção, pesquisa e edição de Carmen S. Aragonês Aita e Gunter Axt.

PARLAMENTARES GAÚCHOS, JOSÉ ANTÔNIO FLORES DA CUNHA. CPDHPRS, Porto Alegre, 1998. Concepção, pesquisa e edição de Carmen S. Aragonês Aita e Gunter Axt.

CRÔNICA DA BRIGADA MILITAR. Imprensa Oficial Editora, Porto Alegre, 1972. Hélio Moro Mariante.

HISTÓRIA GERAL DO RIO GRANDE DO SUL. Editora Globo, Porto Alegre, 1978. Arthur Ferreira Filho.

HISTÓRIA DAS REVOLUÇÕES BRASILEIRAS. Editora Record, Rio de Janeiro. Glauco Carneiro.

O POSITIVISMO NO BRASIL. Editora da Universidade Federal do Rio Grande do Sul, Porto Alegre, 1998. Mozart Pereira Soares.

A POLITIZAÇÃO DO RIO GRANDE. Edições Tabajara, Porto Alegre, 1973. Mem de Sá.

ENCICLOPÉDIA ILUSTRADA DE ARMAS. Editora Três, São Paulo. Textos de Aurélio Abreu e Mário Chimanovitch.

GRANDE ENCICLOPÉDIA ARMAS DE FOGO. Século Futuro, Madrid. Diretor editorial Miguel Angel Nieto.

DICIONÁRIO DAS BATALHAS BRASILEIRAS. Instituição Brasileira de Difusão Cultural Ltda. São Paulo, 1987. Hernâni Donato.

DICIONÁRIO DE POLÍTICA. Editora UnB, Brasília, 1998. Norberto Bobbio, Nicola Matteucci e Gianfranco Pasquino.

Outras obras consultadas

SANTA MARIA, LIVRO GUIA GERAL. Livraria e Editora Pallotti, Santa Maria, 1983. Coordenação Olinto José Kuhn.

REVISTA CADERNOS DE SANT'ANA. Comércio de Livros, Flores e Plantas, Santana do Livramento, 1998. Diretor e redator, Ivo Caggiani.

1926 – A GRANDE MARCHA. Civilização Brasileira, Rio de Janeiro, 1971. Hélio Silva.

A COLUNA PRESTES. Difel Editorial Ltda. Rio de Janeiro, 1977. Neil Macaulay.

NOTÍCIAS HISTÓRICAS. Infograph, Gráfica e Editora, Santa Maria, 1998. José Luiz Silveira.

O RIO GRANDE PELO BRASIL. Machris Gráfica e Editora Ltda., Santa Maria, 1989. José Luiz Silveira.

AS REVOLUÇÕES DA REPÚBLICA. Pallotti, Santa Maria, 1995. Osório Santana Figueiredo.

AS NOITES DAS GRANDES FOGUEIRAS. Editora Record, Rio de Janeiro, 1995. Domingos Meirelles.

CAÇAPAVA, CAPITAL FARROUPILHA. Martins Livreiro Editor, Porto Alegre, 1985. Arnaldo Luiz Cassol.

BAGÉ, RELATOS DE SUA HISTÓRIA, Martins Livreiro Editor, Porto Alegre, 1997. Cláudio de Leão Lemieszek.

RIO GRANDE DO SUL, ASPECTOS DA HISTÓRIA. Martins Livreiro Editor, Porto Alegre, 1994. Júlio Quevedo e José C. Tamanquevis.

REVOLUÇÕES E CAUDILHOS. Martins Livreiro Editor, Porto Alegre, 1986. Arthur Ferreira Filho.

O COMBATE DA PONTE DO IBIRAPUITÃ. Martins Livreiro Editor, Porto Alegre, 1982. Antônio Augusto Fagundes.

O JORNAL EM SANTA MARIA 1883-1992. UFSM, Santa Maria, 1992. Nely Ribeiro.

FUTEBOL E REMINISCÊNCIAS. Grafos, Santa Maria, 1989. Hermito Lopes Sobrinho.

RS EDUCAÇÃO E SUA HISTÓRIA. Ediplat, Porto Alegre, 1998. Lotário Neuberger.

NO TEMPO DAS DEGOLAS. Martins Livreiro Editor, Porto Alegre, 1996. Elio Chaves Flores.

O ÚLTIMO SANGUE DE 93, O MARTIRIO DE SALDANHA DA GAMA. Martins Livreiro Editor, Porto Alegre, 1996. Francisco Pereira Rodrigues.

GUMERSINDO SARAIVA, O GUERRILHEIRO PAMPEANO. Editora da Universidade de Caxias do Sul, Caxias do Sul, 1988. Sejanes Dornelles.

LA CABEZA DE GUMERSINDO SARAVIA. Ediciones de la Banda Oriental, Montevidéu, 1997. Tabajara Ruas e Elmar Bones.

EL TRAIDOR, TELMO LOPEZ Y LA PATRIA QUE NO PUDO SER. Editorial Sudamericana, Buenos Aires, 1998. Horacio Guido.

O PÉ NO CHÃO. Edição do Autor, Porto Alegre, 1958. Nicolau Mendes.

O PODER MODERADOR NA REPÚBLICA PRESIDENCIAL. Edição da Assembléia Legislativa do RGS, Porto Alegre, 1993, com prefácio de Paulo Brossard. Antônio Augusto Borges de Medeiros.

OBRAS DE FICÇÃO CONSULTADAS

O TEMPO E O VENTO, O ARQUIPÉLAGO. Editora Globo, São Paulo, 1997. Erico Veríssimo.

NETTO PERDE SUA ALMA. Mercado Aberto, Porto Alegre, 1996. Tabajara Ruas.

A RETIRADA DA LAGUNA. Edições de Ouro, Rio de Janeiro. Visconde de Taunay.

IMPRESSÃO:

Pallotti
GRÁFICA EDITORA
IMAGEM DE QUALIDADE

Santa Maria - RS - Fone/Fax: (55) 3220.4500
www.pallotti.com.br